中国古代文学

陈兰村　梅新林◎主编

ZHONGGUO
GUDAI WENXUE

ZHEJIANG UNIVERSITY PRESS
浙江大学出版社

前　言

　　中国古代文学始于远古时代,终于 1919 年五四运动。在如此漫长的历史长河中诞生的一代又一代的文学名家与经典之作,不仅成为中华各民族所共享的宝贵文化遗产,同时也为世界文学的多元发展作出了杰出贡献。

　　当今时代对于经典的追怀与回归,不仅仅是一种象征性的从众行为,而更是基于构筑精神家园、提升人文素养的内在需要。在此,中国古代文学显然具有独特的永恒魅力与价值。

　　首先,通过学习中国古代文学,可以传承祖国优秀的文化传统,借以提高我们的民族自信心和民族自豪感。早在公元前六世纪,在我国中原地区即已出现了最早的诗歌总集《诗经》,大致与西方荷马史诗《伊利亚特》和《奥德赛》的文字写定相同步。先秦以降,从汉赋、唐诗、宋词、元曲直至明清小说,可谓名家辈出,经典纷呈,风云际会,灿若星河,这些优秀文学作品可以当之无愧地列入世界文学宝库而绽放异彩。

　　其次,通过学习中国古代文学,可以弘扬先贤高远的价值追求,借以提高我们的思想修养与人格境界。古代作家强调道德文章、人品文品的统一,在历史上留下了许许多多弘扬优秀道德品质的名篇,诸如孟子的“富贵不能淫,贫贱不能移,威武不能屈”,屈原的“路漫漫其修远兮,吾将上下而求索”,范仲淹的“先天下之忧而忧,后天下之乐而乐”等,皆为历代所传诵,至今仍有重要的借鉴意义与激励作用。

　　最后,通过学习中国古代文学,可以感悟经典强烈的艺术魅力,借以提高我们的人文素养与审美能力。优秀的古代文学作品,都具有很高的艺术性,具有很强的感染力,自然之美、意境之美、人情之美、哲理之美交相辉映,令人流连忘返,陶醉其中。因此,学习与领会这些优秀作品,不仅是高级的艺术享受,而且还可以从理性上对古典艺术美有更多的体验和感悟,在潜移默化中把自己的人文素养与审美能力提高到一个新的境界。

　　本书主要根据中国古代文学的特点以及广大文学爱好者的需要进行编写,力图从以下三个方面凸显自己的特色优势:

　　一是变革体例,分体编写。本书在体例上有别于一般常见的中国文学史和古代文学作品选,以文体分立四编,即诗歌编、散文编、小说编、戏剧编,有利于学习者从四大文体上对古代文学加以整体把握。

　　二是提纲挈领,重点突出。本书以文体发展史为经,以作家作品分析为纬,尤其突出经典之作的文本阐释,如此有利于学习者在把握各种文体的发展历程的基础上对经典名篇有一个比较清晰的了解。

三是深入浅出,简明实用。本书力求眉目清晰,观点鲜明,行文通俗易懂,考虑到查找古代文学典籍的不便与难度,故教材中引用了不少短篇或片断,对引文中的难字难句,也已视具体情况作了必要的注释或今译,这样有利于不同基础的学习者快速入门,尽快提高水平。

本书于1996年由浙江大学出版社初版后,颇受读者的欢迎与好评,而今再由浙江大学出版社重版。全书由陈兰村、梅新林拟定总体框架与体例,由陈兰村、梅新林、王明煊、斜东星4人合作编写,具体分工是:第一编诗歌,斜东星;第二编散文,陈兰村;第三编小说,梅新林;第四编戏剧,王明煊。在编写过程中,本书也吸取了当今古典文学界不少新的学术成果,但鉴于教材的体例,除必要的注明出处外,一般不再一一作注。在此,一并向前辈时贤以及为本书付出辛勤劳动的责任编辑致以诚挚的谢忱。由于古代文学历时久远,成果繁多,取精用弘诚为不易,而分体论述亦是得失相间,敬请专家和读者批评指正。

陈兰村　梅新林

2019 年 8 月

目　　录

第一编　诗　歌

第二编　散　文

第三编 小 说

第四编　戏　剧

第一编　诗　歌

第一章　古典诗歌的光辉源头
——"风""骚"

在所有文体中,诗起源最古,因诗与乐同源共体,诗中并存言意与乐感两种先天素质,别于其他文体。作为文本的诗总集,始于《诗三百》,继起有"楚辞",内容都有强烈的时代感,艺术各具鲜明的地域色彩。尤其是《国风》与《离骚》《九歌》,一北一南,一为笃厚真朴的群体哀乐之讴,一为奇幻悱恻的个体幽怨之吟,标志着我们这个早慧民族的卓越才情,是诗史的光辉起步,两者同时深刻地影响着中国两千多年诗歌的历史风貌。

第一节　诗乐同源与诗的特质

中国素号诗的王国,诗歌在各种文学体裁中发生最早,在漫长的远古历史中是唯一的文艺形式。这原因,不在圣人以诗为教,儒士尊诗为经,帝王以诗赋取士。少数人的尊奉倡导,无法制造千古人间的需要。文学借文字为建材,诗则早在文字出现之先,就已盛行于祭鬼祀神和人生哀乐的方方面面。显然,诗之先盛独贵,其初不是因为它写印在纸的辞,而仅仅由于它可供人歌。"诗歌"二字连称,既标示出历史渊源,诗胎息于歌;也表明其功用,故古代也常称为"歌诗"(如《汉书·艺文志》所列各地采集的民间乐府辞,统名为"歌诗")。先有歌的需要,才琢磨辞的创作。这一与音乐艺术共生的需要与使用方式,久而久之,就渐渐形成诗显别于其他文体的形质特征与功能特性。参差的句式、散文的语气,不害其为诗;对仗声律都精工的骈体与四六文,反不配言诗;乃至书画、园林、山水、峰石、星云、月露,都可发现诗意,而富丽精致、堂皇奢华,又最乏诗味。可见诗与非诗不在句子形式,只在意味。学诗,特别是中国古典诗歌,必先懂得什么是诗意,才利于我们阅读时调整思维习性,进入诗境,参与诗人的心灵活动。不然,依字典义,翻语法书,阅览散文那样去看古代诗歌留下的字句,就易读而不知其味,解而不切真意。

一、诗歌、徒歌、徒诗

诗的名称,古有若干区别,从中可以探视到一些历史演变的踪迹。今天读的古诗文本,其实已非诗歌的本真。现存由光秃的意义符号(文字)组合的韵句、章、篇,无谱不歌,更无法配器合奏,古称之为"徒诗",只余字义残骸,丧失乐的血肉光泽。可歌有调的诗,又有歌与谣之分。《诗·魏风·桃有园》:"我歌且谣。"《毛传》说:"曲合乐曰歌,徒歌曰谣。"则"谣"也是有腔有调地唱,类似戏曲选段进行无伴奏的"清唱"。"歌"则乐的要求严于谣,人的"肉声"与乐的"器声"都按曲律边唱边奏才算"歌"。这种"歌"的文辞,即今天所见的诗歌作品。

二、言不尽意——诗对语言局限性的突破

古人为什么不满足于直言达意,必得诗与乐携手同行? 这是个很深的问题,牵连很广,和古代诗歌的特性关系尤大。中国古代最重视语言的巨大功用,也最早发现语言的根本不足,在探索中表现出惊人的才智,对今天仍有极深启迪。一方面,中华先人极端讲究语言对人之祸福、事之成败的关键作用,经、子、史、诗中都反复强调言辞要有物有伦、诚信合德、得体合礼、谦恭谨慎,"修身"几乎就是"修辞"。因为"言,身之文也"(《左传·僖公二十四年》)。"君子在位可畏……动作有文,言语有章,以临其下,谓之有威仪也。"(《左传·襄公三十一年》)这种按照礼法制度所规范的社会语言,是地位最尊贵的"礼文"的重要体现,对古代社会应用散文有很大约束力。另一方面,先秦人士也明白,这类显示社会身份的"身文"语言,实在不足以充分表示个人内在的"心声"。心的情意微妙飘忽,比身的行为不知丰富精细多少! 而且从商代卜辞到周代字书《尔雅》及"五经"可以看出,最先发展起来的词汇,绝大多数都是概括家国人事和指称自然物质的名词性实词,表情达意主要靠有限的几个虚词与语助词在句内频出频入,进行斡旋。深情善感与玄想天外二类词奇缺,诗与哲学最苦恼于语言的贫弱。孔子最早点破心对言的不满:"书不尽言,言不尽意。"书有书的规范,想说的不能尽写上,何况说出的只是意中的粗略大概。在突破词义固定有限、寻找表达言外之意上,中华才智有举世惊羡的卓越成就,诗歌与哲理,异曲而同工,构成东方艺术哲学的重要基点。

三、立象逮意——诗歌的意象特性

孔子在《周易系辞上》指出"言不尽意"后,从卦象中悟出"圣人立象以尽意"。天地万象,氤氲流化,言不胜道。先将万物依性能分为阴阳,按状态归纳为六十四型,列成六十四个抽象图式,即卦象。每卦再分解为六种变化的条件(六爻),就可推算各种可能的前景。我们不必理睬占卜迷信,应该留意这简易图式为什么有超语言的"尽意"妙用。

"象"是从物中抽出的空图式,空故一象可容纳万有;象又是征兆,故可以彰往知来,有超时性;象能见微知著,以少总多。象之体是凝固的,象之用又是活动的,随人自悟,不用语义固定,可以各求其需,给各人以心满意足感。所以说:"圣人之情见乎辞(爻辞)。"抽象大于实物,象意丰于言义,所以"言不尽意"而"立象尽意"。故《周易略例》云:"象者,意之筌也。"筌者,逮意之具也。千古作文章的人,"恒患意不称物,文不逮意。"(陆机《文赋》)。现在言所不逮之意,可借象笼住它,蕴蓄它了。庄子深恨语言的乏力:

"可以论者,物之粗也;可以意致者,物之精也。"(《秋水篇》)精微处只能指向,无法指明,所以只好以言造象、以象寓意并示意;读者一旦"得意",便可"忘言",文之用,只在明意。可知先哲的立象示意与诗人的匠心于营造意境,终归神理相通,两者都借象的妙用,胜利地超越了社会共性的语言定义对精妙心意的限制。所以读古诗尤其不能止步于字义,必求其言外神妙,象内精意,才能食而知味。当然,卦象又与诗的意象根本不同,诗歌将哲学的抽象图式重新还原为鲜丽的物色,把圣人自以为绝对真理的道德教义改换为诗人与读者自己的性灵才智。诗的象是物印心的投影,既非哲理的抽象,也不再是客观事物,只是事物感动心时的那些特征,象是被物感动的心象,心物交孕,意象不分。诗的意象与《易》的卦象,形与质都迥然绝异。诗贵言外之意,是它的第一个特质,在"风""骚"与唐诗中体现得最鲜明饱满。

四、乐舞尽情——诗歌的乐感特征

圣哲而外,文字之前,语词比后世更少而生命热情却旺盛的先民们,情志欲求非言可尽时怎么抒情达意?就靠诗歌乐舞,一起进行全身心式的尽情宣泄。越近原始,对语义的依赖越少,他们懂得最贴心的还是自己的身体。用身体表意,比语言更简便,更直接,更痛快有效。载歌载舞,在同一节律里心跳身跳,倾泻饱满的生命活力,这时种种言不能尽的意,尽数在诗乐中释放了,身心通泰无遗恨了。人类文化在童年的神话消退后,开始了少年狂热的诗乐时代,半原始的思维令人将日见的真与心见的幻奇妙交织,情感激奋,身逐心动。所以诗歌乐舞就充满公私生活,沟通人神世界,随生命而盛衰。中华文化的主体是"礼文","礼仪三千",举手投足、进退周旋都有礼与非礼的讲究,繁文缛节举世无双。然礼非乐不行,"礼别尊卑,乐和人心"。礼乐相辅相成,所以总是并举连名。"兴于诗,立于礼,成于乐。"(《论语•泰伯》)举国君上为礼而乐,下民为心而乐,全社会时时事事有歌乐。古代中国乐器繁富,乐曲精密,分工细致,乐官位高,乐论系统而精辟,都达到举世罕闻的程度。乐论与诗论的原则完全相通:"凡音者,生人心者也。情动于中故形于声,声成文谓之音。"心动的情文,表露于外为乐曲的声文,是古今中外颠扑不破的音乐史实。"是故其哀心感者,其声噍以杀;其乐心感者,其声啴以缓;其喜心感者,其声发以散;其怒心感者,其声粗以厉;其敬心感者,其声直以廉;其爱心感者,其声和以柔。"(《礼记•乐记》)声音本身就有心情性格的内容,不待语言才有意义,祖国医理"闻音知病"的闻诊,即依据此理,中国诗乐原理兼生理心理而融贯之。其论诗与乐的关系,则曰:"诗,言其志也;歌,咏其声也;舞,动其容也。三者本于心,然后乐器从之。"一切为了心的自由舒畅。"诗为乐心,乐为诗体。"这里鲜明地提醒我们:乐如无诗,没有灵魂,能刺耳不足动心;诗若离乐,失去鲜活血肉,空余枯萎之"义",那就跌落到只配和其他文字为伍的可悲境地。特别值得留心的是,一切社会实用礼文都可以不露个人真心,诗乐却只为心而设;心的价值只在真,所以"唯"独诗"乐不可以为伪",一伪就叫人厌,什么高超技巧都白费劲。诗歌的优劣主要在情的真伪,不在道之高下与辞之工拙。诗歌的内容形式都需要荡漾丰满的音乐美感(不独韵脚一字),专靠心的真挚赢得人心,这是它从音乐母体承传来的第二个特质。

五、经典论诗——诗言心意

再看古代经典诗论,精神完全相通。最早论诗歌功能的材料是《尚书·舜典》载帝舜任命乐官的一席训令:"夔!命汝典乐,教胄子:直而温,宽而栗,刚而无虐,简而无傲。诗言志,歌永言,声依永,律和声,八音克谐,无相夺伦,神人以和。"胄子是能继王位的贵族嫡长子,乐官负责教育他们成为德行全面发展的人才,教学内容就有诗乐。声乐器乐要与曲律和谐,以达到开悟心志与神人共娱的目的。"志"包括影响思想性格的各种心理内涵。后来有篇传为孔子高足子夏(多有怀疑)的《诗大序》,讲得更精密,是近两千年的诗歌纲领:"诗者,志之所之也。在心为志,发言为诗,情动于中(心)而形于言,言之不足故嗟叹之,嗟叹之不足故永歌之,永歌之不足,不知手之舞之,足之蹈之也。"就从生理与心理上讲透了诗歌根植于心动之情的表现欲望,中国诗论比后世任何理论都更切合中国诗歌的实情。这里"心之所之"就是心动之情,亦即在心之"志",包括心里倾慕关注的一切心事。"志"绝不如后世专制文化只限于国家指定的政治抱负那么狭隘。倘限君国之志,一言可尽,辞达而已,有何嗟叹咏歌,手舞足蹈,还怕不足表达?外在事物的明确意义,都有言可达;只有内心的情思最难尽言而又最想说明。诗歌艺术为此而生,因此而贵,是古代的共识。自从荀子开始,限定诗只能言圣人之志:"圣人也者,道之管也,天下之道管是矣,万王之道一是矣,故《诗》《书》《礼》《乐》之道归是矣。《诗》言是(此)其志也。"(《荀子·儒效》)从汉儒开始,分析诗的含意就是专找忠君的微言大义,论诗的价值就是拿它印证王朝历史,所谓"诗史"。而以诗言个人心事的本义,如今反而陌生了。

六、诗乐的离合

可惜歌乐靠口耳相传,人亡乐失,今天已无法直接感受古诗合乐时那种生命光华的灼热了。战国攻杀不休,乐工逃散;秦朝焚禁《诗》《书》,辞与曲都几乎灭绝。汉武帝后思想文化一统,心灵禁锢,生民诗乐的上古社会土壤从此永远丧失了。诗歌蜕化为徒诗后,又蜕变为质木无文的言道字诗。但诗的体性决定它总是追求音乐美感。汉武帝为"采诗夜诵",采集了一批民歌作为乐府歌诗。六朝发现汉字字声之外还有音调,试着利用文字调性的抑扬,组合诗句的声律乐感,至唐定型为格律诗体。从此,诗能够不依赖外配的乐曲,只凭诗句内在的抑扬顿挫产生声律节奏,立即风行诗坛,使原有无律的古诗相形失色。唐后期又从民歌学来依曲填词的长短句新式格律体,至晚唐五代兴旺,入宋而极盛,律诗又减色了。元后将单篇曲子词串联成套曲,最后演化出戏曲唱腔,产生中国式的诗歌剧。此后至今,大多只在玩文句、逗学问、学腔调上翻花样,在音乐美和言外意两点古典诗歌的特有美质方面,毫无成果,反而日见褪色。三千年诗史上,在意境与乐感两方面同时达到巅峰状态的,是唐诗。所以,其理应属于学习的重点。

七、古歌谣谚

诗歌功能性质既明,现在介绍《诗经》以前古歌谣的面目,这是诗歌古源阶段。诗起始于何时?肯定很古远,难说在何世。有人说:"自有生民,则有诗矣。"(南宋叶适《习学记言序目》卷六)这是说人天生有心动而歌的本领。《淮南子·道应训》:"今夫举(抬)大木者,前呼'邪许!'后亦应之。此举重劝力之歌也。"鲁迅《且介亭杂文·不识字的作家》中也有类似观点。可能人类在连话也不会说时,就有意思要表达。这类哼哈恐算不上诗,闻一多称之为"孕而未化的语言"(《歌与诗》),较确切。东汉郑玄根据《尚书·舜典》首次见"诗"字,以为诗歌始于舜:"然则诗道放(始)于此乎?!"(《诗谱序》)唐孔颖达批驳道:"虽于舜时始见'诗'名,其名必不起于舜时也。"(《毛诗正义》)既命乐官教胄子,总已有诗在。由于源头在文字语言发达之前,"何时"之问就不合理,不必管。重要的是人为什么需要诗歌?诗乐同源,乐的本质是声音有节律的流动。人又为什么需要节奏?因为人就是靠节律运动而活着的:心肺的张缩,气息的吐纳,血脉的搏动,筋骨的屈伸,关节的回旋,情绪的涨落,昼夜的起卧,生活的张弛,直至手之上下,足之前后,无不是有规律的交替活动,不独劳动生产才如此。节律运动本身就是生命活力的存在方式,律动停止,生命终结。律动愈和谐,生命愈焕发自在的天然之美,血流欢畅,情绪荡漾,心舒体泰。有节律的音,与生命节律感应,耳闻而心乐,心欢而身摇,这就是音乐。古书写作"(单)声成文(规律)谓之音";"乐(yuè)者,乐(lè)也。"(《礼记·乐记》)人生艰难,欢乐可贵。即使悲愁郁结,愤懑填胸,嗟叹呼号仍感不足,则一五一十慢声长歌之,即屈原说的"舒忧娱哀",可减心痛。声愈抑扬曲折则情愈尽,抑扬出和谐旋律则有美感。在美的陶醉中抚慰心伤,止痛平复。所以长歌可以当哭,于己是自疗自救,于人则"长歌之哀,甚于痛哭",更感人,在感动中人类互相理解了,才会产生爱。音乐的这份特殊功能,是诗歌祖传的妙谛。不论是哀是乐,诗乐都源于心而非其他,是最准确的答案。

有辞有意的古歌,就现存材料判断是谣先于歌。原初没有乐器乐曲,只能是徒歌的"谣",甚至只是不歌而有节的"诵"。精密从古朴始,散见于古籍的大多为谣。最短的只一句:"候人兮猗!"《吕氏春秋·音初篇》记载,是夏禹王治水在外,其妻涂山氏忧伤而唱此。四字中一半是语助词,宜于曼声长吟,可能反复叠唱,抒发深情久盼。叙事则如《弹歌》:"断(砍)竹,续竹,飞土(弹丸),逐(射)宍(古肉字)。"(《吴越春秋·勾践阴谋外传》)砍竹制工具,发弹射禽兽,显然是射猎食肉的歌谣。辞俭朴到极点,无虚字也不修饰,一股原始生存斗争的浓烈意味依旧扑面而来。虽未必如《吴越春秋·勾践外传》所说,是黄帝时传下来的,总也是上古之世事。这应该是群体创作,如果是猎兽归来分肉庆祝,拿工具仿动作地狂吼起来,也雄壮感人得很。

"昔葛天氏（古部落）之乐,三人操牛尾,投足以歌八阕（曲）:一曰'载民',二曰'玄鸟',三曰'遂草木',四曰'奋五谷'……八曰'总万物之极'。"（《吕氏春秋·古乐篇》）

从狩猎向农业转型期的先民们,歌的是禽兽草木,舞的竟出牛劲拽牛尾,大家一齐依节投足,声情壮观,热烈充沛,可以想见。此时歌辞长短无所谓,工拙更不问,最重要的是齐唱齐跳,充分展示群体威风。也有自鸣人格尊贵的,如《击壤歌》:

"吾日出而作,日入而息;凿井而饮,耕田而食。尧何等力!"（王充《论衡·艺增篇》）

自食其力,不靠住谁;帝未出力,与我何干! 俨然一派天民不臣帝王的傲世神气,活现纸上,和《庄子·让王篇》激赏的人物同一人生态度。若在后代一统之尊治下,简直是"大逆不道"的狂徒,不堪设想。上古初民却公然得意地高歌自尊自贵,一至于此。其他有许多都是格言谚语式,概括了无数世代的人生甘苦,世道不公。如:"从善如登,从恶如崩。"（《国语》引古谚）"兽恶其网,民恶其上。"（同上）"畏首畏尾,其身余几?"（《左传》引古语）"人不婚宦,情欲失半;人不衣食,君臣道息。"（后两句意为:人要是能不吃饭,君臣关系也就完蛋。忠君为糊口之意。出自《列子》。）炼句奇警,箴世入木,实在是警世良言。《诗三百》里有些语句在不同诗里反复出现,也可能是久已流传于社会的谣谚,它们简短,押韵,整齐,有普遍价值又好记易传,最能反映当时的人心世态,颇具认识价值。由于先秦时期在竹简木板上刻字很费力,也因为有韵易记易传,所以有的散文如卜书、礼书、子书甚至字书的《尔雅》中都常夹用韵句,篇章押韵远比后代普遍,这对诗歌押韵逐步趋向规则化,是一种助动力。而古歌谣谚的抒情直,叙事实,说理明,用语质朴,关注人生实际,多群体意识而不显个人特性等古代朴厚质实的特点,在《诗三百》中虽有极大改善,却仍普遍存在。直至汉乐府民歌为止,古风犹存,至南朝而荡然无存。

第二节 《诗经》的广阔内容及多种功用

《诗经》是我国第一部诗歌总集,收入了自西周到春秋中期（约公元前十一世纪至前五世纪）五百多年间社会各阶层、十五个地区（十一国）的三百零五篇诗歌（标目有三百一十一篇,其中六篇有目无辞,可能是曲名,剔除不计）。周前的古逸歌,散见于各书引及的虽也有二十来首,但有的显然伪托古帝,其他真实年代也难论定。诗歌第一次有了如此辉煌的结集,中国诗史就高视阔步地正式开始了。从中不仅可了解诗歌大源,对认识中国社会的早期面目,它也是最可靠的史料。中国周代始有书,而书内文章原来都是单篇散行,至西汉末刘向父子整理校编才结集成一书。经后代考索,其中先秦每本书几乎都多少存在后人伪托、增删或篡改之类问题。只有这《诗三百》无可怀疑,所以梁启超说:"其真金美玉,字字可信者,《诗经》其首也。"(《要籍解题及读法》)再者,两千多年内不论"六经""十三经",《诗经》都赫然居于宝典大法之位,历来士人议事论人,动辄"子曰"《诗》云",将诗语与圣言同视作最高指示。这不是一般诗集,所以对相关情况应有所知。

一、关于《诗经》书名

最早提到这部诗,也提倡最力的是孔子,周游行道失望后,他花大力去整理其中各篇音乐分类的错乱,定作教本,不但要懂辞义,还得会联想,又会唱会弹甚至舞蹈,确实是合乐的完整诗歌,那时乐与辞起码同样重要。墨子也说起过:"诵《诗三百》,弦《诗三百》,歌《诗三百》,舞《诗三百》。"(《墨子·公孟篇》)书名或简称《诗》,或全称《诗三百》,孔与墨同,《诗三百》应该就是书的本名了。三百之名是举大数而言。后世根据司马迁所记,盛传孔子"删诗":"古者诗三千余篇。及至孔子,去其重,取可施于礼义……三百五篇孔子皆弦歌之,以求合'韶''武''雅''颂'之音。礼乐自此可得而述,以备王道,成六艺。"(《史记·孔子世家》)太史公的意思,孔子剔去其中重复篇目取用于礼仪,主要工作是整理音律,使"雅、颂各得其所",不得误解为十去其九。孔子八岁时,吴国公子季札到鲁国观乐,所歌的一批诗和今《诗三百》连次序都基本一致,可知孔子不曾妄删,书在孔前。《诗三百》外周代各书引到的逸诗残句并不多,可知这部诗集是相当完备的周诗集。庄子开始称经:"(孔)丘治《诗》《书》《礼》《乐》《易》《春秋》六经。"(《庄子·天运篇》)《荀子·劝学篇》:"学……始乎诵经,终乎读礼。"这里的"经"不过是织机上的纵线,借指用线穿成册的书,别于散篇独行而已。西汉后期渐渐尊儒,书册的"经"就有经典大法的新含义了:"经,常也,法也。"(班固《白虎通》)战国大乱,掌管歌诗合礼的乐工逃亡或改行,诗的音乐渐亡。秦灭文化思想以愚百姓,收缴《诗》《书》百家烧之,下令:"有敢偶语《诗》《书》者,弃市(砍头示众)。"(《史记·秦始皇本纪》)诗的章句也濒于绝世。好在一些民间儒士偷偷口耳相传,汉世开禁后有齐诗、韩诗、鲁诗、毛诗四家传人,各家说法章句都互有出入。至今传世只有毛亨、毛苌作《传》,郑玄作《笺》的《毛诗》,其余三家久佚不传。《毛诗》传笺最有价值的是注释辞义,其中保留了大量后代莫明的古义;至于解说题旨作意则谬,竭力附会王朝史事,并无实事求是之心,以利将篇篇都说成"先王以是经夫妇,成孝敬,厚人伦,美教化,移风俗"(《毛诗序》)的政治教材。

二、《诗经》分"风""雅""颂"三类

十五《国风》诗最多,一百六十篇,其次为大小二《雅》一百零五篇,周、鲁、商三《颂》共四十篇。三类区别是音乐性质,名由乐立,也和内容作者有联系。十五《国风》其实是从十一国(因《国风》中"二南"不是国名,"邶""鄘"都属卫国)的十五个地域采集的地方诗歌,绝大部分是民歌。民风随水土而异:"凡民函五常之性。而其刚柔缓急,音声不

同,系水土之风气,故谓之风。"(《汉书·地理志》下)民歌含土风,可以见民风。司马迁从另一角度说:"《诗》记山川、溪谷、禽兽、草木、牝牡、雌雄,故长于'风'。"(《史记·太史公自序》)则是指明其内容多为男女风情之歌,很有卓见。《雅》分大、小两类,道理不明。其诗多为周朝京都直辖地区的士大夫言志之作。或说"雅"即夷夏之"夏",或言其地属秦,秦声是正声,"雅乐"即"正声"之义。《左传·鲁昭公二十年》:"天子之乐曰雅。"《颂》据考取容貌之"容"义,"形容"本是以形体动作来表情的舞蹈,故《毛诗序》谓:"颂者,美盛德之形容,以其成功告于神明者也。"王朝有成绩,就以诗歌颂君主所成之事功,以形体舞蹈谢祖宗天地的大德,"颂"的作用在以乐舞歌功颂德,用辞水平最下。有《周颂》《商颂》《鲁颂》之分,《周颂》最早,是西周初期乐舞,叙述西周建国的光荣史,有史料价值。《商颂》《鲁颂》却是周代宋、鲁二国宫廷的宗庙诗乐,与殷商时代无关,内容多朝廷不切实际的自美。从地域看,《诗经》产地大致包括今天陕西、山西、河北、河南、山东及甘肃东部、湖北北部,明显是沿黄河中下游走向的北方系统文明地带。总之,《诗经》在先秦时代就已分"风""雅""颂"三类;依据其产地与用处,郑樵总结为:"土风之音曰风,朝廷之音曰雅,宗庙之音曰颂。"(《通志·六经奥论》)基本正确。

三、《诗经》广阔的社会与人生内容

《诗经》的题材内容非常广泛,历史跨度又大,对周朝前五六百年社会各阶层人物的苦乐境遇和悲喜心情,都有真实描绘,有的题材为中古以后诗人所未见或不思,有的因朴实直率而显得格外有分量,是我们探测二三千年前古代社会真实面目的最佳窗口。

1. 反映周朝建国过程的史诗,是只有古代才能产生的特殊题材。史诗都是长篇叙事诗,集中在《大雅》的《生民》《公刘》《緜》等五篇里,在那时算是巨制了。这些史诗勾勒出从周族始祖后稷立国到周武王灭殷纣而一统天下的全过程。虽然没有后人叙事的精细生动,但在叙及本族先祖艰难创业的奇迹时,传说中含神话色彩,态度极认真,也很有味。如《生民》是历叙周始祖诞生到播种谷物取得伟大成功的传记诗,很完整,后稷也是很著名的历史人物。首章讲他母亲一脚踩在个巨人大脚趾印上,就身感而受孕;二章说她难产及送子神灵的不满;三章叙后稷成了弃婴又不死的神异;"诞寘(置)之隘巷,牛羊腓(庇)字(乳)之。诞寘之平林,会伐平林。诞寘之寒冰,鸟覆翼之。鸟乃去矣,后稷呱矣。实覃(延)实訏(大),厥声载路。"把这刚生的雏婴放在僻巷吧,进出的牛羊去奶他。扔到野林里,又正碰上砍树的。再放到霜冰上,鸟飞来用翼暖他。鸟飞走了,他哇地哭出声了;这哭声真长真大哪,满路的人都被惊动了。古书记载的大人物,个个从生到长都充满神奇的灾难和战胜的灵异,不如此无法说明他日后伟大的由来。从自豪到崇拜,人成了神,是各民族先祖史的共同演化。公刘是后稷裔孙,《公刘》写其带领周民迁都的业绩。《緜》写公刘裔孙古公率众迁居筑城。《皇矣》述古公孙周文王的战绩。《大明》叙周武王誓师伐纣和吕望的战绩。五篇合成周族奋战胜利的英雄史诗,主要史事都在了。

商灭周兴,是对我们近三千年历史影响最大的事件。

2. 直接歌唱古代农业劳动情景的诗,也是后代少而古代多。《周南·芣苢》是描写一群活泼健壮的民间女子,在原野上心情欢畅地边歌边舞边采摘的歌词。三章录其一:"采采芣苢(车前草),薄言采之。采采芣苢,薄言有之。"互相唱着鼓励,采得越多,节奏越欢快。三章大体是重叠,仅这流畅明朗的节奏便足以令人神驰心往了:"读者试平心静气,涵咏此诗,恍听田家妇女,三三五五,于平原绿野,风和日丽中群歌互答,余音袅袅,若近若远,忽断忽续,不知其情之何以移,神之何以旷,则此诗可以不必细绎而自得其妙焉。"(方玉润《诗经原始》)方玉润在这里告诉我们读古诗一个最根本的秘诀,通过有限的文字去复原当时的情景,读诗和作诗同样需要想象力。《豳风·七月》从"七月流火(火星向西),九月授衣(赶着缝衣等着交)"按月依季歌唱一年到头,家里田里,忙这忙那,随手将节气物候的变化点染进去,自然环境与劳动内容交织成诗,种田、蚕桑、渍麻、织染、制衣、打猎、酿酒、盖屋、藏冰等农家百事全都井然有序地叙述到了。累到头,一家人还得犯愁:"无衣无褐,何以卒岁!"妇女更怕被公子们强抢而去。该篇语言纯朴,错综而富于条理,只有烂熟农家情事的劳苦人才能写得如此富有生活气息,是出色的叙事诗。其他农事、狩猎诗还不少,不备述。

3. 对贫富不公的控诉,有农民对残酷剥夺造成贫富悬绝的怒火,也有小官对劳逸苦乐不均的怨声。《国风》里反抗剥削的民歌,语言尖锐,态度坚决,后世少有。《伐檀》是一群在清清河边给领主砍檀木的劳工,一见领主大院里不种粮却谷满仓,不打猎也兽皮挂满墙,就来火了:"不稼不穑(收),胡取禾三百廛兮? 不狩不猎,胡瞻尔庭有县貆(獾猪)兮? 彼君子兮,不素餐(白吃饭)兮!"这是千古劳动者对剥削者的严正责问,古代人能有股当面斗的倔强不驯的脾气,多一份蔑视"君子"的胆量,所以出语掷地有声。《硕鼠》则看出贪婪贵族有不敢公开怕见人的一面,所以用冷嘲热讽的口吻鄙呼其为偷食而肥的大田鼠。三章录其一:

> 硕鼠硕鼠,无食我黍。三岁贯(养)女(汝),莫我肯顾。逝将去女,适彼乐
> 土。乐土乐土,爰得我所!

看穿了他们不会顾衣食父母的死活,于是就想另谋"乐土"去了。这是对"硕鼠"们的一个严重警告。音节很和谐,语调中挖苦、叹息、悲愤、不甘都有,艺术上也属上乘。《鲁诗》说:"履亩税而《硕鼠》作。""亩税"是每亩私田加抽十分之一的税,这一税制历史家说是进步,百姓看来不过多剥一层皮。悲诉徭役之苦的诗也有不少,粮不能种,连累老人也没法养活:"父母何怙? 悠悠苍天,曷其有所!"徭役是剥削劳力,古代往往不堪其苦。

4. 谴责官场苦乐不均、世道不平的悲怨诗,《小雅》里最集中。多作于周室衰微、社会转型、内部特别腐败时期。作者为自身的命运不公正而剖切哀诉,对当权者的昏庸特别痛恨,不时流露对时局国运的沉重忧虑。情感真挚,思考较深,清醒所以格外痛苦,心

事满腹。对社会不平,《国风》是毅然决然的怒斥,《小雅》则怨而不怒,痛而非恨,"发乎情,止乎礼义"。情绪复杂,知道身与国有割不断的牵连。所以《诗经》中对后世士大夫文学影响最深刻的,就是《小雅》式的怨。《十月之交》:"黾勉从事,不敢告劳。无罪无辜,谗口嚣嚣。"《正月》:"谓天盖(何其)高,不敢不局(弯腰);谓地盖厚,不敢不蹐(轻脚走)。"《北山》用上下级作了一连串对比:"或湛乐饮酒,或惨惨畏咎。或出入风议(到处指手画脚),或靡事不为(没样事不要我干)。"可见官场腐朽是历史痼疾。

5. 揭露讽刺当权者丑恶野蛮的诗,极尽嬉笑怒骂,深恶痛绝。卫国君主宣公是春秋时出名的淫棍恶徒,和自己的庶母夷姜通奸,生出儿子伋,后来给伋娶齐女,筑新台迎儿媳,一见这儿媳还挺美,立即强占归己。国人作歌讽刺道:"燕婉之求,籧篨不鲜。"(《新台》)满心要嫁个如意郎,不料粘上只癞蛤蟆。卫公子顽也同庶母乱伦通奸,百姓歌《墙有茨(蒺藜)》骂道:

> 墙有茨,不可扫也。中冓(内宫)之言,不可道也!所可道也,言之丑也。

宫内的事,脏得没法出口!《株林》是百姓嘲弄陈灵公天天往一个大夫家里跑,装着去看大夫的孩子,其实奸淫他妻子。《齐风》也有好几篇诗讽刺齐襄公与其妹长期奸淫的秽行。《诗经》讽刺性丑恶的诗全是朝贵族发的,主要是为防权贵乱伦,对民间性爱从无诗讥刺,可见其时社会头脑之健全。最残忍野蛮的,还是秦国历史上的"英主"秦穆公下葬时,"从死者百七十七人"(《史记·秦本纪》)。特别是其中三位公认的"良材"也被活埋殉葬,国人万分痛惜地歌《黄鸟》:"临其穴,惴惴其栗。彼苍者天,歼我良人!如可赎兮,人百其身!"简直是呼天抢地的悲号,令人震撼不已。其时人殉本已废止,孔子说,就连发明用木人代殉的人,也该断子绝孙:"始作俑者,其无后乎!"

6.《诗经》中的婚恋诗最富有生命光彩,大部分集中在《国风》。朱熹说这正是"风"的含义:"凡《诗》之所谓《风》者,多出于里巷歌谣之作,所谓男女相与咏歌,各言其情者也。"(《诗集传序》)这是实话。不独《国风》,历代各地民歌最多最好的也是爱情诗,举世皆然。不过《诗经》比后代更大胆、火热,感情的自由奔放远胜于后世。这与那时社会风气有关。一是制度宽松:"仲春二月,令会男女。于是时也,奔(私奔)者不禁;无故不用(执行)令者,罚之。"(《周礼·媒氏》)官府下令早春二月都要出来自由偶合,所以"春情"就是爱情。再则人往往失意于社会,转而求补于异性:"民穷于兵革,男女失时,思不期而会。"(《诗序》)再有一点值得注意,从口吻情味上可知其中女追求男的诗篇更多,情更热切,意更深曲,味更隽永,勇于爱,也妙于爱。与后世男性之士笔下的一味娇羞自不同。其时女性在生活、生产中之活跃决不在男性之下,求爱权力也平等,身心约束少。上山采集,河边洗衣,邻里救助,游春嬉水,对歌邀舞,投桃报李,露草合欢,星夜幽会,枕边温存,狱讼抗辩,痛斥负心等等,都敢毫无顾忌地叙原本,袒真心。连身材美也是"顾顾硕人",高大健美,一身活力。她们讨厌男人怯懦:"岂不尔思?畏子不敢!""畏子不奔!"(《大车》)喜欢爽快:"子惠思我,褰裳涉溱;子不我思,岂无他人!狂童之狂也且!"

（《褰裳》）接二连三约相会，总是不够："云谁之思，美孟姜兮。期我乎桑中，要我乎上宫，送我乎淇之上矣。"（《桑中》）大多充满爱的欢乐兴奋，不像后代总是一把相思泪。即使写初恋的内心矛盾，也不故作矜持，只靠真诚打动人：

> 将（请求）仲子兮，无逾（翻入）我园，无折我树檀！岂敢爱（惜）之，畏人之多言。仲可怀也，人之多言，亦可畏也！（《将仲子》第三章）

多好的姑娘，多么美善的心灵！古时美与善相通。还有一类值得珍视，《风》诗有《草虫》《野有死麕》《野有蔓草》等好几篇直接或侧面地歌唱性爱欢畅甜美，气得有的后儒提出要把它们从经中"放逐"开除，而孔圣却说：《诗三百》，一言以蔽之曰：思无邪！"我们看一章《草虫》，说的是丈夫远出新归之夜的妻子：

> 喓喓草虫，趯趯阜螽（蚱蜢）。未见君子，忧心忡忡；亦既见止，亦既觏（交媾）止，我心则降（踏实）。

《野有死麕》是最艳的歌。野外英俊猎人遇见"有女如玉"，结果"有女怀春，吉士诱之"，到最后玉女喘息着劝吉士："舒而脱脱兮（朱熹注：姑徐徐而来）。无感（通撼）我帨兮（别扯我下体的佩巾）。无使尨也吠（莫惊得猎狗汪汪叫）。"

这些诗春秋前后大唱了几百年，从圣人到凡人公认："乐而不淫。""男女媾精，天地化生"写在《周易》中，认为这是人性本真的纯正行为。决不像六朝以后君臣的宫体诗，见女性就一副下流胚的神色，对民众又道貌岸然。诗之淫与艳，不在事，只看心之邪正。诉说婚恋不幸，主要是几首被负心汉抛弃的悲歌，如《氓》《谷风》《谷中有蓷》等，其中饱含血泪，艺术成就也很高，待下节再分析。

四、《诗经》的多种社会作用

《诗经》在先秦时代社会生活中用途之广，远远超过把它尊奉为法典的后代。歌诗是上古人群表达情感最有效的方式，也是沟通神人的途径。周代以礼文繁复著称，诗乐随礼而行。诸侯朝会，君臣宴请，天地祖宗的祭祀，凡郑重的国事活动都要歌诗。春秋开始频繁的列国邦交活动，"行人"（使节）必得会断章取义地引诗喻志，《左传》一书就载有七十余条这类事例，另有百零一条，为各国公卿议事引诗。诸子各家论道，辩士四处游说，朝臣议事，都尽量引诗句为证。或取其音乐，或割取一二句辞意，或全靠附会，几乎全是"活学活用"，不管全诗原意，更不提什么赋比兴手法艺术。较切近诗本意的，倒是天子诸侯陈诗观民风，以便补察时政得失，发挥其"下以风刺上"的功用。可惜未见成效。汉世廷议，常"《诗》云"满嘴，甚至引《诗》断狱。从此，"诗教"最主要的功用已转向"上以风化下"，对士民进行封建思想政治的长期教育。在全社会政治实用主义的尊《诗》风气中，"诗言志"变成"诗言君国意志"，牢不可破。周汉时代提到"文学"，也是指王朝治民的文字学术，不可能对《诗三百》作文学性质的研究。但《诗经》对后代诗歌创

作的影响基本上是积极的,它以自身广阔真实的社会内容树立了伟大榜样,激发两千多年的进步作家关注苍生苦乐和天下安危,

努力坚持反映社会真相,一次次挽回耽溺一己琐屑,玩弄形式技巧,丧失社会良知的错误思潮。中国诗史之形成优良的现实主义传统,首功当推《诗经》,因它一开端就迈步在诗言民心的大道上。

第三节 《诗经》艺术手法的多样性

《诗经》艺术手法的多样性,主要体现在"赋、比、兴",出色的对话体以及抒情、叙事艺术等的综合运用上。

一、赋、比、兴的含义

历来讲《诗经》技巧不离"赋、比、兴"。虽然各地各时各心所生的歌,不会按一套手法唱出来。这"三字经"在《诗经》最盛行的先秦无人提及,东汉才出现于《毛诗序》,它们和风、雅、颂并列为"六义"。《郑笺》以来解说纷纭,唐孔颖达《毛诗正义》始将"六义"分成两组理解:"风、雅、颂者,诗篇之异体,赋比兴者,诗文之异词耳。"前是诗的三种不同类别,后只是诗篇语言的三种表现手法。后代对赋的理解一致,直叙其事,不拐弯抹角。比的理解也基本一致,以彼喻此,打比方。兴最难讲清,如今一般同意:取一物起个头,与诗意无明显关系(一明显即为比),又似乎有点触发诗心作用。文人诗里很少。朱熹说:"先言他物以引起所咏之词。"(《诗集传》)李仲蒙云:"触物以起情,谓之兴,物动情也。"(王应麟《困学纪闻》)大概如此。比是二者意义有相通处,起兴物与兴起的情却看不出意义相通,主要区别在此。麻烦出在毛公自己标明"兴也"的诗有一百十六篇,又没说依据什么原则,和今天的定义多不对口,就只好不管毛公定的框框了。举诗例说明之。卫国人咒骂贪婪又无耻的富贵者:"相(视)鼠有皮,人而无仪(样子);人而无仪,不死何为?"(《国风·相鼠》)看那老鼠都知道披张皮,现在有人却不要脸,既没人样,还配活吗?以鼠皮比人脸。《诗经》开卷首篇《关雎》一章:"关关雎鸠,在河之洲。窈窕淑女,君子好逑(配偶)。"某男士爱上一位漂亮又文静的姑娘,昼夜想娶作伴侣。却用水鸟在河滩关关叫起头,不是借鸟比人,又觉得前后挺谐美,关雎就是"兴"了。兴用在篇首或章首都有,兴而兼比的更多。纯兴的用法很有限。

二、《诗经》比喻的多样性

《诗经》中的比俯拾皆是,比法巧妙,用途极广,总体成就之高,超过后世。他们生活中看到、听到、摸到、感到、想到的都是实在的物,心中熟悉的物多而且亲,所以随口唱来

都能借物达意。比喻多端,各有妙用。《文心雕龙·比兴》分:"或喻于声,或方于貌,或拟于心,或譬于事。"拟声:"关关雎鸠""喓喓草虫""习习谷风""其流汤汤(shāng)""忧心忡忡(扑通扑通)"。喻貌:"予如柔荑(嫩茅根),肤如凝脂,领如蝤蛴(幼天牛),齿如瓠犀(瓠瓜内子),螓首蛾眉。巧笑倩兮,美目盼兮""桃之夭夭,灼灼其华;之子于归,宜其室家"。拟心:"一日不见,如三秋兮""战战兢兢,如临深渊,如履薄冰""我心忧伤,惄(nì,心伤)焉如捣""我心匪石,不可转也;我心匪席,不可卷也";"凯风自南,吹彼棘心;棘心夭夭,母氏劬劳"。譬事:"有匪(通'斐',才华焕发)君子,如切如磋,如琢如磨(以琢玉磨石成器,喻君子需要修身成才)""岂其食鱼,必河之鲂? 岂其娶妻,必齐之姜""伐柯如之何? 匪斧不克;取妻如之何? 匪媒不得"。《豳风·鸱鸮》更进而全篇托譬禽言,母鸟自叙在凶恶的猫头鹰迫害下,如何含辛茹苦保育幼雏的艰危境况。比喻物以类同为限。如果是取相反的对立物比照,立即使双方本质更分明,比能出新意,在《诗经》中有很多且相当出色。如前述贫富对比的《伐檀》《北山》和名句"昔我往矣,杨柳依依;今我来思,雨雪霏霏"(《采薇》)尤属上乘。

三、《诗经》出色的对话体

"片言明百意"的对话体。有比较才能鉴别,此语在艺术上也很在理。《风》诗除对比描写外,极出色的让人从双方简短对话中辨出男女的不同声口,想见当时种种情景的创作手法,最是后代诗人难望其项背处。《唐风·绸缪》是一对情人星光下邂逅相会,喜不自胜的对唱:

> 绸缪束薪(缠绕捆柴,兴兼寓情),三(参)星在天。"今夕何夕兮,见此良(好)人!""子兮子兮,如此良人何?"绸缪束刍(饲草),三星在隅(墙角)。"今夕何夕兮,见此邂逅(没想到见上你)!""子兮子兮,如此邂逅何?"绸缪束楚(荆条),三星在户。"今夕何夕兮,见此粲者(美得光彩照人)!""子兮子兮,如此灿者何?"

正在捆柴弄草时,没想到一个兴奋得容光焕发的美人儿突现在身旁。下面全靠录音般真切的声口写情言事:"今夜是个什么日子啊,竟然见到你这漂亮妞!"另一位则笑点其鼻,娇答:"你呀你呀,拿我这美人怎么好呐?"一个喜得手脚无措,一个娇痴挑逗,不觉间已星移夜阑。此夕无数绸缪,不需再着一字,已"尽得风流"了。仅仅靠简短对话反复三遍,性别、情绪、氛围、行为等都余在言外又尽含象中,情与辞都有优美的旋律感,事越数千年而二人声口依旧真切在耳,这才是纯粹的中国诗。遥想当年歌舞此诗,该何等动情!

四、《诗经》的抒情艺术

朦胧的抒情诗。《秦风·蒹葭》则是以淡淡的笔墨写悠长思念的抒情名篇:

蒹葭（荻与芦）苍苍，白露为霜。所谓伊人（所指的那人），在水一方。溯洄从之（跟着伊人在河边向上游走），道阻且长；溯游从之（顺河随同向下游走），宛在水中央。

全诗三章叠唱，这是首章。水边苇荻苍苍，地上白露凝霜，正是心易受伤季节。往上跟则其人如隔水，顺流随彼又宛在水中央，若近若远，苦苦追求，总是可望而不可即，却又总是心里撇不下。"伊人"为何？何以"从之"不舍？发生何事？都不说，只告诉你追求的痛苦与执着，纯粹一颗心。诗言心意，不一定说出心事，更未必反映客观事实。因为事只是他一人之事，情却有心人都能起共鸣。这诗的声韵节律特美，把情思拉成一根线似的步步摇曳着，让人回肠荡气。朦胧感与音乐感是本诗抒情的最大成就。

触物起情的思妇诗。与朦胧相反，完全写一样样具体事物如何触发心中欲求的，有名篇《王风·君子于役》：

君子于役，不知其期，曷（何）至（归）哉！鸡栖于埘（鸡窝），日之夕矣，羊牛下来。君子于役，如之何勿思！

君子于役，不日不月，何其有佸（huó 会合）！鸡栖于桀（木架），日之夕兮，羊牛下括（归栏）。君子于役，苟无饥渴？

丈夫在外当民夫，没年没月，哪天能回到身边啊！太阳又下山了，牛羊归栏躺在一起了，鸡也雌雄相伴而眠了，万物都遂性安息，可怜我这劳累一天的妻子，见床心酸。这时刻，教人"如之何勿思"！一种人不及畜之痛，油然涨满诗间。己心滴血，进而惦念丈夫此刻"苟无饥渴"，与唐诗"西风吹妾妾忧夫"同样体现出中国妻爱的伟大。诗中不肯多说思夫之痛，只用日夕、羊牛、鸡栖这类眼前景物，如何一步步触动心中事，出以最平淡的家常话，即情深而味厚。过人之处就在于不痛诉思夫之苦，只记叙物如何感动心的过程，描述感情产生的物色场景，到"如之何勿思"就止口，很有说服力，谁读了都会产生同感。而由诗人之情引发出读者之情，媒介只是物。

五、《诗经》叙事诗的艺术成就

叙事最完整，与抒情融合无迹、议论极深刻的是《卫风·氓》。此诗是女子决心与"氓"（古代农民通称）分手时，回忆相恋而结合、色衰而被弃的全过程：

氓之蚩蚩（憨笑貌）；抱布贸丝，匪（非）来贸丝，来即（亲近）我谋。送子涉淇，至（到）于顿丘。匪我愆期（延误佳期），子无良媒。将子无怒，秋以为期（婚期）。

乘（登）彼垝垣（塌墙），以望复关（氓居处）。不见复关，泣涕涟涟；既见复关（以地代人），载笑载言。尔卜尔筮（女嘱氓），体（卦）无咎言（氓谎答）。以尔车来，以我贿迁（财物搬到你家）。

桑之未落,其叶沃若(鲜泽貌,喻未嫁时)。吁嗟鸠兮,无食桑葚(甚甜,鸡贪食昏醉被人捉);吁嗟女兮,无与士耽(贪欢忘返)! 士之耽兮,犹可说(脱)也;女之耽兮,不可说也!

桑之落矣,其黄而陨(谢落)。自我徂尔,三岁食(受)贫。淇水汤汤(shāng,过淇水被赶回娘家),渐车帷裳(浸湿车围布)。女也不爽(过失),士贰(不专一)其行。士也罔极(没准则),二三其德(朝三暮四)。

三岁为妇,靡室劳矣(家务没一样不苦干);夙(早)兴夜寐,靡有朝矣(没一天不是这样)。言(语助词)既遂矣(让你满足了),至于暴矣(变得对我粗暴了)。兄弟不知(内情),咥(xì 讥笑声)其笑矣。静言思之,躬自悼矣(只有自己可怜自己)。

及尔偕老(怨当初誓言),老使我怨。淇则有岸,隰(低湿地)则有泮(通畔,淇隰难走也有界,我却苦无边)。总角之宴(少年时游玩),言笑晏晏。信誓旦旦,不思其反(不回念旧情)。反是不思,亦已(终止)焉哉!

这是《国风》里第二长诗,艺术最成熟。第一,时间、地点、人物、心情、事件、景色如此多端多变,却能依情变为主线,有条不紊地一幕幕依次展开,让人如身临其境。第二,全诗从头至尾都以自己与氓对比的方式叙述:氓是怎样主动地急切求爱,满足后就暴虐相待;女则始而迟疑,渐而热恋,婚后苦心置家,分手前还想以旧情感化,最后才毅然决裂。"女也不爽,士也罔极"成为事实的结论。爱情上,两个对立形象也同时鲜明地站在读者面前了。第三,叙事很有深度,发人深思。此诗的价值大半取决于所抒之情所叙之事的内涵深浅、分量轻重,美不离真与善。另几篇弃妇诉冤诗都停在乞望对方回心转意之上,有可怜无可思。此女不独勤劳善良,聪明热情,也很善于清醒思考,尖锐地提出了两个苦恼着千古婚恋的根本问题:①"既遂即暴",满足后就产生不满,是人的劣根性造成爱的悲剧,千古不曾道及,怎么好? ②"士耽可脱而女不可脱",是个无理的事实,却是无数言爱情悲欢之作罕有触及者。从一身血泪中悟出遍及人类的问题,其情弥足贵,其事发人深省,思想性就是作品提供给读者的思考价值。

《诗经》艺术形式的总体特点是:句式以四言为主,隔句押韵居多,篇内各章反复重叠,常用双声、叠韵、叠字,句尾时有"兮""矣"等表声词,语言朴实活泼,以本真人生的本色美取胜。不论抒情叙事、点景议论,大都有浓厚的生活真实感,是我国现实主义诗歌艺术的第一批累累硕果。

第四节　第一位杰出诗人屈原及其《离骚》

《诗三百》中绝大部分作者无名,少数有主名的多属偶尔一为,诗亦非佳,故不得以诗人冠。屈原是第一个将以身殉楚的生命结撰成杰作的诗人,司马迁传屈原就主要据其诗论其人的历史地位。他的诗都见于《楚辞》,是楚辞群中最杰出的代表,事实上也是古代南方文化成就的集中体现。所以传统上把屈原的作品和"楚辞"等同起来,与代表北方诗乐文化的《诗三百》双峰并峙,同为中华诗歌的两大光辉古源。

一、"楚辞"与楚文化渊源

"楚辞"之名始见于《史记·朱买臣传》。因其地方历史文化色彩格外浓烈而取名:"屈宋诸'骚',皆书楚语,作楚声,纪楚地,名楚物,故谓之楚辞。"(黄伯思《东观余论·翼骚序》)《楚辞》一书编于东汉,其包含屈原、宋玉的骚辞之外,也有非楚人而拟屈宋的作品。楚人自始就另有文化系统,物产、民俗、衣饰、语言、音乐、官制、观念都异于黄河文化带,到春秋还被中原人当"蛮夷"待,所以"南风"中保存的艺术特征,反而比北方"雅乐"更近原始诗乐的面貌。《诗三百》中虽无楚歌,可是其中同属周平王东迁后的诗,江汉流域的《周南》《召南》的情调也有别于其他十三《国风》:十之八九写女性、情思多婉转,音韵特流美;言群体之志的气味薄,抒个人情思之意味长。如《论语》《庄子》所载讥讽孔子热心拯世的《接舆歌》,《孟子》所录的《孺子歌》:"沧浪之水清兮,可以濯我缨。沧浪之水浊兮,可以濯我足。"(《离娄》)刘向《说苑·善说篇》所载《越人歌》及其唱的本事,尤为典型:

> 鄂君子皙泛舟于新波之中,乘青翰之舟,极芘芘,张翠盖,而擒犀尾,班丽褂袘,会钟鼓之音,毕榜枻,越人拥楫而歌,歌辞曰:"滥兮抃草滥予,昌枑……"鄂君子皙曰:"吾不知越歌,子试为我楚说之。"于是乃召越译,乃楚说之曰:"今夕何夕兮,搴舟中流。今日何日兮,得与王子同舟。蒙羞被好兮,不訾诟耻。心几顽而不绝兮,得知王子。山有木兮木有枝,心悦君兮君不知!"于是鄂君子皙乃揄修袂,行而拥之,举绣被而覆之。

这是用楚声当场翻译越女土音的楚辞,情致缠绵,声韵婉转,为《诗三百》所未能有。战国以降,中原争霸,黄河流域遭到浩劫。楚国地大食足,相对安宁,民间文化特别丰厚,巫歌巫风盛行,祭鬼祀神不断:"作歌乐鼓舞,以乐诸神。"楚人本以"多才"闻名,加上屈原的天赋、学识与人格意识,他加工的《九歌》与创作的《离骚》《九章》《天问》使其成为耀眼的文星,跃上诗国高空。

二、屈原的生平和作品

屈原(前340?—前277?)名平字原,或说名原字平,与楚王同族。"国"对他来说也是"宗",对宗国的忠贞自比他人深固得多。其生平主要靠《史记·屈原贾生列传》提供,尚难确切详尽。早年就博闻强记,谙习政治,长于辞令,大得楚怀王重用。"入则与王图议国事,以出号令;出则接遇宾客,应对诸侯。"官左徒,为怀王草拟宪令。同僚上官大夫想夺宪令稿而屈原不给,就在怀王前谗他骄傲:"以为非我莫能为也!"怀王怒而疏屈原。他被迫离京去汉北,怨怀王听谗,恨邪曲害公,忧愁悲思而作《离骚》。当时争霸的列国虽多,真有实力可能并吞列国一统天下者,只有秦、楚与齐而已。屈原一直努力联齐国,对抗虎狼之秦。现在屈原被斥在外,秦即遣权术家张仪来哄怀王联秦绝齐,许割让六百里秦地给楚。怀王果真绝齐邦交,而秦地不得,大怒,发兵攻秦,各国袖手,楚大败。怀王复召回屈原,使与齐复交。后来,秦昭王又约楚为婚,邀怀王会。屈原极力反对赴秦,而怀王左右亲信百计劝怀王赴会。怀王入秦,秦伏兵断王归路,强求割地,怀王怒不许,竟客死于秦,只运回尸体归葬于楚。屈原的进退用舍都因怀王,对王又爱又恨更担心的情绪,像水火交攻于胸,刺激很深。怀王死,顷襄王继位,以其弟子兰为令尹(宰相),内政更昏聩腐败。屈原恨奸邪秉国丧师,襄王怒而逐之。屈原二度流放到溆浦一带,披发行吟,颜色憔悴,形容枯槁,求神问天,忧无所泄,"于是怀石遂自沉汨罗以死"。

屈原生当战国时代,当时才智之士大多数都一心凭三寸舌取大富贵,朝说秦暮游楚,根本不讲操守。头脑最清醒的,也不过是标榜"与世推移""和光同尘"的隐逸避世者。屈子宗国不堪而不游,邪曲害公而不避,以生斗,以死争,九死不悔,自视美好人格与政治理想贵于一切,是当世仅见的孤独者,幸有许多青史知音。

屈原传世的作品,据《汉书·艺文志》有二十五篇。《离骚》《九歌》(十一篇)、《九章》(九篇)、《天问》是公认的,《招魂》《大招》《渔父》《远游》《卜居》及《九章》中二篇(《惜往日》《悲回风》)是否屈原所作,尚有歧见。

三、《离骚》的思想内容与艺术特色

《离骚》是首浪漫主义杰作,全诗三百七十二句,二千四百六十九字,是古代最长的抒情诗,也是对后代影响最大的一首诗。然因年代久,地方性强,语辞难度大,故只能撮述大概。题名《离骚》,就有多种讲法:或说二字一义,犹"牢骚";或说二义,"离骚者,犹离忧也"。离忧又有遭(罹)忧,别愁,被逐而忧等不同解释,都可通。诗的基本内容就是表现自己要为实现"美政"的崇高理想而执着追求和不懈奋斗,具有鲜明的政治意味。"美政"的正面内容,诗当然只能点到效法尧舜,举贤授能,修明法度之类。全诗可分为两部分,从自炫高贵出身、吉日诞辰到"岂余心之可惩"为前半篇,主要回顾自己的奋斗史。打小就汲汲自我修身,培养志洁而行廉的品德,有了超群才能,要指引怀王使楚国走向富强之路:"乘骐骥以驰骋兮,来吾导夫先路!"字里行间流露出对自己才志的自信自贵自美自爱,这也是他斗争勇气的来源。群小结党,"竞进以贪婪",怀王信谗,"不察余之中情"。诗人表示:"民生各有所乐兮,余独好修(美才)以为常。"后半部分从"女嬃之婵媛兮"至终篇,写"路漫漫其修远兮,吾将上下而求索"。神思恍惚之中,他身至《山海经》才大讲的传说地方,向神话中的人物倾吐内心郁愤,光怪陆离,奇思异想,忽天忽地,只有郁愤彷徨的心情是真诚的。先遭女嬃"独离而不服"的一顿责骂,转向重华申辩

自己的正确,复上诉天帝而叩阍(宫门),天门不开又去求佚女通情,无所获再请灵氛卜神示,巫咸也是劝他择主他国。于是到天津、西极、流沙、赤水去魂游了。正当高举远离时,忽然发现脚下的宗邦热土:"忽临睨夫旧乡,仆夫悲余马怀兮,蜷局顾而不行。"走不得啊!结尾是:"已矣哉!国无人莫吾知兮,又何怀乎故都?既莫足为美政兮,吾将从彭咸(指长眠地下的古贤)之所居。"屈子的"美政"未必多美,但他自葆高洁人格,执着自身理想的崇高精神是光辉的,"推此志也,虽与日月争光也可!"(《史记》本传引淮南王刘安语)

《离骚》具有鲜明独特的艺术风格。第一,浓厚的浪漫主义色彩。突出地表现在大量运用神话传说世界的人物、地点、景物,采取夸张的手法,构造成瑰丽迷离的幻想境界。第二,极大地发展了《诗经》的比兴手法。《诗经》的比兴喻体与被喻体是两个事物,《离骚》则发展为同一物,喻体兼寓意,已经具象征性质,如"香草"等于"美人"。向佚女求爱的男女之情实则影指君臣关系。《诗经》的比喻一般只取一物,《离骚》却成串有系统地叠用,连类无穷。第三,语言上《诗经》尚朴实,意足即止。《离骚》则极力修饰夸张,大段铺张描绘,而且常有散文长短句掺入混用,语言色彩富丽,对以后的汉赋影响很大。

《九章》的思想情绪与《离骚》一致而政治议论更突出,有情景交融的出色处,而神话浪漫色彩则趋淡薄。

第五节 《九歌》的特征与"楚辞"的蜕变

除了屈原以外,楚辞创作群体的重要成员尚有宋玉、景差等。由宋玉开始了由哀怨的楚辞,到随后汉代赋颂的大转变。

一、《九歌》的性质

《九歌》是《楚辞》中最早也最出色地表现楚风特征的民间祀神乐歌。《九歌》题作九,而篇实十一,理解不一。或说:"九者虚数"或以"纠"释"九",或合并其中二篇而剩九。"九歌"之名古已有之,屈原在《离骚》《天问》里也提过。组诗的最后一篇《礼魂》只有"成礼兮会鼓……长无绝兮终古"这四句,乏独立价值,显然是祀神礼毕的送神曲,是各歌通用的尾声收场部分。开头一篇《东皇太一》中主角是统领诸神的天尊,以"吉日兮辰良"开唱,当属迎神到位的开始曲。中间八篇,一歌祀一神,合起来成四对配偶神:东君与云中君是天上太阳与太阴的日神月神,湘君、湘夫人是楚地湘江洞庭的一对地方夫妇神,大司命、少司命为主管人间饮食寿夭的命运神,河伯、山鬼则为山水土地神,随处而有。楚人以"淫祀"出名,《九歌》所祀,天地人生无不备,祭祀神一半也为娱乐人,可以想见风俗。八神之余,有一独特的《国殇》,专为祭吊战死在外的少年烈士,歌唱他们冒矢争先,短兵相接,马死人翻,天怨神怒,直至"首身离兮心不惩(悔)"。结以:"身既死兮神以灵,子魂魄兮为鬼雄!"把殉国者的勇武刚强写得十分悲壮淋漓,并致以永垂不朽的敬意。令人想起"楚虽三户,亡秦必楚"的民谚。此歌充满蛮荒的威武气概,是楚人性格的重要特质。歌辞激奋昂扬,果敢坚毅,没有神话与缠绵,也不用比兴,内容形式都独创一格。

二、《九歌》与屈原的关系

屈原与《九歌》的关系,前无此说,至东汉后期王逸《楚辞章句》始言:"《九歌》者,屈原之所作也。昔楚国南郢之邑,沅、湘之间,其俗信鬼而好祠(一作祀)。其祠,必作歌乐鼓舞以乐诸神。屈原放逐,窜伏其域,怀忧苦毒,愁思怫郁,出见俗人祭祀之礼,歌舞之乐,其词鄙陋,因为作《九歌》之曲,上陈事神之敬,下见己之冤结,托之以风谏。"这里说明楚歌乐是在楚人信巫鬼、重淫祀的风气中盛行开来,对理解《九歌》很有启发。说屈原借此诉冤讽谏,却毫无根据,十一篇内容情调与屈之遭遇分明不相干,和屈原其他诗不相类。而和楚地原始巫风的意味及民歌清新活泼的风格极合拍。屈原可能对巫歌作了些文句润色,而非创作者。据研究,其歌舞形式大概是对唱,巫师起主导作用,他扮演受祀神鬼的角色,歌舞神鬼的情感动作,各篇都有代表神鬼语意的歌辞。某些非受祭祀神鬼口气的辞句,则是参加祭祀的人伴舞助唱,造成人神直接交流的热烈又虔诚的歌舞气氛,八歌四对配偶神,演唱时很容易配置起夫妇间和人神间的对唱合舞,达到人神共娱的目的。

三、《九歌》异于屈原《离骚》的文学特征

《九歌》的文学特征,如与《国风》比,显然分属于笃厚质朴与幽渺香泽两种文化艺术。即使与《离骚》对照,楚民的娱神与屈大夫的忧愤也有质的差别。

第一,《九歌》主题单纯,只为娱神自乐,故以人身同有的异性之爱投影到日月山川神鬼上,以抒发神与神或人与神之间可爱而不可得的悠长思慕为主调。如《少司命》:"悲莫悲兮生别离,乐莫乐兮新相知"二句极为后人称诵,相爱之乐与始离之悲确实没法比,此语唱尽了人人心中娇贵而易碎的爱。《离骚》主题复杂,情事万千,而以政治追求为核心。其中也写向"佚(美)女"求婚,其实是向怀王求取信宠,是特殊政治命运下的一种幻景。第二,情调不同,《九歌》半神半人的爱似一片恍惚情思,缠绵委婉,悱恻芬芳,意余言外。如《湘夫人》开头:"嫋嫋兮秋风,洞庭波兮木叶下",唱湘夫人刚飘落水洲,迷离着眼望湘君而未见时那种略带忧郁的意象,传神之极。不需依附其他说明,仅这情景就有独立自主的审美意味,这是从未有过的诗境。《诗经》是取物寓意,离意的自物就没任何意味。"物色"只是诗的原料,"意境"却是诗的生命。《离骚》有坚定目标,诉冤泄愤,肆意无忌,义尽言内。第三,《九歌》的神鬼在祭祀者心目中是有情性、意志、形貌的活神灵的活表现,属于实有的鲜明形象。《离骚》作者自有清醒理性,他靠学问掌握历史

传说与神话,只用神话人物帮助判是非决嫌疑,诗所涉及的一串神话传说中的人名,并未构成真实完整的形象。

四、《山鬼》——山神祭歌

《九歌·山鬼》用诉情的口气写女子去赴恋人之会,而所爱不至,因而极度相思、埋怨、怀疑、忧伤的情态:

> 若有人兮山之阿,被薜荔兮带女萝。既含睇兮又宜笑,子慕予兮善(美)窈窕。乘赤豹兮从文狸,辛夷(花树)车兮结桂旗。被石兰(山兰)兮带杜衡(香草),折芳馨兮遗所思。余处幽篁(竹林)兮终不见天,路险难兮独后来。
>
> 表(突出)独立兮山之上,云容容(飞流)兮而在下。杳冥冥兮(语助词)羌昼晦,东风飘兮神灵雨。留灵修(指所爱)兮憺(安于)忘归,岁既晏兮孰华予(句意:年纪大了,谁能使我再度年轻)?采三秀(灵芝)兮于山间,石磊磊兮葛蔓蔓。怨公子兮怅忘归,君思我兮不得闲(恐怕你也想我,只是不得空罢了)。山中人兮芳杜若(山美),饮石泉兮荫松柏(二句自言芳洁)。君思我兮然疑作(对我的情时信时疑交作)。雷填填(隐隐雷声)兮雨冥冥(昏暗),猿啾啾兮狖夜鸣。风飒飒兮木萧萧(风吹木声),思公子兮徒离(罹,遭)忧。

这篇祭山神歌应该是由女巫扮神且唱且舞的,调子凄清幽怨中带点激越。只读歌词,已是绝妙的情诗。第一段是情切切赴幽会,边赶路还边摘花,待见时相送,又自语心计地解释何以来迟。爱得多真纯。第二段为独立凝眸,风雨不避,久等不至,反代所爱辩解可能没空。爱得多体贴。末节以自身的窈窕芳洁,在心中暗责对方的怀疑,直至风雨如晦,一场相思以活受罪作结,自怨自艾又怨责所爱,爱得多痴心。而这芳洁的人缠绵的情,处处不离山花山草山风山石。楚山特有的凄清与女鬼特有的幽艳结合得异乎寻常的完善和谐,遂使心中抽象之情化作山中绘声绘色绘香绘貌的人与物。此诗如有江山神助,令人叹止。《九歌》为古代民众集体智慧的结晶,其成就之高,出乎我们之想象。

五、《楚辞》的蜕变——宋玉的辞赋

《史记·屈原贾生列传》说:"屈原既死之后,楚有宋玉、唐勒、景差之徒者,皆好辞而以赋见称。然皆祖屈原之从容辞令,终莫敢直谏。"宋玉《九辩》就是学屈原的辞采而不敢直谏的典型之作:"悲哉,秋之为气也!萧瑟兮,草木摇落而变衰。憭栗兮,若在远行,登山临水兮送将归。"全诗一千七百多字,反复渲染贫士失职,惆怅自怜之态,而情景融合得很好,对后代文人影响甚广,悲秋从此成为传统主题。相形之下,屈原的《离骚》反而曲高和寡。

由屈原哀怨的楚辞,到汉代赋颂的大转变,其间宋玉发挥了重要作用。传为宋玉作的赋很多,几乎篇篇有怀疑,多数人只相信《文选》的几篇为宋作:《高唐赋》《神女赋》《风

赋》《登徒子好色赋》。这是最早的赋,全文框架语气是散文,中间铺张形容用韵语与楚辞的词采。起结常用双方对答格式,主题都是铺叙以君王为中心的宫室、宫女、打猎、苑囿、歌舞、物产等的无数奢华富丽,罗列的事物繁多,形容得出奇,才表明"天子富有四海",才能悦君得赏,所以成了汉代独盛的文体。由于篇幅长和夸饰、铺陈辞语都近楚辞,情感也随君的信疑而哀乐,最早"以赋见称"的宋玉又是楚辞的重要作家,所以传统上往往将"辞"与"赋"混谈,其实二者有质的区别。宋赋是写君王事讨君王欢心的文,骚辞是抒自心不平、谏君王失误的诗。宋赋与其《九辩》就截然不同。这几篇赋后人常用为典故,故略作介绍。《高唐赋》写宋玉跟楚襄王游云梦台,望高唐观上云气幻化奇异,王问何气? 玉应:先王游高唐,昼寝时梦神女"愿荐枕席,王因幸之"。去而复化为巫山的朝云暮雨。下面连篇累牍地给襄王大事铺叙山势如何高险,禽兽如何奇多。《神女赋》是其姊妹篇:襄王闻父王艳遇神女后,当夜亦与神女梦淫,第二日对宋玉述神女如何百般美艳。命宋玉:"试为寡人赋之。"玉曰:"唯唯。"即竭尽才力形容梦遇神女的始末过程与神女的妖艳奇丽,既主动掀帐"请御",又做出不可侵犯的挑逗姿态。《登徒子好色赋》则意与辞更卑下,说登徒子在楚王前揭宋玉貌丽而好色之短,玉自辩于王前,说天下莫美于我东家的女儿,"著粉则太白,施朱则太赤"等通体描绘了一番。"然此女登墙窥臣三年",而我不许。登徒子之妻的头、耳、唇、齿、腿、痔如何不堪入目,却与其生出五子云云。全篇贱人女、丑人妻而得意自美。三赋都是以好色媚君、煽情炫才的无德弄臣之作。只有《风赋》构思新颖别致:楚襄王披襟当风,曰:"快哉此风!"问此风该是王与庶人共享的吧? 玉称:"此独大王之雄风耳。"舞松柏,穿华庭,清凉爽身;庶人只有浑浊"雌风",扬死灰,冲腐臭,中人则温病。王称善于论事。妙在两面都讨好:君王视为颂扬自己的威福,庶人当作为自己鸣不平的讽刺,美刺随人说。汉赋专学这种以谀为讽,"劝百讽一"的手法,每能得官,因而大盛。随着政治、经济、军事、思想、文化全面专制集权的大汉帝国的强盛,楚辞哀怨的骚音,蜕变为对大汉王权的轮番赋颂,而不再关心万民苦乐,四百年的汉文士竟无一诗可称"风""骚"的继响。孔子曰:"诗可以怨。"热心搞思想文化大一统的汉君臣鼓吹:诗只宜颂。诗歌的光辉起步被中止,《诗三百》被阉割,其中只肯定"颂""大雅"是正声,有怨刺的列为"变风""变雅"。屈原更因"怨君""扬己"被批判,润色王业的大批赋颂专家则得官受赏。由怨到谀的最初转折契机,就在于屈骚流荡而为宋赋。

第二章 汉魏六朝乐府民歌与五言诗的兴盛

从屈原死后到盛唐诗星丽天之前的千年诗史,总体上处于两大高峰间的低潮期。秦灭诗书,汉则赋颂独盛,文人诗几乎绝响。幸而收留了一批民歌在乐府,上继《国风》的现实主义传统,由自叙其事进步为客观绘事,加强了形象性与事件完整性。并产生了最杰出的叙事长诗。魏晋六朝近四百年分裂动荡,使民歌南北各自分流。文人五言诗大盛,代替四、六言成为主体,七言也有提高。唯形式美之风,与声色享乐结合,从朝廷刮到诗坛,长久地弥漫于社会。只有陶渊明独挺流俗,高标一代。在形式雕琢中,对偶的精致与声韵的律化,却为唐诗近体奠定了基础。

第一节 "感于哀乐,缘事而发"的汉乐府民歌

汉乐府民歌,是唯一反映汉朝民情、代表汉诗成就,并结束四言、开创五言的现实主义诗歌。

一、"乐府"含义在历史上的变化

汉初朝廷设置这一机构,"乐"是音乐,"府"是官府,具体任务是制乐谱、合歌辞和训练乐工,以便祭祀享宴时奏乐行礼,与周代礼乐古制性能相同。到汉武帝时,由于他内多欲而外喜功,厌听古乐,转求新声,开始扩大机构(多时到八百员),增加乐辞"娱耳目、乐心意"的内容,就派乐师到民间去采歌:"至武帝定郊祀之礼……乃立乐府,采诗夜诵,有赵、代、秦、楚之讴。"(《汉书·礼乐志》)民歌辞曲的清新优美远胜庄严平板的旧雅乐,渐由宫廷传向贵族之家,甚至"与人主争女乐"。汉哀帝乃下令"罢乐府"中的"郑卫之声"(民间情歌)。东汉光武帝又恢复采诗,"广求民瘼,观纳风谣"。汉代自武帝开始采风,《汉书·艺文志》载西汉各地歌诗一百三十八篇,几近《国风》,惜现存只有零数三四十首,总算把自生自灭的人民心声留给了后世,做了件大好事。魏晋以后乐府虽存却不采风,后世将汉乐府机关所歌之辞叫作"乐府",这是第二义了。模仿其语言格调写的文人诗,称"拟乐府",沿用其题为"古题乐府"。中唐一些诗人为发挥诗歌下情上传、改革弊政的作用,不用古题,不管音乐,专写民瘼的诗叫"新乐府"(如元结、白居易等),这是第三义。宋后,因曲子词能唱合乐,又一反而不问内容功用,将词和曲都称为"乐府",托

古自贵,成了第四义。今天前三义还沿用,第四义已废止。汉唐乐府诗收集最完备的是宋郭茂倩所编《乐府诗集》百卷。

二、汉乐府的内容

汉乐府辞有两大类,少数宫廷文臣作的内容虚美、浮泛而语言奥涩笨拙的郊庙典礼歌辞,和大量内容真实、生动而且语言刚劲活泼的各地民间歌讴。两相对照,直如荒漠之于新蕾。刘向对乐府民歌的内容价值作了深刻的概括:"有赵代之讴,秦楚之风,皆感于哀乐,缘事而发,亦可以观风俗,知厚薄云。"(《汉书·艺文志》引录《七略》)真情实感与"变风""变雅"相同,而对引起哀乐的社会事实,没有比汉民歌表述得更集中、深沉而完整的了,叙事逼真是其最主要的特征。艺术成就则明代胡应麟说得最确切:"汉乐府歌谣,采摭闾里,非由润色。然而质而不俚,浅而能深,近而能远。天下至文,靡以过之。"(《诗薮》卷一)

1. 对阶级剥削与压迫的沉痛控诉。汉王朝的威福建立在农民的痛苦生活上:"贫民常衣牛马之衣,食犬彘之食。""卖田宅,鬻子孙以偿债。"(《汉书·食货志》)正因为有社会制度作根源,所以惨绝人寰的悲剧到处产生。《孤儿行》开口就唱出血泪:"孤儿生,孤子遇生,命独当苦!"父母双亡,托命兄嫂,兄嫂令孤儿出门跑买卖,苦不敢言。回家"头多虮虱,面目多尘;大兄言'办饭'!大嫂言'视马'!……怆怆履霜,中多蒺藜;拔断蒺藜肠肉中,怆欲悲。泪下渫渫,清涕累累。冬无复襦,夏无单衣。居生不乐,不如早去,下从地下黄泉。"出去运瓜,"瓜车翻覆,助我者少,啖瓜者多。'愿还我蒂!兄与嫂严,独且急归,当兴校计。'"在家兄嫂不把他当人,出门翻车,只有抢瓜的,连讨回瓜蒂交差也难,金钱使人冷酷至此!难怪他"欲寄尺书,将与地下父母:兄嫂难与久居"。孤儿的独苦"活现笔端,每读一过,觉有悲风刺人毛骨"。(宋长白《柳亭诗话》)这是《国风》未曾有,文人写不到,只有苦命的孤儿们自己能唱出的人间真诗。《妇病行》是另一惨剧:

> 妇病连年累岁,传呼丈人(大夫)前一言。当言未及得言,不知泪下一何翩翩。"属累君两三孤子,莫我儿饥且寒!有过慎莫笪笞,行当折摇!思复念之!"

当娘的临终最合不上眼的,是这二三孤子呀,别饿着冻坏,发火也莫真打,他经不起……句句掏自肺腑,气将断,心犹念,思之令人哽咽。诗下文说这孤独的丈夫,抱起小的无布蔽体,差大的到市乞食,道逢亲友只有哭,一入门,"见孤儿啼索其母抱!"徘徊空舍,荡荡乾坤,也没活路。这样的悲剧,岂止一家。颇富仁心的贡禹上疏中言:"武帝征伐四夷,重敛于民,民产子三岁则出口钱。故民重困,至于生子辄杀,甚可悲痛。"(《汉书》本传)以诗验史,可知灾难的根由,具有很大的典型意义。此类内容还有《乌生》《枯鱼过河泣》等多篇。《东门行》则写官逼民反:

盎中无斗米储,还视架上无悬衣。拔剑东门去,舍中儿母牵衣啼:"他家但愿富贵,贱妾与君共哺糜(喝粥汤)。上用仓浪天故,下当用此黄口儿,今非。""咄,行!吾去为迟,白发时下难久居。"

中国人民要揭竿拔剑很难,上怕得罪苍天,下恐株连孩子。这幕穷人家夫妻的争执,代表了世代万千穷家的悲惨处境与两难抉择。简短的独幕剧中包含重大而尖锐的社会现实与道德伦理的冲突,也已超出"变风",后来更是绝响了。

2. 对战争的揭露,也很有力度。汉初七十年曾是国有余财、家能温饱的盛世。武帝连续三十几年的四面战争,虽然扩大了版图,却府库财尽,民减一半,几乎崩溃。官定兵役为二十三岁至五十岁,而《十五从军征》却告诉了真相:

十五从军征,八十始得归。道逢乡里人:"家中有阿谁"?"遥望是君家,松柏冢累累。"兔从狗窦入,雉从梁上飞;中庭生旅(丛)谷,井土生旅葵。舂谷持作饭,采葵持作羹,羹饭一时熟,不知贻阿谁!出门东向望,泪落沾我衣。

这位八十老兵还家的自述,情景逼真,用语本色,从打听而进院而做饭而泪下,思路极清晰完整而情景相生,也为《国风》徭役诗所不及。特别是就荒院的野菜做饭,表现出惯经生死的老兵那种异常的忍耐力。可端起饭给"家"里谁吃呀!却再也止不住心酸,"出门东向望"——家中长眠的亲人哪,我回来晚了……不禁老泪纵横,将忍了一生的泪(诗一开始就强忍着),至此方任它"沾衣"!世无亲人,还为谁自强哪!令人肝肠为之绞痛。文人仿作,决不能到此境界。杜甫《无家别》完全从此学去,细致过之,而本色不及。最能展现汉兵刚毅强悍而又悲愤填胸者,还数《战城南》:

战城南,死郭北,野死不葬乌可食。为我谓乌:"且为客豪!野死谅不葬,腐肉安能去子逃?"水深激激,蒲苇冥冥。枭骑战斗死,驽马徘徊鸣。梁筑室,何以南?何以北?禾黍不获君何食?愿为忠臣安可得!思子良臣,良臣诚可思:朝行出攻,暮不夜归。

这篇悲悼阵亡战士的祭歌,真可以惊天地、泣鬼神,有使贪夫廉、懦夫立之震撼力。一开始就对战争领导者不存丝毫幻想,以敢于正视一切残酷的无畏勇气,作刚毅灵魂与食腐猛禽的豪爽对话:勇士决不逃避,但你应理解,你食的决非行尸走肉。此诗就是要为亡灵一吐豪杰气,想落天外,理在情中。"水深激激,蒲苇冥冥"二句跌宕肃穆,神行景外。以下回顾指挥失策,壮烈阵亡,忠良永垂,冤死又不葬,无比悲愤,都以壮语出之,豪迈慷慨,头角峥嵘,气冲斗牛。刚强坚忍,正是汉兵久经血火磨砺的性格。

3. 婚姻爱情的哀乐,也是汉乐府民歌中又多又好的部分,可与《国风》情诗对照思考,有共同题材而各有时代风貌。情辞富有朴茂天趣者如《江南可采莲》:"江南可采莲,莲叶何田田。鱼戏莲叶间:鱼戏莲叶东,鱼戏莲叶西,鱼戏莲叶南,鱼戏莲叶北。"这诗赞美"芳辰丽景,嬉游得时",边劳动边调情。古常以"鱼"隐喻女性欢娱,"莲"代恋。情景辞都有浑然天成之妙。《上山采蘼芜》角度很新颖，是一被弃前妻路遇已再婚的故夫的对答。故夫拿新人比前妻："颜色虽相类，手爪不相如。"发现新人干活差劲，语颇后悔。这是文人思考不到之事。

《有所思》写一痴情少女发现自己纯洁的爱被负心人轻抛后，一怒用火把定情物"拉杂摧烧之，摧烧之，当风扬其灰！"冷静下来，又怕闹得外人知晓，一时没了主意。对纯真少女的情状，刻画得很鲜明又入微。《白头吟》也是对变心的谴责，唱出了人们对婚姻的普通心愿："愿得一心人，白头不相离。"《上邪》则是表白忠贞的盟誓，被后人评为"短章中神品"：

> 上邪！我欲与君相知，长命无绝衰。山无陵，江水为竭，冬雷震震，夏雨雪，天地合，乃敢与君绝！

列举五种绝不可能之事，以见要断绝此情之不可能，就把讲不清的永不熄灭的爱，讲清又说绝了。精诚通神，爱使少男尤其少女的才情智慧发挥到极致，所以冲口而出，即妙想天开。或许她的恋婚真遇重大阻力，才誓得火山喷发般，也未可知。

三、《陌上桑》和《孔雀东南飞》

思想与艺术最完美的当然还推喜剧性的《陌上桑》与悲剧顶峰之作的《孔雀东南飞》，二者都是我国叙事诗中最为动人的名篇。

《陌上桑》叙述一位美丽惊人又辩慧过人的罗敷姑娘，如何尽情奚落太守，机智勇敢地捍卫住自己的尊严和美丽的故事：

> 日出东南隅，照我秦氏楼；秦氏有好女，自名为罗敷。罗敷喜蚕桑，采桑城南隅。青丝为笼系，桂枝为笼钩。头上倭堕髻，耳中明月珠。缃绮为下裙，紫绮为上襦。行者见罗敷，下担捋髭须。少年见罗敷，脱帽著帩头。耕者忘其犁，锄者忘其锄。来归相怨怒，但坐观罗敷。

> 使君从南来，五马立踟蹰。使君遣吏往，问是谁家姝？"秦氏有好女，自名为罗敷。""罗敷年几何？""二十尚不足，十五颇有余。"使君谢罗敷："宁可共载不？"罗敷前致辞："使君一何愚！使君自有妇，罗敷自有夫。"

> "东方千余骑，夫婿居上头。何用识夫婿？白马从骊驹；青丝系马尾，黄金络马头；腰中鹿卢剑，可直千万余。十五府小吏，二十朝大夫，三十侍中郎，四十专城居。为人洁白皙，鬑鬑颇有须。盈盈公府步，冉冉府中趋。坐中数千人，皆言夫婿殊！"

强抢民女一直是富贵者常犯的罪行。汉代郡守（使君）每年春天要下乡"劝人农桑"，往往乘机扰民使坏。诗中使君要载罗敷同归，有很大的现实性。一个弱女子路遇五马之尊，人民不愿看她被凌辱，支持她斗败强权。第一段写她美得令人眩晕，却抛弃宋玉以

27

来从头到脚画美人标准图的俗套，从耕、行、老、少各种失神忘形的表情着笔，虚写影响的效果比正面刻画形象更有想象余地，是绝妙而全新的大创造。第二段是智斗。勇敢镇定才能应对如流，二句"自有"，大义凛然，不容轻薄，罗敷与使君平等了。第三段罗敷侃侃夸夫，越夸越神，来头、品貌样样都让人觉得使君不啻一只想爬上脚面的癞蛤蟆。罗敷全胜了，民心舒畅了，洋溢着喜剧的风趣。本诗写美貌、斗智、夸夫三段都是广大群众才有的艺术创新，语言的活泼自在，更远在文人之上。辛延年写了篇题材相类的《羽林郎》，也极富正义感：一位皇亲国戚家的豪奴冯子都，"依倚将军势，调笑酒家胡"。胡姬正当妙龄，写其美则靠装饰美玉明珠，"一鬟五百万，二鬟千万余"。冯奴借喝酒赠铜镜，扯衣裙，胡姬裂裙而起，拒斥恶奴："人生有新故，贵贱不相逾！"这里都是正面反抗，大约更近于真实，叙事能力也高于一般。然胡姬比罗敷，就看出客观反映远不及有想象构思更能满足人心对诗的特殊要求。

《孔雀东南飞》是三千年诗史上最长（三百五十三句、一千七百七十五字）也是最卓越的叙事巨制。此诗最早见于陈朝徐陵编的《玉台新咏》，题《古诗为焦仲卿妻作》，后人习用首句为题。诗序虽明言时在建安（汉末代之君献帝年号），后人仍不能无疑。大约先传唱于汉末民间，后经文士润色而定，仍属民间文学。其诗并序曰：

> 汉末建安中，庐江府小吏焦仲卿妻刘氏，为仲卿母所遣，自誓不嫁。其家逼之，乃投水而死。仲卿闻之，亦自缢于庭树。时人伤之，为诗云尔。

> 孔雀东南飞，五里一徘徊。"十三能织素，十四学裁衣，十五弹箜篌，十六诵诗书。十七为君妇，心中常苦悲。君既为府吏，守节情不移。贱妾留空房，相见常日稀。鸡鸣入机织，夜夜不得息。三日断五匹，大人故嫌迟。非为织作迟，君家妇难为。妾不堪驱使，徒留无所施。便可白公姥，及时相遣归。"府吏得闻之，堂上启阿母："儿已薄禄相，幸复得此妇。结发同枕席，黄泉共为友。共事二三年，始尔未为久。女行无偏斜，何意致不厚？"阿母谓府吏："何乃太区区！此妇无礼节，举动自专由。吾意久怀忿，汝岂得自由！东家有贤女，自名秦罗敷。可怜体无比，阿母为汝求。便可速遣之，遣去慎莫留！"府吏长跪告："伏惟启阿母：今若遣此妇，终老不复取！"阿母得闻之，槌床便大怒："小子无所畏，何敢助妇语！吾已失恩义，会不相从许！"

> 府吏默无声，再拜还入户。举言谓新妇，哽咽不能语："我自不驱卿，逼迫有阿母。卿但暂还家，吾今且报府。不久当归还，还必相迎取。以此下心意，慎勿违吾语。"新妇谓府吏："勿复重纷纭。往昔初阳岁，谢家来贵门。奉事循公姥，进止敢自专？昼夜勤作息，伶俜萦苦辛。谓言无罪过，供养卒大恩。仍更被驱遣，何言复来还。妾有绣腰襦，葳蕤自生光。红罗复斗帐，四角垂香囊，箱帘六七十，绿碧青丝绳。物物各自异，种种在其中。人贱物亦鄙，不足迎后人。留待作遗施，于今无会因。时时为安慰，久久莫相忘。"鸡鸣外欲曙，新妇

起严妆。著我绣夹裙,事事四五通。足下蹑丝履,头上玳瑁光,腰若流纨素,耳著明月珰。指如削葱根,口如含朱丹,纤纤作细步,精妙世无双。上堂谢阿母,母听怒不止。"昔作女儿时,生小出野里。本自无教训,兼愧贵家子。受母钱帛多,不堪母驱使。今日还家去,念母劳家里。"却与小姑别,泪落连珠子:"新妇初来时,小姑始扶床;今日被驱遣,小姑如我长。勤心养公姥,好自相扶将;初七及下九,嬉戏莫相忘。"出门登车去,涕落百余行。

府吏马在前,新妇车在后,隐隐何甸甸,俱会大道口。下马入车中,低头共耳语:"誓不相隔卿!且暂还家去,吾今且赴府。不久当还归,誓天不相负。"新妇谓府吏:"感君区区怀。君既若见录,不久望君来。君当作磐石,妾当作蒲苇。蒲苇纫如丝,磐石无转移。我有亲父兄,性行暴如雷,恐不任我意,逆以煎我怀。"举手长劳劳,二情同依依。

入门上家堂,进退无颜仪。阿母大拊掌:"不图子自归!十三教汝织,十四能裁衣,十五弹箜篌,十六知礼仪,十七遣汝嫁,谓言无誓违。汝今无罪过,不迎而自归?"兰芝惭阿母:"儿实无罪过。"阿母大悲摧。还家十余日,县令遣媒来。云有第三郎,窈窕世无双,年始十八九,便言多令才。阿母谓阿女:"汝可去应之。"阿女衔泪答:"兰芝初还时,府吏见丁宁,结誓不别离。今日违情义,恐此事非奇。自可断来信,徐徐更谓之。"阿母白媒人:"贫贱有此女,始适还家门;不堪吏人妇,岂合令郎君?幸可广问讯,不得便相许。"媒人去数日,寻遣丞请还,说有兰家女,承籍有宦官。云有第五郎,娇逸未有婚。遣丞为媒人,主簿通语言。直说太守家,有此令郎君,既欲结大义,故遣来贵门。阿母谢媒人:"女子先有誓,老姥岂敢言?"阿兄得闻之,怅然心中烦,举言谓阿妹:"作计何不量!先嫁得府吏,后嫁得郎君,否泰如天地,足以荣汝身。不嫁义郎体,其往欲何云?"兰芝仰头答:"理实如兄言。谢家事夫婿,中道还兄门,处分适兄意,那得自任专?虽与府吏要,渠会永无缘!登即相许和,便可作婚姻。"媒人下床去,诺诺复尔尔。还部白府君:"下官奉使命,言谈大有缘。"府君得闻之,心中大欢喜。视历复开书,便利此月内,六合正相应。"良吉三十日,今已二十七,卿可去成婚。"交语速装束,络绎如浮云。青雀白鹄舫,四角龙子幡,婀娜随风转。金车玉作轮,踯躅青骢马,流苏金缕鞍。赍钱三百万,皆用青丝穿。杂彩三百匹,交广市鲑珍。从人四五百,郁郁登郡门。阿母谓阿女:"适得府君书,明日来迎汝。何不作衣裳?莫令事不举。"阿女默无声,手巾掩口啼,泪落便如泻。移我琉璃榻,出置前窗下。左手持刀尺,右手执绫罗,朝成绣夹裙,晚成单罗衫。晻晻日欲暝,愁思出门啼。

府吏闻此变,因求假暂归。未至二三里,摧藏马悲哀。新妇识马声,蹑履相逢迎,怅然遥相望,知是故人来。举手拍马鞍,嗟叹使心伤:"自君别我后,人事不可量。果不如先愿,又非君所详。我有亲父母,逼迫兼弟兄;以我应他人,君还何所望!"府吏谓新妇:"贺卿得高迁!磐石方且厚,可以卒千年;蒲苇一时纫,便作旦夕间。卿当日胜贵,吾独向黄泉。"新妇谓府吏:"何意出此言!同是被逼迫,君尔妾亦然。黄泉下相见,勿违今日言!"执手分道去,各各还家门。生人作死别,恨恨那可论!念与世间辞,千万不复全。

府吏还家去,上堂拜阿母:"今日大风寒,寒风摧树木,严霜结庭兰。儿今日冥冥,令母在后单。故作不良计,勿复怨鬼神!命如南山石,四体康且直。"阿母得闻之,零泪应声落:"汝是大家子,仕宦于台阁。慎勿为妇死,贵贱情何薄!东家有贤女,窈窕艳城郭。阿母为汝求,便复在旦夕。"府吏再拜还,长叹空房中,作计乃尔立。转头向户里,渐见愁煎迫。其日牛马嘶,新妇入青庐。奄奄黄昏后,寂寂人定初。"我命绝今日,魂去尸长留。"揽裙脱丝履,举身赴清池。府吏闻此事,心知长别离。徘徊庭树下,自挂东南枝。

两家求合葬,合葬华山傍。东西植松柏,左右种梧桐。枝枝相覆盖,叶叶相交通。中有双飞鸟,自名为鸳鸯,仰头相向鸣,夜夜达五更。行人驻足听,寡妇起彷徨。多谢后世人,戒之慎勿忘!

本诗通过兰芝夫妇被双双逼死的悲剧,无情地揭露了封建礼教通过家长制扼杀爱情的吃人本质,深情地歌颂了兰芝夫妇宁死不屈的反抗精神,有力地表达了人们争取有爱情婚姻的热切渴望与不倦追求。因此,这一个悲剧有普遍的价值,兰芝形象有巨大的典型性。

艺术上创造性的成就很多,主要是:第一,作者以无限同情的笔墨塑造了兰芝这一内外兼美的悲剧形象。诗中各种人物都是为给她立丰碑、作本传而写的,长诗主线很明晰。诗从各种场合描写她的各个侧面。尤难能可贵的是,兰芝的性格能随着矛盾的尖锐而不断丰富发展,是难度极高的叙事技巧。她在恶势力面前不掉泪乞怜,在所爱面前温情体贴。以前诗中都是写女性感情生活的某些片断,自兰芝出才有丰满完整的人物形象可称道,如太史公笔下的传主,鲜活欲动。第二,以动作细节刻画人物个性。这是中国诗一向所缺乏的,而此诗运用得很精当。如仲卿母的"槌床便大怒",兰芝母只是"大拊掌";"仰头"答兄而"举手"别夫;离焦家前"事事四五通",与府君下书后的"朝成""晚成"等都是。第三,人物语言恰如其人,恰如其事,很有个性化与特定性。第四,场面景色的穿插描写,严格服从中心思想与人物心情的需要,恰到好处。第五,情节叙述详略得当,剪裁精妙。如起不叙两家身世,结不言两家悔悟,摆脱俗套,撇开枝蔓,聚精会神地叙说兰芝的婚姻命运,比文人常用的以摆家谱起、大团圆结的叙事模式不知高明多少倍。

我国民间一直有许多殉情的故事为人传诵,见于诗中的唯此最早最优秀。晋后渐渐传开的梁山伯与祝英台最终化蝶的情节,把悲剧升华为永恒而自由的爱,可以认为是从《孔雀东南飞》枝抱叶交的结局中得到的启示。

四、五言对四言的优势

汉乐府民歌在语言形式上的最大贡献,是打破了四言的周诗与六言的楚辞对诗歌叙事达意的束缚,创造了五言这一更有生命力的新诗体。此后五七言一直是诗歌的基本句式,而四六言却寿终于汉民歌。仅从先秦找出个别五言章句当起源,是不科学的。诗体是能成功地为社会使用的诗歌格式,《诗经》中偶尔夹杂零章只句,尚未成体。周诗楚辞及三四五六七杂言、歌行、词曲各体之初,全是不拘体式的民众随心唱出,乐闻则传开,文人再学会,流行即成体。文人自己创制只有一体,即声律对偶森严的律体诗。汉武以前已有五言的民谣,符合由谣而歌、从简易到完善的发展规律。今天既已无从得见汉世歌谣的全貌,想考定五言始于何时何人,既无可能也无必要。重要的是五言的优势何在?第一,钟嵘《诗品序》说:"(四言)每苦文繁而意少,故世罕习焉。五言居文词之要,是众作之有滋味者也,故云会于流俗。岂不以指事造形,穷情写物,最为详切者耶!"事详意切是五言胜四言处,汉民歌之哀乐皆以事为质,抒的是事之情,"缘事而发"是根本特征。所以读汉乐府民歌总有质实厚重感,与周楚民歌的情思幽渺,大半靠配乐大不相同。由虚而实,是周汉民歌乃至文化的总趋势。第二,秦皇汉武的专制淫威空前,则个人价值愈益渺小以至民命如草芥,生存艰难已超过爱情悲欢,血淋淋的事实因之成为民歌的重要题材。像《妇病》《孤儿》《陌上桑》其事其情,用四言就无法写得这般详尽淋漓。第三,除内容外,还有诗句与口语的接近程度,四言的文辞与口语远而僵硬,五言较近于自然口语。第四,双音词与日俱增,四言根本无法容纳主谓宾构成完整句子,五言就容易多了。第五,是音节变化问题。汉语渐趋以双音词为主,则吟诵自然形成二字一音步的节拍,四言声律必然句句重复呆板,无从抑扬有致,日后更不可能发展为诗律。五言只增一字就全句皆话,有上二下三与上三下二之异。且二字一音步中允许掺一字为一拍,即可摇曳顿挫而产生语感的错综谐美。

世事的纷纭,双音词繁衍,语与文的亲近,乐与诗的疏远,生存日艰对叙事的要求,都促成四言诗让位于五言叙事,是势所必至,亦诗所必然。

所以刘永济《十四朝文学要略》说:"四言一体,《诗三百》已造其极。……此汉魏不得不变而为五言也。""尝考诗之为体,三言既病其迫促,四言易入于平整。六字三偶,偶字难疏;八九句长,长句累气。错综奇偶之间,折衷修短之际,厥惟五七言矣。"

第二节　刚健清新的南北朝民歌

南北朝时期江南的浮艳和北国的粗豪形成南北阴阳的两极,映射出水土地域、民族气性、历史处境、文化传承等多重差异,为后来唐诗的巧妙化合奠定了重要基础。

一、南音北曲之异

从四百余年的刘汉帝国衰亡到封建文明鼎盛的李唐王朝建立,其间是三四百年天下分裂、杀伐不断、政治昏暗、朝代迅速更换的流血动乱时期。北魏、北齐、北周诸北方政权,主要是鲜卑族为主的胡人掌握,他们由以前败退大汉帝国的漠北,而今变为乘乱南下中原,是扩张的巨大胜利,其社会形态由原始游猎迅速向封建制发展,民气振奋昂扬。所以民歌多刚猛奋厉的武勇之气,终于产生了《木兰辞》这样卓绝的奇女英杰诗。上古三代以来华夏文化的重心之中原腹地,在此数百年间沦为权力野心家们驰骋蹂躏之地、血火纷飞的战场,诗歌陷于空白。东晋南渡以后,汉族政权迁至建业(今南京),偏安于江东一隅,士族由失土丧志转而沉溺于声色苟乐;旖旎南国的吴侬软语本就迷人,由于城市富贵的逸乐需要,促成柔媚绮丽的情歌一枝独盛。题材单一,相思缠绵,周汉民歌的刚劲笃实之声与充沛的生命热力,从此再也见不到了,古歌时代终止。南朝的宋、齐、梁、陈,朝野一片阴盛阳衰的景象。"艳曲兴于南朝,胡音生于北俗。"(《乐府诗集》)后来唐诗的丰采,正是巧妙地化合了北方的阳刚气质和南方的阴柔情致而形成一种近乎完美的艺术魅力。

二、南朝乐府民歌

论乐府民歌的数量,南朝远过汉代,《清商曲辞》中"吴声歌"凡三百二十六首,"西曲歌"一百四十二首,内容几尽是情歌,产地都是交通便、商业旺的城市。东晋和宋、齐、梁、陈都以建业为京城,这里是官与商云集、声与色并盛的所谓六代繁荣之地,"吴声歌曲,起于此也。"(《乐府诗集》)"王侯将相,歌伎填室,鸿商富贾舞女成群,竞相夸大,互有争夺。"(裴子野《宋略》)除富贵家伎外,还有更多市妓,"江南音,一唱值千金"。她们以姿色歌喉献媚权与钱,富贵又以拥有声色相炫耀,往往自己也参与弹唱。这种唯情的煽惑力自然极强,情歌于是独占诗坛。好在民歌终究还带些清新本色,女性说情也易动真,所以比起昏君狎客们唱和的宫体诗来,远未堕入富贵男人们的恶趣。

事奇心烈莫过于双双殉情的《华山畿》,《古今乐录》载:宋少帝时南徐一士子从华山畿路过,见店有女十八九岁,悦之无因,遂感心疾。归以告母,母往华山俱说于女,女感而脱蔽膝(佩巾),令密置其席下,卧之当愈。果然疾愈。后举席忽见蔽膝而紧抱,遂吞食而死。气将绝,嘱母:葬时车载从华山过。母从之,车至女门,牛不肯前,打拍不动。女妆点沐浴既而出,歌曰:"华山畿!君既为侬死,独生为谁施!欢若见怜时,棺木为侬开!"棺应声开,女遂入棺:家人叩打,无如之何。乃合葬,呼为神女冢。爱得精诚,竟出奇迹。

其余多属"冶游步春露,艳觅同心郎"之类。《子夜四时歌》有七十五首之多,选看二首。其一:

> 春风动春心,流目瞩山林。山林多奇采,阳鸟吐清音。

其十:

> 春林花多媚,春鸟意多哀(动人之意)。春风复多情,吹我罗裳开。

最后二句娇痴自赏,风情迷人,为李白《春思》结语所本:"春风不相识,何事入罗帷?"再如:

> 奈何许! 天下人何限,慊慊(心不足感)只为汝!(《华山畿》)
>
> 宿昔不梳头,丝发披两肩。婉伸郎膝上,何处不可怜(爱)?(《子夜歌》)
>
> 红罗复斗帐,四角垂朱珰。玉枕龙须席,郎眠何处床?(《长佳乐》)
>
> 打杀长鸣鸡,弹去乌白鸟。愿得连冥不复曙,一年都一晚。(《读曲歌》)
>
> 闻欢下扬州,相送江津湾。愿得篙橹折,文郎到(倒)头还!
>
> 篙折当更觅,橹折当更安。各自是"官人"(为官办事的人),那(哪)得到头还。(《那阿滩》)

这里有甜蜜有沉酣,有酸涩有调侃,有独白有对歌,都心口如一,语香情艳。正如《大子夜》唱的:

> 歌谣数万种,子夜最可怜。慷慨吐清音,明转出天然。丝竹发歌响,假器
> 扬清音。不知歌谣妙,声势出口心。

艺术上最值得注意的有两点:一是大部分为清丽明快、四句一首的抒情短歌,为唐代绝句入乐,成为各体的明珠,起了创调开路的作用。二是以谐声作隐语的手法,南朝民歌使用得最多。如以"莲"双关"怜",布"匹"双关"匹"配,"丝"双关"思","鱼"双关"娱",灯"油"双关理"由"等等,办法极多极巧,充分展示女性在情场的狡慧机敏,也为后代文人写情诗所乐于仿用。

另一类祭神用的《神弦歌》,只景色有人鬼之殊,情事并无两样。

《青溪小姑歌》显然是女鬼悦男之词:

> 日暮风吹,叶落依枝。开心寸意,愁君未知。

至于写得人婉娈、情芳洁、意幽妙、语清纯的代表作,是篇幅最长的《西洲曲》:

> 忆梅下西洲,折梅寄江北。单衫杏子红,双鬓鸦雏色。西洲在何处? 两桨
> 桥头渡。日暮伯劳飞,风吹乌白树。树下即门前,门中露翠钿。开门郎不至,
> 出门采红莲。采莲南塘秋,莲花过人头。低头弄莲子,莲子清如水。置莲怀袖
> 中,莲心彻底红。忆郎郎不至,仰首望飞鸿。鸿飞满西洲,望郎上青楼。楼高
> 望不见,尽日栏杆头。栏杆十二曲,垂手明如玉。卷帘天自高,海水摇空绿。
> 海水梦悠悠,君愁我亦愁。南风知我意,吹梦到西洲。

真是一首清灵秀妙的风情诗！妙在写采莲怀春，她与郎的具体情事心事都不见,而她眼中的每样景物却都勾情,无论干什么的神态都含思,让人品味不尽。这样的诗,已摆脱了事的意义与情的俗艳,是只留滋味馈人的纯粹诗歌。"折梅"时在冬春,"伯劳飞"已入夏,"弄莲子"又已交秋,"鸿飞"则入深秋了。四季相思的甜甜片断,如心里的珍珠闪烁,纷至沓来,情景相生,忽东忽西,时空的间隔遂迷离如不在。只有双鬟杏衫的天生丽质与"低头弄莲子,莲子清如水"的婉姿自赏令人过目难忘,可这本真美便胜过妖艳无数。此诗艺术表现上也有许多独到处。第一,跳跃式结构,场景不断变换,全靠顶真接字法（上句末字接用为下句首字）,避免了零乱断裂感,反觉顺适流畅,同时也造成节奏分明而旋律流丽的音乐感。第二,极尽绰约委婉之态,既非叙实事亦非直抒深情,摇曳有致。第三,起头飘然,结尾悠然,神余诗外,是南音风神的极品。

三、北朝乐府

北朝没有像样诗人,其民歌却成就不小。格调大都豪犷,内容比南朝开阔浑厚得多。属于乐府的"鼓角横吹曲",是用鼓与角在马上奏的军乐。原调多用鲜卑诸本族语言唱,"其词虏音,竟不可晓"。今所见的《敕勒歌》等,都经汉文翻译而成。北朝民歌没有汉族礼乐文化的约束,所以能直截了当地将自己的民族个性喷发出来,随处显示好勇尚武的精神气势。如《折杨柳歌》："健儿需快马,快马须健儿。跋跋（跑马声）黄尘下,然后别雄雌。"爱宝刀胜过爱佳人:

> "新买五尺刀,悬著中梁柱。一日三摩娑,剧于（胜于摩娑）十五女。"（《琅琊王歌》）

说道路苦寒也悲壮刚毅:"朝发欣城,暮宿陇头。寒不能语,舌卷入喉。""陇头流水,鸣声呜咽。遥望秦川,肝肠断绝。"（《陇头歌辞》）揭露贫富对立也愤慨多于诉苦:"快马常苦瘦,剿（劳）儿常苦贫。黄禾起羸马,有钱始作人!"（《幽州马客吟歌辞》）情歌也比南朝更快人快嘴,直率无忌:"欲来不来早语我!"《捉搦歌》："谁家女子能行步,反著夹禅后裙露。天生男女共一处,愿得两个成翁姬（配成公婆两个）。"《地驱乐歌》："驱羊入谷,白羊在前。老女不嫁,塌地唤天!"

最婉转的不过是:"侧侧力力,念君无极。枕郎左臂,随郎转侧。"这一诗歌面貌,最终依存于风物地貌。如《敕勒歌》:

> 敕勒川,阴山下。天似穹庐,笼盖四野。天苍苍,野茫茫,风吹草低见牛羊。

对辽阔苍茫大地的深沉敬意,对大草原牛羊的无尽赞美,寥寥二十七字即囊括无余,具有神奇的魅力,确乎是千古绝唱。北朝乐府以风格的粗犷豪健,语言的古朴浑成,给清丽柔媚的南朝乐府以雄性阳刚的强大冲击。此外,北朝民歌还创新了七言四句的七绝体,后来成为唐代艺术生命最活跃的诗歌形式。

北朝民歌的最高代表作是《木兰辞》。"五言之赡,极于《焦仲卿妻》,杂言之赡,极于《木兰》。"(胡应麟《诗薮》)评价可谓得当。诗作的时代众说纷纭,早至魏晋晚至隋唐都有,甚至有人怀疑民歌著作权问题。核实而论,应该肯定是民歌,大约在后魏时期产生,其后文人有所修饰。否则,没有诗人能作得出。

> 唧唧复唧唧,木兰当户织。不闻机杼声,唯闻女叹息。问女何所思?问女何所忆?女亦无所思,女亦无所忆。昨夜见军帖,可汗大点兵。军书十二卷,卷卷有爷名。阿爷无大儿,木兰无长兄;愿为市鞍马,从此替爷征。东市买骏马,西市买鞍鞯,南市买辔头,北市买长鞭。朝辞爷娘去,暮宿黄河边。不闻爷娘唤女声,但闻黄河流水鸣溅溅。朝辞黄河去,暮宿黑水头。不闻爷娘唤女声,但闻燕山胡骑鸣啾啾。万里赴戎机,关山度若飞。朔气传金柝,寒光照铁衣。将军百战死,壮士十年归。归来见天子,天子坐明堂。策勋十二转,赏赐百千强。可汗问所欲,"木兰不用尚书郎,愿借明驼千里足,送儿还故乡"。爷娘闻女来,出郭相扶将。阿姊闻妹来,当户理红妆。小弟闻姊来,磨刀霍霍向猪羊。开我东阁门,坐我西阁床。脱我战时袍,著我旧时裳。当窗理云鬓,对镜帖花黄。出门看伙伴,伙伴皆惊惶。"同行十二年,不知木兰是女郎。"雄兔脚扑朔,雌兔眼迷离。双兔傍地走,安能辨我是雄雌?

木兰的真实姓名、里居不详,诗在叙述木兰代父从军的英雄传奇中,赞扬了巾帼压倒须眉的志气,令千百年来默默地为国为家奉献卓越才智的妇女扬眉吐气,意义非同小可。此诗所以长久为人喜闻乐诵,因木兰战功赫赫,却不失劳动女儿本色,可敬又可爱。其艺术成就有两点最值得称道:第一,叙事繁简得当。繁如开始的问答语与买鞍马,充分交代她别无选择,奇而可信。再如末段写她恢复女儿妆也不惜笔墨,奇而可亲。简如十年征战,六句带过。重人不重事,是诗别于史处。第二,语言多样并用,有朴实口语,也有精美对仗,有排句咏叹,也有幽默譬喻等。这些手法与杂言长篇的体式,都为唐诗的七言歌行体提供了新鲜的艺术经验。

第三节　从《古诗十九首》到建安风骨

本节及以下两节所述,就是通常文学史所称的"魏晋南北朝诗"中的文人作品,时间跨四百年,其间朝代多变,诗坛复杂。

一、魏晋六朝诗概貌

中国文学发展都"一代有一代之胜",如三国之前的周《诗》、楚辞、汉赋,隋后的唐诗、宋词、元曲、明清小说戏曲等,其主要文体或主要作品每每当世就有代表性,后代仍承认其地位,眉目清楚。三千年中只有此期异常,诗、赋、骈、散、文、笔难辨何为主体,作家成批无代表,思潮纷乱无主流,风格多变无共性。为方便学习计,先对此期文人诗的总体演变趋势勾清轮廓,理出线索。诗歌这个生命体,不外白居易说的:"根情、苗言、华(花)声、实义。"(《与元九书》)言内之情与言表之义是诗的质,言辞声韵是外在的文。先秦《诗》《骚》文质彬彬,汉魏古诗质重于文,晋(尤其是东晋以降)至隋唐之初,日渐文过其质,华而不实,至盛唐复又达到更高形态的文质兼优。所以这是一个中衰期,却又是中国诗史上第一次由大批文士在诗坛唱主角的历史时期。此期的诗歌作风有四变。曹操父子周围的"建安七子"是第一个出现的诗人团体,曹魏政权给他们以施展抱负与诗酒唱和的机遇,所以诗多慷慨之气,确立了五言诗体在诗坛的主导地位。曹魏后期与司马氏内斗,政治昏乱险恶,汉儒的礼教已丧失威信,士人转向忧生保命的老庄哲学求慰藉,诗就开始谈抽象玄理而隐藏真心了。从此国事民生少所关心,是诗史趋向的一大转折。晋代文章很盛,或专在雕饰铺排辞藻上逞才,而风骨都尽;或把老庄的"自然"与杨朱的"为我"合一,以悖谬情理的纵欲放诞当作反礼教;更有一味以诗讲《易》谈玄、论道说佛,"世极迍邅,而辞意夷泰",在小圈子内互相标榜,自命洒脱玄远。其诗非但心声不闻,连辞采也不见,所谓"玄言诗"者是。刘宋之诗,谈玄说理而外,开始出现放情山水的内容,讲究摹写物色,对偶精工,过分刻意雕琢,则又人工太甚反伤天工与真趣。齐永明年间,佛教大盛,学者从翻译梵文佛典,进行梵汉语音对照中,归纳出汉文的声调,用于诗文平仄,提出"四声八病"的原则。诗终于找到了一种不必配乐,从组织句内音调中产生节奏的崭新道路。然一味苛求声律舍置诗情,无质之文的形式美,并未改良诗的品质。东晋南朝的君臣,久安东南一隅,胸无恢复中原之志,则思苟且一身淫乐。加之居处移性,江左佳丽悦人,旖旎山水娱人,都市奢华畸形,婉媚情歌聒耳,以致国势日危,而淫艳之声益器。这都助成以描摹女色为主要性趣的宫体诗风大作,津津于绮罗香泽之态、帷闼床笫之私。几代皇帝都酷爱宫体诗,和一班狎客词臣、一群妖姬丽妾诗酒寻欢。此风惑人之深,至隋文帝虽力禁而势不可止。对偶、声律、用典日益精致,都与富贵淫奢相关。待到唐张若虚《春江花月夜》诗出,才化腐朽为神奇,赎清了宫体的罪孽。而这四百年来唯一超越时代的"天民"高人陶渊明,却无人尊崇,《诗品》中不入上品,《文心雕龙》一字不道,六朝的诗歌眼界,即此可知。

二、古诗十九首

当时称作"古诗"的一类作品,是指非乐歌、无主名、时代早的汉诗。这里的十九首,是昭明《文选》编辑一起,因其情绪风格大体一致,后代就以《古诗十九首》为专名。对其创作年代历来有大量考证,现在只能断定是东汉后期下层文人所作,非一时一人。另外相传的苏武与李陵赠别诗七首,风格接近,却必伪无疑。《古诗十九首》的思想情绪复杂,有热衷仕进的:"何不策高足,先据要路津!"有感人生无常、及时行乐的:"昼短苦夜长,何不秉烛游!""浩浩阴阳移,年命如朝露……不如饮美酒,被服纨与素。"也有叹人情薄如纸的:"不念携手好,弃我如遗迹!"还有些不知所指。这些作者大都是奔走在外的"游子",都痛感岁月如驶,人生短促。走运的说"荣名以为宝",倒霉的则讲:"虚名复何益!"有的怀乡,有的耽乐,都有种末世昏暗中的惶恐感,显露出害怕沉没又急于抓住点什么的种种内心图景。也可说是失去同国与民联系的单个人生对生命价值与意义的复杂焦思,它在往后的末世来临时,都会一次次引起周期性的普遍共鸣,影响很深远,故前人评价至高,甚至说是"惊心动魄,一字千金"(钟嵘《诗品》)。这实属虚誉,并非公允。《古诗十九首》是中国诗史上颓废感伤思潮的第一批诗歌结晶,艺术上标志着文人五言诗已经高度成熟。语言素净流畅,善于提炼生活内容,情景交错、比兴兼融,富于艺术概括力,是其主要优点。最好的是《迢迢牵牛星》:

> 迢迢牵牛星,皎皎河汉女。纤纤擢素手,札札弄机杼。终日不成章,泣涕零如雨。河汉清且浅,相去复几许?盈盈一水间,脉脉不得语!

诗人将牛郎织女隔天河而盟的老故事,脱去外壳,直接将星写作人。前六句写她离居的悲苦,"终日不成章"的"章"是经纬交错的文采,独女无男,阴阳不交,也是无文难章。"不成章"犹民歌"不成匹",双关语,恰切而妙。后四句更进入她的内心写,简简单单就道尽了人间无数爱情阻隔的怨恨,喊出人性的渴求。立意与手法都高妙隽永,能在本色中见华茂,除陶渊明外,魏晋六朝人少有能到此境者。

三、建安风骨

建安为汉末代皇帝刘协的年号,风骨(结体端直,意气俊爽)是《文心雕龙》用以概括此时诗赋文特征的术语。代表诗人是"三曹"(曹操、曹丕、曹植)和"七子",余波则有正始年间的"阮(籍)嵇(康)"。曹操(155—220)字孟德,沛国谯县(今安徽亳州市)人。汉末大乱,群雄并起,曹操先镇压黄巾起义军后战胜董卓、袁绍军,平定北方,与孙吴、蜀汉并峙鼎立三国。吴、蜀无诗人,曹氏父子三人皆工诗能文,又在邺下(今河北临漳)笼络了一批文人,成为诗史上第一个诗人群体。

曹操诗都是乐府辞,四言五言杂言都有,而以四言最出色。四言句短义密,《诗三百》后能写得好的只有他。如《观沧海》:

> 东临碣石,以观沧海。水何澹澹,山岛竦峙。树木丛生,百草丰茂。秋风萧瑟,洪波涌起。日月之行,若出其中;星汉灿烂,若出其里。幸甚至哉,歌以咏志。

其他如《短歌行》:"对酒当歌,人生几何!譬如朝露,去日苦(恨)多。月明星稀,乌鹊南飞;绕树三匝,何枝可依。"《龟虽寿》:"老骥伏枥,志在千里;烈士暮年,壮心不已。"

都有一腔壮气郁勃而出,雄杰苍凉,慷慨激昂,震烁千古。这是文士先天缺乏的气质禀性。唐元稹说:"建安之后,天下文士遭罹兵战,曹氏父子鞍马间为文,往往横槊赋诗。故其遒壮抑扬,怨哀悲离之作,尤极于古。"(《唐故工部员外郎杜君墓系铭并序》)可惜类此者并不多。

曹操之子曹丕(187—226)字子桓,三十四岁登极代汉为帝。其诗多写爱情相思或游子思妇,各体无所不有,格调大别于乃父,擅长细腻温婉的抒情写景。其《燕歌行》是现存最早的完整的七言诗,抒写思妇缠绵之情,除句句押韵不脱谣讴体调外,意象语言都相当成熟。

曹氏父子中文学成就最高、产量最多的是曹植(192—232),字子建,《诗品》称之为"建安之杰"。他前期的诗,流露出以才华深得曹操宠爱的自负,积极要求东灭吴、西吞蜀的立功欲望。后期为已经立文帝的曹丕猜忌迫害,《世说新语》载丕逼他七步成诗,他以"煮豆燃豆萁"为喻:"本自同根生,相煎何太急!"文帝奸心甚重,曹植不善世故,诗中常有骨肉相残的悲怨,最出名的如《赠白马王彪》。此外有许多情诗,如《美女篇》有意学《陌上桑》:"美女妖且闲,采桑歧路间。柔条纷冉冉,叶落何翩翩。"以下从袖、腕、头、腰各部位形容其装饰华贵,后半写她要择理想配偶才嫁,盛年不嫁而终夜长叹作结。这就是文人对民歌的改造:去其活泼本色,妆以华丽修饰。曹植是同时期作家中最注意修辞色彩的,以"词采华茂"称,内涵毕竟不深。前人评曹氏父子诗风之异,说曹操如幽燕老将,气韵沉雄;曹植如三河少年,风流自赏。大体如此。只因建安以后,诗情日薄,辞采益浮,所以齐梁人推崇为:"并志深而笔长,故梗概而多气也。"(《文心雕龙·时序》)建安七子是聚集在三曹周围的孔融、王粲、刘桢、陈琳、阮瑀、徐干、应场。他们的诗作存留无多,其中王粲算七子之"冠",其《七哀诗》叙述丧乱流离,感慨身世,情感真切。七子的诗多能学习汉乐府民歌正视现实的传统,然而艺术才情不高。

真能嫡传汉乐府直面残酷人生、写得无比慷慨悲凄的杰作,是三曹七子以外的蔡琰《悲愤诗》。蔡琰字文姬,著名学者蔡邕之女,多才知音律。汉末大乱被胡兵掳入南匈奴十二年,生二子。后为曹操赎归,嫁董祀。《后汉书·列女传》云:"感伤乱离,追怀悲愤,作诗二首。"二首中的五言体《悲愤诗》,长五百四十字,是文人第一长篇自传杰作,句句是追述几十年血泪所凝成。董卓乱军所到:"斩截无孑遗,尸骸相撑拒。马边悬男头,马后载妇女。"骨肉同掳也不许说话,动辄"毙降虏!不活汝!""欲死不可得,欲生无一可。"入匈奴十余年,天天打听故国故土父母。待赎身归国,竟又母子生离死别:"儿前抱我颈,问我'欲何之?人言母当去,岂复有还时!阿母常仁恻,今何更不慈?我尚未成人,奈何不顾思!'见此崩五内,恍惚生狂痴。号泣手抚摩,当发复回疑。"战争给未亡人造成的惨苦,不是比阵亡者遭遇得更撕心裂肺吗!如今虽已再婚,"流离成鄙贱,常恐复捐废"。感人心者,莫先乎情。如此苦情,文人梦想不到。这类惨剧,岂止她一身?一般就在个别中。

阮籍、嵇康是建安后的所谓"竹林七贤"中人。他们看不惯篡权上台的司马氏西晋政权，采取不干、不交、不争的不合作态度。终日饮酒昏酣，口不臧否人物，信奉虚无，出言玄远，行动怪诞。阮籍出门，"不由路径，车迹所穷，则恸哭而返"。大概是把他压在心底的痛苦乘机流泻出去。阮籍以一组《咏怀诗》闻名后代，忧诲畏祸，深藏内心，手法多用极隐蔽的比兴象征，向称难解。嵇康也崇尚老庄，诗务清逸玄远，然其禀性刚肠嫉恶，尚奇任侠，所以终至被当政所杀。阮、嵇下世，慷慨多气的建安风骨也随之结束了。

第四节　高标一代旷且真的陶潜诗

"八王之乱"与五胡乱华后，王朝只好南渡迁至建康（今南京），开始了百余年的东晋时期，其间最为重要的成果是高标一代旷且真的陶潜诗的问世。

一、陶潜前的晋诗坛

晋代有一百五十来年之久，时间不短，而政局一直不宁，政权一开始就荒淫腐朽。篡了曹魏的权，也继承又发展了其九品中正制，门阀观念极重，用人只看出身。东晋建都建康（今南京）之后，把持朝政的世家豪族，一面政变争权，一面清谈玄理，无人图恢复中原。更奇怪的是，晋世文人也一样毫无热血心肝。写诗文的人据载有百余，不是玩弄辞采，就是清谈老庄，既无丧土之痛，亦乏自己性灵。哀莫大于心死，这是群心死的诗人。"是以世极迍邅（zhūn zhān 处境艰险，前进困难），而辞意夷泰；诗必柱下（老子曾为柱下史）之旨归，赋乃漆园（庄周曾任漆园吏）之义疏。"（《文心雕龙·时序》）他们反汉儒的礼教，也抛弃了孔孟行天下义、对百姓仁的责任感，玄谈老庄以掩饰自己的麻木不仁。

然而晋世自有虚假的文章盛况，很出了些颇有轰动效应的文人。《诗品》将他们集合为"三张二陆两潘一左"，外有张华、傅玄、郭璞等。当时出名主要靠出身名门带来的社交名声，不是诗作。其中值得一提的是左思、刘琨。左思字太冲，以十年写了篇《三都赋》出名。其实可读的是《娇女诗》，把小女孩自行化妆的怪样子写得天真烂漫。《咏史八首》开了借史实发感慨的新思路，对唐后咏史诗大有启发。以前班固、王粲的咏史，纯粹就史实编韵句，了无新意。左思《咏史》实咏怀，名句如："振衣千仞岗，濯足万里流。"刘琨字越石，性奢豪，嗜声色，是诗人中唯一统兵与刘聪、石勒反复交战，父母遇害，勠力扶晋复仇，最后被诱杀的豪杰志士。虽然功不成，诗却劲拔悲壮，在晋世别调独弹。最刚健遒劲的诗都写于被拘北方的时候，"何意百炼钢，化为绕指柔"（《重赠卢谌》）。可见国破家亡的巨痛，时时啮咬其心。经历与刘琨有几分相似而文名尤盛的陆机，字士衡。其祖乃东吴丞相陆逊，父亦任吴大司马。父卒，陆机领父兵，吴亡后，退居旧里。后与弟陆云入洛阳，不断升官，成了当时文坛名声最著、对诗风影响很大的作家。不料他这样经历过来的人，诗中竟也很难发现真情实感，一味在辞采色泽与句式排偶上下功夫，后世也跟着称赞并学习其形式之能事。清代诗评家沈德潜说:"士衡以名将之后,破国亡家,称情而言,必多哀怨。乃词旨敷浅,但工涂泽,复何贵乎!"再有潘岳,也有文才,可就是人品低劣,媚附权奸,不顾廉耻,更不足论了。

二、陶潜其人

陶潜(356—427)字渊明,或字元亮,或说名渊明字玄亮,浔阳柴桑(今江西九江附近)人。是诗史上最受后世敬仰的大诗人,一半因诗,一半在人。读其诗,当知其人。其父祖曾任太守、县令,至他已中衰。渊明少贫苦,居无仆妾,而有高趣,颖脱不群,任真自得。曾作《五柳先生传》自况,当时人称为实录:"闲静少言,不慕荣利。好读书,不求甚解;每有会意,便欣然忘食。性嗜酒,家贫不能常得……环堵萧然,不蔽风日;短褐穿结,箪瓢屡空,晏如也。常著文章自娱.颇示己志,忘怀得失,以此自终……不戚戚于贫贱,不汲汲于富贵。……衔觞赋诗,以乐其志。无怀氏之民欤?葛天氏(二氏皆阶级未分时古帝名)之民欤?"二十九岁时因母老子幼且家贫,出任过祭酒、参军类小官职,不堪吏职,旋自解归田,躬耕自资。三十九岁时瘦病艰难,求为彭泽县令,以半田种粮,半种酒谷。郡遣督邮至,县吏叫他应束带拜见,他叹曰:"我不能为五斗米,折腰向乡里小儿(指上级派员)!"即日解印绶去职,赋《归去来兮》。后征他当著作郎,不就;达官显贵欲识之,不见。乡亲相邀,虽主人不识,亦欣然而往。晚年家务悉委儿仆,脸无喜愠之色。高卧北窗下,清风飒至,自谓"羲皇上人"。性不解音律,而置素琴一架,无弦,朋酒之会则抚弄以寄意,曰:"但识琴中趣,何劳指上音。"若已醉,便语客:"我醉欲眠卿可去。"其真率如此。心好异书,学非称师,文取旨达。其妻翟氏亦能安勤苦,与其同志。死后诸友好谥曰靖节先生(靖是宽乐令终,节为好廉克己)。当世不知名,身后百年方有梁昭明太子编集其诗文为《陶渊明集》,序谓:"语时事,则指而可想;论怀抱,则旷而且真。加以忠贞不休,安道苦节,不以躬耕为耻,不以无财为病。自非大贤笃志,与道污隆,孰能如此乎?余爱嗜其文,不能释手;尚想其德,恨不同时。"

三、陶渊明诗的独特价值

陶诗一百二十余首,既无惊人之句,又无华丽之辞,然自唐以后没有一位大作家不对他表示敬意,一致公认他的诗品与人格最统一,俱高超,是最真的人最纯的诗。在权钱横行、物欲泛滥之世,最难能所以极宝贵。根本上说,陶诗的价值就是本真之人的价值。

陶诗意趣之高,表现在以下几个方面:第一,藐视权势,自珍人格。晋代最重门第,显宦名门以贵骄人,出身寒门则趋贵附势成风。陶独视若敝屣,从不攀附。短期为宦,只为衣食,无意爬高。一旦与人格冲突,则毅然解印,毫不留恋。"纤缮诚可学,违己讵非迷。""违己交病。"无官身苦,违己心病,陶诗再三表白过:不能为口腹卖良心。第二,不贪财利,安贫乐道。他经常说自己贫的窘况,但不像战国游士以来那样羞居贫贱而垂涎富贵:"诟莫大于卑贱,而悲莫甚于穷困。"(《史记·李斯列传》)陶屡言"富贵非吾愿",因他胸中有道,所以能安于贫贱。第三,不钓虚名,一任本真。当代时髦是谈玄虚,反名教,作怪态。陶则异于是,读经奉仁,不尊孔也不诋儒,读老庄而得自然,不故作怪诞与清谈沽名。"奇文共欣赏,疑义相与析。"没有出奴入主的偏见。一生行事,适性为本。作诗"我手写我心",不讨人好而人自爱好。第四,不耻躬耕,以自食其力为人生宗旨。大诗人中肯自甘自安于此的,千古仅见。"生民任勤,勤则不匮。""衣食当须纪,力耕不吾欺。""人生归有道,衣食固其端。孰是(连这)都不营,而以(何以)求其安……田家岂不苦,弗获辞此艰。"把体力耕种当作人生存在的基本需要去看去做,实在高出千古文化人,甭说其他了。第五,不鄙农民,坦诚温情。在官场就感到"世与我而相违",回农村则"悦亲戚之情话"。"农务各自归,闲暇则相思。相思则披衣,言笑无厌时。""丈夫志四海,我愿不知老。亲戚共一处,子孙还相保……孰若(谁像)当世士,冰炭满怀抱。"

在这淳朴温厚的农村,他惊喜地发现天地造人的本意,未被富贵扭戾的真人:"落地为兄弟,何必骨肉亲。"天地博厚无私的仁爱,使他产生《桃花源诗》的美妙理想:个个自享劳动,人人怡然自乐,没有害人虫,"春蚕收长丝,秋熟靡王税"。也是这种发自本性的自然亲和,使他能第一个感受到农家田园的生机天趣:"平畴交远风,良苗亦怀新。""晨兴理荒秽,带月荷锄归。""孟夏草木长,绕屋树扶疏。众鸟欣有托,吾亦爱吾庐。"一种深得自然之道的乐天知足感,使他在简陋的农村发现原生的淳厚诗意,透视并鄙视名利场中的奸伪丑恶。这是对几千年富贵审美观的大扫除,远古自然本真的大发现。陶渊明在战胜传统慕权势、贪财利、羡虚名、耻劳力、鄙农人等社会观念对本心的诱惑污染之后,眼前就有开阔的新天地,这是昭明太子指出的真"旷"达;天地大美的最高表现——完善的人性复活了,这是"真"性情。旷达真率地处世为诗,是他本性的自然显露,是人文合一的本真文学。

陶诗的艺术造诣极高,很富创造性。文体省净而单纯,语言真率自然,手法白描明洁,风格恬淡安详。尤其是平淡中含至味,朴素内出常新,最为人称道不已。苏轼说:"其诗质而实绮,癯而实腴。"(《与苏辙书》)沈德潜曰:"陶诗胸次浩然,其中有一段渊深朴茂不可到处。"(《说诗晬语》)都是很善于品诗的评语,值得细味。陶的田园诗与谢灵运等人的山水诗比较,更能见出层次的高低。谢写山水形貌,是以人目观物,最好也只能以工丽辞句描绘其鲜明形象。陶咏田园,则以心会物,写其妙相意味,形象虽不清晰,感慨更不轻发,却人与物不辨,好像物直接在显露本真面目。似无社会意义可说又似有意味在流溢,眼中无形象,心中分明在。这是意味无穷的意境,是诗家极地!盛唐以前只有《诗经·蒹葭》与《九歌》等少数言情民歌偶尔得到过,文人诗中陶潜是第一个达到此境界,而且只用平淡简朴的农村景物作诗料!渊明使文人诗重新回归到感兴"言志"这一纯正本源。

四、陶诗名作分析

《归园田居》(五首选其一)是田园诗中开山之作:

> 少无适俗韵,性本爱丘山。误落尘网中,一去三十午。羁鸟恋旧林,池鱼思故渊。开荒南野际,守拙归园田。方宅十余亩,草屋八九间。榆柳荫后檐,桃李罗堂前。暧暧远人村,依依墟里烟。狗吠深巷中,鸡鸣桑树巅。户庭无尘杂,虚室有余闲。久在樊笼里,复得返自然。

是诗为刚弃官归耕时作,写他对躬耕生活的兴奋与满足,流露出无官一身轻带来身心解放的无比舒畅。前八句写归田原因,"性拙"不适应奸诈的官场,"误落尘网中""羁鸟""池鱼",都是衬托自己的"性本爱丘山",流露对官场生活的极度厌恶。"开荒"六句叙自家田园,琐屑亲切。"暧暧"四句写周围环境,树烟鸡狗平淡入神,人人习见却道不出,是千古名句。视之不见,闭目则心中活现,是高超意境。因为有前面的具体事实在,所以最后:"久在樊笼里,复得返自然。"回应开头,就很可信,与通常标榜隐逸清高绝不同。"自然"既是物质世界,更是人生顺性任真的自在态度。同时,也是本诗的主要特色:真率自在,平淡真淳。

《饮酒》(二十首录一):

> 结庐在人境,而无车马喧。问君何能尔(这样)?心远地自偏。采菊东篱下,悠然见南山。山气日夕佳,飞鸟相与还。此中有真意,欲辨已忘言。

《饮酒》诗序称:"顾影独尽,忽焉复醉。既醉之后,则题数句自娱。"这是带着点醉意,目追心想与大自然顷刻间神通意会的感悟,把它摄入笔底而成此佳篇。头四句讲自己的人生体验,与高官显宦的人马喧嚣拉开心理距离,自我才不至于被淹没了。中四句是千古赞叹的佳构。王国维说写景有两种:以我观物,情与景分,是有我之境;"采菊"二句为"无我之境,以物观物,故不知何者为我,何者为物"(《人间词话》)。陈师道云:"渊明不为诗,只写其胸中之妙耳。"(《后山诗话》)此话很有精意。这四句不似诗人去刻画景物,是大自然自己在显露其和谐运化的生意。陶渊明悟到了,摄取了,却无法用思辨说明,是超社会语言的造物启示,神妙无比。这正是需要诗去追捕的言外之意,诗人把超妙的意境完整地扫描下来,意在言外,物无形象,只有胸中妙悟而已。我见山悠然,山视我亦悠然,人与山合吟而成此天然名句。

陶诗真率旷达的天性无法硬学,而他纯朴自然的诗风却在后世发生广泛影响。沈德潜说:"唐人祖述者,王右丞有其清腴,孟山人有其闲远,储太祝有其朴实,韦左司有其冲和,柳仪曹有其峻洁,皆学焉,而得其性之所近。"(《说诗晬语》)陶诗教会后代士大夫文人去感知和表现农村平淡田园中淳厚的自然美,成为田园诗派的开山鼻祖。陶渊明其人超旷脱俗的崇高形象,则永远在提醒浮沉在富贵物欲中的人世,克制心为形役,力葆自然真性,这对人生与自然界都是多么珍贵的品质!

第五节　鲍照、二谢及新声、宫体

上述从建安三曹到陶潜是二百余年的魏晋时期,本节则讲的是南北朝时期的文人诗,先后亦二百年之久。北朝无像样诗人,从略。隋代寿促(只三十八年),诗风沿袭南朝,故附叙于南朝之末。南朝(420—589)有宋、齐、梁、陈四朝,全建都在建业(今江苏南京),故统称南朝,以别于北魏、北齐、北周诸北方政权。

南朝诗风的总体特征就是浮(内容)艳(色彩),是享乐文化的典型形态。除了少数野心家弄权,昏聩官僚持政,几乎是朝野男女都竞务奢华、争唱艳曲、佞佛求神。几代帝王都有文才,倡导淫艳,无心国政。"(陈)后主愈骄,不虞外难,荒于酒色,不恤政事……江总、孔范等十人(皆诗人)预宴,号曰'狎客'。先令八妇人擘采笺,制五言诗,十客一时继和,迟则罚酒。君臣酣宴,从夕达旦,以此为常。"(《南史·陈后主本纪》)士族阶层也国事不问、家事不管、稼穑不知,腐朽糜烂。长江中下游沿岸商业城市众多而且繁华,方舟万计,商店市场之盛与昔日东西二京一样。思想界除原有伪老庄的空谈,又添佛理。梁朝建康一城的佛寺就多至"五百余所,穷极宏丽。僧尼十余万,资产丰沃"。梁武帝宣布"唯佛教是正道"。贵人的豪奢浪费,天下反而传为美谈。奢侈享乐之风,当然更是上有所好,天下靡然向风。所以此期的诗歌,将浅薄浮泛的言情写景作原料,专在对偶、色泽、声韵、用典上比工拙;"连篇累牍,不出月露之形,积案盈箱,唯是风云之状"。是诗史上专务空洞的形式美风气最盛行的低谷时期,彻底背弃了诗言志的高贵品性。当然,对形式美的细致探索,也为唐诗高峰期的出现提供了艺术技巧。下面择述对诗史有所贡献者,予以介绍。

鲍照(414?—466),字明远,是刘宋时最有才华的诗人。少贫寒,得临川王刘义庆赏识。后临海王子顼镇荆州,辟为参军,子顼作乱时,鲍照为乱兵所杀。

鲍照诗的主要成就在乐府歌行方面,现存二百多首诗,其中乐府占八十多首,优秀之作多在其中。他出身低贱,受士族门第的重压。也曾农耕,所以诗有愤慨不平之音,高出当代。曾说:"才之多少,不如势之多少远矣。"(《瓜步山揭文》)因此他的诗风也与士族两样。他的乐府诗对社会的描写较广阔,有慷慨之气,是刘琨死后百余年没有过的阳刚之音。其诗气骨劲健,感情奔放,词采华丽,对七言诗的成熟与发展颇有贡献。《拟行路难》十八首是其杰出代表。形式以七言为主,也有杂言。内容有对门阀压迫的强烈不满,也有对爱情不自由的女子表示深切同情。感情强烈奔放,音节激昂顿挫,是文人乐府中的佼佼者。如《拟行路难》之六:

　　　　对案不能食,拔剑击柱长叹息。丈夫生世会几时?安能蹀躞(小心走路貌)垂羽翼！弃置罢官去，还家自休息。朝出与亲辞，暮还在亲侧。弄儿床前戏，看妇机中织。自古圣贤皆贫贱，何况我辈孤且直。

诗从一开始气得对案不能下咽、恨得拔剑击柱几个动作中，就立起了一位愤懑不平者的形象。中间说处处小心陪官不是大丈夫可干的，宁可陪侍家人。弄儿看妇似乎很快活，但从圣贤而贫贱的不公与"丈夫生世能几时"的焦虑中，可知是对社会压抑孤直人才的愤慨。大丈夫之苦，莫过于有才被弃。故此诗为李白、高适等诗人多次取用。七言发展迟于五言，虽然楚汉以来就出现过一些七言句和民谣，直至文人七言诗，然而句句押韵直至曹丕《燕歌行》仍如此，又多掺有杂言句，读起来有顺口溜味，所以文人多因其俚俗而不写。鲍照这组七言歌行，改为隔句押，篇内又可换韵，而且直抒胸臆，灌进豪气，声情顿挫，悲慨淋漓，发挥了七言歌行句长自由度大的优势，使七言歌行完全可与五言媲美，让人刮目相看。此后作七言的就渐渐多起来，鲍照大大拓宽了诗歌的表现形式，贡献不小。

"二谢"是谢灵运和谢朓，二人不同时。谢灵运倒与陶渊明同时，走着不同的路。三人却都以写大自然的诗句闻名，故又称陶谢。

谢灵运(385—433)世居会稽(今浙江绍兴)，东晋显贵家世，十八岁即袭封康乐公。东晋亡而为刘宋取代，他降爵为侯，心怀怨愤。出为永嘉太守后，不问百姓狱讼，恣意游邀山水。后还会稽，靠祖父留的雄厚家财，兴土木，探幽奇："奴僮既众，义故门生数百。凿山浚湖，功役无已。寻山陟岭，必造幽峻；岩嶂千重，莫不备尽。登蹑常著木屐，上山则去其前齿，下山去其后齿。"他是当世名人，连他那双爬山鞋都被后人当典故，可见名人效应之大。后因故被杀。游山水是他发泄不满的方式之一，他写了不少山水诗，成为山水诗派开创者，对诗歌审美领域的拓展有贡献。他的山水诗极注意视角色彩的精细描绘，比起流行的玄言说理诗清新可喜得多，给诗坛一种新鲜明丽感。可惜构思公式化，都从记游写起，跟着细摹景物形貌，最后发几句与景无关的玄理或佛义。因其功名心重，目注景而心未融入，所以情景分离为二，有佳句却少浑成的完篇。名句如："林壑敛暝色，云霞收夕霏。""野旷沙岸净，天高秋月明。""池塘生春草，园柳变鸣禽。""白云抱幽石，绿筱媚清涟。"这些佳句确实表现出浙东山水那份不雄而清、非奇而秀的美感特征，对后代山水诗的审美格调有规范作用。同时，谢诗往往在物貌上雕辞琢句过甚，尚不知取物的神与融合诗人的性，图貌遗神对后代景物诗的不良影响同样深远。

谢朓(464—499)，字玄晖，贵族出身，曾任宣城太守，后因事下狱而死。他的诗大体走谢灵运的路，而有所提高：把大谢辞采过密过浓的所谓富丽精工，改进得趋近清新自然，典多理烦的毛病也大为减轻，诗就显得明丽清气些。不过也还是佳句可采、完篇难觅。秀句如："余霞散成绮，澄江静如练。""天际识归舟，云中辨江树。"另外，一些仿南朝民歌的五言四句小诗也情味隽永，是五言绝句的前身。谢朓山水诗特别得李白赏爱。

所谓永明新声，指起于梁永明年间，对诗句的声、韵、调定出一定之规的诗体，自这种新声律体提出以后,原来汉魏时沿用下来的诗体则统称作"古诗"了,是件诗体演进的大事。诗自始就可歌,汉魏以后即使文人不歌的徒诗也是朗声长吟,不只默读,这就必然要合辙押韵,有板有眼,口吻调利才可。这是基于自然声调节奏的和谐。晋宋以来在发展句型对偶的同时,陆机《文赋》已提出:"声音之迭代,若五色之相宣。"文辞如何实现错综而和谐的声韵美?永明时周颙发现几万汉字都可分成平上去入四调,为声律研究提供了基础。几乎同时沈约依据四声和双声叠韵的特点组织诗句的声、韵、调,使它们不重复又规律化,提出八种应免的声病:平头、上尾、蜂腰、鹤膝、大韵、小韵、旁纽、正纽,合称"四声八病",以期达到:"一简之内,音韵尽殊;两句之中,轻重悉异。"(《宋书·谢灵运传论》)如"平头病"是上下二句开头两字同声调,"上尾病"则是上下二句末尾二字重声调,诸如此类八事皆避,"始可言文"。自称"永明新声"。实际上这里已解决了五言诗二句之间的声律:①"前有浮声(平),则后须切响(仄)",一句之中前后平仄交替,避免单一。②八病的头尾腰膝之忌,是力戒上下二句的平仄重复,上下句平仄要相反,是把对偶句的词义相对立扩大应用到平仄也对立。这就使"两句之中,轻重悉异"了。至于一二句与三四句重复怎么办,要待唐人解决了。只做到二句平仄错综不重复的诗叫"齐梁体",中唐诗人称"格诗",与唐人全篇都不重复又有规则的"律诗"还差一大步。至于"八病",过于烦琐,倡导者自己也没掌握好。本来思想就平庸,所以虽提倡得很热门,却没像样的永明体诗拿出来。

梁陈宫体。这是指以君主为轴心加上一班帮闲诗人所作的绘色言情诗。像宋废帝、东昏侯、陈后主生活中就多秽史丑闻,他们身边的狎客词人臭味相投,兴趣专注于女性肉体,《咏内人昼眠》《美人晨妆》之类,描绘床席上的香汗与玉体上的席纹,甚至津津有味赞赏男同性恋。梁简文帝自言:"余七岁有诗癖,长而不倦。然伤于轻靡,时号宫体。"(《梁书》本纪)又说:"立身先须谨重,文章且须放荡。"(《与当阳大公心书》)文思活泼无疑是必要的,但放荡无耻反道德,古来文章不如此,只有宫体才如此。不可误把文品堕落当作文学觉醒。

宫体诗人出身而能显出过人文学业绩的是庾信(513—581)。庾信字子山。他与父亲庾肩吾都是著名的宫廷诗人,奉和应制,艳情绮思,深谙永明新声的各种技艺。他后来出使西魏被扣留,屈身事敌,其后又腆颜仕北周,老死在北方。北方执政者很赏识他的才华,官越当越大,但他私心总有种耻辱感在咬噬,不敢明言,发于诗赋,成为集六代韵文艺术之大成的《哀江南赋》,内容情绪一改宫体旧貌。诗中也常含对故国的怀念和身不由己的无奈悲慨。《寄王琳》:"玉关道路远,金陵信使疏。独下千行泪,开君万里书。"寥寥数语即能将他孤身异域、怀念故国友人的无限深情与痛楚和盘托出。这种抒情语调与深沉的感慨,有百转千回的感染力,已是地道的唐音了。无怪杜甫对庾信的"暮年诗赋动江关"备加称赞。他由于特殊的人生经历,初步融合了南北诗风,是离唐最近、影响最直接的唐诗先驱者。特别在五律五绝上,把永明新体的格调与声律向唐律推进了一大步。他的七律七绝也有少数章法、句式、对仗都逼近唐律。主要缺点是典多意晦,辞肥意瘠,对后代华靡诗风也有长期的不良影响。

隋代时间虽短,文风却经历了一场反复。隋文帝统一南北后,下令革除华艳无实之风。诗人卢思道、薛道衡都有抒写征夫思妇之诗,柔靡中已有些真情。开国元勋杨素的《出塞》,已有明显的刚健气骨出现。继位的隋炀帝残暴荒淫,诗又复梁陈宫体之旧,颓风吹遍诗坛,至唐初不息。陈隋留给唐人的诗歌遗产,主要是内容浮浅、辞采华丽的沉重包袱。

第三章 才调高华的盛唐之音

文明昌盛的唐朝激发了诗人群体的才智,融合了南北东西的文化,把唐诗推向诗史的顶峰。三百多年的唐诗,以安史之乱为界可分为前后两次高潮。前期诗人的个人追求与国家利益大体一致,所以即兴而发,自逞才气,就形成才调高华的盛唐气象。后期的个人理想与朝局多忤,故多抗争怨愤的撞击之音。前期以李白为代表,长于才调;后期以杜甫为祖师,贵在深沉。所以分属二章叙述。

第一节 唐诗概说与初唐诗坛

回顾先唐诗歌,从《诗三百》《九歌》到汉乐府,作为社会心声的诗基本上是民间歌唱自己衣食男女的哀乐情事;自魏晋六朝至陈隋,大半是帝王贵族的奢丽淫艳与道佛义理的吟咏(只有左、陶、鲍非贵族),主要在小圈子内竞争声偶辞采之工巧。唐代却把二三百年间的个人才情激发为蓬勃时代的诗章,成为民族文化的黄金时代。

一、唐诗盛况概说

唐诗繁荣的数量空前,千年之后尚存五万余首,一代就超过前十四朝存诗的两三倍之多;作者面广,君臣士民、三教九流无不有诗,形成全社会热诗崇诗的风气。尤其千秋不遇的是杜甫、李白、王维等大家迭出,杰作如林,风格多样,异彩纷呈,一派群星丽天的奇妙景观,闪烁着不朽的魅力。明人胡应麟赞叹道:"甚矣,诗之盛于唐也!其体则三、四、五言,六、七、杂言,乐府、歌行、近体、绝句,靡弗备矣。其格,则高卑、远近、浓淡、深浅、巨细、精粗、巧拙、强弱,靡弗具矣。其调,则飘逸、雄浑、沉深、博大、绮丽、幽闲、新奇、猥琐,靡弗诣矣。其人,则帝王、将相、朝士、布衣、童子、妇人、缁流、羽客,靡弗预矣。"(《诗薮》)

1. 唐诗繁盛的原因。诗至唐代,进入了全面繁荣的高峰期,成为中国古典诗歌的最大荣耀。究其原因主要有以下几点:

第一,唐世国力的全面强盛,带来诗人群体普遍的心高气盛,睥睨权贵,雄视往古。唐代开国之主,极重视汲取秦皇暴虐、汉武黩武、隋炀荒淫的亡国教训,所以采取了一系列轻徭薄赋、与民休息的政策。从太宗的贞观之治到玄宗的开元盛世,国与民的物质生活都空前富足。同时根据"君心民体"的认识,健全了行政运作制度,使独夫专制的体制受到一定制约。又实行了科举取士制度,打破了魏晋以来专靠门阀当官的陋规,使大批中下层人才有报国效力的出路。在历代争战的边境设置六都护以监守之,使强盛的民族文明得到有力保护。统治疆域已过秦汉,文治武功,声威远播,尤非其他各朝可以比拟。即使安史之乱后的唐世,也不在其他朝代之下。这是一个令人振奋的时代!诗人尤不甘无闻,盛唐无论山水田园与边塞诗人,都有股豪情胜慨,即使李杜之后的韩、白至李贺、杜牧,言愁诉苦也与对盛唐的由衷怀念相关,不失开阔视野。恃才傲物,睥睨宇宙,是唐代诗人的普遍气性,李白在与"万古愁"挣扎时,自信"天生我材必有用"。杜甫在困居长安时还高唱"饮酣视八极,俗物都茫茫"。一个值得自豪的时代,方有做人的自尊,人而有才,更有高傲感,努力为才华的施展而竭力奋斗。

第二,政治清明与思想开明,使诗人敢于思索,多有发现。李唐君臣的思想文化政策是难得的开明。儒为主,兼容道佛,不定一尊,三教之间可以自由辩论,各从所好。君主虽提倡诗歌创作,但不像汉武帝以后诸帝,事先给赋颂定调划框,也不学南朝之君,以声色惑乱诗心。唐世有太宗纳谏风范的垂示,基本上没有文字狱,指斥当时权贵乃至讥讽天子,虽闻者未必戒,言者起码不至获罪。宣宗吊白居易诗:"文章已满行人耳,一度思卿一怆然!"只有诗友之情,并无君臣之威。允许诗人自己观察判断,是创作活力的前提。

第三,诗人自身多有"行万里路,读万卷书"的人生体验与充实学识,为诗作的广阔内容、深刻观察和娴熟抒写提供了必备条件。唐优秀诗人不论精心巨制与即兴小诗,都有丰厚的内质,让人回味,与先唐一篇明一事、言一意者迥然不同。就是因为唐诗人大多出身非贵,容易熟悉民情,又需勤苦学习、南北闯荡、终身奔波才得成名,从而积累起贵族所无的丰富阅历与新鲜感受,成为美感的源泉。

第四,唐代社会浓郁的文化氛围,更直接滋养着唐诗丰满的神采风韵。李氏以西北关陇集团起家一统天下后,在中国历史上首次真正实现了中西文化的交流,南北文风的融合,使音乐、舞蹈、绘画、书法、雕塑、服饰乃至饮食各种艺术风味同时蓬勃发展,对唐诗题材、构思、风格的多姿多彩大有裨益。特别是全社会崇拜激励诗才,诗人又提高了社会的审美趣味,更是任何虚名实利都无法相比的强大而持久的创作动力。王昌龄、王之涣、高适三诗人"旗亭画壁",一个不起眼酒店的歌女选唱的竟都是三人最杰出的名诗,可见社会鉴赏眼光之高。白居易记从长安贬至江州,"三四千里,凡乡校、佛寺、逆旅、行舟之中,往往有题仆诗者,士庶、僧徒、孀妇、处女之口,每每有咏仆诗者",可见诗在唐代社会生活中的地位之高。

第五,是诗歌自身的发展规律:四言已过时,五言方兴未艾,七言正待发展,律体尚须完善,声偶色彩等技巧还是秀而无实的空花,唐诗正逢大发展的绝好的历史机遇。胡震亨云:"诗自风雅以降,一变有《离骚》,再变为西汉五言诗,三变有歌行杂体,四变为唐之律诗。诗之至唐,体大备矣。"(《唐音癸签·体凡》)所以鲁迅感叹:"一切好诗到唐已被做完。此后倘非能翻出如来佛掌心的齐天大圣,大可不必动手。"(《致杨雾云书》)唐后千年的古典诗歌,再未创造出新体,只能在唐人体制中求变化。

2. 唐诗的四个发展阶段。唐诗的分期,或以安史叛乱为界粗分前后期,或依诗派流变细分五六期。当今通常采用宋人严羽《沧浪诗话》初步提出、明人高棅《唐诗品汇》详密论定的四唐分法:

(1)初唐百年是唐诗的酝酿变革期,诗风仍沿齐梁余习。先有宫廷诗人在对偶、声律条理化基础上完成律诗这一近体的规则;继有"四杰"诗歌突破宫体旧调,陈子昂复大声疾呼反齐梁浮艳,要求重振汉魏风骨,为唐诗的健康发展扫清道路。

(2)盛唐五十来年(开元至大历初)是唐诗的顶峰期。王维、孟浩然等将山水田园诗推向极致,岑参、高适、王昌龄一派对异域奇丽与征戍苦乐的慷慨抒写,开阔了民族胸襟。同时出现了李白、杜甫这两位不同风格的诗国巨星。

(3)中唐五十多年(大历至元和末),虽然国家已衰,诗坛却再盛,是唐诗的第二高峰。白居易一派在明确理论指导下,"唯歌生民病",务求平易近情;韩愈一派标新立异,尚奇喜险。其他还有韦应物的田园诗,李益的边塞篇,上承盛唐;诗豪刘禹锡与柳宗元自立门户,别创一格。此期诗作繁盛,流派众多,思潮风格的争奇斗妍都超过盛唐,对宋后诗歌面貌的影响也更直接而深刻,只欠缺李杜式的总代表。

(4)晚唐五代七十来年(开成至唐亡于宋)是唐诗的衰颓期。诗作仍不少,在国家大厦将倾,昏暗渐临之际,人心裂变,或如皮日休等人愤激刺世,或如李商隐诸人缠绵于女性的情感世界,或如杜牧的国事韵事两风流。还有李贺对生命短促的惊恐迷乱感,虽人活在中唐晚期,诗心早是典型的末世情景。国事令人感伤,只有艳情能抚慰无望的忧伤,哀怨幽艳是晚唐诗的特征。其中高者如"小李(商隐)杜(牧)"仍然是唐世残阳黄金般的返照,下者虽然色彩风调又似齐梁回响,然其才性风韵,依然迥出宫体之上。总的来看,唐诗来潮迟,一涨潮就凌绝顶,且有二次高峰,后劲足,唐世虽衰,唐诗未全败。

二、初唐诗坛

初唐诗坛在齐梁遗风笼罩下,久不能破。唐太宗论兴亡得失的天下是非,极明断,作诗却仍袭陈隋亡国之音;虞世南知道谏太宗不宜为宫体,自己下笔亦不免。宫体符合富贵对声色享乐的贪恋,破淫艳远比更换政权艰难。而且一种新的审美形式要推陈出新,为世接受,尚需时间。

1. 律诗的定体。律诗实际上就是永明新声的最后完成。诗歌各体都源于民间自发创造,只有律诗的"律",是由齐梁间深通文字声、韵、调的贵族文人所研制,至唐初宫廷诗人始定体式。"律"是必须遵守的规则,有所不合即诗病,全篇不合律算"古诗"。此体唐才有,所以唐人叫"近体"。其基本要求有二:中间各联(二句成意为一联)的上下句,要句式相同意义对立成"对偶"("排偶"则句式与意义皆相近);全诗各联上下句平仄对立。唐初高宗时宫廷诗人上官仪把齐梁以来的对偶系统化,提出"六对""八对"的程式,使对偶更加工整而易于制作。武则天朝的宫廷诗人沈佺期、宋之问把四声简化为平仄两类,从消极回避"八病"进而悟出积极安排全篇平仄的规律,当时叫"沈宋体"。从此开始有了"律诗"这一近体格式。因为其句式对称有造型美,声调抑扬顿挫有音乐美,好看好听易记,比古体更受欢迎。试举最简易的五绝平仄规律以明之。齐梁新声已知:(1)一句之内平仄交替,如:仄仄平平仄。(2)两句之间平仄相反,则下句为:平平仄仄平。唐初沈、宋律体进一步摸索出下联与前联平仄不重复的办法。(3)第三句二、四字与第二句平仄同(所谓粘),而全句平仄不重,就是:平平平仄仄。(4)第四句仍旧与第三句反(叫作"对",即:仄仄仄平平。这就产生了一首各句平仄皆异而句内平仄交替的绝句律谱;重复一遍绝句谱就成律诗(狭义律诗专指八句,广义则包括绝句和十句以上的排律)。五言头上加两个平仄与开头相反的字,就成七律。排律不过单句与上句粘、双句与上句对地延伸出去,一百多联也有。其基本美学原理,无非错综里面求和谐(和谐而非雷同)。此外,有许多拗救变通的方法,初学未必须知。

2. 初唐"四杰"与陈子昂对宫廷浮艳诗风的突破与批判。最先在齐梁诗风中别调独弹的是由隋入唐的王绩。其《野望》朴素自然,但孤掌难鸣,诗坛毫无反响。唐开国几近半世纪后,四位在野的年轻人不满宫体浮艳,创作了一批内容较宽阔、颇富才气、格调清新明丽的诗,使唐诗出现了生机。

他们就是王、杨、卢、骆"四杰"。王勃(649—676),字子安,才高而命短,诗以《送杜少府之任蜀川》最著名:

> 城阙辅三秦,风烟望五津。与君离别意,同是宦游人。海内存知己,天涯若比邻。无为在歧路,儿女共沾巾。

送别友人赴四川供职,前四句是离情,后四句则慰勉。"海内"一联是警策的名句,把传统的黯然伤别改造成豪语抒深情,襟怀阔大,语调刚健,对仗工整,声偶技巧不再只是宫廷绚丽的专用品了。杨炯(650—693?),曾因讽刺朝士被忌恨,其边塞诗中有慷慨不平之音。王、杨都长于五律。卢照邻(634—686?),字升之,号幽忧子,身患恶疾,投水而死。其七言歌行《长安古意》最闻名,以纵横铺陈、奔放富丽的笔调描述帝京的繁盛,对权贵的豪奢语含讥讽。骆宾王(622—684?),婺州义乌人。徐敬业在扬州起兵讨伐武则天,他为徐作《讨武氏檄》传天下。五律《在狱咏蝉》是被诬陷入狱时的沉痛自白:"西陆(秋)蝉声唱,南冠(囚服)客思深。那堪玄鬓影(以薄鬓喻蝉翼),来对白头吟。露重飞难进,风多响易沉。无人信高洁,谁为表予心?!"秋蝉哀鸣,触痛了沉冤之心,露重风多,有谁听信高洁之微吟? 句句切蝉,又句句是沉冤莫白的悲诉,是一首用生命挣扎而成的诗。骆宾王也擅七言歌行,《帝京篇》用赋的铺排夸饰写当时世界大都会的繁华,时人以为绝唱。四杰的创作业绩超过了宫体,开始扭转了诗风。

陈子昂(659?—706?),字伯玉。性豪任侠,积极参与政事,多次上疏批评朝政之失。《感遇》诗三十八首也以抒不同政见,感怀身世为主旨,内容切实,理过其辞,文采贫乏。随军出征时,因意见不合受主将打击而写的《登幽州台歌》却以直喷胸臆而震撼千古:

> 前不见古人,后不见来者;念天地之悠悠,独怆然而涕下!

四句不但声律、对偶、辞采全不用,语气也全是散文式,却有真诗的至情至性至忠至义,悲慨淋漓之中使人来不及计较诗文之界,直被英雄失路的滂沱热泪吞没了。至情不文,胜过寡情虚文。陈子昂被杜甫、韩愈、白居易赋予崇高的历史地位,他第一个旗帜鲜明地对长期占统治高位的浮艳诗风大张挞伐,《修竹篇序》云:"文章道敝五百年矣。汉魏风骨,晋宋莫传……齐梁间诗,采丽竞繁,而兴寄都绝。每以永叹,思古人……"陈子昂坚定地认为诗的正道是有政治兴寄的风骨诗,内容颓靡,空有采丽,是诗道堕落。这一主张对批倒宫体腐朽诗风有巨大的进步作用。不过将学汉魏当作建设唐代诗苑的榜样,则思路狭窄,矫枉过正,他自己的作品普遍枯燥乏味,就是明证。

3. 张若虚《春江花月夜》对宫体的扬弃改造。唐人的光彩在既善于开拓新境,又巧于化腐朽为神奇。采撷齐梁声色辞采,甚至比陈后主的宫体旧题抒写得更淋漓尽致,却脱胎而换骨,涤除艳曲秽浊,焕发清丽美妙的浓郁诗意者,有张若虚那首人见人爱的《春江花月夜》:

> 春江潮水连海平,海上明月共潮生。滟滟随波千万里,何处春江无月明。江流宛转绕芳甸,月照花林皆似霰。空里流霜不觉飞,汀上白沙看不见。江天一色无纤尘,皎皎空中孤月轮。江畔何人初见月?江月何年初照人?人生代代无穷已,江月年年只相似。不知江月待何人,但见长江送流水。
>
> 白云一片去悠悠,青枫浦上不胜愁。谁家今夜扁舟子?何处相思明月楼?可怜楼上月徘徊,应照离人妆镜台。玉户帘中卷不去,捣衣砧上拂还来。此时相望不相闻,愿逐月华流照君。鸿雁长飞光不度,鱼龙潜跃水成文。昨夜闲潭梦落花,可怜春半不还家。江水流春去欲尽,江潭落月复西斜。斜月沉沉藏海雾,碣石潇湘无限路。不知乘月几人归,落月摇情满江树。

诗至"但见长江送流水"为前半篇,依次将题中五字逐层展开,绘出江边花月交辉的春夜美景,画意诗情无比浓郁。而以问月为高潮,暗中过渡到月夜思妇不眠、游子未归的相思之情,作为后半篇主调。前景后情,随着情思深化,春尽、花残、月斜又慢慢将题中五字收敛,结尾只留一片情景交织的悠长迷惘,让人惶惑难舍。语言流动多姿,声韵悠扬婉转,意境深邃朦胧,令人百读不厌。而此诗本是从宫体脱胎而来,所以闻一多把这篇杰作比为"宫体诗的自赎"(《唐诗杂论》),很是精当。

扬弃改造宫体遗风的同时,唐自张说、张九龄二位贤明丞相先后执政,贺知章、孟浩

然、王之涣等诗人涌现,使朝野诗风大变,开始显露唐诗卓异往古的全新面貌。如王湾的《次北固山下》:

> 客路青山下,行舟绿水前。潮平两岸阔,风正一帆悬。海日生残夜,江春入旧年。乡书何处达?归雁洛阳边。

北固山在今江苏镇江,诗人在新旧年相交之际泊船于此,乡思油然而生。"海日"一联将年尾岁首这一时间特征与大地回春的物候特点巧妙地融化为极精工警策的对偶,作为引发乡思的依据,妙绝千古。盛唐选家殷璠赞道:"诗人以来,少有此句。张燕公(即张说)手题政事堂,每示能文,令为楷式。"(《河岳英灵集》)可知唐诗有自己更高超的艺术追求的阶段已经到来。

第二节　王维等诗人对山水田园风神的超妙观照

盛唐是诗史的顶峰期,按其主要题材风格大略而言,有山水田园与边塞情景两大派,同是盛唐气象最华彩的乐章。盛世之音最伟大的代表,则是横空杰出的李白。

山水田园的诗家有王维、孟浩然、储光羲、常建诸人,而以王、孟为杰出代表。他们将陶渊明田园诗的自然淳厚与二谢山水诗的精工明丽冶为一炉,自铸高华清远的神韵,改陶的直抒怀抱与谢的玄言议论为对自然造物的陶醉。表面看似乎同属隐逸情趣,实质却有开元盛世的悠闲自在与晋宋浊世的苦心避祸之大别。所以陶、谢诗中的人与景多分写为二,而王、孟意与境合一,对自然美的专注与提纯,千古莫及。王孟之中孟略早于王,而王成就高于孟。王偏爱山水而题材、手法都广阔而多祥,孟性近田园,比较单纯质朴;王能将诗、画、禅融化为不可穷尽的妙谛,孟虽乏王之超妙,亦无其寂灭冷气而有陶之清远。

一、王维山水田园诗

王维(701—761),字摩诘(取自佛经),原籍山西祁县,随父迁居蒲州(今山西永济)。少有才名,年十九举解头(乡试第一名),二十一中进士。精音律,曾任大乐丞。又曾出使凉州,为河西节度判官。早年热情报国,积极参与张九龄的进步政治活动,写下抒壮志、歌边塞的盛唐之音,同时又喜隐居洛阳雷山,留下清丽空明的山水名篇。中年开始隐居长安终南山,营置辋川别业,过着亦官亦隐的得意人生。安史之乱中被俘获,迫受伪职,曾服药自取喑痢。乱平后受降职处分,从此绝意仕进,息心辋川,写下许多烟火气日淡而禅趣日深的山水诗的极品。世情淡漠反而官运亨通,直至尚书右丞以终,后世称王右丞。王维山水诗最不可及处,在于以禅趣过滤掉物象的尘俗,自虚观实,空中着色,静中闻音,如山中无雨而空翠湿衣,镜花水月澄澈鲜洁,意趣邈远。由一般的情与景融、

进而诗与哲会,空灵无迹,是意境的最高层次。他五七言、古近体兼工,而以五律尤精,画境亦高。如《山居秋暝》:

空山新雨后,天气晚来秋。明月松间照,清泉石上流。竹喧归浣女,莲动下渔舟。随意春芳歇,王孙自可留。

此诗为"晚年惟好静"时闲居辋川山庄所作,从山村秋晚的清新闲静中表示自己恬淡自安的人生志趣。首句布景,物清"新"而人欲"空","新""空"二字是全篇诗眼。山本实,而心无所图则如"空"然;月光本真,照于松间则色如空明,泉滑石上是声之空,这是"空故纳万有"的禅机。洗衣女过竹林传出笑语声,女归则竹复默然;河边莲动知渔舟荡过,舟下莲重归安然,这是"静能了群动"之妙谛。秋晚环境如此,春去不足虑,秋来亦可留,知物空则心静,人生何处不可自安,何时不有自适。这本是枯燥的禅理,却只用景物声色的虚实动静自己去暗示,绝不说出作者主意,所以蕴藉超妙,高出往古。空才能灵动,空不是无的"顽空",而是声、光、色彩不断生幻的丰富妙相,所以空是纯美之境。

再如写壮阔巨景的《汉江临眺》,王维也别有超妙意趣:

楚塞三湘接,荆门九派通。江流天地外,山色有无中。郡邑浮前浦,波澜动远空。襄阳好风日,留醉与山翁。

诗立足于写汉水入长江前的重镇襄阳形胜,笔意连接楚湘并远达长江中下游的九条支流,视野辽阔,大江浩荡,尽收笔底。通常壮阔巨景须用雄句表达,豪情推行,如陈子昂的遒劲雄健:"巴国山川尽,荆门九派开。"(《渡荆门望楚》)李白的豪迈奔放:"山随平野尽,江入大荒流。"(《渡荆门送别》)都是力言山长水阔的壮辞,与王维此诗堪称咏荆门三绝。细味三家,可提高鉴赏能力。陈以力健,李以气盛,王维独以意趣高远、神韵悠长胜。中二联都是先雄后秀:"江流"句极阔大,引向"有无中";"郡邑"句极壮伟,渐至"动远空";"空""无"是雄伟壮观伸展至无限的意趣旨归。这就使豪迈有所超忽,平添俊秀,产生渺远的神韵和结尾"留醉""好风日"的自得情调,浑成一气。

王维山水诗的代表作是组诗《辋川集》五绝二十首,一首咏一景点。选读其中的《鹿柴》:

空山不见人,但闻人语响。返景入深林,复照青苔上。

此诗只写鹿柴之"幽"韵,也是避开景点的物色形状这些视觉形象,先把山林中的人与物淘尽,虚化为声与光,再把人声曲折为传响,将日光反射成影,穿深林,映苔上,成一丝幽光。几经过滤虚化,物无形象,只存意味;微妙通玄,精意难言。诗之妙在于"不见人",短处亦在离人太远。

王维的田园诗学陶而有新的审美价值,如《渭川田家》:

斜光照墟落,穷巷牛羊归。野老念牧童,倚杖候荆扉。雉雊麦苗秀,蚕眠桑叶稀。田夫荷锄至,相见语依依。即此羡闲逸,怅然吟式微。

诗写夏初农村黄昏闲静淳朴的情景,令倦游宦海的人有归隐之心。情绪格调都与陶诗一致,而意趣微有差异。陶渊明是从礼教樊笼里重返自然的欢欣,"相见无杂言,但道桑麻长",满足于自食其力的劳动生活本身。王维是在仕宦基础上更求闲逸的情趣,所以避开白天的筋骨劳苦,选在劳余的黄昏时刻写农村景色之美、人情之厚,一派和平安乐气象。人情风物都富于未被名利污染的和谐淳美,是高贵者对精神的更高向往,不是与现实的对抗。所以论性情之真朴,王不及陶;评审美的超妙,陶不如王。

王维是大家,有多副笔墨写不同风格。十六岁时作的《洛阳女儿行》就有股青春气息扑面而来。后来写的二首七绝,更是从唐至今最脍炙人口的名篇之一:

独在异乡为异客,每逢佳节倍思亲。遥知兄弟登高处,遍插茱萸少一人。
(《九月九日忆山东兄弟》)
渭城朝雨浥轻尘,客舍青青柳色新。劝君更尽一杯酒,西出阳关无故人。
(《送元二使安西》)

唐世七绝最风行,名篇佳作如林。大都以立意奇警、情味隽永争胜。而王维却只取口边语,道日常情,毫无矫饰,令人都觉得说出了自己最想说又说不好的心里话,无比亲切温情。抒发普遍的人性丰美正是盛唐诗永恒魅力的所在之一,后世就稀少了。

王维也有激昂慷慨的边塞诗之作,但其写景状物抒情同样迥出流俗,不失自家体段。如《观猎》描绘一位英武的将军风劲弓鸣、纵横驰骋、紧张射猎的火爆场面:

风劲角弓鸣,将军猎渭城。草枯鹰眼疾,雪尽马蹄轻。忽过新丰市,还归细柳营。回看射雕处,千里暮云平。

猎鹰迅急地扑向猎物,当鹰一发现,将军飞马已至,猎事极紧张,而诗语仍旧超忽轻灵如此,只是一片勇武的神情,不屑于刻画形象。其结联:"回看射雕处,千里暮云平。"从踌躇满志中让人想见猎物丰盛。写人物能神采飞扬而形貌朦胧,方是诗家绝诣。试比较韩愈同题材的《雉带箭》后半:"地形渐窄观者多,雉惊弓满劲箭加。冲人决起百余尺,红翎白镞随倾斜。将军仰笑军吏贺,五色离披马前堕。"除押韵齐整存诗歌之形外,了无余韵,与叙事散文无异。王维写边塞景色的名句:"大漠孤烟直,长河落日圆。"(《使至塞上》)场景极其辽阔雄丽,画面只有烟日,修饰只用"圆""直",用笔简净朴素之至,而已神完意足无所遗漏,也是遗貌取神的典范。

二、孟浩然山水田园诗

孟浩然(689—740),以字行,襄阳(今湖北)人。他与王维共同将盛唐山水田园诗推向了高峰,王孟并称。他又是唐大家中唯一终身不仕的布衣诗人,虽然经历简单,题材格局都小于王维,而其诗风与人格都受到高傲的李白的异常敬爱:"吾爱孟夫子,风流天下闻。红颜弃轩冕,白首卧松云。"(《赠孟浩然》)早年隐居鹿门山,四十岁应进士,不第而归。也有人所不免的求仕冲动,终究性近田园之真朴,晚年尤趋恬静。诗多五言,律有古趣,善以白描手法摄取自然的淳净淡泊,涤除六朝以来摹山范水务求形似的诗匠习气,直探陶诗真源。陶诗有耕读者的诚朴旷达,孟诗多欣赏者的温厚恬淡,是其同中之异。王维最擅长的是山水景物的韵意理趣,色彩明丽,辞语精工,意境空灵;孟诗偏胜在田园真朴,淡泊明净,温厚和谐,意趣清远。其田园诗的代表名篇是《过故人庄》:

> 故人具鸡黍,邀我至田家。绿树村边合,青山郭外斜。开轩面场圃,把酒
> 话桑麻。待到重阳日,还来就菊花。

诗叙对农庄老友的一次愉快过访。首联说应邀而往。"绿树"句是一路行来见树在村边渐渐合拢,"青山"句则偶然瞥见。两句一着意一随心,浓淡有致。"开轩""把酒"二句,正面写故人旧交间的笃厚情谊,温厚朴实,自然明朗。尾联是告别语,"重阳""还来",可知这次造访尽兴而尚有余情;不说鸡黍而言"就(亲近)菊花",即见主客的雅兴高致。诗以故人盛情相邀起,以对老友的深情道别作结,平实道来,不事雕饰,而温厚有味,浑成无迹,连对仗句也含淳朴的古调,炼意不炼字,可见炉火纯青的艺术功力。故沈德潜《唐诗别裁》云:"篇法之妙,不见句法。"见句法就是露雕琢痕迹。

孟浩然的山水诗也语极纯净而意味醇厚。写景的清新净洁如绝句《宿建德江》:

> 移舟泊烟渚,日暮客愁新。野旷天低树,江清月近人。

建德江水本清澈,孟诗写得其清可掬。一般诗都是先景后情。此诗前写客愁如烟,后绘美景之赏心。"野旷""江清"二句构思精巧,抓住上二与下三之间的因果关联而产生的视觉误差,对偶就非常别致工巧。全诗意象省净,笔触轻灵,清妙无比,最能显示孟浩然山水诗的独特造诣。

与王维一样,孟浩然也擅长抒情小诗,最脍炙人口如《春晓》:

> 春眠不觉晓,处处闻啼鸟。夜来风雨声,花落知多少。

诗人抓住春睡刚醒的第一感觉下笔,所以把一点常有的惜花心事写得真切喜人,富于孟诗自然本色的真趣。大自然是人类的生存环境,也是审美源泉,盛唐诗人兴高趣广,大多有佳篇或秀句,不能备述。

第三节　岑参等诗人对边塞征戍的激情讴歌

边塞诗隋代已不少,随着隋唐百余年的边境战争而渐盛,士戍的苦乐、思妇的忧思、异域的风光、立功的希望、中外交流的加强,事事牵动着诗人的关注。到了盛唐,终于出现了一个人数众多、名篇迭出的边塞诗派,主要有岑参、高适、王昌龄、李颀等人。非此

派而有边塞诗作的诗人更多。有些虽未身至边塞,也有诗表示对边塞的兴趣。诗风多雄浑豪迈,富有奇情壮采,常用七言,岑参、高适、王昌龄是其中杰出代表。岑参诗尚奇主景,风格雄奇瑰丽,热情奔放,富浪漫气息。

高适诗尚质主理,格调豪迈苍凉,气骨近古,多现实剖析。高、岑的激情豪荡与王、孟的恬淡自然,各标风韵,共同构成盛唐诗高华俊秀的气象,一直为后代所追慕不已。

一、岑参边塞诗

岑参(715—770),江陵(属今湖北)人。其曾祖、伯祖、伯父都曾为相。然他幼年丧父,从兄受学。天宝五载(746)到至德初两度出塞,是盛唐诗人中足迹最远、边塞体验最丰富的诗人。后官至嘉州刺史,后世亦称岑嘉州。

岑参报国立功、不畏艰苦的乐观精神在边塞诗派中最为突出。杜甫说"岑参兄弟皆好奇"(《渼陂行》),好奇的性格使他有寻险探胜的勃勃兴致,诗多新鲜内容与奇警造语。为寻找立功报国的天地,他不畏艰苦,身至西域边境,广袤神奇的景物风俗,引发他高涨的诗情:不仅有奇寒巨风,火山火云,更有奇如热海:"西头热海水如煮……中有鲤鱼长且肥。"人畏其严寒酷热不可当,他却带着好奇的神情——把它们绘形绘色地收入笔底,赋予它们瑰丽的色彩、奔腾的激情。而且多不借助于传统边塞诗的夸张、虚拟、用典等技法,而是直接诉诸感官直觉,奇兴奇采奇语迭见,每每令人领略一种未闻未见的异域风味与阳刚之气。由于生活体验真切,写战地人事景色远比他人当行本色。新领域新情调,使他的边塞诗有必要自立新题,第一次改变了咏边塞必用乐府旧题的老格局。总之,岑参的边塞之歌,是大唐中西地域文化融合的崭新成果,给华夏古典文化注入了旺盛的新血液。

岑参诗题材广泛,体裁多样,而以七言歌行成就最高。歌行中的《走马川行奉送出师西征》《轮台歌奉送封大夫出师西征》《白雪歌送武判官归京》三篇都是边塞诗的杰作。前二歌都是送军出师,《走马川行奉送出师西征》:"将军金甲夜不脱,半夜军行戈相拨,风头如刀面如割。马毛带雪汗气蒸,五色连钱旋作冰,幕中草檄砚水凝。"调促拍急,威严紧张的气氛充满字里行间,同夜行军的肃穆情势密合无间。而《轮台歌奉送封大夫出师西征》的声情气势就大不相同了:"上将拥旄西出征,平明吹笛大军行。四边伐鼓雪海涌,三军大呼阴山动。"伐鼓进军,大呼山惊的场面,"征""行""涌""动"字的宏大声韵与前诗"脱""拨""割"的急促入声,都韵随意变,因事而异,显示唐军压倒一切的强大气势。《白雪歌送武判官归京》是送别之作,却一开始就大肆渲染边地军中的特有气氛,与传统离情别绪截然异趣:

> 北风卷地白草折,胡天八月即飞雪。忽如一夜春风来,千树万树梨花开。
> 散入珠帘湿罗幕,狐裘不暖锦衾薄。将军角弓不得控,都护铁衣冷难着。瀚海阑干百丈冰,愁云惨淡万里凝。中军置酒饮归客,胡琴琵琶与羌笛。纷纷暮雪

下辕门,风掣红旗冻不翻。轮台东门送君去,去时雪满天山路。山回路转不见
君,雪上空留马行处。

白草冻折,八月飞雪,紧接着却是:"忽如一夜春风来,千树万树梨花开。"出奇的寒化为
出奇的美,给人以意外的惊喜,形象无比晶莹而灿烂。前八句为歌白雪,从天到地后及
人,由大而小,愈寒愈显得人坚不可摧。中二句承前启后。下八句抒送归之情,妙在不
露情字。由别酒而音乐、辕门而东门,上路而终不见人,是自近渐远,愈寒则情愈暖,愈
远去而心愈紧缩,最后空留行迹在雪上,又回应首句"飞雪"。结尾写惜别之情,新颖而
蕴藉,回味不尽。全诗貌似豪纵恣肆,而章法井然,瑰丽豪迈而又深情熨帖,确乎难能
可贵。

岑参有些远戍思乡的小诗,颇恻恻动人。如《逢入京使》:

> 故园东望路漫漫,双袖龙钟(泪湿衣物貌)泪不干。马上相逢无纸笔,凭君
> 传语报平安!

远客思乡是《古诗十九首》以来的常调,但这首诗抓住"马上相逢无纸笔"这一难遇易失
的仓皇顷刻写,又能用地道的生活语气入诗,就有哭出来的诗特有之酸楚感人,非泛泛
思乡可比。

二、高适边塞诗

高适(约702—765),字达夫,渤海南(今河北景县)人,盛唐边塞诗派的代表之一,与
岑参并称为"高岑"。早岁家境艰窘,仕途失意,常混迹渔樵,甚至"以求丐自给"。天宝
八载(749)经荐举中"有道科",授封丘(属今河南)县尉,不久弃官而去。后客游河西,为
节度使歌舒翰掌书记。安史之乱起,国步艰危,方得唐肃宗重用,历任淮南、西川节度
使,终散骑常侍,封渤海侯。唐诗人中早年之穷、晚年之达,无如高适者。因他半生潦
倒,久困民间,身有侠骨,富于正义感,所以在自叹身世之感中,多慷慨不平之声,对民生
疾苦的深切同情,出于至性良知,非比寻常。他曾两次出塞,其边塞题材诗,能以政治军
事家的高度责任感,认真剖析边防战事的利弊得失,以思想深刻与内容切实超出其他边
塞诗人。诗多古体,以七言歌行见长,沉郁悲壮,声情激昂,语言劲直,殷璠评为:"诗多
胸臆语,兼有气骨。"(《河岳英灵集》)上承鲍照等人的风骨,深化了唐边塞诗的现实内
涵,是对盛唐现实主义诗歌作出重要贡献的人物。

高适边塞诗的代表性名篇为《燕歌行》。这一乐府古题的传统内容,大略不出泛咏
征夫思妇之情。高诗第一次以当代战事为内容,使旧题得到极大开掘;首八句写唐军浩
荡赴敌,声容甚盛;次八句写主将恃宠轻敌,战士浴血而终于失利;又次八句为征夫思妇
的绝望苦恋;末四句是代抒战士的忠愤:"相看白刃血纷纷,死节从来岂顾勋!君不见沙
场征战苦,至今犹忆李将军(指汉名将李广指挥英明,体恤士卒)。"四层内容都是立足于

对广大战士的报国气概与无谓牺牲的悲愤描写,所以对军旅的反映就较一般诗鲜明具体而且深刻得多。尤其是中间写主将荒淫导致战败的当代时事,足见高适过人的胆识:"山川萧条极边土,胡骑凭陵杂风雨。战士军前半死生(已死一半只剩一半),美人(军中营妓)帐下犹歌舞。"事实已触目惊心,用对偶形式把将与士两者同时显象比照,就更令人扼腕切齿。一个"犹"字表现出诗人的无比悲愤。全诗雄劲悲壮,四句一转韵,加强了奔放中的跌宕顿挫感,是盛唐难得的现实主义杰构。

高适直抒独立人格与官场规矩尖锐冲突的《封丘作》,富有鲜明强劲的豪杰奇气,是代表社会良知与直抒独立不羁人格的名作:

> 我本渔樵孟诸野,一生自是悠悠者。乍可狂歌草泽中,宁堪作吏风尘下。只言小邑无所为,公门百事皆有期。拜迎官长心欲碎,鞭挞黎庶令人悲。归来向家问妻子,举家尽笑今如此。生事应须南亩田,世情付与东流水。梦想旧山安在哉,为衔君命且迟回。乃知梅福徒为尔,转意陶潜归去来。

诗开头四句就亮出了一个倔强独立的自画像。次四句是富贵与良心不可调和的冲突。"拜迎官长心欲碎",是出于和嵇康、陶渊明同样的自尊;"鞭挞黎庶令人悲"却有他从贫贱出身的切肤之感在。看透做官是宰割同胞的爪牙,以前少见,而此后的杜甫、元结、韦应物、白居易等诗中屡见,成为唐代诗人空前深厚的仁民精神的宝贵传统。"归来"四句进一步写冷酷的世态与良知的矛盾,"举家皆笑今如此",直率得惊人,也令人寒心。末四句说家业无存、学仙空话,只有追念陶渊明的归田较为切实。全篇句句胸臆语、肺腑情,实话直说,将自己豪侠任气、奔放不羁的个性与苦闷,诚实地袒露于世,这一事实本身就是盛唐的荣光。全诗四句一韵,平仄交替,声随情转,古体之中时用对偶,显示出唐代律化的古诗比前代七古更富情韵,内容艺术都有长足进步。

高适的抒情小诗也多豪情侠气,肝胆照人,如《别董大》:

> 千里黄云白日曛,北风吹雁雪纷纷。
> 莫愁前路无知己,天下谁人不识君!

三、王昌龄边塞诗

王昌龄(698—757?),字少伯,长安人。开元十五年(727)进士,后又登博学宏词科。官汜水尉,谪岭南,任江宁丞,又贬龙标尉。安史之乱中忤濠州刺史闾丘晓,被他杀害。昌龄虽一生多灾,而诗名卓著,为世争唱,是玄宗时期才华杰出、最足以代表盛唐神妙的诗人之一。殷璠称之为"中兴高作"(《河岳英灵集》),有"诗家夫(一作天)子王江宁"的美誉(《唐才子传》)。所作多边塞军旅、宫怨闺情、送人别友一类抒情绝句,辞采鲜润俊秀,音调谐美,构思婉曲,意态蕴藉,余味深长,历久弥新,是后代公认的"七绝圣手",足以"与太白争胜毫厘,俱是神品"(《艺苑卮言》)。

《出塞》曾被推为唐人七绝的压卷之作：

> 秦时明月汉时关，万里长征人未还。但使龙城飞将在，不教胡马度阴山。

王昌龄诗有两大过人处：抒情的极大概括力，语言的含蓄深厚。中国西北的大规模战争主要由秦皇汉武而启，万里千年，人去不还，自古有关山月色见证。头二句写尽边战史，饱蕴血泪痛。后二句说要是有靖边爱卒的汉名将李广在，就不会再演惨剧。一字不及唐，而对唐边将的怨责深矣。写战士爱国奋战的壮志豪情，则有《从军行七首》（其四）：

> 青海长云暗雪山，孤城遥望玉门关。黄沙百战穿金甲，不破楼兰终不还！

不写战事，只写钢铁般的破敌决心，后二句音韵与语气都掷地有声。《从军行七首》（其一）是写思乡边愁之作，题材虽非新，而构思画面中的情味，却令人百诵不厌：

> 烽火城西百尺楼，黄昏独坐海风秋。更吹羌笛《关山月》，无那金闺万里愁。

头二句将普通的情感放置在特定的场景中，就觉真切。第三句是写触发情的媒体，异族乐器吹出的悲凉之音使战士思乡念亲，进而由己愁思及万里外的所爱，她此刻该如何惦念我啊。这就把愁思之情拉长转到细处，能曲折所以感人就深。昌龄绝句最精此道。

其闺怨、宫怨诗亦别致有味，极委婉细腻之才思。如刻画冷宫女子以玉貌反而艳羡黑鸦的悲苦心态的名篇《长信秋词》：

> 奉帚平明金殿开，暂将团扇共徘徊。玉颜不及寒鸦色，犹带昭阳日影来。

全诗由一串宫女身边的日常事物组合，只添加"暂将、不及、犹带"等虚字于其间，种种无聊、忌妒、自怜、自悲等心事与神态即活现眼前。王昌龄对女性特有心理的体贴入微与准确把握，在《闺怨》中更有出色表现：

> 闺中少妇不知愁，春日凝妆上翠楼。忽见陌头杨柳色，悔教夫婿觅封侯。

此诗是小中见大的艺术典范，从"不知愁"到知愁，全在第三句"忽见陌头杨柳色"。才思灵妙处只在避开正面说，善于而又巧于转着说，一转即新颖难忘。总之，自王昌龄出现，诗不再满足于质直言志、淫靡缘情与写景叙事，而以探索微妙心绪为能事。诗成为丰富、完美心灵的宝物，七绝因此成为各体中最受社会宝爱的诗歌明珠。

此外，李颀也是边塞派的重要诗人，与王维、王昌龄、高适都有交情。其七古气度豪迈，声情浑厚，线条分明，善于勾勒人物形象。边塞、赠别、音乐描写都有相当高的成就。

至于对边防和战的议论，则以盛唐衰后，回纥、吐蕃相继入侵，朝廷商议和亲时诗人戎昱的《咏史》（一作《和蕃》）立论最高、用心最正，可作史鉴读：

> 汉家青史上，计拙是和亲。社稷依明主，安危托妇人。岂能将玉貌，便拟

静胡尘? 地下千年骨,谁为辅佐臣?!

唐代大多数诗人对边境战争的态度与广大军民一致:反对黩武逞威,也批判以女色事敌,热望靖边休兵,而责成于君王的决策和边将的指挥无误。往事越千年,边塞已如烟,可是为民族安危而沸腾的热血,是唐诗旺盛的生命光华,也是盛唐所以能盛的力量源泉,仍有超越民族与历史的精神价值。

第四节　李白倜傥不羁的个性与浪漫追求

李白是屈原之后文学史上最伟大的浪漫主义诗人,屈原《离骚》是身处忠而被谤、狂乱莫诉中的政治怨愤,李白却不论得意失意,为人作诗都充满浓烈的浪漫气质,是比屈原更纯粹更天才的浪漫诗人。

一、李白的生平

李白(701—762)之籍贯与出生地都有异说。当今多从唐范传正根据李白之子伯禽手疏作的《李公新墓碑》:先世一房因罪窜于碎叶(今吉尔吉斯斯坦境内,唐属安西都护府所辖),变易名姓,故唐籍漏载。其母梦长庚星而生,故名白字太白,其父指李树而为姓。神龙元年(705)其父潜归蜀中,侨居绵州昌隆(今四川江油),人称李客,家财富厚。因其先天素质与后天教养都与正统士大夫之家两样,所以李白五岁诵六甲(由六十甲子演化而成的道术),十岁观百家涉诗书,十五好剑术喜奇书,心慕司马相如献《子虚赋》而得宠于汉武帝。眸子炯然,哆(腮)如饿虎,性倜傥,好纵横任侠,曾手刃数人。又喜名山访道,精力旺盛而志趣多端。二十五岁起"仗剑去国(出蜀),辞亲远游",之后几乎终身在诗酒浪游中度过。头次漫游持续十六年,在湖北安陆成婚后,即以此地为中心,高冠雄剑、骏马长风地遍览两湖、江浙、晋鲁豫间的山水名胜,轻财好施,广结道友,曳裾侯门,借诗酒仙风自树声誉。终于得吴筠、玉真公主(玄宗妹)、贺知章一班名道士的荐誉而名动天子,玄宗三下征诏,四十二岁的李白昂头入京:"仰天大笑出门去,我辈岂是蓬蒿人!"玄宗优宠备至,待诏翰林,以敏捷诗才承欢侍宴。李白与贺知章等为"酒中八仙"之游:"长安市上酒家眠,天子呼来不上船,自称臣是酒中仙。"(杜甫《酒中八仙歌》)因疏狂傲物,不到三年就被"优诏罢遣",离京放归。李白自负有"仙风道骨""天上谪仙人"等美誉奇才,开始愤世嫉俗,朝廷也确实君荒相奸,政事日非。但李白只想借政坛建奇功扬英名,并无切实从政的德才。出京后又开始第二次十二年的漫游,以鲁豫为中心,历览晋冀、江浙、皖湘山川胜景,或遇惬意,终年不移。同时更着迷于求仙访道,采药受道箓;一度与高适、杜甫一起痛饮狂歌,登台怀古。骏马美姣,笑傲无人,所到之处郡守郊迎。不拘常调,诗酒浪迹,"因肆性情,大放宇宙间"。倾酒以自昏,作诗以自娱,学仙则

"将不可求之事求之,欲耗壮心,遗余年也"。自认为清狂颓废是坚守"不屈己、不干人"的人格独立。在痛快的发泄苦闷中,安史乱发,他投入永王李璘府为幕僚,自言能"谈笑净胡沙"。不久永王即因图谋割据而兵败,李白以"从逆"罪险些被杀。五十八岁的诗人出狱后远流夜郎(今贵州桐梓),其间诗稿大部分丧失。次年幸因大旱而赦还,到豫章(今江西南昌)与家人一聚,随即又出游宣城、金陵去了。到六十一岁的风烛残年,还积极向太尉李弼上表,要求上马去杀敌。次年就病死在当涂县令族叔李阳冰处,《临终歌》叹道:"大鹏飞兮振八裔,中天摧兮力不济!"现存千首诗,把倜傥不羁的个性与天真神奇的幻想永远留在人世。

二、李白的思想个性

李白一生思绪如潮,并无固定主义,只有独具的个性。最根本的两条,是对政治功名的热望与个性自由的珍视。一方面,他终身对政治舞台充满浪漫的热望:"愿为辅弼,使寰区大定,四海清一。"给人间带来福音,本是手握天下的帝王之事,李白却误把诗国的大鹏错当成人间的救世主,他注定只能以布衣终身。浪漫政治幻想的具体榜样就是范蠡、管仲、张良、诸葛亮、谢安一流乱世的豪杰名臣,李白不知"彼一时也、此一时也",身居玄宗盛世,此路不通。实现政治奇功大名的办法,是拒绝小官、不应科举、鄙视碌碌,"愿申管晏之谈,谋帝王之术",要学纵横游士只凭辩舌与奇谋立取卿相,一鸣惊人、一飞冲天,上为王师、下为伯(霸)友,不理会君臣主仆这一牢不可破的封建政体。做着如此缺乏现实感、历史感的政治梦,他自信"天生我材必有用",竟然获致天子礼遇、郡守郊迎,家藏其书,名倾京都,可见盛唐社会对天才的宽容博大之襟怀。

另一方面,在政治上破灭的浪漫幻想,却正是助成李白诗歌放出异彩的内在原动力。第一,傲岸不羁的独立人格,使他比任何人都勇于张扬自己的独特个性。"不屈己,不干人"是他的信条。诗史上的个性化是到盛唐才普遍具备的魅力,李白正是靠敢于宣扬自己个性达到空前绝后的顶峰诗人。自宋玉以来人与诗不同程度的分离,至太白而回归于一,诗的价值就是才华的价值。其人无可代替,其诗无从模拟,千古一太白。第二,缺乏现实感,使他对当代有所超越:富有天真的热情,使其诗有某种接近永恒的价值。他对国事超能力的关切,对富贵腐败的痛斥,对庸俗人际的厌恶,对壮丽人生的热望,对友情与女性的异样珍惜,对大自然雄奇惊险与清新优美的钟爱……对宇宙与人间一切光明、自由、美好、纯洁,凡能引起生命欢乐的事物,都幻想入迷、热情讴歌,最成功地把阳刚与阴柔、南北与东西两种美调和为一。这正是"人的本质力量的全面发展"(马克思语)与充分炫耀。这份拙于世故的天真热情,使太白的诗名赢得全民族的眉飞色舞、喜闻乐道,为精明于计算利害关系的成功者永不可及。第三,李白的任侠,使他富有正义感,而少是非感;求仙的痴迷,有时虽利于诗歌意境的缤纷多彩,毕竟是种愚妄;快意当前,饮酒耽乐,有一时销忧之功,终究是富豪陋习。杜甫就劝过他:"痛饮狂歌空度日,飞扬跋扈为谁雄?"赏其诗,不必效其事。

第五节 李白诗豪放飘逸的非凡艺术

李白诗以极其鲜明的风格超群拔萃,当时就诗名满耳。他自己说:"兴酣落笔摇五岳,诗成啸傲凌沧洲。"杜甫说:"笔落惊风雨,诗成泣鬼神。"苏颋评为"天才英丽",马公赞其"清雄奔放,名章俊语,络绎间起。光明洞澈,句句动人"(《上安州裴长史书》)。这些艺术特色与成就须从作品中细细体会。

一、《蜀道难》

使李白首次名动长安的诗,是"奇之又奇"的《蜀道难》:

噫,吁,嚱!危乎高哉!蜀道之难,难于上青天!蚕丛及鱼凫,开国何茫然。尔来四万八千岁,不与秦塞通人烟。西当太白有鸟道,可以横绝峨眉巅。地崩山摧壮士死,然后天梯石栈相钩连。上有六龙回日之高标,下有冲波逆折之回川。黄鹤之飞尚不得过,猿猱欲度愁攀援。青泥何盘盘,百步九折萦岩峦。扪参历井仰胁息,以手抚膺坐长叹。问君西游何时还,畏途巉岩不可攀。但见悲鸟号古木,雄飞雌从绕林间。又闻子规啼夜月,愁空山。蜀道之难,难于上青天,使人听此凋朱颜。连峰去天不盈尺,枯松倒挂倚绝壁。飞湍瀑流争喧豗,砯崖转石万壑雷。其险也如此,嗟尔远道之人胡为乎来哉!剑阁峥嵘而崔嵬!一夫当关,万夫莫开,所守或匪亲,化为狼与豺。朝避猛虎,夕避长蛇,磨牙吮血,杀人如麻。锦城虽云乐,不如早还家。蜀道之难,难于上青天,侧身西望长咨嗟!

唐代孟棨《本事诗·高逸》记:太白自蜀初至京师,将此诗呈给年高望重的贺知章,贺"读未竟,称叹者数四,号为'谪仙',解金龟换酒,与倾尽醉。期不间日,由是称誉光赫"。盛唐殷璠编《河岳英灵集》已选入本诗,赞为"奇之又奇",屈原后未见此体调。当时一致奇其超凡才气,别无寓意托讽之说。后人以为形容"道难"必有关"蜀"地人事,把诗成若干年后的玄宗避蜀、杜甫入蜀、章仇兼琼镇蜀,强说成创作旨意,尽属妄测。太白蜀人,取此乐府旧题夸说蜀山蜀道以逞才华,别无居心。全诗分三层描绘蜀道之难:开始至"天梯石栈相钩连",是蜀道开辟之难,从荒古神话写到后代传说,全凭不可思议的偶然神力才辟出此道。从"上有六龙回日"到"远道之人胡为乎来哉"是正面说入蜀一路的难行。从山高石险、洞深鸟惨等各种蜀道的环境路况中极力铺陈。自"剑阁峥嵘"至末,则从蜀地人兽凶猛方面描述险恶难居。三层各重复一遍"难于上青天",令人一唱三叹有余惊,使全篇不至散乱。句子从开始的一字一叹到中间的十一字激昂长歌,参差错落,务期尽兴尽才,不受任何拘束,连散文句式也不嫌。从而造成雄奇奔放、淋漓酣畅、夭矫莫测的鲜明而奇特的艺术个性,表现出冲决一切罗网的诗与人的解放力量。"难"到如此生动出奇,惊愕之余转觉可喜;只有恍惚神秘,才令人疑神畏鬼。唐人为之奇喜倾倒,并非畏难消沉。诗不可呆读。

二、《梦游天姥吟留别》

《梦游天姥吟留别》是显示李白天才英丽、交织着清雄俊逸等多重风格美的名篇,宛如大型交响乐章。诗作于失意离京后,写告别东鲁家园、即将赴吴越前的梦游,故题一作《别东鲁诸公》:

> 海客谈瀛洲,烟涛微茫信难求。越人语天姥,云霞明灭或可睹。天姥连天向天横,势拔五岳掩赤城。天台四万八千丈,对此欲倒东南倾。我欲因之梦吴越,一夜飞度镜湖月。湖月照我影,送我至剡溪。谢公宿处今尚在,渌水荡漾清猿啼。脚著谢公屐,身登青云梯。半壁见海日,空中闻天鸡。千岩万转路不定,迷花倚石忽已暝。熊咆龙吟殷岩泉,栗深林兮惊层巅。云青青兮欲雨,水澹澹兮生烟。列缺霹雳,丘峦崩摧。洞天石扉,訇然中开。青冥浩荡不见底,日月照耀金银台。霓为衣兮风为马,云之君兮纷纷而来下。虎鼓瑟兮鸾回车,仙之人兮列如麻。忽魂悸以魄动,恍惊起而长嗟。惟觉时之枕席,失向来之烟霞。世间行乐亦如此,古来万事东流水。别君去兮何时还,且放白鹿青崖间,须行即骑访名山。安能摧眉折腰事权贵,使我不得开心颜!

诗分三段,开篇到"对此欲倒东南倾"是首段,"越人语"是"梦"的缘起,先用东海仙山陪出山主天姥。中段"因之梦吴越"到"仙之人兮列如麻",是梦游的主体。清幽的湖月,壮丽的海日,万转千回间,陡然龙吟虎咆,雷电交作,洞天中开间,忽见光明灿烂。写梦之真如幻,说幻若真,迷离惝恍,真如大江无风波自涌,白云随风变自空,最足以展示太白才思百变的无穷奇丽。这个心中境界,为后面腰间傲骨立起支柱。从"忽魂悸以魄动"至终篇为梦醒后的感悟:在自由光明的精神照耀下,人间暂时得势的权贵直如粪土,安能使天才俯首帖耳屈身奉事!这一人生宣言,就是对东鲁诸公的道别,扣回本题。全诗结构意脉为:因越人语而梦,梦天姥而见仙,梦醒而悟人生并告别,次序井然。此诗乃太白对整个以权贵为轴心的社会秩序与人生价值的反叛,以天马行空式宣告对自由光明的不屈追求。全诗充满奇丽丰富的想象力,缤纷多姿的表现力,句式、声韵、辞采都依内容情绪而波澜起伏。抒情述志而用大开大合的笔法,跌宕奇变有如戏剧情节,为前所未有,表现出太白想落天外、思出云表的非凡才气。

三、《将进酒》

《将进酒》是太白诗中最为人乐诵的名篇之一。本是汉乐府旧题,一作《惜空樽》。

这一古老酒歌的遗音唐代尚存,太白扩充之用申己情:

> 君不见黄河之水天上来,奔流到海不复回。君不见高堂明镜悲白发,朝如
> 青丝暮成雪。人生得意须尽欢,莫使金樽空对月。天生我材必有用,千金散尽
> 还复来。烹羊宰牛且为乐,会须一饮三百杯。岑夫子、丹丘生,将进酒,杯莫
> 停。与君歌一曲,请君为我倾耳听。钟鼓馔玉不足贵,但愿长醉不愿醒。古来
> 圣贤皆寂寞,惟有饮者留其名。陈王昔日宴平乐,斗酒十千恣欢谑。主人何为
> 言少钱?径须沽取对君酌。五花马,千金裘,呼儿将出换美酒,与尔同销万
> 古愁。

全诗皆从劝酒角度说。开头用两个"君不见"破空喝起,"黄河之水天上来"发兴。如天
风海涛,先声夺人,开口就有摄人之力。四句过后,"人生得意"转作缓劝,"天生我材"又
慰劝,"烹羊宰牛"六句则愈说愈狂放,近于强劝。"与君歌一曲"八句将"圣贤"与"饮者"
对比,旷达清狂中含有对历史不公的悲凉与无奈。"主人何为"以下最后六句,竟然喧宾
夺主起来。轻财由于自负天才,回应"天生我材必有用"的乐观自信,就与酒囊饭袋之徒
不同。结句的"万古愁"回应起首"朝如青丝暮成雪",即李白常说的:"人生飘忽百年内,
且须酣畅万古情。"(《答王十二寒夜独酌有怀》)全诗的情与辞都和晋乐府《西门行》相类
似,无须用人工拔高也不必以教条苛责。李白最是快活人,而人世不如意事常八九,借
酒酣图个心畅,其理由是:夺人而富贵不足贵,天生我材方值得自乐自贵。全诗似不假
思索,凭酒兴一气喷成,豪放洒脱,才华横溢,朗朗上口,感染力极强,足见他还真有天才
可自信自酣。

四、李白的绝句

李白收敛狂放时,也工于拾取一朵朵情感浪花作灵感,巧用神思而成清水芙蓉式的
小诗,神情秀逸,造语鲜丽,意味隽永,尤其为当世竞相传唱,历代交口称誉。名篇甚多,
选三示例。《望庐山瀑布》是刻画飞瀑神形的绝唱:

> 日照香炉生紫烟,遥看瀑布挂前川。飞流直下三千尺,疑是银河落九天。

首句为素流布景设色,次句"挂"是勾勒远形,三句仰观声势,结句出神入化,用银河星泻
喻飞瀑洒空时无数水粒的白亮晶光,新鲜奇妙无以复加。试比中唐徐凝的《庐山瀑布》:
"虚空落泉千仞直,雷奔入江不暂息。千古长如白练飞,一条界破青山色。"苏轼讥道:
"帝遣银河一派垂,古来惟有谪仙词。飞流溅沫知多少,不为徐凝洗恶诗。"苏恨徐诗为
点金成石煞风景,因太白之神采飞动、精光四射的无穷意象,被固定成有形有限的物貌
图画。苏轼谓:"赋诗必此诗,定知非诗人。"(《书鄢陵王主簿所画折枝》)比较两首瀑布
诗,可悟绝句尤贵在神能动,不贵形之像。

《早发白帝城》为诗人晚年流放遇赦后,乘舟东返江陵的途中所吟:

> 朝辞白帝彩云间,千里江陵一日还。两岸猿声啼不住,轻舟已过万重山。

诗通过形容舟行神速写获释的轻松愉快。前二句彩云犹若在目,身已千里外,"还"中含无限喜悦。后二句转从听觉写,尤超妙入神:一声猿啼未终,万山忽已尽过。《水经注·江水》载此段水路两岸,山猿长啸,"空谷传响,哀转久绝"。是写猿在一山长啼。太白立意在舟速心快,故改言一声犹在耳未绝、不觉万山早抛身后,将猿啼、舟行、惊喜混合成情与境的神交,立即境中栩栩有神,意味无穷。读以上二诗时,能感到无数星雨就在读者头上落下,猿声正在耳际啼着,且永恒地在落、在啼,即兴而得的诗,因而获得不朽的艺术生命,所以说是神品。这种具有不断生发出无穷意味的诗,"风""骚"中亦屈指可数,汉魏至初唐基本无有(陶诗有),盛唐最多彩而且成了自觉的艺术追求,中唐至宋已少,且不及盛唐丰满鲜活。他朝他人至多达到精美,盛唐佳篇却臻于神妙,千古叹为观止者,要在于此。"故人西辞黄鹤楼,烟花三月下扬州。孤帆远影碧空尽,唯见长江天际流。"这首《黄鹤楼送孟浩然之广陵》诗中的诗人形象,也永远地伫立江头:人去帆空,心潮如江,长流不尽。沈德潜说:"七言绝句以语近情遥,含吐不露为贵。只眼前景、口头语,而有弦外音,使人神远,太白有焉。"(《唐诗别裁》)读太白诗不宜以主题是否深刻、形是否像论优劣,须以神韵远意欣赏其才情风采。

《峨眉山月歌》是太白少年离蜀时作:

> 峨眉山月半轮秋,影入平羌江水流。夜发清溪向三峡,思君不见下渝州。

这首月歌无比清新明洁,与少年李白的天真风调妙合无垠;音韵流利如歌,有民歌风味。李白与月有很深的诗缘,故乡的峨眉月更到老犹誉。太白的豪气得月而添清辉,月因太白诗而与民族感情更亲密。即使在开发日月光华、山川景物多样的自然美方面,太白的成就也是首屈一指的。

五、李白诗的艺术成就

分析李白诗的艺术成就有四:第一,以极度夸张奇特的比喻,倾泻磅礴的热情。说怀才不遇就:"吟诗作赋北窗里,万言不直一杯水。世人闻此皆掉头,有如东风射马耳。"(《答王十二寒夜独酌有怀》)有压抑感就大叫:"大道如青天,我独不得出。"(《行路难》之二)由于他有熊熊火山般的激情,毫不隐晦的个性,所以他的夸喻真力充沛,让人不觉浮夸,只见真率洞明。第二,神奇多变的想象,令人可惊可喜。如《宣州谢朓楼饯别校书叔云》:"俱怀逸兴壮思飞,欲上青天揽明月。抽刀断水水更流,举杯消愁愁更愁。"为诗友王昌龄被贬而担心,则说:"我寄愁心与明月,随风直到夜郎西。"为屈平抱不平:"屈原词赋悬日月,楚王台榭空山丘。功名富贵若长在,汉水亦应西北流。"赞赏侠客之重义气:"三杯吐然诺,五岳倒为轻。"第三,体裁方面五七言、古近体都能作,其五古虽富现实内容,而以篇长句杂的七古歌行最足以施展其才情个性,五七绝皆有一批名作,亦以七绝更利于悠扬婉转、意味深长、雅俗共赏。律诗则不多也不出众。第四,语言艺术基本上是明朗自然,讨厌"雕虫丧天真",主张"清水出芙蓉,天然去雕饰"。其风格有雄奇奔放与清新俊逸两种内涵,或同时出现或各有所宜。总体说,诗风雄放,神气飞扬,情思飘逸,想象奇幻。乐府歌行与七绝最称神品,千古罕能企及。

李白的成就与他广泛学习继承文化遗产的努力分不开。庄子的奇思妙想、屈原的忠愤辞采,汉魏六朝乐府的格调取向,曹、阮、左、陶、鲍的语言技巧,无不多有所取,所以能"斗酒诗百篇"。他以傲岸洒脱的个性,成为后代戏曲小说的形象而被广大民众喜闻乐道,豪放浪漫的诗风更滋养着后来的韩愈、李贺、苏轼、辛弃疾、陆游直至龚自珍。太白是三千年文化史上歌唱个性解放最响亮、最激情、最富感染力的天才诗人。

第四章　深厚雄健的杜诗与异彩流光的中晚唐诗派

李白与杜甫虽然是只差十一岁的诗友，二人对诗史的意义却有偏于承先与重在启后之殊，所以将李白作盛唐总成，杜甫归中唐祖师叙述。太白兼山水边塞两派之长，题材多取汉魏六朝乐府之旧，辞语融汇屈原至六代的文人成果，是古典诗总成式的升华。其创造精神主要在于追求高于现实的个性解放和精神自由，他只能属于盛唐，盛世不再，太白难继。

杜甫虽然在五七言与古近各体的修养上比李更全面深厚，而其诗情孕育于衰乱流离的百感苍茫，笔触向社会深部开掘，是第一位真正继承风雅怨刺与汉乐府民歌缘事而发精神的大诗人，特别是处处将一己悲愁与忧民伤世连接一体的儒者之仁，使他在盛唐群英中成为被冷落的别调独弹。而衰世的丑恶、个人的忠怨、儒学的感召，却使后代诗人更易对杜诗产生认同感。中唐以后一统皇权严重削弱，文化中心由盛唐集中在帝京长安而逐渐散向地方，南方的经济商业交通迅速发展，超过北方。统一的盛唐气象分离为各种诗歌主张与流派，促使古典诗歌目光下移开始平民化的大趋势。艺术层次上盛唐固已凌绝顶，主要还是抒情写景，杜甫的社会叙事诗尚有极大发展余地。中唐新乐府诗人白居易等就看准了叙述人民疾苦之事的现实主义题材最丰富、道路最广阔、关系最重大，新乐府诗是叙事诗的大发展，成为中唐诗的主流。杜诗中夹带的议论不少，这一作风后被宋代诗人发展而专门以立意理致取胜。杜甫为了打破律调的过熟而俗，试探过一些故求生新奇崛的拗句涩字，韩愈一流就专尚奇怪，立异标新，自矜身份。这就形成中唐平易近情的白派与尚奇作怪的韩派，双方都尊杜，而有为民与为名的区别。其他有继承盛唐边塞诗风的李益、卢纶；山水田园派则以韦应物、柳宗元最著名。"诗豪"刘禹锡自立门户，不入派。晚唐诗坛新乐府诗仍有势力，且扩展到用律诗叙事，是一大创新。韩派至李贺则诡极而莫继。成就最高的是所谓"小李（商隐）杜（牧）"，都不依傍他人，才华横溢。可生于末世运偏消，国事不可问，民病无计医，就把心力倾注于女性。气象已不能拟中唐，遑论盛唐。诗酒声色的享乐风气中，唐初批倒了的六代末期的绮艳浮靡，重又沉渣泛起，弥漫朝野。不过，在盛唐诗开发的人性美与中唐诗疾呼妇女的命运之后，晚唐诗中的女性毕竟还有性情才智，不光是可欲的对象。晚唐诗终究远胜六代浮华。

第一节　杜甫与国步同艰、与苍生共忧的一生

杜甫秉承儒家的仁政思想,怀有"致君尧舜上,再使风俗淳"的宏伟抱负,但生前功业不遂,声名不显,在乱世中度过了与国步同艰、与苍生共忧的一生。

一、杜甫的生平

杜甫(712—770),字子美,远祖杜预是京兆杜陵(汉宣帝墓)人,甫曾居长安城南少陵(宣帝许后墓),故亦自称"杜陵布衣""少陵野老"。曾祖官巩县(今河南)令,甫即生于该县一个"奉儒守官"之家。他身历大唐由鼎盛而骤衰的巨痛,一部杜诗(现存近一千四百余首)就是国难家愁的身世记录。其生平创作可分四期:

(1)三十五岁前是读书漫游期。自幼勤奋苦读,七岁"开口咏凤凰",十四五岁时作文已为人赏识。"读书破万卷,下笔如有神",是他的经验之谈。二十岁以后开始十年漫游,由吴越山水,而齐赵放荡,梁宫怀古,同李白、高适诗酒论文,裘马清狂,养成坚毅不屈的个性,是一生中唯一的"快意八九年"。存诗少,质平平。

(2)三十五岁后在长安困顿十年,正是大乱前夕。三十六岁应天子亲试,却因权奸李林甫主事,为表明已经"野无遗贤",令天下无一人及第。杜甫落第久困,奔走富人,靠"残杯冷炙"度日,开始品味人生酸辛。后玄宗举行祭祀大典,甫献三篇《大礼赋》,天子赏其辞,未用其身。一心想"致君尧舜上",却只获得一管武库门钥之职(右卫率府胄曹参军)。屈辱使他认清盛世掩饰下贫富悬绝的残忍真相,作《咏怀五百字》《兵车行》等划时代长诗。

(3)四十五岁至四十八岁是陷贼与为官时期。此时君、民、身、家齐陷于皇权腐败酿成的安禄山、史思明军事叛乱之中,京都沦陷,甫被俘押长安半年余,作《春望》等诗痛悼。后冒死潜奔唐肃宗在凤翔的流亡朝廷,授左拾遗,因上疏忤旨而被放还家,作《北征》《羌村》和"三吏""三别"诸纪事杰作。弃官赴秦州路上更惨,"囊空恐羞涩,留得一钱看"。掘雪挖黄独充饥时唱道:"长镵长镵白木柄,我生托子以为命!"身濒绝境,而依旧推己及人,心忧万民,创作欲旺盛而富创新精神,儒家对天下负责的圣爱在燃烧他。大批曾高唱入云的盛唐诗喉,尽已噤若寒蝉,杜甫独能"艰危气益增"。

(4)四十九岁以后是漂泊西南的最后十年。先在成都自筑浣花草堂,过了五六年安定的农家生活。曾被荐为工部员外(编外)郎,后人称"杜工部"。留心抒写生活情趣,细研格律,"晚节渐于诗律细","语不惊人死不休"。后在夔州的两年,伤今忆昔,写下百感丛集、郁勃苍莽的《秋兴八首》《登高》等一批杜律顶峰杰作。最后在风痹、肺疾、冻、饿、焦思中卒于船上。抱病伏枕而写的绝笔诗有句云:"战血流依旧,军声动至今。"忧国念民之心,至生命耗尽还放不下。

"千秋万岁名,寂寞身后事。"杜甫生前确实寂寞,他位卑人微,诗不投富贵之好,所以唐世选诗都弃而不取(偶选少量平庸之作),连尸骨都到死后四十三年才还乡归葬。只有元稹、白居易才论述其崇高价值,韩愈也有赞辞。至宋时才发现杜诗"集大成""开新世界",而又突出其"一饭未尝忘君"一面。辑注、仿效的风气,从宋至清不绝,杜甫至今是古代诗人中被注释研究最多的一位,可这些只是身后的千秋诗名了。

二、杜诗的内容

有关杜诗的内容价值,先作一扼要概括,下节再结合诗篇去领会。第一,对人民命运的体察与关切达到空前深度。他不是泛说"哀民生之多艰",哀民都有血泪事实在;也非居高临下的怜悯,而是推己及人,民胞物与,说民苦如身痛,将苍生的血与自己的泪合流成诗。所以"穷年忧黎元,叹息肠内热"的表白特别真挚,《羌村三首》与村民的交往格外诚笃,《茅屋为秋风所破歌》的宽厚叫人起敬。对人民的人道与仁爱,是杜诗也是儒学的不朽精神。第二,对国家命运的无比关心,远过一己得丧。"济时敢爱死,寂寞壮心惊!"不在其位亦忧其政的天下道义感,充满他一生。"葵藿倾太阳,物性固莫夺。"世代奉儒守官熏陶成性,与战国游士以来借政治谋富贵功名的大多数政客文士绝不同类。《春望》《闻官军收河南河北》二诗一悲一喜,皆出于为国的至诚。"三吏""三别"是在为国与为民产生严重冲突的情势下写成,沉重得无话可说,故直录其事而已。第三,讽刺朝政与揭发官吏罪行的内容,杜诗中也是空前之多。这是忠君爱民的逻辑延伸,爱深怒亦深。"必若救疮痍,先应去盗贼。"《丽人行》《兵车行》《前出塞》诸篇集中讽刺抨击统治集团的淫奢与黩武,其他语带讥刺者多不胜数。第四,笃于人伦的人情诗也写得比他人多而且好。乱离中对妻子、孩子、兄弟、朋友的深情怀念与聚散悲欢,都写得情真味厚,恻恻动人。梁启超先生以为杜甫是笃于情的"情圣",可谓知音。

第二节　杜诗集古典诗艺之大成

李杜并世而立,李主要是盛世之歌,杜则安史乱后之音。盛衰巨变之际,对人文刺激深而感慨多,所以春秋战国、魏晋、两宋都是文学繁盛的历史机遇。李杜双峰并峙而同工异调:"李若星悬日揭,照耀太虚;杜如地负海涵,包罗万汇……李才高气逸而调雄,杜体大思精而格深。"(胡应麟《诗薮·内编》)所谓"地负海涵,包罗万汇""体大思精",主要指其能集古典诗艺之大成。

一、杜诗的现实主义新成就

杜诗内涵博大,情感深厚,手法多样,句健辞雄,声律严密,对仗精工,古近体五七言无不擅长（只有绝句非其所长），艺术上尤以律诗最称杰出。基本风格如他所自言："沉郁顿挫"（《进雕赋表》）。他直接继承并发扬了《诗经》风雅与汉乐府缘事言志的优良传统，广泛学习魏晋六朝的诗歌技巧，总前代各体诗艺之大成而自铸面目，并直接开启中唐元和至二宋的诗体新风，是位结束古典、开创新纪元的划时代人物。

近代多以现实主义为杜诗的创作方法，就记叙时事的古体诗部分而论，大体如此。中国古诗的现实主义，大略指按现实生活的本来面目揭示社会本质，浪漫主义则偏重于依情感的需要抒写富理想色彩的图景。前者以客观真实启示人思考，后者靠主观才情感染人的性灵。至于杜的律诗，物我情景妙合无迹，无所谓主观表现与客观再现之别，如"五更鼓角声悲壮，三峡星河影动摇""三年笛里关山月，万国兵前草木风""江山如有待，花柳更无私"等等脍炙人口的名句，都不能也不必硬套什么主义。

杜诗发展现实主义诗歌叙事功能的新成就，主要有三：第一，小中见大。准确入神地刻画富有典型特征的生活细节，达到见微知著的效果。如《羌村》之一，写乱世夫妻久别初逢："妻孥怪我在，惊定还拭泪。"久别乍见却一愣，夫"在"而妻感到"怪"，见果真在而"惊"，而心"定"后，种种别后悲辛、担惊、绝望化作泪涌出。老杜只客观地描述丧乱造成的一反常态，却胜过许多对于乱离悲剧的正面控诉。诗末："夜阑更秉烛，相对如梦寐。"分别梦相见，真见却疑心在做梦，细节刻画入神，有惊心动魄之力。第二，寓主观感情于客观描写之中，让事实说话，由读者判断。"三吏""三别"及《兵车行》都是范例。《丽人行》中写游春的贵妇人们用餐，摆满山珍海鲜，却"犀箸厌饫久未下"的小镜头，诗人只摄下来不加评说，已表明一切。第三，个性化。事符特定情景，人合特定身份，语有特定情味。《羌村》之三："驱鸡上树木，始闻扣柴荆。"是北方陋舍方有的情形。乡亲携酒来看望老杜时，"苦辞酒味薄"，再三致歉，是憨厚老农腔调；老杜答辞："艰难愧深情！"则只有"穷年忧黎元"的诗人才会如此感愧难当。《新婚别》对刚过门就得送郎出门参战的新娘口角的绘声绘形，尤其语如其人。杜甫为求语言个性化、更近生活本色，有时还大胆将俚词口语引用入诗，对中唐新乐府诗人有极大启示。

二、一代史诗——《自京赴奉先县咏怀五百字》

《自京赴奉先县咏怀五百字》是杜集中头一篇用出平生大本领，总结困居京都十年的观察思考，确定今后艰难而光辉道路的长篇杰构。全诗以咏怀为眼，记事为线，叙一路出京过骊山，见冻死骨，入门闻子卒，默思苍生，忧危大唐等广阔内容，不愧为一代诗史。

> 杜陵有布衣，老大意转拙。许身一何愚，窃比稷与契。居然成濩落，白首甘契阔。盖棺事则已，此志常觊豁。穷年忧黎元，叹息肠内热。取笑同学翁，浩歌弥激烈。非无江海志，潇洒送日月。生逢尧舜君，不忍便永诀。当今廊庙具，构厦岂云缺？葵藿倾太阳，物性固难夺。顾惟蝼蚁辈，但自求其穴。胡为

慕大鲸,辄拟偃溟渤? 以兹误生理,独耻事干谒。兀兀遂至今,忍为尘埃没。终愧巢与由,未能易其节。沉饮聊自遣,放歌破愁绝。

岁暮百草零,疾风高冈裂。天衢阴峥嵘,客子中夜发。霜严衣带断,指直不得结。凌晨过骊山,御榻在嵽嵲。蚩尤塞寒空,蹴踏崖谷滑。瑶池气郁律,羽林相摩戛。君臣留欢娱,乐动殷胶葛。赐浴皆长缨,与宴非短褐。彤庭所分帛,本自寒女出。鞭挞其夫家,聚敛贡城阙。圣人筐篚恩,实欲邦国活。臣如忽至理,君岂弃此物? 多士盈朝廷,仁者宜战栗。况闻内金盘,尽在卫霍室。中堂有神仙,烟雾蒙玉质。暖客貂鼠裘,悲管逐清瑟。劝客驼蹄羹,霜橙压香橘。朱门酒肉臭,路有冻死骨。荣枯咫尺异,惆怅难再述。

北辕就泾渭,官渡又改辙。群冰从西下,极目高崒兀。疑是崆峒来,恐触天柱折。河梁幸未坼,枝撑声窸窣。行旅相攀援,川广不可越。老妻寄异县,十口隔风雪。谁能久不顾,庶往共饥渴。入门闻号咷,幼子饿已卒! 吾宁舍一哀,里巷亦呜咽。所愧为人父,无食致夭折。岂知秋禾登,贫窭有仓卒。生常免租税,名不隶征伐。抚迹犹酸辛,平人固骚屑。默思失业徒,因念远戍卒。忧端齐终南,澒洞不可掇。

诗分三段:开始到"放歌破愁绝"是正面述怀,中段至"惆怅难再述"是咏一路所见的感怀,末段是由家而国对未来的忧怀。杜甫在755年十一月回家前才得一官,而诗开头就以"布衣"自称,正因为从平民角度看社会,才能看出贫富之不公、盛世之危象。而"布衣之士"的稷契之志又远高于普通平民:"禹思天下有溺者,犹己溺之也;稷思天下有饥者,犹己饥之也。"(《孟子》)身虽布衣却自认对天下人的痛苦都担有责任的"己饥己溺"宏愿,使他的忧患至终篇乃至终身而不已。放着逍遥、营私的便宜路都不走,明知被嘲笑,却白首甘心。第一段自述痛苦而坚定的人生选择,是全诗的灵魂。第二段记述路过骊山,见皇族贵戚在糟践敲骨吸髓而聚敛的民脂民膏,无比悲愤。"朱门酒肉臭,路有冻死骨。"把几千年贫富对立的因果关系揭露得惊心动魄,和传统帝京诗中垂涎富贵的铺张描绘截然相反。第三段写满心想回家与妻儿"共饥渴",尽点为父之责,不料"幼子饿已卒"! 杜之伟大在于没有陷入一己之悲而不拔,反而默思天下多少"失业徒""远戍卒",比自己更难活命! 民为邦本,残民即祸国,所以由己及民又由民忧国,只见险象环布,使诗人忧焚如山,浩茫无边。结尾呼应开篇的"穷年忧""肠内热"。全诗百韵,一韵到底,频用入声,全篇意脉在不断顿挫中回旋深化。以前的五古,格调多是清远质朴,此篇另辟沉雄苍茫的五古新风格。布衣诗人是时代感应的神经、社会良知的化身,举世沉醉于盛世的太平景象时,独老杜《自京赴奉先县咏怀五百字》预示大厦将倾的昏惨危兆。诗作于天宝十四年(755)十一月,当月安禄山就在范阳起兵叛唐,诗人的忧虑立即被历史证实了。

三、《茅屋为秋风所破歌》

《茅屋为秋风所破歌》写于761年秋。老杜颠沛流离至蜀,头年才盖起这茅屋,却被秋风刮破,秋雨淋床,长夜不眠中进而为天下寒士悲歌祈祷,博大神圣的仁爱感人至深:

> 八月秋高风怒号,卷我屋上三重茅,茅飞渡江洒江郊。高者挂罥长林梢,下者飘转沉塘坳。南村群童欺我老无力,忍能对面为盗贼!公然抱茅入竹去,唇焦口燥呼不得,归来倚杖自叹息。俄顷风定云墨色,秋天漠漠向昏黑。布衾多年冷似铁,娇儿恶卧踏里裂。床头屋漏无干处,雨脚如麻未断绝。自经丧乱少睡眠,长夜沾湿何由彻!安得广厦千万间,大庇天下寒士俱欢颜,风雨不动安如山!呜呼!何时眼前突兀见此屋,吾庐独破受冻死亦足!

此诗一气回旋而下,不分段,可作三层说。头五句描述怒风卷茅的声势之猛,句句用声宏字押韵,为后文布置场景。"南村群童"到"长夜沾湿何由彻"叙风灾过后的惨况,为最后的感兴张本。此层改用沉重吞咽的入声韵,写出走投无路的窘迫情势。"群童欺我老无力"四句是叹天祸之后人又欺。诗人忧黎元,群童抢其茅,读之心痛!叹息未终,秋雨又淋床,弄得娇儿也没处睡,这是人欺天再侮。叙事抒情都一步一折,甚至一句一字一顿,绝不像李白式一泻千里,这是杜甫思考方式的根本特征。倘是孟郊、贾岛之辈,诗到诉完个人寒苦即止步。老杜到第三层却陡然振起一个"俱欢颜"的辉煌境地,一声"呜呼"如见肺肝,首呼尾应。一种为人类幸福甘当祭品的圣洁仁爱,从雨夜无眠处闪烁而起,照彻"但自求其穴"的蝼蚁世界之卑劣污浊。全诗把一宗个人小事写得雄伟精壮,而且有巨大的感化力,审美与道德兼优。被专制与财富分离了千年之久的美与善两种人本素质,至此又重新合一,所以为千古佳作。以上是五古七古。

四、杜甫的律诗

杜甫律诗的功力甚深,近于登峰造极。"新诗改罢自长吟",他不独遣字造句确切不易,还极重视色彩的调配与声韵的顿挫,尤擅在律中将多重情绪交织成章,一似交响乐之多声部叠奏,涵咏无穷。所以务须细细品味、朗声长吟,才能得其妙旨,无法完全依赖文字说清楚。

《蜀相》是760年定居成都草堂后,杜甫首次到城西北二里许的蜀汉丞相诸葛亮的武侯庙去凭吊后作。"乱世想贤才",杜甫对这位苦撑西蜀残局至死不已的名相备极崇敬,多次往吊,而以此篇最负盛名:

> 丞相祠堂何处寻,锦官城外柏森森!映阶碧草自春色,隔叶黄鹂空好音。
> 三顾频烦天下计,两朝开济老臣心。出师未捷身先死,长使英雄泪满襟!

前半篇写祠堂内外景象,寓敬仰之情。后半吊诸葛亮一生功德,吊出自己的一生悲慨。

头两句自问自答，"寻"中有神往，"森森"见肃穆气氛。次联草碧鸟鸣本是佳景，但在伟人祠内则成荒凉之象，可叹世人冷漠，故用"自春""空好"以致慨。三联概括丞相一生大智大德。"开济"是帮助先主刘备"开"基创业、后主刘禅扶危"济"困，"两朝"功勋处处见忠"心"。结联突出诸葛亮最激动人心的"死"：攻占五丈原与司马懿隔水相峙百余日未见胜负，竟因心劳力瘁，呕血而死于军中，壮志未酬，饮恨终天！千古有志莫伸的英雄，同洒恨泪。南宋抗金名将宗泽也是在吟"出师未捷"二句后才断气，可见尾联激励力量之巨大。全诗将情、景、事、人、今、昔和描绘、议论种种内涵，组织得如此完美无憾，悲慨淋漓，是律中难得的杰构。

《旅夜书怀》也是晚年"漂泊西南天地间"的炉火纯青之作：

细草微风岸，危樯独夜舟。星垂平野阔，月涌大江流。名岂文章著，官应老病休。飘飘何所似，天地一沙鸥。

前四句写"旅夜"，后四句"书怀"。首联叙身边景色而以"独"为眼神，领联由舟内放目江天，幽独转作雄健，极尽跌宕之势。同写旅夜旷野的江月，孟浩然欣赏的是"野旷天低树，江清月近人"。景物同而意境殊。孟之"天低"杜句用"星垂"，即显声弘势壮；孟之"江清月近"杜言"月"自江心翻"涌"而出，上声有拗怒上扬、势如扛鼎之力。两句真力弥满，独立成境，为全诗奠定了豪健的基调，与孟诗气质迥异。颈联用上下四句式，出句"岂"字是对世人只赏其文不重其人的反诘，对句"应"字故用自嘲口吻作反讽：老病之人，当然活该被抛弃了。杜甫说过："古来存老马，不必取长途。"老马识途，应取其智而不应因力衰而被弃。尾联把孤老飘零的自身置于大宇宙中定位画像：仰观天地之大，俯察独身之微，瞻望飘飘无所归宿的前程，"一沙鸥"内有说不尽的孤独惶恐、愤慨悲叹而又无奈又不甘的满腹心事。杜诗正是从直视孤老的残酷命运中，显示出雄伟气性与才力绝伦。全诗有叙有景，有议有慨，老成浑沦。

《登高》是767年作于夔州的著名七律。这两年间杜甫虽艰于生存，却创作欲极旺，全凭坚韧意志和卓绝诗情同命运搏斗，产生了一批意象峥嵘、辞语警拔、声偶精严、风格莽苍的唐律顶峰之作，本篇可为代表。全诗通过重阳登高所见所闻所感，把潦倒老病之身与永恒雄伟的江山交织成百感苍茫的交响乐章，老辣苍劲之中，有非语言能表述的无尽气象：

风急天高猿啸哀，渚清沙白鸟飞回。无边落木萧萧下，不尽长江滚滚来。万里悲秋常作客，百年多病独登台。艰难苦恨繁霜鬓，潦倒新停浊酒杯。

前二联绘秋景，后二联感身世。用"风急"发端，笼罩全篇。"鸟飞回"是风急之形，"木萧萧"状其声，"江滚滚"像其势。一派萧瑟，而雄风犹在。颈联"万里""百年"正面写八层可悲之事：异乡、久客、远客、秋悲、老境、多病、登台、独往，一层层郁积起这一精工奇警的对仗联，而且阴阳上去入各声交互顿挫，抑扬有致，是杜诗情感沉郁、声调顿挫的典范句例。尾联上句更将时局艰、行路难、生活苦、心饮恨、霜发频添五事锤炼为一句,结句谓最需要借酒慰情时偏因肺疾而不得不停杯。情极潦倒,语极凝重,倘叫他人措手,必如秋虫哀鸣,衰败不堪,而老杜笔底仍旧波澜翻涌,郁勃苍劲,有令人蹈厉奋发之力。力量发自儒家民胞物与的博大情怀,纵然陷入孤独绝境,悲慨之中依然有种将生命投入宇宙万物大熔炉中燃烧的辉煌与热力,决不会自疏天地、自锢心灵,满足于自诉其苦。杜甫伟大在此,杜诗令人起敬起爱的伟大感召力也在此。诗史上有杰出成就的诗人不少,无愧诗圣之号的,只有杜甫。

第三节　近情切理的白居易诗歌

白居易诗歌的内容与艺术,是十分自觉地为所处的时代与自己的人生信念歌唱。中唐是大难过后的多事之秋,曾经参加平叛的军阀一直割据于黄、淮中原腹地,回纥、吐蕃不断劫掠于西北边境,朝内宦官弄权,宰臣朋党,中晚唐百五十年间的帝王大多庸懦。而内外争斗的总结果,都在剥刮百姓脂膏上逞威风,超额剥削成了社会主要问题。安史之乱后,北方人众大量辗转南迁,江南的经济、交通、商业空前发展。享乐腐化的风气,也在富贵层与名利场中日益弥漫。随着皇权的削弱,一批热心救世的诗人的目光,也从盛唐时的"西望长安"一变而"唯歌生民病",带动唐诗由有数诗星照耀的古典高峰,转入遍地开花的平民化的新历史时期。由于社会矛盾多端,诗人追求各异,造成流派纷呈、争奇斗艳的新格局。于是浑厚统一的盛唐气象,离散为中晚唐多样化的新景观。

一、大历、贞元诗坛

这是杜甫与白居易之间的四十年过渡期,有佳篇,无大家。当时知名度高者为大历十子,诗多平庸。边塞继响有李益,山水田园余韵有韦应物(置于后面和柳宗元并述)。当时影响不大,而能继承杜甫为新乐府运动作先驱的是元结、顾况。

元结(719—772),字次山,与杜甫并世而略后。早年种田,曾与乞丐为友。安史之乱中组织地方义军自卫有功,后拜道州(今属湖南)刺史,仁民德政。作诗反对"拘限声病,喜尚形似",主张写事关治乱的政治讽刺诗,有《系乐府十二首》,编《箧中集》予以提倡。任道州刺史时作的《舂陵行》说,此州"旧四万余户,经贼以来,不满四千"。百姓"朝餐是草根,暮食仍木皮。出言气欲绝,意速行步迟"。上级还要限期逼赋:"失其限者,罪至贬削。"元结刺史坚定地表示抗命:"吾将守官,静以安人,待罪而已。"杜甫《同元使君〈舂陵行〉》中说,国家若有十几位元结这样的地方长官,就能"万物吐气,天下少安"。后来盗贼烧杀邻境,饶过穷得可怜的道州民。元结又作《贼退示官吏》:"城小贼不屠,人贫伤可怜……使臣将王命,岂不如贼焉!今被征敛者,追之如火煎。谁能绝人命,以作时世贤!"这就是一位有良心官员的凛然正气,此诗可与高适的《封丘尉》参读。惜元结的大部分诗说教心太切,语言过于朴直,缺乏形式美。顾况(727—815?),字逋翁,其《上古之什补亡训传十三章》也竭力讽刺劝诫,还在题下自标立意,如"《囝》,哀闽也",用心可嘉而诗不佳。

"大历十才子"的成员,各书所列不尽相同,《新唐书·卢纶传》载:卢纶、吉中孚、韩翃、钱起、司空曙、苗发、崔峒、耿沣、夏侯审、李端。这批人一半靠依附权贵,一半以争字句工巧树立声誉,诗料大抵青山白云之类,盛唐雄浑之气消散无存。卢纶《和张仆射塞下曲》却是难得的浑沦:"月黑雁飞高,单于夜遁逃。欲将轻骑逐,大雪满弓刀。"而真能接续盛唐边塞诗风的是李益。

李益(748?—827?),字君虞,陇西姑臧(今甘肃武威)人。他久居边塞,《从军诗序》言:"吾自兵间,故为文多军旅之思。或军中酒酣,塞上兵寝,投剑秉笔,散怀于斯文,率皆出乎慷慨意气。"他的七绝,意象鲜明,韵味深长,婉转精炼,风调类似王昌龄,艺术成就可与王比肩。只是他从军的幽州河朔已成藩镇割据之地,所以盛唐豪迈雄浑的气度,已变为凄凉哀怨之声了。例如当时"天下以为歌词"、唱红朝野的《夜上受降城闻笛》:

> 回乐烽前沙似雪,受降城外月如霜。
> 不知何处吹芦管,一夜征人尽望乡!

造境蕴藉,笔力精深,语调自如,流畅和谐,神韵不减于王昌龄、李白的七绝。另外,《喜见外弟又言别》则以亲切的语言道出乱离时世特有的悲辛:

> 十年离乱后,长大一相逢。问姓惊初见,称名忆旧容。别来沧海事,语罢
> 暮天钟。明日巴陵道,秋山又几重!

刘长卿(709?—780?),字文房,亦有诗名,自称"五言长城"。五律确是其强项,含蓄温婉,清新淡雅,洗练自然,远出大历十子之上。如历来传诵的《逢雪宿芙蓉山主人》:

> 日暮苍山远,天寒白屋贫。柴门闻犬吠,风雪夜归人。

画面简净,寥寥数笔已神完味足。其他题材也略有涉及,多非深入,风格较单一。

二、白居易的生平思想与诗歌主张

中庸的新乐府诗,新在两点上:首先是立新题,写时事。从魏晋到李白都沿用乐府旧题,杜甫偶立新题而未言是乐府,经元结、李绅、元稹到白居易才正式标明《新乐府》五十首,篇篇因事立题,"美刺见(现)事"。其次是徒诗,借名采诗察政的"乐府"而不入乐。这类诗不空泛言志,不诉一己得丧,"唯歌生民病,愿得天子知"。有意识地通过批判现实改良政治,同颂圣愚民的政教诗划清了界限,所以是诗史上意义重大的革新运动。其中理论最明确、创作成就最高的是白居易。

白居易(772—846),字乐天,自号香山居士,后人因官称白傅或白少傅。原籍太原,

迁下邽(今陕西渭南),祖、父皆明经出身,世敦儒业。因军阀作乱,十一岁即颠沛流离,避难越中。从小苦学,舌吟成疮,肘磨成胝,靠个人奋斗成名。二十九岁后三登科第,入朝为左拾遗后,以蓬勃热情全力投入"兼济天下"的政治斗争。除对朝廷"有阙必规,有违必谏"外,又择"可以救济人病,裨补时阙,而难于指言者,辄咏歌之"。所作《秦中吟》《新乐府》等一批广泛批判现实的诗,都表明他是最尽职尽责的谏官。却因而触怒了权贵,被借口"越职言事"而贬为江州司马,时年四十四。此后他的政治态度有重大转变,决心改奉"独善其心",知足保和,居易安命,躲避党争。虽然仍有《琵琶行》那样倾吐内伤的诗,后来在苏、杭刺史任上也有遗爱于州民,但基本上是"胸中消尽是非心",不敢批判斗争了。这和"葵藿倾太阳,物性固莫夺"的杜甫很不同,白乐天讽刺比杜诗更尖锐,转变也不太困难,因为他对君国忠爱是出于义理,而非天性,其情性近于常人常态。壮气消磨后,官运就亨通了,最后十八年以太子宾客分司东都,久居洛阳,优游卒岁,终年七十五。存诗二千九百余首,为唐诗人中最多。他在中年几次编集过自己的作品,将诗分四类:(1)美刺比兴的讽喻诗,《新乐府》一百五十首。(2)抒写独善之意的闲适诗。(3)感物动情的感伤诗。此三类各四卷。(4)杂律诗占二十五卷之多,是各种内容、体裁的混编。

白居易之讽喻诗不同于一般的情动而吟,是自觉地在其诗歌理论的指导下创作的。他给诗友元稹的长信《与元九书》,是唐代最杰出的批判现实主义诗论。第一,对诗歌的独立性质首次作出相当严密确切的定义:"感人心者莫先乎情,莫始乎言,莫切乎声,莫深乎义。诗者,根情、苗言、华声、实义。"显然比"言志""缘情"的传统提法完整准确得多。第二,强调诗歌的社会功用在于通过批判现实改善政治,即以"但伤民病痛"之诗达到"补察时政"之目的,也显然比"风雅比兴""汉魏风骨"的提法更近实质,首次同谀君愚民的政治功利划清了界限,确保诗心与民心的一致性。第三,首次清理出诗史上批判现实与唯形式美两种诗风的对立消长。不过其中对非讽喻诗的价值估价不足,他自己的讽喻诗也只占全集的少数。

三、白居易诗歌艺术的新成就

"诗到元和体变新。"唐玄宗的开元与唐宪宗的元和(806—820)是盛唐与中唐两大诗歌繁荣期,其风貌情调却有由雅趋俗的重大变异。元和诗流派多、数量大,白居易诗内容也很广,所以对"元和体"有种种不同所指。这里只以此指代白居易诗风的一般艺术特征,简述三点。

第一,主题空前广泛。白居易以前的文人诗,题材类型大体不出咏怀、言情、记事、写景几种,有大量不宜入诗的俗情俗事。诗至香山,几乎人生百事无不可诗,题材几乎与生活一样广泛。诗情的平民化、生活化,给他带来诗人中社会影响面最广、拥有读者最众的荣誉。张为《诗人主客图》封他为"广大教化主",元稹说其诗:"禁省、观寺、邮候墙壁之上无不书,王公、姜妇、牛童、马走之口无不道……自有篇章以来,未有如是流传之广者。"白诗甚至远传东南亚与日本各国。白诗的空前普及,是由于他能:"前不照古人样,后不计来者议,意到笔随,景到意随,世间一切都着包囊我诗内。诗之境界,到白公真不知开阔多少!"(江进之《雪涛小书·评唐》)

第二,诗语的通俗化。韩派以文为诗,而白派以语为诗,使典雅高华的文辞贴近口语的自然晓畅,对诗史影响尤巨。汉文与口语自始界限森严,辞的雅俗表示人的尊卑,加上贵古贱今的贵族文化成见,诗人多喜用古语。白诗力求易晓易感,直接如话,大得唐世社会欢迎,却备受后代"白俗""鄙俚"的轻贱。其实诗心不可庸俗,诗语自宜通俗。如《问刘十九》:"绿蚁新醅酒,红泥小火炉。晚来天欲雪,能饮一杯无?"《忆江南三首》之一:"忆江南,最忆是杭州。山寺月中寻桂子,郡亭枕上看潮头。何日更重游!"运笔如舌,入耳即晓,又不失情韵,雅俗共赏,是功而非过。至于一些浮滑琐屑的庸俗之作,其病在质不在文。

第三,达到了文人叙事诗的最高成就。中国文人叙事诗一向不发达,即使有叙事,也是记行感事,夹叙夹议,没有完整故事,不取客观视角。客观完整的成熟叙事诗,当推《长恨歌》与《新乐府》中某些杰作为最高。其事不因诗人身历目击而自有,其形象与情节根据主题和性格需要而提炼、加工、虚构,不是客观实事,而是艺术创造。因为有鲜明形象、曲折情节、尖锐冲突,故《长恨歌》《琵琶行》可以与传奇小说并行,并被后代改编成多种戏曲小说,这是其他诗人的叙事诗所不能有的。

以下从讽喻、感伤、写景各类诗中选讲几首名篇。

《轻肥》揭露"乘肥马、衣轻裘"的宦官骄横奢华的丑恶嘴脸,是《秦中吟十首》之七:

> 意气骄满路,鞍马光照尘。借问何为者?人称是内臣。朱绂皆大夫,紫绶悉将军。夸赴军中宴,走马去如云。樽罍溢九酝,水陆罗八珍。果擘洞庭橘,脍切天池鳞。食饱心自若,酒酣气益振。是岁江南旱,衢州人食人!

宦官是中国封建专制政体特有的毒瘤,玄宗后期已增至四千多人,京畿的好屋肥田半数为其所有。中唐后又手掌兵权,更由肆虐人民而至操纵皇帝。白居易此诗对这批气焰熏天的最高家奴进行大胆的抨击。全诗四句一小节,先画其不可一世的横相,次状其赴宴的八面威风,接着说宴席的铺张奢华。"食饱"二句描摹其脑满肠肥的神气极妙,是冷嘲;"是岁"二句结得笔力千钧,是热讽。把同时的衢州饥民端到将军豪宴上来一对比,就觉内臣将军们是在鱼肉人民。"人食人"是贫富悬绝的总根与恶果。不独揭出本质,更着力刻画嘴脸神气,形象的完整鲜明比杜甫的五古又加强了许多。

《卖炭翁》是大型组诗《新乐府》五十首里的一篇,题下白居易自注:"苦宫市也"。宫市本是宦官到市场为皇宫采购物资,往往打着皇家旗号进行明夺强买,是长安严重的社会公害。白居易让一位终南山烧炭老人出来控诉皇家犯下的抢劫罪:

> 卖炭翁,伐薪烧炭南山中。满面尘灰烟火色,两鬓苍苍十指黑。卖炭得钱

何所营？身上衣裳口中食。可怜身上衣正单，心忧炭贱愿天寒。夜来城外一尺雪，晓驾炭车辗冰辙。牛困人饥日已高，市南门外泥中歇。翩翩两骑来是谁？黄衣使者白衫儿。手把文书口称敕，回车叱牛牵向北。一车炭，千余斤，宫使驱将惜不得！半匹红纱一丈绫，系向牛头充炭直。

诗到"市南门外泥中歇"是刻画卖炭翁艰于生存的形象，"翩翩两骑"以下为宫使仗势抢劫的形象，两者有主副，形成强烈对照。开始先交代老翁职业，再是脸手的职业特征（从来无人注意过）。继为心理描写，仍不离炭。愿寒果雪，天从人愿，悲中暗喜。驾炭车上市，平明起、日高歇，叙事周到切理。"翩翩两骑"四句，几乎一阵风刮来二人，又刮走了千余斤炭。"惜不得"是炭翁心虽惜，可卖不卖由不得你。"系向牛头充炭直"，根本不问价不计酬，随手一撂就算是付过了，活活画出官抢的特征。抢走了"身上衣裳口中食"怎么活？诗人不再说，让读者去思考。叙事的生动与写人的丰满，远过"三吏""三别"。还没人像白居易那样仔细观察过穷苦百姓的点点滴滴，并记在心上写于笔下。

《长恨歌》是白诗中最轰动当世、传诵后世的叙事巨制，一百二十句八百四十字。白居易三十五岁任周至县尉时，与住当地的王质夫、陈鸿在仙游寺谈起李隆基与杨玉环这对人间最美满的帝妃夫妇及其最悲惨的下场，感叹不已。质夫对乐天说："夫希代之事，非遇出世之才润色之，则与时消没，不闻于世。乐天深于诗多于情者也，试为歌之，如何？"乐天因作《长恨歌》。李杨关系到大唐盛衰，所以中晚唐名家几乎都有诗反思此事。大多从政治上谴责其荒淫误国，离安史之乱越近则责女祸越多，时过境迁渐转为以讥太平天子为主。独白居易此诗跳出对李杨的左袒，不但叙其生前，更以三分之二篇幅写杨妃死后二人的仙凡相忆，既叙国事，更歌人情，最受读者欢迎。

汉皇重色思倾国，御宇多年求不得。杨家有女初长成，养在深闺人未识。天生丽质难自弃，一朝选在君王侧。回眸一笑百媚生，六宫粉黛无颜色。春寒赐浴华清池，温泉水滑洗凝脂。侍儿扶起娇无力，始是新承恩泽时。云鬓花颜金步摇，芙蓉帐暖度春宵。春宵苦短日高起，从此君王不早朝。承欢侍宴无闲暇，春从春游夜专夜。后宫佳丽三千人，三千宠爱在一身。金屋妆成娇侍夜，玉楼宴罢醉和春。姊妹弟兄皆列土，可怜光彩生门户。遂令天下父母心，不重生男重生女。

骊宫高处入青云，仙乐风飘处处闻。缓歌慢舞凝丝竹，尽日君王看不足。渔阳鼙鼓动地来，惊破霓裳羽衣曲。九重城阙烟尘生，千乘万骑西南行。翠华摇摇行复止，西出都门百余里。六军不发无奈何，宛转娥眉马前死。花钿委地无人收，翠翘金雀玉搔头。君王掩面救不得，回看血泪相和流。黄埃散漫风萧索，云栈萦纡登剑阁。峨眉山下少人行，旌旗无光日色薄。蜀江水碧蜀山青，圣主朝朝暮暮情。行宫见月伤心色，夜雨闻铃肠断声。天旋地转回龙驭，到此踌躇不能去。马嵬坡下泥土中，不见玉颜空死处。君臣相顾尽沾衣，东望都门

信马归。归来池苑皆依旧，太液芙蓉未央柳。芙蓉如画柳如眉，对此如何不泪
垂。春风桃李花开日，秋雨梧桐叶落时。西宫南内多秋草，落叶满阶红不扫。
梨园弟子白发新，椒房阿监青娥老。夕殿萤飞思悄然，孤灯挑尽未成眠。迟迟
钟鼓初长夜，耿耿星河欲曙天。鸳鸯瓦冷霜华重，翡翠衾寒谁与共。悠悠生死
别经年，魂魄不曾来入梦。

临邛道士鸿都客，能以精诚致魂魄。为感君王辗转思，遂教方士殷勤觅。
排云驭气奔如电，升天入地求之遍。上穷碧落下黄泉，两处茫茫皆不见。忽闻
海上有仙山，山在虚无缥缈间。楼阁玲珑五云起，其中绰约多仙子。中有一人
字太真，雪肤花貌参差是。金阙西厢叩玉扃，转教小玉报双成。闻道汉家天子
使，九华帐里梦魂惊。揽衣推枕起徘徊，珠箔银屏迤逦开。云鬓半偏新睡觉，
花冠不整下堂来。风吹仙袂飘飘举，犹似霓裳羽衣舞。玉容寂寞泪阑干，梨花
一枝春带雨。含情凝睇谢君王，一别音容两渺茫。昭阳殿里恩爱绝，蓬莱宫中
日月长。回头下望人寰处，不见长安见尘雾。唯将旧物表深情，钿合金钗寄将
去。钗留一股合一扇，钗擘黄金合分钿。但教心似金钿坚，天上人间会相见。
临别殷勤重寄词，词中有誓两心知。七月七日长生殿，夜半无人私语时。在天
愿作比翼鸟，在地愿为连理枝。天长地久有时尽，此恨绵绵无绝期。

全诗分三大段："不重生男重生女"之前是叙李杨夫妇的美满得意，"骊宫高处"到"魂魄
不曾来入梦"是乐极生悲，"临邛道士"到"在地愿为连理枝"为身死情不断。最后两句是
歌者点题，作世人旁观语气。白居易自评"一篇《长恨》有风情"，归入感伤诗类。题旨就
是"长恨"，此"恨"不是仇恨，是爱而不得的憾恨怅恨，它根于爱，爱深故恨长，不爱即无
此恨，所以是爱情悲剧，不可瞎套讽喻诗。李思倾国之貌，果得绝代丽人，纵情无度，引
发祸乱，毁灭所爱，最后自己也在刻骨铭心的痛悼中死去，事实止于此。诗依人心愿望
与情感逻辑，继续在虚无缥缈的海上仙山幻演出一段极美丽极纯粹的爱情哀史与礼赞。
"但教心似金钿坚，天上人间会相见。"历尽生死大劫而不变其初的纯情挚爱，是全诗最
强音，"心坚"到天地毁灭爱不灭的超时空之境，哀艳得耀眼，激动得教人泪下，引发无限
沉思。白居易的高明在于没有编造天上相见的廉价大团圆结局，而让爱神杨妃就这么
守护着挚爱，在无尽期的折磨中祈盼着、坚信着，诗就持续不断地生发悲剧夺人心魂的
激动力，净化着爱情。

长诗艺术上也近于完美，在史料剪裁、人物摹写、心理刻画、律散相间、辞采华赡、声
韵谐婉等方面，比起先前的七言歌行都是巨大的飞跃。全诗布局安排，基本上遵循情感
发展的逻辑：首段以重彩描绘玉环的惊人艳丽，明皇的迷恋忘情就很自然，悲剧也随之
发生了。继用大段律化了的排偶句浓郁地抒写镂心入骨的追思，以补前面明皇形象的
薄弱。末段的太真与昔日的贵妃似而不是，若真若幻，摇曳生姿，最富艺术想象力与卓
越描摹力，"梨花一枝春带雨"的艳喻更是千古俊语。此诗对当代天子的公私生活进行

大曝光和改编,不仅举世风传,连宣宗帝也称赞"童子解吟《长恨曲》",可见唐世何等珍重诗才与风情!

《琵琶行》迟于《长恨歌》十年作。序言说明自己从长安贬来江州后压了两年的"迁谪意",叫这位曾走红京都、而今色衰漂沦至此的琵琶女一曲一诉,全部委屈伤痛都勾泻而出了:

> 元和十年,予左迁九江郡司马。明年秋,送客湓浦口,闻舟中夜弹琵琶者。听其音,铮铮然有京都声。问其人,本长安倡女,尝学琵琶于穆、曹二善才;年长色衰,委身为贾人妇。遂命酒,使快弹数曲。曲罢,悯然。自叙少小时欢乐事,今漂沦憔悴,转徙于江湖间。予出官二年,恬然自安;感斯人言,是夕始觉有迁谪意。因为长句,歌以赠之,凡六百一十二言,命曰《琵琶行》。

> 浔阳江头夜送客,枫叶荻花秋瑟瑟。主人下马客在船,举酒欲饮无管弦。醉不成欢惨将别,别时茫茫江浸月。忽闻水上琵琶声,主人忘归客不发。寻声暗问弹者谁?琵琶声停欲语迟。移船相近邀相见,添酒回灯重开宴。千呼万唤始出来,犹抱琵琶半遮面。

> 转轴拨弦三两声,未成曲调先有情。弦弦掩抑声声思,似诉平生不得志。低眉信手续续弹,说尽心中无限事。轻拢慢捻抹复挑,初为霓裳后六幺。大弦嘈嘈如急雨,小弦切切如私语。嘈嘈切切错杂弹,大珠小珠落玉盘。间关莺语花底滑,幽咽泉流冰下难。冰泉冷涩弦凝绝,凝绝不通声渐歇。别有幽愁暗恨生,此时无声胜有声。银瓶乍破水浆迸,铁骑突出刀枪鸣。曲终收拨当心画,四弦一声如裂帛。东船西舫悄无言,唯见江心秋月白。

> 沉吟放拨插弦中,整顿衣裳起敛容。自言本是京城女,家在虾蟆陵下住。十三学得琵琶成,名属教坊第一部。曲罢曾教善才伏,妆成每被秋娘妒。五陵年少争缠头,一曲红绡不知数。钿头银篦击节碎,血色罗裙翻酒污。今年欢笑复明年,秋月春风等闲度。弟走从军阿姨死,暮去朝来颜色故。门前冷落鞍马稀,老大嫁作商人妇。商人重利轻别离,前月浮梁买茶去。去来江口守空船,绕船月明江水寒。夜深忽梦少年事,梦啼妆泪红阑干。

> 我闻琵琶已叹息,又闻此语重唧唧。同是天涯沦落人,相逢何必曾相识!我从去年辞帝京,谪居卧病浔阳城。浔阳地僻无音乐,终岁不闻丝竹声。住近湓江地低湿,黄芦苦竹绕宅生。其间旦暮闻何物,杜鹃啼血猿哀鸣。春江花朝秋月夜,往往取酒还独倾。岂无山歌与村笛,呕哑嘲哳难为听。今夜闻君琵琶语,如听仙乐耳暂明。莫辞更坐弹一曲,为君翻作琵琶行。感我此言良久立,却坐促弦弦转急。凄凄不似向前声,满座重闻皆掩泣。座中泣下谁最多?江州司马青衫湿。

与取材于重大社会历史题材的《长恨歌》不同,此诗诉述受政治打击后的"迁谪意",一般是抒情小诗的材料。长于叙事又爱听故事的诗人却写成杰出的长篇叙事诗,被后世移植为戏曲上演。又与那些官小就叫失意者不同,全诗四大段中只最后一段说迁谪,叙事的主角都是琵琶女,诗因这一全新形象的成功塑造而光彩四溢。高明的唐诗都聚精会神于诱发感情的发生过程,不大肆宣扬感情的本身。首段主角出场,就引人入胜,极尽摇曳之妙。二段用抽象意义的文字去录下美妙的琵琶乐音的丰富变化,最难也最见本领。如历来称颂的音乐诗:"跻攀分寸不可上,失势一落千丈强。"(韩愈《听颖师弹琴》)"昆山玉碎凤凰叫,芙蓉泣露香兰笑。"(李贺《李凭箜篌引》)都是泛比,没能像此诗那样写出乐器音质的特性、指法情绪的变化、乐曲由慢板而正腔而渐快又抑而复昂终至煞拍的唐乐程序,令千载之下的读者如闻其声、窥见其情,成为音乐诗的绝唱。这份高超技艺,又诱发读者对她身世的关切,转入琵琶女痛诉漂沦,令人无限怜惜。诗人"我闻琵琶""又闻此语",有了二重感动在心,所以萍水相逢就认定知己:"同是天涯沦落人,相逢何必曾相识!"冷酷人世的不幸者靠相互温暖而生存。人类倘都能如此善于彼此理解与关怀,人间真成爱的天国了。唐制官分九品,品有正副,白居易这"江州司马"属从九品爵,低无可低了,难怪泣下"最多",泪满"青衫"。这是令人心肠滚热的人道主义杰作。

此诗艺术上剪裁布局精当工巧,色调氛围布置与情绪非常协调和美,音乐描写精细绝伦,形象立体感人,技巧有超过《长恨歌》之处,为其他诗人不及。

以上是古体叙事诗,下面选两篇抒情写景的律诗。杭州靠西湖出美名,西湖从白居易开始有诗性。写景诗是大自然对人性是否丰美的考察。823—824 年白居易出任杭州刺史,在湖边漫步吟成《钱塘湖春行》:

孤山寺北贾亭西,水面初平云脚低。几处早莺争暖树,谁家新燕啄春泥。

乱花渐欲迷人眼,浅草才能没马蹄。最爱湖东行不足,绿杨阴里白沙堤。

西湖美不胜收,首句的古迹一点即过,却专心莺燕花草这些久已写滥的纤弱碎物。作者用"早""新""浅""乱"一修饰,就突出了万物更新的初生之美;再从"争树""啄泥""迷眼""没蹄"的动态中刻画,立即春意盎然,满目是青春活力了。尾联"行不足"的留恋难去之情,早已在景语中孕育待出。细看中间二联又各有侧重:莺争飞、燕忙巢是湖之"春","渐欲""才能"(刚够)是春湖之"行"。摹山范水雕绘满眼的景物诗,到白居易笔下被赋予浓郁的生活气息与人情趣味;精严典重的律诗,在此变得流畅自如,接近日常口语,把贵族专利改造得雅俗共赏了。

白居易十六岁时作的《赋得古原草送别》是言志诗,也久诵不衰:

离离原上草,一岁一枯荣。野火烧不尽,春风吹又生。远芳侵古道,晴翠接荒城。又送王孙去,萋萋满别情。

这是依据命题而作的诗,题意为:分到(赋得)"古原草送别"这个诗题。首联写古原,颔联入草,颈联望别路,尾联叙离情。到底是少作,后半平平。前半却奇警非凡,野火春风二句有无比顽强的生命意志,早已成为全民族的集体智慧。野草自身是纤弱无力的,一烧而尽,烧而又生,枯而复荣,仅仅因它植根于荒原厚土,所以一下子就揭明"离离原上"是"草"无穷生命力的源泉。"离"古文和"丽"通,依凭附着之意。语本《易·离卦·象辞》:"离,丽也。日月丽乎(粘在)天,百谷草木丽乎(依附于)地。"任何生命都要有所依凭,人需要友谊,少年诗人以草喻理兼赠友,这与他自幼便经磨难有关。太白从小就自比大鹏,子美望泰山,乐天则以古原草自喻,三人从小看苗已不同。

第四节　中唐其他新乐府诗人

中唐标明"新乐府"的诗,按其发生过程,是李绅率先作《新乐府五十首》,元稹作十二首。后白居易《新乐府五十首》出,李绅默然心服。此外,张籍、王建等人未标"新乐府"之名,而创作精神完全一致。这里的"新乐府"是只就其内容性质而言。

一、李绅

李绅与白居易同年生、同年死,曾为宰相。他的乐府诗可惜不存了。所存诗多不出色。只有见于《唐诗纪事》的二首《悯农》却是警句格言般精纯古健。其一:

春种一粒粟,秋收万颗子。
四海无闲田,农夫犹饿死!

产量如此高,农民如此勤,生产发展了,却饿死生产者,是谁之过欤? 案而不断,促使读者认真找答案。其二:

锄禾日当午,汗滴禾下土。
谁知盘中餐,粒粒皆辛苦!

上首是劳而不获,此则不劳而获,社会全部祸端从此起。"谁知"即"有谁知",指着奢华浪费者鼻子质问。不知稼穑艰难就不会爱惜民力,暴殄天物必然腐败。诗虽小而事关重大。体裁半古半律,是五言小诗的新创造。

二、元稹

元稹(779—831),字微之,洛阳人。八岁丧父,刻苦自励,经科举而入仕。前期勇于弹劾不法,得罪宦官权贵而被贬。转而投靠宦官,遂步步升迁,位至宰相,最后暴卒于武昌节度使任上。元白齐名,二人自早年应试定交后始终友情甚深,早年政治革新与诗歌主张、创作方式也都很一致,在扩大新乐府声势上起过有力作用。此人有才华,也有影响力,宫中号为"元才子"。惜为人为文都有用心不专的才子习气。其刺世诗古题新题杂用,主题不集中,语言故作古朴而涩口。如《田家词》算他的上乘之作,前面说六十年来为输军粮折腾得田家卖牛卖屋几乎饿死,最后这"田家"竟表态:"农死有儿牛有犊,誓不遣官军粮不足!"显然强奸民意。而且句句押韵,也不像诗,倒近于顺口溜。元因官大位高及私交甚深而得与白居易并称,据诗而论,其实不配。二十八卷诗中当然也有好诗,如怀念玄宗和悼念亡妻的几首就饱蕴深慨与挚情。《行宫》写老宫女待在当年玄宗巡行时暂住的行宫里那种百无聊赖的生活:

> 寥落古行宫,宫花寂寞红。白头宫女在,闲话说玄宗。

诗妙在以"闲"寄慨,老宫女有一搭无一搭地说起昔日在此服侍风流天子的旧事,令人有不胜今昔的沧桑之感。如此大事大义,却只用闲景闲话,寥寥数字,包藏无余,确实深得诗法。这二十字比他用六百三十七字正面写玄宗盛衰巨变的名篇《连昌宫词》,高明得多。元稹在爱情上是缺德的,勾引又抛弃了莺莺,还在朋友圈中散布她是"妖孽"迷惑自己。然而对亡妻韦丛(京兆尹之女,二十七岁病故)的悼念却异常真挚感人,超过诗史上所有悼亡之作。《遣悲怀三首》选其一:

> 谢公(以东晋名相谢安比岳丈)最小偏怜女(偏爱最小女儿),自嫁黔娄(以
> 春秋穷士自指)百事乖。顾我无衣搜荩箧(草藤衣箱),泥(去声,软缠)他沽酒
> 拔金钗。野蔬充膳甘长藿,落叶添薪仰古槐。今日俸钱过十万(元此时已当监
> 察御文),与君营奠复营斋。

首联说她在娘家时是岳父最偏爱的小女,屈身下嫁我后却步步不走运,开口就带负愧语意。颔联进而自我责备:看我缺穿忙翻箱倒柜,我软磨不休,她只好拔钗打酒。一"搜"一"泥",夫妇情味在其中矣。颈联是感激她勤苦贤德,陪我野菜当饭,扫叶代柴。"甘"可见苦而无怨,也真难为她了。现在有钱还情了,你却已不在;厚祭做斋,于事何补,不过聊表寸心罢了。事事夫妻情,句句泣血语,真挚悲切,恻恻动人。元稹与百姓隔心,乐府想写好不得好;和韦丛身心相连,不求工而自工。诗是心声,确乎无法硬造。

三、张籍

张籍(776? —830?),字文昌,寄居和州(今安徽和县)。中进士后,历任水部员外郎,国子监司业诸职,世称张水部、张司业。家贫,又有眼疾。受学于韩愈,又与白居易友善,文学观念与白近,语言风格受韩的一些影响。和王建是诗友,二人都以乐府诗名世,故并称"张王乐府"。白居易很赞赏他的文德诗品:"尤工古乐府,举代少其伦。"诗风既精警凝练,又有口语入句,很见功力。下面选其乐府与抒情诗各一首。《征妇怨》:

> 九月匈奴杀边将,汉军全没辽水上。万里无人收白骨,家家城下招魂葬。
> 妇人依倚子与夫,同居贫贱心亦舒。夫死战场子在腹,妾身虽存如昼烛。

诗中汉军实唐军,诗人常借汉指唐。自玄宗轻启边衅后,兵连祸结,男丁不断丧命沙场,给无数家庭留下无法弥补的惨剧。诗以"夫死战场子在腹"的遗孀口气,前四句状战后酷烈的景象,触目惊心;后四句写留给妇女难言的特殊悲苦,婉转入骨,而不像白居易那样详尽过露。用语吸取古乐府的劲健简朴,可与李华著名的《吊古战场文》参读。

抒情小诗以情真味厚著称的有《秋思》:

> 洛阳城里见秋风,欲作家书意万重。复恐匆匆说不尽,行人临发又开封。

给亲人写信感到纸短情长,人所常有;常情难写好,因其容易浮泛。此诗选准"临发又开封"这个特有视点切入,便觉新颖真切,令人过目不忘。此诗当与岑参《逢入京使》参照,风调有奔泻与蕴藉之殊。

四、王建

王建(776?—830?),字仲初,颍川(今河南许昌)人。出身寒微,曾仕陕州司马,世称王司马,晚年退居咸阳原上,家境贫困。平生为生计奔走南北,诗多取材于田家、水夫、蚕妇、织女及家庭生活,针砭时弊。有《宫词》百首,当时很闻名。价值更高的是其乐府诗,与张籍并称,二人"年状皆齐"。风格大同中有小异,没有白居易的铺张议论,而有其明快爽利,没有张籍的笃实凝练,更富于生活情味。贺裳说他的诗"妙于不含蓄"(《载酒园诗话》)。他的诗最接近农民本色,富于生活情趣与口语妙味。限于篇幅,只能乐府与小诗各选一篇示例。《田家行》:

> 男声欣欣女颜悦,人家不怨言语别。五月虽热麦风清,檐头索索缲车(抽丝车)鸣。野蚕作茧人不取,叶间扑扑秋蛾生。麦收上场绢在轴,的知输得官家足。不望入口复上身,且免向城卖黄犊。田家衣食无厚薄,不见县门身即乐。

此诗虽有文人的起结章法、细腻描写、流畅语言等艺术技巧在,却既非王、孟欣赏的田园安乐,也无元、白揭露的农夫惨酷。全篇不觉诗人在"做"农村诗,只见田家男女在忙自己的活,说自己的话,盘算自己的日子怎么过,才是真实地道的客观描写。诗中"人家""的知"都是至今仍活着的百姓话头;缲车索索,秋蛾扑扑,农家最耳熟。要动手收割了,粗喉咙声气也软了,老吵架的腔也变和了,闷热的五月也觉麦香袭人了,忙抽丝的也有闲心和野蚕取笑了。前六句一派喜气洋洋的生活气息,没有亲身体验与深厚感情,绝不能写得如此到家。后六句则是非喜非忧的清醒——年复一年,世世代代的种田命运使他们不用官来催就"的知":收的织的都是为"官家足","不望入口复上身",麦收起劲不过图个留下人牛,来年好再给官家耕种下去!种田人生活有什么好不好,衙门不来抓人就烧高香了!好一句"不见县门身即乐"!民对官不抱任何希望,不见官就是福,刻骨仇恨又不失农家的幽默风趣,这才是几千年农民的老主意、真口气。杜甫、白居易都没有如此本色当行。乐府诗以本色为贵,以俗语写民情要数这篇地道。

王建写谁像谁,声口毕肖,风趣横生,这份巧思才智在小诗中也有绝妙表现。如《新嫁娘词》:

> 三日入厨下,洗手作羹汤。未谙姑食性,先遣小姑尝。

古代妇人以"姑舅"称婆婆公公。媳妇最怕婆婆挑剔,洞房后头次烧饭,不知婆婆平素口味,又不好意思直问,就叫和婆婆一口锅里吃饭的小姑先尝口试试吧,也显出新嫂子对婆家人的尊重。羞怯、温婉、聪慧全在一"尝"中,令人怜惜又忍俊不禁。诗用简净的白描,写出韵意,留下余味。唐人兴趣多端,唐诗就花色繁多,让人更热爱生活。

第五节　韦、柳与"诗豪"刘禹锡

韦应物、柳宗元的诗内容都相当丰富,而以山水最出名,后人将他们并称。刘禹锡与白居易往还甚密,诗却不作乐府而自辟蹊径。三人都是中唐诗坛的名家。

一、韦应物

韦应物(737—792?)的作风,先后判若两人。家在京都万年(今陕西西安),又是关中望族,十五岁就靠门第资格入宫当玄宗御林军的三卫郎,任侠负气,相当骄纵。五年后安史叛军陷长安,韦失职流落。后来入太学,折节读书,全变了一个人。为官清正,游历各地,四十六岁为滁州刺史,五十岁为左司郎中,人称韦左司,次年出任苏州刺史,是位颇得人心的地方官。为人性高洁,少食寡欲,所居焚香扫地而坐。为诗多五言、忧民之心如元结,恬淡山水像陶潜,很受历代尊重。白居易说:"近岁韦苏州歌行,才丽之外,颇近兴讽;其五言诗又高雅闲淡,自成一家之体。"语言简洁明净,手法白描无饰,气韵清澈秀润,造诣很高。后人将王、孟、韦、柳归为一派。选其仁民诗与景物诗各一首,以见丰采韵调。

韦应物不是刻意忧民,只是无意地流露一点,不靠真实警人,只以真诚感人。如邀请二友相会的书信体诗《寄李儋(dān)、元锡》:

> 去年花里逢君别,今日花开又一年。世事茫茫难自料,春愁黯黯独成眠。
> 身多疾病思田里,邑有流亡愧俸钱。闻道欲来相问讯,西楼望月几回圆。

首联起得甚佳,从去年下笔,写阔别久盼,点出花见芳时待良朋,语极自然,情切而不露。颔联承分别"一年",说孤独心事。当时政局动乱,为官身不由己,前程难卜,所以心情黯然。"黯然"又双关别友,江淹《别赋》:"黯然销魂者,唯别而已矣。"颈联承"难自料"而转向念流民,非常真切感人。朱熹大加赞赏说,他人当官多夸美本州风物与自己政绩,此独谓"身多疾病""邑有流亡"(见《瀛奎律髓》引),了不起。与民争利的地方官应愧对此诗,把它当座右铭一日三省。尾联说已经等候了几个月了,怎的还不来呀。这类诗无意叙事、抒情、写景,只是随心写意,不加雕饰,言淡味厚,一味以诚感人,愈嚼愈出味,所以境高。滁州西涧是韦应物任滁州(今安徽滁县)刺史时工余常去游息的地方,咏而成《滁州西涧》诗,人景并妙,久享盛名:

> 独怜幽草涧边生,上有黄鹂深树鸣。春潮带雨晚来急,野渡无人舟自横。

"独怜"是情所独钟,四句皆景,也都含"怜"意。前二句突出其幽趣,声色交错中有立体景深感。后二句说最怜还在野渡无人、孤舟自横的天趣,有造物主大自在的启示。全诗从"怜"着眼,以"自"点睛,"自"是心与物的交会,所以能写得一切都似天然存在的诗境,不见人工斧凿痕迹。悠然"自"在既是诗人最"怜"的意境,也是诗作最迷人的风格,为后世画家所反复追慕。

同时张继的《枫桥夜泊》也为历代盛称,尤其在日本被广泛传诵,不可不知:

> 月落乌啼霜满天,江枫渔火对愁眠。姑苏城外寒山寺,夜半钟声到客船。

此诗从所谓主题思想看,似乎只一"愁"字,可那粼粼渔火和夜空远传的钟声,显然不止愁字可写了。似乎什么明确意义都没有,读后一想,氛围浓烈,若有意味,却无恰切意义符号可说明。这就是唐人津津乐道的兴象意趣,只有靠读者意会领悟了。

二、柳宗元

柳宗元(773—819),字子厚,中唐杰出的文学家、思想家和忠贞的政治革新者。祖籍河东郡(今山西永济),而身死于柳州(属今广西),故人称柳河东或柳柳州。中唐是既衰而力求复振的时期,作家的政治才能与责任感都远高于初、盛、晚三唐。柳家世代为宦,生长帝京,父教嫉恶不惧,母教诗赋文化。年二十与刘禹锡等同榜登进士,又举博学宏词科,调集贤院书院正字,热情支持太学生反迫害的请愿学潮,结识了一批青年同道。贞元二十一年(805)顺宗即位,力图从宦官手中收回权力,重振朝纲,立即破格重用十几位力主改革弊政之士,核心人物即"二王(叔文、伾)、刘(禹锡)柳(宗元)"。他们主政后惩办贪污,禁止"宫市",将藩镇垄断的盐铁转运权收归中央,并准备夺回动乱祸源的宦官藩镇手握的兵权。才半年,宦官与豪族官僚请出太子"监国",转月又赶顺宗下台,太子继位为宪宗。第二天革新派尽遭迫害,有的被杀,八人远贬为司马,史称"八司马事件"。柳宗元贬至半路又重贬为永州(今湖南零陵)司马。对此有的幸灾乐祸,有的落井下石,同僚韩愈也多有不实指责。柳宗元到永州连住房也无,栖身寺庙。只有山水不欺失败者。他自信洁白,不请罪乞怜,苦心创作了大量讽时小品文与精谨的山水游记,把散笔与诗情融合为孤高幽愤的艺术杰作。整整十年后遇赦,八司马中仅存的五人被贬到更荒远的僻壤,柳被贬柳州。他几次提出:刘禹锡有八十多岁的老母要随侍而贬在最远最苦的播州（今贵州遵义），自己愿与他对调，可见操守气节。柳州"阴森野葛交蔽日，悬蛇结虺如葡萄"，生存之难，可以想见。他尽力做些帮助当地居民开发生产、改变陋俗、提高文明的政务。同时仍勤奋笔耕，诗文都极富于鲜明浓厚的地方特色与个人风格，柳宗元是文学史上写湖广山水最早最好的功臣，也是为西南山水付出最后心血的大作家。如《与浩初上人同看山寄京华亲故》："海畔尖山似剑芒，秋来处处割愁肠。若为（如何能够）化得身千亿，散上峰头望故乡！"浮雕似地刻画出去国离乡的孤臣之痛，撕裂人的心肺。这种沁人骨髓的忧伤，是无可告慰与排遣的。他以四十七岁的英年含冤长逝。别人的政治牢骚都与欲富贵而不得相连，柳却出于政治与人格的信念，是"士志于道"的纯正志士。唐诗人只有他是完全由于政见迫害而致死，决不可混同一般的怀才不遇。

他在《答韦中立论师道书》里说："吾每为文章，未尝敢以轻心掉之。"自戒怠心、昏气、矜气。极端认真确是柳宗元区别于韩愈的根本点，殚精深思，理论透辟；匠心经营，散文精纯。其抒情诗将屈子式的无边孤愤裁成严谨精工的格律；景物诗把盛唐的热情奔放沉淀为深潭清冽，变孟、韦的恬淡清远而作峻洁警拔，明净之下藏激越，一似苌弘热血入土化为碧。柳诗独开唐人山水诗新境界，苏轼评其诗说："发纤秾于简古，寄至味于淡泊。"（《书黄子思集后》）韦柳并称，其实貌似而神异。下面选其律绝各一首。

《登柳州城楼寄漳汀封连四州刺史》是作者在柳州痛苦怀念"八司马"中四位仅存同贬的难友：漳州韩泰、汀州韩晔、封州陈谏和连州刘禹锡。怀友念远诗在唐多不胜数，而此诗的地理风物与气性激情迥出流俗：

> 城上高楼接大荒，海天愁思正茫茫。惊风乱飐芙蓉水，密雨斜侵薜荔墙。
> 岭树重遮千里目，江流曲似九回肠。共来百越文身地，犹自音书滞一乡。

诗的前半写风雨登楼，后半诉痛苦怀念。首联意象阔大，语极浑沦，意思是说地僻思长。颔联由望远浩茫无所见，转而写身边的风雨若狂，几乎要摧毁一切悦目庇身的事物，竭力突现暴力肆虐的淫威。颈联转向念友，岭树遮断望眼，是阻隔之深，江如九转回肠，为愁思难以尽言。律诗尾联多散缓如强弩之末，此诗却能百尺竿头再进一层：我们同被远弃在蛮荒厄境，还要让我们远隔天一方（四人分属今之三省），搞得音讯也难通啊！差点没出口：朝廷对革新志士有多歹毒！全诗辞危调苦，惊惶凄楚之中有郁勃不平，是心灵滴血的呼号，与通常幽怨取怜之态有质的不同。

《江雪》尤其为历代传诵：

> 千山鸟飞绝，万径人踪灭。孤舟蓑笠翁，独钓寒江雪。

语极浅近，画面分明，诗心何在，却异说纷纭。前二句写大环境，生意生路全无。后二句点出一人一竿，表面看是突出"独"，其实笔力贯注在"钓"而无得仍深固不迁上。有利才干、无利不办，是凡俗；"知其不可而为之"，不计利害地执着以求，是为心不为身的孤高志士。这种人世上稀少,所以"独",但贫贱不移,高压不屈,是纯粹的真人。这诗与一般江雪图中只作构图点缀的渔翁,意味不同。

三、刘禹锡

刘禹锡(772—842),字梦得,匈奴族后裔,洛阳人。政治遭遇与柳宗元相同,由于性格外向爽朗,所以比柳长寿。中进士又登宏词科后入仕,是永贞革新集团的核心人物之一,"八司马"事件中贬朗州司马,十年后又出为连州刺史。后历任夔、苏、汝、同等州刺史。晚年以太子宾客分司东都,与白居易同官一城,诗酒往还甚密。最后加检校礼部尚书致仕,世称刘宾客或刘尚书。因早年与柳宗元为挚友,并称刘柳,晚年与白居易作诗友,也称刘白。其诗内容较为广泛,讥讽权贵诗颇富战斗性,感叹古今诗有历史纵深感,白居易叹服为"诗豪"。学习民歌的诗作既保存民歌的生活真趣又能运用文人的才思,雅俗兼得其妙。开朗流畅,含思婉转,情理兼备,语惬人意,声韵朗畅如歌。古近体、五七言无所不备,堪称大家,而七言胜五言,七绝尤精妙入神。语言浅近朗丽如白居易,而含蓄韵味则上继盛唐。

《竹枝词》是唐代流行于巴、渝(今重庆)一带的民歌,中唐顾况、白居易都有仿作,皆不及刘禹锡能得真趣。此组诗有序,说明作者欣赏其"含思婉转",取法屈原加工的《九歌》至今仍为当地鼓舞歌唱。下面选的第一首为组诗九首之二,第二首是二首之一:

山桃红花满上头,蜀江春水拍山流。花红易衰似郎意,水流无限似侬愁。

杨柳青青江水平,闻郎江上踏歌声。东边日出西边雨,道是无晴却有晴。

"踏歌"是踏脚为拍,边行边歌的一种男女对歌方式。"晴"双关"情"。仿民歌景要本色,情要本真,文人求雅,往往伤真。学得如此口角逼肖而又富于声律辞采美,前此未见,后世莫及。

《金陵五题》是刘禹锡在和州时见客作此题而起意自作,序云:"他日,友人白乐天掉头苦吟,叹赏良久,且曰:《石头》诗云'潮打空城寂寞回',吾知后之诗人不复措词矣!余四咏虽不及此,亦不孤(辜负)乐天之言耳。"后代诗人虽措词不休,绝唱却仍旧属于此诗。选最受传诵的两题《石头城》与《乌衣巷》:

山围故国周遭在,潮打空城寂寞回。淮水东边旧时月,夜深还过女墙来。

朱雀桥边野草花,乌衣巷口夕阳斜。旧时王谢堂前燕,飞入寻常百姓家。

前诗石头城即在旧楚国的金陵,三国时孙权扩筑改名石头城,负山面江,形势险固。自唐初被废,至此已二百年。头二句本意是六代帝都只余空城,却从山形完好落笔,接以"潮打"方知其"空",就不是诗人而似江山在惊讶人世沧桑巨变。汹涌来寂寞回,尤奇趣横生,正如刘自言的"片言明百意",是神来之笔。后二句一反前面的峥嵘气势,以月移无声为引线,写大自然对人间帝王存亡的漠然无视,韵味悠然,令人低徊,促人沉思。

后篇则是小中见大的艺术典范。乌衣巷是东晋王导、谢安等声势显赫的豪门权贵聚居之处,巷口靠近秦淮河上的朱雀桥。以"野草花""夕阳斜"的侧写反映今昔盛衰,他人或能办到;而后面这只穿梭古今贵贱的"燕",则只有妙手的灵感巧遇了。燕仍飞旧处,不辨"王谢堂"已成"百姓家",以无知之燕嘲弄上智之权贵,最无情而有妙味。今之燕当然不是五百年前王谢堂前的老燕,诗人故意混说若一,以便拉近历史对比,因为艺术贵在情理之真切,不计事物之凿实。唐人怀古,到刘禹锡才臻于神妙。

在我们这个自秦汉以来一直极端讲究臣道、一味以顺为忠的国度里,刘禹锡这位"政治犯"对来自最高统治者的迫害公然敢热讽、敢藐视,尤其罕闻少见。有二诗为证。被贬朗州司马十年后召回京师,满城疯传玄都观里有道士手植仙桃如红霞,他就借题发挥,揭露政治暴发户,作《戏赠看花诸君子》:

> 紫陌红尘拂面来,无人不道看花回。玄都观里桃千树,尽是刘郎去后栽。

诗在城里盛传,执政恨其语含怨愤,不数日即将其贬出远地。过了十四年,重又被召回京,不但不改悔,反而更带挑战性地在《序》里写明前诗原委,申明继作动机:"今十有四年,复为主客郎中,重游玄都观,荡然无复一树,唯菟葵、燕麦动摇于春风耳。因再题二十八字,以俟后游(即等着再贬再返)。时大和二年(828 年,诗人已年满六十)三月。"《再游玄都观》:

> 百亩庭中半是苔,桃花净尽菜花开。种桃道士归何处? 前度刘郎今又来。

二十四年的贬斥过后,更豪迈倔强了,末句有一种看谁笑在最后的大无畏气概。这种民族脊梁的应有气度,与韩愈等绝大多数人一受打击就赶紧昧心悔过"天皇圣明,臣罪当诛",其高下为如何!

第六节　追求奇崛险怪的孟、韩与李贺

韩愈这派人的诗,内容风格本不尽相同,并无新乐府诗派那样有明确理论指导与内容形式的共性原则。后代把他们看成一派并以韩为代表,因孟郊、贾岛、卢仝、马异、刘叉、李贺诸人在社会上原无影响,置身政治革新外,皆因韩愈的吹嘘力荐才知名于世,韩也就成了当然领袖。又因韩在唐代儒学复古思潮中旗帜鲜明,反骈文倡古文中成就最大,号召力也最强,且有一批弟子推波,经北宋儒生文士评定为唐代文学中唯一可与诗圣杜甫并列的伟人,韩门的郊、岛等人也成了诗派要员。这派人在韩的带动下,也出现某种相近的审美趣味,其出发点是反对主盟元和诗坛的元白诗风,厌其浅显平易,故标艰涩诡奇。他们不满足盛唐以来举世欢迎的诗律和谐美,故用散文的参差打破诗句的整饬,喜押险韵(字少不常用的韵部),以难取胜;造怪句、嵌奥字,败坏诗语的流畅自如。追求奇思倔态险韵怪句的怪癖风格,势必从根本上背离诗的言外余意、音乐美感这两个

特征。在高峰面前缺乏才性而又汲汲于成名者,往往以怪自鸣。这派诗圈子窄,一靠互相标榜,二靠艰苦雕琢,"两句三年得,一吟双泪流",苦读者也苦自己,后人因此有"苦吟""诗囚"的称号。追求个人独创风格本来是艺术成熟的表现,然风格只是人格的自然显象,不是为身外名利而蓄意制造的面具。他们都一生呕心于诗,当其遇到情不自已、不暇作怪时,也有真情佳作。凡其好诗,都只证明其故求险怪的悖谬。

一、孟郊

孟郊(751—814),字东野,湖州武康(今属浙江)人。生性狷介少合,一生穷困。屡试不中,年五十才得一溧阳尉,因不理政务而减半俸。晚年得子,又死。《赠别崔纯亮》诗说自己的苦命:"食荠肠亦苦,强歌声无欢。出门即有碍,谁谓天地宽。"他的大部分诗,就是诉说生活之苦,又要说得闻所未闻,异于时人,近于古调,用思用字就更其苦心焦志了。如:"冷露滴梦破,峭风梳骨寒。席上印病文,肠中转愁盘。"(《秋怀》)

孟郊是真苦,诗也瘦骨嶙峋,缺少血肉光泽。《诗人主客图》封他为"清奇僻苦主"。此派中有些人却是以诉苦赶时髦。韩愈写了十来篇诗狂热地表示"低头拜东野",又说东野诗的长处是"刿目钵心""搯擢胃肾",是不实之词,孟诗奇倔而未至怪僻。当然,他一生心思专在雕琢苦寒上找乐趣,心中恒戚戚,也可见没有君子坦荡荡的胸襟。有几篇写及百姓苦,也只及表层。纯任自然而深厚动人的,是千古流芳的《游子吟》:

> 慈母手中线,游子身上衣。临行密密缝,意恐迟迟归。谁言寸草心,报得三春晖!

此诗《唐音统签·丁签》所录题下有诗人自注"迎母溧上作",对理解特定创作心情极其重要。他性至孝,年过半百才得一官,方有报答母恩的条件,赶紧迎母来侍,努力招待。不料只知体谅儿子、自己苦惯了的老母却多方推辞,不肯赴养。为儿的急得一五一十地哭着回忆说:我半生窘迫,只有慈母不嫌,多少次离家前夜见你"手中线……"我就是掏出整颗心,也难报母爱的万分之一啊!这不是一般的抒情,而是至真本性的倾吐,是灵魂良知的直露,不必文采而自有极强震撼力。

二、韩愈

韩愈(768—824),字退之,河南河阳(今河南孟州)人。因郡望为昌黎,世称韩昌黎。勤奋自学成才,二十五岁中进士后踏上仕途,随宰相裴度平淮西,迁刑部侍郎。因上书谏迎佛骨一事,曾贬潮州刺史;后召为国子祭酒,历任京兆尹、兵部及吏部侍郎。死后谥文,后世尊称韩文公。为人直爽,喜欢推荐友人,奖励后生,敢为人师,笃于交情,有利于成为文学流派的领导者。在当世以排佛尊儒出名,后世以领导古文运动而久著盛名。其诗作成就在孟郊之下,更难与柳宗元媲美。内容主要是抒写个人的失意牢骚,也有反对藩镇割据、拥护中央集权的政治诗与批判佛老之作。耸动世人注目的是他反唐诗声律美潮流的散文化诗风。社会应用文理应去浮华、求实用,他有雄放的散文才力与文字功底。可是他把文章上打破骈俪复归古文参差自由的主张扩大到诗歌领地,既鄙视唐近体又不学古诗与乐府,遂乞灵于毫无情韵也了无散文生气的汉赋,以堆砌之繁密为富艳,排比之长篇为才雄,运用已死的奥字为学博,吸引一些饱学寡情之士的惊羡。如他竭尽全力要超越杜甫《北征》而作的巨制《南山》,长百余韵,铺张扬厉只形容山势峻险,连用五十一句"或"如何,堆砌山上各物。没有一句心动之言,全是辞语物名的类编,诗文两不像,王安石等气味相投者竟吹成:"《南山》胜(杜甫)《北征》。"另一自鸣得意的《陆浑山火》诗中有若干"鸦鸥雕鹰雉鹄鸥,煤炰煨爊孰飞奔",这类句子,不能读,无可思,根本不是文学,遑论诗歌。其他刻意经营的名作,最好也只有粗豪,未达雄浑。比起柳宗元之诗文艺术,韩愈气势虽盛情味薄,因其人诗性贫乏,故只能靠古字古书变出怪态,骇人耳目。卢仝、马异、刘叉诸人扬言"诗胆如天大",不知作诗是无法靠冒险发迹的。

韩愈忘记故作奇诡出风头时,也有好诗。如《左迁蓝关示侄孙湘》抒写因为国家利益谏迎佛骨而遭贬逐的悲愤:

> 一封朝奏九重天,夕贬潮阳路八千。欲为圣朝除弊事,肯将衰朽惜残年。
> 云横秦岭家何在,雪拥蓝关马不前。知汝远来应有意,好收吾骨瘴江边。

唐代自武则天以后朝野佞佛风气很盛。819年宪宗帝听说凤翔法门寺有释迦的指骨,决意迎至宫内瞻仰,闹得焚顶烧指,满城疯狂,百业废弛。韩上书痛斥此风,不料触怒宪宗,欲治以死罪。群臣争救,改贬今广东潮阳。其兄之子韩湘送至蓝田县关口,愈作此诗告别。首联说变生意外,次联申辩本意。三联是名句,激昂淋漓悲痛难诉,上句是眷恋家国,下句为忧危前程难诉。四联说我倘贬死在外,遗骨就拜托了。全诗一气呵成,不卖弄才学,真情直露,感人至深。

中晚唐诗人几乎个个都有精彩小诗,韩也有,如他赠张籍的《早春呈水部张十八员外》:

> 天街小雨润如酥,草色遥看近却无。最是一年春好处,绝胜烟柳满皇都。

前景后议,景中把"早"字写活了。议论中道出了一个艺术法则的真谛:远看似有细察若无这一有无迷离的微妙之际,正是艺术美的恰到"好处",过盛太空都是诗的大忌。"万绿丛中红一点","动人春色不须多"。

贾岛(779—843),字阆仙,与孟郊齐名。初为僧,经韩愈劝而还俗参加科举,但累举不第。诗风大体也是清奇僻苦一类,倔强的骨力不如孟郊,格局小而格律工于孟郊。"鸟宿池边树,僧敲月下门"(《题李凝幽居》)一联可代表其水平,著名的"推敲"词语即出于此。苦吟不休,为诗而诗,幸未入险怪。

三、李贺

此派真有独特诗才的是李贺(790—816)。李贺字长吉,居河南福昌(今河南宜阳)

之昌谷,因称李昌谷。为唐宗室郑王之后,家道没落。体貌细瘦,通眉长爪,体弱多病、极敏感、耽幻想,天生有感伤主义素质。少年时也有"擎云"之志,以诗谒韩愈,大得鼓励,却因父名晋肃,"晋""进"同音而不能应进士试。任奉礼郎,因病辞,二十七岁即下世。他有"大唐王孙"的等级优越感,不屑与流俗为伍,又无功名出路,常陷于苦闷中。酒色销魂,月宫光澈,投笔学剑,天帝文星,秋坟鬼诗,一忽这一忽那地幻影纷呈,是青少年期情绪未定型的精神状态。但他那"王孙"的孤傲使他失去正常少年的天真朝气,多病善感更使他常在死后的阴冷世界与生前酒色的躁热中迷乱挣扎,把火一样的烈"艳"与阴森的鬼影交织成篇,成了幽艳的鬼火,所以被称为"鬼才"。韩愈不过字句怪,李贺却是诗心怪,因此大得韩愈称赞,也受不满元白浅易的杜牧激赏:"时花美女,不足为其色也;荒国陊殿,梗莽丘垅,不足为其怨恨悲愁也;鲸呿鳌掷,牛鬼蛇神,不足为其虚荒诞幻也。"可惜他的社会生活面过窄,笔有诗才胸乏题材,只能在南朝乐府中旧题翻新,从人生暗角里倒腾"古血""愁红"。他以顽强的毅力天天四处"找"诗、夜夜"缝"诗:"每旦出,骑弱马,从小奚奴,背古锦囊。遇所得,书投囊中……及暮归,足(凑)成之。非大醉吊丧,日率如此。"母亲数说他:"是儿,要呕出心乃已耳!"这样拼句成篇,本无主题,造成其诗意多断裂少逻辑,有警句乏完篇,与诗歌的跳跃式思维风马牛不相及。佳句如"一唱雄鸡天下白""天若有情天亦老""黑云压城城欲摧",都是他呕心锤炼出来的。

最能代表他艺术成就的是一些改写南朝乐府的诗,如《苏小小墓》。苏小小是南齐钱塘名娟,色艺佳绝,死后之香丘与芳魂仍能迷人。古乐府《苏小小歌》原诗为:"我乘油壁车,郎乘青骢马。何处结同心,西陵松柏下。"李贺诗驰骋牛鬼蛇神的想象,大大丰满了小小这一艳鬼的光泽色彩:

> 幽兰露,如啼眼。无物结同心,烟花不堪剪。草如茵,松如盖,风为裳,水
> 为珮。油壁车,夕相待。冷翠烛,劳光彩。西陵下,风吹雨。

头四句写小小的多情:墓头兰叶上的露珠是相思泪,可惜是如烟野花,不能摘来相赠。"草如茵"四句为其幽艳姿影。"油壁车"四句是其痴待之状,本是说绿幽幽的鬼火,虽发光却照不出丽容,李贺却用"冷翠烛,劳(虚)光彩"这么美的辞藻装饰,表现小小空等了一场。末二句凄风苦雨吹打墓树,是她失望的悲苦。此诗兼有《九歌·山鬼》的凄清氛围与乐府原作的情鬼幽趣,而光色的对比更强烈,心底更阴冷。多病体弱、多感善疑造成神经质的思维习性,使他丧失健全青少年的纯真热情与蓬勃朝气。

总之,韩愈一派从创作动因、语言风格到内在情绪都与白居易的新乐府派背道而驰,由奇倔进而诡怪,终于演化出李贺的阴冷鬼诗,已是世纪末日临近的凶象了。

第七节　唐诗的回光返照——"小李杜"及晚唐诗坛

晚唐大体指唐文宗大和到唐亡(827—907)这八十年,总体上看诗呈衰颓走势。中

唐少数改革志士重振朝局的努力,与历史上一切王朝的"中兴"一样,都只能暂时制止局势的恶变,无从根本消除弊政、恢复盛世。改革失败后,随即是宦官势焰更嚣张,朋党倾轧更激烈,藩镇更跋扈。皇权旁落,重振无望,皇帝也索性沉湎荒乐,带动政权加速腐烂。而南方城市的繁华商业在享乐风气刺激下畸形发展,大唐社会在声色豪奢中舒舒服服地走向灭亡。最终由活不下去的农民起而扫荡一切,军阀也乘势称帝为王,进入五代十国的分裂大乱时期。在声色享乐的世风中,晚唐诗风普遍日趋语言华艳,思致纤巧,颓靡不振。其中个人才华不减中唐大家的是英姿倜傥的杜牧与深情绵邈的李商隐,后人称"小李杜",不愧为晚唐的大家。与小李风调趋近而内容较浅的有温庭筠、韩偓、韦庄等。在黄巢起义(874)前后有聂夷中、皮日休、杜荀鹤、罗隐等一些出身低微、经历坎坷的诗人继承新乐府精神,对现实进行入骨的讽刺,饱含忧愤。其他抒发忧时伤乱的佳篇名句还不少,共同构成唐诗的伤感美。反观四唐之诗,总的说,初唐诗坛的业绩不如政坛杰出,中盛唐政坛极盛而衰,诗坛却一盛再盛,晚唐则政坛一塌糊涂而诗坛犹有异彩。诗与世,有合有分。

一、杜牧

杜牧(803—852),字牧之,京兆万年(今陕西西安)人。祖父杜佑是三朝宰相。牧之自少年即喜论兵议政,注视天下。二十六岁中进士后的十年,在苏皖一带任幕僚,既作削平藩镇的方略《罪言》、注《孙子兵法》,又狎妓赋诗,不废声色之乐。诗如后世一边非议一边又乐诵的:"婷婷袅袅十三余,豆蔻梢头二月初。春风十里扬州路,卷上珠帘总不如。""落魄江湖载酒行,楚腰纤细掌中轻。十年一觉扬州梦,赢得青楼薄幸名。"中年入京,又出任池、睦、湖诸州刺史。晚年官至中书舍人、知制诰。在樊川有祖传别业,曾官司勋员外郎,因中书省开元时亦艳称紫微省,所以牧之又有杜樊川、杜司勋、杜紫微等别称。

杜牧属于少有的全才:知兵知史、富吏才文才、热心政治,既有明达睿智又富柔美情思,诗词文赋书画样样造诣很高。出身高贵,才气横溢,兴趣多样,经历丰富,和盛唐人那种追求充实痛快的人生格调很接近,与李贺的孤僻自闭两样。这使他的诗能从一片绮艳颓靡的病态美中卓然自拔,成就晚唐极难得的雄姿英发、风流俊爽的风格特征。他的诗文都有豪气俊采在流动,"如铜丸走板,骏马注坡"(宋敖陶孙《诗评》)。构思却又决不直露,含思悲凄,抑扬婉转,而遣词造语仍旧不失风华绮丽之致。文气、巧思、华辞的综合美,使他的诗分外色泽鲜丽、情韵悠扬。五古《张好好诗》《杜秋娘诗》都是叙事长篇的名作,以矫健的笔力与丰富的词采叙写二位女子的坎坷生平,名动当时。律诗更胜古诗,七绝尤称神品,足与王昌龄、李白比肩。内容大多为抒发伤春伤别的柔情绮思,时有俊爽之气回旋其中。以下选几首律绝名篇。

《九日齐山登高》写重阳登山引发普遍的人生感慨:

> 江涵秋影雁初飞,与客携壶上翠微。尘世难逢开口笑,菊花须插满头归。
>
> 但将酩酊酬佳节,不用登临恨落晖。古往今来只如此,牛山何必独沾衣。

首联说在清空明丽中带酒上山。次联的议论感激豪荡,正因"难"更应尽情"笑"。唐宋男士插鲜花很普遍,是写实不是夸饰。三联进而劝饮。尾联的"只""何必",一收一放,极其得势传神。典出《晏子春秋》:齐景公游牛山,观美景,忽然流涕:"人为什么要离开这一切死去呀!"诗将人生艰难撇下,以旷达洒脱自宽而慰人,兴感苍茫,情理兼优,有很大概括力。作者《答庄充书》自述创作经验道:"凡为文以意为主,以气为辅,以辞采章句为之兵卫。"小杜以意气高夐取胜,小李以情致浓密见长,是二人相异处。

《过华清宫绝句》三首俱佳,此录其一:

> 长安回望绣成堆,万户千门次第开。一骑红尘妃子笑,无人知是荔枝来。

为了杨贵妃能吃到数几千里外的鲜荔枝,大批人马日夜奔命。诗刺骄奢淫逸,却从华贵富丽处写起,表明妃子贵宠无比;再用嫣然一笑轻点即止,结在"无人知"上,促读者沉思于弦外之音。以轻灵笔触、委婉措辞表现重大尖锐的主题,进行点穴式讽刺,构思妙绝。这是咏当代史。咏古史寄慨的名篇更不少,下选《赤壁》:

> 折戟沉沙铁未销,自将磨洗认前朝。东风不与周郎便,铜雀春深锁二乔。

从一块断戟怀想赤壁之战的胜负因由,构思新奇。诗旨究竟是嘲讽周瑜侥幸取胜,还是艳羡其天助人愿?人言人殊,一任读者自悟。诗无达诂。

《泊秦淮》则是伤痛于当时醉生梦死、不戒前代覆辙的力作:

> 烟笼寒水月笼沙,夜泊秦淮近酒家。商女不知亡国恨,隔江犹唱后庭花。

烟水沙月是美景,秦淮酒家有美食,亡国之君陈后主的《玉树后庭花》是销魂艳曲。在一片奢华享乐中,陈朝已在麻木中灭亡,如今依旧不知亡国痛,只觉声色乐,历史上末代世风的麻木不仁,总是令清醒者悲哀得心冷。"历览前贤国与家,成由勤俭破由奢。"政权大都是在贪图舒服中自行坏死,很少是真为政敌颠覆。此诗是观察敏锐、思考深刻的醒世之作,咏史诗应该有温故而知新的高度。

《山行》是色调明艳、造语清丽、声韵谐畅的写景诗:

> 远上寒山石径斜,白云生处有人家。停车坐(因)爱枫林晚,霜叶红于二月花。

二、李商隐

李商隐(813—858)字义山,号玉溪(谿)生,又号樊南生,怀州河内(今河南沁阳)人。他十六岁时写的《无题》就带着女性阴柔凄艳的情味:"八岁偷照镜,长眉已能画……十五泣春风,背面秋千下。"十七岁开始,几乎一生都以工于骈俪的生花妙笔给各地府主当幕僚。其间和对立的牛党李党两派都有许多交往,并无卷入党争的明显事实。有少量感怀政局的诗,而大部分是感伤身世之篇。比唐代诗人写得都多而且独至的是情诗,以《无题》为代表,对后世的影响也以此为大。在爱情痛苦方面他感觉特为灵敏,体验格外深细,笔触委曲周到,情意固结难遣,缠绵无尽。身世之感中也多交织着相思之苦,爱情几乎熬干他的全部心血。"春心莫共花争发,一寸相思一寸灰"是他的自我写照与忏悔。为了细腻精致地描述挚爱的折磨,他把律诗的艺术推向极限:精切的对偶、香艳的用语、浓厚的氛围、精细的情思、婉转的音调、隐晦的用典、暗示的手法、朦胧的意境,交织为无比凄艳的感伤情网,极其诱人,成为中国感伤诗歌的艺术大师。谁都承认他的魅力,却谁都无法解透。刘熙载《艺概·诗概》评的"深情绵邈",大体能概括其风格特征。

选读两首不是同时作的《无题》,其中之一为:

昨夜星辰昨夜风,画楼西畔桂堂东。身无彩凤双飞翼,心有灵犀一点通。
隔座送钩春酒暖,分曹射覆蜡灯红。嗟余听鼓应官去,走马兰台类转蓬。

开头二句是心情轻快地回忆相逢的美好夜色与地点。次联是说身虽隔而心默契的庆幸,这是含意丰富的名联。三联承上,叙席上猜拳行令,酒暖春心,灯红人艳,字里行间流露出两情暗通之喜。末联突然一转:正在兴头上,可恶街鼓催人,又该离席去应差了,苦不堪言,溢于辞表。诗以鲜明的细节描述出爱情受阻时患得患失、忽喜忽怅的多变心态,从开头的欢快到最后的怅闷,音律色调都随情绪而变化,情文相生。另一首《无题》也是名作:

相见时难别亦难,东风无力百花残。春蚕到死丝方尽,蜡炬成灰泪始干。
晓镜但愁云鬓改,夜吟应觉月光寒。蓬山此去无多路,青鸟殷勤为探看。

首句把难舍的缠绵写到了家,直如胶漆,浓不可化。次句是景也是情,天地无光,心疲身软。颔联的相互表白,尤属警策感人的绝唱。执着以至气结,绝望仍旧热望,用生命的挣扎去抓牢难得易失的爱。颈联是相互体贴语,出句男为女愁,对句女替男忧,两情依依如在目前。结尾又转作宽心语。蓬山是海上仙山,古代多以仙子喻女子;青鸟为神话中西王母的信使。意为:好在相去不太远,勤通个消息吧。相爱不相亲,咫尺天涯之悲是爱情中常见常咏之苦,却没有第二人能抒写到如此柔肠寸断、气结难言的火候上。义山写爱,抛弃身貌,裸呈心中之情的苦乐况味,是其过人几层之处。二人的真实关系如何?作者秘而不言,总有难言之处,后世纷纷考察索隐,不免妄测。其实,又何必根究隐私呢?

李商隐的咏史诗也很有名,嘲讽比杜牧更尖刻,近于冷嘲,对仗也锤炼得更奇巧精工。如讽刺李杨的《马嵬》:

海外徒闻更(去声)九州,他生未卜此生休。空闻虎旅传宵柝,无复鸡人报晓筹。此日六军同驻马,当时七夕笑牵牛。如何四纪为天子,不及卢家有莫愁。

首句四海外还有大九州,出自战国时邹衍谈天的夸说。诗针对天下盛传的《长恨歌》中的李杨形象,首联说:杨活在海外仙山不过空话,来世能否成为夫妇虽不知,此生是死定了。一口骂倒李杨生前死后"愿世世为夫妇"的追求。"虎旅"指扈从玄宗入蜀的六军,"宵柝"为夜间打更用的军中刁斗,"鸡人"是汉宫中学鸡鸣报天亮的人(因养鸡易脏),"筹"是古代计时器上的数码。次联讥笑玄宗奔蜀途中已威风扫地。三联以"六军驻马"对"七夕牵牛",天造地设,新巧奇绝,是著名的"对"。用今日惨死嘲弄当年两情相欢,则入骨之中露出讽刺者的刻薄,与杜牧揭露中有痛惜的婉讽两样心肠。结尾的一"纪"是十二年,玄宗在位四十五年;"莫愁"嫁为卢家妇,出南朝民歌《河东之水》。意谓:贵为终身天子而不能保一妻,反不及平头夫妇能偕老,你是怎么搞的嘛! 这一"如何"的重责,意味深长,不能保民,终难保妻,可谓史鉴。通篇用对比作冷嘲:他生此生,海外人间,宫中途中,鲜血欢笑,天子平民,事事不留情,句句刺入骨。可是含蓄隽永的韵味,也因此而薄于杜牧。

李商隐的个人感伤篇最富时代色彩的,是登临长安东南的《乐游原》诗:

> 向晚意不适,驱车登古原。夕阳无限好,只是近黄昏。

"意不适"而登眺求适,结果发现更大的惶恐:满天晚霞渐黄渐昏之中,预示"无限好"将永逝,而愈想挽留,愈急于珍存则愈发觉"只是"的无情与无奈。此诗心头滴沥的血光与残阳依山的落照两相映射,聚成无比的浓烈凄艳,象征晚唐的诗风,也是唐史的丧钟。所以管世铭说:其中"消息甚大,为五绝中所未有"(《读雪山房唐诗钞·凡例》)。

唐诗至李商隐,兴象趣味愈来愈浓缩在伤春伤别、唯情唯美这一聚焦点上。精工、密致、深曲、浓艳无以复加,已到了诗穷而词兴的临界点。深挚不如李商隐而香软过之的有温庭筠,温李并称。韩偓的《香奁集》宫体脂粉气更重(韩的姨夫是李商隐,韩在《香奁集》外也有悲愤诗),颓波至宋初宫廷侍臣的"西昆体",专靠模仿李商隐的辞采、句调与堆砌僻典,则连声色情韵之真也丧尽,只剩一件华贵典丽的时装展品了。

三、晚唐其他愤世诗人

由于唐末社会的极度混乱腐化,贪贿公行,无法无天,民不堪命,暴发了人民大起义,又引发官军与军阀战乱,全都加重对人民的巧取豪夺。百姓在丧乱流离的劫难中挣扎。一些出身低微、经历坎坷的诗人无法在残酷事实面前闭上眼睛,不满专心于伤春伤别的华靡诗风,坚持中唐新乐府精神,用通俗语言集中揭露残酷剥削,抒发强烈悲愤。主题相比中唐乐府有深化,体裁由五古扩展到律诗,感情更由愤激而至于绝望。虽然由于人微言轻影响不大,但是其诗与他们的晚唐小品文共同组成最富战斗性的投枪与匕首,继承了唐代诗心与民心共鸣的光荣传统,非常可贵。他们是皮日休、聂夷中、杜荀鹤、罗隐、于濆等人。本书不能一一介绍生平,选读几首代表作,就知道小诗人们的心血结晶也有胜过杜甫"三吏""三别"及元、白、张、王乐府之处。

聂夷中的《伤田家》以质朴沉挚为人传诵:

> 二月卖新丝,五月粜新谷。医得眼前疮,剜却心头肉。我愿君王心,化作光明烛。不照绮罗筵,只照逃亡屋。

杜荀鹤的《山中寡妇》是独辟蹊径的七律杰作:

> 夫因兵死守蓬茅,麻苎衣衫鬓发焦。桑柘废来犹纳税,田园荒尽尚征苗。时挑野菜和根煮,旋斫生柴带叶烧。任是深山更深处,也应无计避征徭。

秦韬玉《贫女》以深刻独特的视觉发掘出普遍意义的主题:

> 蓬门未识绮罗香,拟托良媒益自伤。谁爱风流高格调,共怜时世俭梳妆。敢将十指夸针巧,不把双眉斗画长。苦恨年年压金线,为他人作嫁衣裳。

曹邺《官仓鼠》以形神兼备的比喻勾画出贪官的丑恶嘴脸:

> 官仓老鼠大如斗,见人开仓亦不走。健儿无粮百姓饥,谁遣朝朝入君口。

曹松《己亥岁》其一大胆揭露因镇压人民起义而提升授勋的军功本质,入木三分:

> 泽国江山入战图,生民何计乐樵苏。凭君莫话封侯事,一将功成万骨枯。

陈陶《陇西行》把梦里的英俊未婚夫与沙场枯朽的白骨叠化同现,惨不忍读:

> 誓扫匈奴不顾身,五千貂锦丧胡尘。可怜无定河边骨,犹是春闺梦里人。

并非诗人,只传四句的陈玉兰《寄夫》,比所有边塞诗中的思妇都更足以体现中国妇女举世无比的传统美德:

> 夫戍边关妾在吴,西风吹妾妾忧夫。一行书信千行泪,寒到君边衣到无。

晚唐诗人许浑在《咸阳城西楼远眺》中吟道:"溪云初起日沉阁,山雨欲来风满楼……行人莫问当年事,故国东来渭水流。"的确,如此黑暗无道的晚唐王朝是该寿终正寝了。在血火丧乱中艰难地保持哀时伤民的仁厚爱心和愤世嫉恶的正义感,虽无济于事,却证明了唐诗人的良知与艺术光彩并未随唐亡而熄灭。正是"诗可以怨"(孔子语)的社会批判精神,使文学保有独立品格,专制王朝的存亡,无损其人文价值,这是晚唐诗高出以往与腐败王朝同乐同亡的末代诗之处。

第五章　宋代以文为诗的新局面

赵翼《瓯北诗话》：“以文为诗，自昌黎始；至东坡益大放厥词，别开生面，成一代之大观。”所谓“以文为诗”，即是在诗歌创作中引进或借用散文的字法、句法、章法和表现手法，最先由韩愈倡导，其代表作如《山石》《八月十五夜赠张功曹》《桃源图》《石鼓歌》《谢自然诗》等都将“以文为诗”表现得淋漓尽致。方东树评《八月十五夜赠张功曹》曰：“一篇古文章法。前叙，中间以正意苦语重语作宾，避实法也。一线言中秋，中间以实为虚，亦一法也。收应起，笔力转换。”评《桃源图》曰：“先叙画作案，次叙本事，中夹写一、二，收入议，作归宿，抵一篇游记。”评《石鼓歌》曰：“一段来历，一段写字，一段叙初年己事，抵一篇传记。夹叙夹议，容易解。”（《昭昧詹言》卷十二）汪佑南评《石鼓歌》亦云：“如许长篇，不明章法，妙处殊难领会。首段叙石鼓来历，次段写石鼓正面，三段从空中著笔作波澜，四段以感慨结。妙处全在三段凌空议论，无此即嫌平直，古诗章法通古文，观此益信。”（《山泾草堂诗话》）顾嗣立评《谢自然诗》亦云：“公排斥佛老，是平生得力处。此篇全以议论作诗，词严义正，明目张胆《原道》《佛骨表》之亚也。”（《昌黎先生诗集注》）至宋代由苏轼发扬光大，并为江西诗派推向极致，蔚然成为有宋一代诗风，此即赵翼《瓯北诗话》所称“至东坡益大放厥词，别开生面，成一代之大观”。严羽指责江西诗派“以文字为诗，以才学为诗，以议论为诗”，缺乏“一唱三叹之音”（《沧浪诗话》），颇能切中要害，至今依然富有启示意义。

第一节　唐宋之变与宋诗发展趋势

从唐宋之际的重大社会变革，到两宋之间的“靖康之难”，都在宋代历史上留下了鲜明的烙印，也对唐宋诗歌之变产生了重大影响。

一、宋世与宋诗

“国家衰而文章却盛”，宋人总结的这句话，用在宋朝正好。唐朝在历史上与诗史上均称昌明鼎盛。而宋从赵匡胤 960 年靠策划陈桥兵变立国，就一直在辽、西夏、女真的异族军事威胁下畏缩保权，外战没胜一仗。直至徽、钦二帝被金兵掳去，1127 年连京都也由汴梁（今河南开封）南迁临安（今浙江杭州），北宋亡。南宋仍旧靠割让中原，每年奉敌二三十万银两、绢帛换取半壁江山内的专制一统。后又图谋利用蒙古人打败金,蒙古灭金后则乘胜追击南宋,陆秀夫于 1279 年背起八岁的大宋小皇帝跳海而亡。三百余年的二宋在外侮面前是历史上最屡弱可气的一朝。而在镇压人民起义上,官兵几乎战无不胜;在陷害忠正上,投降派也总是得售其奸。宋朝又是文臣武将中产生爱国英烈最多最感人、诗词里抗敌复土的呼声最久最激昂的一朝。儒学更由汉代的奉文字为教条、唐代的三教并行到宋才成为哲学形态的基本理论,并在政治思想和道德人格上都发出耀眼光彩的唯一朝代。在"守内虚外"的昏君专制与爱国有罪的奸邪执政下,坚持爱国保民的宋文士受到君权的普遍迫害,其诗异样难能可贵。身处严峻沉重之世的宋诗,不同于汉唐盛世,不可以唯美消闲的情趣去褒贬抑扬。

除去外患,宋王朝有鉴于中唐以来武将长期拥兵祸政的教训,转而以厚禄权力优宠文士,从中央到县多文士掌政,公私学校遍设,科举大批取士,荣宠非常,学术文化中理性主义高扬。这种以权宠文的国策,利弊参半。一方面使文人的政治职责感空前高涨,眼界开阔,思考深入,避免缘情绮靡的个人享乐主义。同时由于文士的意气用事,容易党同伐异;迂执唯书,勇于争是非,昧于辨事宜,临民亲政,往往误事祸民。尤其是政客文人一上台,盗用学术是非实行文字狱的政治陷害,就由文化的窝里斗酿成举国思想迫害最广最久也最烈的一代大祸。中唐党争限于朝内宰臣,宋开始遍及朝野,其逻辑为文化是非即政权安危。文化党争危害之大,未尝不因文人手执政柄之故。

二、宋诗成就与特色

就整体文学成就论,宋完全可与唐抗衡,不在唐下。词本是诗歌合乐的一种新体裁,由于它和旧诗在内容形式上都有显著差别,我们就依惯例将宋诗与词分章介绍。宋诗的产量超过唐代,艺术魅力则不及唐。宋诗总量尚无统计,仅《宋诗纪事》已收三千八百二十家,《补遗》又增三千余家,诗肯定超过《全唐诗》两倍以上。其中也产生了一批大家名家,如梅尧臣、欧阳修、王安石、苏轼、黄庭坚、陈师道、陈与义、陆游、杨万里、范成大等。他们有多种风格流别,对清诗影响很大。宋诗继唐之后又有新的发展变化:①由于儒学精神的高扬,宋诗人的爱国与爱民结合使悲愤更深广,激情更昂扬(唐边塞诗的报国、尊君、功名三者一致,宋朝君权与国民及功名往往尖锐冲突);②由于受古文章法、意脉、辞气的浸染,宋诗的议论更鞭辟入里,刻画更精确入微,诗风变浓丽而清畅。对于唐宋诗不同的风貌特性,缪钺《论宋诗》有形象的说明:"唐诗以韵胜,故浑雅,而贵蕴藉空灵;宋诗以意胜,故精能,而贵深析透辟。唐诗之美在情辞,故丰腴;宋诗之美在风骨,故瘦劲。唐诗如芍药海棠,秾华繁采;宋诗如寒梅秋菊,幽韵冷香。"这是只比其优长,就流弊讲,则唐人多贵族式的平庸典雅,宋人易学究式的乏味说教。

三、宋诗的流派演变

宋诗走向在形式上与唐有些相似:北宋从摆脱晚唐进而自创格局,是自低而高;南宋由中兴而衰变成忧国伤民与吟咏性灵二路,又从高而低。宋初沿袭晚唐五代浮艳文风的代表,是十四位馆阁文臣彼此呼应,歌颂太平,共编《西昆酬唱集》,因称"西昆体"。他们专学李商隐七律的声律辞采,把感伤换成闲雅。后有以欧阳修为首领的包括梅尧臣、苏舜钦、王安石、苏轼等人从理论上批判其华而不实,从诗文创作上展开革新运动。宋诗在工于言情的词与长于说理之文中间,自创清俊畅达的新风格,逐渐推向高潮。其中成就最大的是苏轼。同时稍后的黄庭坚独宗杜甫诗的律调句式,淡化现实内容,开始了影响宋诗二百年的"江西诗派"。南宋前期被国耻激怒的爱国热情空前高涨,陆续涌现"中兴四大诗人"(尤袤、杨万里、范成大、陆游),以陆游最杰出。南宋靠割地赔款换来一度苟安之际,四位浙南诗人名字中皆有"灵"字的"永嘉四灵"与功名失意的"江湖派"乘势而起。在竭力救亡的殊死争战中,文天祥为代表的爱国悲歌,一直吟唱到宋亡以后,表现了儒学熏陶而成的浩然正气。

第二节　梅、苏、欧、王破除"西昆体"的浮艳

宋初三四十年是西昆体风靡的天下。杨亿、刘筠、钱惟演等人同是馆阁词臣,赏赐优厚,名声很大,互相唱和,杨编《西昆酬唱集》二卷,大家模仿,遂成风气。其诗仿效李商隐的艳辞用典,表现富贵气。宋太祖劝功臣宿将:"多积金帛田宅以遗子孙,歌儿舞女以终天年。"西昆诗文是富贵享乐文化的装饰,所以影响深广。

最早对华靡文风表示反感的作品,有王禹偁、范仲淹的古文,寇准、林逋的诗。林逋是著名的山林隐士,钱塘人,久隐西湖孤山,不仕不婚,赏梅养鹤为事,人称"梅妻鹤子",卒谥和靖先生。其《山园小梅》(二首选一)以清醇芬芳洗净富贵浓艳:

> 众芳摇落独暄妍,占尽风情向小园。疏影横斜水清浅,暗香浮动月黄昏。
> 霜禽欲下先偷眼,粉蝶如知合(应)断魂。幸有微吟可相狎,不须檀板共金樽。

全诗神清骨洁,点尘不染,确是杰作。第二联尤称绝唱:出句避形取影,复虚化为水影,写实物而备极空灵;对句言香,无行迹可求,而能从空中着笔,以动态扩散言幽香远播,于是"招得梅花枝上魂"了。

欧阳修(1007—1072),字永叔,号醉翁,六一居士,庐陵(今江西吉安)人。曾任翰林学士、参知政事等职,因坚定支持范仲淹的庆历新政而屡遭贬谪。既是北宋进步政治力量的中坚人物,又是诗文革新的领袖,王安石和苏轼都是他奖掖的杰出后进。散文、诗、词、赋、史传各方面都是名家。北宋的诗文革新运动在他手里取得决定性胜利,完全摆脱了晚唐浮艳余习。《戏答元珍》作于因支持范仲淹新政被贬峡州夷陵(今湖北宜昌)的第二年初春:

> 春风疑不到天涯,二月山城未见花。残雪压枝犹有橘,冻雷惊笋欲抽芽。

　　　夜闻归雁生乡思（去声），病入新年感物华。曾是洛阳花下客，野芳虽晚不

须嗟。

起联喟叹生姿，若二句对调即平板少味。颔联很有名，写出冬尽春始之际节物的动感特
征。颈联言寂寞之感，尾联作自宽之想。全诗语气舒畅，音律圆润，胸襟洞达，怨而
不露。

　　苏舜钦字子美，也是范仲淹新政的支持者。《淮中晚泊犊头》作于被贬舟经淮水赴
吴途中：

　　　　春阴垂野草青青，时有幽花一树明。晚泊孤舟古祠下，满川风雨看潮生。

诗境与构思都令人想起韦应物《滁州西涧》，而有幽趣与忧虑之异。幽花不时一闪而过，
写舟行感觉传神。风雨满川，看潮渐涨，有忧思，也有倔强不移在。

　　王安石（1021—1086），字介甫，号半山，抚州临川（今江西抚州）人。因欧阳修延誉
擢进士上第，神宗时几度为宰相，大权独揽，厉行新法，人称拗相公。晚年退居江宁（今
江苏南京），封荆国公，唐宋诗人权势之重无过于荆公。其诗以骨力劲健、议论奇警、斩
截矫峭取胜，后期趋于高远精谨。其人饱学，诗喜用典，开北宋以文字学问为诗的先河。
《泊船瓜洲》是他第一次辞宰相过瓜洲怀念金陵的诗（京口即今镇江，与瓜洲隔江相对）：

　　　　京口瓜洲一水间，钟山只隔数重山。春风又绿江南岸，明月何时照我还。

此诗第三句的"绿"字，是文学史上炼字的佳话。据说作者曾先后改用"到""过""入"
"满"等字，皆不满意，最后始改定此字，因只有"绿"才能使"风"有春气、"岸"满色泽，为
其他字所不及。

　　王令是王安石的连襟，在反叛淫靡、以文入诗中走得最远的，是他那横放粗豪、奇诡
杰出的《暑旱苦热》：

　　　　清风无力屠得热，落日着翅飞上山。人固已惧江海竭，天岂不惜河汉干？
　　　　昆仑之高有积雪，蓬莱之远常遗寒。不能手提天下往，何忍身去游其间！

首联写酷暑，次联苦热，三联一转为暑热可避，四联不忍避暑之故，令人感动。此诗想落
天外，思诡语奇，"屠热""日翅"语极粗豪，后六句全是散文笔意，议论横生，处处都似大
反诗的形式美。然而不嫌者，因其文情相称，便觉真气弥满。特别是结联的"何忍"，粗
犷之中有仁厚，诗境得以极大升华，与韩愈一派徒以文字为奇者截然异趣。

第三节　苏轼自辟清俊洒脱的新天地（附江西派）

　　苏轼（1037—1101），字子瞻，号东坡居士，眉州眉山（属今四川）人，是学识才气最
富、宋代诗文成就最杰出的人物。自幼聪慧，七岁知书，十岁能文，家有良好的文化气氛

和气节教养,父苏洵、弟苏辙并有文名,世称三苏。二十二岁即举进士。因与王安石政见不合,自请出判杭州,徙密、徐、湖知州。复因诗被诬"讪谤朝廷",被捕刑讯逼供,牵连甚广,酿成"乌台诗案"。释后贬黄州,移汝州,知登州。哲宗元祐时曾获召入京,又因与旧党政见有异,再出知杭、颍、定各州。绍圣初新党重新得势,尽黜旧人,苏又因"诗讥前朝罪"的老账被远斥至海南(今广东惠州、儋州),遇赦还,竟客死于常州。谥文忠。

苏轼文、词、诗、画均堪称大家。诗作两千六百九十六首,题材广阔,富于奇趣妙理,善用新奇比喻,风格清俊洒脱,布局机智豪宕,语言畅达自如,风韵尤佳,是宋诗中最富创造性的大家。"出新意于法度之中,寄妙理于豪放之外。"题吴道子画的这二句正可作自评。他在新旧党争中清廉端正,所以两党皆不能容,一生久处厄境。在灾劫中他以庄子、佛说自我解脱,取陶潜诗理安分自足,旷达的襟怀使他能以顺处逆,以理化愁,形成豪爽明达的人生态度与文学风格。在逆境中能努力从山水美、诗友情中寻求苦中之乐,蔑视富贵,以东坡特有的诙谐机智保持豪放不羁的精神风格,从而使他与李白成为广大民众最喜闻乐道的文学家。

《有美堂暴雨》可作苏轼诗清奇奔放的代表:

> 游人脚底一声雷,满座顽云拨不开。天外黑风吹海立,浙东飞雨过江来。
> 十分潋滟金樽凸,千杖敲铿羯鼓催。唤起谪仙泉洒面,倒倾蛟室泻琼瑰。

有美堂在杭州吴山最高处,首联立足于有美堂写,此诗起调极奇兀。炸雷、顽云、飓风在大雷雨前来势汹涌,"拨不开""吹海立"描摹风云的浓度与力度,才思笔力都与暴雨气势相称,果是大手笔。三联正面写暴雨涨潮,江面如凸,是雨量之大;千杖敲鼓,是雨声之宏。中间二联一为力壮,一为势盛,都是奇警的名联。最后忽然摆脱雨转从天意推想:这场暴雨是天帝狠命洒谪仙面,使他激奋起来,好倾泻出美如珠玉的辞章。字面是用玄宗召太白于酒店,以水洒面令其酒醒秉笔的旧典,骨子里是东坡自赏此才此诗之奇瑰雄放。此诗也确实不愧杰作。

东坡绝句手法多变、随物赋形,尤其擅长于景物中捕捉妙理,将情景交融发展为景理相得成趣。如著名的《题西林壁》:

> 横看成岭侧成峰,远近高低各不同。不识庐山真面目,只缘身在此山中。

头二句是人所共知的事实,后二句就只有东坡才了然于心并了然于手的了。从常事中发现深蕴的道理,最见智慧。六朝山水以形似为工,唐人山水以神似为妙,苏进求妙理,以醒人益智为能,使诗与哲一体,是对景物诗的一大发展。理趣较隐、形态鲜明者则如妇孺皆知的《饮湖上初晴后雨》(二首之二):

> 水光潋滟晴方好,山色空濛雨亦奇。欲把西湖比西子,淡妆浓抹总相宜。

从字面看,头二句赋题"初晴后雨",后二句取一比喻兼赞晴雨两宜。细看这比喻不限于一般的说明本意,实能独立成境,自生无限新意。西湖异于天下诸水之独美,非本方水土所育的西施莫喻,西子亦非西湖莫比,双美居然都姓"西",诗将人水都写绝,遂成定评。再深一层想,此诗结句精辟地概括了"完美"的最高标准:自然本色、多样兼融,无论从哪个角度观察都正合适!天地造此大美而不言,东坡此诗泄露造物之心矣。东坡说:"求物之妙,如捕风捉影。"(《答谢民师书》)他在给诗僧惠崇所画《春江晚景》题的《惠崇〈春江晚景〉》(二首选其一)正是绝好代表:

> 竹外桃花三两枝,春江水暖鸭先知。蒌蒿满地芦芽短,正是河豚欲上时。

王文诰以此为苏集中"上上绝句"。在描绘生动景物之余,确实还有意趣深妙,难于指言。江边的桃竹蒌芦与江中鱼鸭,是有形象的画中之物;鸭的"先知"地暖春回,河豚食蒌芦而肥得青春跃动的"欲上"之势,最是春江"物妙"所在,微妙无形,则非诗不达。诗旨正是春气春意的礼赞。可见诗中有画,形象鲜明,尚非诗的高境。唐人好诗多即兴自得,浑然天成;苏诗靠才智发掘新奇,精警可喜,各有千秋。

第四节　黄庭坚与江西诗派的流变

南宋初吕本中以杜诗为宗,将黄庭坚、陈师道等二十多人表列成《江西诗社宗派图》,于是有"江西派"之名。方回《瀛奎律髓》首倡"一祖三宗"之说,其中"一祖"是指杜甫,"三宗"是指黄庭坚、陈师道、陈与义。此派以黄庭坚为首,黄系江西分宁人,其他人有的虽非同籍,也因宗主而属"江西诗派"了。此派诗歌创作之外,又有诗法理论,诗风影响北宋后期至宋亡二百年之久。

黄庭坚(1045—1105),字鲁直,号山谷道人,与秦观、张耒、晁补之同为"苏门四学士"。政见与苏近,私交亦笃,二人诗名并重于时,诗风却异,并称"苏黄",其实不伦。宋诗从欧阳修等扫除"西昆"而鼎盛于元祐,又从苏的睿智变成黄的坚硬。从"西昆"到"江西"只是从低级模仿进到高级形式主义:旗号由宗李商隐进而尊杜甫,都不管李杜真性情,只学辞采律调;风貌则由浓艳而瘦硬,语言自圆熟而峭劲。黄庭坚为人清正而胆气小,反对诗写时政而遭杀身的"诗之祸",主张"诗词高胜,要从学问中来",说杜诗韩文的成功就在"无一字无来处"。离开现实感受,诗不从心出,专拿古书文字作诗料,"以故为新"。喜用典故,以学为诗,王安石已开其先河,黄庭坚更总结出一套具体办法,就是"夺胎换骨","点铁成金"。"山谷言……不易其意而造其语,谓之换骨法;窥入其意而形容之,谓之夺胎法。"(《冷斋夜话》)夺胎是用新语形容旧意,换骨实即改动旧辞翻出新意,都是补旧翻新的花样。这本是学习语言的技巧之一,此派人却误作诗歌创新的大法。所以他虽字锻句炼,煞费苦心,想避免"随人作计终后人"的可怜地位,终不免步天才后尘而落谨严诗匠名而已。只看句法字法,有时也出精警名联,似乎"点铁成金"了。但一读全篇就总觉得性情淡漠,能醒目不能动人。如最著名的"落木千山天远大,澄江一道月分明"(《登快阁》)。精工有余,性灵不足。试比山谷点成的"金"与原"铁"二篇。刘禹锡《望洞庭》:"湖光秋月两相和,湖面无风镜未磨。遥望洞庭山水色,白银盘里一青螺。"开阔秀美,浑然天成。黄庭坚夺胎换骨成《雨中登岳阳楼望君山》(二首之二):"满川风雨独凭栏,绾结湘娥十二鬟。可惜不当湖水面,银山堆里看青山。"结句是佳境,"可惜"与首句风雨凭栏的沉重孤独不相呼应。二诗显然有人工与天工之别,性情流露与文字雕琢之异,这也是唐宋诗的重要区界。

陈师道(1053—1102),字履常,一字无己,号后山居士,徐州彭城(今江苏徐州)人,江西诗派"三宗"之一。年十六时,以文谒曾巩,因拜曾为师。后与苏轼多有交往,元祐二年(1087),苏轼荐其文行,起为徐州教授。元祐四年,苏轼出任杭州太守,路过南京应天府(今河南商丘),陈师道越境出南京拜见轼,以擅离职守被劾去职。不久复职,改教授颍州。当时苏轼任颍州太守,有意收他为弟子,但陈师道却以"向来一瓣香,敬为曾南丰",婉言推辞。然后至绍圣元年(1094),因被朝廷目为苏轼余党,罢职回家。

在诗歌创作上,陈师道与江西诗派理念相近,后见黄庭坚诗,爱不释手,遂以焚烧自己过去的诗稿,以示对黄庭坚诗的推重以及学黄的决心。后又因逐渐发现黄庭坚"过于出奇,不如杜之遇物而奇也"(陈师道《后山诗话》),因而致力于学杜,其代表作如:

> 岁晚身何托,灯前客未空。半生忧患里,一梦有无中。发短愁催白,颜衰酒借红。我歌君起舞,潦倒略相同。(《除夜对酒赠少章》)
>
> 断墙著雨蜗成字,老屋无僧燕作家。剩欲出门追语笑,却嫌归鬓著尘沙。风翻蛛网开三面,雷动蜂窠趁两衙。屡失南邻春事约,只今容有未开花。(《春怀示邻里》)

前诗追步杜诗的意境句法,后诗近似杜诗中的遣兴体格,"半生忧患里,一梦有无中""断墙著雨蜗成字,老屋无僧燕作家",堪称学杜之名句。但总体而论,依然局限于江西诗派之得失,时见"枯淡瘦劲,情味深幽"(方回《瀛奎律髓》)之境,却缺少杜甫沉郁雄浑之气。首倡"一祖三宗"之说的方回称"老杜诗为唐诗之冠,黄、陈诗为宋诗之冠"(《瀛奎律髓》),可见陈师道在江西诗派乃至宋诗中的地位与影响,但评价似乎过高。清代纪昀谓其"大抵诗不如古,古不如律,律又七言不如五言,弃短取长,要不失为北宋巨手"(《后山集妙题记》),更为恰当。陈师道又有《后山诗话》,多承江西诗派宗旨,但又有对苏轼、黄庭坚、秦观的不满之词,可与其创作演变相参看。

陈与义(1090—1138),字去非,号简斋,河南洛阳(今河南洛阳)人。诗尊杜甫,也推崇苏轼、黄庭坚和陈师道,方回《瀛奎律髓》将其列为"三宗"之一。也有认为其作诗虽然重锤炼、重诗法,但同时又重意境、擅白描,与黄庭坚的好用典、矜生硬迥然有别,所以不应列入江西诗派。

北宋靖康二年(1127),"靖康之难"爆发之后,陈与义自陈留避难南奔,经襄阳,转湖南,绕广东、福建,于绍兴元年(1131)终于抵达当时的南宋首都绍兴(今浙江绍兴),其诗歌也以此为界而分为前后两期。前期代表作如受宋徽宗赞赏得以重用的《墨梅》组诗五首以及《襄邑道中》《中牟道中二首》《夏日集葆真池上》《春日二首》等,多为个人生活意趣的抒写。《和张规臣水墨梅五绝》其五:"自读西湖处士诗,年年临水看幽姿。晴窗画出横斜影,绝胜前村夜雪时。"《襄邑道中》:"飞花两岸照船红,百里榆堤半日风。卧看满天云不动,不知云与我俱东。"此类作品多有情景交融、意趣相生的特点。在经历"靖康之难"之后,杜甫所经历的"安史之乱"及其诗风的转变无疑引起了陈与义的强烈共鸣,于是其诗歌创作也从前期的重在抒写个人意趣的清丽婉约,转向感怀家国、慨叹时势的沉郁悲壮,诸如《登岳阳楼》《伤春》《次韵尹潜感怀》《送人归京师》《牡丹》《居夷行》《巴丘书事》《再登岳阳楼感慨赋诗》《除夜》等,都是学杜的成功之作,其中最得杜诗精髓的是七律《登岳阳楼》,共二首,其一曰:

> 洞庭之东江水西,帘旌不动夕阳迟。登临吴蜀横分地,徙倚湖山欲暮时。
> 万里来游还望远,三年多难更凭危。白头吊古风霜里,老木沧波无限悲。

诗从岳阳楼的地理位置与景色着墨,然后触景生情,转向对于黄昏登临岳阳楼的沉重感慨,继之直接抒发一个亡国之臣心中的愤懑,最后由情返景,同时融会自然与生命之秋,并暗喻家国之痛、时局之忧,别有一种近似于杜甫《登高》的沉郁苍凉之韵味。

陈与义七绝诗如《牡丹》:"一自胡尘入汉关,十年伊洛路漫漫。青墩溪畔龙钟客,独立东风看牡丹。"《送人归京师》:"门外子规啼未休,山村日落梦悠悠。故国便是无兵马,犹有归时一段愁。"也都离不开感怀家国、慨叹时势的时代主题。其他如古体诗《北征》更是直接承续杜甫诗题而作。这些作品多受杜甫忧国忧民、雄浑悲壮诗风的影响。

陈与义学杜甫以及推崇苏轼和黄庭坚、陈师道,大体能做到博览约取,变而化之,然后逐步形成自己的风格。《宋书·陈与义传》称其"尤长于诗,体物寓兴,清邃纡余,高举横厉,上下陶(渊明)、谢(灵运、朓)、韦(应物)、柳(永)之间"。尤其后期因家国变故,潜心学杜,慷慨悲歌,自然浑成,其成就在陈师道之上。

第五节　至死不渝的爱国诗人陆游及其他

南渡之后,中原陆沉,山河残破,主和主战之争在政治思想与军事战线上都严酷地贯穿整部南宋史。而祖杜宗黄、以故为新的江西派诗法,日益成为严重束缚诗歌抒发爱国忠愤心声的僵死绳索,反江西派又和北宋初反西昆体一样,成为南宋诗的唯一生路。江西派后期的代表陈与义,在南渡以后的颠沛流离中,渐悟江西之非,诗风有所转变,写出"孤臣霜发三千丈,每岁烟花一万重"这样的沉郁悲壮之句。

继起完成扭转江西、自创时代新风的有所谓"中兴四大诗人尤、杨、范、陆"。四家次序排列并无高低之分,只是平平仄仄,读来顺口而已。居首的尤袤存诗少,成就低。杨万里(1127—1206),字廷秀,号诚斋。自言"山中物物是诗题""不听陈言只听天",不从书本而向自然风物去观察领悟诗材,以幽默风趣、活泼俗语为特征,称"诚斋体"。如《戏笔》写诗人的清贫:"野菊荒苔各铸钱,金黄铜绿两争妍。天公支与穷诗客,只买清愁不买田。"用调侃对付人生与自然,穷而不愁,因为心有富裕才风趣得起来,故他傲称"老子平生不言愁"。他是刚正不阿之士,屡次上疏指摘权倾朝野的奸相韩侂胄,郁愤而死。调侃有时也是遣闷的方式。如他奉命使金过淮河时,见这条神州腹地的动脉如今竟成了以中流分宋金二国的水界,沉痛地写下《初入淮河四绝句》(选一):"船离洪泽岸头沙,人到淮河意不佳。何必桑干方是远,中流以北即天涯!"只惜在四千多首诗中,此类太少了。

范成大(1126—1193),字致能,早年贫寒,入仕后有政声,为南宋出使金时慷慨陈词,很有民族气节,因此由中书舍人累官至四川制置使参知政事,是南宋仕途最显达的诗人。诗作内容较丰富,风格也多样,虽受江西派影响,却更偏重于学白居易、张籍、王建的新乐府精神。《催租行》《后催租行》揭露官府爪牙对农民残忍勒索,粮尽典衣,衣尽卖女,三女剩一,结尾说:"室中更有第三女,明年不怕催租苦!"这句"不怕",充满对毫无人性的爪牙吏绝望的仇恨,很少有能体验民情如此深刻的。范成大的两大组诗很有独创性。奉命使金时作的七十二首绝句是最能表现他爱国思想的诗篇,有沦陷区的山川文物、遗民的悲惨生活、对昏聩误国的统治者的谴责等多方面的真实内容。如写亡国奴的待遇之《清远店》:"女僮(奴)流汗逐毡辕,云在淮乡有父兄。屠婢杀奴官(指金官吏)不问,大书黥面(脸上刺字)罚犹轻。"权贵挑动的民族战争,使人丧尽天良。范成大晚年退居石湖时写的《四时田园杂兴》六十首,按春夏秋冬为序,广泛描绘宋代江南农村生活的各个方面,各种风土人情,似一生动的农村风俗画长卷。由于这位仕途显达的诗人始终对农民有亲切感和深入观察,赞赏他们的勤劳淳朴也同情他们的苦乐,就给传统安逸的田园诗注入了严酷剥削的社会内容,大大深化了田园诗的内涵。选一描写秋收时场上打谷的诗:

> 新筑场泥镜面平,家家打稻趁霜晴。歌笑声里轻雷动,一夜连枷响到明。

南宋的爱国诗人都热爱农民,怒斥投降卖国也总是以农民痛苦为事实依据,国以民为本的观念已超出北宋乃至盛唐国与君一体的观念。这表明专制君权自中唐已开始背离、至南宋更彻底背叛国家民族的根本利益的重大历史信息,也说明中唐新乐府运动的使诗人目光下移,诗风近民的巨大历史意义。

陆游是南宋诗坛存诗最多、毕生高歌忧国爱民的光辉代表,也是诗如其人的伟大作家。

陆游(1125—1210),字务观,号放翁,山阴(今浙江绍兴)人。他生长在一个富有文化教养和民族气节之家,自幼随家人在金人南侵中逃难,听父亲与一班志士怒目切齿地议论国耻,立志"上马击狂胡,下马草军书"。学剑术,读兵书,以身许国。家富藏书,自言"我生学语即耽书"。十七八岁便有诗名,二十九岁应进士,考官取为第一,次年礼部试又居前茅。因他"喜论恢复中原",名又在秦桧孙之前,被奸相秦桧黜落。秦桧死后,三十八岁时孝宗继位才赐他个进士出身;他认为未经考试不正当,奏请收回成命。后在各地任小官,念念不忘北伐大事。终以煽动主战大臣张浚北伐的罪名,罢官家居。四十六岁后入蜀的八年军事生活,是他诗歌最辉煌的时期,一路入蜀,"江山万里看无穷"。历吊李白、白居易、苏轼、屈原、杜甫的遗迹,境界更高远了。在川陕宣抚使王炎幕府时,投入火热的军事生活,倾听遗民对王师的殷切盼望,更燃旺了报国热情,形成宏丽悲壮的诗风,内容与艺术都有极大丰富与提高。为纪念这段难忘生活,后来把他全部诗文集都题名为《剑南诗稿》《渭南文集》。后范成大调来节制四川军事,以他为参议官,范陆本有文字交情,不拘礼法,同僚"讥其颓放",索性自号"放翁"。五十四岁时去蜀东归,在闽浙赣等地任官。因开仓赈灾,以"擅权"罪免职。后知严州,又因诗一贯力主抗金为当权所恨,以"嘲咏风月"名义被剥。六十六岁后的二十年,基本上退居山阴,度着清苦平静的晚年,参加些农活,与农民庆吊往还。诗风由激昂趋于清淡,诗歌内容一面"满眼是桑麻",同时又"寤寐不忘中原","深仇积愤在逆胡"。八十五的老诗人,抱着"恨不见中原"的悲哀与世长辞,留下最后一个心愿当遗嘱,《示儿》诗吟道:

> 死去元知万事空,但悲不见九州同。王师北定中原日,家祭无忘告乃翁。

与爱国悲歌同样纯洁忠贞的是他悲剧性的爱情。年轻陆游与唐琬婚后伉俪情好,却不容于母,以致二十八岁就被迫离婚。数年后两人巧遇沈园,题《钗头凤》词于壁,互诉悔恨衷肠。后来唐琬悲郁而亡。这份心伤陆游终身不忘,至死咬啮在心。六十八岁时仍对她的芳魂吟道:"林亭感旧空回首,泉路凭谁说相思!"后以七十五高龄,而仍笃爱如初,作《沈园二首》:

> 城上斜阳画角哀,沈园非复旧池台。伤心桥下春波绿,曾是惊鸿照影来!
> 梦断香消四十年,沈园柳老不吹绵(柳絮)。此身行作稽山土,犹吊遗踪一
> 泫然。

直至八十一岁已是半截入土的老人了,依旧梦萦沈园,作诗两绝,痛诉遗恨:"路近城南已怕行,沈家园里更伤情。""玉骨久成泉下土,墨痕犹锁壁间尘!"令人想起焦仲卿夫妻的悲剧抗争和《长恨歌》的坚贞追求,第一次在大诗人那六十年不褪色的挚爱中得到光辉体现。爱情挣脱礼教,取得了人生理想的独立价值,在诗史与思想史上都有重要意义。

陆游自言"六十年间万首诗",现存九千三百多首,数量空前。内容也是宋诗中最丰富的,题材涉及南宋社会各方面。大体可分两类:有强烈战斗性与磅礴爱国热情的慷慨悲歌,在诗史上数量最多,成就最高。诗风豪迈奔放,情绪激昂悲壮,带有浪漫气息。另一类主要是后期退居在乡时对农村生活与恬淡心境的吟咏,同样体现了他对事物的坦

诚和民生的关切，风格趋向平淡清明，同官隐于庄园者的一味悠闲不同。他最推崇陶潜、李白、岑参、杜甫，但不像江西派死学句律腔调，而是保持自己狂放不羁的性格，才情勃发，兴会淋漓。狂放雄奇时像李白、岑参，孤忠伤时则近杜甫，山水清明又似陶潜，他总结创作经验说："天机云锦用在我，剪裁妙处非刀尺。"确乎是诗家三昧之语。学习前贤是为丰满自我，不是鹦鹉学舌。以下选诗示例。

借用乐府旧题作的《关山月》，怒斥南宋推行屈膝求和路线造成文恬武嬉、战士白死、遗民饮恨的严重恶果，是南宋社会浓缩的画卷，堪称爱国精神的最强音：

> 和戎诏下十五年，将军不战空临边；朱门沉沉按歌舞，厩马肥死弓断弦。
> 戍楼刁斗催落月，二十从军今白发；笛里谁知壮士心，沙头空照征人骨。中原
> 干戈古亦闻，岂有逆胡传子孙；遗民忍死望恢复，几处今宵垂泪痕！

此诗先要理解"和戎诏"，这是全诗关键。南宋于1141年杀岳飞，订立绍兴和议："划淮为界，岁币银、绢各二十五万。"后又不断割地满足金人的贪求，以换回国内的统治特权。宋高宗说："以小（宋）事大（金），朕所不耻。"武将要率兵抗金就是"妄生边事"罪，太学生上书请战是"妄议国事"罪，一律镇压。陆游在蜀作此诗前十五年（1163），朝廷又重申议和、割地的国策。南宋一百五十年基本上都是投降派当权，爱国者都逃不出"国家"的迫害，所以爱得特别悲苦。全诗四句一层，各有重点，而又一线贯穿：从朝廷、边防、遗民三方面集中火力抨击卖国民、保特权这一国策的罪恶后果，使屈原以来的爱国主义诗歌达到空前深广的高度。"将军不战"，壮士白死，遗民空望，战马良弓耗为尘，民心军心物力财力全在"和戎诏"下遭扼杀。以致困难当头而文恬武嬉，沉湎声色。诗中揭出一个新的历史真理：代表国家的专制君权，已完全腐朽成亡国的祸根。所以从古未闻的"逆胡传子孙"，至南宋以后就势不可免。诗人生于斯世，悲慨愤恨空前深广。另外，此诗是古题乐府极成功的彻底革新：写今事抒己情，有雄健豪迈古风，又吸取近体的句律与对仗，抑扬顿挫，感激豪宕，叙事、抒情、议论、绘景已融化无迹。

陆游是用全部生命和灵魂爱国的，同豪语大志者两样，所以白天的一草一木与夜间的一梦一幻都会触发那腔爱国衷情，都有炽热的血肉，决无苍白的说教。梁启超云："诗中什九从军乐，亘古男儿一放翁！"（《读陆放翁集》）我们从他近百首记梦之作中选一诗《十一月四日风雨大作二首》（其二）：

> 僵卧孤村不自哀，尚思为国戍轮台。夜阑卧听风吹雨，铁马冰河入梦来！

其时老诗人遭谗免职退居山阴，年近古稀（六十八岁），身衰有病，又是风雨交加之夜，正是一般诗人最易呻吟诉苦之际。而陆游萦回于脑海的唯有如何"为国"尽忠，竟梦见乘铁马驰冰河与敌酣战！一生未酬的壮志，在梦中实现了！全诗豪气逼人，激情沸腾，确如他自许的："壮心未与年俱老，死去犹能作鬼雄！"朝廷虽辜负了他胸中的百万兵，这份永不衰减的旺盛生命力，却永远值得景仰并继承。

陆游热爱的立足点是壮丽国土,着眼点为生息于斯的人民,和过去以忠君为爱国有质的差别。试看《秋夜将晓出篱门迎凉有感》:

> 三万里河东入海,五千仞岳上摩天。遗民泪尽胡尘里,南望王师又一年!

前二句都是上四下三句法,峭健得拔地撑天。后二句转为沉重抒情,对不起国土、国民的正是国君!这是前所未有的爱国新内涵,已进入近代意义的爱国主义。头两句艺术造型的奇崛峥嵘,在绝句中也前无古人。

陆游诗中描绘田园景物之作占很大比重,语言自然近于陶、孟,而更加明白如话,笔调安详,词意丰腴,比历来田园诗人更充满对农村生活的热情。用律诗的华丽辞采表现农民的情趣,雅俗共赏,丰满流美,有很高价值。如写他漫游山阴镜湖北岸三山旁边的西村之《游山西村》:

> 莫笑农家腊酒浑,丰年留客足鸡豚。山重水复疑无路,柳暗花明又一村。
> 箫鼓追随春社近,衣冠简朴古风存。从今若许闲乘月,拄杖无时夜叩门。

全诗四联按邀请、赴约、作客、话别顺写,与孟浩然《过故人庄》结构相同,而内容全从自己生活中来,一句不袭,比江西派有出息。首联"莫笑"见农家的谦和热情。颔联最脍炙人口,妙在喜悦之情、行中之景、人事之理尽在其中,而出以流水对的句式,流畅中有曲折摇曳,意味无穷。颈联从春社的民俗观民风,可见诗人与民同乐的兴致之高。田园诗结尾多乏真情,此诗落句道别时毫不客套的留话,把彼此平等亲切的感情又推进了一步,与首句的谦和相映成趣。陆游与民不拘形迹地同忧同乐,故能诗情醇厚,诗风亲切。

最后,录陆游以自身力学又在实践中不断深化的学问经验,教诲小儿子而写的《冬夜读书示子聿》(其三):

> 古人学问无遗力,少壮工夫老始成。纸上得来终觉浅,绝知此事要躬行。

南宋后期靠割地献币曾获得几十年偷安,富贵的抓紧纵情淫乐,诗坛"江湖诗派""永嘉四灵"也乘时流行开来。"江湖诗派"的得名,是由杭州书商陈起将与自己友善的一批布衣隐士与小官吏的作品集结为《江湖集》《后集》《续集》刻印出版,因有此名,人有一百零九家,情形复杂,此可不论。"永嘉四灵"可能是其中一股,在当时诗坛颇活跃,有徐照(字灵辉)、徐玑(字灵渊)、翁卷(字灵舒)、赵师秀(字灵秀),同是永嘉(今浙江温州)人,字中都有"灵",故名。出身都低,诗多流连光景、羁旅酬酢、怀才不遇之类。学贾岛、姚合,工五律,苦营佳句,风格清瘦野逸,反对江西派以古书为诗料,也无陆游等人的社会责任感与胸襟笔力。写得最好的如赵师秀《约客》:

> 黄梅时节家家雨,青草池塘处处蛙。有约不来过夜半,闲敲棋子落灯花。

确也轻倩灵巧,清莹流丽,惜技止于此而已。

宋亡前后的小朝廷虽腐朽不堪,无药可救,几位诗人却在救亡的苦斗中表现出惊天地、泣鬼神的人格力量与道义光辉。文天祥最杰出，其他有刘克庄、汪元量、周密、谢翱等人，宋亡入元后仍旧歌吟不休，气节之高，超过前代。介绍最有名的几篇。

林升（一说林外或林洪）在旅店墙壁上题了首直指南宋君臣的讽刺诗《题临安邸》：

山外青山楼外楼，西湖歌舞几时休？暖风熏得游人醉，直把杭州作汴州！

语若平静，意实沉痛。湖光山色之美，楼阁声色之丽，只供享国者麻醉国耻，让人间天堂的杭州步已如地狱的汴州之后尘。用意与杜牧《泊秦淮》同，而危苦悲痛实过之。

汪元量字大有，号水云，钱塘人，宫廷乐师。其《湖州歌》共九十八首，实录目睹的宋亡被俘的情事，备极辛痛。如：

北望燕云不尽头，大江东去水悠悠。夕阳一片寒鸦外，目断东南四百州。

郑思肖字亿翁，号所南，自称天外野人，今福建连江人。工画兰竹。自言："生得贞心铁石坚，肯将识见与时迁。泪如江水流成海，恨似山峰插入天！"（《八砺》）他用拟人手法咏物自誓的《画菊》，激励了无数读者：

花开不并百花丛，独立疏篱趣未穷。宁可枝头抱香死，何曾吹落北风中。

一片忠肝义胆，寒光彻天。结句狞厉的"北风"，双关席卷南下的蒙古铁蹄。凶残武力能摧毁一切，唯独不能征服儒学培植的道义气节。中国的志士，是民族脊髓所聚，至南宋而大放异彩。

出于清醒理性，自觉备尝家国惨疼，爱国丹诚贯日月的是文天祥（1236—1283），字履善、宋瑞，自号文山，江西吉水人。自幼苦学而性豪奢，二十岁举进士第一。时权奸贾似道当政，元军大举渡江南侵，局势危急，征诸将勤王，多不至。文天祥尽以家产为军费，痛自省俭，起兵勤王，开始了寸土血战，流徙各地。次年各州县望风而降，元军兵围临安，南宋称侄不许，求称侄孙、称臣妾，奉御玺降表投降的情势下，"太后乃以天祥为右丞相"，往元军议和，被拘押北去。行至镇江夜遁得脱，变名姓泛海至温州。其时宋朝已亡，天祥仍力图恢复，转战东南，收拾残余，百折不挠。1277年秋因寡不敌众，天祥妻、子、家属都被俘至北方，两个儿子死于半道。又遇军中大疫，母亲与长子也病亡，家属皆尽。次年天祥在今广东潮阳遭突然袭击被俘，固请死，不许。元将命他作书招降宋将，他写《过零丁洋》诗交元将："人生自古谁无死，留取丹心照汗青！"冬被俘至燕，始终不屈。元将折磨他，用富贵利诱他："能改心以事宋者事今，将不失为宰相也！"他答以不能为"逃其死而贰其心"。元相诘问他："大局已定，孤身抗战，既知其不可，何必为？"天祥曰："父母有疾，虽不可为，无不下药之理。尽吾心焉，不可救，则天命也。"后元帝又开导他："汝移所以事宋者事我，当以汝为相矣。"天祥严厉拒绝出卖灵魂换富贵。临刑从容曰："吾事毕矣。"杀于柴市（今北京城北），年仅四十七岁，其衣带中有《赞》曰："孔曰成仁，孟曰取义。唯其义尽，所以仁至。读圣贤书，所学何事？而今而后，庶几无愧！"一息尚存，生命就负有天下道义之责，只有死亡才可卸此重担。天祥爱的是宋亡无君之天下道义,所以他答敌酋道:"当此之时,社稷为重,君为轻。"另一为国捐躯的节士陆秀夫最后也请帝昺:"国事至此,陛下当为国死!"儒家民贵君轻的为国正道与舍生取义的为人大节,在文天祥身上凝聚为气冲斗牛的浩然之气,其生其死就是一首人格信念的光辉诗章,远远超出旧爱国主义。

天祥作文未尝起草,博学善论事。尤长于诗,居狱四年,忠义之气,一著于诗。《正气歌》最集中鲜明地表达了自己的人生信念:

> 天地有正气,杂然赋流形。下则为河岳,上则为日星。于人曰浩然,沛乎塞苍冥……是气所磅礴,凛烈万古存。当其贯日月,生死安足论。地维赖以立,天柱赖以尊……

诗里历数彪炳史册的中华英杰,都是"时穷节乃见,一一垂丹青"。自己因有此气鼓舞,所以能在监狱种种污秽恶臭中安然无恙。精神的力量,使凡人作出非凡的奇迹,也使这篇说理诗成为高抒人格的杰作。

《过零丁洋》激昂沉雄,诗风近于他所崇拜的杜甫,宋人学杜而能遗貌取神者,首推此篇:

> 辛苦遭逢起一经(儒学经典),干戈寥落四周星。山河破碎风飘絮,身世浮沉雨打萍。惶恐滩(在今江西万安)头说惶恐,零丁洋(在今广东珠江口)里叹零丁。人生自古谁无死,留取丹心照汗青!

在三千年的亡国诗中,南宋的光芒空前而绝后,主要得力于儒学的神髓。

第六章　长短句歌词的新格律诗
——唐宋词

　　词是兴于唐,极盛于宋,下启元代诗歌剧(戏曲)的新式歌词格律诗,也是中国古典诗歌的最后变体。"长短句"是此体与唐格律诗体形式上的最大区别。性宜刻画婉曲的情与小巧的景,难容唐宋诗的浑厚高华。加上五代第一部文人词作《花间集》以承宫体、煽媚风的绮艳软媚词风为号召,虽为端正文人不齿,却一直被宋至清的多数词家尊奉为不祧之祖,出现了诗史上唯美矫情、阴盛阳衰的新态势,古典文化精神趋于萎靡。宋代的文学成就中,词最富特色,故以"宋词"为一代之胜。其中苏轼、辛弃疾等人能以超人才力与爱国激情开创豪放词,李煜、李清照则以本色的词抒本真的心,达到人与词的完美如一,两者共同构成唐宋词中最光彩的部分。

第一节　唐五代词

　　词作为兴起于唐五代的一种配合音乐歌唱的新体诗,最初流行于民间,敦煌曲子词的发现,为词体起源于民间提供了新的考古学证据。中唐以后,文人填词者逐渐增多。晚唐五代,以南唐与西蜀为两大中心,词的创作渐趋繁荣。然后至两宋时代,终于成长为一代文学的代表。

一、词的形式与功能

　　词的异名极繁,有曲子、曲词、曲子词、乐府、乐章、歌曲、琴趣等十几种,都是表示它按乐曲定篇幅,依乐句定字数,参差不一,视不同的曲调而定。调有上千,绝大部分是"长短句",最初按乐调填词,依乐律押韵,仿乐音用平仄,以利乐与词的密切吻合。后代乐曲失传,就仿照前代歌词的长短平仄制定声律词谱,成了无法歌乐的纯案头新格律体诗。

　　首先,词在结构形式上长短不齐的特征,带来词与唐近体诗的不同特征。唐律是化散为整,对仗匀称,贵乎典雅浑成,平仄基于字音固有的声调,性与骈文相近。词律则破整为散,细碎尖新,宜抒多变幽情,能通向说唱戏曲。诗有题目,与主题相关;词多无题目而以调名作标目,即使有词题,也要先标调名在首,调名与主题无关,如《贺新郎》的调也可写吊丧的内容。律诗不分段,词多数是分两段的双调,前为上阕(上片),后名下阕(下片);只一段的叫单调,多是小令,三段以上都是长调。双调两段有句数全同的,有前短后长的。第二段头句叫"过片(遍)"和第一段末句相同的名"重头",过片与上句不同是叫"换头"。又常有句首一字直贯以下数句的"领字",如:"自胡马窥江去后,废池乔木,犹厌言兵。"一些词调名称下或加"令""引""近""慢",是中古时代有许多大型组曲名"法曲",由开始的序曲(引)、渐快的起拍(近)、再由急拍转为曼声缓拍(慢)的变化,将全曲中某一乐段独立出来填词,即有令、引、近、慢之别。这些繁杂的名堂都源于乐曲的丰富特性。如今乐亡已久,不必深究。

其次,词的声律与诗律也有显著不同。词的句式一二三四五六七至十一都有,读法也与律诗通行的五言上二下三、七言上四下三不同。有时意断句连,句断意仍连,因为句依曲不依义,读时最需留心。押韵也随调而变,极不规则,句内韵,句句押,隔若干句一押,平仄通押,入声特别讲究等反律诗的规律,民间曲词并不显著,是深通音律的文人要以难见巧,才越搞越烦琐。

再次,词的情调与诗也大异其趣。词的繁盛以城市声色诗酒的享乐文化为土壤,是歌女劝酒助欢之物,多为描女性之貌、歌女性之情、供女性唱的"绮语"。情调柔媚、色彩绚丽的"婉约",成了词别于诗的基本风貌。"诗庄词媚""词为艳科"的婉约词风,从西蜀花间词奠定了基本走向,柳永把温庭筠的艳貌深化为艳骨,秦观提高为艳思,浸淫二宋,流风至清,成为主流。只苏轼、辛弃疾等人有部分词以卓绝才力抒写超旷胸襟与爱国悲慨,独辟豪放一路,词被提升为与诗同等的品位。以清空淘洗浓艳的有北宋的周邦彦等,南宋的姜夔及其追随者,却又和江西诗派一样,精于声律而缺乏心声,只以技术悦目,不求以情动人。能超越婉约与豪放、浓艳与清空之外,直抒个人特定的亡国破家之痛而赢得社会普遍共鸣,达到心的本真与词的本色完满如一者,男有唐宋易代之际的李煜,其词将一时私痛升华为人生哲理;女为两宋之交的李清照,其词使唐宋男词人揣摩的女性形象尽行减色。

二、敦煌曲子词与花间派诗客曲子词

唐代民间口头歌谣原来应有不少,可能是叫诗人的光彩淹没了,无人采集,以至不传。今存最早的民间词集,是1900年甘肃敦煌鸣沙山藏经洞被偶然发现、清理出的几百首曲子词,其中的《云谣集杂曲子》抄卷是我国最早的词集,先于第一部文人词集《花间集》约三十年。《云谣集》中绝大部分是无名氏之作,题材有游子之思、忠义之志、隐士之趣、书生商人及佛赞医诀等,大多俚俗粗糙,属初期状态。少数佳作质朴清新,富有真情实感,如《望江南》:

天上月,遥望似一团银。夜久更阑风渐紧,为奴吹散月边云,照见负心人。

早期文人词据宋人笔记相传有李白的两首,如《忆秦娥》:

箫声咽,秦娥梦断秦楼月。秦楼月,年年柳色,灞陵伤别。乐游原上清秋
节,咸阳古道音尘绝。音尘绝,西风残照,汉家陵阙。

这首词意境浑茫,情绪苍凉,艺术技巧异常纯熟,只能出于词盛世衰的晚唐人以后,不可能在举世无词时李白独出此篇。有证可信的文人词是中唐张志和、顾况、戴叔伦、韦应物、白居易、刘禹锡等诗人的一批词,一个共同特色是既注意保持民歌的清真又充分发挥七绝的风神,语言比诗更近口语的生动流畅。如浙江金华人张志和的《渔歌子》,从明丽如画的水乡风物中流露出自己的倾慕,成为千古渔歌之祖:

西塞山前白鹭飞,桃花流水鳜鱼肥。青箬笠,绿蓑衣,斜风细雨不须归。

又如白居易记叙欢短别长的幽情词《花非花》:

花非花,雾非雾,夜半来,天明去。来如春梦几多时,去似朝云无觅处。

次句之"雾"即杜诗"烟雾蒙玉质"之义,末句用宋玉《高唐》《神女》赋中朝云暮雨之典。

温庭筠是五代花间词派的鼻祖。中唐诗人作词不过偶尔一试,到晚唐温庭筠才大力作词,数量多,影响大。温是破落户子弟,长期出入歌楼妓馆,为士人所不齿。"能逐弦吹之音,为侧艳之词",熟悉音律和词的调性,又擅长描摹红香翠软,堆满珠光宝气,很能迎合享乐文化的时髦口味。题材大多不离贵妇容貌服饰,如一些偏嗜婉约者赞不绝口的《菩萨蛮》:

小山(屏风)重叠金明灭,鬓云欲度香腮雪。懒起画娥眉,弄妆梳洗迟。照
花前后镜,花面交相映。新帖绣罗襦,双双金鹧鸪。

这是最有代表性的一篇。阳光透过屏风照进卧室,贵妇几缕鬓发斜垂于肉感的嫩腮,然后慵懒化妆。妆后在镜中欣赏一番自己的前后姿容、把一对金鹧鸪精心贴在缎袄上。全篇有丽容无灵魂。此词本是替宰相令狐绹代作,专为献给皇帝欣赏的华贵美人图,所以华贵肉感就行。这种有貌无神的形象,却一直被后世当作柔婉香艳的标准女性像,不断仿作,促进了后世对女性价值的文化偏见。甚至滥用屈原借香草美人比喻圣君贤人的逻辑,妄捧该词"感士不遇也"(张惠言《词选》),"无限伤心溢于言表"(陈廷焯《白雨斋词话》)。从而把他推为词家鼻祖。作者为了献媚帝王写了个闲得发慌的贵妇,吹捧者为忠君政教而挖掘无聊中的大义,使文人词从温庭筠开始就走上了背离真性民心的邪路,影响至远。

与温齐名的是韦庄,题材相近,词风趋向清新明朗,人的生气开始增多,华艳装饰减淡,继承了中唐词的一些本色。牛希济与韦庄相近,选他的《生查子》一看便知:

春山烟欲收,天淡星稀小。残月脸边明,别泪临清晓。　　语已多,情未
了,回首犹重道:记得绿罗裙,处处怜芳草。

上片叙离别的境况,长天远山的大背景中,只突出残月泪光,很醒目。下片叙剪不断的

离情,短短三句就把爱侣间道不尽的离情素描而出。最后两句摆脱惆怅沾巾的俗套,从忆裙色怜及草色的爱意通感上构想,是千古独得的隽语。悱恻温存,物小意深,才是词体独长的本色美。可惜装饰易学,本色难追,这类佳词反为温所掩。

五代后蜀赵崇祚选录温庭筠等十八家词编为《花间集》,其中十四人都聚在西蜀,词风相近,大都为恃险割据在蜀的军阀富贵们饮宴弦歌时的绮靡艳曲,因词集名而称作"西蜀花间派"。《花间集》是第一部文人词集,列居首位、词作收入最多的是温庭筠(六十六首),温词因而成为样板。欧阳炯又以骈俪作了篇《花间集序》,公然宣言词就是要继承齐梁宫体,煽动当代娼风:"则有绮筵公子,绣幌佳人,递叶叶之花笺,文抽丽锦;举纤纤之玉指,拍案香檀。不无清绝之词,用助妖娆之态。自南朝之宫体,扇北里之娼风。"当生灵涂炭、时局岌岌之际,士大夫标榜所谓唯形式美作大肆误导,是何心肝!流毒所至,宋以后婉约词中热心铺陈的艳态哀思,多为寄生于富贵的娼女,决非一般良家的女性美,这是不可混淆的。

三、升化词境、提高词品的南唐李煜词

五代词有两个中心,西蜀花间外,另有稍后的南唐词,重要词人有冯延巳、李璟,而以李煜成就最高。南唐建都金陵,这里不仅久已成为东南经济繁盛的重镇,政治文化积淀也丰富,商业交通发达,中原来避乱的士人不少,几代君主又有相当高的文化素养,整体精神眼界与文化层次远高于只知据险作乐的西蜀君臣。冯延巳(字正中)几乎全力作词,留有百余首,风格蕴藉清华,摆脱对妇女容饰的俗艳铺陈,善用诗笔捕捉内心的意念。如:"独立小桥风满袖,平林新月人归后。"

《鹊踏枝》意境清淡雅洁,已首开南唐词风,为宋晏殊、欧阳修所继承。中主李璟的后期,国势日衰,为周、宋所凌逼,遗词仅四首,却造境高远。名句如"细雨梦回鸡塞远,小楼吹彻玉笙寒"为花间所不曾梦见。

集南唐词英华而取得卓绝成就的是南唐后主李煜(937—978),字重光。他身为国主,佞佛庸懦,面对强敌汹汹,却怕战苟安,天性缺乏权术兵谋,城将陷,想自杀又怕痛,终于肉袒出降,时年四十岁。他把"四十年来家国,三千里地山河"拱手奉宋、身为囚虏时,最舍不得的却是:"最是仓皇辞庙日,教坊犹奏别离歌,垂泪对宫娥。"(《破阵子》)"胭脂泪,留人醉,几时重? 自是人生长恨水长东!"(《乌夜啼》)亡国巨痛,竟似情侣泪别!因在汴京,宋封他个侮辱性的"违命侯",他写信给宫人诉说:"此间日夕只以眼泪洗面。"到七月七他四十二岁生日那天,宋太宗命人送牵机药毒杀了他,尸呈角弓反张状。李煜确实是"误生帝王家"。然而他工书善画,洞晓音律,学问广博,著《文集》三十卷,有汉魏风;杂说百篇,可继典论。尤其是他仅传的三十首词,"以谓词中之帝,当之无愧色矣"(《半塘老人遗稿》)。他经历不广,文化天赋却优厚,虽"几曾识干戈",却极善体察情感世界,身居王位而不自尊贵,对周围下人充满真挚的关爱。总之,他对一切美好事物的

钟情远过对权势的关心,这使后主词洋溢着人性美,反而很少有温庭筠之流所艳羡炫耀的富贵气。他在词史上的地位与可贵价值,王国维已有精当的论述:"词至李后主,而眼界始大,感慨遂深,变伶工之词为士大夫之词。词人者,不失其赤子之心者也。故生于深宫之中,长于妇人之手,是后主为人君所短处,亦即为词人所长处……阅世愈浅,则性情愈真,李后主是也。"词见真性就是本色当行,所谓粗头乱服也不掩国色天香。论内容或许写后期亡国深痛的词感慨更深广,就艺术看无论前后期绝大部分词都有发乎纯真之性的纯美意境,除李清照外,他人莫及。如都是写贵族女性晓妆的美艳,上引温词下片只知罗列前后镜与绣罗裙、金鹧鸪;后主《一斛珠》结尾写娇娥情态却是:"绣床斜凭娇无那(奈),烂嚼江茸,笑向檀郎唾!"以白描手法活现其娇憨可掬的无忌之状,情态跃然纸上。以下选录他亡国前后词各二首,从中可见叙事、写景、抒情艺术之卓绝。

《菩萨蛮》活灵活现地描绘一女子偷赴幽欢的情景,精彩如短剧:

> 花明月暗笼轻雾,今宵好向郎边去。刬袜(穿袜不着鞋)步香阶,手提金缕鞋。画堂南畔见,一向偎人颤。奴为出来难,教郎恣意怜。

《捣练子令》借景言情而纯熟地发挥词体性能的独特专长,情景如画,流利如歌:

> 深院静,小庭空,断续寒砧断续风。无奈夜长人不寐,数声和月到帘栊。

使后主享"词中天子"盛誉,感人至深的,还是他降宋被囚后,让宋太宗恨得决意要毒杀他的以下二首词。《虞美人》以精纯的本色语言,将身哀国痛委婉得体地和盘托出,并提纯升华为人生美好难久易丧的普遍感慨,使"诗余"的词具有诗的巨大包容力,而又比诗更悦耳更贴心:

> 春花秋月何时了,往事知多少!小楼昨夜又东风,故国不堪回首月明中。
> 雕栏玉砌应犹在,只是朱颜改。问君能有几多愁?恰似一江春水向东流!

春花秋月,乃四时美景,而今却怕见,但愿它不再出现,勾起不堪往事;可东风偏又送春至,伤痛至深。下片"只是",因为不敢点破江山易主,只好说自己不中用了。结句更是千古言愁的绝唱,把无形的愁情写得可见可量而又不断无尽,常语出奇意。把所愁的特定事实隐去,只动情地刻画愁的状态本身,是后主词能引起普遍共鸣的艺术要诀。

《浪淘沙》比上篇心更痛、调尤苦,相传是其绝命词:

> 帘外雨潺潺,春意阑珊(将尽),罗衾不耐五更寒。梦里不知身是客,一晌贪欢。　　独自莫凭栏,无限江山,别时容易见时难。流水落花春去也,天上人间。

愁听雨打窗,伤春将逝,晓寒透骨,此身已如砧上肉之际,片刻梦里还和往日一样贪享人生欢乐,醒来的后怕、自恨,不言而喻。做梦也无权,一悲至此!梦境与真境的悲喜相激,惊心动魄。过片"莫凭栏"是怕面对念念在心的江山。江山、春色、往事乃至此身,尽随"流水落花"去向不可知处。身在生死交界处回顾此生,梦耶?真耶?魂魄飘散天上?物化人间?迷离惝恍。晚唐诗人李群玉《言怀》:"此身未有归栖处,天上人间一片云。"也是追问灵魂归宿。李煜深通佛理,佛经常言:人的真性恒住天上,受生为肉身来游人间,身死真性重返天上。全词流露出后主深深留恋人间的美好又预感一切即将永远消失的凄惶悲苦,是临终生命聚成的泣血词。

后主高出词坛的卓越艺术,主要在于:第一,态度真率自然,毫不矫揉造作。第二,从动作中写人物的性情特点,不靠外在服饰与脂粉去化妆涂抹。第三,既从特定场景描写中使情绪有真切可感性,又能将独特情感普遍化,有极大可通性。第四,语言单纯明洁,精警确切。总之,他的词不像传统文人为名利目的而抒情、写景、叙事,他调度情景事一切手段只是想向读者祖露本真的心与人。作词用心最纯正,艺术技巧又足以完美地传神达心,所以为词中至尊。后世词客很少敢全祖真性,只求媚俗利身,所以纷纷仿效花间温词,而对南唐后主词则敬而远之。

第二节　以诗意与豪情开拓词境的苏轼豪放词

苏轼无疑是北宋词坛才气最大、胸襟最旷、智慧最高的大家,开拓之功也最伟。在他前后都有不少名家对词的发展有重要贡献,名篇为世传诵,所以一并附于苏轼前后介绍。

一、宋词特盛的社会原因

宋代文体极丰富,特以词盛著称,有复杂原因,略提几端。词是流行音乐的歌词,势必依附于城市娱乐文化。宋以兵变得天下,大城市破坏轻,汴京、杭州、扬州等城的商业娱乐之繁华超过唐时。大群聚居而有闲或有钱的市民需要文学。古近体诗贵族气太重,曲子词乘时起而填补之。唱得好听,又长得好看,并以此为业而赚钱的酒女、妓女,她们是词的基本消费顾主,能把有钱有闲的各色人等都吸引到身边。这群唱者、听者的口味左右着词风,这与唐诗遍及城乡各流甚至牛童马夫之口、社会面之广极不相同。另外,宋太祖靠诈谋而非勇力披上黄袍,就格外注意笼络文武之心,用钱帛田宅的丰富赏赐鼓励百官及时享乐,少管国事。中国自古以俭为德,自秦汉专制极权的国体确立之后,有种新的"为臣之道"出来了:考察一名被忌官吏是否对朝廷已经"无异心",可看他是否在家一心买田置宅,沉溺于醇酒妇人,甘心糜烂生活,可知有无"政治野心"。如若清廉自守,反被怀疑有"异志"。宋主运用这一统治经验,推行为治臣之术,所以宋代官吏不分正邪都以享受豪奢、妖姬绕身为荣耀,显宦家妓都有几十上百。丽色需要美声,文人学士蓄不起家妓的,就出入青楼。乐妓的身价于是大增,竟闹到皇帝与才子词人争风吃醋,写成词一唱,腐败也就成了韵事。君臣同好声色,醉歌升平,许多词人靠此既得乐妓青睐,又被皇帝封官。皇家盛典、富贵宴会、士人交欢、市民娱乐、青楼卖艺、长亭送别,都不离声色词。宋代词风是以歌妓为核心,由市民俗趣与文人风流合成的混合物。

二、由雅入俗的欧、晏至柳永的词风之变

宋初词坛的作手,如寇准、韩琦、晏殊、宋祁、范仲淹、欧阳修都是朝廷重臣,大都政绩彪炳,人品端正。作词是余事遣兴,无心媚俗,只逞文情。所以雍容华贵,丽而不淫,缠绵而不轻薄,风调略近南唐,而深挚不及,共性多于个性。下举几首历代公认的名篇。

范仲淹(989—1052)的《苏幕遮》写得工丽涵深:

> 碧云天,黄叶地,秋色连波,波上寒烟翠。山映斜阳天接水,芳草无情,更在斜阳外。 黯乡魂,追旅思,夜夜除非,好梦留人睡。明月楼高休独倚。酒入愁肠,化作相思泪。

秋色乡愁是个老题材,胸襟阔达,声情气度便自不同。

晏殊(991—1055),字同叔。身居相位而流连诗酒,悠游富贵之中不免有迟暮的无奈之感。如《浣溪沙》已化冯延巳的哀感为雅愁了:

> 一曲新词酒一杯,去年天气旧亭台,夕阳西下几时回?无可奈何花落去,似曾相识燕归来。小园香径独徘徊。

好景不长的轻愁淡恨之中可以容纳人生中无数的无奈,因而为人乐诵。字字玉润珠圆,宛转熨心,轻隽可口。

晏殊的小儿子几道,字叔原,有《小山词》,与其父并称二晏。小晏词多于乃父,家道中衰,性偏天真,对聪隽歌女的不幸极易动真情,是个纯情主义者。贫富的反差更使他的词多伤感,调近李煜,造语俊秀过之,而浑沦不及。如《鹧鸪天》诉说别后重逢的惊喜万状,异常婉曲动人:

> 彩袖殷勤捧玉钟,当年拼却醉颜红。舞低杨柳楼心月,歌尽桃花扇底风。
> 从别后,忆相逢,几回魂梦与君同。今宵剩把银釭(灯盏)照,犹恐相逢是梦中。

"舞低"二句是无比工丽的名联。结句从杜甫《羌村》"相对如梦寐"化出,杜诗用"如",点到辄止,词却把这一特定心理衍化为下片五句,尽情展露,愈深曲详尽愈能唱出情味,听得动容,这与读诗可以对卷品味不同。

欧阳修是宋初作词达二百首之多的名家,题材风格较广,然大多是婉约言情之作,和他在文章诗歌里表现明达而庄重的儒者风貌大不相同。这就是"诗庄词媚"诗言志词缘情的体性分工。所以论词要特别注重性情真纯,不必题材重大。欧词继承南唐,少数词中有所开拓。如:"文章太守,挥毫万字,一饮千钟。行乐直须年少,尊前看取衰翁。"

[《朝中措(平山堂)》]这类豪情胜慨启示了后来苏轼的豪放词境。然欧词多数还是吟唱"寸寸柔肠,盈盈粉泪"一类,以后秦观学之。

《蝶恋花》抒写一位丈夫外出冶游,自己青春虚掷的妇女之悲:

> 庭院深深深几许?杨柳堆烟,帘幕无重数。玉勒雕鞍游冶处,楼高不见章台路。　　雨横风狂三月暮。门掩黄昏,无计留春住。泪眼问花花不语,乱红飞过秋千去。

首句便出奇制胜,唱叹中蕴深情。全词虽然着力抒悲不自胜之情,却笔墨流荡生姿,多变的句法又一出以绮语丽辞,情虽悲而语不苦,只觉妩媚动人。结句以警策著名,含意丰富。论造语的工丽俊雅,宋词实千古汉文之极致,无以复加。

宋初文臣多富贵气象,使宋初词风为之大变的是市井歌手柳永。柳永(987?—1053),字耆卿,原名三变,与其兄三复、三接皆能文,福州崇安人。其父为工部侍郎。应试落第后就一头扎在都市的物欲繁华里,唱起浪子词人的行乐曲了:"未遂风云便,争不恣狂荡。何须论得丧。才子词人,自是白衣卿相。　　烟花巷陌,依约丹青屏障。幸有意中人,堪寻访。且恁(就这样地)偎红倚翠,风流事,平生畅。青春都一饷。忍把浮名,换了浅斟低唱。"(《鹤冲天》)这是士大夫文人从未闻、市井之徒往往如此的人生宣言:一晌风流便是毕生志愿。后人可怜他失意,在他正是"白衣卿相"的十二分得意。一生混迹青楼不离狎妓,全力为她们作歌词,用市井俗话写市民俗趣,铺叙直露,毫无顾忌,将传统文德与含蓄全抛开。那份市民俗趣恰好大得世俗欢心,以至"教坊乐工每得新腔必求永为新辞,始行于世。于是声传一时"。如写幽欢过后的寂寞难熬:"早知恁地难拚,悔不当时留住。其奈风流端正外,更别有、系人心处。一日不思量,也攒眉千度。"(《昼夜乐》)将此词与王昌龄《闺怨》一对比,就知文学品格的尊卑之别。这类词所以"一时动听,散布四方",就在于空前入骨而地道的市井俗趣。花间温词淫艳在貌,柳三变的淫艳已深入骨髓。有柳之俗而不能深的有黄庭坚。于是词由中唐诗人歌词而沦落为西蜀花间卖笑曲,南唐又升为士大夫的人生深慨,至柳三变复降为市井庸曲,开了元代市井俗曲之先河。

柳词内容真切,艺术功力深的有三类。一类是写妓女情事的(如上引《昼夜乐》)特别为宋元歌妓所乐唱。柳死后潦倒,也靠她们集资殡葬。二类是张扬大都市享乐豪华生活,如献给杭州州将的《望海潮》,其中形容杭城特有的繁华风物,确也异常传神:"烟柳画桥,风帘翠幕,参差十万人家。……重湖叠𪩘清嘉。有三秋桂子,十里荷花。"这都是诱人的名句。第三类写行旅的离情别恨,能把天涯沦落之恨浸透周边景色之中,废弃陈言,自铸新辞,传达出举目伤神的浓厚情味。如著名的《雨霖铃》:

> 寒蝉凄切,对长亭晚,骤雨初歇。都门帐饮无绪,留恋处,兰舟催发。执手相看泪眼,竟无语凝噎。念去去、千里烟波,暮霭沉沉楚天阔。　　多情自古伤离别,更那堪、冷落清秋节。今宵酒醒何处?杨柳岸、晓风残月。此去经年,

应是良辰好景虚设。便纵有千种风情,更与何人说!

上片叙别时之痛,下片状离后之伤,情绪热切,态度认真,辞意凝重。特别是以景言情的名句:"念去去、千里烟波,暮霭沉沉楚天阔。"其中蕴结无边的浓愁。"杨柳岸、晓风残月",以淡景白描抒写酒后的心疲力乏,万念俱灰,茫无所之等难言心境,简洁入神,堪称高境。

柳词手法上的突破是多用赋体铺陈,更便于委曲周详;形式由小令演化为长篇慢词,加大了内容含量。语言词风上的变革,主要在以城市的物欲冲刷士大夫词的富贵气味,都市词割断了与民间清新刚健风调的联结纽带,与诗彻底划境,形成独立狭隘的市井审美趣味。

三、苏轼开辟豪放词境

苏轼三千多首诗歌中,词只占十分之一,却在词史上有重大的开拓意义,东坡词之于宋,犹太白诗之于唐。从南朝民歌到柳永俗曲,自宫体新声到花间温词,似乎诗歌的音乐美只为表现女色艳,声色一体;女色又限于声妓乐女,所以词的功能就是煽娟风、悦富贵;所谓"缘情"不过艳情,偎红倚翠、刻红剪翠是词家唯一能事。朝野浸淫于此,不知天地大美,不问国事民生,浑忘心灵高贵。思想贫乏、格调卑弱、文过其质的浮华淫丽日盛,而天下恬然自乐。

东坡词与他的诗文书艺一样,都堪称起衰拯溺、革新文学的卓越业绩。王灼说:"东坡先生非醉心于音律者,偶尔作歌,指出向上一路,新天下耳目,弄笔者始知自振。"(《碧鸡漫志》)胡寅具体指出他在词史上拨乱反正的大作用:"及眉山苏氏,一洗绮罗香泽之态,摆脱绸缪宛转之度,使人登高望远,举首高歌,而逸怀浩气,超然乎尘垢之外。于是《花间》为皂隶(奴仆),而柳氏为舆台(贱役)矣。"(《题向子諲〈酒边词〉》)东坡词的贡献主要有四:第一,大大扩展了词的领域,充实了词的内涵。举凡吊古伤时,说理咏怀,山水风物,悼亡送别,记游兴感,他的足迹所到,思维所及,传统上只属于诗的内容,他"无意不可入,无笔不能写"(刘熙载《艺概》)。第二,以独具的个性风采极大地提高了词境。东坡学识渊博,智慧过人,百事都有自己独特的发现,又有"天生健笔一枝……有必达之隐,无难显之情",用自家的辞气句法一扫镂金错彩的绮艳旧习,以清丽雅正的语言抒写纵横奇逸的意象,造成豪俊清旷的风格,为词史所不曾有。词的个性化至东坡始具备,婉约词各家大同小异,实无完整艺术个性。第三,以词的诗化打破"诗庄词媚"的壁垒,优化了词的品质又较诗多些情韵。如:"枝上柳绵吹又少,天涯何处无芳草!"(《蝶恋花》)其中有诗不能到处。以文为诗,弊多利少,以诗济词,却意深情长,故东坡词优于诗。第四,重新确立了"诗为乐心"的地位,扭转了词放弃文学品格,一味倚声、附和艳曲的旧习。保持词对音乐的相对独立性质,却是东坡最遭婉约派与声律家攻击之处,从宋至清多数人一直固守婉约为正宗,以谐音为贵,斥东坡为"别调",甚至是诗而"非词",可见传统惰性之顽固难化。乐亡之后词只剩死谱,有何声可倚?况东坡自知音,词亦可歌,不过词境高于时髦艳曲,即指为"不谐音律"。如一则著名故事所载,很可说明争论的实质。东坡问人:"我词何如柳七?"人答:"柳郎中词只合十七八女郎,执红牙板歌'杨柳岸、晓风残月'。学士(东坡时任翰林学士)词须关西大汉,铜琵琶铁绰板唱'大江东去'。"东坡为之笑倒。虽然此话意在讥讽东坡词不正宗,苏也确实瞧不上柳的俗艳媚时,要以清奇豪迈一新天下耳目。

选学五首不同内容风格的词,以见苏词卓越的新境界。

他在密州(今山东诸城)任上打猎,激起抗击西北强敌、保卫大宋边疆的昂扬意志,作《江城子(密州出猎)》:

> 老夫聊发少年狂,左牵黄(犬),右擎苍(鹰),锦帽貂裘,千骑卷平冈。为报倾城随太守(指围观州氏),亲射虎,看孙郎(孙权曾以双戟掷虎,坡老借以自况)。　　酒酣胸胆尚开张,鬓微霜,又何妨。持节云中,何日遣冯唐?会挽雕弓如满月,西北望,射天狼(星名,主兵戎)。

上片写出猎,戎装英武,生气如虎。下片的冯唐是汉文帝时老臣,曾谏文帝不该因小过而罢防匈奴有大功的云中太守魏尚,文帝即遣冯唐持节往云中赦魏尚,重新起用他。苏轼因政见不同而出守密州,热望有机会为国效力。全词意气扬扬,声情雄强,辞采逼人,与"雌声学语"的浅斟低唱比,不啻为另一天地中人。

即使言情,东坡也远比柳七更丰厚而深挚。试看密州任上悼念十年前亡故的妻子王弗的《江城子(乙卯正月二十日夜记梦)》:

> 十年生死两茫茫,不思量,自难忘。千里孤坟,无处话凄凉。纵使相逢应不识,尘满面,鬓如霜。
>
> 夜来幽梦忽还乡,小轩窗,正梳妆。相顾无言,惟有泪千行。料得年年肠断处,明月夜,短松冈。

句句肺腑真情,哀肠百转,读之鼻酸。妻坟在四川,己身在山东,亡妻情,谁可语?纵然相逢,又怎知我十年风雨憔悴,而今卿岂能识?构想新奇,愈转愈悲,一痛彻骨。上片自诉凄凉,一因"无处话",更因身已老;下片叙梦中见妻,貌依旧,却无言唯有泪,是感生死大限之苦。结归魂断坟头,无限深情。传唐开元有亡妻赠夫诗:"欲知肠断处,明月照松冈。"千古悼亡词,以此篇最称绝唱。旷达人的深挚,有情场浪子所不曾梦见者。

苏轼与胞弟子由之间手足情的深笃,也是千古佳话。和异性爱不同,关切之中多有宽慰,愈是身处逆境,愈能用奇智妙想发现或创造人间的美好去抚平精神创伤,这是东坡式人生观最宝贵处。丙辰(1076)中秋赏月时怀念已六年不得相见的弟弟子由而作的《水调歌头(丙辰中秋,欢饮达旦,大醉,作此篇,兼怀子由)》,就是最杰出的代表:

> 明月几时有?把酒问青天。不知天上宫阙,今夕是何年。我欲乘风归去,

又恐琼楼玉宇,高处不胜寒。起舞弄清影,何似在人间! 转朱阁,低绮户
(雕花窗户),照无眠。不应有恨,何事长向别时圆? 人有悲欢离合,月有阴晴
圆缺,此事古难全。但愿人长久,千里共婵娟。

上片从月圆落想,是抒欢饮问月之兴,下片从月缺感思,为借月慰勉之情。一起调就目
光射天,破空发问,奇思飘逸。由问月龄而思月宫,撇过"欢饮达旦"不写,直抒酒动高
兴、神扬九霄的高致,笔墨奇逸超妙。向往光照纯洁的自在,固属东坡天性,而理智告诉
他至高至纯,人将不堪。所以他一生都力求做一位身游人间而心超人间的"地仙"。下
片过遍三短句省去主语"月",转、低之间扣题"达旦",引出诸问:干吗老在骨肉不圆时你
偏圆? 意在说离情,而弃脱陈辞。与上片"我欲""又恐"的转折相应,诘后又转而体谅对
方(月),"人有""月有",何须求全怨责。此等处正是体现东坡宽容待世的旷达胸次,所
以高超而亲切。人生完美难,只能各自努力珍惜,从谁也剥夺不走的千里月光中求安慰
吧! 这是对千秋不幸者最美好的安慰,对大自然的无私奉献表示最深情的感激与最高
明的礼赞。前人说:"中秋词自东坡《水调歌头》一出,余词尽废。"哲理高超又含浓郁的
人情味,妙想天开而自在奇丽,大开大合而转折无迹,语有逸气,辞有精光,都非他人
可及。

东坡一生七灾八难,所受政治迫害深而且久,却不屑诉述怀才不遇、家境贫寒之类,
最受不了的是灵魂孤独。因"乌台诗案"身陷冤狱一百三十天,被释后贬黄州,平生亲友
都不通音信,栖身幽僻的定慧院,陷入极端孤独之中,作《卜算子(黄州定慧院寓居作)》:

缺月挂疏桐,漏断人初静。谁见幽人独往来,缥缈孤鸿影。 惊起却回
头,有恨无人省。拣尽寒枝不肯栖,寂寞沙洲冷。

此词"语意高妙,似非吃烟火食人语"(黄庭坚《跋》)。高妙易见,说清旨意却难。上片是
人孤,下片为鸿孤。桐枝中筛落的月色,寒意袭人,万籁寂静,只有幽人身影与孤鸿掠
影,互相见证。下片即展开描写"孤鸿影",缥缈超忽之中有"绕树三匝,无枝可依"的无
人理解之"恨"。非其木不栖的高洁,使它不堪孤独又宁肯寂寞。人鸿孤光互照中,隐然
有伟大殉道者不得理解的无言悲苦和不求理解的高蹈独行。东坡对世界和自己都很清
醒,愈清醒就愈孤独。这是从来没出现过的深层意象。《蓼园词话》云其艺术独到处:
"语语双关,格奇而语隽,斯为超诣神品。"这首词把温、柳以来风靡于世的艳情、丽景、俗
趣、庸音从皮到骨都一洗而空,这个孤独飘忽的精灵,是东坡气骨风神的自我观照。

和《赤壁赋》同样享誉千古的有赤壁词,特别叫人起敬的是,如此大气磅礴的词赋竟
然是虎口逃生、贬居黄州、生活在精神幽禁之中的戴罪之身所作。试看《念奴娇(赤壁怀
古)》:

大江东去,浪淘尽、千古风流人物。故垒西边,人道是,三国周郎赤壁。乱
石穿空,惊涛拍岸,卷起千堆雪。江山如画,一时多少豪杰! 遥想公瑾当

年，小乔初嫁了，雄姿英发，羽扇纶巾，谈笑间、樯橹（战船敌舰）灰飞烟灭。故
国神游，多情应笑我，早生华发。人生如梦，一樽还酹江月。

元好问说此词"为乐府绝唱"，当之无愧。上片着眼于大江壮丽，落脚于豪杰；下片笔注
于周郎英姿，归结为自己的怀想。开口"大江东去"，在滚滚气势中悠悠历史逐渐复活。
所谓"怀古"，古事已烟散，全凭怀想追回。头三句有千古风流如大江东流的历史浩叹，
囊括古今人我，统贯全篇。"人道是"是疑辞，东坡此番所游之赤鼻矶并无奇伟胜景，之
所以要写成崩云裂岸，惊浪蹴天，只为必有此壮丽江山，方有此奇伟豪杰，是东坡胸中文
思如万斛泉源，触物奔泻出来的气象，为从来词中所未睹。过遍从豪杰中单举周瑜，"初
嫁"一点，显英雄分外英俊；"羽扇"二句风流儒雅，隐去血腥厮杀而突出其智慧非凡。
"笑"有二解：自身老大无成却对周郎少年建奇功如此多情，自觉失笑；神游中或遇公瑾
之灵，恐应见笑于他了。二说皆可。深心自哀却说"自笑"正是东坡常有的风趣。跳出
个人坎坷从历史长河反观，千古人生皆如江流不返，时间无情地泯灭一切，可恋也可叹。
谨以此酒奠江，聊表对壮丽江山和千古英杰的不尽怀想吧！"如梦"是江流与历史昭示
的客观事实，积极用世还是醉生梦死才是主观的抉择。东坡"如梦"接沦在"应笑我"的
不甘沉沦之后说，自是抓紧努力，决非消极悲观。《蓼园词选》指出："'人生似梦'二句，
总结以应起二句。"是独具慧眼的明见。概言之，此词胸襟豁达，眼界开阔，气势豪迈，景
色壮丽，物象峥嵘，人物杰出，意高千古，词采飞动，结构雄伟，笔墨纵横，声情跌宕，是各
方面都完美的豪放词杰作。

四、北宋后期词坛

苏轼之后到北宋二帝被掳、京都南迁之前的词坛，说起来都佩服东坡词，似乎各受
些影响，其实没一个真正接近他的才性风采。北宋前期词与李煜、苏轼比虽然普遍辞过
其情，伤于华靡，但与后期比，却还算情景谐和、情辞浑成。后期就开始分离为两路了：
一派想学东坡信笔挥洒、直抒胸臆，追求超脱豪迈，而失之粗率；另一派专务雕章琢句，
精细音律，故作盘旋吞吐，把一点小情绪装扮得典雅工丽，以形式精致掩饰情感淡薄。
后一派即以宫廷乐官周邦彦为首的声律派，因为"下字运意皆有法度"，便于掌握制作，
影响最大，被捧为"缜密典丽，流风可仰""二百年来乐府独步""冠冕词林"，声浪压倒了
东坡词。此期虽无大家，却有名篇，以下择要介绍。

"苏门四学士"黄庭坚、秦观、张耒、晁补之四人仕途升沉都与苏大体相同，而艺术风
格都与东坡异趣，彼此也各不同。其中才性近于艳科，词确实作得妩媚可人者，当数秦
观（1049—1100）。秦观字少游，号淮海居士。词的题材与柳永一样，不外艳情与清愁，
但变柳的狂热为温柔，更贴近女性情味。如根据牛郎织女七夕鹊桥相会的古老传说写
成的《鹊桥仙》：

纤云弄巧，飞星传恨，银汉迢迢暗度。金风玉露一相逢，便胜却人间无数！

柔情似水,佳期如梦,忍顾鹊桥归路。两情若是久长时,又岂在朝朝暮暮。

上片叙欢会,下片为惜别。一开始布景,就笔柔语巧,轻盈美妙之至。"一相逢"便"胜无数",更韶秀隽永;久盼而欢会的浓缩激情不作正面写,又流布字外句中,是秦词高明于柳永处。下片写欢会后不忍分别,"如梦"因短暂,不"忍顾"兴冲冲的来路顷刻成凄惨惨的归途,用字妥帖传神。情若久长,岂在日夜厮守的结语,劝中含勉,回应上片结句。"一"与"无数",是全词主眼,全篇叙写都聚焦于专"一"的真挚经久之可贵。这是爱的哲理,有深刻的普遍价值。词境因而升华,比传统的"相见时难别亦难"尤富高情深致。少游词大都巧于布置凄迷的场景,婉转轻灵地诉述伤感情思,向被视为婉约词的正宗。

第三节 婉约才杰的李清照词

南宋词成就最卓越的是豪放大家辛弃疾(字幼安)与婉约得最本色的李清照(字易安),同是济南人,字中都有"安",这是词史上难得的巧缘。所以王士禛说:"仆谓婉约以易安为宗,豪放惟幼安居首,皆吾济南人,难乎为继矣!"(《花草拾蒙》)从南北宋之交开始,宋金战争空前激烈,辛弃疾词反映了高涨的爱国战斗热情,李清照词抒写国破家亡在妇女心灵的浓重投影,都是时代的真实心声。宋金议和后出现苟安奢乐的风气,姜夔、史达祖、吴文英等人又上承周邦彦,一味精研声律,细织藻采,唯形式美的词风盛极一时。直至宋灭前后,才有文天祥、刘辰翁等志士悲歌。

李清照(1084—1155?)是中国诗史上才情最优、文化素养最高、体现女性苦乐最真切的女词人。她自号易安居士,住在泉城济南水质最美的柳絮泉边。父格非为宦,母系状元孙女,皆工文章。易安自幼有才思文采,年十八嫁太学生赵明诚。明诚父为吏部侍郎,清照父则是礼部员外郎,两家虽属宦族,然不嗜奢华。明诚常典衣购买古籍文物回家,夫妻相对展玩品味,自称"葛天氏之民"。明诚出仕后,购置书史珍器更勤,夫妻俩共同校勘,精心考证,夜夜点完一烛方息,藏书之富且精冠于他家。作《金石录》,内容超过欧阳修所作一倍多。易安记性极好,每饭后与明诚坐烹茶,指堆积书史,猜某事在某书几卷几页几行,以中否决定谁先喝茶,中则举杯大笑,茶倾怀中,乐得反而喝不成茶。金石书画是他们的最大乐趣,夫妻两人甘心老于书乡,无意声色犬马。明诚父后为宰相,排挤异党很起劲,易安谏诗有"炙手可热心可寒"之句。她的诗当时称才力华赡,可惜不传了。四十四岁时宋兵南侵、宋室南迁,她和明诚避难江南,恋恋怅怅地带了十五车藏书渡江,金兵到后放火烧尽她夫妇存在青州的十几屋书与什物。明诚任江宁府时,易安遇天雪即顶笠披蓑,游览作诗,得句就要丈夫唱和,明诚颇感苦事。四十六岁那年,明诚在调赴湖州路上中暑转疟疾竟病亡。易安为文从祭,亦大病。将两万卷书、两千卷金石刻及其他衣物寄存亲戚,后又尽失。在金兵追赶下,她奔越州,弃衣被,走台州,转至温、衢、杭,连书画砚墨五簏亦被盗,惊恐万状,悲愤不已。五十一岁作《金石录后序》,历叙生平书缘与劫难,异常委曲感人。五十二岁后至金华,晚年情形不详,卒年也难以确知。她一生与文字文物结有深缘,才高学富,大喜大悲,当时已许为"名媛之冠"。惜在国残夫亡、战乱流离中不但金石典籍尽失,大量诗文亦亡失殆尽,至今只散见各书载录的三十来首词,虽属吉光片羽,已足使宋玉以来竭力描摹的艳女粉色如土。又著《词论》,对唐至北宋的词人一一指出不足,提出词"别是一家"的著名论点。不满柳永的词语尘下,坚持文雅典丽;批评欧苏以诗为词,苛求谐声合律;指责只有破碎妙语,主张铺叙而有情致的丰逸浑成。可知此女的审美眼界实高出二宋须眉论客。

清照词辞气芬馨,结意神骏,曲折如意,本色清真。用她自己写花的话说:"绰约俱见天真","清芬蕴藉",几乎篇篇"新丽可爱"。如"宠柳娇花""柳眼梅腮""绿肥红瘦""风柔日薄春犹早,夹衫乍著心情好""山光水色与人亲,说不尽,无穷好"等语出自她口,是风韵流芬;倘出于须眉效颦,如"柳腴花瘦"之类,便见扭捏作态。因两性各有本色宜称,只可和而不同,不宜模仿雷同之故。以下选几首写少女清纯、少妇浓情、孀居深愁词,以便窥豹一斑。

《如梦令》写春游醉而迷路的兴奋情景:

> 常记溪亭日暮,沉醉不知归路。兴尽晚回舟,误入藕花深处。争渡,争渡,惊起一滩鸥鹭。

游得如何尽兴而沉醉的本事不写,却从一"误"中生出诗兴,正是青春活力喜欢刺激的少女情态。二用"争渡",声口情景毕肖,试较秦观的"无寐,无寐",即知巧拙之殊。结句如画,乐在其中。一团活泼天真,惹人喜爱!通篇是兴奋叙说,纯净口语,不用丽辞,而饱含个性活力,美得本色,所以超过装饰。

清照词中相思多。不能责备无权参政的她不反映政治状况,他俩伉俪情深,文化意味又浓,据《琅嬛记》载,他们婚后,明诚远游,清照殊不忍别,觅锦帕书《一剪梅》以送之:

> 红藕香残玉簟秋。轻解罗裳,独上兰舟。云中谁寄锦书来?雁字回时,月满西楼。 花自飘零水自流。一种相思,两处闲愁。此情无计可消除,才下眉头,却上心头。

起句将荷花枯而竹席凉的平常意思说得如此鲜润秀美,真是吞雪嚼梅的锦心绣口。上片写不忍别之状。下片抒别后离情之苦,尤其凄绝动人。结句从范仲淹"都来此事,眉间心上,无计相回避"中脱胎,更简洁而真切,恰合王国维论词所谓之"不隔",即愈是贴近真心,愈能打动读者。没有深刻闺情体验,难道此语。又如《凤凰台上忆吹箫》下片临别叮嘱丈夫:"惟有楼前流水,应念我、终日凝眸。凝眸处,从今又添,几段新愁。"上片诉说离别在即,愁思如乱麻:"生怕闲愁暗恨,多少事、欲说还休。新来瘦,非干病酒,不是悲秋。"都似顺口流出,无不凄然天成,教人怜惜。

意蕴更厚、功力尤深的,还是国破夫亡、只身流落异乡的后期之作。《永遇乐》中抒写她在正月十五抚今追昔的痛楚:"中州盛日,闺门多暇,记得偏重三五。铺翠冠儿,捻金雪柳,簇带争济楚。如今憔悴,风鬟霜鬓,怕见夜间出去。不如向、帘儿底下,听人笑语。"这份酸苦,由于她丰富美好的情感需求没有随容颜而衰老,格外的不堪。作于金华的《武陵春》描绘她心灵的春光如何一闪又灭留下的沉重,非常卓越:

> 风住尘香花已尽,日晚倦梳头。物是人非事事休,欲语泪先流。 闻说双溪春尚好,也拟泛轻舟。只恐双溪蚱蜢舟,载不动、许多愁。

春色依旧,人事尽非,身无聊赖,春又何味?想到连普照的春光也没资格享受,怎不"欲语泪先流"!人靠自身的情爱感应自然的美好,所以前人说:"悲深婉笃,犹令人感伉俪之重。"下片由"闻说"而"也拟"又"只恐",心事如绘。曲折表明心的丰富,可愈曲悲愈深,终于眼睁睁看着晚春消逝,意深韵远。结六字是劲直而凄绝的名句,只有清照的深忧巨痛才配说。《西厢记》莺莺送张生:"遍人间烦恼填胸臆,量这些大小车儿如何载得起。"全袭此意而嫌夸饰。

《声声慢》是清照词中最杰出的力作:

> 寻寻觅觅,冷冷清清,凄凄惨惨戚戚。乍暖还寒时候,最难将息。三杯两盏淡酒,怎敌他、晚来风急!雁过也,正伤心,却是旧时相识。 满地黄花堆积,憔悴损,如今有谁堪摘?守着窗儿,独自怎生得黑!梧桐更兼细雨,到黄昏、点点滴滴。这次第(情景),怎一个愁字了得!

这首词在婉曲诉述日常琐事中,倾吐她那举目凄凉、事事伤怀的孤寡惨象,是她晚年长期在国残家破、孑然苦熬中心头滴血的入骨描绘,也是前无古人、后无来者最本色的词境。开头就摆脱笔墨蹊径,自创奇格,连出十四个叠字而仍气机流动,都是细脆的舌尖唇齿音,女性的声口心事宛然如在目前:空虚孤寂之中,恍若有所失,又不知要寻啥,转了几圈,发觉只有冷清空房,不觉惨然,跌坐悲戚。转而恼春寒又至,怨酒薄不暖,正伤心,更恨北雁又来刺激。可旧时夫妻两地,是那么盼雁传来信息(参前《一剪梅》)!上片曲折而下,描述空间中百计难避的孤凄。下片步步逼近,层层揭示时间分秒难熬的浓愁。清照一生钟情于菊:"东篱把酒黄昏后,有暗香盈袖。莫道不消魂,帘卷西风,人比黄花瘦。"(《醉花阴》)菊是她的花魂,如今憔悴人怜憔悴花,怎忍心伸手摘?终日枯守一窗,看黑暗从背后慢慢逼近,听梧桐细雨,把受伤的心打得破碎,对一位敏感善思的孤老,分分秒秒都是残忍的精神酷刑啊!情景可谓凄绝。全词三次爆发撕心裂肺的凄叫:"怎敌他""怎生得黑""怎一个愁字了得",已不是词中常说的愁,而是一声比一声更痛不可忍的惶急惨呼了。这是绝唱!沈谦说:"男中李后主,女中李易安,极是当行本色。"(《填词杂说》)词的体性最宜他们,他俩生性最宜词体。

用最地道的内心语言,写最本真的内心图景,发挥词体的个性特长,这就"极是当行本色",是词的极境。秦观是婉美妍丽的正宗,论形质都具柔婉清芬的幽约本色的还数李清照。

第四节　雄放大家辛弃疾和南宋爱国词人

正如李白、杜甫为唐诗的双子星座,合成为"李杜",苏轼与辛弃疾则是宋词的双子星座,合称为"苏辛"。在南宋初期的抗金斗争中,辛弃疾作为南宋爱国词人群体的领袖,在抒写抗金爱国词篇中发出了时代的最强音。

一、南宋初的爱国词人

南宋初期,随着抗金斗争的高涨,出现了不少爱国词人。如坚持抗战最有力的大臣李纲、赵鼎等人,都曾针对时局作词抒怀。高宗赵构信任奸相秦桧,冤杀抗金名将岳飞,胡铨作词怒斥秦桧是豺狼:"欲驾巾车归去,有豺狼当辙。"(《好事近》)胡铨上书请斩秦桧,竟遭迫害,张元幹作词直抒愤慨:"天意从来高难问,况人情老易悲难诉!"(《贺新郎》)张孝祥更是"肺肝皆冰雪"的磊落爱国词人,其词学东坡,著名的《六州歌头》以豪健笔力抒写忠愤:"念腰间箭,匣中剑,空埃蠹,竟何成! 时易失,心徒壮,岁将零……忠愤气填膺,有泪如倾。"

其中写得最有火热感染力的,还是陆游。试看《诉衷情》:

当年万里觅封侯,匹马戍梁州。关河梦断何处? 尘暗旧貂裘。　　胡未灭,鬓先秋,泪空流。此生谁料,心在天山,身老沧州(喻隐居之地)。

强虏未灭,而英雄已老,是由于"生逢和亲最可伤……报国欲死无战场"(《陇头水》)。这种对朝廷的极端愤恨正是出于对祖国的深沉热爱。陆游有首借梅自况忠贞不渝品格的词极负盛名,在此一并介绍。

《卜算子(咏梅)》:

驿外断桥边,寂寞开无主。已是黄昏独自愁,更著风和雨。　　无意苦争春,一任群芳妒。零落成泥碾作尘,只有香如故。

咏花词历来都在姿色上刻意摹写,放翁此词一扫纤艳,梅朵梅枝的艳丽都摒去不写,一往情深地赞其不畏风雨,不争春娇,哪怕遭迫害而殒身成灰,仍"有香如故"! 性芳行洁,体柔骨端,是花品亦人格。这一人品高格投身国事为豪放激昂的雄风,移于花神为飘逸高洁的芳馨,用于爱情则缠绵深笃,眷念一生。如他为感念唐琬沈园通殷勤而题壁上的《钗头凤》,句句肺腑语,通篇断肠情:

红酥手,黄縢酒,满城春色宫墙柳。东风恶,欢情薄,一怀愁绪,几年离索。

错！错！错！　　春如旧，人空瘦，泪痕红浥鲛绡透。桃花落，闲池阁。山盟虽在，锦书难托。莫！莫！莫！

二、辛弃疾的抗金爱国词篇

辛弃疾(1140—1207)是南宋文武双全的爱国斗士，更是雄放词大家。他字幼安，历城(今山东济南)人，认为人生当以力田为先，故号稼轩。体格魁伟，目光有棱，力健如虎，性豪爽，重气节，有义胆侠肝，以报国功业自许。生当北方沦陷金人之手之危难时世，二十二岁聚众抗金，后投身耿京的敌后农民义军，亲自追斩叛僧义端。张安国杀耿京降金受封后，辛弃疾只带五十骑突袭济南，从五万敌军中夜缚张安国回宋营，壮声英概盛传于时，令儒士亦为之振奋。二十四岁至四十二岁起义南归后，历任两湖、赣闽浙各处地方官，上书筹划光复大计，有大政治家眼光，不停地奔走呼号，有军事指挥天才。终因刚强果敢不容于官场，遭流言中伤而免职，四十三岁至五十二岁十年，闲居于上饶带湖。"一松一竹真朋友，山鸟山花好弟兄"的闲适之中，不忘故国残缺："布被秋宵梦觉，眼前万里江山。"五十三岁至六十三岁头两年重被起用，但因抗战太积极又被免职，退居瓢泉。"穷自乐，懒方闲，人间路窄酒杯宽。"慷慨激昂的爱国热情趋于深沉抑郁的悲愤。由于朝廷主战派一度得势，六十四岁的辛弃疾重被任命为绍兴知府兼浙东安抚使，和已七十九岁的陆游天缘相会。当他着手部署北伐之际，言官又抓鸡毛蒜皮弹劾他，遂被罢职。战局危急再令他出山时，稼轩已卧病不起，终年六十八岁。陆游吟道："君看幼安气如虎，一病遽已归荒墟！"这两位至死不渝的爱国者，思想境界都大大高于屈原、苏武那种只凭民族气节与君臣主仆的绝对忠诚，因为他们从广博学识与丰富历史中抓住了为"民生"、惜"民力"、重"民心"作爱国思想的基础，所以能在身处政治迫害之中，依然激情磅礴、气壮山河，而不至绝望。

辛词六百二十余首，器大声宏，志高意远。抗金复土是辛稼轩词的中心主题，词中翻卷着时代风云，郁勃着满腔悲愤。其田园风光词，则充满自然生机和农村生活气息。手法多用比兴寄托幽愤，善于即事叙景，或直泻胸臆，排比铺陈，淋漓纵横。语气风格都有鲜明个性，以雄深雅健、浑厚博洽，更新传统的词采与句法。几乎全部典籍他都可用以入词。"别开天地，横绝古今，论、孟、诗小序、左氏春秋、南华、离骚、史、汉、世说、选学、李杜诗，拉杂运用，弥见其笔力之峭。"(《莲子居词话》)东坡以诗入词，稼轩直以文为词，古文笔法、辞气、议论，辛词皆不避，只求尽才尽兴。悲壮激烈、纵横豪岩、沉雄顿挫是其主调。辛词把苏轼开创的豪放词境发展到极限，是传统词体的大解放，词风的大变革。有时矫枉过正，也对词的审美体性有所破坏；泥沙俱下之中，杂有粗糙轻率无词味的产品。必须稼轩其人，才可以文为词。他有多样题材风格，以下选学几篇用典少、容易懂的名篇。

稼轩登江西赣县郁孤台，北望中原，悲慨沉郁地作了《菩萨蛮(书江西造口壁)》：

　　　郁孤台下清江水,中间多少行人泪。西北望长安,可怜无数山。　　　青山
　　遮不住,毕竟东流去。江晚正愁余,山深闻鹧鸪。

上片追昔之痛,下片抚今之愤,而都用怨山伤水作比兴,分外动人。临水似见难民之泪,
登山望不见旧都,无数可爱的山而今尽作可悲之色,"可怜"中蕴含无限深悲。下片过遍
接山写,遮不住东流水,"毕竟"二字坚毅自信。鹧鸪悲鸣,江晚苍茫,又添愁绪。全篇俯
仰吞吐,感情愈回旋愈深厚有力。陈廷焯说:"血泪淋漓,古今让其独步。结二语号呼痛
苦,至今犹隐隐在耳。"(《云韶集》评)

　　辛弃疾和陈亮(字同甫)是志同道合的词人,他有《破阵子(为陈同甫赋壮词以寄
之)》:

　　　醉里挑灯看剑,梦回吹角连营。八百里(牛名)分麾下炙(烤牛肉犒劳部
　　下),五十弦(古瑟有五十弦)翻塞外声。沙场秋点兵。　　　马作的卢(骏马名)
　　飞快,弓如霹雳弦惊。了却君王天下事,赢得生前身后名。可怜白发生!

这篇结构极奇特:头句醉眼观雄剑,引发壮心,结想成梦。从第二句起,一气贯注,过片
不变,整军容,奏军乐,快马利箭,洗国耻、了心愿,无比痛快,字字从纸上弹射而出。到
最后才一句翻转,"可怜白发生",慨生篇外。既有惊雷怒涛式的雄才大气,又有一语扛
鼎的千钧大力。自然,没有手建"飞虎营"、威震敌胆的马上经验,梦也做不出如此凌厉
生气。

　　稼轩退居江西上饶期间作的《西江月》,将一次平常夜行写得无比清幽美妙:

　　　明月别枝惊鹊,清风半夜鸣蝉。稻花香里说丰年,听取蛙声一片。　　　七
　　八个星天外,两三点雨山前。旧时茅店社林边,路转溪桥忽见。

上片从夜色的幽静下笔,由蝉鸣而稻香而蛙声此起彼应,很热闹又不害其恬静,绘声绘
色绘味,一齐沁人心脾。必须对农村有情,方知享此美福。这是"夜"。下片主要写
"行",雨云渐遮星月,紧走避雨,天暗心急怎就不见旧时茅店了呢?"路转溪桥忽见!"喜
在言外,与"柳暗花明又一村"同工。语言格调一如其景其事,自由清新,与忧国之词竟
如换了个人,足见大家之心灵丰富、笔墨多样。

　　最后选首写宋词常见元宵观灯题材的《青玉案(元夕)》:

　　　东风夜放花千树,更吹落,星如雨(喻灯多)。宝马雕车香满路,凤箫声动,
　　玉壶(月)光转,一夜鱼龙舞。

　　　蛾儿雪柳(二种女子首饰)黄金缕,笑语盈盈暗香去。众里寻他千百度,蓦
　　然回首,那人却在,灯火阑珊(稀少)处。

上片极力摹写灯节的热闹。下片先写满街花枝招展、香气袭人的女子,一任其"去",可
见别有期待。词的立意不在花灯艳女,那只是场景衬托。意在热闹圈外、不语伫立的

"那人";寻他千百度而未见,知为唯一;蓦然回首,原来就在近处。这份苦寻而巧遇的欣喜,教人欲泪;她在冷落中的久待,教人珍重而又怜惜。"那人"是情中人？心中神？是一次艳遇还是一个启示？深浅随人自悟。读者衡量作品,作品也测量读者。

三、南宋中后期其他爱国词人

南宋中后期的爱国词人还有陈亮、刘过、黄机、刘克庄、刘辰翁、邓炎、王奕等,都表现了误国君权统治下的民族正气,现附于辛后,摘要介绍。

陈亮(1143—1194),字同甫,永康(属今浙江)人。上《中兴五论》陈北伐大计,驳投降误国,登进士第一。英年早逝,志趣性情词风都与辛近。每作一词辄自叹曰:"平生经济之怀,略已陈矣!"以词作战斗号角,议论风发。如名作《水调歌头(送章德茂大卿使虏)》下片:"尧之都,舜之壤,禹之封。于中应有,一个半个耻臣戎!万里腥膻如许,千古英灵安在,磅礴几时通？胡运何须问,赫日自当中。"民族浩气贯长虹,而宋廷执政不能用,朽木真不可雕。

刘克庄(1187—1269),字潜夫,号后村,莆田(属今福建)人。早年因敢于弹劾奸相史嵩之而贬官,声誉很好。词风亦近稼轩,雄健之中时出新意。如批判词人只会翻旧典故编新滥调:"常恨世人新意少,爱说南朝狂客,把破帽年年拈出。"(《贺新郎(九日)》)真是一针见血之论。又如劝告林推官要珍惜自己妻子,别上漂亮妓女的当,男子应把心力用到国事上:"易挑锦妇机中字,难得玉人心下事。男儿西北有神州,莫滴水西桥畔泪。"[《玉楼春(戏林推)》]都是醒世良言。

刘辰翁(1232—1297),字会孟,号须溪,庐陵人。他已是宋元易代之际的遗民了,宋亡不仕,情悲调苦,词以存史。他对国残夫亡的清照后期词特别动情,每读泪下,说自己"虽辞情不及,而悲苦过之"。

四、宋亡时的两位女词人

最后介绍两位女词人,她们不以词人闻名于世,但那爱国爱家爱夫爱身的艰难忠贞,实远在一般略露爱国忧伤的男士悲怀之上,因而其事其情其辞都更打动人的内心。一位是宫中昭仪王清慧,宋亡时被金人当战利品掳押燕京,后求为女道士。词为题在北行半路驿馆壁上的《满江红》:

> 太液芙蓉,浑不似、旧时颜色。曾记得,春风雨露,玉楼金阙。名播兰馨妃后里,晕潮莲脸君王侧。忽一声,鼙鼓揭天来,繁华歇。　　龙虎散,风云灭。千古恨,凭谁说？对山河百二,泪盈襟血。客馆夜惊尘土梦,宫车晓碾关山月。问姮娥、于我肯从容,同圆缺？

此词结尾有求生的惶恐,文天祥不满,另外代作一词纠正她,以为应该宁碎不全。毁掉宋朝江山社稷的,是扼杀爱国力量的赵宋昏君奸相,对他们的谴责轻反而苛求受害的女性,这是中国伦理不讲理、道德不人道处,贤者也不免。

另一位妇女则是不留姓氏的徐君宝妻,被元军从岳阳掳至杭州,屡险遭凌暴,徐妻百计自保,后遭怒胁,佯允,梳妆,南向拜哭其夫,题词于壁,投池死。其《满庭芳》曰:

> 汉上繁华,江南人物,尚遗宣政风流。绿窗朱户,十里烂(灿烂)银钩。一旦刀兵齐举,旌旗拥,百万貔貅。长驱入,歌台舞榭,风卷落花愁。 清平三百载,典章人物,扫地俱休。幸此身未北,犹客南州。破鉴徐郎何在(用徐德言与妻经乱离而终于破镜重圆事)? 空惆怅,相见无由。从今后,魂断千里,夜夜岳阳楼。

生死面前,女子尚能如此,男儿岂可不振作?

第五节　周、姜、吴、史诸声律格调派词人

两宋词的辞采之妍丽与声律之精工,整体都在四唐诗之上;而求其独特感受的新语新意,则宋词只有柳永、清照与苏、辛等有数几家自具面目个性,其他所谓名家实不过陈辞翻新、旧意新编,常有"似曾相识燕归来"的感觉。北宋后期开始至宋亡的诗坛,江西派以杜诗效颦为能事,词坛也一直宗奉周邦彦、姜夔、史达祖、吴文英几位声律作手为宗师,影响至清亡以后。他们都把花间词、南唐以来的辞采格调当作永世不变的准尺,以字声合乐声当作词的最高追求,所谓的"本色""当行",所谓的"词别是一家"。把世事人生摒除在外,只在声律辞法上玩格调,貌似坚持词的主体性,护惜形式美,忘记了词的主体是感应万事的人心,完全背离《乐记》的教导:"乐者,音之所由生也,其本在人心之感于物也。""情动于中,故形于声,声成文谓之音。"词之格律派与诗之江西派一样,都起了禁锢心智才情的不良作用,促使词的僵死而终于为后来元代的俗曲所取代。因这派人多势众影响深远,故亦择其代表略述要点。

周邦彦(1056—1121),字美成,号清真居士,钱塘人。宋徽宗时提举大晟府,为宫廷制礼作乐,粉饰太平,献诗权奸蔡京。他精通音律,能自度曲,作词严别平上去入四声。善于琢字,把六朝小赋和中晚唐诗人诗句剪辑为词句,号称"语有来历"。题材不外行旅闲愁、离别相思这些五百年老调。南宋提倡清丽雅正,才把他奉为词尊:"凡作词者以清真为主。"(沈义府《乐府指迷》)甚至吹为"集大成"。《清真集》中词,雕琢伤真类,真性情与活语言都难一见。写得清而且真的只有这几颗小水珠:"叶上初阳干宿雨、水面清圆,一一风荷举。"(《苏幕遮》)至于大量拆旧补新的融化唐诗入词,实非高明。如《蝶恋花(早行)》中的"月皎惊乌栖不定"——曹操《短歌行》中的"月明星稀,乌鹊南飞;绕树三匝,何枝可依";该词结句"露寒人远鸡相应"——温庭筠《商山早行》中的"鸡声茅店月,人迹板桥霜",都是点金而成铁之笔。周词的成绩在形式:一是词律更精细,严分平上去

入四声;二是用增演旧调的办法创新词调五十左右。

姜夔(1155? —1221),字尧章,江西鄱阳人。因妻居湖州,邻苕溪白石洞天,自号白石道人。也以精音律而著名,能自度曲,今存十七首词旁注音谱。作词求格调清空骚雅,人比为"野云孤飞,去留无迹",影响远至清初浙西词派。内容亦多身世之感与恋情咏叹,有时也咏物见志,用比兴手法含蓄地流露一点国家残破的伤感。如最负盛名的《扬州慢》,写到昔日繁华的扬州经女真兵二度南侵烧杀洗劫后的荒芜惨象:"过春风十里,尽荠麦青青。自胡马窥江去后,废池乔木,犹厌言兵。"揭露敌人的凶残比他人讽刺本朝君主还委婉小心,也缺乏热情,字字生怕妨害了清高和空灵。虽然比起毫无心肝的享乐主义总算良知未泯,实在也还是把形式格调看得重于国事民命,以修饰当本色。即使写恋情的名句"淮南皓月冷千山,冥冥归去无人管"(《踏莎行》),也显然缺乏热气,只顾一味清空,其余更不待说了。

吴文英(1200—1260),字君特,号梦窗,四明(今浙江宁波)人。他也标榜"音律欲其协""下字欲其雅"。内容多应酬与艳情之作,语言追求工致绵丽,往往由于用典加雕琢而晦涩堆砌,被讥为"如七宝楼台,眩人眼目,拆碎下来,不成片段"(张炎《词源》)。也是由于炼句、声律二长,就被清人捧为"前有清真,后有梦窗",俨然宋词二尊。大抵从六朝、唐宋到明清,末世的诗歌作风都以唯形式美为时髦,宋词则表现为以周、姜为首的声律格调派。

第七章　古典诗歌的衰落期
——元明清诗词曲

元明清时间跨度有六七百年,中国汉人两度受异族统治。周代以来处于最尊贵地位的古典诗,总的看似气数已尽,日薄西山,不可挽回了。诗至宋已被词夺去一半天下,南宋朝廷又一再把正直诗人的热情浇灭,复经蒙古铁蹄把人与诗一齐践踏了近一个世纪,诗神所附的士大夫元气大伤,颓势已成定局,只有不尊贵而坚韧的底层俗文学能生存下去,繁荣起来。明清二朝兴盛时的八股加文字狱,使士林普遍丧失自己的思考与个性,只能乞灵于唐宋大家的衣冠以图保存昔日的光荣。明清衰落期诗人又投入救亡图存,政治军事的争战已提到历史首位,身家不保,大家自无从产生。明的复古反复古,清的宗唐宗宋,派别林立,理论思考深细了,身心完整的诗神也被肢解了。所以这三朝诗,略述概貌,对初学而言也就够了。

第一节　元代散曲与诗词

元朝九十年的时间里,疆域空前广大,汉族人民地位空前悲惨。蒙古贵族把天下人严分为蒙古人、色目人、汉人、南人四等级别,汉人尤其是原南宋臣民遭到大批屠杀和残酷奴役,这不仅野蛮地破坏了唐宋期间发展为世界一流的社会文明,而且严酷地中断并扭戾了中国传统文化的历史走向。唐宋科举选官制度为民族歧视所取代,读书人的社会地位一落千丈,"八娼九儒十丐"(谢枋得《送方伯载归三山序》),士成了娼丐之间的臭老九,中国文化学术思想陷入一个极为黑暗的时期。然而,社会与人生对文学的需要是无法取消的,在严重毁灭古典精英文化及其社会基础之余,一种为过去士大夫所轻贱的市民俗文学乘机大大地发展起来,这就是新兴的散曲以及用散曲组合的杂剧。元散曲虽无法与唐宋诗比肩,可也自有其艺术魅力。正统的诗词文则不仅数量少,成就也不高。

曲从词演化而来,却更富音乐性,更口语化,是更利于表现俚俗人情的新兴诗体。平时所说的元曲,包括剧曲和散曲。散曲有小令、套数两种。与词的小令不同,散曲小令除只有单支曲调,还包括两支(或三支)连唱的带过曲,它形式短小活泼,语言较精炼。套数又叫套曲,是由两首以上同一宫调的曲子相连而成的组曲,一般都有尾声,并且一韵到底。套数短者三四曲,长的可至二三十个曲调,便于叙述更繁复的内容。剧曲其实与套数相似,不同的是在曲与曲之间,还有科介(动作)和宾白(对话)。

由于士大夫文化的毁灭,诗人词人的减少,诗和词又趋学者化、案头化,作品渐渐失去对民众的吸引力。而曲的俗白辛辣特别适合元代潦倒文人和众多歌女伶工的口味,于是便依附于和中原旧乐不同的"胡乐番曲",广为传播,这就是现今仅存其词不传其调的曲。

词与曲同为合乐的歌词,形式都是长短句,常被混称,但它们在形式、音韵以及精神方面都有不同。一、在句式上,曲比词更善于长短变化,从一字二字句到二三十字一句,间杂错落。二、散曲在曲谱所限字句之间,可加衬字,使原本格律谨严的中国诗词活泼生动,成为一种通俗文学。三、在用韵上,曲比词严密,须整首用韵,但平上去三声可互叶,使作者于严密的韵脚限制中有叙事抒情的自由。四、曲中多用口语乃至方言。

根据一般说法,曲萌芽于北宋熙宁、元祐年间的北方地区,到元初关汉卿、马致远诸曲家涌现,散曲步入全盛期。据任讷编的《散曲丛刊》统计,元散曲作家可考者有二百二十七人,大体可以1300年为界分为前后期。在暴力兼民族歧视的统治之下,汉人知识分子仕途无望,潦倒失意,往往把悲愤牢骚寄寓于散曲,形成时代的共同点。元前期剧作家关汉卿、白朴、王实甫等多有散曲传世。关汉卿歌曲多写男女恋情及自己的生活道路,语言本色,感情真挚,其中最知名的是套数[南吕·一枝花]《不伏老》,该曲极生动传神地刻画了关汉卿对自我才情及生活方式的自赏自负及难以改易的决心,其放纵的风格、生动的比喻和泼辣的语言令人叫绝。如其中[黄钟煞]第一句写道"我却是个蒸不烂、煮不熟、捶不扁、炒不爆、响当当一粒铜豌豆",就是典型的一例。白朴早年逢国亡家变,入元后郁郁不乐,其曲或露故国之悲,或恬退自适。他的"知荣辱牢缄口,谁是谁非暗点头",和《西厢记》作者王实甫"遇事休开口,逢人便点头"及"诗书丛里淹留"等自我描述颇能代表这一特殊年代文人压抑苦痛的精神风貌。

马致远(1250?—1323?),号东篱,大都(今北京)人,在元前期乃至整个元代,他都是领袖群英的散曲大家,号称"曲状元"。因不满当朝黑暗,于是啸傲风月,纵情山水,曲多怀才不遇的感愤。反映中年以后生活面貌和思想情感的[双调·夜行船]套曲,周德清认为"万中无一",艺术价值与思想价值都较高,如其中《离亭宴煞》一曲描写追名逐利之徒为:"密匝匝蚁排兵,乱纷纷蜂酿蜜,闹攘攘蝇争血。"而自己孤高自赏,秋来"和露摘黄花,带霜烹紫蟹,煮酒烧红叶"。语言精练工整,悲、愤、哀、矜几味俱全。马致远的小令或绘景、或言情、或状物、或抒慨,不拘一格;造语凝练清切,通俗生动,音节谐美。其中最负盛名的是[天净沙]《秋思》:

> 枯藤老树昏鸦。小桥流水人家。古道西风瘦马。夕阳西下,断肠人在
天涯。

小令前三句镜头由近及远,摘取自然界九物直接组合成句,排除任何句法、修饰与黏合剂,而诗意益然,非常高明。西风正紧,四野萧然,古道上那一骑瘦马,似乎从古到今一直踽踽独行。夕阳就要"西下",本已枯老昏黄的一切又即将被无边黑暗所吞没。由于

前二十二字先蓄足势,末句天涯孤旅之人的"断肠"就极为自然而饱满。景色就是情绪色彩,苍凉凄绝,构思独特,毋怪被前人称为"秋思之祖"。

马致远善于驾驭散曲的不同形式抒写不同的题材,以他诗性的才情、优雅的气度、本色清俊的语言,深化了曲的内涵,提高了曲的意境。

元中期散曲作家不仅抒写自身的失意,可贵的是往往能蔑视王侯权贵,为百姓代言,主要有张养浩、睢景臣等。张养浩(1270—1327),字希孟,号云庄。他有对官场黑暗的深刻体验与清醒认识,曲中常露隐逸情怀和对民生的关怀。其代表作当推[山坡羊]《潼关怀古》:

> 峰峦如聚,波涛如怒。山河表里潼关路。望西都,意踌躇。伤心秦汉经行
> 处,宫阙万间都作了土。兴,百姓苦! 亡,百姓苦!

历来诗人都只知道揭露百姓丧乱流离的"亡"之苦,而歌颂王朝之代兴。张养浩此曲却进一步指出:一个王朝为了壮丽建筑显示威风,大兴土木,同样建立在"百姓苦"之上,"兴""亡"只是统治者的事,百姓只有"苦",真是一针见血,想人所未思、道人所未言,醒目又醒世的千古卓见。

睢景臣的代表作是《高祖还乡》。汉高祖刘邦是强盛的大汉王朝的开国之君,他的衣锦还乡在以君主为本位的专制社会里历来被视作人生最大荣耀。而《高祖还乡》却撕下其神圣外衣,还以无赖本相,成为圣主的一副讽刺漫画。先大事铺叙如何兴师动众、八面威风地还乡,一旦觑破是个惯于赖账的刘三,老街坊们火了:"只道刘三,谁肯把你揪摔住? 白甚么改了姓、更了名,唤做汉高祖?"刘三是原人,汉高祖是政权神,专制就是建立在把一人扮成万民之神的政治魔术上。从来没人能揭穿这一点,可见此曲的无比辛辣。全曲绘声绘色,形象逼真,语言诙谐,艺术成就很高。

刘时中,号逋斋,小令中有许多清华之作,但更为可读的是两套关切民生艰难的[正宫·端正好]《上高监司》。其中,陈述饥荒的一套写旱灾时百姓食土卖儿和富豪巨商趁火打劫的罪行,两相对比,痛伤心肺;陈述钞法积弊的一套长达三十四调,详细地叙述了库藏的积弊和官吏的贪污腐化。他用当时新兴的曲子描写当代社会事件,是元曲中最富现实内容的作品。

与词的发展轨迹类似,元曲也渐渐从原来的朴素自然而变为愈来愈典雅工丽,本色渐减而修饰日增。先前的曲家常为剧曲与散曲兼擅,而后期散曲家渐趋专业化,散曲越来越远离现实,华美典雅成为他们追求的主要风格,代表作家有张可久、乔吉。

张可久,字小山,享誉于十四世纪二三十年代的曲坛。他花一生精力治曲,共有七百多首,为元代曲家之冠。其《小山乐府》中许多细致柔美的小令寄寓了他怀才不遇的感慨,格律严谨,辞藻华美,题材也较广。[醉太平]《怀古》写登临的感慨和惆怅,较有名气。

乔吉,字梦符,张乔并称。他同样付匠心于字句音调的琢炼,有许多啸傲山水和嘲

弄风月之作。不过乔吉的散曲更清丽些,更能雅俗共赏。[升平乐]《悟世》:"肝肠百炼炉间铁,富贵三更枕上蝶,功名两字酒中蛇。尖风薄雪,残杯冷炙,掩清灯竹篱茅舍。"颇能代表他的风格。

元代诗词成就不如散曲,但积累几十年,也有一些较出色的诗人和作品。值得一提的是有深厚汉文修养的少数民族诗人,成就超过同期汉人作家。如耶律楚材、萨都刺等。王冕也是成就较高的诗画家。元初除重臣耶律楚材雄奇苍凉的诗作较突出外,有些南宋旧臣被征入仕,名节有亏,歉疚之情常流露于诗文,赵孟頫、刘因是当时的代表。赵孟頫,字子昂,号松雪道人,元代大书画家,其书法对当时和后代都有很大影响,亦工诗文。他富于才情又良知未泯,长诗《罪出》通过比喻婉转描绘了自己的生活道路和苦痛追悔之情。他的七律技巧纯熟。刘因,字梦吉,号静修,在他的诗中,或悼念,或总结宋亡教训,曲折婉转。《观梅有感》代梅立言,暗寓故国之思。《白沟》则道出宋亡是一贯软弱求和的最终结果,富于历史批判精神。

元延祐年间,虞集、杨载、范梈、揭傒斯号称四大家,诗歌大都讲求法度,求工炼,无浮浅之病,但都歌咏承平,内容贫乏。

元后期诗人主要有萨都刺、王冕、杨维桢等。萨都刺本答失蛮人("答失蛮",元代伊斯兰教士称号),古典文化修养深厚,有许多描绘江南风光的小诗。他长于抒情,各体兼长,绝句清新婉丽,古体俊健,律诗沉郁,成就在当时诸家之上。七绝《上京即事》(五首选一)写塞外风物习俗,颇觉鲜丽:

> 牛羊散漫落日下,野草生香乳酪甜。卷地朔风沙似雪,家家行帐下毡帘。

王冕(1300?—1359),字元章,号煮石山农,诸暨人。幼家贫而刻苦自学,后成通儒。装束举止与时人异,被目为狂人而不以为意,善诗画,工篆刻。王冕品行高洁,其诗语言纯朴,寄兴深远,纵横豪放,不拘常格,和元后期纤细柔弱的一般诗风很不相同。王冕诗中,人民的痛苦乃至惨死与大官富商的骄奢淫逸形成强烈对比,如《苦痛行》《伤亭户》等。《虾蟆山》借民间关于虾蟆石的传说,对剥削压迫人民的官僚进行尽情讽刺。借梅自喻的众多梅花诗颇能表现他孤傲高洁的个性。如《墨梅》:

> 我家洗砚池头树,个个花开淡墨痕。不要人夸颜色好,只留清气满乾坤。

写得天真清切,自然率直而寄兴深远。

杨维桢(1296—1370),字廉夫,号铁崖、东维子。他是元末诗坛领袖,其诗被时人称为"铁崖体"。他的七古歌行大多为咏史拟古之作,诗风模仿李贺,追求奇诡怪异。也有少数诗篇略有现实意义。

元诗成就虽不算高,但开了明诗弃宋转而拟唐的风气。

第二节　明代拟古与反拟古各诗派

　　1368年,朱元璋集合各路起义军统一中国,结束了荒淫残暴的元朝统治,建立了延续近三百年的明王朝(1368—1644),经济迅速得到恢复和发展。在思想文化方面,明旧体文学的新起点较低,对汉文唐诗等前代遗产有高山仰止的感觉,加上由于八股取士和文字狱的影响,明文人比较谨小慎微,诗词文多模仿,缺少独创性,没有取得很高的成就。只有小说、戏曲等通俗文学才大放异彩,成为明文学成就的代表性文学体裁。

　　明代诗歌一个醒目的现象是拟古主义与反拟古主义的斗争基本上贯穿始终。拟古主义诗派先后有茶陵诗派,以李梦阳、何景明为首的前七子,以李攀龙、王世贞为首的后七子等;反拟古主义先后有归有光和唐宋派,独抒性灵的公安人袁氏三兄弟,竟陵派的钟惺、谭元春等,两派一直进行着或隐或显的较量。

　　明初诗文代表宋濂、刘基、高启都是开国重臣,他们身经元末动乱,作品较有现实感,诗以高启最著名。高启(1336—1374),字季迪,号青丘子,他博学工诗,个性狂放,终因不愿与统治者合作而被腰斩。他学习古诗,擅长诗歌各类体裁,风格清新超迈。《牧牛词》写人牛相得之乐,结句却急转到由于剥削残酷连这种人牛之乐也不能长久。高启对自己的品行才华非常自负,对当日社会现状多有不满,因此诗词中常有凌云不平之气。如《念奴娇》词:"壮志平生还自负,羞比纷纷儿女。酒发雄谈,剑增奇气,诗吐惊人语。风云无便,未容黄鹄轻举。"颇有诗仙李白之高致。《青丘子歌》"不肯折腰为五斗米,不肯掉舌下七十城",及《醉歌赠宋仲温》这类七言歌行和律诗,都足以表现高启的艺术个性。

　　从永乐到成化,明代政治比较安定,统治诗坛的是以"三杨"即杨士奇、杨荣、杨溥为代表的"台阁体"诗风。他们以太平宰相的身份,大量写应制、颂圣或应酬、题咏的诗歌,号称词气安闲,雍容典雅,实际上陈陈相因,极度平庸乏味。却上行下效,追随者极多,先后流行了一百年左右。

　　茶陵诗派领袖李东阳是从台阁诗风到前后七子的过渡人物,人称李西涯。任台阁大臣时,主持诗坛,扶掖后进,颇有声望。他主张诗学杜甫,但多从音调、法度着眼。虽高于三杨,但未脱台阁习气。他注重唐诗形式的特征,对前后七子有明显影响。

　　在"三杨"与李东阳之间,唯一有价值的是于谦的诗。于谦,字廷益,明著名爱国将领,关怀人民的政治家。他文武全才,忧国忧民的情怀在诗中有鲜明的体现。青年时写的《石灰吟》是他甘愿为国为民牺牲的人格写照:

　　　　千锤万凿出深山,烈火焚烧若等闲。

　　　　粉骨碎身浑不怕,要留清白在人间。

诗句的爽朗与精神的高洁相得益彰。又如"但愿苍生俱饱暖,不辞辛苦出山林"(《咏煤炭》)等,都是借物自拟的名句。

明初拟古主义思潮起因于反台阁体。从林鸿、袁凯至李东阳,渊源已久,至弘治、正德年间,台阁之风仍弥漫于诗坛,于是文学上出现了"前七子"的复古运动。他们的目的,是要通过学古开阔人们的眼界,突破程朱理学教条、八股时文和"啴缓冗沓、千篇一律"的台阁诗风。前七子,指李梦阳、何景明、徐祯卿、边贡、康海、王九思和王廷相,以李、何最著名,徐祯卿的诗歌造诣也较深。李梦阳(1473—1530),字献育;何景明,字仲默,在政治上都敢于和残暴贪婪的大贵族、大官宦作斗争。他们提倡"诗必盛唐",认为盛唐以后的诗一无可取。他们学的却只是模仿盛唐诗的对偶、声律、结构、语调等形式,而不是古代优秀诗歌的精神,不知诗是情动于中而形于言,走上了盲目尊古的歧途,作品大多成了假古董。当时李、何门下咬定拟古,互相标榜,于是复古之风大盛。虽然流弊甚多,但作为此派宗主尚有点气象,而且他们都关怀现实,时有佳作。李梦阳的《秋望》,以雄浑之笔直抒爱国感情,稍能摆脱模拟。前七子中以诗名的还有徐祯卿,长于七绝,如《济上作》等,写得还算风神秀朗,情韵动人。

嘉靖、万历年间,又有后七子兴起,以李攀龙、王世贞为首,加上谢榛、宗臣、梁有誉、徐中行、吴国伦,发挥前七子的主张,结社宣传,彼此鼓吹,于是拟古主义的声势更其浩大。李攀龙(1514—1570),字于鳞;王世贞,字元美。李的《古乐府》篇篇模拟,只有拟盛唐的近体诗略有可取,如《杪秋登太华山绝顶》的诗境就比较开阔豪放。李死后,王世贞独主文坛二十年,声势更盛。他早年也认为诗愈古愈好,对《诗经》以下,汉魏晋南北朝乐府、李杜诗,无不模拟,但他主张用古调写时事,而且主张把才思与格调紧密结合起来,所以总体上说王诗比李诗有活气。谢榛对诗歌艺术颇有些李王不及的体会和修养,其律诗和绝句有些可读作品。

舍本逐末的字模句拟难免令人生厌,从散文到诗歌,一直有反拟古主义流派与之相对峙。

嘉靖、万历年间,文学界和思想界反对拟古主义的人为数不少,如创"童心说"的卓越思想家李贽以及戏曲界徐渭、汤显祖等,他们也多有诗歌传世,但没有能够形成一个运动。真正旗帜鲜明向拟古主义作正面斗争的是"公安派"的袁氏三兄弟。

袁宏道(1568—1610),字中郎,与兄宗道(字伯修)、弟中道(字小修)并有文名,世称"三袁",公安(今属湖北)人,也称"公安三袁"。主要诗歌观点为:反对贵古贱今,反对模拟;主张诗歌抒发性灵,不拘一格;文必贵质。"三袁"的见解从多方面对前后七子的拟古主义提出挑战并极大地打击了其势力,当时文人多弃李、王而学公安。三袁主张诗抒性灵,主要从诗人内心挖掘诗歌材料,忘记了广阔的人生和社会,理论革新意义高于其创作成就。其中最有代表性的是袁宏道自言:"忧时心耿耿,学道鬓苍苍。"言之有物,寄兴深远,确实不是盲目拟古之辈可比。

反拟古与"公安派"同时的,还有以竟陵人钟惺、谭元春为代表的"竟陵派",他们对"公安派"的文学主张并无异议,看到公安体有些流于轻率,便想以"幽深孤峭"的风格救其流弊,艺术道路却更狭窄。

明末政治风雨飘摇,复社、几社文人在坚持斗争中,形成明末爱国主义诗人群体。其中成就较高的是陈子龙、夏完淳、张煌言等。陈子龙(1608—1647),曾与夏允彝等结"几社",与复社遥相呼应,起兵抗清失败后投水自尽。他的诗伤时感事,慷慨悲凉,如在吴中作的十首《秋日杂感》,表达了他怀念故国、哀悼殉国烈士的沉痛感情。

> 满目山川极望哀,周原禾黍重徘徊。丹枫锦树三秋丽,白雁黄云万里来。
> 夜雨荆榛连茂苑,夕阳麋鹿下胥台。振衣独上要离墓,痛哭新亭一举杯。

直抒孤愤,豪宕悲壮。夏完淳(1631—1647),字允彝,以陈子龙为师,少年从军,抗清失败被捕,年仅十七岁即英勇牺牲。有诗词文著作多种,艺术造诣都很高。明亡后所写诗赋散文字字血泪,有悲壮淋漓的风格。如《细林夜哭》《吴江夜哭》两首长诗表现了强烈的爱国热情和英雄末路的哀痛,富有感染人心的艺术力量。《南冠草》中临难前的诗篇也是如此。如《别云间》:"无限山河泪,谁言天地宽。"富有才情和壮志的英雄正当少年,却"已知前路近,欲别故乡难"。面对死亡,抗清斗志死而不已:"毅魄归来日,灵旗空际看。"风格沉郁,慷慨悲歌,动人心魄。夏完淳也能填词作曲,如[双调江儿水]等气壮而语俊,情厚而调高。夏完淳有过人的才华,深厚的修养,对敌性烈气刚而对亲柔情似水,能运用多样的文学样式。可惜早早被清军所杀,否则其事业和文学上的成就未可限量。

明代的词风不振,除陈子龙外无出色的词人。只有散曲略能继承元曲风韵。明初曲坛沉寂,最称盛的朱有燉,散曲内容亦平平。至百余年后的弘治,曲风始盛。由于社会矛盾的尖锐,散曲家们有许多反映社会现实、富有真挚情感的好作品。由于南韵北风之不同,明散曲亦大体可分为南北两派。北方以冯惟敏最优秀,内容较丰富,气势较粗豪,南方以王磐、陈铎为代表,以清丽胜,修辞细美,风格婉约,喜写闺情。

打开明曲新局面的是陕西的康海、王九思,江苏的王磐、陈铎。康、王二人都是杂剧作家,政治失意后同归故里,酬唱应和,寄情山水,生活狂放,对现实的不满在曲中时有流露。刘效祖和赵南星的小曲用口语俗曲,极富民歌特色,写活了当时的世态人情。

在此派作家中,能兼有众长而独成大家的是冯惟敏。他的四卷《海浮山堂词稿》题材较广,语言清新,风格爽朗,有"曲中辛弃疾"之称。他憎恶官吏豪奴,同情劳动人民的苦难,诉之于散曲,形成他反映现实生活的一大特色。如《胡十八·刘麦有感》热忱地为灾难深重的农民呼吁。冯惟敏还常借鬼界影射现实,如《耍孩儿·骷髅诉冤》、《正宫端E好·吕纯阳三界一览》等都以鬼官的贪赃枉法控诉人间丑恶。对现实有深刻认识并在曲中作入木三分的刻画的,还有薛论道和朱载堉等曲家。

在北方散曲蔚为大观时,南方也有一批作家正以清丽之笔抒写蕴藉深情。

陈铎,号秋碧,精通音律,人称"乐王"。值得重视的是他的"滑稽余韵"一百三十六首,广泛描绘了当时下层各行的职业特征及生活习尚、语言动作等,反映出明代中叶城市经济发达、手工业繁荣的历史特征。如《搭材》《铁匠》《机匠》等描绘了手工业者的智慧和辛劳。同时陈铎还以幽默辛辣的笔调,嘲讽了社会上信口骗人的里长、巫师、媒人之流,如[水仙子]《葬士》:

> 寻龙倒水费殷勤,取向金穴无定准,藏风聚气胡谈论。告山人须自忖:拣一山葬你先人,寿又长,身又旺,官又高,时又稳,不强如干谒侯门?

与陈铎齐名的王磐鄙弃功名,一生以琴棋书画逍遥度日。他的胸怀和散曲题材都很宽阔,生活琐事、山水佳处、时情事态等都可入曲,作品既有南曲的华美清俊,又带有北曲的爽朗古直,叙事抒情都有写得好的。如著名的[朝天子]《咏喇叭》写装腔作势的当权宦官下乡给人民带来无穷危害:

> 喇叭,唢呐,曲儿小腔儿大。官船来往乱如麻,全仗您抬身价。军听了军怒,民听了民怕。哪里去辨甚么真共假?眼见的吹翻了这家,吹伤了那家,只吹的水尽鹅飞罢。

借支小喇叭写尽千古狗仗主势的威风,异常生动。又有[南吕·一枝花]《久雪》套数,把雪比作邪恶势力:"颠倒把乾坤碍,分明将造化埋。"构思新颖,寓意深远。

南方曲家还有梁辰鱼、沈源等。梁重辞藻,沈工声律,他们的散曲曲味少而词味多。明代的散曲在梁、沈手里逐渐格律辞藻化,原有的豪情野气及口语等都日渐消失,对以后的曲家影响极大。

民歌是明代一绝,不但民间男女喜听爱唱,而且也吸引了许多文人学士。内容多为情歌,风格热情泼辣。有的直截了当,有的运用巧妙的构思和新奇的想象,有的用谐音双关语等,以歌山盟海誓,表达九死不悔的真情。如《精选劈破玉歌·分离》发出"要分离除非天作了地,要分离除非东作了西"这样坚贞的誓言。又如《汴省时曲·锁南枝》通过天真新颖的比喻和奇特新巧的想象,表现情侣间那种亲如一体之情:

> 傻俊角,我的哥!和块黄泥儿捏咱两个。捏一个儿你,捏一个儿我,捏得来一似活托;捏得来同在床上歌卧。将泥人儿摔破,着水儿重和过,再捏一个你,再捏一个我;哥哥身上也有妹妹,妹妹身上也有哥哥。

情歌自古是民间文学的大宗,如此情浓如火,设想新奇,语调天真之作,十分少见,堪称佳构。

明代也有少数反映社会现实的民歌,如李开先的《一笑散》中记录的一首民歌,以新奇比喻对敲骨吸髓地搜刮百姓的无耻与贪婪,作了尖刻嘲讽:

> 夺泥燕口,削铁针头,刮金佛面细搜求,无中觅有。鹌鹑嗉里寻豌豆,鹭鸶腿上劈精肉,蚊子腹内刳脂油;亏老先生下手!

讽刺之辛辣新巧,令人忍俊不禁。人民对统治者的态度不但愤恨,更带鄙视憎恶,所以手法由汉乐府民歌的沉痛揭露一变为元明俗曲的嬉笑嘲弄,无所不用。这清楚地表明,封建专政已由政治残暴日益向经济掠夺的贪婪无耻转变,百姓再也没必要予以尊重了。

第三节　清诗的演变

明末统治日益腐朽,农民起义风起云涌,最终洪承畴、吴三桂等引清军入关,镇压了以李自成为首的起义势力,清帝国于 1644 年建立。元清两代都是少数民族统治汉族,但满洲贵族与蒙古贵族对汉文化政策不同,他们从小浸染汉族儒家文化,用武力统一中国后,就采用怀柔兼高压并举的政策,保留汉民族的生活习惯和文化制度,对汉族知识分子除以八股取士外,还收罗天下学者编纂大型类书发挥所长,以缓和满汉矛盾。所以,虽然清初汉人曾怀家国之痛,进行了不屈不挠的抗清斗争,但最终都渐渐淡漠,承认既成的社会秩序,诗歌也由清初的慷慨悲凉转为温和敦厚。加之清廷几次大兴文字狱,一般诗人更不敢过问现实。直到鸦片战争以后,国家民族的危难震醒了某些有识之士,诗坛沉寂的局面开始有人冲破,出现了伤国忧民之作。在诗歌艺术上,有人为纠正明"诗必盛唐"的偏失又出现"宗宋"倾向,于是尊唐与宗宋成为清诗坛的两大宗派。

清初诗歌创作相当活跃,诗人很多,成就超过明代。顾炎武、王夫之、屈大均等遗民诗人承袭晚明忧国传统,以大量的诗歌表现他们强烈的民族气节和深沉的故国之悲,其诗作不事雕琢,风格沉雄。如顾炎武《精卫》:"我愿东海平,身沉心不改。"饱含壮志难酬的悲痛、英雄末路的苍凉。

清初除故国气节作家之外,尚有清代首开宗宋诗风的钱谦益。他失节仕清后,诗中多怀明之思,居于诗坛盟主地位。吴伟业,号梅村,也曾降清出仕一年,其诗宗唐,擅长七言歌行,最著名的是叙事长诗《圆圆曲》:"恸哭六军俱缟素,冲冠一怒为红颜。""妻子岂应关大计,英雄无奈是多情。全家白骨成灰土,一代红妆照汗青。"长诗借陈圆圆与吴三桂的聚散离合,委婉曲折地谴责了吴三桂为一名妓引狼入室的叛变行为,富有深沉的历史感慨和圆转跌宕的音乐美。稍后诗坛影响最大的是"渔洋山人"王士禛,他论诗以"神韵"为宗,描写山水景色和抒发个人情怀的七言绝句,最能表现神韵特色,在当时极有声誉。

康、雍、乾、嘉年间,诗界拟古主义更盛,朱彝尊、查慎行、厉鹗等都宗宋,沈德潜宗唐,标榜"格调说",翁方纲倡"肌理说",都避开现实。不受当时诗派影响的是郑燮、袁枚等。郑燮,号板桥,敢面对现实,对人民的痛苦有真挚同情,诗风清新流畅。袁枚,字子才,论诗主张"性灵说",反对复古,提倡直抒自己的内心"性情",但缺乏广阔的社会现实内容。

清中叶道光、咸丰以来,清朝内忧外患交困,要求变革现实的呼声也影响着诗歌创作,打破了诗坛的沉闷局面。龚自珍是最富有创造性和叛逆性的杰出代表。他以诗作为战斗的武器,抨击时政,谴责"避席畏闻文字狱,著书都为稻粱谋"的"名流"才人,揭露黑暗社会的郁闷。以浪漫主义的幻想,呼唤一种新兴社会力量的出现,以扫荡一切的迅急气势,打破令人窒息的死水局面,以下是他著名的《己亥杂诗》(之一):

> 九州生气恃风雷,万马齐喑究可哀。我劝天公重抖擞,不拘一格降人材。

龚自珍的抒情诗饱含深沉的忧郁和孤独,"四海变秋气,一室难为春"。在堕落死寂的时代空气里,他却具有不屈的灵魂,火焰般的热情,死而不已的新追求:"落红不是无情物,化作春泥更护花。"长夜星光,令人感动。他在近代文学史和思想史上都占有重要的启蒙地位。

同治、光绪年间,随着资产阶级改良运动的形成,发生了"诗界革命"。康有为、梁启超、谭嗣同等都是积极鼓吹和实践者。而创作成就以黄遵宪最为突出。黄遵宪,字公度,外交家,改良派的积极活动家,也是一个努力向西方寻求真理,企图改革腐朽内政的爱国者和诗人。他提出"我手写我口,古岂能拘牵",让人耳目一新。诗中夹杂外来新名词。

在"诗界革命"的同时,拟古主义也起劲地争立门户,主要有陈三立、陈衍为代表的"同光体"诗人的宋诗派,以王闿运为代表的汉魏六朝诗派,以及中晚唐诗派。

清末,中国资产阶级民主革命逐渐走向高潮,秋瑾是这一时期的优秀诗人。秋瑾,字璇卿,一字竞雄,号鉴湖女侠,曾留学日本,积极投身于挽救民族危亡和妇女解放的革命运动,后遇害。她以诗歌为宣传革命的工具,创作力求通俗、自由。她除《宝刀歌》外,《黄海舟中日人索句并见日俄战争地图》也是她的名篇:"忍看图画移颜色,肯使江山付劫灰""拼将十万头颅血,须把乾坤力挽回"的悲壮誓言,令人起敬。

总的来看,清诗在历朝诗中数量最大,在社会文化生活中分量最轻。随着末代皇帝"逊位",宗唐宗宋之争连同古典诗歌的语言形式全被抛弃,最后被"白话诗"革了命。

第四节　清词的"中兴"

词在两宋达到高潮后,元词已让位于散曲,明词则多率意之作,成就更低。清初词人辈出,成就高于元明,可谓中兴。

清初词坛主要有三大家:一是浙派词家朱彝尊,一是阳羡派陈维崧,一是词风近李煜的纳兰性德。到嘉庆年间,则有张惠言开创的常州词派。

朱彝尊(1629—1709),浙江秀水(今嘉兴)人,为浙派词家的代表。其词宗南宋姜夔、张炎,字琢句炼,精工隽永,声律谨严,格调清空。内容有咏物怀古、感慨明亡,又多艳词,一归雅正。如被称为"佳构"的《桂殿秋》,写词人对往日恋情的一段回忆和感受:

> 思往事,渡江干,青蛾低映越山看。共眠一舸听秋雨,小簟轻衾各自寒。

看似平淡的二十七字小令,共卧一月可共听秋雨,却是"各自寒",无由"共眠"的凄寒惆怅,颇为含蓄而耐人寻味,艺术风格清疏空灵。彝尊当时和李良年、李符、沈皞、沈登岸、龚翔麟等,都以姜、张为宗,号浙西六家。由于内容比较单薄,清空易流为琐碎。

陈维崧(1625—1682),字其年,号迦陵,与朱彝尊同为翰林院检讨,又并称朱陈,作词计一千八百多首,为历代词家之首。陈维崧的词效法苏轼、辛弃疾,以壮语著称,气魄豪健。他的词中较出色的是抒写身世和吊古伤怀的作品,小令长调都充盈着豪情盛气,如[醉落魄]《咏鹰》一词显示出他疾恶如仇的态度:

> 寒山几堵,风低削碎中原路,秋空一碧无今古。醉袒貂裘,略记寻呼处。
>
> 男儿身手和谁赌,老来猛气还轩举。人间多少闲狐兔,月黑沙黄,此际偏思汝。

这首词托物寄意,气势豪迈,可代表迦陵词的主要风格。不过他的许多词豪放有余,沉厚不足,往往失之粗率,缺乏必要的含蓄。

纳兰性德,原名成德,字容若,满洲正黄旗人,大学士明珠长子,官一等侍卫。重友轻财,虽一介贵公子,却能"以自然之眼观物,以自然之笔言情"(《人间词话》)、以白描直抒胸臆,风格亦自然流丽,情致缠绵,有南唐后主李煜之词风,具有较强的艺术感染力。如抒写心近身远的爱情痛苦的《画堂春》:"一生一代一双人,怎教两处销魂!相思、相望不相亲,天为谁春!"因他天性敏感多情,曲中多感伤情调,哀感顽艳,另有怀抱,如[采桑子]:

> 谁翻乐府凄凉曲,风也萧萧,雨也萧萧,瘦尽灯花又一宵。　　不知何事萦怀抱,醒也无聊,醉也无聊,梦也何曾到谢桥。

这首词的上片写风声雨声伴着凄凉哀怨的乐曲,词人通宵无眠,是外物的感发。下片述内心的颤动。纳兰敏慧善良,对受排挤压迫的汉人平民的同情时时萦绕心间,却无由找到具体的答案,只觉得醒时醉时皆"无聊",难以排遣,就连梦中也无片刻欢乐。全词直抒胸臆,扣人心弦。

嘉庆年间,张惠言反对浙西词派,开创了常州词派,影响甚大。他力倡词的比兴寄托,标榜"意内言外""缘情造端",崇尚含蓄婉约,以提高词在诗史上的地位,把词抬上与风、骚同科。以至往往把咏物词解成政治影射。他本人作品不多,词作语言较凝练纯净,抒情细致,具有一定特色。代表作是《水调歌头》五首,为似断实续的咏春组诗。张惠言的后继者是周济,要求词反映现实,发挥其社会政治作用,不能只抒发个人感情,因此在其《宋四家词选》中,特别推尊辛弃疾。

清代除词作较多,还出现了大量评价词得失、探讨词学规律的专著,如陈廷焯的《白雨斋词语》、况周颐的《惠风词话》、王国维的《人间词话》等,都是宝贵的古典文化理论遗产,理性认识超过前人。

第二编　散　文

第八章　古代散文发展的奠基石
——先秦散文

先秦散文是指秦王嬴政统一中国建立秦朝(公元前221年)之前这一漫长历史时期的散文。先秦散文主要包括:商朝、西周时代产生的处于未成熟状态的最初阶段散文,战国时代兴起的以记事为主的历史散文和以说理为主的诸子散文。中国古代散文是在先秦散文的基础上逐渐发展起来的,因此可以说,先秦散文是中国古代散文发展的奠基石。

第一节　巫史文化与散文的产生

散文的产生比上古歌谣和神话传说要晚,它是在文字发明以后才产生的。我国古代散文的产生和发展,和商、周时代的巫史文化有重要的关系。巫,指以舞降神的人,女巫称巫,男巫称觋(xí)。史,指在王左右的史官,掌管祭祀和记事等。上古文化主要掌握在巫和史手里,形成巫史文化。商朝的甲骨卜辞就是巫占卜的记录。成书于殷周之际的《周易》是当时卜筮者占筮记录下来的筮辞。西周时代的《尚书》和铸在钟鼎上的铭文则是史官留下的作品。

一、甲骨卜辞——散文的萌芽

甲骨卜辞是指殷商时代契刻在龟甲和兽骨上求神占卜的言辞,亦称甲骨文。它是我国最早的书面语形态,也是萌芽状态的散文。

甲骨卜辞是于1898年在河南安阳小屯村首先发现的。经学者的研究,这些刻在龟甲兽骨上的文字是商朝王室占卜的记录。占卜的人便是女巫男觋,他们也是这些卜辞的作者。商朝的君王十分迷信,事无大小,必先占卜。各种祭祀、征战、生产、田猎、气候等等,都要卜问上帝和祖先。如问气候:

> 戊戌卜,永贞:今日其夕风? 贞:今日不夕风?(《甲骨文合集》13338版)

意思是:戊戌日占卜,(名叫)永(的占卜人)问道:今日夜里会刮风吗? 又卜问:今天夜里该不会刮风吧?

甲骨卜辞所反映的社会生活是多方面的。郭沫若主编的《甲骨文合集》将其内容分为奴隶、平民、军队、战争、农业、商业、祭祀、天文历法等 22 类。从甲骨卜辞所反映的这些生活内容看,神权支配一切是当时人们普遍存在的思想观念。甲骨卜辞真实地记录了商朝人们虔诚尊神的种种社会现象。

甲骨卜辞作为散文的萌芽,体现在语言上有两个基本特征:第一,已具备基本定型的书面语言。

字是书面语的载体。卜辞的字已大体定型,如"卜"字虽有几种写法,但基本笔画还是两笔,是可以认出的。语音、词汇和语法是书面语言的基本构成。卜辞已出现了大量的基本词汇,如表示自然物的日、月、风、云、山、水等;又如表示方位的东、西、南、北等;表示数量的一、二、三、四、五、六、七、八、九、十、百等。卜辞的句子已有句法可寻,如已具备了主语、谓语、宾语、状语、补语等句子成分,也具备了主谓宾基本句式。这使卜辞的文句已有了一定的规范性。

第二,已具备了记叙文的基本要素。占卜有一定的程式,卜辞往往与占卜程式相一致,有它一定的形式。卜辞包括:叙辞、命辞、占辞、验辞。叙辞,指占卜的时间和占卜人的名字。命辞,也叫贞辞,指要天帝解决的问题。占辞,指兆象的吉凶,即根据对卜形的视察所作的结论。验辞,指占卜后的效果,与占卜和结论加以验证。这样一篇完整的卜辞,就已具备了必备的时间、地点、人物、事件、原因、结果等基本要素。如:

癸巳卜,殻,贞:旬亡囚(祸)。王固(占)曰:"有祟! 其有来骰(艰)。"乞(迄)五日,丁酉,允有来骰,自西。沚馘告曰:"土方正(征)我东啚(鄙),弐(灾)二邑。凸(邛)方亦牧我西啚田。"——罗振玉《殷墟书契菁华》

意思是:癸巳日占卜,一个名叫"殻"的占卜人问道:"一旬(十天)内无灾祸吗?"殷王视兆说:"有祸祟! 将有灾难,从西南来的。"到了第五天,即丁酉日,真的来了灾难,从西面来的。沚馘报告说:"土方国侵犯我东边疆土,使我两个居民点受灾。邛方国也到我西边国土上放牧。"这段卜辞即具备了散文的基本要素,是最朴素最原始的散文。

二、《周易》——散文的雏形

《周易》又称《易》《易经》,是一本卜筮之书。《周易》不是一人一时之作,最后结集大约是在西周初年。作者已不可考。汉代司马迁《史记·太史公自序》说:"文王作卦爻辞。"这只能作为传说。据当代学者的研究,《周易》是一部筮书。"筮就是算卦,一般是巫史的职务。"(高亨《周易古经今注·旧序》)由此可推测,《周易》的作者还是那些算卦的巫史。

《周易》的基本构成是八卦,即乾、坤、震、巽、坎、离、艮、兑。每一卦由阴爻和阳爻交互配合而成,叠成三道。再将八卦互相重叠,就得六十四卦。解释六十四卦的卦体叫卦辞,解释卦中每一爻的叫爻辞。卦辞和爻辞共四百五十条,四千九百多字。卦爻辞,先秦时代称作"繇",现在也称作筮辞。

《周易》卦爻辞广泛反映了上古至周初这一历史时期内的社会生活。如祭祀、战争、生产、商旅、婚姻、水旱灾害等,同时还保留了不少古代神话、传说、历史故事等。如屯卦六二爻:"屯如邅如,乘马班如,匪寇,婚媾。"上六爻:"乘马班如,泣血涟如。"这是说的原始社会遗留下的抢婚习俗。

《周易》卦爻辞的散文特征主要表现为:

第一,注意语言表达技巧。卜辞多是单音词,《周易》则出现了不少双音词。如"君子""女子""大人""小人"。还出现了叠韵词,如屯卦初九爻的"盘桓",旅卦上九爻的"号咷";双声词,如姤卦九三爻"其行次且","次且"即"趑趄";重言词,如颐卦六四爻"虎视眈眈,其欲逐逐"。眈眈,是垂目注视的样子。逐逐,急于得到的样子。这些词都用得很恰当。

《周易》还开创了直接吸收歌谣作为散文语言表达的一个组成部分的方法。如归妹卦上六爻:"女承筐,无实。士刲(kuī)羊,无血。"意思是女子捧着竹筐,却一无所有;男子刺杀羊,也无牲血。高亨《周易古经今注》注,认为"此殆指男女结婚之事而言。疑周初之婚礼在神前或宗庙中行之,女持筐,出其实以献焉,男刺羊,洒其血而祭焉","今女持筐而无实,士刺羊而无血,则无以成其婚礼,乃大不利之象也"。

《周易》中的比喻、排比等修辞手段都比甲骨卜辞完备。如中孚卦九二爻:"鸣鹤在阴,其子和之;我有好爵,吾与尔靡之。"阴,同"荫"。爵,酒器,这里代酒。靡,共也,这里指共饮。这条爻辞如《诗经》中出现过的民间情歌。意思是:雌鹤在树荫下鸣叫,雄鹤在应和着。我有好酒,与你共饮它。爻辞表示了嘉惠他人之兆象。其中运用了比兴手法,用双鹤和鸣作比兴,隐喻情人的亲近。

第二,注意构思与布局。《周易》还没有后来散文那样有篇章,但已有一定的结构。每卦六爻构成一个整体。有的卦在内容上大体有一个中心,层次井然。如渐卦六爻:

初六:鸿渐于干。(渐:进;干,水畔。)……六二:鸿渐于磐。(磐,本作般,涯岸)……九三:鸿渐于陆。……六四:鸿渐于木,或得其桷。……九五:鸿渐于陵。……上九:鸿渐于阿。(原为"陆",据江永等改。大陵曰阿。)

这是以鸿这种水鸟由低处向高处一步步渐进为线索,把六条爻联系起来。

三、钟鼎铭文和《尚书》——散文的成型

古代铜器,特别是钟鼎彝器铸有文字,称钟鼎文,或金文。商代铜器开始有铭文,但十分简约,只几个字。如司母戊鼎就只有"司母戊"三字。到西周,青铜器上铭文篇幅开始增长,周厉王时散氏盘铭文三百五十字,周宣王时毛公鼎铭文四百九十九字,西周铭文内容多为颂扬功烈及庆祝赏赉之作。铭文一般为散文,但也有用韵文,如《虢季子白盘铭》的最后三句:

王赐乘马,是用佐王,赐以弓,彤矢其央。赐用钺,用征蛮方。子子孙孙,万寿无疆!(乘马:四匹马。彤矢:朱红色的箭。央:鲜明。钺:大斧。)

铭文记述子白与猃狁作战有功,因而受到周王的赏赐。这篇铭文整篇用韵,注意了语言的形式美。原文虽词句古奥,但结构完整,文已成型。

《尚书》即上古之书,在先秦只称《书》,西汉时称《尚书》,因成为儒家经书之一,又尊称为《书经》。《尚书》是上古史官著述于竹简的历史文献资料的汇编。《汉书·艺文志》说:"古之王者,世有史官,君举必书,所以慎言行、昭法式也。左史记言,右史记事。事为《春秋》。言为《尚书》。"《尚书》是记言之作,出自史官之手,但非一人一时完成,结集成书大约在春秋中叶。

现在所流传的《尚书》共五十八篇,据前人考证,除三十三篇真正可靠,其余二十五篇是古人伪作。《尚书》分四部分:虞书、夏书、商书、周书。从文献本身可知,虞、夏时尚无定型的文字,虞书、夏书不能视为是虞夏时期的散文,当是商、周时追述的。商书、周书可以看作为商周时代的散文,当然也可能经后人损益。《尚书》多是誓、命、诰、训之辞,即统治者重要政治言论的记录。

《尚书》中《盘庚》上中下三篇,是殷商史官所记,应为可靠。盘庚,是商代第二十位君王的名字。这三篇是殷王盘庚在迁都前后对臣民的三次讲话。《盘庚》文句古奥,"佶屈聱牙",但能传达出讲话者的口气、态度和情感。值得注意,文中出现了一些生动的比喻。如在上篇劝告群臣服从王命,要"若网在纲,有条而不紊;若农服田,力穑乃亦有秋"。(意思是:要像把网结在纲绳上,才有条有理而不乱,像农夫尽力耕作,才会有一个丰收的秋天。)这些比喻有一定的形象性,使语言有了更大的说服力。

《周书》中的诰命之作,如《大诰》《康告》《多士》《无逸》等篇,均是西周初期的作品,较能代表西周散文的新特色。如《无逸》是周公对成王的诫辞,开头一段讲道:

周公曰:"乌乎!君子所,其无逸。先知稼穑之艰难,乃逸,则知小人之依。相小人,厥父母勤劳稼穑,厥子乃不知稼穑之艰难,乃逸乃谚。既诞,否则侮厥父母曰:'昔之人无闻知。'"(意思是:周公说:"唉!君子在位,不应贪图安逸享受。先了解种田的艰难,这样,处在安逸的环境也会知道种田人的痛苦了。看看种田人,他的父母辛勤劳苦地种着庄稼,他的儿子却不知道种庄稼的艰难,便安逸享受起来。他的行为非常放肆,乃至于轻侮他的父母说:'上了年纪的人,无知无识什么也不懂。'")

周公的告诫从一般做人的道理讲起,讲得合情入理。《无逸》与甲骨卜辞比,显然已是成型的散文了。其特征表现为:

第一,标题"无逸"就是全篇鲜明的主题,就是全文的纲领。文章就是要告诫成王不要贪图安逸。

第二,说理更为透彻全面,结构较为严谨。全文从开头提出论点"无逸",接着讲殷、周历史教训,以事实论证,再从正反面进行事理论证,最后点明主旨,照应开头。

第三,更注意文采,词语上多了修饰。语言虽仍质直,但比《商书》已较晓畅易读了。

《尚书》在中国散文发展过程中有重要地位,对后世散文的发展有一定的影响。甲骨卜辞是属于巫文化,《周易》处在巫文化向史官文化的过渡中,而《尚书》则属于史官文化,所以《尚书》标志着史官文化从巫史文化中分离出来,使古代散文在内容上由敬天尊神转向更直接面对人类社会现实。《尚书》在记言中叙事,也有说理,这对先秦的历史散文和诸子散文都有启示。

第二节　史官文化的独立与历史散文的兴起

历史进入春秋战国时期,社会发生了大变革。社会制度由奴隶制向封建制转变,直至封建制确立。随之在思想文化领域也进行了变革和创新,突出的表现是史官文化与巫文化分离以后取得完全的独立。史官的理性精神得到发展,他们以理性的眼光审视社会现实的变化,处理历史材料,促进了历史散文的兴起。同时,历史散文的兴起也因此适应了当时统治者的政治需要。各诸侯国的统治者,为了在社会急剧变革中取得胜利,需要从历史与现实中吸取经验教训,从文化典籍中找参考,因而各诸侯国都重视历史记载。

春秋战国时代的历史散文大致沿记事与记言两个方向发展。《尚书》中的记言成分,后来发展为以记言为主的《国语》。侧重记事的《春秋》则发展成为以记事为主的《左传》,而将记言与记事趋向结合则发展成为《战国策》。

一、《春秋》——鲁国的编年体大事记

春秋时代较大的国家都有自己的史书。《墨子》中有"吾见百国《春秋》""著在燕之《春秋》""著在宋之《春秋》"等语,史官以编年记事的方法,把本国及别国的史事分别记在竹简上。一年有春夏秋冬四季,举其中"春""秋"二字为名,故称《春秋》。列国《春秋》失传,鲁《春秋》独传,《春秋》也成了鲁史的专名。它记事上自鲁隐公元年(公元前722),下至鲁哀公十四年(公元前481),共二百四十二年。《春秋》经孔子修订,成为儒家经书之一。

《春秋》是鲁国的编年体大事记,它是孔子在鲁国史官记录的基础上加以整理、编排成书的。《春秋》在散文语言上有两个特征。

第一,选词准确,意含褒贬,被后人称为"春秋笔法"。孔子企图通过修订《春秋》贯彻自己的政治主张。他以周礼的标准去"正名分",褒贬是非。如周室名义是天子,是王,但实际地位已不如有的诸侯国强大,但各诸侯国仍要尊重周王。《春秋》记时称"王正月",在正月前加一个"王"字,表示是在周王的正月。楚国已称王,但原来是子爵,《春

秋》中称"楚子",不称"楚王"。又如同是一个大夫被杀,因所记的文辞不同,褒贬就不同。《春秋经》隐公四年记:"卫人杀州吁于濮。"《公羊传》解释说:"其称人何?讨贼之辞也。"《谷梁传》解释说:"称人以杀,杀有罪也。"《春秋经》僖公七年记:"郑杀其大夫申侯。"《公羊传》解释说:"称国以杀者,君杀大夫之辞也。"《谷梁传》解释说:"称国以杀大夫杀无罪也。"可见称"卫人"与称"郑"国,人与国只一字之差,含义有有罪无罪的区别。说卫人杀州吁,表示州吁有罪该杀,说郑国杀申侯,只是郑国国君个人杀申侯,申侯不一定有罪。孔子这种通过选词以表达自己思想倾向的写作手法,汉代班固《汉书·艺文志》称为"微言大义",晋代杜预《春秋左传序》称为"以一字为褒贬",也就是所谓"春秋笔法"。

第二,遣词选句,讲究技巧。唐代韩愈《进学解》称"《春秋》谨严"。如僖公十六年记:

> 春,王正月,戊申朔,霣石于宋五。是月,六鹢(yì)退飞,过宋都。(鹢:一种像鹭鸶的水鸟,能高飞。退飞:指逆着风向飞。飞仍在飞,但却在退。)

据《公羊传》解释:前者记闻,先听到声音,后看到石头,最后看到是五块,数字放在"石"字后面。后者记见,先看到六只鸟在飞,仔细看是鹢,再仔细看是退飞,故数字放在"鹢"前。这些记叙以人的视觉上的先后为序,简要清楚,错落有致,不能不说记录者对事物观察得细致,下笔考虑得周到。

二、《左传》——先秦时代文史结合的卓越代表

《左传》全称为《春秋左氏传》,又名《左氏春秋》,是配合《春秋》的一部编年体历史著作,它也是先秦时代文史结合的卓越代表。所记历史,上起鲁隐公元年(公元前722),下至鲁哀公二十七年(公元前468年),比《春秋》多记十三年。晋代杜预把《左传》与《春秋》分年相附,汇编在一起,并为之作注,称《春秋左氏经传集解》。

《左传》的作者相传是春秋末鲁国史官左丘明,但后人考证认为,此书系战国初年人根据各国史料编成。

《左传》记事共二百五十五年。其内容记述了春秋列国的政治、军事、外交活动和有关言论,比较全面地反映了春秋时代的社会现实。它作为史官文化走向独立时期的产物,体现了作者比较进步的思想倾向。

《左传》在历史的记叙中表现了民本思想。所谓民本思想,即《尚书·夏书·五子之歌》所说:"民维邦本,本固邦宁。"在民与神的关系上表现出先民后神的思想。如:

> 桓公六年:"夫民,神之主也。是以圣王先成民而后致力于神。"庄公三十二年:"国将兴,听于民;将亡,听于神。神,聪明正直而一者也,依人而行。"

这里作者把民看成神的主人,神则依人而行,说明民的地位提高了,神降到依附民的地

位。并且提醒统治者要兴国，应"听于民"；"听于神"，国将亡。在民与君的关系上表现出重民轻君的思想。如：

> 襄公十四年："夫君，神之主而民之望也。若困民之主，匮神乏祀，百姓绝望，社稷无主，将安用之？弗去何为？……天之爱民甚矣，岂其使一人（指君）肆于民上，以从（纵）其淫，而弃天地之性？必不然矣。"

这里对不称职的君取否定态度，提高了民的地位。《左传》中的民本思想并不彻底，但在当时总是新的意识形态。

其次，《左传》通过历史的记述，对统治阶级的阴险、残暴等丑恶现象进行了揭露和批判，而对一些历史上起过进步作用的人物，有爱国精神的人物，予以表扬和赞美，表现出作者的褒贬精神。如隐公元年郑伯克段于鄢，作者揭露了郑庄公与其弟为争夺王位不惜骨肉相残的矛盾，刻画了郑庄公阴险的性格特征。再如宣公二年记述了晋灵公随意杀人的种种暴行，暴露了统治者的凶残面貌。而作者对子产、晏婴、伍子胥、郑国商人弦高等一批著名历史人物持肯定态度，代表了社会进步的方面。

《左传》不仅是历史著作，也是文学成就很高的散文作品，其文学成就主要表现为：

第一，善于叙事，尤其善于描写战争。

《左传》叙述事件的始末，交代原因结果，事件发展过程都很清楚。写战争更是如此。以僖公二十八年"晋楚城濮之战"来说明。

城濮（在今山东濮县南）之战是春秋战国时代晋楚两国争霸的一次大战，处于劣势的晋国打败了原来占优势的楚国。本文就是叙述晋楚城濮之战的发展过程及双方成败的原因。原文按战争的发展过程可分为战前、战时、战后三大段。

第一大段，从"宋人使门尹般如晋师告急"至"楚众欲止，子玉不可"。叙述战前晋楚双方的政治、军事活动。晋国方面采取争取齐、秦联合对楚的战略计划。而楚国君臣对这次战争抱有不同态度，步调不一，以致楚国统帅子玉孤军出动。晋国又私许曹、卫复国，孤立楚国。当楚军进逼晋军时，晋军"退避三舍"，为战争胜利造成有利条件。

第二大段，从"夏四月，戊辰，晋侯、宋公、齐国归父、崔夭、秦小子慭次于城濮"至"子玉收其卒而止，故不败"，叙述城濮之战决战过程。先写晋军与齐、秦、宋联军会师城濮，集中了兵力。接着写楚军子玉轻敌挑战，晋文公从容应战。双方主要人物对战争的不同态度，预示了战争的前途。再接着写晋楚两军交战的经过与结果。晋胜楚败。

第三大段，从"晋师三日馆谷"至结尾，一方面叙述战后周王封赏晋侯以及盟诸侯于王庭的情况；另一方面补写楚国子玉之死，晋文公认为这才是他的最后胜利。

从以上分析可以看出，"城濮之战"的写作有以下特色：（一）写战争不单纯写军事行动，而是把写军事与写政治、外交结合起来。在城濮之战前，写晋楚双方的实际情况，特别是晋国的内政、外交、政治上的充分准备，为以后胜利奠定了基础。作者还注意到战争的性质对士气的影响。（二）叙述战斗过程，条理清楚。对双方的将领、参与国、军队驻地、战斗时间的进展,双方进退胜败的情况都有明确的交代。所以人物、地点、时空观念都很清楚。而对过程的描写,能注意详略。写起因、准备、结果较详,写双方实际交战则较略。(三)忙中偷闲,写大战有闲笔穿插。如写临战前"晋侯梦与楚子搏",而子犯对文公的梦做了主观解释。反映了晋文公对战斗的谨慎与担心,子犯对文公坚定信心的鼓励。《左传》写战争很多,但写法不拘一格。有的写全过程,如"城濮之战";有的只突出某一方面,如"齐鲁长勺之战"(即《曹刿论战》)。

第二,《左传》记叙历史的同时,写了众多人物形象。通过人物的言行,表现了人物的性格。《左传》几乎写了春秋时代各阶层的人员,但出现较多的是大诸侯国的国君和主要的卿士大夫。如将某个人物连续出现在若干年记事中的有关内容集中起来,则可构成一个较完整的人物形象。《左传》中晋文公重耳、楚灵王、郑国的子产等人物都有较鲜明的形象。如以晋文公为例,从庄公二十八年记重耳为晋献公与大戎狐姬所生,至僖公三十二年"晋侯重耳卒",连续三十八年中都记载了有关重耳的事迹。作者又安排在僖公二十三年"晋公子重耳出亡"这一篇中,通过倒叙,记述了重耳在国外流亡十九年的简历。僖公二十四年记述了重耳回到晋国即位为晋文公励精图治的事迹。综合起来看,作者写出了重耳从一个贵族公子落难出亡,到逐渐走向成熟,终于称霸天下的全过程。刻画出了重耳从一个贵族成员成长为英明威武、为民拥戴的一代霸主形象。晋文公传奇式的经历,为统治阶级提供了一个可以效仿的典范。作者在僖公二十三年、二十四年记述重耳流亡经历与回国即位的过程时,通过重耳自己的言行,表现了重耳性格的发展变化。他到狄后娶妻生子,看不出他有雄心壮志。在齐贪图安乐,看不出他有政治抱负。但当他在曹、郑国受到轻慢之后,在随行人员帮助下,逐渐坚强起来。到了楚国与楚王对话,不卑不亢,既维护了自己国家的尊严,又表明了自己的志向。回到晋国做了国君后,在对寺人披的处理上,能考虑安危的形势,接受批评,量大容人,反映了政治上的成熟。《左传》写楚灵王,则是将其作为诸侯的反面形象来写的,而写子产,则是作为封建官吏的典范来颂扬的。作者在描写人物、刻画人物性格时,也表现了明显的倾向性。

第三,《左传》在语言方面也有突出成就,尤其善于记述行人辞令。行人辞令,即外交辞语。行人辞令的特点是从容委曲,意味深长。如僖公三十年"烛之武退秦师"一篇,当秦晋两大国围攻郑国时,郑国不保,派烛之武夜入秦军见秦穆公,烛之武对秦穆公的一席话,处处从秦晋利害得失入手,又处处似在为秦着想。由于理由充分,又说得委婉含蓄,使对方能明白利害关系,终于使秦退兵。

汉代人除认为《左传》是配《春秋》而成书外,还有两种配合《春秋》而行的著作,一是《公羊传》,一是《谷梁传》,合称《春秋三传》。

三、《国语》——我国第一部国别史

《国语》是我国第一部国别体的历史著作,记载了上起西周穆王,下至鲁悼公时代

(公元前1000—前400)约五百余年的史料。分记周、鲁、齐、晋、郑、楚、吴、越八国的史实,该书长于记言,所以名为《国语》。

《国语》大约成书于战国初期。司马迁认为《国语》与《左传》同属左丘明所作。现代学者一般认为此书是一个战国初期熟悉诸侯国史料的人所作。

《国语》在思想倾向上接近《左传》,也具有民本思想,艺术成就上则逊于《左传》。它主要是记言,其中不乏含意深刻的人物对话,著名的例子如《周语上》载"邵公谏厉王弭谤"。周厉王暴虐,引起民众的批评。邵公看到了民众不能忍受的事实,劝厉王放弃暴虐行为,他说:

> 防民之口,甚于防川。川壅而溃,伤人必多,民亦如之。是故为川者决之使导,为民者宣之使言。

厉王不听劝告,最终被民众放逐了。邵公的谏词表现了民本思想。他用"防民之口,甚于防川"的比喻,阐明了压制民众批评的极大危害,比喻恰当,又通俗易懂。

《国语》中《晋语》写骊姬,《越语》写勾践,刻画人物比较生动,有一定文学价值。

四、《战国策》——战国策士的言行录

《战国策》是记载战国时代历史的一部重要著作。它与《国语》一样采用国别体,杂记东周、西周、秦、齐、燕、楚、赵、魏、韩、宋、卫、中山十二国之事,包括上接春秋、下至秦统一中国约二百四十年(公元前460—前220)的部分史实。此书经汉代刘向整理编写,定名为《战国策》。

《战国策》主要是记载战国时代策士们的言行。策士,即出谋划策的士,是春秋战国时期发展起来的士阶层的一部分。他们适应战国时代各诸侯国的需要,替所任用的国家出谋献策。其策略大致可分为"合纵"与"连横"两种。所谓合纵,指地处崤山以东的韩、赵、魏、燕、齐、楚六国大略位于一条纵线上,它们用苏秦之策,联合以抗秦。所谓连横,指地处崤山以西的秦国,与崤山以东的六国位处一条横线上,它用张仪之计,联合某些国家,攻击别国,以达到各个击破之目的。主张合纵或连横的人统称为纵横家,也即策士。《战国策》一书的思想倾向较复杂,但主要是代表纵横家的思想。首先,策士在政治上讲权谋,即讲权术谋诈处理事情,因事制宜。如《齐策四》中的"冯谖客孟尝君"就写了一个策士冯谖,他是齐国贵族孟尝君的门客。他替孟尝君到薛地去收债,借孟尝君的名义让负债人烧掉了债券,说:是替孟尝君"市义"(意思是买了"义")。孟尝君不理解,直到他被罢官回到封地(即"薛"),看到百姓欢迎自己,这才理解了冯谖"市义"的意义。后来,冯谖又为孟尝君出了两条计谋,即利用各国之间的矛盾,抬高孟尝君的地位,使孟尝君恢复了相位;又要孟尝君以他与齐王同宗的名义提出在薛地建立宗庙,使薛地受齐王的保护。连"市义"在内,加上这两条计谋,合称"狡兔三窟"。冯谖这套谋划即属权谋。

其次，策士在人生观上讲个人进取，追求富贵利达。著名的例子，如《秦策一》的"苏秦始将连横"篇。苏秦原用连横之策游说秦惠王失败，后改用合纵之策说赵王取得成功。他苦读兵书的目的就是为了得到"金玉锦绣"，取得卿相的尊位。他感叹"人生世上，势位富贵，盍可忽乎哉？"

战国策士不讲仁义礼让，是当时社会风气造成，是时代的要求。他们积极进取的精神应肯定，自私自利的一面则应摒弃。

同时《战国策》中也还有其他进步思想。如《齐策四》"赵威后问齐使"所表现的民本思想，《齐策四》"颜斶说齐王贵士"、《燕策一》"燕昭王求士"等篇所表现的贵士、重士思想，都是值得注意的。

《战国策》在艺术上比《左传》《国语》有新的发展，突出地表现为：

第一，人物描写上有了进步，它常在一章里（即一篇中）着重写一个人，以另外的人作陪衬。如前述"苏秦始将连横""冯谖客孟尝君"分别着重写苏秦、冯谖。又如《燕策三》"荆轲刺秦王"则侧重写荆轲。以一个人物为中心写人，已具有传记因素。对人物形象描写，手法已多样化。如"苏秦始将连横"篇对苏秦说秦失败回家后的描写：

> 说秦王书十上而说不行，黑貂之裘敝，黄金百斤尽，资用乏绝，去秦而归，嬴縢履蹻，负书担橐，形容枯槁，面目黧黑，状有愧色。归至家，妻不下纴，嫂不为炊，父母不与言。苏秦喟然叹曰："妻不以我为夫，嫂不以我为叔，父母不以我为子，是皆秦之罪也。"乃夜发书，陈箧数十，得太公《阴符》之谋，伏而诵之，简练以为揣摩。读书欲睡，引锥自刺其股，血流至足。曰："安有说人主不能出其金玉锦绣，取卿相之尊者乎？"（嬴：同"缧"，缠绕。縢：绑腿布。蹻：草鞋。这句说：他裹着绑腿布，踏着草鞋。橐：袋子。黧：通"黧"，黑色。纴：机头。妻不下纴，言妻不下机，纺织如故。陈箧：摆开书箱。太公：《吕尚》。《阴符》之谋：指兵书。简练：熟习。揣摩：研究。）

这段文字既有外貌描写、心理描写、旁人的衬托描写，又有典型细节的描写，写出了苏秦失败回家时的狼狈形象，也写出了他的进取精神。尤其是肖像描写是以往的历史散文中所没有的。

第二，策士语言铺张扬厉，变本加奇。《战国策》记策士的语言是春秋时代行人辞令的进一步发展。行人辞令是从容委曲，意味深长，而策士的游说之辞则是铺张局势，滔滔不绝。策士说辞喜用排比句，并善于夸张，甚至不顾史实。如《齐策一》"苏秦为赵合从说齐宣王"，《魏策一》"张仪为秦连横说魏王"。

第三，善用寓言故事说理。如《齐策二》"昭阳为楚伐魏"中的"画蛇添足"，《燕策三》"赵且伐燕"中的"鹬蚌相争，渔人得利"，《楚策一》"荆宣王问群臣"中的"狐假虎威"等。

第三节　学士文化的兴盛与诸子散文的崛起

先秦诸子散文,指先秦各派学者的散文,因其内容以哲理为主,故也称哲理散文。春秋战国之际,士的地位提高,"子"成为著名学者和老师的尊称。到战国时代,"子"便成为一般学者的尊称。用"子"称老师,也用"子"作书名,如孟子,指孟轲。《孟子》则成了书名。

诸子散文产生于春秋末,崛起于战国,它与春秋战国时期社会大变革密切相关,而与学士文化的兴盛更有直接的关系。春秋战国时期,士人种类很多,有学士、策士、方士、术士等,其中学士知识渊博,人格高尚。他们注重理论建设,探讨社会人生的哲学理论问题,著书立说,到战国时期,形成了百家争鸣的局面。学士们的哲理著作注重作文技巧,有感情色彩,与纯说理文不同,而成了有文学价值的诸子散文。当时重要的有儒道墨法四大学派,代表性著作有《论语》《墨子》《孟子》《庄子》《荀子》《韩非子》六种。

一、儒家创始人孔子与《论语》

孔子(公元前 551—前 479),名丘,字仲尼,鲁国陬邑(今山东曲阜)人,儒家学派的创始者。"儒"是一种职业名称,是当时给富贵人家相礼的一批人。孔子早年靠"儒"的职业维持生活,他还有丰富的文化知识,有一套哲学理论。这一派人多势大,后来"儒家"成了孔子这一学派的专名。孔子的思想核心是"仁"。"仁"的基本含义是"爱人":"樊迟问仁,子曰:'爱人'。"(《论语·颜渊》)孔子提倡的"仁"是最高道德规范,要求人们之间应该相爱,其中包含有一种要求把人当作人的思想,具有一定的政治进步性。当然,"仁"的重点是在于调整统治者与被统治者之间的关系。孔子还强调"礼","礼"是一种政治秩序,指周初所确定的一套关于等级区分的典章制度和习俗。孔子一生聚徒讲学,第一个办私学。如在教育对象上,他提倡"有教无类"(《论语·卫灵公》)。对学习态度和学习方法,也主张"知之为知之,不知为不知"(《论语·为政》),"学而不厌"(《论语·述而》),"温故而知新"(《论语·为政》)等等,对今人仍有启发。

《论语》二十篇,主要是孔子的弟子记录孔子言行的著作。《汉书·艺文志》说:"夫子既卒,门人相与辑而论纂,故谓之《论语》。"成书当在战国初年。

《论语》是语录体散文的典范,其文学价值,首先在于它的不少语句形象性强,富有哲理性,后世已成为格言警句。如:

　　　　子在川上曰:"逝者如斯夫,不舍昼夜!"(《论语·子罕》)

　　　　子曰:"岁寒,然后知松柏之后凋也。"(《论语·子罕》)

《论语》的语言风格朴实含蓄,雍容和雅。

其次,有的片断能从简单的对话中展示人物的神情语态和性格特征,写出了孔子及一些学生的形象。如《论语·先进》的"子路、曾皙、冉有、公西华侍坐"章,写出孔子作为师长的形象,他思想深沉,循循善诱,因材施教。对于学生中子路的直率,冉有、公西华的谦虚,曾皙的洒脱,都写得具体生动。

二、墨家创始人墨翟与《墨子》

墨子名翟,墨家学派的创始人,生活年代在孔孟之间。自称出身"贱民"(《墨子·贵义》),曾造过车子(《墨子·鲁问》)。他是代表小生产者利益的思想家。

墨子思想的核心是"兼爱",指社会上所有的人不分阶级,不分亲疏,大家互爱互利。孔子讲"爱人",是有亲疏差等的。墨子主张"爱无差等"(见《孟子·滕文公上》),"爱无厚薄"(《墨子·经上》),这就不同于孔子的观点,表现了广大平民对宗法等级制度的不满。但在战国时代,人与人之间要"兼爱",还只能是脱离现实的幻想。将"兼爱"运用到国与国的关系上,墨子提出了"非攻"思想,即反对侵略战争。但他不反对防御战,他曾支持宋国防止楚国入侵(见《墨子·公输》)。墨家与儒家在战国时代都被称为"显学"(著名的学派),见《韩非子·显学》。

《墨子》一书,是由墨子的弟子们据墨子平时讲学记录下来,然后编辑而成的。此书产生于战国前期,但成书约在西汉初年。

《墨子》在散文上的成就,首先是文章逻辑推理严密,具有很强的说服力。如《非攻》(上)首段大量运用了类比推理的手法:

> 今有一人,入人园圃,窃其桃李,众闻则非之,上为政者得则罚之。此何也?以亏人自利也。至攘人犬豕鸡豚者,其不义又甚入人园圃窃桃李。是何故也?以亏人愈多,其不仁兹甚,罪益厚。……今至大为攻国,则弗知非,从而誉之,谓之义。此可谓知义与不义之别乎?(攘:偷窃。豕:大猪。豚:小猪。)

这篇文章围绕"非攻"这一中心,从百姓日常生活中的事件出发,由小到大、由浅入深地进行论证,最后将"攻国"行为论证为最大的不义,从而向读者揭示了主题思想。

其次,《墨子》散文朴素无华,少修饰,表现出尚质的特点。

《墨子》由于成书较晚,文章不整齐,其中有对话语录体,如《公输》;也有较完整的论说文,有论题,能围绕中心论证,如《兼爱》上、《非攻》上之类。

三、儒家"亚圣"孟轲与《孟子》

孟子(约公元前370—前289),名轲,战国中期邹(今山东邹城)人,是孔子之后的又一位儒家大师,被后人称为"亚圣",与孔子并称"孔孟"。

孟子是代表新兴地主阶级利益的思想家。他的政治思想的核心是"仁政",这是从孔子的"仁者爱人"发展而来的。他还提出"民为贵,社稷次之,君为轻"(《孟子·尽心下》)。这是民本思想。但他又提出"劳心者治人,劳力者治于人,治于人者食人,治人者食于人。天下之通义也"(《孟子·滕文公上》)。这段话肯定了社会分工,有合理的一面,但另一方面却从根本上论证了统治者剥削的合理性与永久性,把劳动者之间的分工与两大阶级之间的对立这两件事混淆了。

孟子设计了士人的理想人格:"富贵不能淫,贫贱不能移,威武不能屈,此之谓大丈夫。"(《孟子·滕文公下》)这里强调了个人意志的作用。他又认为艰苦的环境是锻炼自己的大好机会,说:"天将降大任于斯人也,必先苦其心志,劳其筋骨,饿其体肤,空乏其身,行拂乱其所为,所以动心忍性,曾益其所不能。"(《孟子·告子章句下》)(意思是:天将要把重大任务落到某人身上,一定先要让他的心意感到苦恼,使他的筋骨劳累,使他的肠胃感到饥饿,使他的身子穷困,他的每一行为总是不能如意,这样,便可以震动他的心意,坚韧他的个性,增加他的能力。)这些观点今天仍然给人以启示。

《孟子》一书是孟子本人及其弟子万章、公孙丑等人共同的著作。《孟子》的文章属于对话式论辩文。它往往通过对话,开展辩论,文章比《论语》的篇章增加了篇幅,增多了议论,更具有文学性。

第一,《孟子》刻画了孟子这一人物形象。《孟子》基本上以孟轲为中心,对弟子的描写很少,它多靠揭示人物的内心世界,个性化的语言,在以言叙事中写人。即主要通过对话,由此带出具体事件和人物,从而突出人物性格特征。在《孟子》中孟轲是一个坚持理想、不肯苟合、聪明机智、辩才无碍的儒者形象。

第二,《孟子》的文章善于雄辩,气势充沛。试以《孟子·梁惠王上》篇中的"齐桓晋文之事"章为例说明之。

孟子自称"好辩",确有很高明的辩论技巧。常用方法之一是:善设机巧,引人入彀。入彀,即入圈套。《齐桓晋文之事》是孟子宣传仁政思想的代表作。孟子游说齐宣王,齐宣王开口问春秋时代齐桓公、晋文公称霸的事。显然,齐宣王是热衷霸道。而孟子则要向他宣传仁政王道。所谓王道,即主张以"仁义"治天下,与霸道相对而言。但孟子并不作单调的说教,而是采用迂回战术。他举出齐宣王曾有"以羊易牛"的事,指出齐宣王"是心足以王矣"(这样的心足够用来实行王道)。这使得齐宣王说出:"夫子言之,于我心有戚戚焉。"(戚戚:心情激动的样子。)从而把齐宣王引导到论说王道上来。孟子辩论的常用方法之二是:善于掌握对方心理,因势利导。如孟子接着与齐宣王进行上述对话,趁着齐宣王心动,用比喻指出齐宣王不行王道,是不肯干,而不是不能干。孟子了解齐宣王内心还有实行霸道的"大欲",又用比喻说明齐宣王所追求的"大欲"是行不通的:"求若所欲,犹缘木而求鱼也。"而且"后必有灾"。再鼓励他实行王道,会受民众拥护。当齐宣王表示愿意听取孟子的教导,孟子抓住机会,最后向齐宣王提出了实行王道的具体措施。

孟子说话富有鼓动力,在文章中表现为有充沛的气势。他往往借助铺排的句式,造成气势。如当孟子问到齐宣王的"大欲"时,用了"为肥甘不足于口与？轻暖不足于体与？……"五个排比句,对齐宣王的生活享受作了铺叙,说明他已应有尽有,以烘托齐宣王的"大欲"实际是要称霸。

第三,《孟子》还长于用比喻和寓言说理。上述"缘木求鱼",意思是爬到树上去找鱼。比喻方向、方法错误,不可能达到目的。这样的比喻浅近贴切,十分生动。《孟子》中有不少寓言。如"五十步笑百步"(《梁惠王上》),"宋人揠苗助长"(《公孙丑上》),而如《离娄》下篇的"齐人有一妻一妾"章的寓言,对人物刻画较细,情节较完整,已是后世小说的萌芽。

四、道家代表人物庄周与《庄子》

庄子(约公元前369—前286),名周,宋国蒙(今河南商丘东北)人。他与孟子都生活在战国中期。他是继道家学派创始人老子之后的道家代表人物。后世将他与老子合称"老庄"。

春秋时代的老子著有《道德经》,即《老子》。老子第一次提出关于"道"的学说,道,本义是指道路,引申为途径、方法,含有规律等义。老子首次用"道"作为专指,认为"道"是宇宙之本,万物之源,是事物本质和规律的总称。

庄子接过老子的"道",把"道"说成是"无为无形","未有天地,自古以固存","生天生地"(《庄子·大宗师》)的精神实体。他在政治上主张无为而治(这种观点见于《庄子·应帝王》)。在认识论上持相对主义,认为大小(泰山之大、秋毫之末之小)、寿夭(彭祖长寿、殇子短命)都没有区别,最后总是一样的。(这种观点见于《庄子·齐物论》。)庄子在人生态度上追求无条件的绝对的精神自由。(这种观点见于《庄子·逍遥游》。)

现存《庄子》一书共三十三篇,一般认为内篇七篇是庄子自己所作,外篇十五篇、杂篇十一篇是庄子的门徒和后学所作。

在先秦诸子中,《庄子》的文学价值是最高的。鲁迅在《汉文学史纲要》中说:"晚周诸子之作,莫之能先也。"《庄子》文章把哲学与文学结合起来,使哲学文学化,其文学价值超过哲学价值。其艺术成就有以下几点:

第一,它采用浪漫主义的创作方法。庄子有极丰富的想象,善用虚构的形象来说理。他不用逻辑论证的方法,而是用形象论证的方法来说理。而他笔下的形象往往是非现实的,而且是虚构的、夸张的,但又是拟人的。如《逍遥游》,这是《庄子》的首篇,也是庄子的代表作。

《逍遥游》的主题思想是主要说明庄子追求绝对自由的人生观。文章的前一部分先想象虚构出了大至高飞九万里的大鹏鸟,小至蜩(即蝉)与学鸠(小鸟名),指出它们都是有所待(有所凭借),因而是不自由的。只有达到无己、无功、无名的"至人、神人、圣人"(理想人物)才是绝对自由的。文章的后一部分又想象虚构出许由、藐姑射山的神人,以及庄子与惠子辩论"大而无用"等故事,进一步证明其论点。所以在《逍遥游》中作者向读者展示的是一个怪诞的形象世界。如开头写道。

> 北冥(北方的海)有鱼,其名为鲲(本义为鱼卵,这里用作大鱼名)。鲲之大,不知其几千里也;化而为鸟,其名为鹏。鹏之背,不知其几千里也;怒(奋起)而飞,其翼若垂天之云。是鸟也,海运(指在大海上运行)则将徙于南冥。南冥者,天池也。……鹏之徙于南冥也,水击三千里,抟扶摇而上者九万里(抟:盘旋。扶摇:即飚,暴风),去以六月息者也。"

大鹏如此之大,又能高飞九万里,但它要凭大风才能飞翔,说明它还是有所凭借。如果风不大,它也就飞不起来。所以它也是不自由的。正因为庄子用形象说理,所以《庄子》散文处处具有鲜明生动的形象美,从而获得强烈的艺术感染力。

第二,《庄子》所创造的形象大都包含在寓言、神话故事中。在先秦历史散文和诸子散文中寓言得到广泛应用。《庄子》里的寓言在文章中密度大,许多文章基本上由几个虚构的寓言故事组成,如《逍遥游》。而且文章观点与寓言水乳交融,密不可分。寓言讲完了,道理也说明了,它的寓言极富创造性和生命力。

第三,《庄子》语言词藻富丽,妙于形容描写,有的还用韵,读来有节奏感。前人概括《庄子》的艺术风格是汪洋恣肆。这不仅指文章结构上打破常规,而且在语言上也是挥洒自如,千姿百态,引人入胜。

《庄子》文章从文体上说已突破语录体,发展成为常用人物对话形式的专题议论文。文章中有了概括全篇内容的真正的题目,《庄子》内篇七篇就如此。

五、儒法兼用的荀况和《荀子》

荀子(约公元前313—前238),名况,又称荀卿或孙卿,战国末年赵国人。荀子思想主要倾向儒家,但也兼采其他各家。

他的政治思想主张"礼法"兼用。他说:"隆礼尊贤而王,重法爱民而霸。"(《荀子·天论》)将儒家的王道与法家的霸道统一了。荀子在天道观上,认为天就是自然界。在天人关系上主张"天人相分",提出"制天命而用之"的唯物主义观点。

《荀子》经汉代刘向校订定为三十三篇,除少数几篇可能是其弟子们的杂录外,其他可以肯定是荀子所作。

《荀子》的文章标志着先秦说理文的成熟。首先,与《庄子》内篇一样,有了真正的题目,题目是全篇中心内容的概括。如《劝学》《天论》。其次,篇幅加长,结构严谨,层次清楚,如《荀子》的代表作《劝学》全文(标点不计在内)有一千五百一十七字,全文围绕"学习"展开论述。有中心,有整体的结构安排,依次阐明了学习的重要性、态度和途径。再次,善用博喻,即运用众多比喻从不同侧面说明同一事理。如《劝学》开头一段:

君子曰:学不可以已。青,取之于蓝而青于蓝;冰,水为之而寒于水。木直中绳,鞣以为轮,其曲中规。虽有(同又)槁暴,不复挺者,鞣使之然也。故木受绳则直,金就砺则利。君子博学而日参省乎己,则知(同智)明而行无过矣。

这段话开头一句"学不可以已"(学习不可以停止)是全文总论点,接着用了一系列的比喻,都用来说明"君子博学而日参省乎己,则知明而行无过矣"的道理。这些比喻有的就成了对偶。如"青,取之于蓝而青于蓝;冰,水为之而寒于水。木受绳则直,金就砺则利"。有的成了排比句,如"故木受绳则直"至这段末句。多用比喻,使文章增加形象美、错综美。用了对偶和排比,又使文章增加整齐美。前人概括《荀子》散文风格浑厚,不无道理。

六、法家代表人物韩非和《韩非子》

韩非(约公元前 280—前 233),是韩国的贵族公子。他是战国时代法家思想的集大成者。他创立了"法、术、势"三结合的思想体系,为建立专制主义的封建集权制提供了理论根据。法,就是法令,是统治者对付百姓的公开条规。他认为"法"是治国者的根本。术,就是权术,是君主驾驭臣下的秘密手段。势,就是威势,是君主进行统治的一种权势。

《韩非子》一书大抵是韩非自己所作,但成书是在他身后了,现存五十五篇。

《韩非子》文章是先秦论说文发展的最高阶段。首先,书中多长篇论文,其中有立论、驳论、解说等多种类型,表现出高度的分析综合能力。如《说难》《孤愤》是立论。《难一》《难二》等是驳论。《解老》《喻老》是解说。而韩非子的代表作《五蠹》,则综合运用了立论和驳论两种写法,成为先秦论说文的名篇。文章前半讲历史进化论是立论,作者从世(时代)、事(事件、矛盾)、备(措施)的相应变化,说明变法的重要性,后半指斥五蠹(五种社会蛀虫:儒家、纵横家、游侠、逃避兵役者、工商之民)是驳论,逐一批驳上述五种人,分别指出他们对社会的危害。文章有论有据,有分析,也有结论。

其次,善于运用大量的寓言和历史故事说理,如"自相矛盾""滥竽充数""守株待兔"等著名寓言都出自该书。

再次,《韩非子》风格峻峭,极富辩论色彩。

第九章 古代传记文学的典范
——《史记》

在我国封建社会的发展过程中,从总体上说,汉王朝是一个强盛的时代,一个气势宏大、蓬勃向上的时代。这种时代精神给汉代散文作家以巨大的影响,同时也在汉代散文中得到充分的表现。

汉代散文按两汉王朝的发展过程,大致可分三个阶段:(一)西汉前期,从西汉初到宣帝末:出现了贾谊、晁错的政论文和骚体赋,司马相如的大赋,司马迁的史传巨著《史记》;(二)西汉后期和东汉前期,从汉元帝以后到东汉章帝时期:主要有刘向的历史故事集(《说苑》《新序》和《列女传》),扬雄的散文及辞赋,东汉前期班固的史传文《汉书》、王充的学术论著《论衡》;(三)东汉后期:有王符的《潜夫论》、仲长统的《昌言》,这两本书都属政论文。两汉散文以文体分,大体是三种类型:政论文、史传文、辞赋。我们将汉赋与魏晋南北朝赋合并单独成立一章,放在此章之后,把政论文从略,而本章重点讲《史记》,兼及《汉书》。

司马迁是汉代最杰出的散文家,他的《史记》是汉代最伟大的历史著作和文学著作,是古代传记文学的典范。鲁迅誉《史记》为"史家之绝唱,无韵之《离骚》"(《汉文学史纲要》)确是定评。

第一节 司马迁的生平

司马迁出身于史官世家,传承了司马氏的史官文化。他从二十岁、三十五岁的两次大游历,到三十六岁接受父亲遗命与任太史令,为其写作《史记》奠定了重要基础;然后于四十七岁惨遭李陵之祸,则为其发愤著书提供了新的不竭动力,并在实录与托愤的相互交融中赋予《史记》强烈的情感与文学色彩,而《史记》也因此超越史学而同时成为文学经典之作。

一、时代与家庭

司马迁(公元前145—约前87),字子长,夏阳(今陕西韩城)人。他生活在西汉前期汉武帝时代。西汉建立后经过几十年的恢复、发展,到汉武帝时代,在经济、政治、军事上都达到了最强大、最鼎盛的状态。司马迁在《平准书》中描述这时的经济情况说：

> "非遇水旱之灾，民则人给家足，都鄙廪庾皆满，而府库余货财，京师之钱累巨万，贯朽而不可校，太仓之粟陈陈相因，充溢露积于外，至腐败不可食。众庶街巷有马，阡陌之间成群，乘字牝者傧而不得聚会。"（字牝者：指怀孕的母马。傧：排斥。）

可见当时国家经济的繁荣。同时，武帝削平了地方割据，政治上实现了真正的统一。文化学术上也有所发展。学术著作不断涌现，淮南王刘安组织门客编写了《淮南子》，董仲舒写出了《春秋繁露》，司马谈作了《论六家要旨》，这一切表明一个文化学术上大总结、大发展时代的开始。但武帝时代又是一个西汉由盛转衰的时代。由于武帝对外扩张，国力过度消耗，经济由繁荣逐步走向衰落，思想文化领域也由自由开放、生气勃勃转向专制与僵化。受武帝时代国力强大、文化高涨的鼓舞，司马迁形成了勇于进取、充满自信、充满历史使命感的精神状态。而同时日益暴露出来的政治上的专制，社会矛盾的加剧，又与司马迁的社会、人生理想发生冲突，因而时代又孕育了司马迁的批判精神与民主精神。

司马迁家世代为史官，这就培养了他对史学的爱好并且重视继承古代史学的优良传统。他的父亲司马谈有广博的学问修养，曾为文《论六家要旨》，批评儒、墨、名、法和阴阳家，肯定和赞扬道家，许多观点对司马迁有影响。他的青少年时代是在故乡度过的，那里就在黄河边上，不太远的地方有传说是大禹开凿过的龙门山。他在《太史公自序》中称："迁生龙门，耕牧于河山之阳。"他还在家乡参加过耕种、放牧的农业劳动。后来他向当时著名学者孔安国学习古文《尚书》，又向董仲舒学习公羊派《春秋》，为他以后写作《史记》打下了理论基础。

二、两次大游历

武帝元朔三年（公元前126），司马迁二十岁，开始第一次壮游。据《太史公自序》，他向南到过湖南的九嶷山、浙江绍兴的禹陵；向东到过山东的曲阜，以及今安徽、河南许多地方。回到长安以后不久，司马迁做了郎中的官。郎中是皇帝的侍从人员。他又跟随汉武帝到外地巡行、祭祀，到过许多地方。

元鼎六年（公元前111），司马迁三十五岁，按受武帝派遣，到今四川西部和贵州、云南一带视察，到过邛、笮、昆明等地，这是他的第二次大游历。

司马迁的两次大游历，足迹几遍当时中国大部分地区，这给他了解各地民情风俗、考察山川地理、搜集遗闻旧事提供了大好机会，也为他以后写作《史记》获得了广博的社会知识，使他开阔了视野，增长了见识和才干。

三、接受遗命与任太史令

元封元年（公元前110），司马迁三十六岁。司马迁从西南出使归来，赶到周南（今河南洛阳一带)去见垂危的父亲。司马谈临终时握着司马迁的手,流着眼泪,再三嘱咐他一定要写好《史记》。司马迁低下头流着眼泪表示接受父亲的遗命。司马谈的嘱咐,不仅表达了父亲个人的期望,实际上也反映了当时社会的要求、时代的需要。这是司马迁一生中的一个重要转折点,也是他后来奋笔写《史记》的精神动力之一。

元封三年(公元前108),司马迁三十八岁,始任太史令。汉代太史掌管天文星历以及占卜祭祀,兼管文书和记载朝廷大事,职位并不高。司马迁任太史令后重要的工作之一是修改历法,于太初元年(公元前104)与壶遂等主持制订"太初历"。另一个重要的工作,即阅读朝廷收藏的图书和档案资料,为写《史记》作准备。也就在完成"太初历"的当年,司马迁已四十二岁,开始著述《史记》。

四、李陵之祸与发愤著书

天汉二年(公元前99),司马迁四十七岁,已经埋头写《史记》六年了,忽然大祸临头。这年五月,贰师将军李广利出兵伐匈奴。武帝同意李陵率五千步卒北行,以分匈奴兵势。结果李陵遭匈奴大军,兵败被俘,投降了匈奴。当武帝问司马迁对此事的看法时,司马迁陈述了李陵平时的为人以及这次孤军奋战的功劳,以为不应过分责备。武帝大怒,认为司马迁在说李广利的坏话,攻击皇上,将他下狱。次年(公元前98)对司马迁处以腐刑。这就是"李陵之祸",司马迁自己详写于《报任安书》。

司马迁遭腐刑,身心受到极大打击。他曾想到过自杀,但为了完成《史记》的写作他活下来了。他又想到孔子、屈原、左丘明、孙子等许多曾遭受挫折的历史人物,他们都发愤著书,留下作品,实现了自己的价值。司马迁由此受到启发,也努力发奋著书。过了八年,到征和二年(公元前91),司马迁五十五岁,他给朋友任安写信(即著名的《报任安书》)时,《史记》已基本完成了。至于他的卒年,说法不一。据王国维《太史公行年考》,司马迁约卒于汉武帝末年。武帝是在后元二年(公元前87)死的,如司马迁也在同一年死,则已是五十九岁。

五、《史记》的体例与写作目的

司马迁的著作主要是《史记》,其他作品尚存《悲士不遇赋》和《报任安书》。

《史记》的体例分为十二本纪、十表、八书、三十世家、七十列传,共一百三十篇,五十二万余字。记事上自黄帝,下到汉武帝,记载了大约三千年的历史,是中国第一部纪传体通史。

梁启超在《中国历史研究法》第二章中指出:《史记》"其最异于前史者一事,曰以人物为本位"。《史记》的体例中就突出了人物部分,本纪、世家、列传基本上是以人物传记构成的,合起来共一百一十二篇,占了全书一百三十篇的大部分。其中,本纪记载帝王事迹,并以编年的方法记事,以反映历史发展的进程。世家记述开国的诸侯(《孔子世家》是例外）。列传记叙人臣的事迹。这三种体裁实际都以人物为中心（即以人物为本位），只不过人物分等级罢了。至于表，是以表格的方式记载历史。书，是分类史，分类说明典章制度、天文、经济等情况。

司马迁写作《史记》的目的，他在《报任安书》中说：亦欲以究天人之际，通古今之变，成一家之言。

这就是说，《史记》描述自黄帝到武帝三千余年间的历史，是为了研究天与人的关系，总结历史成败兴衰的变化规律，形成（并提出）自己的社会理想和改良现实政治的主张。也还如梁启超说："迁著书最大目的乃在发表司马氏一家之言。"（《要籍解题及其读法》）可见，司马迁写《史记》的目的主要是用人物传记的形式，写历史上起过重要作用的各种人物，发表他对治国、做人的自家看法。

第二节　《史记》人物传记的思想倾向性

历代学者对《史记》的思想内容多有很高的评价。东汉班固《汉书·司马迁传》说："自刘向、扬雄博极群书，皆称迁有良史之材，服其善序事理，辨而不华，质而不俚，其文直，其事核，不虚美，不隐恶，故谓之实录。"这就肯定了《史记》作为一部史书内容的真实性。《史记》人物传记中有许多进步思想，我们对照司马迁自己提出的写作《史记》的目的，谈三个方面。

第一，在天人关系方面，表现了反天命的朴素唯物思想。"究天人之际"是司马迁在《史记》中首要研究的问题。天道、天意与人事、人的命运究竟是什么关系？司马迁在《史记》人物传记中对天命基本上采取了否定的态度。《伯夷列传》集中表现了他的这种认识，他说：

> 或曰："天道无亲，常与善人。"若伯夷、叔齐，可谓善人者非邪？积仁絜行如此而饿死！且七十子之徒，仲尼独荐颜渊为好学。然回也屡空，糟糠不厌，而卒蚤夭。天之报施善人，其何如哉？……余甚惑焉，傥所谓天道，是邪非邪？

"天道无亲，常与善人。"这是《老子》第七十九章提出的，认为天无偏袒，但常和善人交好。天是善的，这是一种天善论。司马迁眼见的残酷现实与天善论发生了矛盾，因此怀疑天善论，实即对社会不合理现象表示了怀疑与不满，对传统的敬天观念表示了否定的倾向。

我们联系《史记》其他人物传记，也可发现司马迁在天人关系上倾向否定天的作用，而强调人事的重要。《项羽本纪》中写项羽身死东城，更引"天亡我，非用兵之罪也"解脱自己的责任，司马迁批评项羽说这话"岂不谬哉！"《蒙恬列传》写蒙恬最后吞药而死，自认为是筑长城"绝地脉"的报应,司马迁诘问蒙恬:"何乃罪地脉哉?"可见司马迁都不同意这些人自认为是获罪于天而注定了自己命运的说法。

值得注意,司马迁在《史记》人物传记中写了不少人物,他们敢于向命运挑战,这是《史记》人物传记对我们仍有启示的积极内容之一。

《史记》突出地写了敢于向命运挑战的两种人:

其一,面对际遇,敢于抓住不放的人,最著名的当推《平原君列传》中的毛遂。当战国时代赵国的平原君挑选二十个食客出使楚国而尚缺一人时,毛遂勇敢自荐,终于脱颖而出。再如《廉颇蔺相如列传》中的蔺相如原来只是赵国宦者令缪贤的舍人,当赵王与他讨论谁可出使秦国时,他回答:"王必无人,臣愿奉璧往,使城入赵而璧留秦;城不入赵,臣请完璧归赵。"后来他果然做到完璧归赵。

其二,面对挫折,敢于奋发图强的人。《史记》中范睢、蔡泽、伍子胥、虞卿、孙膑、季布、栾布等人,都曾身遭困厄,但能激励奋发,最终取得成功。司马迁自己遭李陵之祸,身心受严重挫折,但终于战胜自己,完成《史记》的写作。他们都勇于向命运挑战,改变了自己的命运。

《史记》人物传记中也写了一些承认天命的话。如《外戚世家序》《留侯世家赞》对一些无法解释的人事现象仍归之于天和命,这表明司马迁对天命抱老实的态度,由于当时的科学水平有限,认识上尚不彻底,因此无法作出合理的解释。

第二,在"通古今之变"方面,表现了进步的历史观。"通古今之变",就是通过研究历史,推断过去,观察未来。《史记》人物传记在这方面也有不少具体表现,如对人物评价上表现为历史发展的观点,认为历史是发展变化的。司马迁在感情上不喜欢战国时代在秦国主持变法的商鞅,但对变法是赞成的。在《商君列传》中说:"居五年,秦人富强。""行之十年,秦民大说(悦),道不拾遗,山无盗贼,家给人足。民勇于公战,怯于私斗,乡邑大治。"秦国由于变法,出现了国富民强的局面。可见进步的变革推动了社会的发展。

司马迁重视下层人民力量在历史发展中的作用。他把农民起义领袖陈涉列入世家,并且如实反映了中国第一次农民起义的全过程,肯定了农民反暴政起义的正义性。其第一部分写道:

> 陈胜者,阳城人也,字涉。吴广者,阳夏人也,字叔。陈涉少时,尝与人佣耕,辍耕之垄上,怅恨久之,曰:"苟富贵,无相忘。"庸者笑而应曰:"若为庸耕,何富贵也?"陈涉太息曰:"嗟乎,燕雀安知鸿鹄之志哉!"

> 二世元年七月,发闾左适戍渔阳,九百人屯大泽乡。陈涉、吴广皆次当行,为屯长。会天大雨,道不通,度已失期,失期,法皆斩。陈胜、吴广乃谋曰:"今亡亦死,举大计亦死,等死,死国可乎?"陈胜曰:"天下苦秦久矣。吾闻二世少子也,不当立,当立者乃公子扶苏。扶苏以数谏故,上使外将兵。今或闻无罪,

二世杀之。百姓多闻其贤,未知其死也。项燕为楚将,数有功,爱士卒,楚人怜之。或以为死,或以为亡。今诚以吾众诈自称公子扶苏、项燕,为天下唱(倡),宜多应者。"吴广以为然……

吴广素爱人,士卒多为用者。将尉醉,广故数言欲亡,忿恚尉,令辱之,以激怒其众。尉果笞广。尉剑挺,广起,夺而杀尉。陈胜佐之,并杀两尉。召令徒属曰:"公等遇雨,皆已失期,失期当斩。藉弟令毋斩,而戍死者固十六七。且壮士不死即已,死即举大名耳,王侯将相宁有种乎!"徒属皆曰:"敬受命。"乃诈称公子扶苏、项燕,从民欲也。袒右,称大楚,为坛而盟,祭以尉首。陈胜自立为将军,吴广为都尉。攻大泽乡……

《陈涉世家》高度评价陈涉在灭秦过程中的历史作用。司马迁在《太史公自序》中评论说:"桀纣失其道而汤武作,周失其道而《春秋》作,秦失其政而陈涉发迹,诸侯作难,风起云蒸,卒亡秦族。天下之端,自涉发难。"这里他把陈涉与汤、武、孔子这些古代大圣人同等看待,而且指出了"秦失其政而陈涉发迹",陈涉起义的原因是"秦失其政"。司马迁写陈涉起义的过程,对陈涉的高度评价,研究了这段历史,也就暗示汉朝统治者,如果汉朝像秦朝一样实行暴政,那么未来也会有陈涉一样的人起义反对汉朝。他通过《陈涉世家》这样的人物传记,对汉武帝统治的前途提出了严重的警告。

第三,在"成一家之言"方面,即表达自己的思想主张方面,通过人物传记主要表达他对社会政治、道德品质、人际关系等多种理想。其一,他认为当国君、当大臣的人都必须以国家、百姓为重,而不应先考虑私利。如《五帝本纪》里司马迁描写了尧对他的接班人选择的问题,是传给人家公认的贤臣舜呢? 还是传给自己的儿子丹朱呢?"传舜则天下得其利而丹朱病(不满),授丹朱则天下病而丹朱得其利。"最后尧决定说:"终不以天下之病而利一人。"终于把帝位传给了舜。显然,司马迁赞赏尧以国家、百姓的利益来选择接班人。在《夏本纪》里司马迁写了大禹为治水到处奔走,而"劳身焦思,居外十三年,过家门不敢入"。司马迁歌颂这些理想的君王也就是为汉朝统治者提供了榜样。看来,司马迁的理想政治是明君贤臣的仁政。对汉朝开国以来的几个皇帝,司马迁较多肯定汉文帝。在《孝文本纪》里,司马迁突出记载了文帝的"德",记载文帝的节俭和宽厚,称赞文帝为"德至盛"的"仁君"。《张释之冯唐列传》里又写了文帝能接受臣下正确的意见。有一次有人犯了法,汉文帝让张释之审判,并示意加重惩办。张释之不听,只是依法给犯人定罪。文帝大怒,还责骂张释之。张释之回答说:"法者,天子所与天下公共也。今法如此而更重之,是法不信于民也。"结果文帝听从了张释之的判决。

《史记》中写了不少以国事为重、有爱国思想的名臣良将,寄寓了司马迁的道德理想与人际关系的理想。《屈原列传》写了楚国的爱国诗人屈原,他一生心系祖国,"正道直行,竭忠尽智,以事其君",却反而遭人诽谤,被楚王疏远,甚至被流放。屈原把他的爱国情志抒发在诗歌创作中,司马迁赞扬他:"推此志也,虽与日月争光可也。"《廉颇蔺相如

列传》写蔺相如完璧归赵、渑池之会，以及将相交欢等史实，表现了蔺相如不畏强暴，始
终把国家利益放在首位的高贵品质，以及"先国家之急而后私仇"的广阔胸襟，司马迁赞
扬他"名重泰山"，《李将军列传》写李广为保卫汉帝国的江山而多次与匈奴作战，功勋卓
著。他爱护士卒，军队到了"乏绝之处，见水，士卒不尽饮，广不近水；士卒不尽食，广不
尝食"。他英勇善战，使匈奴闻之丧胆，称他为"汉之飞将军"。但他终身未封侯。最后
与卫青进击匈奴时，因迷失道路，贻误战机，落得个自杀的结果。司马迁对他非常同情，
在传后写道：

> 余睹李将军，悛悛如鄙人，口不能道辞。及死之日，天下知与不知，皆为尽
> 哀，彼其忠实心诚信于士大夫也！谚曰："桃李不言，下自成蹊。"此言虽小，可
> 以谕大也。

李广的将才品德，虽得不到最高统治者的重视，但赢得了天下人的爱戴与崇敬。司马迁
写的上述一些人共同的一点，都是爱国尽忠。蔺相如还能正确处理与同事廉颇的关系，
李广则与士卒共患难，他们在人际关系上都作出了表率。

其二，对黑暗政治、腐败现实，及一些封建帝王，包括汉王朝统治集团的阴暗面，司
马迁表现了无比的厌恶与憎恨，敢于持批判态度，予以揭露和讽刺。他的这种批判精神
同样是他的进步思想之光的反射。

司马迁不仅对历代公认的夏桀、殷纣等暴君进行揭露，而且对秦始皇、汉高祖一类
有过作为的帝王也是既承认他们的历史作用，又揭露他们残暴、丑恶的一面。《秦始皇
本纪》写秦始皇完成了统一中国的大业，但迷信方士，几次求仙人不死之药，又有许多暴
政。他听从李斯建议："天下敢有藏诗书百家语者，悉诣守尉杂烧之。有敢偶语诗书，弃
市。以古非今者，族。"这就是"焚书"之举。还将诸生"四百六十余人，皆坑之咸阳"。这
就是"坑儒"暴行。《汉高祖本纪》写汉朝开国之君刘邦，司马迁肯定他平定天下、统一全
国的功劳，但毫不客气地揭露了他自年轻就有的流氓无赖习气，"不事家人生产作业"，
"好酒及色"。起兵后，仍不改旧习。初见儒生，见面时"踞床，使两女子洗足"。对刘邦
无赖的习气，司马迁还在《项羽本纪》中写了两件事。一件是：当项羽大败刘邦于彭城
（今江苏徐州）时，刘邦狼狈逃跑，竟三次把自己的子女从车上推下去以减轻车子的重
量。另一件是：汉高祖四年（公元前203），项羽已打下荥阳（今河南荥泽县西南），刘邦退
守成皋（今河南荥阳市境内），项羽当着刘邦的面要烹刘邦父亲时，刘邦说："吾与项羽俱
北面受命怀王，曰'约为兄弟'，吾翁即若翁。必欲烹而翁，则幸分我一杯羹。"这就活现
出刘邦的流氓口气。刘邦当了皇帝后，常常猜忌功臣，甚至杀害功臣。如在《淮阴侯列
传》《萧相国世家》等分别写韩信、萧何的传记中，司马迁写了刘邦对韩信、萧何的多次猜
忌。后来韩信被吕后所杀，刘邦也应有责任。萧何小心谨慎，还被下狱。对刘邦的丑恶
一面，司马迁虽分散写在别人的传记中，但从《史记》全书看，读者还是能看到刘邦不但
不神圣，而且其道德品质实在令人不敢恭维。而这些丑恶正是与司马迁的理想相悖的。

司马迁不仅敢于批判最高统治者,对于封建统治集团中各级官员也同样有揭露。如《酷吏列传》着重揭露汉代酷吏的罪行以及武帝对他们的赏识与重用。酷吏义纵一天内杀人四百余,"郡中不寒而栗"。另一个酷吏王温舒杀人至"流血十余里"。按当时法律,立春后不处决犯人。王温舒嫌杀人时间太短,"顿足叹曰:'嗟乎!令冬月益展一月,足吾事矣。'其好杀伐行威,不爱人如此。天子闻之,以为能"。对这样的酷吏,汉武帝重用他们。酷吏的罪行,与司马迁的理想政治也是背道而驰的。所以,司马迁通过人物传记,实际上从正反两方面表达了他的"一家之言",表达了他的思想主张和他的理想。

当然,司马迁作为封建社会的历史学家和文学家,他的思想必然带有历史的局限性。他有时候也信天命,对历史人物的评价也有不公正、不够客观的,爱好抽象地肯定"士为知己者死"这类道德等等,这些都有片面性。我们只是从他比前辈和同辈提供了新的东西看,司马迁的思想确实达到了当时的最高水平。

第三节 《史记》人物传记的艺术成就

《史记》的出现,不仅开创了我国的纪传体历史学,而且开创了我国的传记文学,使传记文学正式登上文学舞台。它既真实而又形象地向我们展示了我国上古以来三千年的历史进程,而且给人以巨大的艺术感染,以美的享受。下面从人物形象塑造、作品的抒情和语言技巧三方面来说明《史记》人物传记的艺术成就。

一、提高了写人艺术,丰富了写人方法

《史记》是我国文学史上第一次以人物为中心的文学创作。先秦的历史散文《左传》是编年体,分年记事,人物的生平事迹被时间分隔而不集中,不连贯。《国语》和《战国策》则是国别体,分国记事,人物的生平事迹被空间分隔,也出现分散的现象。《史记》既以人物为中心,就消除了被时间、空间分隔的局限。所以,《史记》人物传记的正式出现有利于集中写人。与先秦历史散文比,《史记》人物传记提高了写人艺术,具体表现为:

第一,扩大了写人的范围,塑造了一大批具有典型意义的人物形象,其中"数量最多、感染力强的又是悲剧英雄人物"(韩兆琦、吕伯涛:《汉代散文史稿》第146页,山西人民出版社1986年版)。《史记》全书记录了四千多个人物,其中给人以深刻印象的有一百多人。这些个性鲜明的人物,往往代表了社会上的某一类人,反映了一种社会现象,有的达到了一定的典型化的程度。如汉初"三杰"是当时功臣的代表人物,萧何是"后勤"的典型,张良是"谋士"的典型,韩信是"大将"的典型,等等。全书一百一十二篇人物传记中,中心人物是悲剧结局,或其他人物带有悲剧色彩的有近七十篇。如《孙武、吴起列传》写战国时代的吴起在楚国实行变法,卓有成效,但后来被楚国的反动贵族杀害。《商君列传》写战国时代的商鞅辅佐秦孝公变法,使秦国富强,但后来被秦国宗室贵戚反

对,将他车裂而死。吴起、商鞅都代表了历史进步的要求,是在同暂时还强大的旧势力的斗争中牺牲的。又如《屈原列传》写屈原忠贞爱国,最后竟怀石投江而死。《田单列传》附记了齐国的一位隐士王烛。当燕军攻入齐国后,燕国要他替燕军服务,王烛拒绝了,最后自杀而死。像屈原、王烛是出于爱国信念而死的悲剧人物。又如《淮阴侯列传》所写的韩信为刘邦建立汉朝,在楚汉战争中立下大功,但汉朝建立后,他却被刘邦、吕后罗织罪名,斩于长乐钟室,而且被夷三族。韩信的被害,暴露了封建统治者残杀功臣的罪行。

《项羽本纪》写项羽"力拔山兮气盖世",在灭秦过程中起了决定性作用,但由于他的政治理想落后,在政策和策略上犯了错误,以及由于个人性格上存在缺点,最后陷入"四面楚歌",被迫自刎乌江。他的悲剧经历,展示了多方面重要的历史经验。《史记》中所写的有典型意义的人物,尤其是悲剧英雄人物,不仅有一定的社会意义,而且基调高亢,有很强的感染力和鼓舞力。

第二,突出了人物形象的个性和完整性,使人物形象更为生动感人。先秦历史散文重点在记事或记言,无法让读者看到人物的全貌,因而人物形象一般来说不够丰满。而《史记》人物传记既以人物为中心,就能较全面、较完整地描写人物形象了。如对于人物的姓名、籍贯、出身、家庭、主要行事、思想性格以及结局等,都有所描述。

司马迁特别注意选择典型的事件,以展现人物的性格。在《留侯世家》中司马迁说:"(留侯张良)所与上(刘邦)从容言天下事甚众,非天下所以存亡,故不著。"这就是说,司马迁并非事不分轻重大小而一律著录的,而是有意识地在材料中选择,挑选最恰当的来写。如《项羽本纪》所写的项羽是秦汉之际的风云人物,司马迁对项羽形象的塑造,对他性格的刻画,代表了《史记》传记文学的成就。司马迁如何刻画出他悲剧英雄的形象和性格?重点写项羽一生的发展线索和三次大的事件。项羽的一生,以灭秦为界,以历史的纵向发展为线索,分为前后两个时期。前期主要写他的勇猛,带领广大人民推翻暴秦的统治;后期主要写他仍靠自己的勇敢与刘邦争夺天下,但由于总体策略上的错误步步走向失败。项羽一生中有三个大的事件:巨鹿之战、鸿门宴、垓下之围。项羽一生的个性、品格、才识、武艺在这三大事件中都有充分的表现。巨鹿之战是秦末起义军与秦朝政府主力军之间的一场大决战。在这场大战中,项羽显示了大英雄的大气魄,消灭了秦军主力,立下了灭秦的大功。鸿门宴是楚汉战争的开始,也是项羽一生的重大转折点。这以前他与刘邦是联合反秦,这以后则与刘邦开始争夺天下。项羽由此从胜利走向失败。在鸿门宴会上,项羽表现出重感情而少计谋又忠厚的性格,他没有让手下人杀掉刘邦,使刘邦终于逃席。垓下之围是项羽最后演奏的一首英雄末路之歌,是一首壮烈的悲歌。当项羽被汉军四面包围之时,他在心爱的虞姬面前唱起了《垓下歌》。他曾英气盖世,他眷恋自己的妻子,但眼前的处境又使他无可奈何。别姬一歌,显示了英雄多情的一面。而接着写项羽个人与汉军三次搏战取得三胜,再次集中突出他勇猛的一面。项羽此时自叹"天亡我,非战之罪也",则表现出他认识上的糊涂,临死不知自己失败的原因。所以司马迁通过写项羽一生的三大事件,基本上把项羽的重要经历和他的性格特征:既勇猛又多情,光靠个人勇猛而少智谋远见,都展示在读者面前了。

第三,司马迁写人物创造性地运用多种方法。

其一,细节描写。《史记》写人物既写人物一生中的大事,也选取一些小事,来刻画人物性格。如《项羽本纪》写"项籍少时"情况:

> 项籍少时,学书不成,去,学剑,又不成。项梁怒之。籍曰:"书足以记名姓而已。剑一人敌,不足学,学万人敌。"于是项梁乃教籍兵法。籍大喜,略知其意,又不肯竟学。(项籍是项羽的名,羽是字。项梁是项羽的叔父。不肯竟学,不肯学到底。)

从这段记述看,项羽年轻时学习认字写字、学剑、学兵法都没有坚持学到底,做事没有恒心。这些虽是小事,但这些小事中所体现的性格则预示了后来大事中的表现。他后来灭秦,但没有统一中国,只为自己封了西楚霸王,又分封了别的许多王,显出没有进步的远大的政治目标,而终归失败。《史记》写小事以刻画人物的性格特征较多。其他著名的例子,如在《李斯列传》中写他年少时"见吏舍厕中鼠食不洁,近人犬,数惊恐之。斯入仓,又见仓中鼠,食积粟,居大庑之下,不见人犬之忧。于是李斯乃叹曰:'人之贤不肖譬如鼠矣,在所自取耳!'"李斯观鼠的小事与历史似无关,但与李斯的个性有关。李斯的感叹表现了他人生追求的低下,这为他后来被赵高所害,腰斩于咸阳埋下了伏笔。

其二,"互见法"。为了使事件能集中突现人物,司马迁首创了"互见法",即把人物的事迹不一定全写在他本传里,而写在相关的人物传记中。如鸿门宴一事,牵涉到项羽、刘邦、张良等不少相关人物。如果在每个相关人的传记里都要把鸿门宴写一遍,这样不仅重复,而且不利于刻画人物。司马迁为了集中写项羽既自大又少城府的性格,把鸿门宴详写在《项羽本纪》里。而在其他相关人物传记中只略写几句,加上"语在项羽本纪"一句,就算交代过了。这种互见法既避免一事多人参与重复写的问题,而且有利于突现出其中一个人的形象与性格。

其三,铺写矛盾冲突集中、尖锐的场面。鸿门宴就是写得精彩的一个场面。在同一时间、同一地点、有矛盾的人物在一起交锋,使矛盾双方的人物性格在互相碰撞中显得更突出、更鲜明。灭秦后,刘项矛盾不可避免。但司马迁把他们安排在一个"鸿门宴"上来直接展示矛盾,则更紧张、更惊险。刘邦在张良的帮助下,收买项伯,争取项羽,化险为夷,显出刘邦善于用人并能随机应变的个性。项羽则优柔寡断,缺乏政治头脑,预示了刘胜项败的结局。其他如《魏其武安侯列传》中的"东朝廷辩",《刺客列传》中的"易水送别""荆轲刺秦王"等等,都是令人难忘的场面描写。

其四,增加了人物的心理描写。如安排人物的独白,人物的歌唱都可写出人物的心理活动。《项羽本纪》中在"垓下之围"的一段,作者写项羽三次说"天之亡我",表示他对自己的失败并不服气,也没有认识到自己失败的原因。他对着虞姬唱《垓下歌》,充分流露了他与心爱之人永别前的无可奈何的心情。《史记》中还有直接写人物的心理变化。如《吕后本纪》写道:"惠帝崩,发丧,太后哭,泣不下。"后经张良的儿子辟强揭示,陈平采取了辟强之计。结果,"太后悦,其哭乃哀"。由起初的"泣不下"到"悦",到"哀",写出了吕后心理的变化。

二、加强了抒情色彩

司马迁写《史记》人物传记不只是纯客观地叙述传主的生平完事,而是让自己也进入角色,把自己对历史考察的认识,对历史人物的爱憎,自己的生活体验和真挚情感凝注在作品中。读《史记》的人物传记,处处都可感到有司马迁这位抒情主人翁的存在,字里行间流露出作者深厚的感情。正因为《史记》人物传记富有感情色彩,使作品具有强烈的情感力量,使它区别于一般的历史传记。下面从《史记》人物传记的抒情内容、抒情方式、抒情效果三方面加以分析。

第一,司马迁在《史记》人物传记中的抒情内容大致有两类。一是在对历史人物的褒贬中表达自己的爱憎,二是在叙述或评价历史人物中寄寓自己的身世感慨。司马迁对一些政治、德行、学术上伟大崇高的人加以热情讴歌,表示自己的热爱与敬仰。如在《孔子世家》的最后赞语中说:

> 《诗》有之:"高山仰止,景行行止。"虽不能至,然心向往之。余读孔氏书,想见其为人。适鲁,观仲尼庙堂车服礼器,诸生以时习礼其家,余祗回留之不能去云。(高山两句意思:高山供人瞻仰,大路导人遵循。比喻孔子的道德学问如高山、大路。仰:瞻望。景行:大路。止:句尾助词。祗回:低回,即徘徊沉思。)

这段话充分表达了司马迁对孔子的敬仰之情。又如在《管晏列传》的赞语中对晏子表示佩服说:"假令晏子而在,余虽为之执鞭,所忻慕焉。"(意思是:假如晏子至今还活着,我就是替他执鞭赶车,我也是乐意和向往的啊。)司马迁痛恨历史人物中残暴、奸邪、阴险的各种人物。如汉代当过丞相的公孙弘,封为平津侯,司马迁在《平津侯主父列传》中对他的阴险、奸诈多有揭露,说:"弘为人意忌,外宽内深。诸尝与弘有郤者,虽详与善,阴报其祸。杀主父偃,徙董仲舒于胶西,皆弘之力也。"(有郤者:指有隔阂、有矛盾的人。详:佯,假装。)此人讨好武帝,背后整人,司马迁对他很反感。司马迁由于自己受辱不死,发愤写成《史记》,他自己的这种身世经历,使他对历史上遭遇不幸而又能发奋有为的人,多表赞许与同情。如在《伍子胥列传》赞语中对伍子胥称赞说:伍子胥能"隐忍就功名,非烈丈夫孰能致此哉";在《平原君虞卿列传》赞语中称赞虞卿说:"然虞卿非穷愁,亦不能著书以自见于后世云。"(意思是:但是虞卿要不是遭遇穷困烦愁,也是不可能著书立说垂名于后世的。)

第二,司马迁在《史记》中的抒情方式,一般在传记正文中较客观叙述传主生平事迹,而在序赞中则较集中地加以抒情。由于人物不同,各篇传记的抒情分量不一样。其中抒情成分较浓的是《伯夷列传》《屈原列传》《魏公子列传》《李将军列传》《游侠列传》等。有一些传记中有的段落有较浓郁的抒情,如《项羽本纪》写垓下之围,项王悲歌慷慨,美人和之,令项羽部下都感动不已。又如《刺客列传》叙荆轲易水诀别,也是充满抒情气氛。

司马迁既能做到以史触情(历史人物的事迹触发作者的感情),又能以理节情(自觉地以自己的理智节制感情)。司马迁对历史人物有强烈的爱憎,但不妨碍他对历史人物事迹作真实客观的叙述,能将客观史实与个人主观好恶区别开来。

第三,《史记》抒情效果最具体表现为感情与形象的结合,使人物形象更能感人。如李广、卫青、霍去病都是汉武帝时抗匈名将,《史记》中有《李将军列传》和《卫将军骠骑列传》。作者从历史角度叙述,显然卫青、霍去病的战功比李广大。但从作品艺术效果看,李广更令人同情,给人的印象更深。这其中的原因是作者对李广的一生及遭遇深表惋惜与同情,而对卫、霍之类排挤李广则表示愤慨。文学是以情动人的,传记文学当然如此。

三、具有极高的语言艺术

《史记》语言的风格是朴实深厚,气势沉雄,接近口语。这种语言便于写人叙事,与先秦历史散文相比较为自由活泼,具体表现如下。

第一,人物语言个性化。司马迁写人物语言,往往能表现人物的内心和性格。如《项羽本纪》写项羽见到秦始皇出巡时说:"彼可取而代也!"项羽是楚国贵族的后代,从小有大志,因此他对秦始皇是藐视的。他这句话充分反映了他想灭秦复仇的心理。《高祖本纪》记载,刘邦到咸阳时也见到过秦始皇,他当时长叹说:"嗟乎,大丈夫当如此也!"刘邦当时只是一个"泗水亭长"(泗水:在今江苏沛县。亭长:相当于一个村主任),而且他"好酒及色"。他见到秦始皇,羡慕不已,这句话则充分反映了他的身份与心理。

第二,叙事语言准确、生动。如《项羽本纪》记巨鹿之战:

> 项羽乃悉引兵渡河,皆沉船,破釜甑,烧庐舍,持三日粮,以示士卒必死,无一还心。……
>
> 当是时,楚兵冠诸侯。诸侯军救巨鹿下者十余壁,莫敢纵兵。及楚击秦,诸将皆从壁上观。楚战士无不一以当十,楚兵呼声动天,诸侯军无不人人惴恐。于是已破秦军,项羽召见诸侯将,入辕门,无不膝行而前,莫敢仰视。项羽由是始为诸侯上将军,诸侯皆属焉。

这段叙述中,司马迁既准确交代了巨鹿之战的过程,而又着力渲染了巨鹿之战的紧张激烈的战争气氛。写了项羽临战时的必死无还的准备,诸侯军的观望态度,战场上楚兵的动天呼声,写了破秦军后诸侯将对项羽的敬畏。他把一场战争写得有声有色。读者读时仿佛身临其境,感受到紧张激烈的战争气氛。在一段文字中同样的词重复出现,一般是要避免的。但在这一段文字中,"莫敢纵兵""莫敢仰视",两次出现"莫敢",强调了诸侯军、诸侯将的无能,反衬出项羽的勇猛无比。"无不一以当十""无不人人惴恐""无不膝行而前",三次出现"无不",将楚军的英勇与诸侯军、诸侯将的懦弱又一次作了鲜明的对比。这段文字中的叙述语言,适应了记述战争的气氛,多用短句,多用口语化的句子,但又生动、准确,以致后来压缩成为成语,如"破釜沉舟""以一当十""作壁上观"等等。

第三,《史记》中大胆吸收民间口语、俗语、谣谚,或改写上古深奥书面语,增强了语言的形象性与可读性。如《陈涉世家》中写陈涉为庸耕时的故人后来见到陈涉时说:"夥颐!涉之为王沈沈者!""夥颐"是表示惊叹的口语,这就写出了故人当时说话的口吻和神态。俗语、谚语在《史记》更为常见,如《货殖列传》里说"千金之子,不死于市""天下熙熙,皆为利来;天下攘攘,皆为利往"等等。

四、《史记》人物传记对后世文学产生了深远的影响

第一,司马迁的"实录"精神给后世的史学和文学家都树立了榜样。班固的《汉书》、范晔的《后汉书》相继载录了西汉、东汉的史实,尚能看到司马迁"实录"精神的影响。唐代韩愈、柳宗元倡导古文运动,他们的古文创作中也能勇于反映唐代的社会现实,批判社会上的黑暗面,这与他们受《史记》的影响分不开。

第二,《史记》人物传记的体裁形式对后世的正史、小说写作都有直接的影响。因人写传,集传成史,后世的纪传体"正史"基本上沿袭了《史记》开创的形式。后世的小说家也常用传记形式创作,如唐宋时代的传奇和清代蒲松龄的《聊斋志异》,常以一个中心人物为主,情节随其活动展开。小说开头、结尾的形式也仿《史记》。

第三,《史记》人物传记的题材更为后世的小说、戏剧、诗歌所取用,所仿效。元人纪君祥的杂剧《赵氏孤儿》、明人平话小说《卓文君慧眼识相如》都取材自《史记》。项羽、刘邦、李广等这些历史人物在后来咏史诗中都多次出现。《史记》对后世的影响是广泛而永久的。

第四节　班固及其《汉书》

自宋代以来,常有人将"班马"并称,"史汉"共举,说明班固与司马迁、《汉书》与《史记》有一定的继承关系,也说明《汉书》的史学、文学成就较为接近《史记》。故我们将班固及其《汉书》这一节附于《史记》之后。

一、班固的生平与著作

班固(32—92),字孟坚,扶风安陵(今陕西咸阳东北)人。父班彪,作《史记后传》数十篇,为班固作《汉书》打下了良好的基础。班彪死后,二十多岁的班固决心完成父亲未竟之业。后来有人控告班固私改国史,班固因而被捕入狱。经弟弟班超上书明帝,解释班固作史用意,明帝让他作了兰台令史(兰台,本为汉代宫廷藏书处。兰台令史,官职名,掌书奏)。继续撰写《汉书》。经过二十多年的努力,班固基本完成《汉书》。余下部分志、表由妹妹班昭和班昭的弟子马续完成。和帝时班固因受牵连入狱,六十一岁死于狱中。班固除作《汉书》外,还写过著名的《两都赋》等作品。

《汉书》是中国第一部纪传体断代史,全书分十二纪、八表、十志、七十列传,共一百篇,记载从高祖元年(前206)至王莽地皇四年(23)共二百二十九年的历史,其中武帝前的内容多取材于《史记》,武帝后的人物传记则是班固自己创作。

二、《汉书》的思想倾向

由于班固生活的东汉前期儒学正统已经确立,班固从小受儒学正统的教育,他已是一位汉代正统儒家学者和历史学家。由此,体现在《汉书》中的思想倾向出现了新的特点。

第一,歌颂西汉帝国,维护刘氏正统地位。由此出发,班固与司马迁相比,对汉高祖刘邦有了更多的肯定与歌颂,如《汉书·高帝纪》评论刘邦说:"初,高祖不好文学,而性明达,好谋能听,自监门戍卒,见之如旧。初顺民心作三章之约;天下既定,命萧何次律令;又与功臣剖符作誓,丹书铁契,金匮石室,藏之宗庙,虽日不暇给,规摹弘远矣。"(规摹:规模,犹言制度程式。)这段话歌颂刘邦能初顺民心,建立各种法律制度,与功臣合作,虽众事繁多,但立下制度作出规范,意义深远。又如《汉书·武帝纪赞》称赞汉武帝"雄材大略",评价显然比较公允而恰当。

第二,歌颂一些有爱国思想和为国立功的人物。《汉书》中如著名的《苏武传》《卫青霍去病传》《赵充国传》等。班固笔下的苏武,身陷匈奴,而能出使不辱,大义凛然,充分体现了那个时代坚持民族气节的爱国思想。苏武出使匈奴,被匈奴扣留十九年,曾被放逐北海(今贝加尔湖一带)上,仍"仗汉节牧羊,卧起操持,节旄尽落"。可见他一直坚持汉臣的气节操守。他真正做到了威武不屈,贫贱不移,充分显示了坚持民族气节的决心。

苏武的爱国思想更表现在他痛斥汉降臣卫律,以及拒绝另一个降臣李陵的劝降上。卫律的威逼利诱,李陵的动情劝说,都不能使苏武改变爱国大义,反而把苏武的爱国精神映衬得更鲜明而富有光彩。

第三,《汉书》对西汉人物更注意整体和大节,评价更为公允。如《史记·贾谊列传》

只收他的《吊屈原赋》和《鵩鸟赋》，似乎贾谊只是个"怀才不遇"的书生。《汉书·贾谊传》又载录了他的《陈政事疏》，使读者看到贾谊政治家的面目。

《汉书》思想上也有局限。不及《史记》进步，与《史记》观点明显不同，表现在对游侠的评价上。司马迁在《史记·游侠列传》中高度赞扬游侠的道德品质，他在该传的序文中说："今游侠，其行虽不轨于正义，然其言必信，其行必果，已诺必诚，不爱其躯，赴士之厄困。既已存亡死生矣，而不矜其能，羞伐其德，盖亦有足多者焉。"而班固在《汉书·游侠传》序文中则说："况于郭解之伦，以匹夫之细，窃杀生之权，其罪已不容于诛矣。"班固站在巩固东汉政权的立场，因而对西汉出现的游侠郭解这类人全部加以否定。

三、《汉书》的艺术性

在历代的"正史"中，《汉书》的写人艺术仅次于《史记》，它也是一部极有可读性的史传文学名著。

《汉书》作为史传文学，善于将述史的简洁性与写人的生动性巧妙结合。如前述《汉书·苏武传》，既简洁地叙述了汉与匈奴经长期摩擦又归好的历史过程，又刻画了苏武这个忠贞不屈的爱国志士的形象。苏武形象塑造的成功显示了班固写人的高超艺术水平，具体表现为：

第一，注意了选材的典型性。苏武一生活了八十余岁，班固在《苏武传》中侧重选取他出使匈奴及被扣十九年的经历。全文可分五段：（1）着重介绍苏武出使匈奴的背景。（2）记叙苏武被匈奴扣留的原因。（3）记述卫律和单于妄图迫降苏武。（4）记述李陵对苏武的劝降。（5）记述苏武返回祖国的经过及晚年的遭遇。在记苏武被匈奴扣留的十九年中，作者又重点记卫律逼降与李陵劝降两事。以苏武抵制逼降和劝降的斗争，苏武与卫律、李陵的对比，突出苏武坚定的民族气节。

第二，善于作具体、细致的艺术描写。一般说，《汉书》的描写比《史记》要细。如在本传中写匈奴单于为了迫降苏武，将苏武囚禁在大窖中，断绝供应食物。接着写道："天雨雪，武卧啮雪与旃毛并咽之，数日不死，匈奴以为神。"又如写苏武在北海牧羊，"禀食不至，掘野鼠去中实而食之"。〔禀食：廪食，指匈奴供应苏武的粮食。掘野鼠去中实：掘取野鼠所储藏的草实。去，通弆（jǔ），藏。中，古"草"字。〕这些都写出了苏武坚持民族气节的决心。具体而细致的描写，有助于表现出形象的生动，性格的鲜明。

第三，生动的对话描写，表现人物的思想和内心活动。当苏武的副使张胜与虞常谋反匈奴有牵连，进而连及苏武时，苏武对张胜说："见犯乃死，重负国。"又对常惠说："屈节辱命，虽生，何面目以归汉？"这两次话都表明了苏武具有为保持民族气节的牺牲精神。后来他痛斥卫律的逼降，婉拒李陵的劝降，或义正词严，或充满感情而态度坚决。苏武与卫律、李陵的对话，讲话口气因人而异，但都同样表现了他的忠贞不屈的内心态度。

　　《汉书》的语言风格与《史记》不同。《汉书》的语言简洁规范,凝练典雅,常出现古字。《汉书》中部分篇目从《史记》移植,但进行了加工。二者比较,往往显出《汉书》语言简洁规范的风格特点。

第十章 介于诗文之间的赋体文学
——两汉魏晋南北朝赋

赋是中国古代的一种独立文体。它滥觞于先秦,发展繁荣于两汉,变化丰富于魏晋南北朝,以后延续到唐宋元明清。因这种文体在两汉魏晋南北朝时期成就较显著,尤其在两汉时期,成为一代之文学,是当时文人运用的重要文学形式,所以本书独立一章论述两汉魏晋南北朝时期的赋,而将该时期的一般散文附论于后。

赋在语言形式上,介于诗与文之间。它有诗的因素,如语言大体整齐,有些句子押韵;也有文的因素,常夹有散文句式。但赋,尤其是汉代散体大赋风格上近于文而不同于诗。古诗尚含蓄精炼,篇幅短小。赋尚铺排宏丽,篇幅大都较长。中国古诗以抒情言志为主导倾向,而汉赋则以体物状貌、罗列名物为其时尚。由于汉赋实质上近于文,而不同于诗,所以本书将汉赋和连及的魏晋南北朝赋放到散文编来介绍。

第一节 独领时代风骚的汉赋

赋作为一种文体,早在战国时代后期即已产生,然后至汉代而盛极一时,也是汉代最流行的文体。在两汉四百年间,先后涌现出了一大批汉赋名家与名作,成为汉代独领风骚的一代文学的代表。

一、赋的产生

赋作为一种文体名称,是从声调得名的。赋本是诵的意思。《汉书·艺文志》说:"不歌而诵谓之赋。"《诗经》里的诗都可入乐歌唱。到战国时代,人们写了不入乐的诗,为了与入乐的诗相区别,把只供吟诵的诗叫赋。这种不入乐的赋后来发展成与诗不同的文体。荀子第一次以"赋"名篇。今存荀子《赋篇》含有《礼》《知》《云》《蚕》《箴》五篇赋。荀子的《赋篇》已与诗歌划清了界限,成为独立的赋体文学。赋的基本特点是铺排。南朝梁代刘勰《文心雕龙·诠赋》指出:"赋者铺也,铺采(铺陈文采)摛文(罗列辞藻),体物(描摹事物)写志(抒写情志)。"

赋与辞的关系。汉代开始,一般辞赋连称。辞也是一种文体,而且在铺陈方法、文采风格等方面与赋有很类似的地方。但辞与赋也有不同,大体上辞重抒情,忧郁感伤,以哀怨为主旋律;赋重体物,以讽谏为归宿。辞的代表作是屈原的《离骚》,又称骚体。它不入乐,可以不歌而诵,故也可称赋。直到当代还有学者称屈原的作品为屈原赋。后来散体赋发展起来,艺术风格不同于骚或辞。所以赋可以概括辞,而辞只是赋的一体,而且只有骚体赋可称为辞。

汉赋的渊源。汉赋的形成,其渊源来自《诗经》、《楚辞》、荀子赋以及《战国策》等。因这些文学形式各有不同的文学特征,对汉赋所产生的影响也不同。《文心雕龙·诠赋》中说:"然赋也者,受命于诗人,拓宇于《楚辞》也。"意思是:赋受到《诗经》作者的启发,并由以屈原的《离骚》为代表的楚辞扩大了赋的境界。《诗经》对汉赋的影响主要有两方面:一是《诗经》中的铺陈手法为汉赋的铺陈作了先驱。二是《诗经》中的怨刺精神演化为汉赋讽谏精神。楚辞对汉赋的影响主要表现在两方面:一是用华丽的辞藻铺叙事物以抒写情志,如《楚辞·招魂》对四面八方的怪异事物以及楚宫声色的铺陈,就是后来汉赋《上林》《羽猎》等作品中铺陈宫苑、声色、田猎、山川的滥觞。《楚辞·橘颂》就是汉代咏物小赋的先声。二是楚辞中用夸张、虚构、驰骋想象的浪漫主义手法表现抒情,给汉赋用夸张、虚构的笔法描写客观事物作了先导。清代刘熙载《艺概·赋概》指出:"骚为赋之祖。"这就是说,汉赋直接导源于楚辞。在汉赋的几种渊源追溯中,楚辞与汉赋的关系更为重要些。此外,汉赋也吸收了荀子《赋篇》、宋玉《风赋》以"赋"命篇,以及《战国策》中纵横家说辞主客问答、铺排议论的因素,从而使汉赋成为汉代最重要的文学形式。

汉赋的创作十分繁荣。《汉书·艺文志》著录,西汉有辞赋作家七十四人,辞赋作品九百四十一篇。另据马积高主编《中国古代文学史(上册)》之统计,如加上《汉书》未著录的,有辞赋作家八十六人,作品一千余篇。估计东汉作家作品与西汉不相上下。只是东汉辞赋大都亡佚,今存者(包括残缺)仅一百八十余篇。现在搜集汉赋最全的书有费振刚等三人辑校的《全汉赋》(北京大学出版社1993年版)。

汉赋在两汉四百年间的发展过程,大体可分为西汉初的准备阶段,西汉中至东汉前期的成熟鼎盛阶段,东汉后期的转变阶段。如按汉赋的表现形式来划分类别,则相应可分为骚体赋、散体大赋、小赋三类。其中散体大赋是汉赋成熟的标志,也是汉赋的代表。

二、汉初的骚体赋

这里说的汉初,指西汉武帝以前的时期。这一时期的赋作家主要有贾谊、枚乘等人,赋的形式主要有少量的骚体赋和散体大赋《七发》。

贾谊(前200—前168),洛阳人,生活在汉文帝时代。他是汉初著名的政论家、辞赋家。文帝时被召为博士,博学多识,辩才超群,一年中被破格提拔为太中大夫。后因受朝廷旧臣谗毁,被文帝疏远,贬为长沙王太傅。三年后,被召回京城,改任梁怀王太傅。怀王堕马死,贾谊自伤失职,忧郁而死。他的文学成就,一方面表现在政论文中,代表作有《过秦论》《治安策》《论积贮疏》等，其中《过秦论》尤负盛名；另一方面表现在赋里，流传至今的赋主要有《吊屈原赋》和《鵩鸟赋》。

《吊屈原赋》是贾谊被贬到长沙途经湘水时所作。贾谊的志向、才能及遭遇与屈原有许多相似之处。他们都有各自时代进步的政治理想，都有卓越的政治和文学才能，都曾受到过君王的器重，并有所作为，但也都受到权贵的谗毁，被君王疏远，遭贬，政治理想终于破灭。所以贾谊理解屈原，同情屈原。贾谊来到与屈原之死有关的湘水，自然产生凭吊追伤之情，同时也感叹自己的不幸。吊屈原，也就是为自己鸣不平。贾谊对历史上黑暗现实的抨击，也就是对自己所处的社会现实的抗议。赋中写道：

> 鸾凤伏窜兮，鸱枭翱翔。阘（tà）茸（róng）尊显兮，谗谀得志。贤圣逆曳兮，方正倒植。（意思是：那高贵的鸾鸟凤凰伏匿奔逃啊，可厌的鸱鹰猫头鹰却高高飞旋。没有才德的小人都尊贵显耀啊，进谗言会阿谀的人得志了。贤人圣人不得实行他们的善道啊，正直的人被颠倒了位置。）

贾谊不赞成屈原自沉汨罗，主张自珍自爱，既然"国其莫我知兮"（国中没有谁了解我啊），就应"固自引而远去"（本应自己引退而远远离开），从而表现了他超尘脱俗、洁身自好的志趣。

这篇赋继承了楚辞的比兴手法，如以鸾凤比喻屈原和贤者，而以鸱枭比喻奸佞小人。这与后来直接铺排事物的散体大赋不同。这篇赋通篇运用楚辞的句式，几乎每句都用"兮"字，抒情性很强，与后来散体大赋用主客问答的体制、散文的句式来叙事写物也不相同。这篇赋把一系列比喻铺排起来，以揭露屈原所处时代的黑暗，从铺排这一点来说，具有赋体文学的基本特征，与典型的楚辞作品又不一致，而与以后汉赋专门讲究铺排有相同之处。所以这篇作品具有由楚辞向汉赋过渡的性质，是汉初的骚体赋。

枚乘（前？—前140），字叔，淮阴（今江苏淮阴）人。他的赋作以《七发》最负盛名。

《七发》假设楚太子有病，吴客前去探望，指出其病源是奢侈淫逸生活造成，然后以七件事（音乐、饮食、车马、游乐、田猎、观涛、要言妙道）来启发楚太子。楚太子听到第七件事，出了一身冷汗，病好了。这是一篇对贵族子弟进行忠告的赋作。《七发》在叙七件事时用了大量的铺排，并用了主客问答的体制，篇幅加长，句式韵散结合而倾向散体。所以《七发》是汉代散体大赋形成的标志。《七发》还首创汉赋中的"七"体。"七"就是用七段文字描写七件事物。以后傅毅的《七激》、崔骃的《七依》就模仿《七发》。

三、西汉中期至东汉中期的散体大赋

汉散体大赋在汉武帝时期成熟，一直相沿到东汉安帝时期。散体大赋在《七发》的开创下，逐渐形成自己的特点。在内容上，主要表现天子、诸侯的游猎生活、京都宫苑，展示汉帝国的强大与声威。在形式上，主要表现为结构上的主、客问答，句式上的散漫或对称、韵散结合，表现方法上的大量运用铺陈排比、罗列生字。篇幅上都较骚体赋长。

在本质上,作者企图追求讽谏的社会效果,而又歌颂和夸耀帝王贵族的奢侈生活,形成作品客观效果与作者主观愿望的极大反差。

汉赋成熟时期出现过许多汉赋作家,其中代表性的作家有西汉司马相如、扬雄,东汉的班固、张衡,而司马相如尤为著名。

司马相如(前179—前117),字长卿,蜀郡成都(今四川成都)人。汉景帝时,客游梁,作《子虚赋》。汉武帝即位后,读了他的《子虚赋》,十分赏识,因狗监杨得意的推荐,武帝召见了他。司马相如说:《子虚赋》"乃诸侯之事,未足观也。请为天子游猎赋,赋成奏之"。这就是《上林赋》。这两篇赋,意思连贯,合称为《天子游猎赋》,是司马相如的代表作,也是汉代散体大赋的典型之作。司马迁与班固都将这两篇赋全录入史,以文传人,影响巨大。两篇自具首尾,各有侧重,相对独立。两篇合计有三千多字。

《子虚赋》的情节是这样的:假设楚使子虚出使齐国,齐王发车骑与使者去打猎。猎罢,子虚去拜访乌有先生,无是公也在那里。接着子虚向乌有先生夸耀楚王在云梦游猎的盛况非齐王所及。乌有先生不服,批评子虚不称楚王的厚德,却大赞云梦,奢言淫乐,而显侈靡。但乌有先生自己又夸耀齐国之大。

《上林赋》的情节是这样的:假设无是公听了子虚与乌有先生的对话,批评他们应懂得君臣之义,诸侯之礼,不能在生活的奢侈荒淫上计较短长。作者写无是公的批评说:

> 楚则失矣,而齐亦未为得也。……且二君之论,不务明君臣之义,正诸侯之礼,徒事争于游戏之乐,苑囿之大,欲以奢侈相胜,荒淫相越,此不可以扬名发誉,而适足以贬君自损也。

接着无是公又极力夸耀天子上林苑游猎之盛来鄙薄楚王和齐王的游猎生活。最后以天子的自我反省作结。天子感叹这样的游猎"大奢侈",于是解酒罢猎,并表示要:"发仓廪以救贫穷,补不足,恤鳏寡,存孤独。出德号(发出推行恩德的号令),省刑罚,改制度,易服色(改换衣服车辆的颜色),革正朔(改革历法),与天下为更始(建立一个新的开端)。"这是说汉天子表示要崇尚节俭,救济贫民,革新政治。

这两篇赋的内容主要是楚王、齐王、汉天子的游猎,而对作为诸侯的楚王、齐王的游猎作品是先夸耀后批评,对天子的游猎则是夸耀兼歌颂,这显示了作者尊天子、抑诸侯,加强封建帝国中央统一的思想倾向。尤其是《上林赋》中无是公夸耀天子上林苑的广大,游猎的壮观,更显示了大一统的汉帝国的强大。

这两篇赋为汉代散体大赋创立了格式的范本。第一,用虚构人物,造成主客问答,继承《七发》体制。两篇都借子虚、乌有先生、无是公三人对话,网织成篇。这三人都是作者虚构人物,人名本身就表明是虚构的:"子虚,虚言也,为楚称;乌有先生,乌有此事也,为齐难;无是公者,无是人也,明天子之义。"(《史记·司马相如列传》)第二,描写事物,竭力铺叙,显示赋体根本特征。《子虚赋》首尾两节以散笔叙述子虚与乌有先生的辩难议论,而中间则以基本有韵、匀整的句式铺张楚王云梦之猎。这是辞赋的主体,是显示作者文才博学的正文。如作者描写云梦之泽,以山为中心,四面展开描写,分别写山、土、石,再写东、南、西、中、北……尽量罗列事物,力求繁富,造成语言华美而有气势。再如《上林赋》描写歌唱的一段说:

> 置酒乎颢天之台,张乐乎胶葛之宇;撞千石之钟,立万石之虡(jù);建翠华之旗,树灵鼍之鼓。奏陶唐氏之舞,听葛天氏之歌;千人唱,万人和;山陵为之震动,川谷为之荡波。(颢天之台:高接天宇的台。张乐:陈设音乐。胶葛:廖廓空旷。虡:钟架。陶唐氏、葛天氏:皆古帝王名。)

句子排偶对称,而且隔句用韵,气势充沛。司马相如奠定散体大赋范式后,扬雄开始模仿,所作《甘泉赋》《羽猎赋》等,也以游猎为内容。

东汉班固的代表作《两都赋》、张衡的代表作《二京赋》,都是以京都宫殿为内容,风格上则从前人讽喻天子变为讽喻朝廷旧臣,表现方法上则没有突破司马相如和扬雄的圈子。

四、东汉中后期的抒情小赋

东汉中后期,指东汉安帝至建安之前约八十年,是汉赋发展的转变时期。叙事体物兼议论的散体大赋正在消退,而出现新的抒情小赋。这时的辞赋代表作家为张衡、赵壹等。

张衡是汉赋由大赋向抒情小赋转变的代表人物,因他既写了散体大赋《二京赋》,又写了具有开创性的抒情小赋《归田赋》。

《归田赋》是张衡的晚年之作。当时皇帝幼弱,宦官掌权,张衡仕不得志,遂有归田之思。赋的开头交代了归田的原因,接着写了归田的种种乐趣,如写归隐田园后在良辰美景中的情景:

> 于是仲春令月,时和气清,原隰郁茂,百草滋荣。王雎鼓翼,仓庚哀鸣,交颈颉颃,关关嘤嘤。于焉逍遥,聊以娱情。(意为:仲春二月,时节转暖,气候清和,高原低地都长满茂密的树木,各种花草都滋长繁荣。雎鸠振翼而飞,黄莺发出哀婉叫声。它们成双成对,上下翻飞,有的关关叫着,有的嘤嘤啼鸣。这里自由自在,且以此愉悦自己的心情。)

赋中以自然、清新的语言,抒写自己归田的心情,与汉初骚体赋中抒发的哀怨、沉郁之情显示了不同的作风。句中消除了"兮"字,但出现了骈偶的句子,是文学史上第一篇较成熟的骈赋。

赵壹是东汉末年人,所作《刺世疾邪赋》,是汉末抒情小赋的名篇。这篇赋揭露当时社会黑暗,陈述社会上种种弊病及根源,充满了愤激的情绪。赋中写道:

> 于兹迄今,情伪万方。佞谄日炽,刚克消亡。舐痔结驷,正色徒行。……

邪夫显进,直士幽藏。原斯瘼之所兴,实执政之匪贤。(意为:从春秋到现在,
真情与虚伪不分,复杂纷纭。奸佞谗人一天比一天猖狂,而刚直的人无处容
身。替人舔痔疮的小人乘上四马拉的车子,而正直的人徒步风尘。……奸邪
小人都显贵进官,而正直的人埋没无闻。推究这社会病态产生的原因,实在是
把持权柄的人不贤明。)

从以上所举《归田赋》和《刺世疾邪赋》看,这时的抒情小赋与散体大赋比有明显不同。
从内容上说,抒情小赋主要抒发自我的情感和生活理想,抒情更为直率;从表现形式上
说,抒情小赋篇幅比散体大赋小,《归田赋》只二百余字,《刺世疾邪赋》也只四百余字。
并且抒情小赋已不如大赋讲究纵横铺排,语言也不追求奇丽,而重自然,句式整齐,向骈
偶发展。

第二节　魏晋抒情小赋

魏晋以及南北朝时期是我国辞赋发展的一个重要转变时期。仅以魏晋时期说,辞
赋作家与作品都极兴盛。建安时代著名的赋家有曹植、王粲,魏末正始时代有阮籍、向
秀。晋代是整个魏晋南北朝辞赋最发达的时期。这个时期有作品保留的辞赋作家一百
一十九人,今存辞赋(包括残缺)五百二十一篇,接近今存汉赋作品(包括残缺)的三倍。
西晋著名的辞赋作家有陆机、潘岳、左思,东晋有陶渊明。

魏晋时期辞赋的发展有下述特点:第一,抒情咏物短篇小赋比重增加,已成为这时
期辞赋的主流;第二,语言趋向骈偶化,出现辞赋的新形式骈赋;第三,风格上清新活泼;
第四,题材扩大,抒情、说理、咏物、叙事,都可入赋。下文择要介绍魏晋的赋家及其
作品。

一、曹植及其《洛神赋》

曹植是建安时代杰出的诗人,也是最杰出的辞赋作家,今存赋(包括残文)五十一
篇,其中《洛神赋》最为著名,艺术成就也最高。

《洛神赋》的写作时间,据赋序说,是在魏文帝(曹丕)黄初三年(222),曹植到魏的京
城洛阳朝见后,归途中路过洛水的时候。据历史记载,这年曹植没有到洛阳,“三”或为
“四”之误,或是有意不用真实年代,实际应在黄初四年。洛神,相传为古帝宓(fú)羲氏
的女儿宓妃,溺死于洛水而成为洛水之神。

这篇赋用浪漫手法,描写了一个神人相恋但又无法结合,终于含恨分离的悲剧故
事,充满抒情气氛和神奇色彩。关于这篇赋的主题,旧说以为曹植为感念甄后而作。这
是宋代尤袤的《李注文选》刻本中引《感甄记》的说法。即曹植曾追求甄逸女不成功,后

该女为曹丕所得,成为甄后。甄后受陷而死,曹植作《感甄赋》。后来明帝改为《洛神赋》。这个说法不合史实,当是小说家的言论。实际上,这是一篇托神寓意的文章。他在赋中所写的洛神,是他现实生活中追慕的理想愿望的化身,由于社会环境的限制,就是赋中所说的"人神道殊",而不能如愿。所以这篇赋可以理解为作者假托洛神,寄寓对理想愿望的思慕,反映内心感情不舒畅的苦闷。

这篇赋艺术上最大的成就,首先是刻画了一个异常优美的女性形象。如下面的描写:

> 其形也,翩若惊鸿,婉若游龙。荣曜秋菊,华茂春松。仿佛兮若轻云之蔽月,飘飖兮若流风之回雪。远而望之,皎若太阳升朝霞;迫而察之,灼若芙蕖出绿波。秾纤得衷,修短合度。肩若削成,腰如约素。延颈秀项,皓质呈露,芳泽无加,铅华弗御。云髻峨峨,修眉联娟。丹唇外朗,皓齿内鲜。明眸善睐,靥辅承权。……体迅飞凫,飘忽若神。凌波微步,罗袜生尘。动无常则,若危若安;进止难期,若往若还。(意思是:她的形貌啊,翩翩起舞像飞起来的惊鸿,婉曲轻柔像是水中的游龙。她的鲜丽如秋菊般光耀,她的华美如春天茂盛的松树。若隐若现像是轻云遮着明月,飘摇来往像是流风吹着旋转的雪。从远处看去,明艳得像太阳在朝霞中上升;往近处细看,明丽得如荷花从清水中出来。身体胖瘦恰到好处,高矮正合尺度。肩如刀削而成,腰如绢帛一束。脖颈秀美而长,白嫩的皮肤微微外露,没有擦一点儿膏油,不涂一点脂粉。如乌云状的发髻高高耸立,长长的眉毛自然弯曲。红色的嘴唇外突明亮,洁白的牙齿在口内多么光洁。明亮的眼睛顾盼之间多么美好,美丽的酒窝长在颊边。……身体的动作比飞凫还迅速敏捷,踏着波涛迈着碎步,烟水濛濛像是丝袜下生起烟尘。行动没有一定规则,好像是疑惧,又好像是安闲。她的进止难以预料,好像是离去,又好像是回还。)

这段文字描写了洛神的姿态、容貌、动作、心理,无不栩栩如生。洛神是个美丽的女神,而不是人间的美女。作者写洛神有绝世美女的外形,但又有神的飘忽不定的神态气质。写其外形从实处落笔,写其神的气质则借助想象、比喻用虚写笔法。作者用了虚实结合的方法,很恰当地掌握了描写洛神的分寸,从而使读者感觉到洛神是一个有生命的美丽女神。

其次环境描写与人物描写相结合。洛神是洛水之神,是水上女神。作者没有孤立地去描写洛水,而是把洛神的姿态、活动与洛水的自然景色融合在一起,营造出洛神活动的艺术环境与氛围。如写洛神姿态"翩若惊鸿,婉若游龙","灼若芙蕖出绿波";写洛神的动作"体迅飞凫,飘忽若神。凌波微步,罗袜生尘"。这些句子中都有与洛水相关的东西,读者自会想到洛神生活在洛水中。

再次,这篇赋词采华茂,比喻丰富,句式整齐而又有变化,这些都比汉赋有了发展。

二、王粲及其《登楼赋》

王粲是建安时期著名诗人,也是著名辞赋家。他的《登楼赋》是魏晋抒情小赋的名篇。王粲因李傕、郭汜之乱而离开长安,避地荆州,投依刘表。在荆州已十三年,但终未得到刘表的重视。加上长期流落他乡,久客思归,遂因登楼眺望而触动感情,写下这篇赋。全篇分三段。

赋的第一段写登楼眺望,借以消忧。他看到荆州地区很富美,但终非故土而不愿稍留。赋的开头写道:

> 登兹楼以四望兮,聊暇日以销忧。览斯宇之所处兮,实显敞而寡仇。……华实蔽野,黍稷盈畴。虽信美而非吾土兮,曾何足以少留!(意思是:登上这座楼向四方远望啊,暂且以这闲暇之日来消除自己的忧愁。看着这座楼所处的地方啊,多么宽阔敞亮,能和此地相比的确实少有。……鲜花果实覆盖原野,繁盛的庄稼布满田亩。这里虽然确实富美,但并非自己家乡啊,也不值得我稍许停留。)

接着,第二段写自己身遭乱离,怀乡之情。赋中写道:

> 遭纷浊而迁逝兮,漫逾纪以迄今。情眷眷而怀归兮,孰忧思之可任?凭轩槛以遥望兮,向北风而开襟。平原远而极目兮,蔽荆山之高岑。路逶迤而修迥兮,川既漾而济深。悲旧乡之壅隔兮,涕横坠而弗禁。(意思是:遭遇战乱而迁徙流亡啊,从十二年前以至于今。心中念念不忘,一直想回到家乡啊,谁能经得起忧愁思念如此之深?身倚栏杆在楼上远望啊,对着家乡的北风敞开衣襟。放眼平旷辽远的原野啊,又放眼荆山的高峰遮隐。道路曲折漫长啊,江水又长又深。家乡阻塞隔绝令人悲痛啊,泪水零乱归思难忍。)

这一段先从时间上写出背井离乡和迁徙避难之久长;再从空间上说明作者流落之地荆州和家乡山阳相距万里,山阻水隔,不觉流下了眼泪。第三段写时光易逝,感慨失意。因自己的才能抱负终不得施展,面对凄凉暗淡的景色心情更惆怅苦闷。赋在结束时写道:

> 循阶除而下降兮,气交愤于胸臆。夜参半而不寐兮,怅盘桓以反侧。(意思是:顺着楼梯走下来啊,胸中充满了郁闷之气。到了半夜仍不能入睡啊,翻来覆去惆怅不已。)

这首抒情小赋以作家个人的情绪感受作为表现的主体,以真挚动人的直接抒情打动读者,从而反映了在建安时代的社会动乱中有志之士对故乡的思念,以及政治上失意的忧愁苦闷的心情。它具有以下几点艺术特色。

第一,感情抒发极有层次。赋的开头二句:"登兹楼以四望兮,聊暇日以销忧",已点出登楼目的是消除忧愁。一个"忧"字即是全篇所要抒发的中心感情。但登楼所见,触物怀思,引起对故乡的思念。而凭轩槛遥望故乡,山高路远,故乡被壅隔,更引起悲痛而流泪。再想到日月流逝,抱负未能实现,由思念故乡之情发展为感慨自己政治上的失意,原来为了消忧而登楼,结果登楼后心情更为凄怆,以致下了楼至夜半还失眠。从而显示忧愤之深。

第二,变换景物色调,烘托作者情绪发展。作者在这篇赋中写景,不像汉代散体大赋为写景而写景,而注意寓情于景,情景相生。第一段写刚登楼眺望的感受,觉得是一片辽阔舒畅的明朗景象,富美的秋景画面,以反衬思乡之情。第二段激起乡思之后,却感到山阻、路远、水深了。第三段因感慨长期流离,抱负不展,呈现在眼前的已是一片白日将下、秋风萧瑟、天惨无色、心情凄怆的景象。

第三,紧扣题目,结构紧凑。全篇扣住题目,以登楼始,以下楼终,登楼贯穿全篇。时间由白昼而夜晚,至夜半。作者的感情也随登楼的始终以及时间的进展而发展,始为消忧,结果忧愤更甚。作品所集中写的深重忧愤正反映了时代动乱给作者带来的悲剧。

三、晋代赋家及陶渊明《闲情赋》

晋代辞赋名篇较著名的有西晋陆机的《文赋》,潘岳的《秋兴赋》《闲居赋》,左思的《三都赋》和东晋陶渊明的《闲情赋》。陆机的《文赋》是一篇极富形象性的优美的文艺理论著作,不仅在文艺理论的各个方面提出一系列的草创性纲领,给以后文艺理论的开展作了重要启示,而且作为赋本身,文辞精美,比喻贴切,形象鲜明,文学价值也很高。

潘岳的《秋兴赋》写秋景感慨,《闲居赋》写闲居牢骚,抒情写景,都代表他的赋的风格,语言明净,辞藻鲜美,情韵流利。

左思的《三都赋》是左思精心构思的作品,赋中分别描写蜀都(四川成都)、吴都(建业,今江苏南京)、魏都(邺,今河北临漳),模仿汉代散体大赋。据《晋书·左思传》,他的《三都赋》曾使当时"豪贵之家,竞相传写,洛阳为之纸贵"。但作品缺少独创性而文学价值不高。

在晋代赋家中较杰出的是东晋陶渊明。他的辞赋今存三篇:《归去来兮辞》、《闲情赋》和《感士不遇赋》,这些作品抒情坦率真挚,风格平易自然,在魏晋时期独树一帜。其中的《闲情赋》尤其值得注意,这是一篇色彩浓丽,不同于他的诗文朴素淡远风格的爱情赋。

《闲情赋》描写一个男子对一位艳丽贤淑的女子的热烈追求,歌颂了纯洁的爱情。作品结合黄昏夜晚的景色以描写人物细腻的心理,写了男子"十愿"的新奇设想:

> 愿在衣而为领,承华首之余芳;……愿在裳而为带,束窈窕之纤身;……愿在发而为泽,刷玄鬓于颓肩;……愿在眉而为黛,随瞻视以闲扬;……愿在莞而

为席,安弱体于三秋;……愿在丝而为履,附素足以周旋;……愿在昼而为影,常依形而西东;……愿在夜而为烛,照玉容于两楹;……愿在竹而为扇,含凄飙于柔握;……愿在木而为桐,作膝上之鸣琴。

这篇赋描写对女子的思慕之情,在当时的同类作品中是出类拔萃的。因为赋中所写的女子形象姣好、超凡脱俗,才引起男子强烈的思慕之情。男子愿化为所爱女子的衣领、衣带、发膏、眉黛、莞席、丝鞋、身影、蜡烛、竹扇、鸣琴,为了能与她密切地在一起。这十愿想象大胆,用词精妙。如不用封建正统观念去观察,而从写男女恋情,从提高赋的艺术技巧去评价,这篇是应肯定的。梁昭明太子萧统在《陶渊明集序》中说陶氏作品"白璧微瑕,惟在《闲情》一赋",这是一个正统贵族文人的片面之见。

第三节　南北朝骈体赋

南北朝的赋主要产生在南朝。南朝时期,随着诗文创作讲究声律的风气兴起,赋也更注意句式的整齐、声韵的协和、典故的运用、骈偶对仗的加强,形成了俳赋,又叫骈体赋。骈体赋一般比汉代散体大赋要短,而且继承了汉末及魏晋抒情小赋的特点,"写志"重于"体物",以抒情见长。它所反映的社会生活面比汉代大赋开阔。汉代大赋主要是宫廷文学,而南北朝的骈体赋中一些优秀作品已走向社会,从不同侧面、在不同程度上表现了一些重要的社会问题。其代表作如南朝刘宋时的鲍照的《芜城赋》,先后仕于宋、齐、梁三朝的江淹的《别赋》,先仕于梁后在北朝任职的庾信的《哀江南赋》等。

一、鲍照的《芜城赋》

鲍照今存赋十篇,《芜城赋》是其最负盛名的代表作。这是一篇感叹历史兴衰变化的吊古文章。

芜城,意为一座荒芜的城市,指广陵城,故址在今江苏扬州东北。广陵是汉代吴王濞的故宫所在地,过去曾经是繁华景美的城市,但到鲍照登城而赋时,已是断瓦残垣,满目荒凉。广陵城为何会如此败落?作者在赋中只是对比着铺叙今昔景象的变化,没有直接说明它败落的原因。其实它的败落主要是历代帝王、诸侯的征战破坏所造成的。仅在鲍照生活的刘宋时代就有两次大的破坏。第一次是宋文帝元嘉二十七年(450),北魏南犯,广陵城太守刘怀之逃走时烧掉城府,广陵遭到一次大破坏。第二次是宋孝武帝大明三年(459),孝武帝派沈庆之讨伐据广陵造反的刘诞,城破之日,焚宫杀人,广陵又遭大破坏。鲍照在广陵第二次大破坏时客居江北,亲眼看到广陵毁于战乱,有感而作这篇赋。

《芜城赋》全文分三段。第一段,叙昔日的繁华;第二段,叙今日的荒凉;第三段,抒兴亡成败的感慨。作品的主题正是以广陵城昔日的繁华与今日的荒芜作对比,抒发历史兴亡的感慨,从而引起读者对此种历史现象和昏暗现实的深思。

这篇赋在艺术上主要有以下特色。

第一,将体物与写志结合,即在描写物象时结合了作者的情感。这尤其表现在第二段写广陵今日的衰败景象上,赋中写道:

> 出入三代(汉、魏、晋),五百余载,竟瓜剖而豆分。泽葵依井,荒葛罥(挂绕路上)。……通池既已夷,峻隅又已颓。直视千里外,唯见起黄埃。凝思寂听,心伤已摧。(意思是:已经更替三个朝代,前后五百余年,广陵城竟然像瓜一样剖掉,豆一样分掉。如今青苔生满了井台,荒草缠挂着行路。……昔日的城池早已干涸成了平地,高大的城墙已经倒塌,一片颓败。在这里可极目千里以外,但一片荒凉只见滚滚黄土烟尘。面对此景象思想凝止、听觉失灵,令人心神伤悲!)

第二,这篇赋通篇多由对偶句组成,但运用长短不同的句法,加入适当的虚词,使文势时紧时缓,气势变化多端。赋中有三字句、四字句、五字句、六字句,不少句中有虚字,如"通池既已夷,峻隅又已颓"两句中的"已""又"等。

第三,此赋的语言具有很强的概括性和形象性。如写城市的荒凉,"泽葵依井,荒葛罥涂"。仅这二句已写出从市井到人行路都已久无人迹,从泽葵、荒葛,让读者可以想象到城市荒凉的具体景象。

二、江淹的《别赋》

江淹是南朝著名诗人,但他的《恨赋》《别赋》在后世最为有名。

《别赋》通过铺排描写各种人物离别时的感受,集中表现离别给人造成的痛苦。江淹生活的时代,社会各阶层,特别是社会下层,被迫与自己的亲人、故乡离别的人是很多的。江淹自己也有这种生活体验。因此,这一篇写离别之苦的赋从侧面反映了那个时代的影子,也容易引起历代受离别之苦的人们的共鸣。

《别赋》的艺术水平颇高,从题材到写法比以前的赋有所创新,其特色主要表现为:

第一,题材新颖,写法别致。这篇赋的描写对象不是某一个人或某一件事物,而是一种抽象的又为人们普遍体验过的离别之情。写法上采用了类型概括法,即将别情概括为七种类型的人的离别时的情感表现。全文分为九段:第一段,先总写别情之苦。开头二句就点题:"黯然销魂者,唯别而已矣!"(意思是:人世间最令人愁闷悲伤的,只有离别了。)接着用七段文字分别写七种人的别情:富贵者、侠客、从军者、远赴异国者、夫妇、求仙学道者、男女恋人的离别之情。最后第九段,总结全文,写别情之苦难以形容。

在写某一类型的人物的别情时,作者能抓住每一种人的特点,把离别双方的内心世界和依依不舍的感情细腻地描写出来。如写富贵者的离别,作者突出描写离别者行装的富丽、送别宴席的丰盛、音乐的动人等特点,写出双方分别时含着眼泪,心情寂寞而伤悲。

第二,注意根据不同人的特点,描写不同人离别的环境,以渲染离别的气氛。如写男女恋人的离别环境:

> 春草碧色,春水渌波,送君南浦,伤如之何! 至乃秋露如珠,秋月如圭,明月白露,光阴往来,与子之别,思心徘徊。(意思是:当春草一片碧绿,春水清波荡漾,在南面的水边送亲爱的人远别,该是怎样悲伤! 至于到了秋天,露如珍珠,月如圆玉,月光明亮,露为白霜,日月交替,光阴往来,与亲爱的人相别,思念之情总是徘徊在心肠。)

这段描写,将春秋不同季节送别的环境写得生动逼真,又凄恻动人,创造了别情的氛围。

第三,这篇赋是典型的骈体赋。赋中大量运用双句对偶,实词都是异词相对,并且一般都是四字对和六字对,显得非常工整,读来朗朗上口。所用词语色彩鲜明,可用来描写景物,加强了表现离愁别情的艺术效果。如第一段总写别情中写到在家思妇所见的景色:

> 居人愁卧,怳若有亡。日下壁而沉彩,月上轩而飞光。见红兰之受露,望青楸之离霜……知离梦之踯躅,意别魂之飞扬。(意思是:在家的闺妇含愁而卧,神思恍惚,心情若有所失,看到日影从墙壁上下去,消失了光辉,一轮秋月直上栏杆,光彩飞扬。见到那红兰、青楸遭受了秋露,秋露又结成寒霜,使红兰、青楸遭到摧残……知道那在外的人梦中也徘徊不进,不忍与自己离别,料想他会因离别而心神不安。)

这段描写中,写到"沉彩""飞光""红兰""青楸",都显得色彩绚丽,反衬出别情之悲苦。

三、庾信的《哀江南赋》

庾信是北朝最杰出的辞赋作家,今存十五篇赋中以《哀江南赋》为最杰出的作品。庾信原为南朝梁的官员,四十二岁奉命出使北朝的西魏,结果被西魏扣留并在西魏任官。后来北周代魏,又在北周做官。官位虽高,但常思念故国。《哀江南赋》是他晚年所作,赋文历叙梁朝的兴亡和自己的身世经历,而主要是"哀江南",即哀悼梁朝的灭亡,抒发对故国的思念。《哀江南赋》不仅内容丰富,而且它的艺术构思和描写技巧也达到极高的艺术水平。杜甫在《戏为六绝句》中说:"庾信文章老更成,凌云健笔意纵横。"又在《咏怀古迹》其一中说:"庾信平生最萧瑟,暮年诗赋动江关。"庾信暮年写的《哀江南赋》当是杜甫高度赞赏的重要作品。

第四节　魏晋南北朝散文与骈文

魏晋南北朝散文出现向骈文发展的趋向,骈文几乎取代散文。所谓骈文,即骈俪文。两马并驾叫骈,以两两相对的句子构成的文章叫骈文。骈文开始于汉魏,形成于两晋,盛行于南北朝。本节先介绍魏晋南北朝散文,再侧重阐述南朝的骈文代表作。

一、建安曹魏时期的散文

曹操的散文开了清峻、通脱的新风气。所谓清峻,即文章简约严明,反对烦琐;所谓通脱,即随便,想说什么就写什么,并且文章常带感情。曹操的《让县自明本志令》和诸葛亮的《出师表》是这个时期散文的名作。

曹操的《让县自明本志令》是为退还三县封邑所写的一篇"令"文。这不是一般的公文,而是用这种形式叙述自己经历,表明心迹。本文作于建安十五年(210),这时曹操已统一了淮河以北广大地区,"挟天子以令诸侯"。但他怕别人说他有"不逊之志"(代汉自立),如他政治上的对手刘备认为他"有无君之心"(《三国志·先主传》注引《献帝春秋》),于是曹操在这篇令文中向世人表明了自己无篡汉自立的野心,坦诚地宣布:

> 身为宰相,人臣之贵已极,意望已过矣。今孤言此,若为自大,欲人言尽,故无讳耳。设使国家无有孤,不知当几人称帝,几人称王。(意为:我身为宰相,作为臣子,地位的尊贵已达到顶点,已越过我的愿望了。现在说这些话,好像自我夸耀,但为了使别人无话可说,所以才毫不隐讳。假如国家没有我真不知会有多少人称帝,多少人称王啊!)

曹操这段话就体现了"清峻""通脱"并带感情的为文特色。

诸葛亮的《出师表》作于蜀汉建兴五年(227)第一次出师北伐时。表文主要劝导刘禅"亲贤臣,远小人",以解除北伐的后顾之忧,同时表明自己对蜀汉的无限忠诚。

这篇表文文辞朴实,但为历代所称颂,主要是作者情辞恳切,言出肺腑。文中十三次提到先帝,流露出对刘备的深厚感情,感人至深。全文以散句为主,插入一些骈句,使文章介于骈散之间,整齐而有变化。

二、晋代的散文

西晋有陈寿的历史著作《三国志》,东晋有王羲之的《兰亭集序》和陶渊明的《桃花源记》,三者成就较突出。

陈寿的《三国志》是前四史(《史记》《汉书》《后汉书》《三国志》)之一,在中国正史著作中属上乘之作,写人记事虽不及《史记》《汉书》,但也有自己特色,如文笔简洁,尚能注意刻画人物性格等。如《蜀书·诸葛亮传》中的《隆中对》一段,写诸葛亮对当时形势的分析,提出兴复汉室的办法,表现了诸葛亮的远见卓识,语言简练,描写生动。

王羲之的《兰亭集序》,不仅由于其为书法行书的典范,而且文章本身表现对人的个体生命价值的关注,以朴素平淡的语言直抒胸臆,富有哲理性与可读性,因而为后世所推重。

陶渊明的《桃花源记》用通俗平易、朴素自然的语言描绘了桃花源的理想社会。在当时文章向骈体化发展的趋势中,这篇散文仍保持了清新活泼的风格。

三、南北朝的散文与骈文

南北朝的散文著作主要有南朝刘宋朝代范晔的《后汉书》、北朝的郦道元的《水经注》和杨衒之的《洛阳伽蓝记》。《后汉书》是历史著作,《水经注》是记山水地理之书,《洛阳伽蓝记》是记述史事、人物,杂以志怪的散文集。

南北朝,尤其是南朝骈文最发达。这个时期的骈文,对仗更要工整,用典更趋繁密,词藻更求富丽,句式多用四字句、六字句。南朝齐孔稚珪的《北山移文》是当时骈文的代表作。

孔稚珪(447—501),字德璋,南齐会稽山阴(今浙江绍兴)人。博学能文,以骈体文《北山移文》著称于世。《北山移文》是一篇讽刺杂文。北山,即钟山,今名紫金山,在南京市东北。移文是官府的一种文书。据说,南齐时有一个周颙曾隐居钟山。初隐时自命清高,但后来应皇帝征召去当海盐县令,任期届满入京再过钟山,孔稚珪即代钟山神灵写了这篇移文,对周颙表示愤怒的抗议。但正史所载周颙之事,与此说法有出入。文中所称"周子"只当作假隐士的名号而已。这篇文章揭露了当时假隐士的真面目,反映了当时一般士大夫追逐名利的虚伪而丑恶的现象。

全文分四段:第一段,陈述社会上存在真假两种隐士的情况;第二段,写周子隐居北山时自命清高的情态;第三段,写周子做官后追求名利的俗态;第四段,写北山对周子的愤慨,并拒绝周子再从北山经过。此文有以下艺术特点:

第一,文章采用对比法,将周子隐居时的清高与出任时的丑态作了鲜明的对比,通过对比使周子形象更鲜明,达到讽刺的艺术效果。下面摘引第二段、第三段中描写周子隐居时的清高与出仕时的丑态:

> 世有周子,隽俗之士。……虽假容于江皋,乃缨情于好爵。其始至也,将欲排巢父,拉许由,傲百氏,蔑王侯,风情张日,霜气横秋。或叹幽人长往,或怨王孙不游。……及其鸣驺入谷,鹤书赴陇,形驰魄散,志变神动。尔乃眉轩席次,袂耸筵上。焚芰制而裂荷衣,抗尘容而走俗状。(上文意思:世界上出了一个周子,真是隽拔超俗的人。……虽然装着隐者的模样逍遥在江边,而实际上是热心追求着做官发财。他初来北山时,声言排斥巢父,摧败许由,看不起百

家诸子,蔑视将相王侯。风度情致之高要遮天蔽日,气概吹嘘之盛如秋天的严霜。有时叹息隐士长久离去而不回,有时埋怨王孙不再出游。……但是,一旦响着鸾铃的皇帝的征车开进山谷,鹤头诏书来到山陇,他就改变模样,魂魄失散,意志改变,精神动摇。于是在座席上眉飞色舞,在筵铺上把衣袖扬得高高。烧毁、撕掉了用荷叶制作的隐士的衣服,显露出庸俗小人的情态。)(巢父、许由:都是古代隐士。)

第二,这篇赋用了拟人化的手法。作者把北山和生长在山上的草木泉石都写成有人格的,它们都爱憎分明,态度明确。

第三,语言上体现骈文的特点。对仗工整,辞采富丽,用典较多,音韵和谐,多四字、六字句。

第十一章　唐代古文运动与古文大家
——韩愈、柳宗元

隋唐是古代散文变化的又一个重要阶段。隋朝二世而亡,但其制度上的改变对唐代散文有影响。隋朝废除了曹魏以来存在的九品中正制,改变了用人主要靠门第的做法,而改为用科举取士,为社会中下层知识分子进入仕途开了门。因为知识分子有了以文从政的机会,散文作者随之发生了变化。从前的作者多为世家子弟,现在更多出现了布衣之士。

唐代承袭隋朝科举取士的制度,使大批中下层知识分子走上政治舞台,并使他们写的文章开始发生变化。唐代散文大变化的标志是出现中唐时期的古文运动和古文大家韩愈、柳宗元。另外,在韩、柳前后还有一批较有成就的散文家和较著名的作品,尤其在晚唐出现了文学史上第一批杂文。

第一节　唐代的古文运动

在中唐时期,由于韩愈的倡导和柳宗元的大力支持,出现了一次影响广泛的古代散文文体和文风的改革,文学史上称它为"古文运动"。所谓古文,是唐朝人的说法,是与当时流行的骈文对比而言的。作为与骈文对立的文体名称的"古文"这一概念,始于韩愈。他在《师说》等文章中用了"古文"这一名称。古文就是散体文,韩愈、柳宗元倡导这种文体,目的在恢复先秦两汉以散行单句为特征的散文,推动散文的发展。

一、古文运动产生的原因

古文运动产生的原因主要有两方面:古代散文自身的原因和社会原因。

古代散文在先秦两汉时代已有了很高的成就,到了魏晋南北朝兴起了骈体文。骈文讲究对偶声律,崇尚丽辞用典,优点是丰富了艺术形式,提高了写作技巧,发展了散文的形式美;但同时也存在局限性,尤其是骈文发展到南北朝,过分追求对偶的工整和辞藻的华丽,堆砌典故,晦涩难懂,造成了一种偏重形式的不健康的文风,成为表达思想、反映现实的障碍。这种文风一直延续到唐朝。在还由骈文主宰文坛的南北朝后期,已出现要求改革形式主义文体和文风的思潮。接着从隋朝到唐朝的中唐时期,不断有人提出改革文体与文风的要求。所以,骈文自身的僵化是导致古文运动产生的根本原因。

古文运动在中唐时期出现,还与当时政治上要求革新的思潮密切相关。经过了安史之乱以后,中唐的社会危机依然存在:藩镇割据,宦官专权,横征暴敛,民不聊生。一些代表中下层地主阶级利益的士大夫,积极要求革新政治,以维护封建秩序和唐王朝的统一。政治上要求革新,进一步引起了文学上的革新。从初唐的陈子昂提倡诗歌革新开始,同时涉及文体和文风的改革,到中唐前期,时间已历一百多年。这期间要求散文革新的人总是把文体改革同政治教化联系起来。所以,中唐时期社会上出现的政治思想变革对散文发展的客观要求,促进了古文运动的发生。

在韩、柳的倡导下,古文运动开展起来了。当时许多人向韩愈请教,一时韩门弟子甚众。到了唐宪宗元和时期,又得柳宗元的大力支持,古文业绩已颇显著。古文逐渐压倒了骈文,写作古文成为文坛的主要风尚。

二、韩、柳的古文主张

唐代的古文运动是一次文体革新运动,其内容就是提倡古文,反对骈文。这次运动总的要求写文章首先应有充实的思想内容,恢复和发扬先秦、两汉散文的朴实流畅的传统,大力从事"古文"的宣传和写作,以形成一种社会风尚。这些要求即体现在韩愈、柳宗元的古文主张上。

第一,他们提出了"文以明道"的原则。韩愈提倡古文总是和学习古道联系在一起。他说:"愈之所志于古者,不惟其辞之好,好其道焉尔。"(《答李秀才书》)他爱好的"道",即古道,指以仁义为核心的儒家思想。学古文是为了学古道,学古道必须学古文。他强调复古,是要恢复和确立儒家之道在思想领域中的统治地位。联系当时的政治思想斗争,韩愈是要借古文的形式,用儒家之道反对佛老,反对藩镇割据。柳宗元也强调"文者以明道"(《答韦中立论师道书》)。所以,韩、柳都重视散文的实际社会功能,提出"文以明道",即要求文章有充实的思想内容,在当时的政治思想斗争中发挥重要作用。

第二,他们都强调向先秦两汉散文家学习。学习古文的途径就是向先秦两汉的散文家广泛学习,博采众长。韩愈在《进学解》中自述他学习过的先秦两汉作家作品有"五经"、庄子、《左传》、屈原、司马迁、司马相如、扬雄等。柳宗元在《答韦中立论师道书》等文章中也介绍自己向经书,向孟子、荀子、老子、庄子、《左传》、《国语》、《离骚》、《史记》等借鉴的经验。

第三,他们主张文学语言的革新与创造。韩愈从词汇和语法两方面去建立新型的"古文"标准:一是从词汇上要求创新。他提出"惟陈言之务去"(《答李翊书》),"惟古于词必己出"(《樊绍述墓志铭》)。另一是从语法上要求通顺。他提出"文从字顺各识职"(《上襄阳于相公书》),即要求文句的妥帖和流畅。这二者是统一的,言贵独创,词必己出,但不违背"文从字顺"的文风要求。

另外,还应值得注意,韩、柳倡导古文,但并没有对骈文采取全盘否定的态度。韩、柳的古文中骈散结合的语句并不缺少例子。柳宗元是古文大家,但也会写骈文。他们强调复古,但不是一味复古,而是以复古为革新;他们反对骈文,但没有全盘否定骈文。他们自己的古文创作实践了自己的主张。

三、古文运动的影响

唐代古文运动的胜利,首先是恢复了散文的历史地位,开创了散文的新传统。韩愈、柳宗元在理论上奠定了散文创作的基础,他们的创作实践也为以后的散文作出了典范。他们本人成为司马迁以后最大的散文家。他们扩大了散文的表现范围,写景、抒情、言志都可用散文写作。在他们的影响下,中唐以后出现了一批著名的散文家,如李翱、皇甫湜、李汉、沈亚之、孙樵等人。

其次,中唐的古文运动与同时的传奇小说互相产生影响。由于古文运动解放了文体,使传奇小说用较为流畅的古文进行写作,表现形式更为自由,促进了传奇小说的发展。古文家也从传奇小说题材的传奇性和表现方法上得到借鉴,有利于古文运动的推进。在韩、柳的散文创作上可以明显看到受传奇影响之处。

再次,唐代的古文运动对宋代的古文运动和宋以后的古文都有深远影响。中唐的古文运动到晚唐趋向衰落,从晚唐到北宋初,骈文又占了文坛的统治地位。到北宋中叶,以欧阳修为首再一次掀起古文运动。经过欧阳修、苏轼等人的努力,韩、柳倡导的古文运动取得了彻底的胜利,散体古文在此后宋元明清各代都占了统治地位。

第二节　古文大师韩愈的散文

韩愈(768—824),字退之,河阳(今河南孟州)人。郡望昌黎,故称韩昌黎。曾官吏部侍郎,故又称韩吏部。著有《昌黎先生集》。他是唐代最大的散文作家,也是"唐宋八大家"之一。他的生平经历中科举和仕途多次受到挫折。举进士,三次落第。中了进士后还不能授官。为了求官做,参加了吏部的三次考试,但三次落选。后来做了官又因上书得罪,先后两次被贬官,这些经历使他在文章中常常"不平则鸣"。他以儒家思想继承者自居,但在政治思想上有比较进步的态度。他反对藩镇割据,拥护中央集权;排击佛老,尤反对佛教的荒唐迷信;重视人才,同情怀才不遇者。这些进步的思想态度使他的文章有充实的思想内容。

他对散文发展的贡献有三条:第一,恢复了先秦两汉古文的传统和历史地位;第二,扩大了散文的应用范围,碑志、传记、赠序、杂感、奏议、哀祭等应用文体都可用散文来表达;第三,提高了散文的文学价值。他写的三百多篇古文,大部分是各类应用文。但他重视散文的文学性和运用各种文学表现方法,这使他的许多优秀散文成为文学散文。

下面分碑志、赠序、杂著三类,着重介绍韩愈散文的代表作,然后再概述其散文的艺术成就。

一、各肖其人的碑志文

碑志文,指墓碑(立在死者墓前的碑文)和墓志铭(放在死者坟墓里面刻在石上的文字),都属于记述死者生平有关的文章。这是从东汉末发展起来的应用文,但经过六朝,到了韩愈手里,已发展成为一种较完美的传记散文。韩愈所写的碑志文,在他的全部文字中占相当大的比重。《昌黎先生集》统计,古文共计三百三十一篇,其中碑志七十六篇。历来有"韩碑杜律"之称,即指韩愈的碑志与杜甫的律诗一样有名。韩愈的碑志,善于对墓主及其生活的社会加以艺术概括,创造出鲜明生动的人物形象,做到各肖其人,成为文学性传记文("谀墓"之作也有,但不是主要的)。元代陶宗仪引述卢疏齐《文章宗旨》评论说:"碑文惟韩公最高,每碑行文,言人人殊,而且首尾,决不再行蹈袭。"(《南村辍耕录》)他为友人柳宗元、孟郊等写的碑志,都充满感情地叙写人物,生动鲜明地描绘了人物的精神风采,表现了一定社会环境下人的遭遇,揭示了当时社会现实的一个侧面。

《柳子厚墓志铭》是韩愈碑志文的杰出代表作。这篇墓志铭对柳宗元的才学、品德、政绩和文学成就作了比较全面的记叙和评价,在赞美墓主的同时,又流露了对世态人情的感慨,具有撼人心魄的力量。柳宗元政治上遭遇不幸,被一贬再贬。可是他虽身处逆境,仍重视友谊。韩愈对柳宗元的"以柳易播"的举动给予极高的评价。事情是这样的:柳宗元与另一诗人刘禹锡同时被贬,刘贬播州(今贵州遵义西)。柳宗元考虑到刘禹锡母亲还在,不忍心刘母子到播州去,愿以自己相对好些的贬地柳州(今广西柳州)与刘调换。后来刘禹锡贬连州(今广东连州)。此事虽未调成,但表现了柳宗元的高尚品德。对此,韩愈有一段评论说:

呜呼!士穷乃见节义。

今夫平居里巷相慕悦,酒食游戏相征逐,诩诩强笑语以相取下,握手出肺肝相示,指天日涕泣,誓生死不相背负,真若可信;一旦临小利害,仅如毛发比,反眼若不相识;落陷阱,不一引手救,反挤之,又下石焉者,皆是也。此宜禽兽夷狄所不忍为,而其人自视以为得计。闻子厚之风,亦可以少愧矣。(意思是:哎,士人愈是在患难之中才愈能显示出节操和义气!现在那些平时邻里之间互相倾慕欢好,吃吃喝喝,玩玩乐乐,互相招呼追随,虚伪地互相谦逊,以相讨好,握手之间似乎已肝胆相照,手指苍天流泪发誓,生死不做对不起对方的事,真好像可信;但是一旦遇上小小的利害冲突,哪怕仅仅像毛发一样细小,就反目为仇好像从不相识,当朋友落入陷阱,不但不援之以手,反而猛推一把并扔下一块石头,这样的人,比比皆是。这本来是禽兽夷狄都不忍干的,而这些人却自以为得计。他们听到柳子厚的高风亮节,也该稍稍感到惭愧了吧。)

作者关于"士穷乃见节义"的一番议论,更显示出柳宗元交友之道的高尚。

韩愈的《试大理评事王君墓志铭》则是"变体"的墓志铭。这篇墓志铭写一个落拓不羁的"奇男子"王适的遭遇,用了小说的笔法。墓志铭前半篇重点写王适"怀奇负气"的特点和一生不得志的经历,后半篇则具体写其骗婚的一件轶事。描写王适娶妇的过程,极像一篇小小说。墓志铭一般严肃庄重,而这篇墓志铭却让读者好笑。但读者以为王适骗婚滑稽可笑,正说明作者所写的王适怀奇狂放性格已取得了预期的艺术效果。

二、抒发现实感想的赠序文

赠序,古代文体的一种,是专门为送别亲友而写的文章。它是古代"君子赠人以言"的遗意,不同于一般的序跋类的序文。韩愈是写赠序文的能手。在韩愈的手里,这种文体成了能自由记事、抒情以至议论的散文形式,他往往用这种文体抒发现实感想。名作如《送李愿归盘谷序》《送孟东野序》等。

《送李愿归盘谷序》是一篇送人隐居的序。李愿是住在盘谷的一位隐士。盘谷在今河南省济源市。全文开头写盘谷得名的由来,末了写一首歌来歌咏李愿的隐居,中间一大段记述李愿的一番话,讲了三种人:一种是做了大官的人;一种是不做官而隐居的人;一种是奔走权贵之门,追求功名利禄的人。作者实际上是在鄙视当时名声显赫的大官僚,赞美不遇于时而隐居山林的人,嘲笑趋炎附势的官迷,总的是发泄作者对官场的不满。这篇序以描绘见长,而议论风生,又具浓厚的抒情色彩。下面举写赞美隐士的一小段:

> 穷居而野处,升高而望远,坐茂树以终日,濯清泉以自洁。采于山,美可茹;钓于水,鲜可食。起居无时,惟适之安。与其有誉于前,孰若无毁于其后;与其有乐于身,孰若无忧于其心。车服不维,刀锯不加,理乱不知,黜陟不闻。大丈夫不遇于时者之所为也,我则行之。(意思是:居住在隐僻的山野地方,登上高处而望得远,整天逍遥地坐在大树底下,用清凉的泉水把自己洗得非常洁净。从山里采集(果蔬),味美可吃;在水里钓鱼,鱼鲜可食。日常作息没有一定的时间,只求闲暇安适。与其一开始受到赞美,不如到后来没有人说坏话;与其身体安逸快乐,不如心里无忧无虑;不受车子和官服的束缚,刑具不加到身上,不知道治与乱,不听到降职与升官。这些都是遭遇不好的大丈夫的所作所为,我就这样做。)

这段话把隐士的所作所为描绘得很生动。值得注意的是,这段话用了相当多的整齐对偶的句子,音调铿锵,吸取了骈文的优点而仍然使语言明白流畅。宋代大文学家苏轼对这篇序评价很高,说:"唐无文章,唯韩退之《送李愿盘谷》一篇而已。"

《送孟东野序》是送好友诗人孟郊的,起句"大凡物不得其平则鸣"振起全篇。全文列举许多自然现象和人物因不平则鸣,最后归结到孟东野身上。孟东野近五十岁才中进士,要去溧阳(唐时属江南道,在今江苏省)任县尉,心情不愉快。韩愈作此序为孟东野怀才不遇鸣不平,也寄托自己不得志的感慨,并对孟东野加以勉励和宽慰。这篇序中提出的"不平则鸣"的观点在文学史上产生深远影响。它启示后人,遭遇不好的人可以写出优秀的作品来。

三、卫道和批判现实的杂著

这类文章包括说理文、史传文、杂感、序跋等等,内容既有卫道,也有批判现实的,后者更有文学性,其中有不少是名篇,如《师说》《马说》《张中丞传后叙》等。

《师说》是韩愈说理文中的一篇杰作,这也是当时古文运动的一篇重要文献。中唐之世,佛老盛行,社会风气以从师为可耻。韩愈为恢复儒道的正统地位,为了培养人才,敢于突破社会上的流俗之见,不仅自己扶植后进,而且作《师说》表明自己对从师的态度。关于韩愈写《师说》的背景,柳宗元在《答韦中立论师道书》中曾说:"今之世不闻有师,独韩愈不顾流俗,犯笑侮,收召后学,作《师说》,而抗颜而为师。……愈以是得狂名。"抗颜,是面色庄严而不屈的意思,可见其为师时的精神状态。因为师而得狂名,现在较难理解了,只有从当时的社会背景来考察,才能了解韩愈为师和作《师说》的勇气。

《师说》的主旨是说明老师的作用、从师的必要性和从师的途径,并批判当时人们不重"师道"(求师的风尚)的不良风气。他提出老师的作用:"师者,所以传道、授业、解惑也。"(意思是:老师,就是为了传授道理、教授学业、解除疑难的。)当然,他所说的道是儒家之道,所说的业是指儒家经典,所说的"惑",兼指道和业两方面的疑难问题。从师有其必要性,是因为"人非生而知之者,孰(谁)能无惑?"因而,谁都必须请教老师以求解决。从师的途径,韩愈强调:"无贵无贱,无长无少,道之所存,师之所存也。""弟子不必不如师,师不必贤于弟子;闻道有先后,术业有专攻,如此而已。"这种见解在今天对我们仍有参考价值。

这篇论说文说理深刻透彻,条理清晰,结构有层次。常用对比手法从正反两方面加以论证,如以"古之圣人"与"今之众人"对比,以教子从师学习句读与自身不从师学道对比,以"巫医乐师百工之人,不耻相师"与"士大夫之族"讥笑从师学道者对比等等。又语句多用排比形式,如"生乎吾前,其闻道也固先乎吾,吾从而师之;生乎吾后,其闻道也亦先乎吾,吾从而师之","师道之不传也久矣!欲人之无惑也难矣","位卑则足羞,官盛则近谀",等等,从而借以增强语言的力量。

韩愈的杂文,如《杂说四》(《马说》),以"千里马常有,而伯乐不常有"比喻贤才难遇知己,寄寓了他对自己遭遇的不平。

韩愈的杂感文章,如《张中丞传后叙》。这篇文章从题目上看是属序跋类,因原来李翰已为安史之乱时死守睢阳的烈士张巡作了《张巡传》,韩愈是在事隔五十年后,看了《张巡传》再作《后叙》的。但从内容上看,这是一篇杂感式的作品。文章先驳斥了当时一些小人对张巡、许远的种种诬蔑和诽谤,高度评价张巡、许远死守睢阳的意义,然后补记了张巡的部将南霁云、张巡本人的几件轶事。韩愈作这篇《后叙》的用意是什么? 难道仅仅是为历史人物辩诬吗? 难道没有借古讽今之意吗? 应该说辩诬和讽今两者都有。曾为保卫唐王朝作出重大贡献并献出生命的烈士,过了五十年还被人诬蔑,这是不公平的。为这样的历史人物辨明是非,洗雪诬蔑的烂言,这显然是作意之一。而韩愈所处的时代,一方面藩镇割据继续存在,对唐王朝的统一、生存构成了重要的威胁;另一方面,在当时朝廷中,在藩镇问题上妥协姑息的思潮很浓,对主张武力解决藩镇问题的人颇多非议。韩愈在文中鞭笞了"擅强兵坐而观者"和"好议论"的小人,严厉地斥责那些"设淫辞"造谣中伤者为"自比于逆乱",实际上正是对现实中这些人的抨击和批判。所以这篇文章更具有借古讽今的意义。

《张中丞传后叙》在艺术上具有以下特色:第一,这是一篇典型的"古文"。在作者之前,"叙"(意同"序")作为一种文体,基本上都是用骈文写的。如南朝梁代萧统的《文选序》、初唐王勃的《滕王阁序》等。而作者在本文中努力实践"文从字顺""陈言务去"的主张,有意不使用对偶的句子,全文除"以千百就尽之卒,战百万日滋之师"一句称得上偶句外,其余都是单行散句,成功地表现了曲折复杂的思想内容,显示了"古文"优越于骈文的说理、叙事能力。

第二,文章在结构上体现了韩文"尚奇"的特点。一般文章总是先"叙"后"议",在叙事基础上发表议论。本文却是先"议"后叙。清人林纾说,此文"先议而后叙。议处斩钉截铁,具有真实力量;叙处风发电剹,字字生棱。读之令人气旺"(《选评〈古文辞类纂〉》)。

第三,议论有力。

议论如何斩钉截铁? 下面引一段作者肯定张巡守城意义的文字:

> 守一城,捍天下,以千百就尽之卒,战百万日滋之师,蔽遮江淮,沮遏其势,天下之不亡,其谁之功也!(意思是:守住睢阳一座城,就是保卫了唐王朝,张巡的守城部队凭着少数的快要死完的士兵,与上百万而且一天天加多的安禄山叛军作战,掩护了长江和淮河地区,压制阻止了叛军南进的势头,唐王朝的不灭亡,那是谁的功劳呢!)

作者把张巡在安史之乱中死守睢阳的重大意义,提高到保卫唐王朝的高度来认识。因睢阳(在今河南省商丘市南)地处重要的战略地位,守住了睢阳,使叛军不能向长江、淮河地区推进。而长江、淮河地区是当时唐王朝、唐军粮食来源地。守住睢阳,使唐军仍有粮源,所以这对保卫唐王朝起到直接作用。这段文字用了两组对比式的短句,如"一城"与"天下"是对比,"千百就尽之卒"与"百万日滋之师"也是对比。通过对比,更显示出张巡守城的重要意义和守城的艰难。最后一句用反问句,实际意思是正面肯定张巡保卫天下(指唐王朝)的功绩。因此,这段文字读来干脆、有力。

第四,记叙人物轶事,突出人物性格的基本特征,塑造生动的人物形象。这是继承了《左传》《史记》写人的艺术手法。如写南霁云嫉恶如仇、慷慨重义的性格,用了"拔刀断指""矢砖显志""谈笑赴刑"三件轶事来表现。南霁云向贺兰进明求援,贺兰不肯出师,反要将他留下,并设宴款待。文中写南霁云的态度:

> 霁云慷慨语曰:"云来时,睢阳之人不食月余日矣,云虽欲独食,义不忍;虽食,且不下咽!"因拔所佩刀,断一指,血淋漓,以示贺兰。一座大惊,皆感激为云泣下。

这段文字既写了南霁云拒食之言,又写了断指之举,还写了在座的人的反应,将一个坚强不屈的古代英雄形象写得多么鲜明!南霁云离城时,又以箭射佛寺塔顶,说:"吾归破贼,必灭贺兰!此矢所以志也。"后来睢阳陷落,南霁云不屈而死。作者用笔不多,但三件事足以表现一位殉国者的英雄性格及光辉的形象。文中写张巡,则通过描写他的"博闻强识"和"从容就义"两件事,表现了他的才气过人和威武不屈的性格。

四、韩愈散文的艺术创新

韩愈的散文形式多样,多数是文学性散文,在艺术上作了全面的创新。归纳如下:

第一,在韩文中往往有简洁深刻的形象描写。这既表现在记叙文字中,也表现在作者所运用的形象化的议论抒情手法中。在记叙文字中,作者用简练的笔墨突出具有特征性的细节,刻画人物的个性与精神面貌。如前述写南霁云断指、矢砖,又如王适骗婚等。在议论抒情中也刻画人物形象,如在前引《柳子厚墓志铭》"士穷乃见节义"一段中对市井小人的刻画,简直是活灵活现。

第二,韩文结构灵活多变,一篇一个样,具有创造性。如前述《张中丞传后叙》先议后叙,在议叙中又含有抒情味。在补叙张巡轶事一段中,以"张籍曰""张籍云"开始和结束,布局奇特,而又具有真实感。又如前述《试大理评事王君墓志铭》,前述王适生平事略,后面只写其骗婚一事,结构也颇奇特。

第三,文学语言的创新。韩愈是我国古代运用语言的巨匠之一,他的散文语言简练、形象,极富表现力。他创新的许多语句,不少已成为成语,流传至今。如"不平则鸣"、"杂乱无章"(《送孟东野序》)、"落井下石"(《柳子厚墓志铭》)、"细大不捐"、"佶屈聱牙"、"动辄得咎"(《进学解》)、"俯首帖耳,摇尾乞怜"(《应科举时与人书》)等。在他的散文中也有少数过于追求新奇而生涩难懂的语句,但非主要方面。

韩愈散文总的风格是雄奇奔放,富于变化,又流畅明快。苏洵说:"韩子之文,如长江大河,浑浩流转。"(《上欧阳内翰书》)

第三节　古文大家柳宗元的散文

柳宗元(773—819),字子厚,河东(今山西永济)人,世称"柳河东",后又因他曾任柳州刺史,故称"柳柳州",著有《柳河东集》。他是唐代杰出的散文家,也是"唐宋八大家"之一。唐德宗(李适)贞元二十一年(805)死,同年顺宗(李诵)即位,改年号为永贞元年。柳宗元在这时参加了以王叔文为首的永贞政治革新活动,成为革新派的重要人物之一。由于保守势力的反对,这次政治革新很快失败。但这次政治活动对柳宗元一生的政治前途和文学创作起着关键性的作用。此后他被贬为永州(今湖南零陵)司马。在永州过了十年流放生活,接触了下层人民的生活,写出了大量反映社会现实、同情人民疾苦的优秀散文,如《捕蛇者说》《段太尉逸事状》《三戒》等。这时他常游山水以遣愤,写了寄托很深的《永州八记》等优美的山水游记。唐宪宗(李纯)元和十年(815),柳宗元从永州被调回长安。接着出任更僻远的柳州(今属广西)刺史,四十七岁死于任上。柳宗元与韩愈同是古文运动的倡导者和宣传者,并写了大量优秀散文,后人把他们合称"韩柳"。

柳宗元的散文创作主要是传记散文、山水游记和寓言三类文体。

一、借题发挥的传记文

柳宗元的传记散文与一般史传文不同,多是借题发挥,即通过描写一些市井细民和工农群众,借为他人立传,反映中唐时代封建政治的黑暗和穷苦人民的痛苦,而抒发自己的感慨和政见。《宋清传》写一个在长安经营药材的商人,能讲信誉,远取利,通过对比,抨击士大夫的虚伪与丑恶。《种树郭橐驼传》写一个住在长安善于种树的郭姓驼背,借以抨击当时的吏治。《梓人传》写一个名叫杨潜的建筑师,借以说明为相之道。《童区寄传》写一个英勇机智的少年英雄,借以揭露当时南方地区人口买卖的罪恶事实。另有一篇《段太尉逸事状》写一个不畏强暴、关心人民疾苦的官吏段秀实。这些作品都是柳宗元传记文的代表作。

《童区寄传》是柳宗元的散文名篇,常被选入中学语文教材。这篇文章为一个牧童区寄立传,记叙了区寄被人口贩子绑架后机智勇敢地杀死二盗获得自救的故事,揭露了当时人口买卖的畸形社会现象,体现了柳宗元同情被压迫人民疾苦的进步思想。

这篇作品先发议论,再作叙述。全文分三段:第一段,概述南方少数民族地区盛行人口买卖的社会现实,抨击官吏纵容包庇从中渔利的腐败吏治。第二段,记叙儿童区寄智斗强盗,杀死两个劫持者,免遭被贩卖之苦的经过。第三段,写区寄斗争胜利的影响:感动了刺史,震慑了强贼。一般中学课文删去了第一段,而将第二段再分成两段。

作者写区寄的形象,主要运用正面描写的手法,用区寄自己的言论、行动表现他的智和勇。这就体现在原文的第二段中:

童寄者,郴州荛牧儿也。行牧且荛,二豪贼劫持反接,布囊其口,去逾四十里之虚所卖之。寄伪儿啼,恐栗,为儿恒状。贼易之,对饮,酒醉。一人去为市,一人卧,植刃道上。童微伺其睡,以缚背刃,力上下,得绝,因取刃杀之。逃未及远,市者还,得童,大骇,将杀童。遽曰:"为两郎僮,孰若为一郎僮耶?彼不我恩也,郎诚见完与恩,无所不可。"市者良久计曰:"与其杀是僮,孰若卖之?与其卖而分,孰若吾得专焉?幸而杀彼,甚善。"即藏其尸,持童抵主人所。愈束缚,牢甚。夜半,童自转,以缚即炉火烧绝之,虽疮手勿惮;复取刃杀市者。因大号,一虚皆惊。童曰:"我区氏儿也,不当为僮。贼二人得我,我幸皆杀之矣!愿以闻于官。"(意为:儿童区寄,是湖南郴州一个砍柴牧牛的孩子。一天他正在一边放牛一边砍柴,有两个强盗绑架了他,把他双手反捆,用布堵住他的嘴,带到四十里以外的集市上去卖他。区寄假装小孩子似的啼哭,害怕得发抖,做出小孩子常有的那种样子。两个强盗因而很轻视他,相对饮起酒来,喝醉了。其中一个离开去谈买卖孩子的交易;另一个躺下来,把刀插在路上。区寄暗中看他睡着了,就把捆绑自己的绳子靠在刀刃上,使劲上下摩擦,绳子割断了,于是拿刀杀了熟睡的强盗。区寄逃出去没有多远,那个去做卖人交易的强盗回来了,抓到区寄,非常惊恐,准备杀掉区寄。区寄急忙说:"做两个主人的奴仆,哪里比得上做一个主人的奴仆呢?他不好好待我,所以杀了他;你果真能保全我性命并好好待我,我怎么都行。"这个强盗盘算了好一会说:"与其杀死这个奴仆,哪里比得上卖了他?与其卖掉然后两人分钱,哪里比得上我一人独吞呢?幸亏小孩杀死了他,好极了!"就掩埋了同伙的尸体,抓住区寄到离主的住处,把区寄捆绑得更加牢固。到了半夜,区寄转过身来,把捆绑的绳子靠近炉火烧断,虽然烧伤了手也不怕;又拿刀杀死了这个强盗。随即大声呼叫:"我是姓区人家的孩子,不该做奴仆。两个强盗绑架了我,幸好我把他们都杀了。我愿意把这件事向官府报告。")

作品的最后一段,用了侧面描写,从刺史以为奇、乡里强贼对区寄的畏惧,显出区寄的智勇过人。这篇传记文所记故事曲折而完整,写区寄遇盗、杀盗、骗盗、再杀盗,波澜起伏,奇特而又自然,颇能吸引读者。

《段太尉逸事状》是一篇行状体文章。状,或称行状,记述死者世系、名字、籍贯、生平事迹,供写历史传记的人作依据。逸事状,是行状的变体,只记逸事。逸事,同"轶事",世人不甚知道的事,多指未经史书记载的事迹。段太尉,名秀实,唐玄宗时任泾州(治所在今甘肃泾川县北)刺史。唐德宗建中四年(783),泾原士兵在京师哗变,拥戴原卢龙节度使朱泚为帝。朱泚召见段秀实,段突然奋起以朝笏猛击朱泚之额,最后遇害。后被追封为太尉。段秀实的壮烈举动,被一些人诽谤为"武人一时奋不虑死,以取名天下"。柳宗元年轻时曾在段秀实任职的邠州(今陕西彬州)地区游览考察,了解到不少段秀实生前的事迹。柳宗元写这篇逸事状,即以他搜集到的事实,说明段秀实笏击朱泚不是一时冲动,而是他刚正不阿性格的必然表现。

《段太尉逸事状》记述了段秀实三件逸事:第一,智斗不法,勇服郭晞;第二,代民交税,羞死焦令谌;第三,拒收财物,对朱泚早有戒备。作者通过对三件逸事的描写,表现了段秀实勇于任事,不畏强暴;仁爱百姓,关心人民疾苦;廉洁自律,富有远见的优秀品质,同时也反映中唐时期藩镇拥兵自重,对百姓横行霸道,对地方官吏颐指气使的社会现象。

这篇逸事状显示出作者具有高超的传记艺术。第一,用小说化笔法写传记。这表现为在具有戏剧性的矛盾冲突中刻画人物性格,塑造人物形象。记述"勇服郭晞"就用此法。郭晞是中唐名将郭子仪的儿子,却纵容士卒横行霸道,残杀人民。段秀实向当地地方官邠宁节度使白孝德自荐担任军队中的执法官。这就伏下了段秀实与郭晞的矛盾。段要执法,必然与郭晞及其部队发生冲突。冲突果然发生了,作者写道:

> 既署一月,晞军士十七人入市取酒,又以刃刺酒翁,坏酿器,酒流沟中。太尉列卒取十七人,皆断头注槊上,植市门外。晞一营大噪,尽甲。孝德震恐,召太尉曰:"将奈何?"太尉曰:"无伤也,请辞于军。"孝德使数十人从太尉,太尉尽辞去。解佩刀,选老躄者一人持马,至晞门下。甲者出,太尉笑且入曰:"杀一老卒,何甲也?吾戴吾头来矣。"甲者愕。因谕曰:"尚书固负若属邪?副元帅固负若属邪?奈何欲以乱败郭氏?为白尚书,出听我言。"晞出见太尉,太尉曰:"副元帅勋塞天地,当务始终。今尚书恣卒为暴,暴且乱,乱天子边,欲谁归罪?罪且及副元帅。今邠人恶子弟,以货窜名军籍中,杀害人如是不止,几日不大乱?大乱由尚书出,人皆曰尚书倚副元帅不戢士。然则郭氏功名,其与存者几何?"言未毕,晞再拜曰:"公幸教晞以道,恩甚大,愿奉军以从。"(署:充任官职。列卒:布置士兵。注槊上:挂在长矛上。植:立。尽甲:都披上打仗时防身的衣服。请辞于军:请让我到军中进行讲话说服。老躄者:年老而脚有病的人。尚书:指郭晞,他后来任工部尚书,死后赠兵部尚书。副元帅:指郭子仪,时任关内河东副元帅。)

段秀实果断处决郭晞的十七名犯法部下,引起郭晞军营一片喧哗,气氛紧张到一触即发。段秀实却只带了一个脚有病的老兵来到郭晞军营,对郭晞以大义,谕以利害,结果使郭晞心悦诚服。在这一矛盾冲突中,段秀实临危不惧、正义凛然的高大形象跃然纸上。事态平息,段秀实还在郭晞军营吃了晚餐,并在当晚留宿军营。这又给段秀实的大胆从容的性格增添了光彩。这场矛盾冲突的解决,令人意外,因而具有戏剧性。而情节的曲折起伏,又引人入胜。

如果说在第一件逸事中,作者着重写了段秀实性格中的勇,那么在第二件逸事中,他卖掉自己的马为农民代交税,则表现了他性格中的仁。而第三件逸事,记述段秀实告诚家族,拒收朱泚送的财物,则表现了他性格中的廉。三件逸事表现了段秀实勇、仁、廉的性格侧面,揭示出他后来以身殉国的思想基础,说明他后来反对朱泚称帝绝不是一时冲动,是性格发展的必然。

第二,作者记三件逸事,成功地用了对比手法。三件事中段秀实的对立面都是军阀豪强:郭晞、焦令谌、朱泚,三件事包含三组对比。郭晞纵容士卒,段秀实则要打击不法,为民请命;焦令谌向百姓夺地逼租,杖打百姓,段秀实为百姓交税而卖马买谷,手注善药;朱泚着意拉拢,因送财物,段秀实预见在先,坚拒收买。通过对比,段秀实的优秀品质更为鲜明,军阀豪强的本质得到暴露。

第三,文章最后一段是附记,说明所记材料的来源,并对人物日常生活作简单补叙。这一段文字学习司马迁《史记》人物传记后面的"太史公曰"的写法,是对上述逸事进行归纳评价,表明所记逸事的真实性和作者的倾向性。

二、写景与寄情结合的山水游记

柳宗元是唐代第一个大量写作山水游记的作家,《永州八记》是其代表作。他写山水游记都在被贬以后,他从被贬的地方发现了山水之美,也从山水之美中发现了自己人格节操之美。他在描绘山水之美的同时,寄寓了自己受贬后抑郁愤激的思想感情。精细的景物描写与真实的抒情的统一,成了他的山水游记的新特征。北魏郦道元的《水经注》山水记,以偏重客观写景为特征,标志着古代山水散文在魏晋南北朝出现的第一个高峰。而柳宗元的山水游记则标志着古代山水散文在唐代出现的第二个高峰。

《钻鉧潭西小丘记》和《小石潭记》是《永州八记》中的杰出作品。

《钻鉧潭西小丘记》是《永州八记》的第三篇。小丘,即小山。柳宗元通过写小丘之美以及小丘从卖不出去到被自己买下的遭遇,抒发了自己被贬后的愤慨。这篇游记写小丘的景物,用比喻和拟人的手法,突出了小丘景物的神态:

> 梁之上有丘焉,生竹树。其石之突怒偃蹇,负土而出,争为奇状者,殆可
> 数。其嵌然相累而下者,若牛马之饮于溪;其冲然角列而上者,若熊罴之登于
> 山。(意思是:鱼梁之上有小山,生着竹子树木。那突起高耸顶着土出来而争
> 着成为奇形怪状的石头,大概多得数不清。那倾斜而重叠着姿势向下的石头,
> 像牛马到溪里饮水,那向前突起争着往前而朝上的石头,像熊罴向山上爬。)

文中对小丘上的石头的描绘,通过比喻和拟人手法,融进了作者自己的感受。文章最后感叹小丘美景被埋没,暗示自己的遭贬。小丘终被自己买得,则自己又不如小丘之幸运。全文创造了文中有景、景中有情、情景交融的艺术境界。

《小石潭记》是《永州八记》的第四篇,也是其中最精彩的一篇。这篇游记主要写作者发现小石潭的水、石、树、鱼的各种美景以及自己对小石潭环境清冷的感受。文中写道:

从小丘西行百二十步,隔篁竹,闻水声,如鸣珮环,心乐之。伐竹取道,下见小潭,水尤清冽。全石以为底,近岸,卷石底以出,为坻,为屿,为嵁,为岩。青树翠蔓,蒙络摇缀,参差披拂。

潭中鱼可百许头,皆若空游无所依。日光下澈,影布石上,佁然不动;俶尔远逝,往来翕忽,似与游者相乐。

潭西南而望,斗折蛇行,明灭可见。其岸势犬牙差互,不可知其源。

坐潭上,四面竹树环合,寂寥无人,凄神寒骨,悄怆幽邃。以其境过清,不可久居,乃记之而去。

这篇游记,柳宗元重在刻画景物的具体形象,而其中所寓之情较隐蔽。作者写小石潭先交代小石潭的方位,再从声、色、形去描摹这一风光的特点,写得秀丽、素雅、清新。接着用烘托手法写潭水之清冽,用比喻手法写溪水的曲折,更是传神。写小石潭的水、树、石、鱼,尤其是写潭水和游鱼,生动细致,动静毕现。然后写小石潭环境寒气透骨,不可久留。明写环境的过分清幽,暗写人情冷暖,世态炎凉,包含了作者被贬后的凄苦之情,只是这点感情流露不点明而已。总的来说,柳宗元的山水游记,能写出山水的特征,文笔简练生动,写景与抒情有机结合,为游记散文奠定了稳固的基础。

三、寓言散文

柳宗元的寓言散文代表作有《三戒》《蝜蝂传》等。他的寓言是一种自觉创作的文学样式,既包含有深刻的社会讽刺内容,又有生动传神的形象描写。如《三戒》的第一篇《黔之驴》,写黔驴被老虎看作"庞然大物",但它并不审察自己的实际情况,更不了解老虎的实力,只凭一蹄的本领去对付老虎,最终竟被老虎吃掉。这则寓言后来发展成为成语"黔驴技穷"。作者的本意可能是讽刺社会上无德无能、虚有其表的腐朽势力。但读者透过寓言的故事和形象,结合自己的生活经验,可以从多角度去理解其寓意。

这则寓言用拟人化手法,成功地描绘了驴子和虎两个生动的动物形象。驴子大而无用,只会"鸣"与"蹄",显得愚蠢可笑。虎对驴子有细心的观察,从"见"、"窥"到"视",步步深入。虎的心理活动有明显的变化,从"恐"、"觉"、"不敢"到"喜"。作者把虎写得精明能干。

第四节 唐代其他名家散文

唐代的散文,除韩、柳的作品外,还有许多优秀的脍炙人口的名篇。下面着重介绍初唐骈文和晚唐的一些名家小品文。

一、初唐骈文

初唐时期文坛仍然盛行骈体文，但当时的骈体文中也留下一些内容和文采有特色的名作，如魏征的《谏太宗十思疏》、王勃的《滕王阁序》等。

魏征是唐初的政治家和历史家，他在历史上以敢于直谏著称。他的一些奏疏，尤其是《谏太宗十思疏》代表了唐初极言直谏的文章。他领导编写《隋书》《梁书》等史书，批判过骈俪浮艳的文风，但他自己写的奏章仍用骈体，不过少用典故，比较通畅。《谏太宗十思疏》是贞观十一年（637）写给唐太宗的奏章。唐太宗李世民在唐初奋发有为，社会较安定，经济开始繁荣，但在取得成绩后，逐渐改变了原有的勤俭作风，大规模兴建宫殿花园，追求珍宝异物，魏征不断用前代兴亡的历史教训来提醒太宗。在这篇奏章中明确提出了"居安思危，戒奢以俭"的著名谏词。标题中的"谏"是对尊长直言规劝的意思。疏，就是奏章。这篇奏章开头一段写道：

> 臣闻：求木之长者，必固其根本；欲流之远者，必浚其泉源；思国之安者，必积其德义。源不深而望流之远，根不固而求木之长，德不厚而思国之安，臣虽下愚，知其不可，而况于明哲乎！人君当神器之重，居域中之大，将崇极天之峻，永保无疆之休。不念居安思危，戒奢以俭，斯亦伐根以求木茂，塞源而欲流长也。（意思是：我听说希望树木生长的人，必定加固它的根本；想要流水流得远的人，必定疏通水道的源头；考虑国家安定的人，必定积累他的道德和正义。源头不深而希望流水流得远，根不牢固而希求树木能生长，道德不丰厚而考虑国家的安定，我虽然最愚蠢，知道那是不可以的，而何况是明智而洞察事理的人啊！君主担当帝位的重任，在天地间是最大的，应该推崇最高的皇权，永远保持无止境的美善，如不考虑在安乐的时候想想危难，戒除奢侈而崇尚节俭，这就好像是砍伐树木的根本而要求树木茂盛，阻塞流水的源头而希望流水久远啊。）

这段话开宗明义，用树木河流作比，说明"居安思危，戒奢以俭"是保证国家长治久安的根本。魏征上此奏章时，唐朝正处在"贞观之治"的高峰时期。在天下大治时，魏征却提出"居安思危"的劝谏，充分显示出他高瞻远瞩的政治家眼光。

王勃的《滕王阁序》是初唐骈文的精品。滕王阁原是唐高祖李渊的儿子滕王李元婴作洪州（治所在今江西南昌市）都督府时修建的建筑物。王勃在唐高宗上元二年（675）去南方看望父亲，路过南昌，恰逢九月九日重阳节。当时都督阎某在滕王阁大宴宾僚，王勃赴宴赋诗，并作了这篇序，序文紧扣题目，侧重描写登阁所见之秋景，抒写了自己的抱负和怀才不遇的心情。这篇序文充分调动骈文的表现手段，词采华茂，对偶工整，声调和谐，用典繁多，能在严格的形式中比较流畅地写景抒情。其中有不少名句为后代所传诵，如说洪州物产珍异、人才杰出是"物华天宝"（物有精华，天有珍宝）、"人杰地灵"

（人有俊杰，地有灵秀）；说参加宴会的人之多是"胜友如云"（才俊异常的友人如云一样多）、"高朋满座"；写阁上所见之景色是"落霞与孤鹜齐飞，秋水共长天一色"（晚霞漂浮，孤鹜上扬，仿佛一起在飞行；清澈的秋水，与碧空相映，形成水天一色。鹜：野鸭子）。在抒情的句子中多用典故，如"嗟乎！时运不齐，命途多舛。冯唐易老，李广难封。屈贾谊于长沙，非无圣主；窜梁鸿于海曲，岂乏明时？"连用冯唐、李广、贾谊、梁鸿等历史人物的典故，借以抒发自己怀才不遇的愤懑。

二、晚唐小品文

晚唐小品文兴盛，是由于受到当时社会危机的刺激和古文运动的影响。这时的小品文，主要指讽刺性的杂文、寓言和短篇人物传记。代表作家有罗隐、陆龟蒙、皮日休、孙樵。鲁迅对晚唐小品文有独特评价，认为"唐末诗风衰落，而小品文放了光辉"（《南腔北调集·小品文的危机》）。鲁迅所指的晚唐小品文主要是杂文。从这个意义上说，晚唐时期是文学史上第一个杂文时期。下面举罗隐的《说天鸡》与孙樵的《书何易于》为例说明之。

罗隐《谗书》卷二十三《说天鸡》是一篇寓言式杂文：

狙氏子不得父术，而得鸡之性焉。其畜养者，冠距不举，毛羽不彰，兀然若无饮啄意。洎见敌，则他鸡之雄也；伺晨，则他鸡之先也，故谓之天鸡。狙氏死，传其术于子焉。且反先人之道，非毛羽彩错、嘴距铦利者不与其栖，无复向时伺晨之俦、见敌之勇，峨冠高步，饮啄而已。吁，道之坏矣，有是夫！（养猴人家的儿子没有学到其父养猴的本领，但懂得鸡的习性。他所养的鸡，鸡冠、鸡距不耸起，羽毛不鲜明，木呆的样子好像没有饮水啄食的愿望。到了见到别的鸡，则是别的鸡的强者；早上打鸣儿，则比别的鸡叫在前头，所以叫天鸡。养猴人家的儿子死了，他把养鸡的技术传给他的儿子，这个儿子却违反他父亲养鸡的方法，不得羽毛美丽、嘴脚锋利的鸡不在饲养之列，不再有以前打鸣儿早、见别的鸡敢斗的鸡，他的鸡只是鸡冠很高，迈着高步，饮水啄食罢了。啊，好的政治局面的变坏，就是这样的呀！距：公鸡脚后面突出像脚趾的部分。）

罗隐这篇杂文用了寓言的手法，以后代人养鸡徒有其表，影射晚唐不学无术的庸臣俗僚；以养鸡人反先人之道，讽刺当时用人制度的不合理。

孙樵的《书何易于》是一篇优秀的短篇人物传记。孙樵笔下的何易于是晚唐益昌（今四川广元市）的县令，他清廉勤政，能为百姓着想，是难得的良吏。这篇传记写了何易于多方为百姓排忧解难的事迹，同时揭露了晚唐官场的黑暗。传记刻画何易于形象非常成功。如第一段写其任益昌县令时为民充役的事：

何易于尝为益昌令，县距刺史治所四十里，城嘉陵江南。刺史崔朴尝乘春

自上游多从宾客歌酒,泛舟东下,直出益昌旁。至则索民挽舟。易于即自腰
笏,引舟上下。刺史惊问状,易于曰:"方春,百姓不耕即蚕,隙不可夺。易于为
属令,当其无事,可以充役。"刺史与宾客跳出舟,偕骑还去。

从一件小事可以见到何易与的爱民之心和他在上司面前的坚持原则。接着作品又写了
何易于烧了朝廷的征税诏书,不肯征收茶税的事,更见其刚正不阿、爱民如子。最后又
把何易于与刺史及当时的其他官吏作了对比,还写了作者与百姓的亲口交谈,从而使这
个勤政爱民、刚正廉洁的县官形象凸现纸上。作者虽非史官,但用了严谨的史笔如实来
写何易于,后来《新唐书·何易于传》几乎全取材于这篇文章。

第十二章　新古文运动完成的产物
——宋代散文

　　宋代是继唐代之后又一个古文极盛的时代,宋代散文是古文运动完成以后的产物。明清时代的人将著名的唐宋古文家称为"唐宋八大家"。这个称呼始于明代初年的朱右,他编过一本《八先生文集》,此书今已不传。后来也是明代人茅坤又专门选录八大家的文章,编了一部《唐宋八大家文钞》。清代沈德潜又删减为《唐宋八家文读本》。这八家是指唐代的韩愈、柳宗元,宋代的欧阳修、苏洵、曾巩、王安石、苏轼、苏辙,他们是唐宋的大散文家,也都是唐宋古文运动的代表人物。八人中有六人都是宋代人,而且都是北宋时候的人。

　　宋代的散文中北宋时期名家多,成就大,南宋相对要弱一些。宋代经历了北宋欧阳修、苏轼先后领导的新古文运动,古文在文坛从此占了绝对优势,即使有骈文也已散文化。宋代散文的风格与前代散文比有以下明显的特点:第一,散文语言趋于平易。这是以欧阳修、苏轼为代表的北宋散文家发展了韩愈"文从字顺"的主张而实践的结果。"宋代散文跟唐代散文比较起来,就像平原旷野跟高山深谷的比较。"(中国社科院文学所编《中国文学史》二)第二,好发议论。除议论文本身要议论以外,其他在记人、叙事、写景、抒情的散文中也多含理念。这个风气北宋初就开始了。宋初王禹偁的《唐河店妪传》是一篇人物传记,全文四百四十五字,记人叙事只一百四十四字,议论三百零一字,议论占全文三分之二。另外如欧阳修的《醉翁亭记》侧重写景抒情,但却含哲理深意于形象之中。第三,题材与体裁比唐文有所扩展。这主要表现在笔记文盛行。笔记文自魏晋以来,历代都有人作,但到宋代已不是少量出现,而是产生了大量的笔记著作。笔记著作题材广泛,政治历史、民情风俗、诗词评论等都可以用笔记表达。而其行文自由,说理简洁,形象生动。宋代笔记著作在南宋尤其多。如孟元老的《东京梦华录》、周密的《武林旧事》记两宋京城社会积极生活面貌。洪迈的《容斋随笔》(分《随笔》《续集》《三笔》《四笔》《五笔》五集),内容除记作者读书心得外,涉及宋代掌故、经史百家、医卜星算、艺文评述等,考证颇精当,较有学术价值。诗话,是一种漫话诗坛轶事、品评诗人诗作、谈论诗歌作法、探讨诗歌源流的著作。它的渊源来自先秦以来对诗歌的零散评论,魏晋以来笔记中的记述。而诗话单独成专著是在宋代出现,著名的诗话著作有北宋欧阳修的《六一诗话》、南宋严羽的《沧浪诗话》等。

第一节　北宋新古文运动领袖欧阳修的散文

欧阳修作为北宋新古文运动的领袖和散文大家,对北宋散文发展有重要的贡献。他继承唐代韩愈、柳宗元散文革新的传统,领导北宋新古文运动,在理论和实践两方面都树立了典范。

一、欧阳修和北宋新古文运动

宋代散文的繁荣与北宋新古文运动密切相关。原来中唐时代韩愈、柳宗元倡导的古文运动在文体、文风改革方面取得了很大成就,但经晚唐、五代,散文创作又衰落下去。这与晚唐以后社会危机的发展,韩、柳以后古文运动内在局限分不开。社会危机影响文人精神的振作,除晚唐小品文一度兴起,散文创作无大成就。古文运动出现追求怪异倾向,也使散文创作走上生僻艰涩的道路。

自从晚唐、五代以来,一直到北宋初年,散文又追求辞藻典丽而内容单薄的骈体文。宋初已有一些散文家如柳开、王禹偁、范仲淹发出了改革散文的呼声。柳开原名肩愈,字绍元,表示要继承韩愈、柳宗元散文革新事业,提倡写韩愈、柳宗元式散文。王禹偁主张写散文要"句易道,义易晓"(《小畜集》卷十八),继承韩愈散文"文从字顺"的一面。范仲淹是北宋初政治改革家,他在提出改革时弊的政纲中也呼吁"兴复古道""救斯文之薄"(《奏上时务书》)。他们的散文改革要求为欧阳修倡导新古文运动作了舆论准备。

欧阳修能成为北宋新古文运动的领袖,是因为他具有高出于北宋初已出现的散文改革者的条件。他在政治上有进步的政治见解,站在改革派范仲淹一边;在文学上反对浮华艰涩,提倡平实朴素的文风。嘉祐二年(1057),他主持全国的进士考试,就贯彻了这种主张。他不仅理论上有自己的主张,创作实践上也有大量的成果。受他的影响,王安石、曾巩、苏轼、苏辙等一批古文家崛起,北宋文坛形成了一支有力的散文创作队伍。这些有利条件保证了新古文运动的进展。

他在散文改革上的主张更切合时代的需要,首先,他主张重道也重文(形式技巧)。他说:"道胜者,文不难而自至。"(《答吴充秀才书》)但也强调孔子说过的"言之无文,行之不远"的意思,反对以道代文。其次,他学习韩愈"文从字顺"的精神,不取韩愈好奇尚险的一面。他提倡写文章应使"其道易知而可法,其言易明而可行"(《与张秀才第二书》)。

他在散文创作实践上勤奋努力,精益求精。他自己说:"余平生所作文章,多在'三上':乃'马上''枕上''厕上'也。盖惟此尤可以属思尔。"(《归田录》)又《朱子语类》卷一百三十九说:"欧公文亦多修改到妙处。顷有人买得他《醉翁亭记》稿,初说滁州四面有山,凡数十字,末后改定,只曰'环滁皆山也'五字而已。"欧阳修一生写了五百余篇文章,内容丰富,各体兼备,并形成一种平易自然、婉转流畅的风格。他的散文更切合实用,更宜于叙事、说理和抒情。下面介绍他的三篇名作。

二、欧阳修记叙文的代表作——《醉翁亭记》

这是一篇属于记叙文中的亭记。文章写于宋仁宗庆历五年(1405),作者被贬到滁州(治所在今安徽滁州)任太守的第二年。本文通过醉翁亭景物描写,表现作者寄情山水的闲适心情和与民同乐的政治理想。

全文分四段。第一段,写滁州的形胜、醉翁亭的来历及醉翁的意趣。这段末了点明醉翁的意趣是:"醉翁之意不在酒,在乎山水之间也。山水之乐,得之心而寓之酒也。"(意思是:醉翁意趣并不在于喝酒,而在于欣赏山水之间的无限乐趣啊。游玩山水的乐趣,领会在心里,寄托在喝酒上。)第二段,写醉翁亭早晚变化的优美景色,并以亭为中心描写了四季景色的变化,以说明山水之乐。第三段,写游人游山之乐和太守宴游之乐。这就把作者从欣赏山水自然美景的快乐推进至与民同乐的更高层次。第四段,进一步说明山水之乐,揭示醉翁之意在于与民同乐的主题。

"与民同乐"的思想来自《孟子·梁惠王下》。欧阳修在这篇文章中虽没有明写"与民同乐"的字样,但在第四段末了已包含了这样的理念。作者写道:"人知从太守游而乐,而不知太守之乐其乐也。醉能同其乐,醒能述以文者,太守也。太守谓谁?庐陵欧阳修也。"这里说"醉能同其乐"就是指醉而能同滁州人一起快乐,也就是"与民同乐"的意思。

这篇文章历来是传诵的名篇,代表了欧阳修散文的艺术成就。它的特点是:第一,将叙事、写景、抒情、议论融成一体,而以"乐"字贯穿全篇。作品记叙了醉翁亭的来历,滁人游山、太守宴游的经过,描写了醉翁亭周围的景色,抒发了作者山水之乐和与民同乐的感情,议论了太守之乐与滁人之乐的不同。这些内容都被一个"乐"字串起来,从欣赏山水之乐、游人之乐,到宾宴之乐,归结到作者自乐其乐。因景生乐,因乐抒情,因乐议论,一切围绕一个"乐"字展开并收拢。

第二,语言骈散兼行,音调和谐。如文章第二段写醉翁亭朝暮及四季不同景色:

> 若夫日出而林霏开,云归而岩穴暝,晦明变化者,山间之朝暮也。野芳发而幽香,佳木秀而繁阴,风霜高洁,水落而石出者,山间之四时也。朝而往,暮而归,四时之景不同,而乐亦无穷也。

这段文字语句浅显,意境深远,在散句为主的句式中夹有对句。如"日出而林霏开"对"云归而岩穴暝","野芳发而幽香"对"佳木秀而繁阴","朝而往"对"暮而归"。值得注意的是,这段文字中常出现"而""也"两个虚字。《醉翁亭记》全文四百多字,共用二十一个"也"字作句尾,使陈述句带上吟哦的句调,抒发了作者的情致,读来如有韵一样。

又共用二十四个"而"字作句子间或句中的连接,使文气舒缓从容,表现作者的山水之乐。这两个虚字的反复运用,使文章构成一种回环往复的韵律,既动听又易诵。

三、欧阳修议论文的代表作——《五代史伶官传序》

这是一篇史论文章。欧阳修编著的《五代史》原名《五代史记》,为别于宋初薛居正的《五代史》(后者称《旧五代史》),后人称欧阳修这部为《新五代史》。伶官,乐官,宫廷中有封职的演员。五代时期的后唐庄宗李存勖爱好音律,宠用伶人,乱政灭国,欧阳修特立《伶官传》。本文是传前的小序,即史传正文前的评论说明文字,是一篇总结历史教训以告诫君主的文章。欧阳修为《伶官传》作序,不是针对伶官而写,而实为李存勖而发。庄宗李存勖是后唐王朝的第一代皇帝,本西域突厥族,世为沙陀部酋长。自祖父朱邪赤心归唐,赐名李国昌。父李克用因助唐朝镇压黄巢农民起义军,唐昭宗封他为晋王。李克用死,存勖继位。灭梁称帝,建都洛阳。他做了皇帝志满意骄,沉迷音乐,重用伶人郭崇谦等。郭崇谦(艺名郭门高)举兵进攻宫城,存勖中流矢死,仅在位三年。欧阳修就借《伶官传序》总结李存勖与后唐兴亡的历史教训。

这篇文章分四段。第一段,提出论点,"盛衰之理"在于"人事"。原文写道:

> 呜呼!盛衰之理,虽曰天命,岂非人事哉!原庄宗之所以得天下,与其所以失之者,可以知之矣。(意思是:啊!兴盛和衰亡的道理,虽说是天给人安排的"命运",难道不是人的作为吗?推究庄宗建立后唐,与他灭国的原因,就可以知道了。)

薛居正的《旧五代史》把后唐的灭亡说成是"天命"的转移,欧阳修实际上不同意这种说法。他虽然没有否定"天命",但侧重点是在说"盛衰之理"在于"人事"。

第二段,叙述庄宗的父亲晋王李克用临死以三矢赐庄宗,三矢象征庄宗父亲的誓言,要庄宗消灭三个仇敌。

第三段,叙述庄宗盛衰的经历。庄宗不忘父亲的遗嘱完成父亲遗愿,意气旺盛。但仇人已灭后,庄宗很快身死国灭。作者用两个问句对庄宗的盛衰发出感叹,对盛衰的原因提供了答案。作者写道:

> 岂得之难而失之易欤?抑本其成败之迹而皆自于人欤?(意思是:难道是得到艰难而失去容易吗?还是推究庄宗成败的轨迹而都是由于人的原因呢?)

这两个问句,实际答案在后一问句的"成败之迹皆自于人"。

第四段,对盛衰之理作进一步阐述。从庄宗的盛衰过程总结教训,"忧劳可以兴国,逸豫可以亡身",而且"夫祸患常积于忽微,而智勇多困于所溺"。

这篇史论立足于庄宗盛衰的事实,议论深刻,发人深省。在写作技巧上有两个明显的特点:第一,以议论为主,但议论、叙述、抒情三者结合。议论的观点鲜明,观点又建立在叙事的基础上,坚实而可信。叙述晋王赐矢、庄宗受矢,前记言,后记行,简洁而生动。

叙事和议论中又都有作者的抒情。叙到庄宗成功时,作者赞叹:"其意气之盛,可谓壮哉!"写至庄宗失败时,作者又感叹:"君臣相顾,不知所归。至于誓天断发,泣下沾襟,何其衰也!"议论结束时,作者感叹道:"夫祸患常积于忽微,而智勇多困于所溺,岂独伶人也哉!"这些抒情渲染了气氛,更引人深思。第二,叙述庄宗盛衰,对比强烈,使论证更为有力。

四、欧阳修抒情文代表作——《秋声赋》

《秋声赋》不仅是欧阳修的又一名篇,而且是宋代文赋的精品。赋体文学,由汉代的古赋(以散体大赋为代表)、六朝的骈体赋到唐代的律赋,到唐宋又出现文赋。文赋是受古文运动的影响而产生的。中唐以后,古文家的赋,逐渐以散代骈,句式参差,押韵不严格。文赋形式上不像汉赋那样重视铺排和藻饰,改用散文的方法写赋。全篇贯穿散文的气势。晚唐杜牧的《阿房宫赋》开了文赋的先声,宋代欧阳修和苏轼都创作文赋,文体已接近散文。

这篇赋立意新颖。作者先对秋声、秋状、秋气进行描写,然后提出了主题:人事忧劳对人的伤害超过了秋天对草木的摧残,抒发了作者对自然对人生的感叹。悲秋是古代文人写秋的传统主题。宋玉的《九辩》早就唱道:"悲哉,秋之为气也,萧瑟兮草木摇落而变衰。"他将秋天与悲哀紧密联系在一起。欧阳修的这篇赋则将秋天与自己的健康联系在一起,由秋天对植物的损伤而联系到人事忧劳对人的健康的损害,表现了对自身生命的执着与关注,并且具有普遍性的意义。

这篇赋的艺术特点在于:把无形的秋声写得有声有色,有意有形,描绘了一个独特的"秋声"形象。正如作者在《六一诗话》中曾记叙过的梅尧臣诗论的话:"状难写之景如在目前,含不尽之意见于言外。"本文正具有这样的艺术境界。

第二节　宋代成就最高的散文家苏轼的散文

苏轼是唐宋散文八大家的重要一家。他继欧阳修之后,领导新古文运动取得了完全的胜利。他的散文理论为散文的发展开辟了广阔的天地;他的散文创作体现了北宋散文的最高成就。他的散文作品数量大,体裁多。史论、政论、记事、写人、小品、随笔,成绩都很突出。他把散文的文学性、实用性、通俗性都推进了一大步,对我国古代散文的发展作出了巨大的贡献。

一、苏轼的散文理论

苏轼的散文理论主要见于《答谢民师书》。谢民师是江西新涂人,在广东做官。元符三年(1100)苏轼从琼州(今海南岛)贬所遇赦北归,途经广州,谢民师拿诗文来访。《答谢民师书》是苏轼离广州后给谢氏的复信。过了一年苏轼去世。所以本文是苏轼晚年之作,体现了他一生散文创作实践的经验总结。本文的基本主张有以下三点:

第一,散文写作应崇尚"自然"文风。他在信中评论谢氏文章:"如行云流水,初无定质,但常行于所当行,常止于所不可不止,文理自然,姿态横生。"这段话虽是评论谢氏作品,但用在苏轼自己散文上更合适,可见这实际上是他自己的散文写作经验。他以"行云流水"比喻自然文风,非常形象。"初无定质"意思是文章原无一定的体式。自然文风的含义实际即指在思想上和艺术上不能死板,才能取得好的创作效果。第二,对孔子说过的"言之不文,行而不远"及"辞达而已矣"两句话作了发挥,尤对"辞达"作了新的解释。他认为真正要做到"辞达",要"能使是物了然于心","了然于口与手",即在心里对事物有深刻的认识,在口里手里将认识准确完美地表达出来。辞以达意是形成自然文风的重要途径。第三,反对为文的"艰深"。他批评汉代扬雄"好为艰深之辞,以文浅易之说",意思是扬雄写文章喜欢用艰深的词语,来掩饰极浅薄的观点。在作者看来,词句"艰深",内容"浅易",是不自然的,因此必须反对。苏轼的这些主张对散文发展有进步意义。

二、苏轼著名的传记文——《方山子传》

苏轼的传记文写得很少,但《方山子传》却是一篇名作。这是苏轼为他的朋友陈慥写的一篇传记。此传以独特的风格塑造了一位抛弃富贵、超尘拔俗的隐者形象,同时抒发了苏轼个人宦海浮沉的深深感慨。此传作于元丰四年(1081)。

方山子,即陈慥,字季常。他的父亲陈公弼曾任凤翔(今属陕西)知府。苏轼当过陈公弼的僚属,因而与陈慥结识。陈慥早年勇武好侠,有报国之志,然而没有遇到机会,后来抛家别业,隐姓埋名去当隐士了。

这篇传记分为三段,第一段写了方山子的生平大略和这个称呼的来源;第二段写了作者与方山子的两次见面;第三段是写作者对方山子的评论和个人的感慨。

这篇传记风格独特,主要表现在以下三方面:第一,在人物形象塑造上,注重传神,突现性格。本文不全面叙写传主的生平事迹,只是通过一些生活片断的细节描写,凸显人物的精神风貌。如第二段,作者着重描写自己和陈慥两次见面的情景。

> 余谪居于黄,过岐亭,适见焉。曰:"呜呼,此吾故人陈慥季常也,何为而在此?"方山子亦矍然,问余所以至此者。余告之故。俯而不答,仰而笑。呼余宿其家,环堵萧然,而妻子奴婢皆有自得之意。余既耸然异之。
>
> 独念方山子少时,使酒好剑,用财如粪土。前十有九年,余在岐下,见方山子从两骑,挟二矢,游西山。鹊起于前,使骑逐而射之,不获;方山子怒马独出,一发得之。因与余马上论用兵及古今成败,自谓一世豪士。今几日耳,精悍之

色,犹见于眉间,而岂山中之人哉?

[余谪居于黄:指苏轼自己于元丰三年(公元 1080 年),被贬到黄州,今湖北黄冈市。岐亭:古镇名,在今湖北麻城西南。矍然:惊视的样子。环堵萧然:形容家庭的清贫落魄。耸然:惊讶的样子。前十有九年:指嘉祐八年(公元 1063 年),距本文写作正为十九年。岐下:指凤翔。]

这段文字写作者与陈慥两次见面。先写眼前的一次,即作者被发配黄州经过岐亭与陈慥相会的情景。当陈慥了解到作者到此的原因时,只是:"俯而不答,仰而笑。"这七个字的内容是很丰富的,它表明了方山子对于人生真谛、对于浮生处世的大彻大悟的认识。他仿佛在说:"你这样到处奔波、宦海浮沉,如今如此下场,我早已料到了。我正因看透了这一切才当隐士的。"所以这七个字虽只写了方山子的动作、神态,却使读者对方山子如闻其声、如见其人。接着写他家人的"自得之意",从侧面衬托出方山子安贫若素的志向、傲然自乐的心情。这次见面集中写出了方山子性格中乐于当隐士的一面。

作品后写他们十九年前在岐下的会面,这是用了倒叙的手法。那次见到的方山子骑马射鹊、谈论用兵及古今成败,是一个英武豪爽的豪士形象。这就写出了方山子性格中原有的任侠的一面。前后十九年的时间,方山子已判若两人,由原来的豪士成为眼前的隐士。只是内在基本特征未变:"精悍之色,犹见于眉间。"所以,作者写了自己与方山子两次相会,不仅写出了方山子身份的变化,更写出了方山子精神面貌的变化。身份的变化,标志着方山子对人生的领悟。

第二,在结构上,布局奇特,打破常规。本文不用人物传记通常以时空为顺序的结构法,它打破时空的限制,突出地将人物不同时空的几个活动画面剪接在一起,表现了人物的性格,也抒发了自己的感情。文章的布局,根据传主特殊的经历和作者的主观思想感情来安排。眼前的传主方山子是个隐士,抓住隐士的特点是贯穿本文的一条主线。本文的开头一段就别开生面。它不像一般传记先写传主姓名、籍贯、世系,再叙生平事迹。而是从陈慥的绰号方山子得名的缘由写起。一开头即点出其现在的身份:"方山子,光、黄间隐人也。"隐人,即隐士。然后,以简洁的词语,扼要介绍了他一生的特殊经历:少时好侠,壮时苦读,但终不遇,晚年隐居,并交代了方山子称号的来历。第二段,选取了作者与方山子两次会面的镜头。安排两次会面,不以时间先后来叙述,这是受作者主观感情支配的结果。作者被贬中遇上老友,惊喜之情可见。百感交集,自然由眼前而回忆过去,又由过去再回到现实。所以文章先写眼前的会面,后写过去的会面,这样的结构符合作者主观心情运动的过程。第三段,补叙方山子的家世豪盛,见其不图富贵,写出其异于世人之处。结尾写方山子是作者心目中的一个"异人"。这篇文章时空顺序交错穿插;倒叙补叙,起落转换;变化多姿,又如行云流水,充分显示作者驾驭材料的高超本领。

第三,作者个人感情的抒发,对照传主,含蓄而深沉。这篇传记在叙述传主的同时,作者也介入其中,使传主形象更真实可信。同时,在写传主的经历中,字里行间作者含蓄而深沉地抒发了自己的人生感慨。作者对方山子壮年时"折节读书,欲以此驰骋当世,然终不遇",表示同情。作者自己被贬黄州,方山子已当了隐士,并且一家有"自得之意",作者对此表示惊讶。对十九年前见到的方山子所表现的文武之才,表示敬佩。对方山子不要做官,不享受富乐,"独来穷山中"过隐居生活,表示赞叹!在这些感情表达中,总的来看是作者对方山子这样的人才得不到发挥应有政治作用而惋惜,而对照方山子,自己在政治上又屡屡受挫,宦海浮沉,反不如方山子当隐士自得其乐,表示了人生空漠之感,只是这种感慨是含而不露罢了。

三、充满诗情画意的山水游记——《前赤壁赋》

《前赤壁赋》是苏轼用赋体写的一篇充满诗情画意的山水游记作品,也是苏轼散文的代表作。

这篇作品写于宋神宗元丰五年(1082)的七月,也就是他因写诗讽刺新法被谪到黄州(今湖北黄冈市)的第三年秋天。同年十月他又作了《后赤壁赋》。因写作时间的先后,在同样题目前各加前后以示区别。当时由于政治上受到打击,仕途坎坷,精神苦闷,苏轼只能从道家思想和山水之中寻求慰藉。苏轼的思想是矛盾而复杂的,既有消极悲观的一面,也有积极乐观的一面,而总的来说积极乐观的一面是主要的。这两种思想情绪在《前赤壁赋》中都有体现。

《前赤壁赋》记述作者与客人来到黄冈赤壁下的长江中赏月游玩,描绘了秋江如画的美景,抒发了作者吊古伤怀的感慨,将山水的诗情画意与人生的深邃哲理融为一体。这篇文章不同于一般的游记只写景抒情,而是在写景和抒情的基础上发表议论,从而引出人生哲理。全文可分三段。第一段,记游。记月夜泛舟,主客对饮。作者写道:

> 壬戌之秋,七月既望,苏子与客泛舟于赤壁之下。清风徐来,水波不兴。举酒属客,诵"明月"之诗,歌"窈窕"之章。少焉,月出于东山之上,徘徊于斗牛之间。白露横江,水光接天。纵一苇之所如,凌万顷之茫然。浩浩乎如冯虚御风,而不知其所止;飘飘乎如遗世独立,羽化而登仙。(意思是:元丰五年的秋天,七月十六,苏轼与客人坐船游览在赤壁之下。清风缓缓吹来,水面没有起波浪。举酒劝客,吟诵起曹操《短歌行》中"明明如月"的诗句,歌唱起《诗经》中《月出》的篇章。一会儿,月亮从东山上升起,徘徊在天空上斗宿和牛宿之间。白色的水气笼罩江面,天光与水光上下相接。任凭小船漂流,船在茫无边际的江面上来去。浩浩荡荡地像凌空驾风而行,不知到什么地方才停止;飘飘然像脱离人世,无牵无挂,飞升仙境一样。)

这段开头先写出了游览的时间、地点、人物,再描绘了与赤壁相关的山、水、风、月的景色,而重点是写清风明月,然后抒写了游览者的轻松感受。

第二段,述情。通过主客问答,叙述客人由乐而悲的感情变化。主人舷歌,客人吹箫,吊古伤怀。客人所述之悲,实际上是作者自身悲观情绪的反映。他们所游之地赤壁在黄冈,三国时实际发生赤壁之战的地方在湖北嘉鱼县。但地名相同又相近,他们自然会联想到当年一世之雄的曹操。由曹操的不在了,联想到人生的短促,自己的可悲。尤其是作者被贬以后,出现悲观情绪也是自然的。所以写客人的悲,也即是写作者自己的悲。

第三段,言理。通过水、月的例子,作者发表人生哲理的宏论,达到自我解脱。作者的议论写道:

> 客亦知夫水与月乎? 逝者如斯,而未尝往也;盈虚者如彼,而卒莫消长也。盖将自其变者而观之,则天地曾不能以一瞬;自其不变者而观之,则物与我皆无尽也,而又何羡乎! 且夫天地之间,物各有主;苟非吾之所有,虽一毫而莫取。惟江上之清风,与山间之明月,耳得之而为声,目遇之而成色,取之无禁,用之不竭,是造物者之无尽藏也,而吾与子之所共适。(意思是:客人也知道水与月亮吗? 水像这样不断地流去,而水实际没有流去,因为前者去而后者来,水是不停地流着。月亮虽然时圆时缺,但最终没有一点增减。因为从变动的一方面来看,天地间万事万物连一瞬间都不停留地在变化;从不变的一方面来看,那么万物与我人类都永远存在,而对长江水的无穷又有什么可羡慕呢! 况且在天地之间,事物各有主人;假如不属于我个人所有,即使是一毫小东西也不要。只有长江上的清风,与山间的明月,耳朵听到成为声音,眼睛看到而成为颜色,要取用它们不被禁止,要取用也用不完,这是自然界无穷无尽的宝藏,是我和你可以共同去享受的。)

作者这段议论至少包含了两个结论:第一是以水与月亮为例,说明事物都有变与不变两方面,如从不变的方面看,"物与我皆无尽",即人类与天地永存;第二是说在"物各有主"的情况下,只有大自然中的清风明月可供大家共同享受,得到精神安慰。这两层意思都是有积极意义的,因而最后使"客喜而笑"。客由原来的悲转为喜,实际又反映了作者自己情绪上由悲变喜。从全文看,作者的思想感情由乐变悲,再由悲变喜。而感情的变化与眼前的景物,及对人生哲理的领悟联系在一起。作者得出的人生哲理不是空洞说教,而是结合形象,以水月为例进行的,仍紧扣赤壁夜游的题目,因而显得理中有情,理中有景。所以这篇作品是将诗情画意和哲理融合在一起的,读者可从中既得到文学美的享受,又获得哲理性的启迪。

这篇作品充分体现了苏轼自然平易的文风。所用语言如同"行云流水",挥洒自如。如写赤壁之战前曹操的英雄气概:"方其破荆州,下江陵,顺流而东也,舳舻千里,旌旗蔽空,酾酒临江,横槊赋诗,固一世之雄也。"全句一气呵出,无半点阻滞。自然平易但不是枯燥无味,而是多用形象生动的语言体现出来。如写吹洞箫之音:"其声呜呜然,如怨如慕,如泣如诉;余音袅袅,不绝如缕。舞幽壑之潜蛟,泣孤舟之嫠妇。"将无形的声音,用多种比喻写得生动活泼。这篇作品还是一篇散文赋。作者吸取了古文和赋的优点,用写散文的手法作赋。文中像汉赋一样采用主客问答来表达作者对人生的认识,其中有不少句子用了排比与对偶,有的还押韵,这些都具有赋的基本特征。但其中也有不少句子用了长短参差的句式。因此它是散文与韵文的巧妙结合,散文与诗的结合,是对赋体文学的发展。

四、独具风韵的小品文——《记承天寺夜游》

小品、随笔是苏轼散文中独具风韵的妙品,不仅数量可观,艺术上也引人入胜。这类文章篇幅短小,常体现他开阔的胸襟和个性。如《记承天寺夜游》,全文只八十余字,全录如下:

> 元丰六年十月十二日夜,解衣欲睡,月色入户,欣然起行。念无与为乐者,遂至承天寺寻张怀民。怀民亦未寝,相与步于中庭。
>
> 庭下如积水空明,水中藻、荇交横,盖竹柏影也。何夜无月?何处无竹柏?但少闲人如吾两人者耳。[元丰六年(公元1083年),即作者贬谪到黄州的第四年。张怀民是元丰六年贬谪到黄州的官员。]

这是一篇随笔式的散文,写的是司空见惯的东西,章法上也是一般的"三段式",先叙事,次写景,后抒情,但读后令人难以忘怀。这是什么原因呢?不仅是月夜的景色写得生动逼真,更是透过这些平常的事、平常的写法,使读者看到了一个精神意趣上超出常人的不平常的人。作者写自己与张怀民在月夜庭中散步,抒发自己在被贬期间的复杂的思想感情。一方面反映了作者对月色这样的自然美的喜爱,懂得欣赏;另一方面也流露出被贬以后作为"闲人"的怅惘,并于自然中寻求自娱和解脱的心境。行文自然、流畅,却又耐人寻味。

苏轼的父亲苏洵和弟弟苏辙,也都以散文著称,被后人列入"唐宋八大家"之中。苏洵的文章以论兵见长。他为世人传诵的《六国论》是一篇史论文章。他认为:

> 六国破灭,非兵不利,战不善,弊在赂秦。赂秦而力亏,破灭之道也。或曰:六国互丧,率赂秦耶?曰:不赂者以赂者丧。盖失强援,不能独完。故曰:弊在赂秦也。(六国:指战国时魏、韩、赵、楚、燕、齐六国。赂秦:指用割地等办法来贿赂秦国,向秦国讨好。率:大致,都是。完:保全。)

作者这篇文章借总结六国被秦灭亡的历史教训,委婉地向北宋统治者进行讽谏,强调人君不应赂敌以求苟安,而要发奋图强,团结抗敌。文章纵论古今,切中时弊,极有深度。

苏辙的散文以策论见长,但常为人所称者是他的记叙文,如《黄州快哉亭记》。宋神宗元丰六年(1083),张梦得(即苏轼《记承天寺夜游》中的张怀民,怀民是其字)被贬谪到黄州,在住所旁筑亭,苏轼以其能览江山之胜,名之曰"快哉亭"。苏辙此文记述命名的意义,对苏轼、张梦得遭贬后能自放于山水间的乐观、倔强的情怀,表示赞赏。文章融叙事、议论、抒情于一炉,于汪洋淡泊中流露不平之气。

第三节　各具时代特色的两宋其他散文

宋初新古文运动开展,并取得完全的胜利,促进了两宋散文的繁荣。除北宋的欧阳修、三苏(苏洵、苏轼、苏辙)以外,两宋还有许多各具时代特色的散文。北宋初期著名政治家范仲淹写过历代传诵的名篇《岳阳楼记》。受到欧阳修汲引而走上文坛的大政治家王安石,其散文也是宋代第一流的作品,如《答司马谏议书》《游褒禅山记》《伤仲永》,或见解不凡,或曲尽其妙,受后世注目。为欧阳修所称赞的曾巩,其理论与创作都接近欧阳修。他的散文作品较著名的有一些论及学术、艺术的文章,如《战国策目录序》《墨池记》等。他的散文"古雅""平正",在唐宋八大家中是最便于学习的。清代桐城派散文作者学"古文"就多从曾文入手。北宋还有司马光,是著名的史学家,他用十九年时间主编的从战国到五代末的编年史《资治通鉴》,是一部有名的历史巨著。其中记述"赤壁之战""淝水之战""李愬雪夜袭蔡州"等有关片段,后世常作为单篇文章收入各种散文选,是古代军事文学的优秀之作。其语言的精练、平实,行文的曲折流畅,也是古文运动成就的体现。

南宋民族矛盾更为尖锐,反映民族矛盾、充满爱国激情的散文大量涌现。其中以奏疏、政论形式著称的有:胡铨于绍兴八年(1138)上给高宗的《戊午上高宗封事》、辛弃疾于乾道元年(1165)上给孝宗的《美芹十论》、陈亮于乾道五年(1169)上给孝宗的《中兴五论》等。南宋爱国诗人陆游也是南宋杰出的散文家,他的《老学庵笔记》和《入蜀记》,以新鲜活泼的笔调,记事论文,写景抒情,非常自然生动。南宋亡国前后体现爱国精神的散文形成了宋代散文最后光辉的篇章,代表人物是民族英雄文天祥。他的《指南录后序》抒发了他救国的忠贞感情,文如其人,光照千古。下面重点介绍范仲淹、王安石、文天祥各人一篇名作。

一、提倡先忧后乐的宽阔胸襟——范仲淹的《岳阳楼记》

北宋仁宗庆历三年(1043),范仲淹提出十项改革时弊的政治主张,为仁宗所采纳,号称"新政"。但因新政遭权贵强烈反对,不久即罢。范仲淹于庆历五年(1045)被贬知邓州(今河南邓州)。《岳阳楼记》是范仲淹在庆历六年(1046)在邓州任上应好友滕子京的请求写的。滕子京在这年因事也被贬知岳州(今湖南岳阳),到任后重修了岳阳楼。

《岳阳楼记》借描写岳阳楼周围景物为名,通过对"迁客骚人"览物之情的分析,深刻地表达了作者忧国忧民,以天下为己任的政治抱负。这篇文章不是一般的记叙性游记,而是一篇将叙事、写景、议论结合的抒情性议论文，文章的重心落在议论上。文章分三部分：第一部分，简要叙述写本文的缘由；第二部分，先概写从岳阳楼上所见的洞庭湖的壮阔景象，再写"迁客骚人"览物之情的两个方面，即悲伤情绪和喜悦情绪；第三部分，借"古仁人"与"迁客骚人"比较，指出"古仁人"是"不以物喜，不以己悲"，而且"先天下之忧而忧，后天下之乐而乐"。这里"古仁人"的观点，实际上也就是作者的观点。这两句话是全文的警句，也是点睛之笔。

"先天下之忧而忧，后天下之乐而乐"这个观点受到孟子说过的"乐以天下，忧以天下"（《孟子·梁惠王下》）的启发。但范仲淹在宋初政治改革失败、自己遭贬的情况下提出来，并强调了先忧后乐，确实表现了他宽阔的胸襟，崇高的人格，忧国忧民，以天下为己任的政治抱负。同时他也以这一观点勉励好友滕子京在同样遭贬的情况下仍应胸怀大志，心存天下，抱积极进取的人生态度。作者的观点，直到今天，仍然对我们有着借鉴和教育的意义。

这篇文章写作上的特点是：第一，结构严谨而不板滞。先叙作记之由，带出滕子京被谪之事；再因事而及景，因触景而生情；最后对情议论，得出主题。第二，语言优美，骈散结合。写景用骈体，记事议论用散体。文中有不少对偶句，如"日星隐耀，山岳潜形"，"浮光跃金，静影沉璧"，"长烟一空，皓月千里"等等。有些句子押韵，读来朗朗上口。

二、劝学之文——王安石的《伤仲永》

《伤仲永》是王安石短篇中的佳作。从内容上说它是一篇劝学之文，从文体上说，这是一篇短小的记事文。文章前一部分记述姓方名仲永的"神童"，幼年天资聪明，凭空自会作诗，深得同乡人的赞叹，后来由于不学习，越来越差，最后成了一个平庸之人。后一部分是作者的议论与点题，包含两层意思：第一，方仲永由"神童"蜕变为平常人，原因是"其受于人者不至也"（不接受后天的教育）。那就说明人需要学习，需要培养教育。第二，作者的议论再推进一层说："彼其受之天也，如此其贤也；不受之人，且为众人。今夫不受之天，固众人，又不受之人，得为众人而已耶？"（意思是：方仲永天赋这样好，不受教育，况且成为平常人。现在没有天赋，自然是平常人；平常人而不受教育，还能够保有常人的资质吗？）这就提醒人们：资质平常的人，如不努力学习，不受教育，那就不堪设想了。正面意思实际上是指资质平常的人更需要学习，更需要培养教育。作者"伤仲永"就是惋惜仲永虽天资聪明，但不学习，仍不能成才，这就引导读者从仲永身上吸取教训。清代沈德潜说此文是："劝学之语，婉转且至，聪明子弟，宜悬为座右箴铭。"（《唐宋八家文读本》）这篇记事文是先记叙，后议论，文字简明但富有变化。记叙仲永故事，文章只剪取仲永五岁、十二三岁和二十岁三个阶段的情景，作者又分别用一闻、一见、一问三种方式。其中写作者所"闻"的仲永五岁的神奇情况，写得较详细，并为下文的议论作准备。写仲永后来的情况较概括简略。文章最后的议论又分两层表述，意思且有推进。

而后面的议论正建立在前面的记叙事实基础上,显得论点坚实有力。所以文章虽短,仍能以曲折制胜。

文章语言简洁凝练,笔力雄健。如写仲永五岁时"指物作诗立就",有了诗名后的情景:

> 邑人奇之,稍稍宾客其父,或以钱帛乞之。父利其然也,日扳仲永环谒于邑人,不使学。(意思是:同乡人以为仲永神奇,渐渐用待宾客的礼节接待他的父亲,有的人用钱帛向仲永讨取诗作。他的父亲贪图这样,每天拉着仲永到处拜见同乡人,不让仲永学习。)

仲永父亲"日扳仲永环谒于邑人,不使学",这里用一个"扳"字,有牵着、拉着的意思,极其准确生动。"不使学"三字,用得非常简洁,但富有意思,正是"不使学",使仲永蜕变。

三、殉国志士的遗文——文天祥的《指南录后序》

文天祥是南宋末年的民族英雄、殉国志士,他留下的散文《指南录后序》与他的诗《正气歌》《过零丁洋》一样表现了我国古代知识分子崇高的民族气节和爱国激情,很有时代气息。《指南录后序》是文天祥为自编的诗集《指南录》所作的序文。

宋恭帝德祐元年(1275),元统治集团大举南侵,状元出身的文天祥从江西赣州的知州任所起兵,到南宋京城临安(今浙江杭州)保卫宋王朝。次年,元兵进逼临安,文天祥以右丞相(宰相)兼枢密使(宋代掌管国家军政的最高长官)的身份,奉命赴元军议和,结果被元兵扣留并押解北去。文天祥在镇江乘机逃出,到达真州(今江苏仪征),他把元兵情况告诉南宋政府在长江以北的两个边防军事长官,即"东西二阃"(驻淮东扬州的李庭芝,驻淮西合肥的夏贵),准备连兵大举,但引起他们的误会。文天祥不得不隐姓埋名,既要躲避元兵的追捕,又得不到江北南宋边防军队的接纳,经海路辗转到达永嘉(今浙江温州),再到福建三山(今福州),即当时新的南宋小朝廷所在地。端宗景炎三年(1278),文天祥在广东海丰兵败被俘。在北京被囚禁三年,于至元十九年(1282)不屈就义。

文天祥从出使北营到来到福建三山,其间用诗记述自己的艰难遭遇,这就是四卷诗集《指南录》。《指南录后序》作于宋端宗景炎元年(1276)夏五月,他对自己这段经历的遭遇作了总叙。所记时间从宋恭帝德祐二年(1276)正月十九至宋端宗景炎元年(1276)夏五月,这五个月的生活历程,也即从临难受命、出使被拘,到脱险逃归的曲折过程。作者写此文的主旨在于表明"将以有为也"的心迹,即通过本文表明作者在国家危急的关头,将要有所作为,为拯救民族和国家而奋斗,作者以此激励自己,鼓舞当时南宋政权的抗战军民,昭示后来人。

《指南录后序》是在历尽艰辛困苦之后写成的,悲歌慷慨,感情更为真切动人。他所记述的五个月中的遭遇,已不是九死一生,而是有十八次写到可能死:

　　呜呼,予之及于死者,不知其几矣。诋大酋当死;骂逆贼当死;与贵酋处二十日,争曲直,屡当死;去京口,挟匕首,以备不测,几自刭死;经北舰十余里,为巡船所物色,几从鱼腹死;真州逐之城门外,几彷徨死;如扬州,过瓜洲扬子桥,竟使遇哨,无不死;扬州城下,进退不由,殆例送死;坐桂公塘土围中,骑数千过其门,几落贼手死;贾家庄几为巡徼所凌迫死;夜趋高邮,迷失道,几陷死;质明,避哨竹林中,逻者数十骑,几无所逃死;至高邮,制府檄下,几以捕系死;行城子河,出入乱尸中,舟与哨相后先,几邂逅死;至海陵,如高沙,常恐无辜死;道海安、如皋,凡三百里,北与寇往来其间,无日而非可死;至通州,几以不纳死;以小舟涉鲸波出,无可奈何,而死固付之度外矣。呜呼!死生昼夜事也,死而死矣,而境界危恶,层见错出,非人世所堪。痛定思痛,痛何如哉!

　　文天祥遇到这么多次死的机会,但他顽强地活下来,事后追想,更令人悲痛。这一切归根到底,作者都是为了"将以有为也",为了抗敌,为了祖国。这一切都是作者肺腑之言,感人至深。

　　这篇文章写作技巧上有以下特点:第一,夹叙夹议,而又有强烈的抒情味。由于叙述、议论、抒情三者有机结合,抒情真挚而强烈,使文章更具有艺术感染力。

　　第二,突出主旨,详略分明。文章着重表明作者在经历千辛万苦中"将以有为也"的心迹,表现他的顽强意志和爱国深情,因此围绕主旨的事详写,与主旨关系不大的略写。如首段记出使敌营,详写形势、出使动机、被扣等事,略写与"馆伴"争辩的经过。次段集中写自己多次可能遇死的遭遇,没有写同伴的情况。

　　第三,语言简练多变,富有表现力。如第二段写到十八次可能死,写各次可能死,句式就简练而多变化。末段重申自己的志向,或用排比句,或用对偶句,或用重复句,用多变的句式,曲尽其意,表达出深刻而丰富的爱国感情。

第十三章　与八股文分道而驰的明清散文

明清两代先后都已处在中国封建社会的后期,盛行八股文。这是明清科举考试制度规定的文体之一,亦称时文、制艺等。八股文以四书的内容作题目,文章的发端为破题、承题,后为起讲。起讲后分为起股、中股、后股和末股四个段落以发议论。每个段落都有两段排偶的文字,合共八股,故称八股文。(股,排偶的意思。)八股文是封建统治者扼杀人才、统治思想的工具。当时一般散文家都受到八股文的影响,但从散文发展的角度说,真正有文学价值而为后代重视的不是八股文,而是那些与八股文分道而驰的散文。明代散文的特点是流派多,斗争复杂。清代散文的特点是作品数量比以往朝代多,桐城派势力大而且影响时间久。

明代散文大致可分前、中、后三期。明前期主要有明初洪武年间的宋濂、刘基、高启等由元入明的散文家。永乐以后文坛上有以人称"三杨"的杨士奇、杨荣、杨溥为代表的"台阁体",占据文坛统治地位几十年。明中期主要散文流派有以李梦阳、何景明为首的"前七子"(还包括王九思、王廷相、康海、边贡、徐祯卿),以李攀龙、王世贞为首的"后七子"(还包括谢榛、徐中行、梁有誉、吴国伦、宗臣)。前后七子都提倡复古,强调"文必秦汉",即反对台阁体的空洞无物,也反对八股文的浅陋闭塞,但艺术方法上流于模拟形式。以归有光、唐顺之等人为代表的"唐宋派",提倡学习唐宋八大家,以反对前后七子的"文必秦汉"的主张。明后期出现以湖北公安人袁宏道、袁宗道、袁中道三兄弟为代表的公安派,以湖北竟陵人钟惺、谭元春为代表的竟陵派,这两派反对前后七子,反对复古,主张散文要有个性,兴起了晚明小品文。

清代散文极盛,作者人数多,作品数量大。据《清史稿·艺文志》及补编收清人文集四千五百七十五种,柯愈春辑《清籍簿录》收清人诗文集近一万六千家,在数量上超出清以前历朝之总和,其成就不如宋,但超越元明。清代散文也可分初、中、晚三期。清初主要有一些由明入清的学者和文人的散文,学者的代表如顾炎武、黄宗羲、王夫之,文人的代表如侯方域、魏禧、汪琬。他们的散文有不少表现民族意识。清中期主要有以安徽桐城人方苞、刘大櫆、姚鼐为代表的桐城派,这派势力几乎延伸到清末。他们的散文在理论上有完整的体系,重视内容与形式的统一,要求言之有物与言之有序,散文创作上有一定的成绩。晚清时期,已进入中国近代社会,散文的内容和形式都逐渐有了变化。这个时期的代表人物,如龚自珍为文多揭露用人之弊,梁启超主张变法,为文用自己创造的"新文体",其内容和形式都是古文前所未有的。

第一节　开国文臣之首宋濂和明初散文

　　明初,指朱元璋洪武时期,散文作家大多由元入明。由于时处易代,作者身份转变,影响到散文创作也有变化。当时主要的散文作家宋濂、刘基以及年辈稍晚的高启,他们都经历过元末的社会动乱,对民生疾苦、社会弊病较为了解,在元代都写过一些揭露黑暗、抨击弊政的作品。进入明代以后不久,宋、刘都来到朱元璋身边,或为文学侍从,或助朱元璋平定天下,因此在思想上倾向保守,在创作上转为对新王朝的歌功颂德。就散文成就说,宋濂被"屡推为开国文臣之首"(《明史·宋濂传》),是明初散文的代表人物。刘基次之,高启更次之。宋濂(1310—1381),字景廉,号潜溪,金华(今浙江金华)人。元至正二十年(1360),他和刘基等人被朱元璋召到南京,时年五十一岁。这以前他都在浦江(今浙江浦江)乡里教书著述,这以后成了朱元璋的文学侍从。他主持编撰《元史》,教授皇太子,为朱元璋写朝廷重要文章。文名很大,朝鲜、日本、安南也有人收购他的文集。著有《宋学士文集》(四部丛刊本)、《宋文宪公全集》(四部备要本)。留下一千多篇散文,其中传记文成就较高,其次是赠序,如《送东阳马生序》。

一、现身说法的劝学文——《送东阳马生序》

　　《送东阳马生序》是一篇临别赠言,宋濂以现身说法的方式,以自己为学之勤与艰而终于有所成就来勉励太学生。

　　这篇文章写于洪武十一年(1378),即宋濂在离官后第二年入京朝见朱元璋期间,太学生马君则以同乡后学的身份拜见他,为了勉励青年学子,他写了这篇文章。这里的序,指赠序,是专为亲友写的临别赠言的文章。主题是以作者自身为学的经历,勉励后学珍惜良好的学习条件,勤奋努力,专心学习。全文分三段,第一段,记自己为学的艰难。自己少年时借书难,青年时求师难,生活条件又不如出身富家的同学,但终于有所成就。第二段,记现在太学生学习的良好条件。衣食等生活条件都好,无须忧虑;不用奔走不用手抄而有书读;有老师可请教。有如此好的条件再学无所成,那就是自己的不专心。第三段,赞扬太学生马君则善学,并加勉励。

　　这篇文章重在说理,但并无枯燥的说教,它的成功之处在于:第一,现身说法,语调亲切,态度诚挚。正是记叙中的这种浓厚的感情色彩,使人不感到这是一个成功者在乡人面前的自我夸耀,也不是长辈对晚辈的教训,而是处处流露着作者对后学的殷切期待。第一段带有感情的记叙为下面的对比与说理创造了条件。第二,运用对比手法。以自己青少年时求学生活的艰苦与同舍生富家子弟生活上的优越和奢侈对比,突出自己内心在学习上得到的乐趣。以自己学习条件之差与现在太学生学习条件之好对比,说明太学生再学不好是由于主观上的不努力。第三,记叙中的细节描写。如写冬天抄书之冷:"天大寒,砚冰坚,手指不可屈伸。"写青年时求师路途中受冻的情景:"行深山巨谷中。穷冬烈风,大雪深数尺,足肤皲裂而不知。至舍,四肢僵劲不能动。"这些描写增加了记叙的生动性和形象性。

二、歌颂社会下层人物高尚情操的传记文——《杜环小传》

为社会下层人物立传,中唐时期韩愈、柳宗元都有先例,但韩愈作《圬者王承福传》、柳宗元作《种树郭橐驼传》《梓人传》等,虽写的是工匠、种树的农民、建筑师等,其立意并非为笔下的传主,而是通过写传借题发挥自己对现实的批评与政见。而宋濂的一些传记文,如《王冕传》写文人,《杜环小传》写书生,《李疑传》写客栈小店主,《秦士录》写文武双全但不得志的最后当了道士的士人邓弼,这些传主身份都是平民,作者为他们立传,目的就是赞扬他们,同情他们。在这些传记结尾宋濂都有简短的议论,但并不像韩、柳那些传记文那样借题发挥。在传记的写法上更把注意力放在对人物形象的刻画上。如《杜环小传》,写明初南京书生杜环奉养父亲朋友的母亲张氏的动人事迹。

这篇小传着重刻画了杜环这个助人为乐的书生形象。它在写法上有两个特点:

第一,详略分明。对杜环的生平及在其他方面的表现,采用略写形式,只在开头一节用几句话就交代完;而对他奉养张氏的事迹则详写,用了绝大部分篇幅,以概括他的为人。而且开头写他父亲本是一个"善士"(纯洁正直的人),而杜环本人个性"重然诺,好周人急"(不轻易答应别人,答应了就一定做到。喜欢帮助别人解决急难)。这两点都与后来热心帮助张氏有联系。

第二,对比突出。安庆(今安徽安庆)地方官谭敬先是张氏儿子常元恭的朋友,张氏在元恭死后,家庭破落,去找谭,谭拒不纳。无奈张氏才找到杜环家。杜环父亲也是元恭故交,但此时已死。杜环却热情接待了她,待之如亲母,奉养张氏至死,并加安葬礼祀。张氏还有一个幼子叫常伯章,他在杜环奉养张氏达十年之后被杜环在嘉兴(今浙江嘉兴)遇到,杜环告诉伯章,"伯章若无所闻,第曰:'吾亦知之,但道远不能至耳。'环归半岁,伯章来。""既而伯章见母老,恐不能行,竟绐以他事辞去。"谭敬先身为地方官,不纳故交之母,常伯章置老母于不顾,相比之下,杜环在自己家境困难的情况下能奉养张氏,确是难能可贵,这就更突出了杜环品质的可贵。

刘基散文以寓言集《郁离子》最为出色,作品写于元末隐居期间。书中有些指责时弊,对统治阶级进行讽谏的好作品。如《楚人养狙》,作者以养狙(狙:猴子),揭露统治阶级对人民群众的残酷剥削和压迫,并歌颂了人民群众的反抗行动,指出了不劳而获的剥削者、压迫者的下场。刘基还有一篇为后世所称道的寓言式杂文《卖柑者言》,借卖柑者之口,讽刺元末统治阶级中的文官武将像"金玉其外,败絮其中"的烂柑橘一样,文章讽刺深刻,构思巧妙。

高启的散文成就不如他的诗,较好的作品有《书博鸡者事》。

第二节　明中期复古派散文

明中期,指从宪宗成化到穆宗隆庆年间(1465—1572)。这个时期散文主要流派是前后七子和唐宋派,各派具体主张不同,但都有向古人学习的主张,因而都有复古倾向。从散文发展角度看,在内容或艺术上有较突出成就的代表作家及作品,是"前七子"中的李梦阳的《梅山先生墓志铭》、"后七子"中的宗臣的《报刘一丈书》和唐宋派归有光的《项脊轩志》。

一、为商人树碑立传——李梦阳的《梅山先生墓志铭》

李梦阳(1473—1530),初字天锡,又字献吉,自号空同子。陇右庆阳(今属甘肃)人。他是"前七子"的代表人物,就是他"倡言文必秦汉"(《明史·文苑传》),主张复古,以排斥宋元诗文,实质是排斥理学。他一生敢于极言直谏,反对贵戚和宦官,多次入狱。他的家世与商人有关,本人与商人有较多的交游,因而对商人的生活有较多的了解,并对商人有亲密的感情。他的散文中《梅山先生墓志铭》《祭鲍弼文》都是写安徽徽州商人鲍弼,《明故王文显墓志铭》写蒲商王现,《鲍允亨传》写徽商鲍允亨。为商人树碑立传,这在文学史中少见,而在李梦阳笔下出现,颇有新意。其中《梅山先生墓志铭》写商人鲍弼的日常生活,以及作者与鲍弼的交往,尤为生动:

> 梅山,姓鲍氏,名弼,字以忠,歙县人也。年二十余,与其兄鲍雄氏商于汴,李子识焉。商二十年余矣,无何,数年不来……
> 正德十六年秋,梅山子来,李子见其体胖厚,喜握其手曰:"梅山肥邪?"梅山笑曰:"吾能医。"曰:"更奚能?"曰:"能形家者流。"曰:"更奚能?"曰:"能诗。"李子乃大诧喜,拳其背曰:"汝吴下阿蒙邪?别数年而能诗、能医、能形家者流。"(歙县:今属安徽。汴:今河南开封。正德十六年:1521 年。形家者流:看相一类的事。)

作品没有详写鲍弼的履历,而主要写了作者与鲍弼的交往,尤其是细致地描绘了他与鲍弼离别后的重逢经过。作者笔下的鲍弼是个能医、能诗、能酒、能歌的胖商人形象,墓志铭中写到作者"喜握其手""拳其背"的动作,形象地写出他们之间的亲密关系。墓志铭体现了李梦阳提倡的"文如其人"的主张。像这样的文章,有真实的生活内容和真实的感情,语言通俗,并不拟古,实有特色。

二、讽刺权奸的代表作——宗臣的《报刘一丈书》

宗臣是"后七子"中散文创作成就较突出者,他的文章横放雄厉,较少染上模拟堆砌的习气。他本人个性耿介,不附权贵,曾因得罪权奸严嵩被贬。《报刘一丈书》是他写给父亲的一位朋友刘玠的一封信。刘玠排行第一。丈,老丈,老伯的意思。刘一丈,犹称呼刘一老伯。作者在这封信中用漫画化的手法,描绘了一个客(小官僚)奔走权门的经过;小官僚的卑鄙无耻,门者(守门的仆人)的狐假虎威、敲诈勒索,相公(暗指宰相严嵩)的赫赫气焰、贪污纳贿,都揭露得淋漓尽致。信中是这样写的:

> 且今世之所谓孚者何哉?日夕策马,候权者之门。门者故不入,则甘言媚词,作妇人状,袖金以私之。即门者持刺入,而主者又不即出见,立厩中仆马之间,恶气袭衣袖,即饥寒毒热不可忍,不去也。抵暮,则前所受赠金者出,报客曰:"相公倦,谢客矣;客请明日来。"即明日,又不敢不来。夜披衣坐,闻鸡鸣,即起盥栉,走马抵门。门者怒曰:"为谁?"则曰:"昨日之客来。"则又怒曰:"何客之勤也?岂有相公此时出见客乎?"客心耻之,强忍而与言曰:"亡奈何矣,姑容我入。"门者又得所赠金,则起而入之,又立向所立厩中。幸主者出,南面召见,则惊走匍匐阶下。主者曰:"进!"则再拜,故迟不起,起则上所上寿金。主者故不受,则固请,主者故固不受,则又固请,然后命吏纳之。则又再拜,又故迟不起,起则五六揖,始出。出,揖门者曰:"官人幸顾我,他日来,幸亡阻我也!"门者答揖。大喜,奔出,马上遇所交识,即扬鞭语曰:"适自相公家来,相公厚我!厚我!"且虚言状。即所交识,亦心畏相公厚之矣。相公又稍稍语人曰:"某也贤!某也贤!"闻者亦心计交赞之。(孚:信任。刺:名片。明代叫"名帖"。盥栉:洗面梳头。)

这段描写中,详写客与门者的交往,门者的骄悍,反映了主子的气焰。略写主者对客的接见,主者,即相公,接见客时几次不受金,最终仍收下,是表现其既虚伪又贪婪的本质。作者虽属"后七子"复古派,但这样的文章实为古所未有。

三、抒写家人亲情的散文名篇——归有光的《项脊轩志》

归有光(1506—1571),字熙甫,号震川,昆山(今属江苏)人。嘉靖十九年(1540),他三十五岁中举人,此后八次考进士未得第,直至嘉靖四十四年(1565),他六十岁时才中进士。除参加科举考试外,他六十岁前一直以教书授徒为业。他是唐宋派的代表人物,也是明中期散文创作成就最大的作家。著有《震川先生文集》,共收散文七百七十余篇。散文风格近《史记》和欧阳修。题材较为狭窄,善写一些有关作者家世、亲人的记事抒情散文,如《项脊轩志》《先妣事略》《寒花葬志》等,皆为世传诵。清初黄宗羲在《明文案序上》评归有光为"明文第一",可见后人对他散文评价之高。

《项脊轩志》是归有光抒写家人亲情散文的代表作。项脊轩是作者家中的一个小屋名称。志,一种记事文体。这篇散文通过记述一间读书小屋的变化,一家三代的几件生活琐事,抒写了作者青年时代的志向抱负和一家三代人之间的骨肉亲情。此文的构成分四段。第一段,记项脊轩的内外环境,以衬托自己的读书生活和精神意趣。第二段,联系项脊轩,引出对亡母、祖母的回忆。这是全文重点所在。写亡母对姐姐的爱,对自己的爱更不用说;写祖母对自己的期待,含蓄地道出自己奋发读书的原因。第三段,发表议论。引述古人事,以映衬自己的胸襟和抱负,并抒发怀才不遇的愤激之情。第四段,补叙项脊轩的变迁及亡妻事,表达对亡妻的绵绵情思。

这篇散文中写了归家三代妇女,显示了中国妇女在家庭生活中的重要作用。从作者所述的家庭往事中,从作者对三代女性所抒发的追怀中,表明他勤奋读书、胸有抱负与祖母的期待、母亲的关心、妻子的理解分不开。

这篇散文在写作上具有事小情真语浅的特点。事小,指题材是家庭日常生活的琐事,如写自己修葺小屋,叙亡母与老妪的隔门对话,祖母给自己看象笏等。情真,表达的感情却是非常真挚动人。作者不是游离于叙事的抒情,而善于在记述日常琐事中流露真情。如文章结束时写道:

> 庭有枇杷树,吾妻死之年所手植也,今已亭亭如盖矣。

这看似闲闲一笔,实际上写出了作者睹物思人,表现了物在人亡的深沉感慨,寓有深意,给读者留下想象回味的余地。语浅,指作者善写人物口语,既简练又生动,使人物心情表露无遗。如母亲所说的"儿寒乎? 欲食乎?"表现了母亲对孩子的体贴。又如写祖母"持一象笏至,曰:'此吾祖太常公宣德间执此以朝。他日,汝当用之!'"(祖母拿着一块大臣上朝时用过的象牙做的手板过来,说:"这是我祖父太常公夏昶在宣宗正德年间拿着上朝的。日后,你一定也会用它。")这里表现了祖母对自己的期待。这篇散文在结构上充分发挥了中国散文要求形散神不散的文体特性。全文以项脊轩的空间(内外四方)为经,以时间人事(三代女性)为纬,经纬交织,编织为文,脉络清楚,层次分明。

第三节　公安派袁宏道和晚明小品文

明代后期,也称晚明时期,指从万历到明亡(1573—1644)的七十余年。这个时期文坛上出现了晚明文学新潮流,其基本内容为肯定人的个性自由、生活欲望和文学的主体性,反对程朱理学,反对复古主义。晚明文学新潮流给明后期散文带来一些新的时代气息。

晚明文学新思潮在哲学上的代表人物是李贽。李贽,号卓吾,泉州晋江(今属福建)人。他公然以"异端"自居,敢于大胆批评程朱理学。他在人性论方面提出:"穿衣吃饭,即是人伦物理;除却穿衣吃饭,无伦物矣。"(《续焚书·答邓石阳》)在他看来,"天理"就是"人欲",大欲之外不存在空虚的天理。这就为文学作品写人物的欲望、写日常生活提供了哲学依据。李贽又认为:"如好货,如好色,如勤学,如进取,如多积金宝……是真迩言也。"(《焚书·答邓明府》)这就把人的欲望具体化,进一步肯定人追求欲望的权利。他把这种肯定人的欲望的人性论用于文学上,写了《童心论》,提出:"童心者,真心也。夫童心者,绝假纯真,最初一念之本心也。"他所说的童心,即是对人的真心的比喻,实际指人的个性、人的真情。也就是说,人的个性、人的欲望、人的真情才是纯真的,而理学所说的"存天理,灭人欲"才是假的。李贽的哲学思想成了公安派袁宏道等人的晚明小品文创作的哲学基础。

晚明小品文的代表是袁宏道和张岱。

袁宏道(1568—1610),字中郎,号石公。其兄袁宗道,字伯修。其弟袁中道,字小修。他们都是湖北公安人。因此名派,袁宏道为代表。他们都主张文随时变,反对前后七子的复古。袁宏道受李贽的影响,提出文学创作"独抒性灵,不拘格套"(《叙小修诗》),强调文学创作重个性、贵独创的精神。他的小品文创作就体现其"性灵"说的主张,是反复古的成果。小品一词始于晋代,原来称佛经译本中的略本为"小品",详本为"大品"。晚明以后,一些作家开始把随意抒写的短小文字称为小品,并作书名。明人的小品文,即指抒写性灵、发表见解的短小文字,包括杂记、游记、传记、随笔、书信等。这种短小文章唐宋以前就有,但唐宋古文家写这类文章拘守文道结合的观念,不能放纵自如。晚明小品文作家,如袁宏道的小品文不讲大道理,不拘形式格套,具有鲜明的个性和自我意识,信笔直书,活泼自由,通俗明快,形成一种任情适意的文风。虽其作品缺乏深厚的社会内容,只局限在描写身边琐事及自然景物,抒发个人情怀,但也有一些作品接触社会现实,反映时代风貌。他的小品文以山水游记为最好,另外传记文《徐文长传》是其名作。

一、奇人奇文——《徐文长传》

徐文长是明中期的一位著名诗人、戏曲家、书画家,但他一生只是个秀才,只做过幕僚,没有官职,遭遇奇特,堪称一位奇人。在世时他"不得志于有司",死后也为人淡忘了。是袁宏道发现了他的诗文,为他刊布文集,为他立传,使徐文长在文学史上得到了应有的地位。袁宏道的这篇传记大大提高了徐文长在后世的知名度。这篇传记因此也称得上是一篇奇文。

《徐文长传》生动地描述了徐文长的生平遭遇及他在文学艺术上的成就,写出了封建社会里一个怀才不遇的知识分子的狂放与悲愤,以个人生命与世俗相抗的悲剧命运。传中写到他的狂放不羁的性格极为动人:

> 文长为山阴秀才,大试辄不利,豪荡不羁。总督胡梅林公知之,聘为幕客。文长与胡公约:"若欲客某者,当具宾礼,非时辄得出入。"胡公皆许之。文长乃葛衣乌巾,长揖就坐,纵谈天下事,旁若无人,胡公大喜。是时,公督数边兵,威震东南,介胄之士,膝语蛇行,不敢举头;而文长以部下一诸生傲之……

> 文长既已不得志于有司,遂乃放浪曲蘗,恣情山水,走齐鲁燕赵之地,穷览朔漠。其所见山奔海立,沙起云行,风鸣树偃,幽谷大都,人物鱼鸟,一切可惊可愕之状,一一皆达之于诗。……

传记描写徐文长为总督胡梅林当幕客时的态度、装束,都表现了传主孤傲耿介的个性,反抗传统人生的不同平常的作风。他一生的关键是"不得志于有司",使他怀才不遇,只能寄情于诗歌。他的孤傲奇异的个性体现了明中期城市文人轻视社会规范而尊重个性自由的人生态度。

这篇传记的特色,不仅在于传主个性的鲜明,而且作者自己在传主身上也倾注了感情。从字里行间,读者可明显感觉到作者对传主的性格的钦佩和对他的遭遇的同情,因而作品具有很强的艺术感染力。

二、袁宏道山水游记代表作——《满井游记》

袁宏道酷爱山水,他的文集中有八十余篇山水游记。《满井游记》是他的代表作。满井,是北京东北郊的一个地名。这篇游记描写北京郊区满井初春的景色:

> 廿二日,天稍和,偕数友出东直,至满井。高柳夹堤,土膏微润,一望空阔,若脱笼之鹄。于时冰皮始解,波色乍明,鳞浪层层,清澈见底,晶晶然如镜之新开,而冷光之乍出于匣也。山峦为晴雪所洗,娟然如拭,鲜妍明媚,如倩女之靧面,而髻鬟之始掠也。(东直:东直门,北京东北一个城门。土膏:肥沃的土地。鹄:白色水鸟。冰皮:水面冻冰。倩女:美丽少女。靧面:洗面。髻鬟:环形发结。掠:梳。)

这段描写中有两点可注意:第一,写景中写出作者的心情。以"若脱笼之鹄",比喻自己到了郊外后轻松愉快的心情。第二,袁宏道喜用形容女性的辞藻来描绘山河景色。这段写小山为融化的积雪所洗,即以少女洗面梳头后的明媚的姿色来比拟,表现了作者对山景的喜爱。

三、晚明奇才张岱的小品文

张岱(1597—1679),字宗子,一字陶庵,山阴(今绍兴)人,生活于明清之际,终身不仕。他学识渊博,著作繁富,其中小品文融合了公安派、竟陵派的长处,小品集子有《西湖梦寻》《陶庵梦忆》《琅嬛文集》等。所收小品文题材广泛,以山川风物、民情风俗居多,时时流露出追怀故国、热爱乡土的爱国思想。他非常熟悉那些生活,因而能写得细致深入,自然动人。如《西湖七月半》记游人情态,描摹尽致:

> 西湖七月半,一无可看,止可看看七月半之人。看七月半之人,以五类看之:其一,楼船箫鼓,峨冠盛筵,灯火优傒,声光相乱,名为看月而实不见月者,

看之。其一,亦船亦楼,名娃闺秀,携及童娈,笑啼杂之,环坐露台,左右盼望,身在月下而实不看月者,看之。其一,亦船亦声歌,名妓闲僧,浅斟低唱,弱管轻丝,竹肉相发,亦在月下,亦看月而欲人看其看月者,看之。其一,不舟不车,不衫不帻,酒醉饭饱,呼群三五,跻入人丛,昭庆、断桥,嚣呼嘈杂,装假醉,唱无腔曲,月亦看,看月者亦看,不看月者亦看,而实无一看者,看之。其一,小船轻幌,净几暖炉,茶铛旋煮,素瓷静递,好友佳人,邀月同坐,或匿影树下,或逃嚣里湖,看月而人不见其看月之态,亦不作意看月者,看之。(优侯:歌妓和仆役。昭庆:寺名,在西湖边。)

这篇文章生动地记述了当时杭州人游西湖看月的风习。作者把那些看月的分为五类,加以描写和介绍,刻画各自姿态,惟妙惟肖,语言清新活泼,形象生动。

从袁宏道到张岱,晚明小品文在写景、记人、叙事等方面开拓了散文的领域,丰富了散文的表现手法,对散文的发展有一定的贡献,但也存在题材狭窄、风格纤佻的弱点。

第四节　清初学者之文和文人之文

清初散文家都是易代作者,就学术修养加以区分,一类是著名学者,黄宗羲、顾炎武、王夫之是代表;一类是文人作家,被称为清初三大家的侯方域、魏禧、汪琬是代表。由于明亡易代的震动,他们的散文都不同于晚明的小品文和前后七子的复古派古文,具有了较充实的社会内容,普遍流露出浓重的民族感情。

清初的学者们,如以上三大学者都参加过抗清活动,有爱国思想,学术上有多方面的成就。他们在散文方面大力倡导经世致用,不作空言。提出"文须有益于天下"(顾炎武《日知录》卷七),强调文的教育作用,志在反清复明。从散文创作成就说,其中以黄宗羲的传记文较突出。黄宗羲为明清易代之际的东南一带抗清将领和死节之士如张煌言、熊汝霖、钱肃乐等人写过碑传,还为他的老师作《刘宗周传》。在这些碑传中,一方面寄托民族愤慨;另一方面作者作为史学家也想借此保存客观史实,重在总结明亡的历史教训,对未来隐约怀着一种悠远的希望。顾炎武是有名的《日知录》的作者,他的传记文章主要是抒发亡国之恨,寄托故国之思。他写的《吴同初行状》《书潘、吴二子事》也都是表彰抗清志士的记事传人之文。他写的传记散文比黄宗羲的作品更多悲愤情感。王夫之长于史论,记叙文以《船山记》一文为佳。

清初的文人作家写古文又力图恢复唐宋古文的传统,也向经世致用靠拢,使散文具有较切实的社会内涵。汪琬"深叹古今文家好名寡实,鲜自重特立,故务为经世有用之学"(《清史稿·本传》)。清初三大家中侯方域是一代人才,所作《李姬传》《马伶传》为世传颂,他善于用小说笔法记人,情节曲折,形象鲜明,富有文学意味。魏禧爱好《左传》、苏洵的文章,叙事简洁,善于议论。所作《大铁椎传》,记一个身怀绝技但不为世用的奇人。作者把这个古代剑客式的人物表现得虎虎有生气,但又写得若明若隐,富有虚实顿挫之妙。汪琬思想较正统,善叙事,一时碑传多出其手。著名的如《江天一传》《侯纪原墓志铭》为其代表作。下面具体介绍顾炎武的《吴同初行状》和侯方域的《李姬传》这两篇清初两类作家的代表作。

一、孤忠磊磊表英魂——顾炎武《吴同初行状》

顾炎武(1613—1682),号亭林,江苏昆山人。清兵南下,他在苏州、昆山等地参加起义军,昆山陷落时,嗣母王氏出于民族大义,绝食而死,临终以"无为异国臣子"嘱炎武,这对他终身坚持民族气节,产生过重要影响。他的文集中,收有为明末清初的民族志士写的碑传文字多篇,如《吴同初行状》《书潘、吴二子事》《先妣王硕人行状》《曳梯郎君祠记》等。坚持民族气节是这些作品的共同主题。清代作家彭绍升在《亭林先生全集序》中说:"亭林顾先生,间代通儒,有扶世立教之志,而生逢革命,无所抒发,孤忠磊磊,至老不渝。其所为文,至于国家存亡之际,慷慨伤怀,或扬声哀号,或幽忧饮泣,以视屈原、贾生诸公,时遇不同,同一天性激发而已。"(孤忠磊磊:意为不得支持的耿耿忠心在胸次很分明。)他的记事写人的文章大都写得凄楚动人,是他"孤忠磊磊"的民族精神的具体体现。其中《吴同初行状》最为感人。这是顾炎武为友人吴其沆写的一篇传记。文中写道:

> 生名其沆,字同初,嘉定县学生员。世本儒家,生尤凤惠,下笔数千言,试辄第一。风流自喜,其天性也。每言及君父之际及交友然诺,则断然不渝。北京之变,作大行皇帝、大行皇后二诔,见称于时。与余三人每一文出,更相写录。北兵至后,遗余书及记事一篇,又从余叔处得诗二首,皆激烈悲切,有古人之遗风。然后知闺情诸作,其寄兴之文,而生之可重者不在此也。生居昆山,当抗敌时,守城不出以死,死者四万人,莫知尸处。以生平日忧国不忘君,义形于文若此,其死岂顾问哉?
>
> 生事母孝,每夜归,必为母言所与往来皆为谁,某某最厚。死后,炎武尝三过其居,无已,则遣仆夫视焉。母见之,未尝不涕泣,又几其子之不死而复还也。然生实死矣!生所为文最多,在其妇翁处,不肯传,传其写录在余两人处者,凡二卷。(北京之变:指 1644 年 3 月李自成农民军攻占北京,明朝灭亡。大行皇帝、大行皇后:指刚死的皇帝崇祯,刚死的皇后周皇后。)

这里引述的只是这篇行状叙述吴其沆的生平及诗文创作的两段文字。全篇以记事为主,感情深沉,文字简练。作者由于清政府的高压政策,对吴其沆及昆山人民的抗清斗争没有展开描写,但文中写到"生居昆山,当抗敌时,守城不出以死,死者四万人",仅十九字,清兵屠城以及人民抗清的悲壮情景,已清楚地告诉了读者。文章两次描写作者与吴母相见,后一次见于上述引文,写吴母"未尝不涕泣,又几其子之不死而复还也",字字含血,令人震栗。

二、清初古文家的代表作——侯方域的《李姬传》

《四库提要·尧峰文钞》说:"古文一脉,自明代肤滥于七子,纤佻于三袁,至启祯而极敝。国初风气还淳,一时学者始复讲唐宋以来之矩矱,而琬与宁都魏禧、商丘侯方域,称为最工。"这段话是《四库全书总目提要》作者纪昀对汪琬所著的《尧峰文钞》所作的提要里的,指出了清初古文家的文风转变,评价侯方域等三人的古文开始恢复唐宋散文的"矩矱",并"称为最工"。"矩矱",意思是规矩法度。"最工",就是最为细致、巧妙。侯方域的《李姬传》是侯方域散文的代表作,也是清初散文的名篇。

侯方域(1618—1654),字朝宗,商丘(今属河南)人。崇祯十二年(1639)到南京应乡试,与复社张溥、夏允彝、陈子龙、吴应箕、陈贞慧等交游。他又以贵公子、作家身份与南京秦淮名妓李香交好。他的《李姬传》即写秦淮名妓李香的胆识与高尚品格,历来为读者所赏识。这篇传记后来成为孔尚任作《桃花扇》传奇的重要素材,因而更为世人所知。

为名妓立传,前代多有,但大都从她们的聪明、美貌、技艺等方面着墨。《李姬传》与此不同,它描写歌妓李香,不仅写了她歌唱的艺术才能和不同流俗的风度,而且写她"侠而慧,略知书,能辨别士大夫贤否。"(贤否,贤与恶。)这是一般歌女所没有的素质和品德。作者所赞赏并着力描写的也是这一点。传中写道:

> 雪苑侯生,己卯来金陵,与相识。姬尝邀侯生为诗,而自歌以偿之。初,皖人阮大铖者,以阿附魏忠贤论城旦,屏居金陵,为清议所斥。阳羡陈贞慧、贵池吴应箕实首其事,持之力。大铖不得已,欲侯生为解之,乃假所善王将军,日载酒食与侯生游。姬曰:"王将军贫,非结客者,公子盍叩之?"侯生三问,将军乃屏人述大铖意。姬私语侯生曰:"妾少从假母识阳羡君,其人有高义,闻吴君尤铮铮。今皆与公子善,奈何以阮公负至交乎?且以公子之世望,安事阮公!公子读万卷书,所见岂后于贱妾耶?"侯生大呼称善,醉而卧。王将军者殊怏怏,因辞去,不复通。(雪苑:作者的别号。己卯:崇祯十二年(1639)。阮大铖:安徽怀宁人,依附专权乱政的宦官魏忠贤而被贬斥。福王时又依附奸臣马士英。后降清。城旦:这里指阮大铖被贬为民。屏居:不与人来往,悄悄退居在家。屏,屏退别人。清议:舆论。阳羡:县名,故址在今江苏宜兴县南。贵池:县名,属安徽。盍叩之:何不问他。铮铮:形容其刚正。)

作者写李香"能辨别士大夫贤否"主要指她对阮大铖诡计的识破。阮大铖阿附魏忠贤,崇祯时被列为逆案,被废为民隐居南京。复社人物陈贞慧、吴应箕在南京公开揭露他的丑行,阮大铖企图拉拢侯方域为他说情,阻止陈、吴等人的行动。李香看穿了阮大铖的诡计,以大义相劝。作者用"侯生大呼称善"赞赏李香,使李香的形象卓然立于纸上,既生动又简练。这篇传记,记李香只二三事,但李香的卓识与人品之不群,已有表现。侯方域之善于记叙,于此可见。

第五节 清中期桐城派散文

以安徽桐城人方苞、刘大櫆、姚鼐为代表的桐城派是清中期最大的散文流派。清中期,大体指康熙至嘉庆年间(1662—1795),是清代的所谓盛世。桐城派散文在内容上逐渐适应了清王朝文化统治的需要,如方苞为文"非阐道翼教,有关人伦风化者不苟作"(方宗诚《桐城文录序》),即多以宣扬封建道德为主。在艺术上,选材精当,行文畅达,结构谨严,雅而不奥,质而不俚,清通自然。一般短小精悍,要言不繁。这些都体现了桐城派散文是中国古典散文总结的结果。桐城派还有一套系统的散文理论,经过逐渐发展,内容较丰富,这与桐城派在清代文坛有长时间大范围影响也有一定关系。

一、桐城派的散文主张

桐城派的散文主张是在方苞"义法"论的基础上形成的一个体系。方苞论文以"义法"为中心。"义法"一词始见于《史记·十二诸侯年表序》:孔子"西观周室,论史记旧闻,兴于鲁而次春秋。上记隐,下至哀之获麟,约之辞文,去其繁重,以制义法"。

方苞"义法"论的具体含义是:"义即《易》之所谓'言有物'也,法即《易》之所谓'言有序'也。义以为经而法纬之,然后为成体之文。"(《方望溪先生全集》卷二《又书货殖传后》)义,指内容;法,指形式,要求文章做到形式服从内容,内容和形式的统一。他所指的"义"有特定的内容,指能为统治阶级服务,本于六经、《论语》、《孟子》的封建伦常,具体指程朱理学。他编选过一本《古文约选》作为"义法"的样板。他在《古文约选序》中明确宣布目的是"助流政教",有助于统治阶级的政治教化。这与他要求的义也是一致的。他所说的"法",主要指叙述上的详略虚实。他在《古文约选凡例》中举韩愈的《殿中少监马君墓志》和《柳子厚墓志铭》二文为例作了说明。他所说的"法"还包含了语言纯洁化的问题。他认为:"古文中不可入语录中语,魏、晋、六朝人藻丽俳语,汉赋中板重字法,诗歌中隽语,南北史中佻巧语。"(《沈莲芳书方望溪先生传后》引)总之,要写得一本正经,做到语言文字的"雅洁"。

姚鼐对桐城派散文理论有具体发挥。第一,他强调义理、考证、文章三重。他在《述庵文钞序》中说:"余尝论学问之事,有三端焉,曰义理也,考证也,文章也。是三者,苟善用之,则皆足以相济,苟不善用之,则或至于相害。"姚鼐生当乾隆、嘉庆之世,考证之学盛行,故他特加入考证一条。

第二,认为文章有阳刚、阴柔之分。他在《复鲁絜非书》中说:"鼐闻天地之道,阴阳刚柔而已。文者,天地之精英,而阴阳刚柔之发也。"关于阳刚与阴柔的看法,已触及了散文的美学风格。所以他的理论比方苞更进一步。

二、方苞散文的代表作——《左忠毅公逸事》

方苞的散文大多为"阐道翼教"之作,多墓志铭之类应用文,文采不足。但他早期所作的《左忠毅公逸事》却是写得成功的名篇,可作为代表作。

《左忠毅公逸事》是方苞为明代人左光斗写的记事短文。左光斗是被明朝天启年间宦官头目魏忠贤迫害至死的正直之士,后被追谥为"忠毅"。所谓"逸事",指世人不甚了解或正史缺载的事迹。左光斗的反阉党斗争,他的学生史可法抗清和镇压李自成、张献忠起义的事迹,《明史》中的《左光斗传》《史可法传》已有记载。关于左光斗的事迹,在方苞以前戴名世也已写过《左忠毅公传》。方苞和左光斗都是桐城人,方苞比左光斗晚生二十多年,他从已故父亲那里听说过同乡先辈左光斗的感人事迹,作了这篇短文。文章主要通过左光斗、史可法二人的师生情谊,着重刻画左光斗身受宦官集团的残酷迫害而不忘忧国忧民的崇高品德。这篇文章较充分体现了桐城派散文"言有物、言有序",而又严谨雅洁的风格特色。方苞的这篇文章之所以高出同类作品,首先在于能准确把握左光斗的精神世界。第一段写左光斗"雪中选英才"。左光斗在风雪严寒的古寺选择史可法,不顾自己寒冷而"解貂覆生",是对人才的发现,也是对人才的爱护。而考试后,左光斗对夫人说:"吾诸儿碌碌,他日继吾志者,惟此生耳。"这就写出了左光斗选择史可法是为了"继吾志",是为了国事的精神境界。第二段写左光斗"狱中训弟子"。左光斗受酷刑将死,史可法冒险去狱中探师。左光斗怒训史可法:"国家之事,糜烂至此,老夫已矣!汝复轻身而昧大义,天下事谁可支柱者?"左光斗受刑后不顾自己的伤残,仍念念不忘的是"国家之事"。他怒训学生,正是因对学生寄予了厚望。这集中表现了左光斗的坚强性格和始终关心国事的高尚的精神境界。

其次,作者对记叙的详略处理非常适宜。作者所写的逸事,重点放在第一段"雪中选英才"和第二段"狱中训弟子"这两件事。把左光斗为国选拔贤才和与宦官斗争两件具有代表性的事写得有声有色,也就突出了左光斗以国事为重,舍生取义,严律弟子的高贵品质。文章第三段写史可法严于治军,第四段写史可法礼敬左光斗家属,不是正面写左光斗,而是用了侧面烘托的方法,通过学生史可法的表现,以说明左光斗选才教生的结果。这两件事都用略写。

再次,语言精练而富于形象性。作者写左光斗的对话,尤其是狱中教训史可法的一席话,字字如钢铁铸成,句句动人肺腑。对人物的外形与行动的描写,形神酷肖。如第二段中对左光斗的描写:

> (左光斗)席地倚墙而坐,面额焦烂不可辨,左膝以下,筋骨尽脱矣。史前跪,抱公膝而呜咽。公辨其声而目不可开,乃奋臂以指拨眦,目光如炬……

从史可法入狱探师所见的左光斗受刑后的形貌,再写到左光斗以指拨眦的动作,如炬的目光,既写出了左光斗的外貌,更写出了左光斗的忠贞气节。作者所用的语言洁净而极富艺术感染力。

三、桐城派的写景名作——姚鼐的《登泰山记》

桐城派的优秀作品,记人叙事如方苞的《左忠毅公逸事》,写景的名作则以姚鼐的《登泰山记》为代表。它们的共同点,都是选材精当,只求达意,不罗列堆砌材料。结构严谨,行文珍惜笔墨。风格淡雅简洁。作品少有他们提倡的"阐道翼教"的说教气。而姚鼐的文章比方苞的有文采,他更重视形象和意境的创造。

《登泰山记》是一篇游记,写作者在乾隆三十九年年底登泰山的经过,描写了以日观峰为中心的一幅幅美丽动人的泰山画面。全文分四段。第一段,交代泰山的地理位置。第二段,写登泰山经过。包含三部分:先写由北京到泰安,再写由山麓到山顶,后写到山顶后所见的景物。第三段,写于日观峰观日出,是全文描写的重点,从色、光、态三方面写出日出的壮观。第四段,写有关的名胜古迹和泰山的特点。

这篇山水游记在艺术上有以下特色。第一,文章结构上以游踪为线索,以日观峰为中心,移步换形展现了泰山的风景,并做到主次分明,详略适宜。作者笔下先后写了泰山全景、泰山石阶、泰山正南面三谷、泰山夕照、泰山日出、泰山祠庙及石刻、泰山石、树和冰雪等。这其中作者主要描绘了泰山夕照和泰山日出两个精彩的画面:

> 及既上,苍山负雪,明烛天南,望晚日照城郭,汶水、徂徕如画,而半山居雾若带然。
>
> 戊申晦,五鼓,与子颖坐日观亭,待日出,大风扬积雪击面。亭东自足下皆云漫,稍见云中白若樗蒱数十立者,山也。极天云一线异色,须臾成五彩,日上,正赤如丹,下有红光,动摇承之。或曰,此东海也。回视日观以西峰,或得日,或否,绛皓驳色,而皆若偻。(明烛天南:指雪光明亮地照耀着南面的天空。汶水:即今大汶河,发源于今山东莱芜市,流经泰安。徂徕:山名,在泰安城东南。半山居雾若带然:半山腰里停留的云雾像一条带子一样。戊申晦:指这一天是阴历十二月九日。五鼓:五更,黎明前。子颖:泰安知府朱孝纯,字子颖。樗蒱:古代赌具。若偻:如同弯腰屈背地站着。)

以上两个画面,作者相对又是略写夕照,详写日出。写日出,先正面写日之将出,日之初望,直至日之全出,海天云日,交相辉映,气势壮观,而层次分明。再侧面写亭西诸峰日出后的色彩变化,"绛皓驳色"(或红或白,颜色错杂),从而细致而生动地展现了泰山的雄奇壮美。至于其他景观,则用略写、泛写或虚写,对主景起渲染、烘托作用。

第二,文中多用比拟和比喻的方法,使静态景物具有生命力。如"苍山负雪""居雾若带""白若樗蒱""正赤如丹""皆若偻"等语都是写景名句。

第三,文中多用短句,选词准确。如写由京师至泰安的行程:"自京师乘风雪,历齐河、长清,穿泰山西北谷,越长城之限,至于泰安。"选用了"乘""历""穿""越""至"不同的动词,表现连续的动作;用五个短句,表现作者一路上顶风冒雪、马不停蹄的急切欲到的心情。这些正体现了桐城派散文语言雅洁的特点。

第四,文中时有考证,但能做到自然、简洁。如写泰山正南面三谷,指出中谷是"郦道元所谓环水也"之类。这体现姚鼐要求古文做到"义理、考证、文章"三统一的主张。考证得当,给读者增长知识,给景物丰富内涵。

第六节　社会转变期的晚清散文

清代的后期,自道光二十年到辛亥革命(1840—1911)的七十多年,中国一步步沦为半殖民地半封建社会。自1840年的鸦片战争始,西方列强侵入中国,腐朽的清王朝不堪一击,封建社会出现了严重的危机。这使当时的文坛开始冲破桐城派一统的局面。这期间,出现于十九世纪中叶以龚自珍为代表的经世之文和十九世纪末二十世纪初以梁启超为代表的新文体,带来了时代的新气息。

一、龚自珍的讽刺小品名篇——《病梅馆记》

龚自珍(1792—1841),号定庵,仁和(今浙江杭州)人。他的母亲是《说文解字注》的作者、著名学者段玉裁的女儿。他三十八岁中进士,任过礼部主事等职务,五十岁卒于丹阳(今属江苏)云阳书院。他生活在鸦片战争前夕,著书为文,志在革新。主张文章经世之用,反对空谈。与他一道致力于经世之学的还有魏源。

龚自珍散文多是一些切实可用的政论文,而他的讽刺性小品《病梅馆记》最为后世传诵。《病梅馆记》借江南梅树受摧残而无生气,来比喻封建统治阶级扼杀人才、束缚个性、禁锢思想的种种罪恶,并以自己治疗病梅的行动计划,寄托了渴望自由追求个性解放的社会理想。

这篇小品文写作上最大的特点是采用了精巧的暗喻方法,比喻巧妙贴切,立意新颖深刻。文人画士以梅树的曲(弯曲)、欹(歪斜)、疏(稀疏)为美,即以梅树的病态为美,因而使江南的梅树都成了病梅。显然,这病梅正是当时社会上个性受束缚、思想被禁锢,受统治阶级摧残的各种人才的艺术化了的形象。那文人画士也就是指统治阶级当权者及帮凶。作者不仅揭露了病梅现象,而且表示自己治疗病梅的决心和行动计划:

> 予购三百盆,皆病者,无一完者。既泣之三日,乃誓疗之;纵之、顺之,毁其盆,悉埋于地,解其棕缚;以五年为期,必复之、全之……(完:完好。纵:放开。复之、全之:恢复它、治好它。)

这里比喻自己要为解放人才出力,表现了十九世纪一个改革家的胆识与气魄。

龚自珍的思想和文章对后世产生了较大的影响。梁启超在《清代学术概论》中说："晚清思想之解放，自珍确与有功焉。光绪间所谓新学家者，大率人人皆经过崇拜龚氏之一时期。初读《定庵文集》，若受电然。"

二、梁启超新文体的代表作——《少年中国说》

随着近代资产阶级改良派和革命政治活动的开展，他们的宣传活动更需要创建一种能为更多人读懂的新文体。这种新体散文经过康有为、谭嗣同等人的尝试，尤其是经过梁启超的大量写作，终于被社会所承认。

梁启超（1873—1929），字卓如，号任公，又号饮冰子，新会（今属广东）人。他参加过1898年的戊戌变法，变法失败后流亡日本。在日本创办《清议报》，后改名《新民丛报》。他写的大量政论文、杂文，语言风格上既接近口语，但又未能完全摆脱文言，几乎是半文半白的。这种新体散文因出现在《新民丛报》上，所以又称"新民体"或"新文体"。他自称："启超夙不喜桐城派古文，幼年为文，学晚汉魏晋，颇尚矜炼。至是自解放，务为平易畅达，时杂以俚语、韵语及外国语法，纵笔所至不检束，学者竞效之，号新文体。老辈则痛恨，诋为野狐，然其文条理明畅，笔锋常带感情，对于读者别有一种魔力焉。"（《清代学术概论》）这种新文体冲击了传统的古文，为晚清文体的进一步解放和"五四"白话文兴起开辟了道路。

《少年中国说》是梁启超于1900年在日本时作的。少年中国，是相对于古老的封建帝国而言，是作者理想中的中国。说，是一种可记事也可论说的文体。这篇文章着重于议论。当时处在辛亥革命的前夜，清统治摇摇欲坠，国民被外国列强称为"东亚病夫"，中国在外国列强眼中是"老大帝国"，面临被瓜分的危险。作者在文中猛烈抨击封建衰朽势力，指出老年人的消极保守；极力说明中国的未来大有希望，号召中国少年为创造一个繁荣富强的"少年中国"而努力奋斗，表现了作者振兴祖国的强烈愿望。这篇文章体现了梁启超新文体散文笔端常带感情、语言半文半白的特点。如文章开头写道：

> 日本人之称我中国也，一则曰老大帝国，再则曰老大帝国，是语也，盖袭译欧西方人之言也。呜呼！我中国其果老大矣乎？梁启超曰：恶，是何言，是何言！吾心目中有一少年中国在。（恶：感叹词，含有否定和反对的意思。）

又如文章结束的一段写道：

> 造成今日老大中国者，则中国老朽之冤业也；制出将来之少年中国者，则中国少年之责任也。彼老朽者何足道？彼与此世界作别之日不远矣，而我少年乃新来而与世界为缘……使举国之少年而果为少年也，则吾中国为未来之国，其进步未可量也；使举国之少年而亦为老大也，则吾中国为过去之国，其澌亡可翘足而待也。故今日之责任，不在他人，而全在我少年。少年智则国智，

少年富则国富,少年强则国强,少年独立则国独立,少年自由则国自由,少年进步则国进步,少年胜于欧洲,则国胜于欧洲,少年雄于地球,则国雄于地球。……美哉我少年中国,与天不老;壮哉我中国少年,与国无疆。(老朽之冤业:意为衰老腐朽的官僚们的罪过。冤业:罪过。为缘:有缘分。澌亡可翘足而待:灭亡,一抬脚就可来到。少年胜于欧洲:意思是少年比欧洲强盛。雄于地球:意思是在地球上称雄。无疆:无尽头。)

作者在文中所流露的感情很强烈,他鄙视封建腐朽势力,而竭力赞美中国少年。也就是说他把国家的富强、自由寄托在青年一代身上,因而对青年一代寄予满腔的热情和殷切的期望。为表达强烈的感情色彩,文中大量运用排比、对偶、反复、重叠的修辞手法。而半文半白的语句在文中随处可见,在当时是创新。

第三编　小　说

第十四章 从神话、史传到魏晋志怪志人小说

与诗歌、散文的早熟相比,中国古代小说晚至魏晋时代才粗具规模,出现了初具小说形态的志怪与志人两大小说文体,但其渊源却同样十分久远,最初可以追溯至远古神话以及神话历史化的产物——史传。具体地说,由神话母体诞生志怪小说,由史传母体诞生志人小说,它们的代表作分别为干宝的《搜神记》与刘义庆的《世说新语》。

第一节 小说的文本母体与诞生历程

小说的诞生至少需要两个条件:一是它的文本渊源,这就是神话与史传。二是文体意识,由其推动从神话、史传到小说的演变。两者互为因果、相辅相成。在此,有必要先对"小说"一词内涵与外延的历史演变作一番简要的探讨。

一、小说概念的出现与演变

"小说"本是个古老的名称。据有关文献记载,最早提到这一概念的是《庄子·外物篇》:"饰小说以干县令,其于大达亦远矣。"意为"粉饰浅识小语以求高名,那和明达大智的距离就很远了"(陈鼓应《庄子今注今译》)。可见这里所说的"小说"是指那些不合大道的琐屑之谈,与后来的"小说"概念并不相同。此后,汉代的桓谭在《新论》里也曾论及"小说",谓"小说家合丛残小语,近取譬论,以作短书,治身理家,有可观之辞"(李善注《文选》三十一引)。指的是"合丛残小语"而写成的"短书",以与那些高文典策相区别,已渐与后人所谓"小说"相合。再到东汉班固《汉书·艺文志》,其中的"小说"概念才大体与今天所说的相近:

> 小说家者流,盖出于稗官。街谈巷语,道听途说者之所造也。孔子曰:"虽小道,必有可观者焉,致远恐泥,是以君子弗为也。"然亦弗灭也,闾里小知者之所及,亦使缀而不忘。如或一言可采,此亦刍荛狂夫之议也。

在这段话中,一是指出小说的文体渊源出于稗官,即野史。二是指出小说的文体形式来自民间的口头传说。三是指出小说的文体功用虽为小道,君子不为,但仍有可观可采之处。这是中国古代对与今天相近的"小说"概念最早最完整的界说。

《汉书·艺文志》列"小说家"于"诸子略"中,共著录小说家书十五种,一千三百九十

篇。依次为:《伊尹说》二十七篇、《鬻子说》十九篇、《周考》七十六篇、《青史子》五十七篇、《师旷》六篇、《务成子》十一篇、《宋子》十八篇、《天乙》三篇、《黄帝说》四十篇、《封禅方说》十八篇、《待诏臣饶心术》二十五篇、《待诏臣安成未央术》一篇、《臣寿周纪》七篇、《虞初周说》九百四十三篇、《百家》一百三十九卷。以上十五家"小说"书,梁时已仅存《青史子》一卷,至隋时亦散佚,今尚有几条遗文,不得详其原委。不过据《汉书·艺文志》注,可知其中大都出于汉代,内容有不少是记神仙方术之事,与魏晋志怪小说相近。

那么,"小说"为何在《汉书·艺文志》中列于"诸子略"?为何"小说"以"说"名之?若释"小"为"小道",则"小说"意为"小道之说",是相对于古代圣贤、诸子"大道之说"而言的,那么彼此之"说"又有何异同呢?《说文解字》:"说,说释也。从言、兑。"段玉裁注:"说释即悦怿……说释者,开解之意,故为喜悦。"刘勰《文心雕龙·论说》曰:"说者,悦也。兑为口舌,故言资悦怿。"由此可见,"说"有二义:一为解说于人,即"说释"之"释",重在理性的论说、观点的阐释;一为悦怿于人,即"说释"之"说",重在感性的悦怿、形象的观赏。前者偏于诸子学说之"说",尽管也有悦怿于人的性质;后者通于小说家之"说",尽管也有解说于人的性质。所以,后代诸子百家与小说家虽然由"说"的二重意义彼此分流,但在本质上是同源的,是由"说"本身的二重意义发展而来的。这样,我们就可以在理解诸子之"说"与小说之"说"的同源分流基础上,明白自《汉书·艺文志》始,历代各种官私目录为何一般都将小说列于"子"部而非"集"部。直到我国古典目录的集大成者——《四库全书总目》依然如此。诚然,宋代话本的第一类曾以"小说"为名,指称那些取材于市民生活,以婚恋、公案为主体的白话短篇小说,比之《汉书·艺文志》的"小说"概念前进了一大步,但最终却仍未能衍变为作为一种文学体裁的"小说"的总称,因而也就未能取得根本性的突破。其得是使中国小说在诸子百家的大家族中逐渐形成自己的独特传统,而失则在于因长期与诸子百家混合在一起,导致了对"小说"一体的文学性功能认识的先天不足以及作为文学品类的小说文体乃至整个叙事文学传统的晚熟。直到近代,随着外国小说译介的兴起,我国固有的"小说"概念才真正从古典走向现代。

二、志怪小说之源:神话

"志怪"一词,《庄子·逍遥游》中已出现,谓:"《齐谐》者,志怪者也。《谐》之言曰:'鹏之徙于南冥也,水击三千里,抟扶摇而上者九万里,去以六月息者也。'"其中"志"即记载,"怪"为怪异,所谓"志怪者",即为记载怪异的书,与魏晋时期的"志怪"小说概念同中有异:同者,都是记载怪异之事;异者,《齐谐》为寓言,魏晋的"志怪"则是一种小说,《隋书·经籍志》认为志怪小说是"以序鬼物奇怪之事"。其题材多采神仙鬼怪,荒诞不经,是直接从神话传说演变而来的。

鲁迅先生说:"昔者初民,见天地万物,变异不常,其诸现象,又出于人力所能以上,则自造众说以解释之;凡所解释,今谓之神话。神话大抵以一'神格'为中枢,又推演为叙说,而于所叙说之神、之事,又从而信仰敬畏之,于是歌颂其威灵,致美于坛庙,久而愈进,文物遂繁。故神话不特为宗教之萌芽,美术所由起,且实为文章之渊源。"又说:"《汉志》乃云(小说)出于稗官,然稗官者,职惟采集而非创作,'街谈巷语'自生于民间,固非一谁某之能独造也,探其本根,则亦犹他民族然,在于神话与传说。"(《中国小说史略》)神话作为文本母体,对后代小说影响至深的是,一在内容的虚幻性,二在故事的趣味性。再就魏晋志怪小说而言,还着重表现在形象创造方面从神仙到鬼怪的神异性特点的一脉相承上。

我国古代神话以《山海经》所载最为集中,现引录数则如下:

夸父与日逐走,入日。渴,欲得饮,饮于河、渭,河渭不足,北饮大泽。未至,道渴而死。弃其杖,化为邓林。(《山海经·海外北经》)

发鸠之山,其上多柘木。有鸟焉,其状如乌,文首、白喙、赤足,名曰精卫,其鸣自詨。是炎帝之少女,名曰女娃。女娃游于东海,溺而不返,故为精卫,常衔西山之木石,以堙于东海。(《山海经·北山经》)

刑天与帝至此争神,帝断其首,葬之常羊之山。乃以乳为目,以脐为口,操干戚以舞。(《山海经·海外西经》)

以上三则神话,都是以神为主体,无论是夸父、精卫还是刑天,在形象创造上都具有神异性的明显特点。而在内容上,则又都是虚幻的,或者说是超现实的,尽管受特定文化条件尤其是思维水平的限制,当初神话的创造者也许以此为真实故事,但究其实则是对现实的一种虚幻反映,因而在后人看来是荒诞不经的。此外,三则神话都有一定的故事片断,而且都富有趣味,能引起读者的浓厚兴趣,因而具有广泛传播的潜力,《汉书·艺文志》所称"街谈巷语,道听途说"正说明了这一点。以上三者,都在魏晋志怪小说中留下了明显的烙印,或承袭,或模仿,或改编,为后者的艺术再创造提供了十分丰富的养料。

三、志人小说之源:史传

志人小说,顾名思义,是以现实生活中的人而不是虚幻世界中的神为主体的,是相对于志怪小说而言的另一类小说样式,因其所载多为人物轶闻琐事,所以又称轶事小说。

与志怪小说源于神话不同的是,志人小说直接源自史传文学。作为神话历史化的产物,史传文学最初也同样源自远古神话,就此而论,志人小说与志怪小说又是同源的。神话的历史化,本是为世界各民族普遍具有的共同现象,比较早熟的民族一般完成于公元前500年前后,西方学者称之为理性觉醒的"轴心时代",大致相当于我国的春秋战国时代。这一时期,正是巫文化向史文化转折过渡的重要时期,《春秋》《左传》《国语》《战国策》等一批早期史学名著相继出现,原始神话中的许多古神,诸如黄帝、炎帝等也纷纷相继在神话的历史化过程中演化为人王之祖。不过,虽然神话的历史化现象为世界各民族所共有,但彼此所采取的方式及其结果却并不相同。相比之下,我国先秦时期的神话历史化是相当彻底的,即采取历史化的改造方式,将原始神话谱系直接改造为人间帝王世系。于是从远古黄帝、炎帝可以一直排到当朝人君,形成一个系统有序的纵向帝王世系序列,由此促成我国史官文化与历史文本的特别丰富和发达。

我国古代历史文本的丰富性,也就决定了其影响于志人小说的多元性。首先,虽然历史著作追求的是"实录"精神,反对虚构与夸张,但从《春秋》《左传》开始,我国的历史文本多为史传文学,在追求真实性的同时又普遍高度重视文学性,善于从纷繁的历史现象中选择典型事件,以人物为中心,积极调动一切艺术手段展开生动、形象的描写,因而具有强烈的艺术感染力,这对魏晋志人小说的形象刻画的故事组织、场景描写、语言提炼等方面都产生了深刻的影响。其次,出于王朝史官之外、与所谓"正史"相对应的"野史",在我国古代源远流长,其中载有不少为"正史"所不载的内容,具有更多的传说和异闻成分,因而与志人小说更为接近。比如东汉赵晔的《吴越春秋》,在《夫差内传》中写到伍子胥被吴王夫差杀死,尸投江中,头挂城上,伍子胥的忠魂化为怒涛,冲崩江岸,比《左传》所记更为具体、更为感人,也更"像"小说。还有《阖闾内传》中所记干将莫邪夫妇铸剑报仇的故事,也为魏晋小说所取材。这也表明从某种意义上说"野史"就是"准"志人小说或"前"志人小说。或者说,志人小说即是"野史"的嫡传,所以《汉书·艺文志》说"小说家者流,盖出于稗官,街谈巷语,道听途说者之所造也",是相当中肯的。再次,从先秦开始,还先后出现了诸多合神话与历史于一体的史传作品,最典型的莫过于《穆天子传》,此书是西晋太康二年(281)在河南汲县发掘出来的一部先秦古书,书中记西周穆王乘八骏巡行天下,西登昆仑山,与昆仑瑶池西王母相会,历史与神话、人君与神母融于一体,极尽神怪离奇之能事,有人称为神话式的"野史"之作,但与一般的野史又有所不同,实际上是神话历史化过程中的产物。此类作品也是魏晋志人与志怪小说的重要源头之一。

四、初期小说的问世与分流

神话与史传虽然分别为魏晋志怪与志人小说提供了文本源头,但志怪与志人这两类初期小说之所以在魏晋时期问世,还必须到当时特定的社会文化背景中去寻找原因。

任何一种文学现象的出现都不是孤立的,而是互为因果的多种因素交叉作用的结果,魏晋小说的问世也不例外。但从最直接的原因追溯,魏晋志怪小说与志人小说分别为当时社会广为盛行的道释宗教、玄学清谈在文学上的投射与映象。魏晋时期,社会易代,战争频仍,生灵涂炭。自汉献帝初平元年(190)开始,凭借镇压黄巾起义而扩张了军事实力的豪强军阀,纷纷拥兵割据,彼此混战,严重破坏了社会经济,给人民带来了深重灾难,繁荣的中原地区出现了"白骨蔽平原""千里无鸡鸣"的凄惨景象。处在这样动荡、残酷的社会环境之中,作为思想文化创造主体的文人除了直观感受到社会黑暗之外,更重要的是还时时面临着在传统信仰上的和在现实处世上的双重痛苦选择。在前者,儒家的传统价值信念逐步走向崩溃,由此导致了道教的兴盛,并为佛教的输入与传播提供了良好契机。在后者,文人一旦出现处世上的失误,比如选错或得罪了豪强新贵,那么不仅会导致人生价值的失落,而且往往直接面临被杀的危险。魏晋易代之际,文人被杀可谓比比皆是。所以,除了在文学作品中频频感叹生命短促,宣扬及时行乐,以人生的密度补偿人生的长度外,文人在现实中还必须时时注意远祸全身,慎而又慎。于是,原先批评政治得失的汉代清议便一变为崇尚虚无、消极避世的魏晋清谈,为此提供哲学根基的魏晋玄学便由此而兴。以上两个方面,是直接孕育和催化魏晋志怪与志人小说的根本动因。鲁迅先生在《中国小说史略》中这样说道:"中国本信巫,秦汉以来,神仙之说盛行,汉末又大畅巫风,而鬼道愈炽;会小乘佛教亦入中土,渐见流传。凡此,皆张皇鬼神,称道灵异,故自晋讫隋,特多鬼神志怪之书。"又在论志人小说与魏晋玄学清谈关系时说:"汉末士流,已重品目,声名成毁,决于片言,魏晋以来,乃弥以标格语言相尚,惟吐属则流于玄虚,举止则故为疏放……世之所尚,因有撰集,或者掇拾旧闻,或者记述近事,虽不过丛残小语,而俱为人间言动,遂脱志怪之牢笼也。"这也说明,作为雏形小说的魏晋志怪、志人小说问世,既有相同的社会文化背景,又有不同的直接动因,由此导致了彼此的两相分流,并一直给予后代小说深远而又不同侧面的影响。

第二节　干宝《搜神记》等志怪小说

魏晋时期志怪小说数量繁多,据有关资料统计,约三十余种。今存较早的重要作品有托名于汉代东方朔的《神异经》《十洲记》,班固的《汉武故事》《汉武内传》,郭宪的《汉武洞冥记》,此五书作者向来争论很大,一般认为是魏晋时期的作品。

明确出于魏晋南北朝时期的重要志怪之作,则有题魏曹丕(一作张华)的《列异传》、晋张华的《博物志》、王嘉的《拾遗记》、荀氏的《灵鬼志》、干宝的《搜神记》、题晋陶潜的《搜神后记》、宋王琰的《冥祥记》、刘义庆的《幽明录》、梁吴均的《续齐谐记》、北齐颜之推的《冤魂志》等。就宗教基础而言,以上诸书凡言神仙方术者,大体出于道教;凡言冥鬼报应者,则大体出于佛教。遗憾的是,除了《博物志》《搜神记》《搜神后记》三书遗存至今外,以上各书皆散佚不传,鲁迅曾据各类书所引,辑成《古小说钩沉》,可略见其梗概。其中以干宝《搜神记》二十卷成就最大,为魏晋志怪小说的代表作。

干宝,字令升,新蔡(今河南新蔡县)人。东晋初年设立史官,因王导推荐,担任"国史",即掌管记载国家历史的史官,后任太守、散骑常侍等职,著有《晋记》二十卷,时称"良史"。据《晋书·干宝传》《搜神后记》等载,干宝"性好阴阳术数",又感于自家神异之事:一是其父干莹死后,母以干莹一宠婢殉葬,过了十年,竟然复活再生;二是其兄也曾病死复活,然后叙述见到鬼神的经过。于是多方搜集古今神怪灵异之事,著成《搜神记》

二十卷,以"发明神道之不诬"(《搜神记自序》)。其中有少量抄摄旧籍的,也有采自近世当代的,许多优秀的民间故事和传说借此得以遗存于今。《搜神记》中的内容相当繁杂。就作者的创作动机而言,是为了证明世上神异之事的真正存在,因而神异显灵故事也就成为全书的核心内容。神异显灵包括属于道教的神仙方术故事,属于佛教的冥间鬼魅故事,以及属于民间传说的各种怪异故事。其中以第一类最多,下面所引卷一《葛玄》,可谓极神仙方术变幻之能事:

> 葛玄,字孝先,从左元放受《九丹液仙经》。与客对食,言及变化之事,客曰:"事毕,先生作一事特戏者。"玄曰:"君得无即欲有所见乎?"乃嗽口中饭,尽变大蜂数百,皆集客身,亦不螫人。久之,玄乃张口,蜂皆飞入。玄嚼食之,是故饭也。又指虾蟆及诸行虫燕雀之属使舞,应节如人。冬为客设生瓜枣,夏致冰雪。又以数十钱,使人散投井中,玄以一器于井上呼之,钱一一飞从井出。为客设酒,无人传杯,杯自至前,如或不尽,杯不去也。
>
> 尝与吴主坐楼上,见作请雨土人。帝曰:"百姓思雨,宁可得乎?"玄曰:"雨易得耳。"乃书符著社中,顷刻间,天地晦冥,大雨流淹。帝曰:"水中有鱼乎?"玄复书符掷水中,须臾,有大鱼数百头,使人治之。

葛玄由得仙经而修成变幻之术,无所不能,皆可如愿,以显示道教的神威。在此类作品中,也有不少涉及道德内容,属于神仙济世故事,如广为流行的董永故事,见于卷一所载。早年丧母的董永,平日勤劳而善良,因为父亲死后无钱埋葬,便卖身为奴,最后感动上天,派天上织女下凡嫁他为妻,帮他织布百匹还债,然后升天而去。作品的主旨并不在表现男女婚恋,而在于显示神灵之公正,即善有善报。属于冥间鬼魅故事的在《搜神记》中也为数不少,故事的主旨多在宣扬冥间鬼魅的真实性,从卷十六《阮瞻》可见其一斑:

> 阮瞻,字千里,素执无鬼论,物莫能难。每自谓此理足以辨证幽明。忽有客通名诣瞻,寒温毕,聊谈名理。客甚有才辨。瞻与之言良久,及鬼神之事,反复甚苦。客遂屈。乃作色曰:"鬼神古今圣贤所共传,君何得独言无?即仆便是鬼。"于是变为异形,须臾消灭。瞻默然,意色太恶。岁余,病卒。

素执无鬼论的阮瞻最终竟被鬼吓坏继之病死,正是为了证明"神道之不诬",神鬼灵异是真实存在的,谁若反其道而行之,不幸的命运就会降落到他的头上。《搜神记》中有关民间传说的灵异故事也相当多,其中一部分包含着丰富的社会内容,卷十一《东海孝妇》载汉代善良无辜的东海孝妇周青,因被太守诬为杀死婆婆而遭害,临刑时,发誓于众:"青若有罪,愿杀,血当顺下;青若枉死,血当逆流。"果然颈血倒流,飞到旗杆上面。死后,当地又大旱三年。这一故事也涉及当政者的草菅人命,滥杀无辜,但重心则仍在冤案必会显灵。不过,在内容上,比《阮瞻》之类要丰富得多了。

《搜神记》中写得更为优美感人的第二类作品是男女婚恋故事。其中卷十一《韩凭妻》最具悲剧色彩，作品写宋康王霸占韩凭的妻子何氏，韩凭被囚自杀，然后何氏也趁与康王登台的机会，从台上跳下自杀。在遗书中，何氏要求将她与韩凭合葬，康王怒而不听，将两人分葬。结果出现了这样的奇迹：

> 宿昔之间，便有大梓木生于二冢之端，旬日而大盈抱，屈体相就，根交于下，枝错于上。又有鸳鸯，雌雄各一，恒栖树上，晨夕不去，交颈悲鸣，音声感人。宋人哀之，遂号其木曰"相思树"。相思之名，起于此也。

这一哀艳动人的爱情悲剧，既暴露了宋康王等统治者的残暴与无耻，更歌颂了韩凭夫妇生死不渝的爱情，尤其是何氏贫贱不移、威武不屈的高贵品质。同属于婚恋故事但以喜剧为结局的则以卷十六《紫玉》为代表。作品写吴王夫差的女儿紫玉与韩重相爱，可是吴王却拒绝了韩重的求婚，紫玉气结而死。韩重便在紫玉墓前痛哭，感动了紫玉的灵魂，两人相会，入冢三日三夜，在冢内结为夫妻。临别时，紫玉之魂还赠给韩重一颗明珠。待出来后，韩重又被吴王以挖坟偷物之罪抓入牢狱，紫玉之魂便向父王这样诉说道："昔诸生韩重来求玉，大王不许。玉名毁义绝，自致身亡。重从远还，闻玉已死，故赍牲币，诣冢吊唁。感其笃终，辄与相见，因以珠遗之。不为发冢，愿勿推治。"这一故事同时表现了韩、玉对于爱情的忠贞与不能自由恋爱的痛苦，但最后结局是美好的。与此相类似的还有卷十《王道平》《河间郡男女》，都是写男女相爱，自订婚约，后来男的从军出征，女的被父母强迫嫁人，忿怨而死。男的归来后得知相爱之人已去，便至墓前哭吊，然后掘坟破棺，女即复活再生，最后两人结为夫妇。这些都属于死而复生的人鬼之恋。此外，尚有卷一《弦超》写孤寂仙女下凡与凡间男子结合，最后因凡男不慎向他人泄露仙女"夜来晨去"的秘密，因而不得不分手，可以说是典型的人仙之恋。卷十《毛衣女》写豫章新喻县一男子，看见田里有六七个姑娘都穿着毛衣，这一男子不知她们原来是鸟，便偷偷地爬过去，将其中一姑娘脱下的毛衣藏起来，那个姑娘就无法飞走，结果嫁他为妻，则属于人鸟之恋。

复仇除害故事，在《搜神记》中也写得十分精彩动人。先请看卷十一《三王墓》：

> 楚干将、莫邪为楚王作剑，三年乃成。王怒，欲杀之。剑有雌雄。其妻重身当产，夫语妻曰："吾为王作剑，三年乃成。王怒，往必杀我。汝若生子是男，大，告之曰：'出户望南山，松生石上，剑在其背。'"于是即将雌剑往见楚王。王大怒，使相之："剑有二，一雄一雌。雌来，雄不来。"王怒，即杀之。
>
> 莫邪子名赤比，后壮，乃问其母曰："吾父所在？"母曰："汝父为楚王作剑，三年乃成。王怒，杀之。去时嘱我：'语汝子：出户望南山，松生石上，剑在其背。'"于是子出户南望，不见有山，但睹堂前松柱下，石低（砥）之上，即以斧破其背，得剑。日夜思欲报楚王。
>
> 王梦见一儿，眉间广尺，言"欲报仇"，王即购之千金。儿闻之，亡去。入山

行歌。客有逢者，谓："子年少，何哭之甚悲耶？"曰："吾干将、莫邪子也。楚王杀吾父，吾欲报之！"客曰："闻王购子头千金，将子头与剑来，为子报之。"儿曰："幸甚！"即自刎，两手捧头及剑奉之，立僵。客曰："不负子也。"于是尸乃仆。

客持头往见楚王，王大喜。客曰："此乃勇士头也，当于汤镬煮之。"王如其言。煮头三日三夕，不烂。头踔出汤中，瞋目大怒。客曰："此儿头不烂，愿王自往临视之，是必烂也。"王即临之。客以剑拟王，王头随堕汤中。客亦自拟己头，头复堕汤中。三首俱烂，不可识别。乃分其汤肉葬之，故通名"三王墓"。今在汝南北宣春县界。

写的是楚国巧匠干将、莫邪为楚王铸成雌雄二剑后反被楚王杀害，其子赤比得山中行客相助终于为父报仇的故事。楚王为了杀人灭口，不仅杀死干将、莫邪，而且下令搜捕他们的儿子，以便斩草除根，是何等的残暴！赤比为了替父母报仇雪恨，消灭暴君，不惜献出自己的头颅，是何等的壮烈！山中行客见义勇为，拔刀相助，并以自己的生命为赤比复仇，又是何等的豪侠！

在复仇除害的故事中，卷十九的《李寄斩蛇》也是一篇优秀之作。所不同的是，《三王墓》是消灭暴君，《李寄斩蛇》是消灭蛇妖；《三王墓》是为父报仇，《李寄斩蛇》是为民除害；《三王墓》是被迫复仇，《李寄斩蛇》是主动请缨；《三王墓》的复仇者是成人男侠，而《李寄斩蛇》的除害者是英勇少女，因而各有特色。

《搜神记》中也有一些捉杀狐鬼故事，表面看来似与作者的"发明神道之不诬"的创作动机相违背，实则这里的"狐鬼"即是如《李寄斩蛇》中的蛇妖。就现实意义而言，同样也是坏人坏事的象征，因而这类故事也可归之于复仇除害。其中的卷十六《宋定伯》是人们比较熟悉的，作品写宋定伯晚上出门遇见了鬼，就也自称为鬼，和那个真鬼换替着互相背负而行。最初鬼问他是谁，他回答说："我亦鬼。"然而当他与鬼轮流背着走时，鬼觉得他太重，便产生了怀疑，他又一次麻痹那个鬼，说："我新鬼，故身重耳。"继之他们一起渡河，那个鬼渡水无声，而他却无法不发出声音，鬼又产生了怀疑，问他："何以有声？"他便再一次麻痹那个鬼："新死不习渡水故耳，勿怪吾也。"在此之前，他还千方百计地从那个鬼口中探知制服鬼的办法，他说自己是新鬼，不知道鬼畏忌什么。被麻痹的鬼终于吐露真言："惟不喜人唾。"直到第二天天明，鬼变成了羊，他就用唾沫唾它，终于使鬼无法逃脱而被捉获了，然后把它变卖，得一千五百钱。这是除妖捉鬼故事的代表作。

《搜神记》中还有一类非常具有想象力的风物传说故事，是远古解释神话的延续和变体。卷十三《二华之山》写河神巨灵因为华山挡住了河道，即手劈足蹈，将山分为两半，以利河水畅流，所以在山上留下了他的掌形与脚印。这一风物传说显然来自民间，人们看到太华、少华两山形势，想象有一个神灵巨人将山劈出通道。卷十四的嫦娥奔月故事长期以来在民间广为流传，但在原始神话中是一则解释神话，即以神话对月亮这一自然现象作出推测与解释，后来一再被改造加工成为广行于民间的风物传说。此类作品在《搜神记》中为数不少。

此外,《搜神记》中一些异国轶闻故事也应引起我们的关注。卷二《天竺胡人》所记天竺胡人断舌吐火的神奇表演,即是如此。由此也可证明伴随印度佛教向中国的传播,《搜神记》之类志怪小说明显地受到印度文学的影响。

《搜神记》与其他同时代的志怪小说一样,是我国小说发展初期的产物,是一种仅仅初具小说规模的作品。总的来看,艺术上是比较粗糙的,但其中部分优秀之作,读来相当精彩动人,达到了一定的艺术水准,概括起来,有以下几点:

第一,情节曲折,结构完整。《三王墓》由干将埋剑别妻、赤比入山逢侠、侠客进宫行刺三部分所构成,正相合于开头、发展和结尾三部曲,紧张神奇而又自然而然地推进了故事情节的展开,结构层次分明,场面惊心动魄。《宋定伯》中鬼一次次怀疑质问,宋定伯一次次机智解释,消除鬼对自己的疑心,最后终于捉获了鬼,结构上也能做到层层推进,引人入胜。其他如《李寄斩蛇》《韩凭妻》《紫玉》等优秀之作大都具有这种艺术特色。

第二,对比烘托,形象生动。《李寄斩蛇》中的英勇少女李寄之所以给读者留下了如此深刻难忘的印象,一个十分重要的原因就是作者出色地运用了对比艺术,有力地突出了李寄勇敢、机智的英雄性格。在少女李寄出场之前,一群昏庸怯懦的官吏,不仅对吃人的蛇妖只知畏惧,束手无策,而且还听信谣言,以女孩的生命去喂蛇,以换得所谓的安宁,已一共付出了九个少女的生命,如此悲剧还要继续年年重演下去。就在这令人毛骨悚然的危急时刻,年仅十二三岁的少女李寄却挺身而出,自愿应募去作祭品,欲借机为民除害。李寄的勇敢与那些怯懦的官吏正好形成的鲜明对比。在斩蛇之前,李寄做好了周密的准备,先准备好剑和犬,然后到了洞口,先用食品引蛇出洞,随后放狗咬蛇,继之用剑砍蛇,可以说是胸有成竹,毫不惊慌。经过一场惊心动魄的搏斗,终于杀死了那条"头大如囷,目如二尺镜"的蛇妖,这又进一步表现了李寄的机智一面,再与先前那些官吏的昏庸形成鲜明的对比。接着,写李寄入洞探视,见到被蛇吃掉的九女骷髅,一一拿出洞口,并叱之云:"汝曹怯弱,为蛇所食,甚可哀愍。"这是由九女的怯弱不幸与李寄的智勇自豪构成的鲜明对比。最后,越王闻之,聘李寄为后,拜寄父为将乐令,母及姊皆有赏赐,尽管已落入俗套,但同样也是一种对比,即李寄斩蛇之后的荣耀与当时向父母请求作祭品,可得些钱以供双亲的可怜状况进行对比。以上层层对比,层层烘托,既使情节更为曲折,结构更为严谨,同时也使人物形象更为光彩照人。其中细节描写、心理独白的穿插又使对比艺术更为成功,使人物形象更为生动。这种通过对比艺术突出人物形象描写的手法在《三王墓》《韩凭妻》《紫玉》《宋定伯》等优秀之作中也不同程度地得到了运用,《三王墓》的楚王、赤比、侠客三种人也存在着鲜明强烈的对比。

第三,超离现实,想象奇特。志怪小说都采用非现实的故事题材,常有离魂、梦幻、死而复生、天仙下嫁、人鬼结合等情节,具有浓厚的浪漫主义色彩。在此,人神、人仙、人鬼、人怪可以相通相恋,天神可以下凡,凡人可以升天,死后可以复生,梦幻可以成真。

《三王墓》中的人头跳起,《韩凭妻》中的魂化鸳鸯,《紫玉》中的冢内合婚,《东海孝妇》中的颈血倒流……都是以超现实的幻想表现现实中无法实现的美好理想与愿望。这对向来崇尚平实、理性的中国雅文学来说,的确具有特别重要的意义。

第四,韵散结合,富有韵味。小说作为一种叙事文学,其主体是散文,但若适当穿插一些诗歌,强化气氛渲染和情感抒发,则可以增强作品的感人力量。《搜神记》中的《紫玉》写紫玉的鬼魂和韩重相见时,插入表现婚姻不自由的悲愤的唱词:"南山有鸟,北山张罗。鸟既高飞,罗将奈何!意欲从君,谗言孔多。悲结生疾,没命黄垆。命之不造,冤如之何!羽族之长,名为凤凰。一日失雄,三年感伤。虽有众鸟,不为匹双。故见鄙姿,逢君辉光。身远心近,何当暂忘?"真可谓声泪俱下,声情并茂,很有艺术感染力。

由于以上四个方面的成功,以《搜神记》为代表的志怪作品对后代小说以及整个文学产生了深远的影响。首先,它直接为唐代传奇的出现以及以此为标志的古典小说的趋于成熟做好了全面的准备。唐传奇就是在它的基础上发展而来的,不仅早期的唐传奇如《古镜记》《补江总白猿传》具有明显的由志怪向传奇过渡的痕迹,而且中后期成熟的传奇之作如《枕中记》《倩女离魂》《柳毅传书》等,都直接取材于志怪小说,是志怪小说的进一步发展。至于在情节结构、人物形象、艺术想象、语言运用等方面的成功经验,也都基本上为唐传奇所吸取,比如韵散结合在唐传奇中更是得到了普遍的运用。其次,开创了神怪小说传统,由此构成了中国文学史上神仙鬼怪的形象长廊。从唐代传奇、宋明话本与拟话本,到明清长篇小说,其中的神仙鬼怪形象可以说像滚雪球一样越滚越大,到明清又出现了如《西游记》《封神演义》等神魔小说。再次,奠定了笔记小说的基础。宋代洪迈的《夷坚志》、明代瞿佑的《剪灯新话》、清代纪昀的《阅微草堂笔记》乃至蒲松龄的《聊斋志异》等等,无不都是承魏晋志怪而来的笔记小说。最后,为后代戏剧、小说等叙事文学提供了不断重述的文学母题。关汉卿的《窦娥冤》、汤显祖的《邯郸记》、吴承恩的《西游记》、许仲琳的《封神演义》,还有大量民间文学,都是从志怪小说母体中发展而来的。

第三节　刘义庆《世说新语》等志人小说

与志怪小说相比,魏晋南北朝时期的志人小说在数量上要少得多。主要有以下几种:魏邯郸淳的《笑林》,托名汉代刘歆实为晋葛洪所作的《西京杂记》,晋裴启的《语林》,晋郭澄之的《郭子》,宋刘义庆的《世说新语》,梁沈约的《俗说》,梁殷芸的《殷芸小说》。除了《西京杂记》《世说新语》之外,其他诸书皆已散佚不传。其中《世说新语》成就最高,是志人小说的集大成者。

刘义庆(403—444),彭城(今江苏徐州)人,宋武帝刘裕侄子,长沙景王刘道怜之子,出嗣给临川烈王刘道规,袭封临川王,官至尚书左仆射、中书令。《宋书·刘道规传》说他"性简素,寡嗜欲,爱好文义,文辞虽不多,然足为宗室之表。……招聚文学之士,近远必至"。《世说新语》有可能是他和手下文士杂采众书编纂润色而成。梁刘孝标为此书作注,引用古书达四百余种,补充了不少史料,更加丰富了本书内容,为后代学者所珍重。《世说新语》原名《世说》,唐时称《世说新书》,宋代以后,以现名通行。原本八卷,刘孝标注本为十卷,今本却为三卷。主要是记述汉末到东晋名士们的逸闻轶事,时代尤详于东晋,人物尤详于王、谢、顾、郗等士族人物的玄虚清谈和疏放行为。全书按内容分类系事,共三十六篇,卷上为德行、言语、政事、文学四篇;卷中为方正、雅量、识鉴、赏誉、品藻、规箴、捷悟、夙惠、豪爽九篇;卷下为容止、自新、企羡、伤逝、栖逸、贤媛、术解、巧艺、宠礼、任诞、简傲、排调、轻诋、假谲、黜免、俭啬、汰侈、忿狷、谗险、尤悔、纰漏、惑溺、仇隙二十三篇,作者当然不可能不从士族阶级的观点来搜集、选择、整理、加工这些人物的奇闻轶事,但总的来看,还是相当客观、真实地记载和反映了当时士族阶层的精神面貌与生活方式的。

作为魏晋玄学清谈之风的催生物,《世说新语》的核心内容是描写士族的"名士风度"。现引录数则如下:

> 谢公与人围棋,俄而谢玄淮上信至。看书竟,默然无言,徐向局。客问淮上利害,答曰:"小儿辈大破贼。"意色举止,不异于常。(《雅量第六》)

> 王子猷居山阴,夜大雪,眠觉,开室命酌酒。四望皎然,因起彷徨,咏左思《招隐诗》。忽忆戴安道,时戴在剡,即便夜乘小船就之。经宿方至,造门不前而返。人问其故,王曰:"吾本乘兴而行,兴尽而返,何必见戴?"(《任诞第二十三》)

> 嵇康身长七尺八寸,风姿特秀。见者叹曰:"萧萧肃肃,爽朗清举。"或云:"肃肃如松下风,高而徐引。"山公曰:"嵇叔夜之为人也,岩岩若孤松之独立;其醉也,傀俄若玉山之将崩。"(《容止第十四》)

谢安与人下围棋,得到谢玄淮上大捷的消息,看完信后,竟然"默默无言",直到有人问是何事,才毫不经意地答道:"小儿辈大破贼",而且"意色行止,不异于常"。这充分显示了谢安那种喜怒忧惧不形于色的名士和儒将风度。王子猷居于山阴,在一大雪夜醒来后,喝酒吟诗,忽然念及剡县的戴安道,即于夜里乘上小船前往,经一晚才到达剡县,可是到了门口却不去拜访。旁人不解,问其原因,他则回答说:"吾本乘兴而行,兴尽而返,何必见戴?"这是表现适意而行,不受任何拘束的另一种名士风度。嵇康身姿特别秀美,风神飘举,神态超逸,为时人所羡称,而以山涛的品鉴最得其精神,这也是当时普遍讲究修饰,追求内秀外美名士风度的表现……以上这些都是魏晋名士风度的集中体现,在《雅量》《任诞》《赏誉》《品藻》《排调》《言语》《文学》《栖逸》等篇中比比皆是。还有一些篇章记载服药饮酒之时风,也是魏晋名士风度的一个重要内容,至于如《任诞》篇所载刘伶纵酒放达不羁,甚至脱衣裸形在室中,有人看了讥笑他,他却说:"我以天地为栋宇,屋室为

衣,诸君何为入我裈中?"反而责问别人为何进入他的裤裆里,更是趋于放诞之极端。

由《世说新语》所集中描写的名士风度这一核心内容引申开来,在这部志人小说中还有以下三个方面的内容比较突出:一是暴露豪门士族的腐化生活与丑恶本性;二是揭示黑暗社会中文士的悲剧命运;三是表现正直之士的义举善行。

暴露豪门大族的腐化生活与丑恶本性,以《汰侈》篇所载为多,王武子家里装菜用琉璃器,婢女多达百余人,都穿绫罗,用人乳来喂猪,猪肉肥美异于常味,连晋武帝吃了都甚为不平,食未毕便拂袖而去,其奢华程度即可想而知了。石崇家里连厕所也常有十余位穿着华丽的婢女侍列,入厕的人出来都要换上新衣。他与王恺斗豪比富,王"以饴糒澳釜",石"用蜡烛作炊";王"作紫丝布步障碧绫里四十里",石"作锦步障五十里";石"以椒为泥",王"以赤石脂泥壁"。这还不够,晋武帝为王恺之甥,曾以二尺多高的珊瑚树赐王,世罕其比,王以此夸富于石,而石竟用铁如意把它打得粉碎。王既惜且恨,声色严厉,石却说:"不足恨,今还卿。"然后命左右全部拿出珊瑚树,有三尺、四尺六七枚,王惘然若失。更为骇人听闻的是:

> 石崇每要客燕集,常令美人行酒。客饮酒不尽者,使黄门交斩美人。王丞相与大将军尝共诣崇。丞相素不善饮,辄自勉强,至于沉醉。每至大将军,固不饮以观其变。已斩三人,颜色如故,尚不肯饮。丞相让之,大将军曰:"自杀伊家人,何预卿事!"(《汰侈第三十》)

石崇杀害无辜少女,已连斩三人,大将军王敦仍故意无动于衷地看着,丞相王导实在看不过去,责备他,他却说:"石崇杀他自家人,关你什么事!"真是灭绝人性,豺狼不如。另外如《俭啬篇》所记司徒王戎,"既贵且富,区宅、僮牧、膏田、水碓之属,洛下无比。契疏鞅掌,每与夫人烛下散筹算计"。甚至对亲人也是吝啬异常,女儿出嫁时,向他借了数万钱,此后,每当女儿回娘家,他都颜色不悦,直至女儿"还钱,乃释然"。他家里有好李,唯恐别人得到种子,竟然先"钻其核"而后出售,其贪婪吝啬的丑恶本性暴露无遗。

揭示黑暗社会中文士的悲剧命运,着重体现在以下两个方面:一是统治者的残酷迫害、杀戮文士和朝臣;二是文士迫于社会黑暗与恐怖的生命悲剧与精神悲剧。《尤悔篇》载魏文帝曹丕用毒枣害死任城王曹彰,还要再害东阿王曹植,只因母亲卞太后阻止,才没有下手。同篇又载王导向晋明帝陈说晋得天下之因,"王乃具叙宣王创业之始,诛夷名族,宠树同己,及文王之末高贵乡公事",以致明帝听了也覆面着床说:"若如公言,祚安得长!"在如此严酷、恐怖、黑暗的政治环境中,一般文人若稍有不慎,即有随时被杀的危险。《德行篇》载阮籍"言皆玄远,未尝臧否人物",连司马昭都说他"至慎",但他也只好整天酗酒装糊涂,最后得以免祸。而嵇康,尽管王戎曾说他和嵇康在一起二十年,没有看见过他喜欢和生气的神态,但最后却仍被司马昭所杀害。《雅量》篇有载嵇康临终前的从容神态:

> 嵇中散临刑东市,神气不变,索琴弹之,奏《广陵散》。曲终,曰:"袁孝尼尝

> 请学此散,吾靳固不与,《广陵散》于今绝矣!"太学生三千人上书,请以为师,不许。文王亦寻悔焉。

作者以此编入《雅量》篇,旨在说明嵇康临刑不惧的"雅量",而后代读者更重要的是从中看到司马氏的残暴与文人的悲哀。至于如刘伶经常坐着鹿车,带着酒壶出门,并让人扛着锹跟在后面,说:死了就挖个坑埋我;阮籍驾车随意独行,每至走到路的尽头,总是痛哭而返;以及桓温北征,经过金城见到以前为琅琊内史时所种柳树,皆已十围,慨然叹曰:"树犹如此,人何以堪!"……也都充分表现当时特定时代文人的生命忧患意识,同时也是对自身生命悲剧与精神悲剧的深沉慨叹。

表现正直之士的义举善行,在《世说新语》中也占有一定的比重。《简傲》篇载司马氏心腹钟会往访嵇康,"康方大树下锻,向子期为佐鼓排。康扬槌不辍,旁若无人,移时不交一言。钟起去,康曰:'何所闻而来,何所见而去?'钟曰:'闻所闻而来,见所见而去。'"在魏晋易代的险恶环境中,嵇康敢于蔑视司马氏的心腹,并直言相讥,表现了嵇康的抗争精神与外露性格。再如《方正》篇载王敦兄王含作庐江郡,中饱私囊,声名狼藉,王敦在众人面前称其兄"在郡定佳",当时庐江人士都随声附和,唯王敦主簿何充却正色道:"充即庐江人,所闻异于此。"以致王敦默不作声,旁人则为之反侧,而何充却"晏然,神态自若",显示了何充不依附权势的正直品格。《德行》篇载荀巨伯关怀朋友疾病,远道前来探望,恰逢敌人攻郡,在"一郡尽空"的恐怖气氛中,毅然留下来陪伴病友,不肯独逃。见到敌人,也毫不畏惧,并表示愿意牺牲自己,以保全病友的生命。《识鉴》篇载郗超与谢玄平日不和,但当苻坚侵晋、大敌当前时,却能从大局出发,不计个人好恶。根据他自己对谢玄的了解,断定谢玄必能抗敌成功,因而增加了皇帝对谢的信任,使之北伐,挽救了国家的危难。这些也都是令人钦佩的。《言语》篇的"新亭对泣"也同样给人留下了深刻的印象:

> 过江诸人,每至美日,辄相邀新亭,藉卉饮宴。周侯中坐而叹曰:"风景不殊,正自有山河之异。"皆相视流泪。唯王丞相愀然变色曰:"当共勠力王室,克复神州,何至作楚囚相对!"

不忘故土,克力恢复,爱国思想溢于言表。此外,值得一提的是《自新》篇中周处勇于改过,为民除害的故事:"周处年少时,凶强侠气,为乡里所患。又义兴水中有蛟,山中有邅迹虎,并皆暴犯百姓,义兴人谓之三横,而处尤剧。或说处杀虎斩蛟,实冀三横唯余其一。处即刺杀虎,又入水击蛟,蛟或浮或没,行数十里。处与之俱,经三日三夜,乡里皆谓已死,更相庆,竟杀蛟而出。闻里人相庆,始知为人情所患,有自改意。"这则故事于今也仍有一定的现实意义。

《世说新语》在艺术上所取得的成就向来为人们所称道,鲁迅《中国小说史略》称其"记言则玄远冷峻,记行则高简瑰奇",是对《世说新语》艺术成就的高度概括。《汉书·艺文志》云:"左史记事,右史记言。"作为承之于史传的志人小说的集大成者,《世说新语》的艺术成就的确突出表现在记言、记行两个方面。一般而言,《世说新语》每则在百字左右,多的不过三四百字,少的仅十五六字,篇幅短小精悍,是真正的"丛残小语",用今天的话来说是超短篇小说,但为何此书能给读者留下如此难忘的印象呢?最主要的是它能以最简约的语言突出最重要的人物个性,达到神形毕具、栩栩如生的艺术效果,这可以说是《世说新语》写人记行最为成功的地方。其中作者又从历代史传中充分吸取艺术涵养,设法调动多种艺术手段不断强化之:

一是肖像描写。特别善于摄取人物行为的精神特质。《巧艺》篇载:"顾长康画人,或数年不点目睛。人问其故,顾曰:'四体妍媸,本无关妙处。传神写照,正在阿堵中。'"这正可以用来作为《世说新语》肖像描写艺术的中肯评语。许多作品都可以视为一幅精彩的速写画,着墨很少,而人物形象则呼之欲出。就是写少儿也是如此。《排调》篇载:"张吴兴年八岁,亏齿。先达知其不常,故戏之曰:'君口中何为开狗窦?'张应声答曰:'正使君辈从此中出入。'"一位老先生对一位掉了牙齿的而又早慧的八岁少儿开玩笑,想讨点便宜,结果反被少儿戏弄,短短数语,即向我们展现了一个聪慧、机警、口角犀利的儿童形象,并使人想见先戏少儿后反被少儿戏弄的老先生的狼狈相。

二是细节描写。《雅量》篇记顾雍在群僚围观下棋时,得到丧子噩耗,强忍悲痛,神气不变,拼命用指甲掐手掌,以至流血染红坐褥,这一细节生动有力地表现了顾雍忧喜不形于色的"隐忍"个性。同篇嵇康临刑前弹奏《广陵散》的细节也有同样的艺术效果。

三是心理描写。《俭啬》篇写王戎"有好李,卖之,恐人得其种,恒钻其核"。一个"恐"字,即深刻地刻画出了王戎贪婪悭吝的丑恶本性。

四是对比描写。《雅量》篇载谢安和孙绰等人泛海遇到风浪,孙绰等皆"色并遽","喧动不坐",唯谢安"貌闲意说",两相对比,以显示谢安临危若安、镇静从容的"雅量"。《德行》篇中的"管宁割席"也属对比描写,通过管宁、华歆对金钱、权贵的不同态度,揭示了两人品格的优劣。再如《轻诋》篇中的褚季野初渡江后,曾至吴地金昌亭,恰逢吴中豪族名士正在亭内饮宴。开始人们因不认识他,甚至不给他东西吃。后来得知他就是褚季野,"于是四座惊散,无不狼狈"。《文学》篇记左思刚作成《三都赋》,为时人所讥,后为大名士皇甫谧所叹赏,并为之所叙,于是身价百倍,时人反讥为誉……都是前后对比艺术的出色运用。

五是对话描写。如上引《汰侈》篇的大将军王敦因不喝酒,石崇连斩三美人,丞相王导责备他,他竟回答说:"自杀伊家人,何预卿事!"便将王敦的凶残本性暴露无遗。《言语》篇载孔融十岁时随父到洛阳,聪慧惊人,中大夫陈韪后至曰:"小时了了,大未必佳。"不料孔融竟答道:"想君小时,必当了了。"在少儿面前始以戏人终被人戏,与上引《排调》篇相类似。同篇又载孔融获罪,内外惊慌失措,其有二子,大者九岁,小者八岁,却了无惧容。孔融对逮捕他的人说:希望罪限于自身,不要牵连孩子。不料儿子慢慢上前说道:"大人岂见覆巢之下,复有完卵乎?"更进一步显示了孔融儿子聪慧早熟、临危不惧的超常品性。

记言方面,《世说新语》最为人所称道的是精练隽永,意在言外。尤其以《言语》篇所载精言妙语最多,如上引孔融子的对话:"岂见覆巢之下,复有完卵乎?"桓温见己栽柳树感叹万分:"树犹如此,人何以堪!"都很精彩,后即成为成语流传至今。再如王济、孙楚各言籍贯太原晋阳、中都山水人物:"其地坦而平,其水淡而清,其人廉且贞。""其山巍以嵯峨,其水渫而扬波,其人磊而英多。"顾恺之从会稽还,有人问山川之美,对曰:"千岩竞秀,万壑争流,草木蒙笼其上,若云兴霞蔚。"王子敬云:"从山阴道上行,山川自相映发,使人应接不暇。若秋冬之际,尤难为怀。"如此之类,记言不只精练隽永,实已由文超越于诗,意在言外,富有诗情画意。而且作者也特别善于将此与写人记行紧密融为一体,互相映照。

明胡应麟《少室山房笔丛》评曰:"读其语言,晋人面目气韵,恍然生动,而简约玄澹,真致不穷。"并非溢美之词。至于《世说新语》用语后代衍为著名成语典故而一直遗传至今者,诸如望梅止渴;七步成诗;谢女咏雪;子猷访戴;乘兴而来,败兴而归;树犹如此,人何以堪;覆巢之下,岂有完卵;千岩竞秀,万壑争流;一往情深;拾人牙慧;咄咄怪事;难兄难弟;登龙门……更是举不胜举,足见其在中国文学、语言史上的重要地位。在文体上,《世说新语》是将史传文学成功地转换为志人小说的典范,成为后代叙轶闻隽语的笔记小说的先驱,同时也为后代小品文提供了一种非常精致的范式,对后世文学有深远的影响。唐代王方庆的《续世说新语》、宋代王谠的《唐语林》、孔平仲的《续世说》,明代何良骏的《何氏语林》、冯梦龙的《古今谭概》、李绍文的《明世说新语》,清代吴肃公的《明语林》、李清的《女世说》、颜从乔的《僧世说》、王晫的《今世说》,直到民国初易宗夔的《新世说》,都是直接模仿《世说新语》或受之影响而作的。《世说新语》中的许多人物故事也成为后代小说、戏剧以及诗文的重要母题。杨修解"黄绢幼妇"之辞,曹操让士兵"望梅止渴",曹丕迫曹植七步成诗等情节皆被罗贯中《三国演义》所取。元代关汉卿的《玉镜台》、秦简夫的《剪发待宾》,明代杨慎(一作许时泉)的《兰亭会》等都由《世说新语》发展而来。

历史地看,魏晋属于中国古典小说的初级阶段,志怪、志人小说是古典小说初期的两大类型,也是古典小说初步形成的标志。尽管其中存在着诸多不足,如在主观上,当时作者还没有进入意识自觉阶段,也就说,还没有有意地创作小说;在客观上,当时的志怪、志人小说还没有从神话传说、史传文学中完全独立出来,在整体上比较粗糙,而且艺术质量相当不平衡,但这是中国古典小说发展的必经阶段,由魏晋志怪、志人小说的合流互补,直接为唐代传奇的问世做好了充分的准备。

第十五章　走向自觉与成熟的唐代传奇小说

唐代传奇由魏晋志怪与志人小说融合发展而来,所不同者,一是魏晋时期,作者只把志怪与志人当作怪异之事或琐闻轶事来搜集、加工和记载,并不是有意识地创作小说,到了唐代,才开始有意识地创作小说。二是魏晋或记鬼神怪异之事,或记人物琐闻轶事,艺术上比较幼稚粗糙,至唐代,才开始普遍取材于现实生活,艺术上完全趋于成熟。因此,唐传奇的出现是中国小说史上的一大飞跃,是中国小说走向自觉与独立的标志。

第一节　传奇小说创作的自觉与成熟

在唐代,主要延承魏晋志人小说而来的笔记体小说也占有一定的比重,但成就最大的是传奇这种新的小说体裁。唐人小说名之为"传奇",始自晚唐裴铏的小说集《传奇》一书,后来即以此书名作为这一类小说的统称。

从诗歌、散文到小说、戏剧,一个根本性的转换是从雅文学走向俗文学,从抒情言志功能走向叙事功能。因此,从本质上说,小说、戏剧是市民审美文化的产物,是直接植根于商品经济的社会土壤之上的。中国小说之所以在唐代出现了走向自觉与成熟的传奇小说,而又至中唐以后出现高度繁荣,即直接与唐代都市商品经济的迅速发展以及市民阶层的崛起紧密相关。当时的长安、洛阳、扬州、成都等,都是人口密集的大都市,官僚、地主、文人、士子、商贾、豪侠、歌妓以及僧道等各行各业的人物活跃于其间,形成错综复杂的社会关系,不断产生并广泛传播着各种奇闻趣事,这就为传奇小说的创作提供了肥沃的文化土壤。而伴随都市商业经济的发达而崛起的市民阶层,也必然产生不同于高雅文化的通俗文化的需求。这样,原先单纯记载神鬼怪异和琐闻轶事的志怪、志人小说就难以满足他们新的审美需求,一种密切贴近和反映社会现实与市民生活、篇幅较长,而且更加有血有肉、有趣有味的"市人小说"——传奇即应运而生。与此同时,中唐以后广泛流行于都市、反映宗教和市民生活的"变文""说话"即讲唱艺术,也对传奇小说产生了刺激作用,从内容到形式为传奇小说提供了丰富的养料。《李娃传》等作品更是直接源自当时民间流行的《一枝花话》。此外,唐代传奇还得益于两大因素:一是唐代科举考试的"行卷""温卷"风气。宋赵彦卫《云麓漫钞》说:"唐世举人,先借当时显人以姓名达主司,然后投献所业,逾数日又投,谓之'温卷',如《幽明录》《传奇》等皆是也。盖此等文备众体,可见史才、诗笔、议论。"应试的文人为了获得考官的赏识,往往在考前送上自己的文章,第一次送上叫"行卷",以后再送叫"温卷"。"行卷"与"温卷"中就包括传奇小说在内。到了中晚唐,此风尤为盛行,对传奇小说的创作起到了一定的推动作用。二是诗文改革运动的影响,新乐府运动的现实主义精神在一定程度上引导传奇作家走向现实,而古文运动在革新文风与文体方面的成功经验也为唐传奇提供了艺术借鉴,由此形成了唐传奇包容诗歌与散文、融合叙事与抒情的独特风格。

唐代传奇大致可以划分为三个时期,即初盛唐的初兴期、中唐的鼎盛期和晚唐的衰落期。

初盛唐传奇。作品主要有王度的《古镜记》、无名氏的《补江总白猿传》和张鷟的《游仙窟》。王度(585?—625?),初唐诗人王绩之兄,他所作的《古镜记》是现存唐传奇中最早的一篇,作者以时间为序,围绕古镜灵异这条线索将十二段可以独立的故事贯穿为一个整体。比起魏晋志怪的零篇散录,结构、布局上有了明显的进步。《补江总白猿传》作者不可考,小说写梁将欧阳纥之妻被白猿掠去,经过一个多月的苦苦追寻,终于杀死白猿救回妻子,但妻子却已怀孕,生子如猿,聪悟绝人,有人认为是诋毁欧阳询的。内容奇异,情节比较曲折,人物活动描写也更为生动。张鷟,字文成,武后时文苑名士,卒于盛唐开元年间。作品以第一人称叙述奉使河源,途中投宿积石山仙窟,艳遇神女五娘、十嫂,一番欢宴共枕而去。其中多以书信投赠、诗语对答来表现男女戏狎调情,实际上反映了轻薄文人戏酒狎妓的生活,此作在唐时即已传入日本,而在中国本土却久已失传,至近代始由人抄录带回。市民气息与现实成分更浓,在传奇发展过程中有一定意义。总的来看,初盛唐传奇不仅数量较少,而且在艺术上也不够成熟,是从魏晋志怪、志人小说到成熟的唐传奇的一个过渡。

从肃宗时开始,下及德宗、宪宗的贞元、元和年间,是唐传奇创作的鼎盛时期,出现了许多著名作家与作品,诸如沈既济的《枕中记》和《任氏传》、李公佐的《南柯太守传》、李朝威的《柳毅传》、蒋防的《霍小玉传》、白行简的《李娃传》、元稹的《莺莺传》、陈玄祐的《离魂记》、许尧佐的《柳氏传》、陈鸿的《长恨歌传》和《东城老父传》。在思想、艺术上都臻于成熟,是传奇小说的黄金时代。其中大体可以分为三类:一是爱情小说,为数最多,成就最著,以《霍小玉传》《李娃传》《莺莺传》为代表;二是历史小说,以《长恨歌传》《东城老父传》为代表;三是宗教小说,以《枕中记》《南柯太守传》为代表。

就作品数量而言,晚唐较之中唐有增无减,还出现了一大批传奇专集。如牛僧孺的《玄怪录》、李复言的《续玄怪录》、牛肃的《纪闻》、薛用弱的《集异记》、袁郊的《甘泽谣》、裴铏的《传奇》、皇甫枚的《三水小牍》等等。单篇优秀之作则有杜光庭的《虬髯客传》、薛调的《无双传》等。与初盛唐的初兴时期、中唐的鼎盛时期相比,有两个倾向很值得注意:一是由于晚唐神仙方术的盛行,搜奇猎异、言神志怪之风重又兴起,具有一定的神秘主义色彩。牛僧孺的《玄怪录》、李复言的《续玄怪录》,从传奇的取名来看,即有向魏晋志怪小说回归的倾向。二是由于晚唐游侠之风的盛行,反映豪士侠客生活的传奇作品应运而生,而且数量众多,艺术上有新的特色。但就整体而言,晚唐传奇是量增质减,正在逐步走向衰落。

现存唐传奇作品主要收录在《太平广记》中,鲁迅曾据此辑为《唐宋传奇集》,目前通行而较好的读本是汪辟疆校录的《唐人小说》、李剑国辑编的《唐五代传奇集》等。

唐传奇作品数量众多,题材广泛,内容丰富。概而言之,以爱情小说、历史小说、宗教小说、侠义小说四类最为突出。

第二节 蒋防《霍小玉传》与爱情小说

唐传奇中名作最多、成就最大的首推爱情小说。其中又有两大类型:一是表现现实生活中的男女爱情:蒋防的《霍小玉传》、白行简的《李娃传》、元稹的《莺莺传》最负盛名;二是表现超现实的人与异类婚恋:以李朝威的《柳毅传》、沈既济的《任氏传》、陈玄祐的《离魂记》为代表。《柳毅传》写落第书生柳毅途经泾河,遇到洞庭龙女牧羊荒郊。龙女向他诉说在夫家备受虐待之苦,恳求为她传书至洞庭。他即慨然允诺,入洞庭龙宫,龙女叔父钱塘君得信后,凌空而去,诛杀泾河逆龙,救出龙女。钱塘君为了感谢他,在龙宫酒宴上乘酒使气,威逼他与龙女结婚,但立刻遭到了他的严正拒绝和责备。后来有感于龙女的深情,终于结成美满婚姻。小说中柳毅的正直不苟、救人危难,龙女的反抗不止、一片深情,以及钱塘君的刚烈使气与洞庭君的软弱谨慎的鲜明对比,描写都相当成功,由于以幻想反映现实,想象丰富,情节离奇曲折,富有戏剧性,因而具有浓厚的浪漫主义色彩,可读性和趣味性强。《任氏传》写美貌异常的狐女任氏与穷少年郑生相爱同居,郑生之友、富公子韦崟惊羡于她的美艳,欲施强暴,任氏出于对郑生的忠贞,以一弱女子一而再再而三地加以拒绝,并谴责了韦崟"忍以有余之心,而夺人之不足"的不义行为,豪俊讲义气的韦崟终被其所折服。但韦崟仍爱着任氏,此后不断供给食物,关怀备至。对此,任氏深感过意不去,竟诱窃美女以报答韦崟的恩义。后来,任氏又为郑生划策,谋取厚利。一年以后,郑调任远处武职,任氏预感此行不吉,拟不从行,但又拗不过郑生,终于在途中为猎犬所害,郑返回后与韦崟两人同哭一场,韦崟才知任氏原是狐鬼。这篇作品与《柳毅传》一样,都是具有神怪色彩的小说,也都是以幻想写现实。如果说龙女在夫家的被虐待是现实中婚姻悲剧的反映,那么任氏则更集中了教坊妓女的性格和命运。她的纤丽多情、聪明勇敢、"遇暴不失节、徇人以至死"的忠贞品性与龙女同中有异,但一样生动感人。而在故事情节上则更加缠绵悱恻,哀婉动人。《离魂记》篇幅较短,写端庄美丽的少女倩娘与表兄王宙私相爱慕,往往在梦中相见。后来倩娘父亲张镒答应同僚说媒,将其另许他人。倩娘由此抑郁烦闷,王宙也深自愤恨,离家自往京城。不料在途中船上,倩娘徒步赶来,王宙惊喜发狂,原来是久病的倩娘魂离躯体,私奔出走。最后倩娘之魂与肉体二者合而为一,以团圆结局告终。作品也是以超现实的题材和手法,表现和讴歌坚贞不渝的爱情,倩娘魂、体分离的想象尤其奇异别致,富有自己特色,这说明了此类作品虽然继承魏晋志怪传统而来,但已作了全面的革新,充满着人间社会的清新气息。

《霍小玉传》《李娃传》《莺莺传》三篇传奇作品同负盛名,难分伯仲。以妓女为主人公,表现她们的爱情追求,同情她们的不幸命运,歌颂她们的优秀品格,是唐传奇的一个重要内容。《霍小玉传》《李娃传》即是其中的优秀之作。《李娃传》写妓女李娃与荥阳公之子郑生的爱情故事。郑生遵父命进京应试,与长安妓女李娃相爱并同居一年。资财荡尽后即被鸨母设计逐出妓院,沦为殡仪馆唱挽歌的歌手。适逢其父、常州刺史荥阳公到长安述职,发现儿子流落街头,盛怒之下,将他打个半死,弃之而去。正当郑生几死复生,在风雪中饥寒交迫之时,李娃萌发旧情,毅然将其收留,然后决意离开鸨母,帮助郑生恢复健康,又督促他刻苦读书,高中进士,于是父子和好,李娃与郑生终成美满婚姻,而且被皇帝封为汧国夫人。全篇情节波澜起伏,引人入胜;人物有血有肉,个性鲜明;文笔清丽圆转,有声有色。最后的大团圆结局,落入俗套,为后代许多小说、戏曲作品所本。但从另一方面看,也是作者对青楼妓女李娃的一种肯定。因作品与唐代"说话"艺术《一枝花话》题材相同,如此结局,也可能为了迎合下层市民的审美口味。

《莺莺传》,又名《会真记》,写大家闺秀崔莺莺与书生张生相爱终被遗弃的故事,一般认为有作者元稹自己的影子,而《西厢记》的改编使作品更为著名。小说故事的背景是普救寺,张生游居此寺,在寺中遇见亦暂寄于寺中的崔莺莺,为莺莺的绝世美貌所打动,主动苦苦追求。经过一番思想斗争,在红娘的撮合下,莺莺终于大胆地挣脱了礼教的束缚,主动到张生住所相会,私下里结成夫妻。后来,又不幸被张生所抛弃,从而酿成爱情悲剧。张生对莺莺的"始乱终弃",实际上是封建制度下醉心富贵功名的士子的真实写照。而且张生有为此辩解的理论:"大凡天之所命尤物也,不妖其身,必妖于人……予之德不足以胜妖孽,是用忍情。"把莺莺视为害人的"妖孽",而自己"始乱终弃"的行为是"善补过者",明显地反映了张生的虚伪和作者思想的局限。作品中的莺莺形象塑造得非常成功,她不是教坊妓女,而是大家闺秀,其身份、教养决定了她始终处于矛盾之中的二重性格,作为一个青春少女,她热烈地追求自己的幸福,敢于冲破礼教的束缚,甚至与张生私会,这是"情"的力量的驱动。但另一方面,她作为一个很有教养的大家闺秀,又深受封建礼教的熏陶,表现在追求爱情幸福上便是犹犹豫豫,反反复复。她自己约张生相会,却又板起面孔训之为"非礼行为"。当她意识到张生要抛弃她时,却只能自怨自艾,听任命运的摆布,这是非常合乎生活逻辑的。小说中的红娘热情、机智、泼辣,对莺莺形象塑造起到了相互烘托的作用。

下面重点谈谈蒋防的《霍小玉传》。

蒋防,字子微,义兴(今江苏宜兴)人。年十八,父友令作《秋河赋》,援笔立就,于简因此以女妻之,官右拾遗。元和中,李绅即席令赋《鞲上鹰》诗,有"几欲高飞天上去,谁人为解绿丝绦"之句,于是李绅荐之于朝,长庆元年(821)官翰林学士,三年加知制诰,四年,因李绅遭李逢吉排挤,蒋防受牵连被贬为汀州刺史,不久改任连州刺史,后又任袁州刺史。《全唐文》卷七一九录其文一卷,却以猥琐诞妄而摈弃此篇传奇之作。小说写歌妓霍小玉和书生李益的爱情悲剧。二十岁中了进士的李益行至长安,经人牵线,与天仙般美丽的歌妓霍小玉相恋同居。在同枕共眠的第一夜,李益惊叹于小玉的无限娇羞,任是巫山神女、洛浦宠妃也比不上她,而原为霍王婢女所生而沦落为娼的霍小玉却在夜半之时,忽然泪流满面,因为她深知由于彼此地位悬殊,这种爱情是不会长久的,但又幻想通过与李益的结合改变自己的不幸命运。她对李益这样说道:

> 妾本倡家,自知非匹。今以色爱,托其仁贤。但虑一旦色衰,恩移情替,使女萝无托,秋扇见捐。极欢之际,不觉悲至。

李益听后,不胜感慨,慢慢地对小玉道:"平生志愿,今日获从,粉骨碎身,誓不相舍。"然后"请以素缣,著之盟约",这是李益第一次发誓。此后二年间,两人如胶似漆,形影不离。到了第三年春天,李益以书判应试得第,授官郑县主簿。四月,将赴任,在秦洛设宴庆贺。酒尽人去,离情满怀,霍小玉便对李益道:

> 以君才地名声,人多景慕,愿结婚媾,固亦众矣。况堂有严亲,室无冢妇,君之此去,必就佳姻。盟约之言,徒虚语耳。然妾有短愿,欲辄指陈。永委君心,复能听否?

李益听后惊异地问为何忽然说出这等话?小玉回答:她只希望他在从现在的二十二岁到壮年三十岁的八年中,尽一生之欢爱,届时他可以再选高门,另择鸳鸯,也还不晚。她便抛弃家室之乐,剪发缁衣,出家为尼,平生心愿也就满足了。李益闻此,既惭愧又感动,不觉流泪。又第二次发誓死生不变,与她白头到老。再到八月,一定派人来接她。

李益到任十天后,请假去洛阳探亲,不料母亲却为他定下了表妹卢氏的亲事,而且要在短期内结婚,但因家境贫寒必须尽快筹措彩礼。他不敢违背母意,只得告假四处托借,历经江淮之间,从秋到夏,已感到违背了盟约,所许的时间也已大大超过,因而想断了她的念头,到处嘱咐亲友保密。而霍小玉却在长安多方打听不到,四下里求神问卜,怀忧抱恨,一年多时间,赢卧空房,成了绝症。后来终于从李益表弟崔允明口中得知实情,又恨又叹,于是遍托亲朋,连年变卖服饰到处寻找。而他自问逾期失约,又得知小玉病重,虽然感到惭愧,但还是忍心不肯去,每天早出晚归,加以回避。小玉日夜哭泣,寝食全废,只求一见,竟无机缘,冤愤郁积,缠绵于床枕。自是长安开始传说这件事,风流人士,都为小玉的多情所感动;豪侠弟兄,全被李益的缺德所激愤。

到了第二年春天三月,李益一行五六人外出春游,其中有他的密友、京兆韦夏卿,责备他说:"风光甚丽,草木荣华,伤哉郑卿,衔冤空室。足下终能弃置,实是忍人。丈夫之心,不宜如此。足下宜为思之!"正在这时,忽然来一黄衫侠士,以敬仰文士为由把李益持至小玉家,原来这一侠士是出于义愤做出这一义举。久病不起的小玉终于见到了四处寻找的李益,真是悲愤交集,满怀之爱顿时化作满腔之恨,小说这样描写了她和李益的最后会面:

> 玉沉绵日久,转侧须人。忽闻生来,欻然自起,更衣而出,恍若有神。遂与生相见。含怒凝视,不复有言。羸质娇姿,如不胜致,时复掩袂,返顾李生。感物伤人,坐皆欷歔。顷之,有酒肴数十盘,自外而来。……因遂陈设,相就而坐。玉乃侧身转面,斜视生良久,遂举杯酒,酬地曰:"我为女子,薄命如斯。君是丈夫,负心若此。韶颜稚齿,饮恨而终。慈母在堂,不能供养。绮罗弦管,从此永休。征痛黄泉,皆君所致。李君李君,今当永诀!我死之后,必为厉鬼,使君妻妾,终日不安!"乃引左手握生臂,掷杯于地,长恸号哭,数声而绝。

最后,李益果然得到了报应:结了三次婚,都一概不幸福。

明代胡应麟说:"唐人小说纪闺阁事,绰有情致。此篇(按指《霍小玉传》)尤为唐人最精彩动人之传奇,故传诵弗衰。"对读者来说,感受最为深切的,是作者以最大的同情心,倾注了饱满的激情,精心塑造了霍小玉这一美丽多情、为情而死而又不肯屈服的悲剧形象,个性鲜明,光彩照人。其有别于李娃、崔莺莺等其他女性形象的性格特征,一是"理智的痴情",所谓"理智的痴情",意为一方面清醒地认识到自己的悲剧命运,从两人长安欢会之初,霍小玉就已预感到自己的悲剧命运,但同时又如此痴情地执着于爱情幸福,因而她手中唯一的办法就是让李益一而再地发誓,以期以誓约维系两人的感情,实现自己追求爱情幸福的愿望。因此,先后两次让李益发誓的行为本身就是她"理智的痴情"的典型表现。二是"深挚的激情",霍小玉原先并未祈盼白头偕老,她的理智告诉她,她希望一生欢爱都在这八年之中,之后李益即可另择鸳鸯,而她遁入空门,想不到的是这个最低要求也破灭了,现实比她所想象的还要残酷得多。尽管如此,她仍不甘心就此罢休,在见到李益之前,她多方托请,四处打听,甚至连年变卖服饰,这种执着的追求实在是因为有一种深挚的激情在驱使着。三是"不屈的个性",即敢爱敢恨的反抗性格。当希望彻底幻灭之后,由理智的痴情、深挚的激情燃起了复仇的火焰,她发誓死后必为厉鬼,使李益妻妾终日不安,从而把故事引向了高潮,这一敢爱敢恨的反抗性格刚好与《莺莺传》的崔莺莺形成了鲜明的对比。为了突出霍小玉的悲剧形象,小说既让李益先后言行的矛盾与霍小玉的一贯痴情构成强烈的对比,以反衬着前者的刻薄无情,又借用、穿插了三种外部力量:一是长安舆论的是非,二是李益密友韦夏卿的责备,三是黄衫侠士的义举。三者由面到点,尽管身份不同,地位各异,但都毫无例外地谴责李益,同情小玉。这在艺术上既是一种对比,同时也使情节更为曲折,结构更为谨严,境界更为开阔,形象更为生动,感情更为饱满,因而也就具有更强的艺术感染力。

第三节　陈鸿《长恨歌传》与历史小说

　　唐传奇中属于历史小说的重要作品有陈鸿的《长恨歌传》和《东城老父传》、郭湜的《高力士外传》、姚汝能的《安禄山事迹》以及无名氏的《李林甫传》，题材明显地侧重于唐玄宗天宝时期。这是因为一方面开元盛世作为已在历史中消逝的黄金时代，一直激励着中唐以后代代文人的不断缅怀与留恋，对于既创造了开元盛世又亲自毁灭了这一盛世的唐玄宗，他们总是充满着复杂矛盾的心态。另一方面，在天宝末年的盛衰之变中，以安史之乱最为惊心动魄，而安史之乱又是与李杨艳事密不可分的。与此紧密相连的还有杨国忠的小人得志，李林甫的专横跋扈，安禄山的蓄意谋反，以及高力士的亦正亦邪的种种表现……构成了安史之乱历史事件的主干，有关这些人物的事迹，也就首先为撰写历史小说的作者所取材。其中比较著名的是陈鸿的《长恨歌传》《东城老父传》，尤以《长恨歌传》成就、影响最大。

　　陈鸿，唐贞元、元和间人，至文宗太和之初，尚在朝列，平生所长，在史氏编年之学。《全唐文》有载其文三篇，但未录此篇及《东城老父传》，原因也是以为小说家言，弃而不录。《长恨歌传》作于元和元年（806）十二月。作者叙其创作背景为：

> 元和元年冬十二月，太原白乐天自校书郎尉于盩厔。鸿与琅琊王质夫家于是邑，暇日相携游仙游寺，话及此事，相与感叹。质夫举酒于乐天前曰："夫希代之事，非遇出世之才润色之，则与时消没，不闻于世。乐天深于诗，多于情者也。试为歌之。如何？"乐天因为《长恨歌》。意者不但感其事，亦欲惩尤物，窒乱阶，垂于将来者也。歌既成，使鸿传焉。

可见诗、传是相互配合的，诗成在前，传作于后，同时又附诗于其下。二者同时广泛流布于后代，彼此相得益彰。清人洪昇以十二年之功创作出长达五十折的《长生殿》，其友赵执信有诗云："倾国争夸天宝时，才人例解说相思。三生影响陈鸿传，一种风情白傅诗。"即以诗、传同时并举的。

　　《长恨歌传》的结构大致与《长恨歌》相同，叙贵妃入宫，禄山作乱，马嵬之变以至方士求魂为止，以玄宗行至马嵬、六军不前、杨妃赐死为界分前后两大部分。前半主要写玄宗在位岁久，倦于政事，以声色自娱，后宫美女如云，然无一赏心悦目者，因而闷闷不乐，遂命高力士暗中搜求外宫，于玄宗子寿王邸得杨玄琰之女，即杨玉环，有如武帝之李夫人，光彩照人，美艳无比。于是封为贵妃，宠冠六宫，亲戚姊妹皆得宠，权倾天下。由于杨国忠愚弄国柄，安禄山乘机谋反，潼关失守，玄宗与贵妃离京向蜀。行至马嵬，六军不前，玄宗被迫诛杀杨国忠，赐死杨贵妃。后半继写肃宗灵武即位，尊玄宗为太上皇，就养南宫，后又迁于西内。玄宗无时无刻不思念贵妃，求之梦魂，也杳然不能得。然后托之于蜀中方士，上天入地，索求贵妃精魂，最后于最高仙山"玉妃太真院"得见贵妃。贵妃取出玄宗定情之物——金钗钿合，折其一半，授予方士，托其进献玄宗。又忆昔时乞巧之夜，与玄宗山盟海誓历历在目，因而自我悲叹道："由此一念，又不得居此。复堕下界，且结后缘。或为天，或为人，决再相见，好合如旧。"玄宗的思念求魂，贵妃的追叙昔日柔情，都在于突出和渲染彼此两不相忘的真挚爱情。至此，前半的谴责之意变为同情之态。

以《长恨歌》《长恨歌传》两相对比，诗歌的长处在于精练含蓄，富有风情，而小说的长处则在于更加详密，神态毕具。比如诗歌中只以"杨家有女初长成，养在深闺人未识"一笔带过，未能道出玉环的出身，也带有几分为"君者讳"的味道，而小说则径直记载"诏高力士潜搜外宫，得弘农杨玄琰女于寿邸"，更为明确。另外，小说的讽刺批判意义也更为显豁、尖锐。如杨贵妃得宠后，其兄弟姊妹都煊赫一时，诗歌的描写是："姊妹弟兄皆列土，可怜光彩生门户。遂令天下父母心，不重生男重生女。"而小说则进而写道：

> 叔父昆弟皆列清贵，爵为通侯。姊妹封国夫人，富埒王宫，车服邸第，与大长公主侔矣。而恩泽势力，则又过之，出入禁门不问，京师长吏为之侧目。故当时谣咏有云："生女勿悲酸，生男勿喜欢。"又曰："男不封侯女作妃，看女却为门上楣。"其为人心羡慕如此。天宝末，兄国忠盗丞相位，愚弄国柄。及安禄山引兵向阙，以讨杨氏为词。

揭露裙带政治的黑暗、社会矛盾的激化，比之诗歌也更为深刻。

在写景抒情方面，传固然不如诗，但传中也有较精彩之笔。比如写玄宗在西内对贵妃的思念之情："每至春之日，冬之夜，池莲夏开，宫槐秋落。梨园弟子，玉琯发音，闻《霓裳羽衣》一声，则天颜不悦，左右歔欷。三载一意，其念不衰。"再如写方士求得贵妃精魂的对话神态也颇有韵味：

> 玉妃茫然退立，若有所思，徐而言曰："昔天宝十载，侍辇避暑于骊山宫。秋七月，牵牛织女相见之夕，秦人风俗，是夜张锦绣，陈饮食，树瓜华，焚香于庭，号为乞巧。宫掖间尤尚之。时夜殆半，休侍卫于东西厢，独侍上。上凭肩而立，因仰天感牛女事，密相誓心，愿世世为夫妇。言毕，执手各呜咽。此独君王知之耳！"

以痛苦之状回首往日甜蜜，益加悲苦和茫然，可谓声泪俱下，言情并茂，可与诗彼此相参看。但就总体成就而言，则传不如诗。至于作者在《传》末提到诗与传的共同主题"惩尤物，窒乱阶，垂于将来者"，通观全篇，事实并非全是如此，无论是诗，还是传，都是谴责与同情、讽刺与歌颂相交织，直到元代白朴的《梧桐雨》、清代洪昇的《长生殿》，均未能走出这一矛盾状态，人们往往责之于作者的思想矛盾，其实更本质的则在于李杨情事本身的悖论，即政治与爱情的悖论。唯此悖论，才产生了如此强烈的美感张力和艺术魅力。

陈鸿另一优秀历史小说是《东城老父传》，有人据传的后段有关颍川陈鸿祖向贾昌问开元之理乱，认为是陈鸿祖作，但证据不够充分。《太平广记》《宋史·艺文志》皆署名陈鸿，今仍旧说。小说中的贾昌因玄宗喜欢斗鸡而发迹，至元和五年(810)已九十八岁，作品即以贾昌一生为线索，展开故事情节，也分前后两大部分。前半为玄宗时神鸡童贾昌一生荣悴的传记，由此从另一侧面反映玄宗的荒淫、朝政的腐败以及天宝的乱象。因为贵妃以美色得宠，贾昌以斗鸡承欢，原因是相同的，传中引用民谣："生儿不用识文字，斗鸡走马胜读书。贾家小儿年十三，富贵荣华代不如。能令金距期胜负，白罗绣衫随软舆。父死长安千里外，差夫持道挽丧车。"表现了当时人民的愤懑之情，以及讥刺之意，然后又点出：玄宗"使人朝服斗鸡，兆乱于太平矣。上心不悟"，结果出现了安史之乱。贾昌也荣极哀来，只好改名换姓遁入空门。后半写颍川陈鸿祖至佛舍向贾昌问开元之理乱，贾昌发表了一通今不如昔的议论。篇幅虽长，但也充满今昔盛衰之感，以至言者"泣下"，听者"默不敢应而去"。这种盛衰之感在唐传奇的历史小说中时有流露。此外，作品也借贾昌的议论表现了要求巩固中央集权和维护统一的倾向，在当时来说，具有强烈的现实意义。在艺术上，《东城老父传》置于盛衰之变的特定时代背景之中，紧扣贾昌的荣辱变化，先叙事，后议论，寓以盛衰之感、讽世之意，很有自己的特色。比之《高力士外传》《安禄山事迹》《李林甫传》明显高出一筹。

第四节　沈既济《枕中记》与宗教小说

唐代列道教为"国教"，佛教经魏晋南北朝的译介传播，也广为流行，反映在传奇创作上，便出现了以弘扬佛道宗教精神为主的宗教小说，最具代表性的是沈既济的《枕中记》、李公佐的《南柯太守传》，以及任蕃的《樱桃青衣》，前两篇以道教为内容，后一篇则以佛教为题材。它们的共同源头可以追溯至六朝志怪小说的"玉枕"故事：

> 焦湖庙有一玉枕，枕有小坼。时单父县人杨林为贾客，至庙祈求，庙巫谓曰："君欲好婚否？"林曰："幸甚。"巫即遣林近枕边，因入坼中，遂见朱楼琼室。有赵太尉在其中，即嫁女与林，生六子，皆为秘书郎。历数十年，并无思归之志。忽如梦觉，犹在枕旁，林怅然久之。

这段文字分别为《太平寰宇记》卷一二六与《太平广记》卷二八三所引，前者注明引自《搜神记》，但为今本所无，后者注明引自《幽明录》。标题或题为《焦湖庙祝》，或题为《杨林》。对于唐传奇来说，此篇文字虽短，但它却提供了一个重要范式，即一个凡间俗人通过一定的法术，由枕中小洞进入幻想世界，实现富贵与性爱的双重满足，最后又由枕中小洞返回现实世界，是一种中国世俗宗教式的"遂欲法"。其中必须具备以下要素：(一)方外高道，由其引导，沟通现实世界与虚幻世界，即作品中的"庙巫"。(二)世俗男子，其在方外高道的引导下进行世俗欲求,即作品中的贾客杨林。(三)神奇法具,通过这一具体媒介由现实世界进入虚幻世界,实现欲望的满足,即作品中的有小洞可以进身的"玉枕"。(四)追求指向,离不开性爱与富贵,而且两者往往是紧密相连的,即作品中与赵女结婚,生六子皆富贵。从以上四个方面来剖析唐人三篇作品,人们可以发现,后者即是前者的重述和放大。先看沈既济的《枕中记》。

沈既济(750?—797),苏州吴(今江苏苏州市吴中区)人,史传称他"经学该明""史笔尤工"。大历十四年(779)为协律郎。同年末,由杨炎荐为左拾遗、史馆修撰,撰《建中实录》。建中二年(781)十月因杨炎获罪,罢史官,贬为处州司户参军,后入朝为礼部员外郎。今存《任氏传》和《枕中记》两篇。《任氏传》篇末注明作于建中二年贬官途中,感叹世事如梦,属于宗教题材的《枕中记》也很有可能作于同时。作品写一落魄士子卢生在邯郸途中,于一旅舍遇见道士吕翁,他对吕翁感叹困顿不得志,吕翁就拿出一只青瓷做的枕头,让他就枕入梦。他见枕头上有一个洞,便不觉跳身进入。然后美女、功名,事事如意,先是娶了当时第一高门清河崔氏之女,美丽无比。第二年又进士及第,出将入相,荣封国公。接着喜极悲来,遭谗被贬,还被打入牢狱。于是决意自刎,幸被妻救起。生五子,也都居于高位,享尽人间荣华富贵……等他醒来,方知虚梦一场,旅舍主人黄粱米饭还未蒸熟呢!因而大彻大悟,万念俱息,向吕翁道:"宠辱之道,穷达之运,得丧之理,死生之情,尽知之矣!"稽首再拜而去。由于作者能将现实中千千万万士子们的世俗欲望通过超现实的虚幻形式加以表现,读来似真似幻,可愕可叹,别有况味。作品的主题是十分明确的,借此说明"人生如梦",忘情世俗,皈依宗教。我们之所以称为宗教小说,即是因为它不仅取材于宗教题材,而且宣扬宗教出世思想。但细绎作品本身,又有更复杂的文化内涵。其中除了出世思想外,还有讽世意义;除了感叹"人生如梦"外,也有抒发无辜遭贬的不平与牢骚;除了看破世态,也交织着怀恋、玩味红尘的矛盾心态。因此,对这类作品进行单向的解说甚至简单的否定,是不可取的。

《枕中记》对《焦湖庙祝》的继承是至为明显的,卢生即相当于杨林,吕翁即相当于庙巫,两端有洞的青瓷之枕即相当于玉枕,与卢生结婚的崔氏即相当于赵女,这是性爱。另外卢生飞黄腾达,所生五子皆富贵,亦即由杨林所生六子皆为秘书郎演变而来。只不过篇幅更长,内容更丰富,情节更曲折,描写更生动。属于同一题材的另两篇作品《南柯太守传》《樱桃青衣》在故事模式上也非常相近。为了便于比较分析,现将三篇作品的主要情节按开端、发展、结局三部曲列表于下。

李公佐的《南柯太守传》写游侠之士淳于梦由二位紫衣使者导引梦游槐安国,被国王招为驸马,出任南柯郡太守,治理二十年,郡内大治,风化广被。可是泰极否来,先是战事失利,后又公主病死,结果失去了政治上的靠山,遭谗被遣回故乡,此时才猛然从梦中惊醒,原来是南柯一梦。然后按梦中所见,寻踪发掘,则知所谓"槐安国"者,原不过是大槐树穴中的一个大蚁穴,由此"感南柯之浮虚,悟人世之倏忽,遂栖心道门",皈依宗教。与《枕中记》一样，《南柯太守传》也是从《焦湖庙祝》中发展而来，杨林在《枕中记》中变为卢生，在《南柯太守传》中变为淳于梦，庙祝在《枕中记》中变为吕翁，在《南柯太守传》中变为紫衣使者，玉枕在《枕中记》中变为青瓷枕，在《南柯太守传》中变为一扇"门"；性爱与功名在《枕中记》中是娶了崔氏，出相入将，在《南柯太守传》中则是娶了美如神仙的皇家公主，出任太守，政绩斐然。但《南柯太守传》由《枕中记》单纯的"枕"中世界衍变为原为蚁穴的"槐安国"，则又继承了六朝志怪《妖异记》中一则卢汾入蚁穴的故事，很可能是作者在《枕中记》的启发下再取《妖异记》的卢汾故事加工而成。与《枕中记》相较，内容更为丰富，情节更为曲折，描写也更为细腻，同时，讽世意义也更为强烈。但篇末发掘蚁穴的一番议论，似有画蛇添足之感，而且太直露。鲁迅《中国小说史略》谓"篇末言命仆发穴，以究根源，乃是蚁聚，悉符前梦，则假实证幻，余韵悠然，虽未尽于物情，已非《枕中》之所及矣"，当值得商榷。

作品	开端	发展	结局
《枕中记》	吕翁遇少年卢生，以枕授之。其枕青瓷，而窍其两端。生俯首就之，见其窍渐大，乃举身而入，遂至其家。	数月，娶清河崔氏女，女容甚丽。明年举进士。屡迁，立军功，荣极一时。遭谗受贬，下狱，自刎。其妻救之。生五子，皆居高位。后病死。	卢生欠伸而悟，吕翁在旁，主人蒸黍未熟。生怃然良久，谓宠辱之道，穷达之运，得丧之理，死生之情，尽知之矣。稽首再拜而去。
《樱桃青衣》	卢子在都应举，尝暮乘驴游行，见一精舍中，有僧开讲，听徒甚众。诣讲筵，倦寝。梦至精舍门，见一青衣，携一篮樱桃在下座。	与青衣同食樱桃。随之过天津桥，入水南一坊，有一宅，门甚高大，青衣先入。姑四子出，与相见，皆权贵。入北堂，拜姑。姑许以婚姻，成婚礼，妻年可十四五，宛若神仙。登第，授秘书郎。屡迁，终遭谗受贬。有七男三女。	卢子复至精舍，耳中闻讲僧唱云："檀越何久不起？"忽然梦觉。乃惘然叹曰：人世荣辱穷达，富贵贫贱，亦当然也。遂寻仙访道，绝迹人世。
《南柯太守传》	生醉饮于大槐树下，由二友人扶归家。解巾就枕，昏然若梦，见二紫衣使者，奉槐安国王命召见。生随二使至门，上车，出大户，至大槐安国。俄见一门洞开，生降车而入。	驱入穴中，入大城，至王前。王以次女许之，成婚礼，为驸马。妻年可十四五，俨若神仙。封南柯太守郡，达二十余载。有五男二女，皆荣贵。妻亡，为葬礼。自后威福日甚，王疑惮之。流言怨悖，郁郁不乐，遂请还。	生再拜而去，复见二紫衣使者。至大户外，复出大城，俄出一穴。生遂发寤如初，梦中倏忽，若度一世。乃与二客寻梦中所见，是为蚁穴。于是感南柯之浮虚，悟人生之倏忽，栖心道门，绝弃酒色。

任蕃《樱桃青衣》写一青年书生卢子在都应举，傍晚乘驴出游，来到一佛教精舍，有僧开讲，听众很多。来到讲筵，劳倦入睡，梦至精舍门，由一青衣引导进入大宅。姑许以

婚姻,然后成婚礼,妻十四五岁,貌若神仙。不久又进士及第,授秘书郎,并且步步高升,最后遭谗受贬,……卢子复至精舍,耳中闻讲僧唱云:"檀越何久不起?"忽然从梦中醒来,于是惘然叹曰:"人世荣辱穷达,富贵贫贱,亦当然也。"从此寻仙访道,绝迹人世。分明又是一个《焦湖庙祝》故事的翻版,与《枕中记》也极为相似,只不过由道教一变为佛教,由道士引导一变为讲僧引导,但功名、情爱的双向追求仍一如既往。古人云:"书中自有黄金屋,书中自有颜如玉。"又云:"洞房花烛夜,金榜题名时。"说明功名、情爱的双向欲求是历代文人的人生理想所在,而唐人又由此具体落实到高中进士,娶上崔、郑等名门之女,以此作为自己的人生理想,说明此类小说不仅具有现实依据、心理依据,而且具有传统文化的特定内涵。后代小说、戏剧以此为母题加以再创造者总是源源不断,历久不衰,根本原因就在这里。

第五节　杜光庭《虬髯客传》与侠义小说

　　刘大杰在论述唐传奇中侠义小说产生的社会背景时说:"唐代中叶以后,藩镇各据一方,争权夺利,私蓄游侠之士以仇杀异己,于是侠士之风盛行一时。如元和十年宰相武元衡的被刺,开成三年宰相李石的被刺,前者为平卢节度使李师道所遣,后者为宦官仇士良所主使,这都见于正史的记载。欧洲中世纪骑士活跃于社会,因此,产生了描写骑士生活的小说。唐代侠义小说的产生,同样有着近似的这种社会基础。"(《中国文学发展史》)此外,中唐以后,社会日趋动荡与黑暗,人们也企盼理想世界中的侠士出来仗义锄奸,维护社会正义,解救人民苦难,这是侠义小说赖以兴盛的文化心理基础。为了表现侠士仗义行侠的特别技能,小说作者又往往采取种种超现实的描写,赋予侠士种种超现实的法术,诸如腾云驾雾,力大无比,刀枪不入,甚至隐形变化,这又显示了侠义小说与神怪小说的合流趋向,或者说侠义小说是神怪小说的一种变形,一种特殊表现形态。所以,此类小说的作者几乎也都是佛道宗教的信徒,比如杜光庭的佞道,段成式的信佛,裴铏的好言神仙等等。还有为了增加故事的兴味,使情节更为曲折紧张,侠义小说在表现侠士的仗义行侠过程中,又往往穿插爱情故事,进而显示了侠义小说与爱情小说的合流趋向。总之,侠义小说以侠士为主角,以表现侠士行为主体,同时兼容超现实的神怪小说与更有兴味的爱情小说,是三种小说内容的合一,所以能广行于社会各个阶层。至于侠义之"义",是侠士的行为准则,即表现为路见不平、拔刀相助的仗义行为,也表现为"士为知己者死"的忠烈品质,二者常常是可以兼通甚至互换的。

　　早在中唐时,李公佐的《谢小娥传》、许尧佐的《柳氏传》等,即已见侠义小说的雏形。前者写民女谢小娥女扮男装,手刃大盗,为自己被杀害的父亲和丈夫报仇雪恨的故事。小说将谢小娥机智勇敢的形象描写得生动出色,感人至深,这实际上是一个早期的侠女形象。《柳氏传》中写富家宠妾柳氏与落魄书生韩翊相爱,在安史之乱中毅然剪发毁容、寄迹寺庵以自保贞洁,而后不幸陷入骄横跋扈的蕃将沙咤利府邸,但仍念念不忘故人,最后赖侠义之士许俊机智勇敢的仗义行为得以与意中人破镜重圆。小说写许俊的壮举:"乃衣缦胡,佩双鞬,从一骑,径造沙咤利之第,候其出行里余,乃被衽执辔,犯关排闼,急趋而呼曰:'将军中恶,使召夫人。'仆侍辟易,无敢仰视。遂升堂,出翊札示柳氏,挟之跨鞍马,逸尘断鞅,倏忽乃至。引裾而前曰:'幸不辱命!'四座惊叹。"将人物行动与对话描写有机地融为一体,使许俊这一早期的侠士形象栩栩如生。《柳氏传》是以爱情小说为主体,插入侠义行为,在突出柳氏的忠贞的同时显现许俊的仗义,篇末传中将两人并列,可以视为合传,这对晚唐的侠义小说深有影响,只是其中主次作了颠倒:以侠义穿插爱情故事。此外,在《霍小玉传》中也出现了一个黄衫侠客的形象,情形大致与《柳氏传》相仿。

晚唐是侠义小说的黄金时代,主要作品有杜光庭的《虬髯客传》,裴铏的《昆仑奴》《聂隐娘》,薛调的《无双传》,袁郊的《红线传》。另段成式的笔记小说《酉阳杂俎》所立"盗侠"一门,共有九则故事,至于今仍传世的托名于段氏的《剑侠传》一书,乃为明人伪托之作。其中以《虬髯客传》最为典型。

《虬髯客传》以杨素宠妓红拂大胆与李靖私奔的爱情故事为线索,描写隋末有志图王的虬髯客折服于"真命天子"李世民,出海自立的故事。小说以隋末社会动乱为背景,由隋炀帝重臣杨素写起,以杨素的身居高位而奢贵自傲,老是踞见(蹲坐在床上接见)宾客,引出与之形成鲜明对比的"风尘一侠":以布衣上谒的卫公李靖。一见面,他就向杨素进言道:"天下方乱,英雄竞起。公为帝室重臣,须以收罗豪杰为心,不宜踞见宾客。"一开始就先声夺人,显示了李靖的不同凡响,结果说得杨素敛容而起,致谢而退,同时也由此引出了"风尘女侠"——杨素宠妓红拂。小说这样写道:

> 一妓有殊色,执红拂,立于前,独目公(指卫公李靖)。公既去,而执拂者临轩指吏曰:"问去者处士第几?住何处?"公具以对。妓诵而去。公归逆旅。其夜五更初,忽闻叩门而声低者,公起问焉。乃紫衣带帽人,杖揭一囊。公问谁?曰:"妾,杨家之红拂妓也。"公遽延入。脱衣去帽,乃十八九佳丽人也。素面画衣而拜。公惊答拜。曰:"妾侍杨司空久,阅天下之人多矣,无如公者。丝萝非独生,愿托乔木,故来奔耳。"公曰:"杨司空权重京师,如何?"曰:"彼尸居余气,不足畏也。诸妓知其无成,去者众矣。彼亦不甚逐也。计之详矣,幸无疑焉。"

红拂妓除了美貌、机智、大胆之外,小说最重要的是突出了她的"风尘识知己""巨眼识英雄"的非凡眼力。对于红拂的私奔,李靖喜惧兼具,然后同归于太原,在灵石旅舍,红拂以发长委地,立于床前梳理,而李靖则正在刷马,忽有一人正骑着毛驴而来,中等身体,赤髯如虬,这便是小说的主角、又一"风尘侠客"——虬髯客。只见虬髯客将革囊丢在李靖、红拂正在烹肉的炉前,拿取枕头侧身而卧,眼睛却盯着红拂梳头,李靖见之,怒火中烧,而红拂却以手暗示他息怒,然后与虬髯客互通姓氏,红拂原姓张,虬髯客亦姓张,红拂便以妹相称。继之再由虬髯客与李靖相见。虬髯客的豪爽俊伟由其切肉、喝酒已初步显现,至其拿出一被他宰杀的恶人之头与心肝下酒食之,则粗豪中更带有几分野蛮。食毕,李靖与虬髯客共论天下英雄,李靖极力向他推荐当时年仅二十的李世民,而虬髯客也极想彼此一见,因为他从"望气者"那里得知太原有奇气。于是二人相约明日相见于汾阳桥。虬髯客乘驴而去,快行如飞,顷刻已不见其踪影。李靖则通过朋友张文静相约拜见李世民。一见"真命天子"李世民后,虬髯客叹为"真天子也!"不过,他又说,他有十之八九的把握,但须他的"道兄"见之后,才能定论。故而再次立约相见于某一酒楼。众人所见李世民:"精采惊人,长揖而坐。神气清朗,满座风生,顾盼炜如也。"那位道士即"虬髯客"所请的"道兄",情态惨然,转对虬髯客说:"此世界非公世界,他方可也。勉之,勿以为念。"意为因为天下有李世民,虬髯客无法与他相争,须易地另图事业。接着,李靖与红拂应虬髯客相邀,拜访其府第,府中布设、陈列极尽人间豪华之能事。虬髯客以豪室所有钥匙相赠,并道出其中心曲及缘由:

> 此尽宝货泉贝之数。吾之所有,悉以充赠。何者?欲以此世界求事,当或龙战三二十载,建少功业。今既有主,住亦何为?太原李氏,真英主也。三五年内,即当太平。李郎以奇特之才,辅清平之主,竭心尽善,必极人臣。一妹以天人之姿,蕴不世之艺,从夫之贵,以盛轩裳。非一妹不能识李郎,非李郎不能荣一妹。起陆之渐,际会如期,虎啸风生,龙腾云萃,固非偶然也。持余之赠,以佐真主,赞功业也,勉之哉!此后十年,当东南数千里外有异事,是吾得事之秋也。一妹与李郎可沥酒东南相贺。

果然,虬髯客的预言后来真的得以实现。李靖、红拂据此豪室,极力资助李世民,匡定天下。贞观十年,官至左仆射平章事。而虬髯客则已至海外扶余国杀主自立。于是,李靖、张文静等沥酒东南祝拜庆贺。

这篇传奇以侠义为主题,宣扬了李唐王朝的神圣观念,表现了作者企求的英雄出世一统天下的愿望。作品虽以红拂私奔开始,但重心不在爱情,而在于侠义,是以侠义穿插爱情,使小说更有兴味,同时又兼之以超现实的神异内容,如红拂妓之于李靖未达识人,虬髯客与其"道兄"的相人预卜,以及最后虬髯客的海外创业,也使小说更为引人入胜。由此可见,此篇是以侠义为主体,兼容爱情神怪小说的典型之作。其中"风尘三侠"既一同与"尸居余气"的权臣杨素构成强烈的对比,而三侠之间,李靖的风流倜傥,红拂的勇敢远虑,虬髯客的豪爽俊伟,也是各具风神,跃然纸上。而在结构上,"风尘三侠"依次出现,都是经过精心剪裁和布局的。三侠的故事一个比一个重要,一个比一个详细,一个比一个神奇,从而逐步把情节推向高潮,具有回环往复、波澜迭起、惊心动魄而又首尾呼应、一脉相贯的艺术效果,是一篇成功之作。

《虬髯客传》的故事也重见于晚唐裴铏传奇集《传奇》之中,名之为《虬髯客》。另《传奇》中还有一些侠义小说也写得丰富多彩,自有特色,如《昆仑奴》写一位身怀异术的老奴,帮助少主人窃取豪门姬妾,成全他们爱情的故事;《聂隐娘》写受教于一神尼而具神奇法术的聂隐娘先为魏帅所遣,刺杀其政敌刘昌裔,因佩服刘氏而倒戈,多次为刘氏卫身,充满着知遇报恩的思想和超现实的神秘主义色彩。袁郊的《红线传》与《聂隐娘》颇为相近,红线亦处于藩镇豪强之间,她以超人本领制止了田承嗣企图吞灭薛嵩的阴谋,同样也是知遇图报的侠义行为的体现,但其中所表现的反对藩镇战争的思想,对人民生命安全的关注,则非《聂隐娘》之可比。薛调的《无双传》主要写王仙客与其表妹无双之间曲折离奇的悲欢离合的故事。其中有一个侠士古押衙,为了成全他们,先杀人后自杀,表现侠士们奋不顾身、士为知己者死的忠烈之气。

　　唐代传奇作者开始有意识地创作小说,经过二百多年的发展演变,传奇小说在艺术上完全趋于成熟,这是中国小说史上的一个具有划时代意义的里程碑。唐传奇的题材几乎都被后代小说、戏剧等叙事作品所继承、改编和发展,而在情节结构、人物形象、语言描写方面的成功艺术经验也被后世文学广泛借鉴和吸取。宋代以后,由文人创作而属于通俗文学的唐传奇一分为二,一是走向市井的俗化倾向,产生了宋代话本小说。二是因文人介入而回归高雅,其代表是明清章回体长篇小说的产生,至《红楼梦》达于顶峰。

第十六章　俗化趋向：宋明话本与拟话本小说

到了宋代,中国古典小说又一次出现了重大变化,由源于下层市民的短篇白话小说——话本取代了在唐代盛极一时的传奇,从而开创了中国白话小说的新形式。"话本"的产生,渊源有三:一是唐代的"说话",两者都是面向市民阶层且多取材于现实生活的"听觉艺术",是一脉相承的;二是唐代的"变文",除了都是属于又讲又唱、亦文亦诗的"听觉艺术"之外,前者还为后者提供了许多宗教与历史题材;三是唐代传奇,在面向民间,切近现实,以娼妓婢妾、商贾平民等下层人物为主角,以及各种艺术表现手法方面,为话本提供了丰富的养料。当然,话本在宋代以后的兴盛以及拟话本在明代的盛行,归根到底是伴随都市商品经济的发展而发展的市民文化孕育的产物,这是话本、拟话本赖以生存、兴盛的文化根基。

第一节　话本小说的世俗化与白话化

话本原是"说话"艺人的底本,是随民间说话伎艺发展起来的一种文学样式,是市民"听觉艺术"的原始记录。所谓"说话",就是讲故事。起源很早,至唐代正式形成。元稹《酬白学士代书一百韵》诗:"翰墨题名尽,光阴听话移。"下自注:"乐天每与余游,从无不书名屋壁,又尝于新昌宅说《一枝花话》,自寅至巳,犹未毕词也。""一枝花"是长安名妓李娃的别名,《一枝花话》就是李娃与郑生的爱情故事,新昌宅在长安新昌里,是白居易为校书郎时的住宅,白氏在那里听说《一枝花话》,时间长达五六小时犹未讲完,可知唐代的"说话"艺术已成一种专门的艺术,且已具相当的规模。后来,白居易的弟弟白行简作有《李娃传》,元稹再作《李娃诗》,又可见唐代"说话"与传奇、诗歌联系之密切。与此同时,唐代佛教盛行,为了宣扬佛法,寺庙僧人在寺中面向市民开讲佛经故事,称为"俗讲""变文"。当时的"说话"艺术也吸取了它的某些题材、形式和技巧。

"说话"艺术的大规模兴起和发展是在宋代。这是由于到了宋代,都市经济出现了空前的繁荣,市民阶层不断壮大,为了满足市民阶层娱乐的需要,各种"瓦舍""勾栏"应运而生。瓦舍,又称瓦肆、瓦子,是一种专门性的市民游艺场所。每个瓦舍又分若干"勾栏",分别用于说话和上演各种民间杂戏。《东京梦华录》载北宋汴京瓦舍云:"街南桑家瓦子,近北则中瓦,次里瓦。其中大小勾栏五十余座。内中瓦子莲花棚、牡丹棚,里瓦子夜叉棚、象棚最大,可容纳数千人。"《武林旧事》载南宋杭州演出的伎艺五十多种,瓦子二十三处。瓦舍的出现,为各种民间伎艺提供了固定的演出地点,不管春夏秋冬,不管风霜雨雪,都可以长久、持续地演出,有力地促进了各种伎艺的互相交流和艺术水平的不断提高。既有瓦子这样固定的演出场所,又有广大市民观众的支持,则必须相应地需要出现相对固定的"说话"艺人。《武林旧事》载南宋临安的"说话"艺人多达近一百人。其中有下层文人、城市贫民、小商小贩,甚至和尚、尼姑,他们还有自己专门的组织,称为"书会",参加书会的有"才人"和"老郎"。"才人"可能是下层文人,主要从事话本的编写;"老郎"则指"说话"的职业艺人,但不是一般艺人的称呼,而是名位高、年辈长并有精湛伎艺和学问者的专称。由此可见"说话"在当时已成为一种专门职业,成为一种谋生手段,已完全达到"职业化"水平。与此同时,"说话"艺人又有各自不同的明确分工与专长,因而又进一步走向了"专业化"。其中大致可分为四家:小说、讲史、说经、合生。小说,多取材于现实,以婚恋、公案题材为最多,内容新鲜活泼,形式短小精悍,最为听众所欢迎,是"说话"中影响最大的一家。"说话"时,有说还有唱,有散文又有韵文。散文重在叙事,间以韵文写景、抒情以及刻画心理、渲染气氛等。"小说"原名银字儿,可能由于最初以银字笙乐器伴奏得名。讲史,大都根据史书改编而成,又称为"平话","平"即评论历史之意,只说不唱。说经,演说宗教故事,由唐代俗讲、变文演变而来。合生,可能是两人演出,一人指物为题,另一人应命成咏。《武林旧事》说南宋讲史有乔万卷、许贡生等二十三人;说经有长啸和尚、彭道士等十七人;小说有蔡和、李公佐、张小四郎等五十二人。《东京梦华录》说北宋汴京同属讲史的有霍四究专说三国故事,尹常卖专说五代故事,可见分工之细,专业化程度之高。宋代罗烨《醉翁谈录》有载录当时"说话"艺术效果的不同凡响:

> 说国贼怀奸从佞,遣愚夫等辈生嗔;说忠臣负屈衔冤,铁心肠也须下泪。讲鬼怪,令羽士心寒胆战;论闺怨,遣佳人绿惨红愁。说人头厮挺,令羽(当作武)士快心;言两阵对圆,使雄夫壮志。谈吕相青云得路,遣才人着意群书;演霜林白日升天,教隐士如初学道;噇发迹话,使寒士发愤;讲负心底,令奸汉包羞。

说明了"说话"具有巨大艺术感染力。

因话本原是"说话"艺人的底本,而不是供人阅读的案头作品,这就决定了话本首先是一种听觉艺术,话本的一切艺术形式与表现手段都是以此为轴心而展开的,比如取材的贴近现实,直接反映市民生活,情节的曲折离奇,故事性强,人物性格刻画的动态性和夸张性,语言的通俗化、口语化等等,还常常穿插诗词演唱,更加绘声绘色。在演说长篇故事时,需要连续分若干次才能完毕,而且要在最关键时刻停顿下来以吸引观众下次再来听讲,后来便逐步发展为长篇小说的章回体形式。此外,说话人为了等候听众,安定情绪,往往在正式"说话"之前吟诵几首诗词或者讲一二个小故事,称为"入话",内容与正文无关或相关都无妨,只是随便听听罢了,所以又叫"笑耍头回"。因听众多数为商贩、士兵，所以"说话"艺人又称"入话"为"得胜头回"或"得胜利市头回"。

宋代"说话"艺术很盛，话本数量很多，但绝大部分已经散佚。保存至今的"小说"话本主要见之于近人缪荃孙据"影元人写本"刊印的《京本通俗小说》、明洪楩编刻的《清平山堂话本》、冯梦龙编刻的《三言》等。"讲史"话本则有《新编五代史平话》、《大宋宣和遗事》和《全相平话五种》。"说经"话本则有近人罗振玉据宋本影印的《大唐三藏取经诗话》。其中包括了宋元两代的话本以及明代的拟话本。由于年代久远，宋元作品已很难一一考证其明确的时代，所以往往"宋元话本"连称。至于冯梦龙的《三言》，其中的大部分是在宋元话本的基础上加以搜集改编、润色而成的，再到凌濛初的《二拍》，更是全部由作者自行创作的，都属于"拟话本"。"拟"者，即模拟、模仿之意。但也因此保存了原始民间"说话"艺术的宝贵材料，与宋元话本是一脉相承的。

第二节　"小说"话本的两大类型

"小说"话本直接地反映了市民生活、思想和性格，在当时最受听众欢迎，现存作品也最多，而且成就最高。其中最为突出的是婚恋与公案两类，《醉翁谈录》说："春浓花艳佳人胆，月黑风寒壮士心。讲论只凭三寸舌，秤评天下浅和深。"前二句即分别指这两类作品。前者包括爱情与婚姻，优秀之作有《碾玉观音》《闹樊楼多情周胜仙》《快嘴李翠莲》《志诚张主管》《乐小舍拼生觅偶》等；后者主要指写官府断案的作品，优秀之作有《错斩崔宁》、《宋四公大闹禁魂张》、《简帖和尚》（又名《错下书》）、《错认尸》、《错勘赃》等。在这两大类型中，《碾玉观音》与《错斩崔宁》是代表作。

一、话本小说中的"婚恋"之作

以《碾玉观音》成就最高。此篇见于《京本通俗小说》，冯梦龙《警世通言》卷八作《崔待诏生死冤家》，题下注："宋人小说，题作《碾玉观音》。"这是一篇比较典型的反映下层市民婚恋的作品，描写了璩秀秀和崔宁这一对青年男女为爱情而斗争的艰难历程，表现了下层市民对爱情自由、幸福的向往，展示了深广的社会内容。女主角璩秀秀，原是一个小手工业者裱褙匠的女儿，出身贫贱，由于工于刺绣，被咸安郡王买去，作了刺绣养娘。进了郡王府后，她爱上碾玉匠崔宁。一次，王府失火为二人的相见创造了机会，秀秀主动向崔宁表白了爱情，结为夫妻。然后在远离郡王府两千余里的潭州开了一个碾玉铺，以此谋生。不料郡王府的郭排军正好来到潭州，撞见了秀秀、崔宁二人，秀秀好好招待一番，叮嘱他为他们俩保密，可是郭排军一回去，即在郡王前搬弄是非。郡王大怒，派人将秀秀、崔宁抓回，残酷地把秀秀活活打死在后花园中，崔宁则被发配到建康居住，秀秀的父母也因此自杀。秀秀死后，她的灵魂仍在不停地追求爱情幸福，她赴建康寻到崔宁，仍和崔宁一起生活，而崔宁却不知她是鬼。然而好景不长，宋高宗观赏崔宁碾制的玉观音,不慎弄坏了,即诏令崔宁前去修理,结果崔宁修得完美无缺。高宗一时高兴,便准许崔宁从建康迁回临安居住,秀秀的鬼魂也只好随崔宁回到临安。秀秀不幸又被郭排军撞见,郭排军回去马上报告了郡王,郡王即令郭排军前去捉拿,并与他立下生死状:抓到秀秀,她吃一刀;抓不到秀秀,郭排军吃一刀。结果秀秀鬼魂让仇人郭排军挨了一记重棒,并戏弄了郡王。秀秀深知在人间已做不成人鬼夫妻,最后和崔宁一同到超现实的虚幻世界去做鬼夫妻,以实现自己爱情自由、幸福的理想。

《碾玉观音》直接取材于现实生活,深刻地暴露了封建统治的黑暗与残酷,表现了下层市民对自由、幸福、爱情的向往。全篇结构相当谨严巧妙。开首"入话"所引多为名词。结尾则有总结性的评论文字:"咸安王撩不下烈火性,郭排军禁不住闲磕牙。璩秀娘舍不得生眷属,崔待诏撇不脱鬼冤家。"此外还不时地插入一些诗赋,起到烘托渲染情绪的作用。在情节布局上也显得相当精巧:二人同来到郡王府,因失火相遇相恋,到两千里外的潭州,又正巧被郭排军撞见,秀秀被活活打死、崔宁被发配建康之后,又碰巧高宗不慎把玉观音弄坏了,由此召回崔宁,并一喜之下,让他仍回临安居住,因而又有第二次巧遇郭排军,受到再次迫害,但却让具有强烈反抗精神的秀秀予其严厉的惩罚。对于秀秀来说,先是通过艰难跋涉结成人间夫妻,被打死后结成人鬼夫妻,被再次发现,最后与崔宁结成鬼夫妻。磨难不止,反抗不止,追求不止,一步三折,波澜迭起。可见作为市民听觉艺术的话本之于情节故事性、巧合性的重视程度。作品中秀秀、崔宁的形象塑造也很成功。一大胆泼辣,一懦弱朴实,具有各自不同的鲜明个性。小说很善于借用对话来刻画人物性格,请看:

> 秀秀道:"你记得当时在月台上赏月,把我许你,你兀自(意为还)拜谢。你记得也不记得?"崔宁叉着手,只应得喏。秀秀道:"当日众人都替你喝采:'好对夫妻!'你怎地到(倒)忘了?"崔宁又则应得喏。秀秀道:"比似只管等待,何不今夜我和你先做夫妻?不知你意下何如?"崔宁道:"岂敢!"秀秀道:"你知道不敢,我叫将起来,教坏了你。你却如何将我到家中?我明日府里去说!"崔宁道:"告小娘子,要和崔宁做夫妻不妨;只一件,这里住不得了……"

秀秀不仅爽直热切地提出求婚,而且进一步对崔宁进行胁迫,不见一点忸忸怩怩的姿态,也不见一句缠缠绵绵的情语,只见有一股热热烈烈的渴望、火火辣辣的野性,非常鲜明地体现了秀秀的泼辣个性和反抗精神。与此形成强烈对比的是,崔宁在秀秀火辣的爱情追求面前,先是两声"喏",然后是"岂敢",最后要求与秀秀一同离开这里,当夜就走,懦弱、厚道、朴实的性格跃然纸上。从唐传奇开始,下层人物纷纷登场,婚恋之作纷纷涌现,但往往是女性勇敢、坚贞,男性懦弱甚至变质,《霍小玉传》《莺莺传》即是如此,宋代话本中的婚恋之作,诸如《碾玉观音》《闹樊楼多情周胜仙》《志成张主管》乃至《快嘴李翠莲》……都不例外,所谓"春浓花艳佳人胆","春浓花艳"指男女婚恋,"佳人胆"则指女性对于自由幸福爱情的执着追求和抗争精神,这也可以说是从唐传奇到宋话本尤其是元杂剧中的一个普遍特色。其社会现实的原因则在于在封建社会中,女性受压迫最深,磨难最多,易于引起作者的同情;其文化心理的原因则在于文学对现实生活的补偿与超越,女性往往寄托着人们的审美理想。

此外,《碾玉观音》超现实的幻想,运用大量俗语、方言的口语化、白话化特点,也典型地显示了宋代话本语言艺术的普遍特色。

二、话本小说中的"公案"之作

早期多表现由糊涂贪酷官吏一手造成的冤假错案,表现了人们对封建官僚制度的不满和批判。后期则多偏重于清官断案,表现了处于水深火热之中的下层人民对清官的崇敬以及对美好政治的向往。《错斩崔宁》为早期"公案"题材的代表作。冯梦龙《醒世恒言》卷三十三作《十五贯戏言成巧祸》,题下注:"宋人作《错斩崔宁》。"小说写小商人刘贵的侍妾陈二姐只因在丈夫回来时开门开得迟了,带有酒意的丈夫就戏言吓她,说把她转卖给了别人。心地善良的陈二姐信以为真,便想先去告诉一下爹娘,好让他们知道自己日后的下落。可是,就在她离家的当晚,丈夫被偷钱的贼杀死了,她就被认为是谋害亲夫的凶手。而且,凑巧的是,陈二姐在回娘家的途中,有一卖丝小伙计名叫崔宁的与她同路而行,也被认为是杀人凶手,一同被扭送到了官府,府尹不加调查,就断定两人是贪财害命的奸夫淫妇,以"大逆不道"的罪名把他们双双处死了。作品通过二人的冤死,着重揭露了封建官吏的昏庸无能、草菅人命。陈二姐心地善良而惨死,崔宁无辜牵连而冤死,都一同强化了这一主题。在结构上,全篇围绕"错"字设计情节,陈二姐误信丈夫戏言是"错";当夜即去告知父母,家中却发生了窃贼杀害丈夫抢走十五贯钱的事件,也是"错";然后在途中遇上卖丝小伙计崔宁,被认为是奸情谋杀,又是"错"。而在崔宁身上,又有刚好卖丝所得的十五贯钱,致使"两人浑身是口,也难分说",同样也是"错"。最后,府尹以此"错"为依据,对他们严刑拷打,致使二人招供诬服,被判死罪,则更是"错"上加"错"。这一系列的"错"都属于"巧合"事件,似乎都出于偶然性,但这只是事物的假象,假使能认真深入细致地加以调查,这些假象是不难被识破的,但是府尹却没有这样去做,只是凭主观武断和屈打成招,一手制造了这一冤假错案,以致二人无辜惨死,在偶然性中揭示了必然性的命运,因此才更加深刻、有力。小说作者禁不住直接出来说话道:"这段冤枉,细细可以推详出来,谁想问官糊涂,只图了事,不想捶楚之下,何求不得!"并进而告诫这些官吏:"做官切不可率意断狱、任情用刑,也要求公平明允,道不得个死者不可复生,断者不可复续。"愤怒之情溢于言表,批判矛头直指官僚。本篇的"入话"比之《碾玉观音》更加简约,只有八句诗,而后者则有十余首词。在力求口语化、白话化上彼此是相通的。人物形象塑造方面,《碾玉观音》重在突出璩秀秀的火辣性格,而《错斩崔宁》重在突出陈二姐的善良品质;《碾玉观音》的对话很精彩,有力地凸现了人物个性特征,《错斩崔宁》的心理刻画也十分生动传神。作品写陈二姐轻信丈夫戏言后的心理活动是：

> 那小娘子好生摆脱不下："不知他卖我与甚色样人家？我须先去爷娘家里说知。就是他明日有人来要我，寻道（到）我家，也须有个下落。"沉吟了一会，却把这十五贯钱，一垛儿堆在刘官人脚后边。趁他酒醉，轻轻的收拾了随身衣服，款款的开了门出去，拽上了门，却去左边一个相熟的邻舍叫做朱三老儿家里，与朱三妈借宿了一夜，说道："丈夫今日无端卖我，我须先去与爹娘说知。须你明日对他说一声，既有了主顾，可同我丈夫到爹娘家中来讨个分晓，也须有个下落。"

这一细腻的心理描写无疑对陈二姐的善良品性起到了有力的深化作用，而对府尹的昏庸无能、草菅人命的揭露也因此更为深刻有力。

《错斩崔宁》在后代影响很大，曾改名为《十五贯》，在舞台上久演不衰。

第三节 "讲史""说经"话本及其代表作

在宋代，"说话"艺术中的"讲史"一家已相当兴盛，讲史艺人中有专门讲三国故事和五代故事的，后来还加入了"新话"，如说南宋初年抗金名将岳飞、韩世忠等当代人物的故事。到了元代，由于元朝统治者实行民族压迫政策，"说话"艺术屡屡遭禁，直接取材于现实生活有诸多不便，于是，借历史寄托民族意识的"讲史"一家特别发达，如表现拥刘反曹的《三国志平话》，反对虐政的《武王伐纣平话》，以及反映官逼民反的《大宋宣和遗事》，都特别受听众的欢迎。明初编纂的《永乐大典》有平话一门，收入平话二十六卷，其中多为宋元讲史话本，当然有不少是元人作品。可惜《永乐大典》被英法联军所毁，现仅存《新编五代史平话》《大宋宣和遗事》《全相平话五种》。在宋代，"小说"话本既盛又精，艺术上相当成熟，而"讲史"话本，虽然也很兴盛，但由于历时长久，内容复杂，事件纷繁，人物众多，结构庞大，很难一下子从历史文本加工为成熟的文学作品，现在见到的一些宋代讲史话本往往只记故事轮廓，略陈梗概，语言上也是半文半白，极不成熟，总的来说是相当粗糙的，无法与"小说"话本相比。但到了明代前期，章回体的长篇小说诸如《三国演义》《水浒传》乃至承"说经"话本而来的《西游记》有如异军突起，完全趋于成熟，其中可能有元代"讲史"艺人加工润色的功绩。

一、"讲史"话本及其代表作

《新编五代史平话》一般认为是宋代话本，但其中不避宋讳，大约是经元人翻刻修改过的。《东京梦华录》载尹常卖是"说五代史"的著名艺人，或许此即"说五代史"的一种底本。作品分梁、唐、晋、汉、周五部，每部又分上下卷。大致根据史书加工而成，叙述五代的兴亡故事，广泛地反映了当时人民在朝代迭变、军阀割据、连年战乱中的苦难生活，生动地描写了刘智远、郭威等历史人物。每部各以诗开头，然后转入正文，最后又以诗作结。其中《梁史平话》却由古而今，历叙各代兴亡之事，又杂以因果报应之说，与其他四书有所不同。开篇之诗共四句："龙争虎战几春秋，五代梁唐晋汉周。兴废风灯明灭里，易君变国若传邮。"接着从鸿蒙开辟、"伏羲画八卦而文籍生，黄帝垂衣裳而天下治"的远古神话传说写起，依次为黄帝与蚩尤、炎帝之争，夏商周三代至汉、至三国、至晋、至唐，及黄巢变乱、朱温立国。作者基本尊重史实，但细节上却往往加以想象发挥，"状以骈俪，证以诗歌，又杂诨词，以博笑噱"（鲁迅《中国小说史略》）。现引录黄巢落第、与朱温为盗将共劫侯家庄一段，从中可见作品的大致情形：

> 黄巢道，"若去劫他时，不消贤弟下手，咱有桑门剑一口，是天赐黄巢的，咱将剑一指，看他甚人，也抵敌不住"。道罢便去，行过一个高岭，名做悬刀峰，自行了半个日头，方得下岭。好座高岭！是：根盘地角，顶接天涯，苍苍老桧拂长空，挺挺孤松侵碧汉，山鸡共日鸡齐斗，天河与涧水接流，飞泉飘雨脚廉纤，怪石与云头相轧。怎见得高？
>
> 几年撅下一樵夫，至今未曾撅到底。
>
> 黄巢兄弟四人过了这座高岭，望见那侯家庄。好座庄舍！但见：石惹闲云，山连溪水，堤边垂柳，弄风袅袅拂溪桥，路畔闲花，映日丛丛遮野渡。那四个兄弟望见庄舍远不出五里田地，天色正晡，同入个树林中弹了，待晚西却行到那马家门首去。

文字风趣、幽默，有自己的特色。

《大宋宣和遗事》以宋人口吻叙述，但其中不仅对南宋帝王名字未尽避讳，而且夹有元人的话。可能出自元代，或者由元人做过修改加工。全书分元、享、利、贞四集，从历代帝王荒淫误国之事写起，继之叙述宋徽宗的荒淫失政和"靖康之难"的经过，表现了作者对黑暗政治的愤懑和批判。小说的另一部分是记述宋江等梁山泊英雄聚义，最后被朝廷招安的故事。两部分的文体不大统一，前者采用浅近文言，可能取自"讲史"话本；后者采用白话，多属民间传说，可能取自"小说"话本。彼此还未统一为一个艺术整体，其中用白话所写的梁山泊故事已经具备《水浒传》的一些主要情节。故事始于杨志卖刀杀人，继之晁盖劫生日礼物，于是邀约两条好汉，同至太行山梁山泊落草。然后宋江亦杀阎婆惜出走，躲在九天玄女庙中，待官兵退后，抽身出来致谢玄女，可是不久庙中发生了一件奇事：

> 则见香案上一声响亮，打一看时，有一卷文书在上。宋江才展开看了，认得是个天书；又写着三十六个姓名；又题着四句道：
>
> 破国因山木，兵刀用水工。
>
> 一朝充将领，海内耸威风。

　　　　宋江读了，口中不说，心下思量：这四句分明是说了我里姓名；又打开天书一卷，仔细看觑，见有三十六将的姓名。那三十六个道个甚底？

　　　　……

　　　　宋江看了人名，末后有一行字写道："天书付天罡院三十六员猛将，使'呼保义'宋江为帅，广行忠义，殄灭奸邪。"

于是宋江率领朱同等九人也来到山寨，适晁盖已死，遂被众人推为首领。不久，鲁智深等也来投奔，终于凑足三十六人之数。最后，宋江等三十六人都归顺于朝廷，各受大夫封敕。又因征方腊有功，宋江被封为节度使。整个故事较之《水浒传》仅具梗概，但可以看出《水浒传》的最初风貌，其中的主要情节都被《水浒传》所吸取。

　　《全相平话五种》刊行于元代至治（1321—1323）年间，大致可以断定是元人作品。书的每页上栏为图，下栏述事，可见原是供人阅读的本子，所以称为"全相"，"全相"相当于今天所说的"绣像全图"。但下栏叙事简洁，文字润色加工不够，保留着更多的"说话"底本的原始风貌。五种包括《武王伐纣平话》《春秋七国平话》《秦并六国平话》《前汉书平话》《三国志平话》。大体依据正史改编，同时采录不少民间故事、传说。在人物形象刻画上诸如纣王的荒淫残暴，秦始皇的兼并野心，刘邦的刻薄无赖，曹操的老奸巨猾，都相当成功。其中成就最高的是《三国志平话》。作品始于刘备桃园结义，终于诸葛病殁。总的来看，文字还较为粗糙，但有些章节却写得不错，请看"赤壁大战"的描写：

　　　　却说武侯过江，到夏口，曹操船上高叫"吾死矣！"众军曰："皆是蒋干！"众官乱刀锉蒋干为万段。曹操上船，慌速夺路，走出江口，见四面船上皆为火也。见数十只船，上有黄盖言曰："斩曹贼，使天下安若太山！"曹相百官，不通水战，众人发箭相射。却说曹操，措手不及，四面火起，箭又相射。曹操欲走，北有周瑜，南有鲁肃，西有凌统、甘宁，东有张昭、吴危。四面言杀。史官曰："倘非曹公家有五帝之分，孟德不能脱。"曹操得命，西北而走，至江岸，众人撮曹公上马。却说昏黄火发，次日斋时方出，曹操回顾，尚见夏口船上烟焰张天，本部军无一万。曹相望西北而走，无五里，江岸有五千军，认得是常山赵云，拦住众官，一齐攻击，曹相撞阵过去。

写曹操四面被困的狼狈相，栩栩如生，如在目前。此外，话本中的张飞形象也写得相当成功，能给读者留下难忘印象。

　　《三国志平话》对明代《三国演义》的创作有很大影响，它已具备了后者的主要情节和思想倾向，为后者所借鉴和吸取。《武王伐纣平话》谴责纣王的荒淫残暴，肯定武王伐纣的正义性，并大量杂入神怪成分，是明代神魔小说《封神演义》的蓝本。《春秋七国平话》写战国七雄争霸故事，则是明代历史小说《东周列国志》的蓝本。

二、"说经"话本及其代表作

"说经"话本的代表作是《大唐三藏取经诗话》,又名《大唐三藏法师取经记》。今传宋代刊本分上中下三卷,写高僧玄奘与白衣秀才猴行者,历尽千辛万苦,克服重重困难,终于抵达天竺取经的故事。一般认为其为明代长篇小说《西游记》的前身,但胡士莹在《话本小说概论》中提出不同意见,认为它的叙述方法迥然不同,取经人数不是四人而是七人,故事情节也很少与《西游记》有密切关联之处。从宋到元,西游情节在不断发展着,元代的《唐三藏西游记》比起宋《大唐三藏取经诗话》就有很大的变化,它和吴承恩的《西游记》很接近,因而可以肯定地说,吴承恩写作《西游记》的直接蓝本极有可能是那本《唐三藏西游记》,同时也受到金院本和元杂剧有关取经的影响。实际上,对于这一问题要历史地来看,宋话本《大唐三藏取经诗话》可以说是《西游记》的最早祖本,其中已有"来助和尚取经"的猴行者,自称为"花果山紫云洞八万四千洞头铁额猕猴王",神通广大,善能降妖;又有一个化身金桥的深沙神;并有钻白虎精肚子、偷桃和吃人参果等情节,都为《西游记》提供了最初的文学素材。到了元代,又在此基础上作进一步加工,出现了《唐三藏西游记》,情节、人物、内容与《西游记》更为接近,因此可以说是《西游记》的直接蓝本。

第四节　冯梦龙的拟话本集《三言》

自宋代盛行"说话"之后,经元至明,仍然经久不衰,一方面"说话"底本不断为文人创作提供活生生的小说素材,另一方面又不断炮制出新的"说话"底本——话本。至明中叶后,由于商品经济的进一步发展,市民力量的进一步壮大,在哲学界出现了一股深受市民思想影响的思想启蒙潮流,并与文学界的文学启蒙相互呼应。于是,提倡童心、自然,肯定世俗欲望,批判道学、礼教的虚伪便成了文学创作的新的时代旋律,小说、戏剧、民歌等通俗文学受到了前所未有的重视。就在这样的文化背景下,宋元话本小说受到民众的喜好、书商的青睐,也引起了文人的普遍关注。他们由对话本的搜集、编辑、加工,进而直接模拟话本写作,于是便出现了"拟话本"这一新的小说品种。与作为听觉艺术的原始话本所不同的是,拟话本的主要功能是供案头阅读,但仍基本保留原始话本的世俗化和白话化的固有品性。

明代拟话本以冯梦龙《三言》、凌濛初《二拍》最为著名,但前者既有宋元旧作,又有作者拟作,而后者则全出于作者拟作。两者在"拟"的程度以及成就上有所不同。

冯梦龙(1574—1646),字犹龙,又字耳犹,别署龙子犹,室名墨憨斋,因号墨憨斋主人。长洲(今江苏苏州)人,与兄冯梦桂、弟冯梦熊称为"吴下三冯"。少有才气,但科举不得志,至五十七岁才补了一名贡生,因而怀才不遇,放荡不羁。平生崇拜李贽,酷爱李氏之学,在文学观上提倡"情真说",主张"发乎中情,自然而然"(《太霞新奏序》)、"借男女之真情,发名教之伪药"(《叙山歌》)。对通俗文学推崇备至,认为"可喜可愕,可悲可涕,可歌可舞……诵《孝经》《论语》,其感人未必如是之捷且深"(《古今小说序》),且亲自躬行,致力于通俗文学的编辑与创作,除编选《三言》外,先后增补《平妖传》《新列国志》等长篇小说,改编《精忠旗》《酒家佣》等戏曲,创作《双雄记》《万事足》两部剧本,刊行《桂枝儿》《山歌》等民歌,在通俗文学的各个方面作了重大贡献。其中《三言》最为风行,影响也最大。《三言》的编刻始于天启初年,当时冯氏所刻拟话本初集名为《古今小说》,称《古今小说一刻》,可见原有二刻、三刻的计划,后来却改了名称。至天启四年(1624),他所编刻的集子名为《警世通言》,天启七年(1627)编刻的名为《醒世恒言》,后来重刻《古今小说》时遂改名为《喻世明言》,后人总称为《三言》。《三言》每种收入四十篇小说,共计一百二十篇。其中宋元旧本约四十余篇,占三分之一,明代拟话本为七八十篇,约占三分之二,但都不同程度地经过了编者的整理和加工。

《三言》重在表现城市市民生活,内容复杂,题材广泛。主要有:

一是反映经商发迹以及由此引起的道德冲突。与重农轻商的传统观念截然相反,《三言》将那些向来为封建统治阶级所鄙视的工商业、手工业者推上文学舞台,诸如卖油伙计、桑叶贩子、酒店老板、陶瓷工人、木匠等纷纷取代过去的帝王将相、才子佳人,成为小说的主角,经商发财、追求金钱则构成了这些人物的行为动力和故事重心。《施润泽滩阙遇友》(《醒世恒言》)写手工业者施复与朱恩互相救济、帮助而致富。施复在路上拾得六两多银子,他设身处地,为失银者着想,把银子还给了失主,失主朱恩对此感激万分,后来毅然伸出手来帮助施复渡过难关。表现了资本主义萌芽时期的原始积累状况以及尚未被金钱腐化的传统道德观念的可贵。作品对当时因丝织业发达而繁荣兴起的盛泽镇,有着形象生动的描写:

> 镇上居民稠广,土俗淳朴,俱以蚕桑为业。男女勤谨,络纬机杼之声,通宵彻夜。那市上两岸绸丝牙行约有千百余家,远近村坊织成绸匹,俱到此上市。四方商贾来收买的,蜂攒蚁集,挨挤不开,路途无贮足之隙;乃出产锦绣之乡,积聚绫罗之地。

描写小镇繁荣之景象,令人惊叹,这就为施复、朱恩这两个小手工业者的故事提供了一种特别的商业背景,这在宋元话本中是不多见的。《杨八老越国奇逢》(《喻世明言》),写陕西商人杨八老在福建汀州经商,为倭寇所掳,他"每夜私自对天拜祷",希望"再转家乡"。十九年后,又随倭寇进扰,在绍兴和家人团聚。作品重在表现市民的正直品格。还有许多作品则重在表现在金钱面前的世态炎凉、人情险恶。《宋小官团圆破毡笠》(《警世通言》)中的船运商刘有才,开始见宋小官是个好劳力,便将他收养,且招为女婿,后因宋小官患上重病,无力劳动,便设计将其抛于荒野,不料他反而因祸得福,发了横财,成为富翁,刘有才再见到他时,惶恐万分,趋奉犹恐不及。《桂员外途穷忏悔》(《警世通言》）的桂富五，做买卖失利，想投水自尽，朋友施济出资相救，得免危难。后桂富五发迹聚富，而施济已去世，寡妻严氏携幼子求救于桂，桂却翻脸不认人，直把严氏气死。以上两篇作品很有代表性。

二是表现男女婚恋以及新的爱情观念。爱情题材在《三言》中仍占突出地位，《杜十娘怒沉百宝箱》《卖油郎独占花魁》《蒋兴哥重会珍珠衫》《玉堂春落难逢夫》《白娘子永镇雷峰塔》《乔太守乱点鸳鸯谱》等都是优秀之作，值得注意的是，许多作品在爱情追求方面出现了新的模式和观念，尤以《杜十娘怒沉百宝箱》（《警世通言》）最为著名。作品中的杜十娘为京城的"教坊名妓"，为了摆脱非人的境遇，她迫切要求从良，这本是话本小说中的老主题，但小说接着的描写却一步比一步新颖别致。杜十娘爱上李甲后，勇敢机智地与鸨母展开了种种斗争，最后好不容易跳出了火坑。然而在她与李甲双双回家的途中，李甲抵不住金钱的引诱和恐吓，又反复考虑个人得失，竟将杜十娘出卖给了富翁孙富。杜十娘得知后，痛苦而愤怒地把李甲痛骂了一顿，然后抱着宝匣，投水自杀，以自己的青春和生命向李甲、向孙富、向逼迫她自尽的罪恶社会发出了血泪的控诉，维护了自己纯洁的爱情理想以及做人的尊严。杜十娘的追求、痛苦以及怒沉宝匣而自尽的举动都具有惊世骇俗的新思想的火花，从而赋予了这一爱情悲剧新的文化内涵。本来，在杜十娘的百宝箱中，有价值不下万金的金银珠玉，只要告诉李甲一声，只要向孙富炫耀一下，也许李甲与孙富的肮脏交易就可以取消，而杜十娘与李甲的爱情也获得了幸福美满的结局，但是杜十娘并没有这样做，也不可能这样做。当她一听到李甲与孙富的交易，便"冷笑一声"，决意自尽了，这固然是杜十娘刚烈个性所致，但更重要的是杜十娘耻于李甲把她作为一件商品转卖，她要维护自己人之为人的尊严。所以，她在自杀之前，才把自己的万金财宝让李甲、孙富一一过目，然后全部投入江中，并对李甲说道："今日当众目之前，开箱出视，使郎君知区区千金，未为难事。妾椟中有玉，恨郎眼内无珠。……妾不负郎君，郎君自负妾耳！"杜十娘不仅在行为上傲首而立，蔑视着李甲、孙富的种种丑态，没有落过一滴眼泪，而且在道义上，更是以其青春和生命的代价，谱写了一曲可歌可泣而又令人耳目一新的爱情悲歌和壮歌。同样，《卖油郎独占花魁》表现男女爱情可贵的不是金钱、门第、等级，而是彼此知心知意，相互尊重。《蒋兴哥重会珍珠衫》中描写商人蒋兴哥与始而"失身"、继而再嫁的原妻，互不忘情，终于重新团圆。《乔太守乱点鸳鸯谱》对封建礼教、婚姻制度的无情嘲笑和批判，也都不同程度地含有新的思想因素，体现了新的时代精神。

三是揭示黑暗现实以及封建统治者的罪恶。明中叶后，政治腐败，奸臣当道，宦官专权，社会黑暗，这是此类作品赖以产生的现实土壤。《沈小霞相会出师表》（《喻世明言》）通过沈炼一家的遭遇，揭露了严嵩父子结党营私的罪恶，即把批判矛头直接指向当朝政治，很有代表性和典型性。严嵩是明朝后期的奸臣，与儿子严世蕃垄断朝政，为所欲为，忠臣沈炼因揭露严嵩罪行而遭迫害，在被贬至保安为民后，严嵩仍不放过，又派干儿子杨顺去保安,诬沈炼谋反,将他杀死。作品也热情歌颂了支持沈炼父子斗争的贾石和冯主事,又塑造了沈小霞妾闻淑英的形象,正是她的见识和才干,才使危难中的丈夫逃脱了噩运。其他如《卢太学诗酒傲王侯》写浚县知县汪岑陷害士绅卢楠,《灌园叟晚逢仙女》(《醒世恒言》)写恶霸张委欲霸占花痴秋先精心种栽的花园,也都在不同的侧面揭露了当时社会的黑暗和腐败。

四是谴责科举制度对知识分子的戕害。这又是逐渐兴盛于明清小说中的新内容。究其原因,即在于科举制度到了明代已逐渐显示出种种弊端,日益走向腐朽和没落,同时也与冯梦龙一生科场不得志的人生经历密切相关。冯氏醉心科举,还曾编著过《春秋衡库》《春秋大全》《麟经指月》等科举指导书,然而现实却跟他开了个玩笑,他在科场中屡败屡战、屡战屡败,到五十七岁才得贡生,而且只做了丹徒训导和福建寿宁县知县,长期得不到升迁。冯氏将揭露科举弊端和罪恶的作品大量编入《三言》中,对与自己经历相似的人物深表同情,或另外创造出一些理想人物,实际上是借此发泄牢骚不平之气,近似于清代《儒林外史》《聊斋志异》的作者吴敬梓与蒲松龄。《闹阴司司马貌断狱》(《喻世明言》)中的司马貌,本是个"资性聪明,纵笔成文"的神童,入京应试,"因出言不逊,冲突了试官,打落下去",后来乡里多次举荐孝廉及博学宏词,也都被有权有势的人夺去。又因家贫,无人提携,致使五十多岁未有功名,空负一腔才学,不免心中怏怏,写成怨词,又得罪了阎王,被鬼卒拘捕审问。司马貌便责问阎王道:"我司马貌一生苦志读书,力行孝悌,有甚不合天心处,却教我终身蹭蹬,屈于庸流之下,似此颠倒贤愚,要你阎君何用?"作者"自白"式的不平之鸣,深刻地揭露了科举制度的腐朽本质。对阎王的责问也未尝不可以看成对现实统治者的责问,而司马貌亦即为冯氏的化身。此外,也有一些作品在揭露批判的同时又有虚幻的满足,如《老门生三世报恩》(《警世通言》)鲜于同热衷科举,以争取出人头地、有权有势为人生奋斗目标,并以此来打破科场"爱少贱老"的心理,为老年登科扬眉吐气。作品中有一大段愤愤不平的议论,批判了爱少贱老的试官,旨在揭露科举的腐朽和官场的黑暗,但鲜于同最终实现了自己的夙愿,则是作者出于补偿心理,实际上是一种虚幻的满足。《钝秀才一朝交泰》(《警世通言》)中的马德称年少聪明过人,自小立下誓言:"若要洞房花烛夜,必须金榜挂名时。"可是后来连考三科不中,落魄十年,父亲又被诬陷身死,房产田业变卖干净,他只好在坟堂内居住,弄得衣衫褴褛,食不果腹,后来流落北京,无面回乡,京中给他起了个绰号,叫"钝秀才",人们见了他如避丧门神,作品这样写道:

> 凡钝秀才街上过去,家家闭户,处处关门。但是早行遇着钝秀才的一日没采:做买卖的折本,寻人的不遇,告官的理输,讨债的不是厮打定是厮骂,就是小学生上学也被先生打几下手心。有此数项,把他做妖物相看。倘然狭路相逢,一个个吐口涎沫,叫句吉利方走。

由此可见,腐朽黑暗的科举制度对文人的心身摧残到了何等严重的程度!最后,得益于妻子的帮助，"钝秀才"终于达到了做官的目的，长期落魄，一朝交泰。这同样也是冯梦龙近乎自欺欺人的虚幻满足。从中可以清晰地听到他的"画外音"：呼吁试官选拔像他这样的"钝秀才""老儒生"。还有一些作品则描写科场失意的文人逃避红尘，隐遁山林，自命清高，如《张道陵七试赵升》中的张道陵，《陈希夷四辞朝命》中的陈希夷，都属此类。

与宋元话本相比较，《三言》是与宋元话本的"小说"话本一脉相承的。在内容上取材于社会现实，表现市民生活，同样明显地体现了世俗化的特点，但更为丰富，更为广泛，其中不少作品宣扬因果报应，是其不足之处。在艺术上，都为白话短篇小说，拟话本也同样明显地体现了世俗化的特点。但由于经过文人的加工与润色，渗入了文人的审美意识，而且由原来的听觉艺术一变为案头之作，艺术上更为成熟，主要表现在：一是篇幅有了明显的增长，以适应更为丰富、广阔的社会内容，尤其在人情世态描绘上比宋元话本丰富了许多，情节更为曲折丰富，安排组织更为严密、完整。《杜十娘怒沉百宝箱》可以说是最为成功的作品。再如《乔太守乱点鸳鸯谱》中写三对青年男女之间的误会、纠纷，似乱不乱，由乔太守处理这三桩婚事，同样也是似乱不乱，"乱"是使情节更加曲折多变，不乱是其内在脉络严密完整，有条不紊。在丰富曲折的情节中同时注重故事线索的层次分明，井然有序，这是《三言》优于宋元话本的普遍特色。二是在人物形象塑造上，更富有个性化和典型性。与宋元话本采用粗线条的勾勒方式不同，《三言》特别注意把握人物的内心世界，善于把人物内在的心理描写与外部的细节描写有机地融为一体，并与人物的表情、对话、行动紧密结合起来，绘声绘色，入微入骨。《杜十娘怒沉百宝箱》自不待言，如《卖油郎独占花魁》即通过一连串的细节描写与心理描写的有机结合，把秦重对莘瑶琴的爱怜、尊重以及又惊又喜、战战兢兢的复杂心态表现得淋漓尽致，使人如闻其声，如见其人。三是在语言运用上，在基本保留口语化的前提下加以锤炼、提高，使之更加优美流畅，但不如宋元话本鲜明生动。

《三言》行世后，广为流行。同时代的凌濛初受其影响，再编成《二拍》。

第五节　凌濛初的拟话本集《二拍》

凌濛初（1580—1644），字玄房，号初成，别号即空观主人，浙江乌程（今吴兴）人。比冯梦龙小六岁，早卒二年，属于同时代人。曾以副贡授上海县丞，后擢升徐州通判并分署房村。平生著述有二十多种，今大都散失。与冯梦龙一样，也致力于通俗文学的辑编与创作，并作出了重要贡献，着力最多的是短篇小说创作，《二拍》为其代表作。还写了数种剧本，以《李卫公》《虬髯翁》《北红拂》较为著名。另有传奇《乔合衫襟记》（即《玉簪记》的改本），并编过戏曲选本《南音三籁》。

《二拍》是《初刻拍案惊奇》《二刻拍案惊奇》的简称，刊于崇祯年间。《二拍》各为四十卷四十篇，合为八十篇，二刻有两篇与初刻重收，实为七十八篇。《初刻拍案惊奇序》

说到因冯梦龙《三言》广行于世,书商请他继续编撰,但由于宋元旧籍都已被冯氏"搜刮殆尽",他只好"取古今来杂碎事可新听睹、佐谈谐者,演而畅之"。可见《二拍》与《三言》的辑、拟相杂不同,而都是由作者另行创作的。这就决定了彼此在内容、艺术上的同中有异。先就内容而言,《二拍》具有以下不同于《三言》的新的特色:

首先,直接描写经商发迹的作品数量更多,对于金钱的追求更为突出。在《三言》中,此类作品即已占有相当重要的地位,但描写的大都是初期的小商人、小手工业者,而且在伦理道德方面相对而言还是比较传统的。但到了《二拍》,却已出现了富商的投机倒把,大发横财,甚至到海外冒险,赤裸裸地提倡谋取暴利、金钱第一。其中的代表作是《迭居奇程客得助》(《二刻》)、《转运汉巧遇洞庭红》(《初刻》)。前者写投机商、冒险家程宰,抓住市场变换的机会,先以极小的代价买下几批无人过问的滞销货,不久这些滞销货都成为市场上的急需品,结果只用十两银子的本钱,便赚了数万两白银。《转运汉巧遇洞庭红》中的海外冒险家文若虚,在国内经商失败,便转向海外冒险,所带的只值一两银子的洞庭橘,在海外奇货可居,一下子卖了八百两银子。回国时,在一荒岛山捡了只大乌龟,不料其中有大量珍珠,结果又发了横财,成了大富商。两篇作品都充满了炽烈的发财幻想,对金钱顶礼膜拜,讴歌冒险和投机,这在《三言》中也是少有的。在同样的经商致富、追求金钱的背景下,如果说《三言》尚重在商业之"业",那么,《二拍》则已转向重在商业之"商";前者力图在商业世界与传统道德之间寻求调和,仍多以传统伦理价值观念评判商业世界,着意歌颂小商业者、手工业者之间的互相帮助,共同致富,后者则已转向赤裸裸的对金钱的顶礼膜拜和对投机冒险的热情讴歌。《二刻》卷三十七写到徽州风俗,甚至"以商贾为第一等生业,科第反在次着",在价值观念与思维模式两个方面发生了明显的变化。

其次,表现世俗爱情更为大胆露骨,但也有更多的色情成分。《李将军错认舅》(《二刻》),写刘翠翠和金定的爱情故事,翠翠追求爱情幸福非常坚定,迫使父母放弃"门当户对"的传统婚姻观,终与金定结成美满夫妻,金定的远出寻妻的冒险精神,也令人感动。作品的结局是,男女主人公在刘将军的煊赫威势面前,双双殉情,欢聚于冥冥之中。《通闺闱坚心灯火》(《初刻》)、《错调情贾母詈女》(《二刻》)也都是写有情人坚决反抗父母包办婚姻、终成眷属的忠贞爱情。《莽儿郎惊散新莺燕》(《二刻》)的女主角杨素梅,决意自己找个意中人,当别人说"新郎是做官的了,有甚么不好"时,素梅的使女立即表示异议:"夫妻面上,只要人好,做官有甚么用处!"这一不重门第、只重感情的婚姻观也是很新颖的。《满少卿饥附饱飏》(《二刻》)还特地为妇女命运鸣不平:

> 天下事有好些不平的所在!假如男子死了,女人再嫁,便道是失了节、玷了名、污了身子,是个行不得的事,万口訾议。及至男人家丧了妻子,却又凭他续弦再娶,置妾买婢,做出若干的勾当,把死的丢在脑后不提起了,并没人道他薄幸负心,做一场说话。就是生前房室之中,女人少有外情,便是老大的丑事,

人世羞言。及至男人家撇了妻子，贪淫好色，宿娼养妓，无所不为，总有议论不
是的，不为十分大害。所以女子愈加可怜，男子愈加放肆，这些也是伏不得女
娘们心里的所在。

这样的议论在当时也是很新潮的。但是，《二拍》中也还有不少赤裸裸的性描写，数量比
《三言》更多，也比《三言》更露骨，比较突出的有《西山观设篆度亡魂》（《初刻》）、《乔兑换
胡子宣淫》（《初刻》）、《任君用恣乐深闺》（《二刻》）等，都是如此。

再次，以公案之作写"官盗一家"，揭露社会的黑暗残酷，不仅尖锐而且深刻。《伪汉
裔夺妾山中》（《二刻》），就是写"官即盗""盗通官"的黑暗现实，其中竟还载有一首明确
骂统治者为贼的诗："解贼一金并一鼓，迎官两鼓一声锣。金鼓看来都一样，官人与贼不
争多。"这在当时来说，作者是够大胆的了。《青楼市探人踪》（《二刻》）写杨作官唯以贪
财纳贿为事，被撤职后，在乡里"私下养着驯盗三十余人在外庄听用，但是掳掠得来的与
他平分。"为了吞没五百两银子，竟杀死五条人命，把他那亦官亦盗的贪酷狠毒的狰狞面
目暴露无遗。还有《进香客莽看金刚经》（《二刻》）写柳太守滥用职权，诬蔑洞庭山寺僧
为盗以胁取白香山手书的《金刚经》，真是贪婪卑鄙之极。《王渔翁舍镜崇三宝》（《二
刻》）写提刑浑耀为了抢夺宝镜，竟将和尚法轮活活打死，可谓不是强盗，胜似强盗。如
此之类，在《二拍》中比比皆是。

最后，宣扬因果报应的作品更多，宿命论色彩更浓。《庵内看恶鬼善神》（《初刻》）写
元自实因缪千户赖债，受尽欺凌，被迫起而反抗，作者却请出道士对他劝化："一念之恶，
凶鬼便至；一念之善，福神便临。"最后作品让他进入了"三山福地"。《迟取卷毛烈赖原
钱》（《二刻》），通过昧心欺人的市井恶棍的下场，活灵活现地描写了阴司的森严可怕，因
果报应的必然应验。其他如《王大使威行部下》（《初刻》）、《李克让竟达空函》（《初刻》）、
《酒谋财于郊肆恶》（《初刻》）……大致都可以归入这一主题。

《二拍》在艺术上与《三言》相近，《三言》所拥有的四个方面的艺术成就在《二拍》中
也不同程度地体现着，但文人气息更浓。另外，《二拍》都有长篇章回体通行的两个对句
作标题，与《三言》有所不同，但总的来说，成就不如《三言》。

《三言》《二拍》对拟话本创作影响很大，从明初到清中叶，作者纷纷加以模仿，白话
短篇专著不断出现，保存至今的不下四五十种。较著名的有《石头点》《西湖二集》《人中
画》《三刻拍案惊奇》《照世杯》《豆棚闲话》等，但都远远不能与《三言》《二拍》相比，拟话
本的创作，至此实已近尾声。另外，由于拟话本的盛行，明末清初也陆续出现了许多短
篇小说选集，其中以抱瓮老人选自《三言》《二拍》的《今古奇观》影响最大。

从宋元话本到明代拟话本，中国白话短篇小说经历了兴盛、成熟、发展及衰落的过
程。话本小说除了为中国小说提供了一种卓有成就、别具一格的小说类型之外，它还对
中国小说、戏剧等整个叙事文学产生了广泛而深远的影响。在内容上，它为后代文学提
供了丰富浩瀚的文学题材；在形式上，则开创了中国白话小说的新形式。尤其对中国小

说主要成就的代表——章回体长篇小说的发展作出了特别重大的贡献。明代四大奇书中的三部——《三国演义》《水浒传》《西游记》,无论是题材还是艺术都是直接在宋元讲史、说经话本的基础上发展过来的,而四大奇书之一的《金瓶梅》不仅在艺术形式上与其他三书一样得益于宋元话本,而且在内容题材上也是与宋元话本的"小说"一家息息相通的。

第十七章　由俗而雅:明清章回小说及短篇集

　　由唐传奇到宋元话本,在全面走向世俗化的过程中诞生了白话小说,再由宋元话本到明清章回体长篇小说,则因文人的重新介入而出现了由俗归雅的趋向,由明代"四大奇书"到清代《红楼梦》达于高峰。诚然,若与被视为正统的诗文相比,中国小说的任何形式都属于俗文学。因此,这里的"雅"只是相对于宋元话本及后来"拟话本"而言的。

　　章回体,是中国古代长篇小说最初也是唯一的文体形式,是中国古代小说最高成就的代表,是中国小说发展史上的一个新的里程碑,因此,明清章回体长篇小说的诞生、成熟与繁荣,在整个中国文学史上有着十分重要的意义。与此相并行,源远流长的文言短篇小说也在继续向前发展,至清代出现了回光返照的盛况,并出现了与章回体长篇小说合流的倾向。如果说《聊斋志异》显示了古代文言短篇小说创作的再度辉煌,那么《儒林外史》则是将短篇内容组合为松散自由的章回体形式,虽为长篇,实为短制,是以上二者合流的艺术结晶。

第一节　章回小说正宗地位的奠立

　　从宋代话本到章回小说,经历了一个相当漫长的发展过程。胡士莹在《话本小说概论》中将其划分为以下五个阶段:

　　一是宋代讲史话本。指宋代编集的供"说话"人用的"说话"底本,它不是作为书面文学来创作的,而是口头文学的简要底本。虽有段落标题,却不大分明。文字只是提纲式的,以说白为主是它的基本特征。题材范围限于"前代史书文传兴废争战之事",以写朝代兴亡及有关帝王将相的穷达为主。

　　二是元代平话。继承宋代讲史话本,在形式上有所改进,分段标题较明确,而且有了连环式的插图,可以供人欣赏阅览。题材范围已扩大到英雄传奇,亦即所谓"铁骑儿"的内容。"小说"话本的某些内容如"朴刀杆棒"之类也屬入平话。彼此原本是有区别的,讲史的题材,主要根据历史线索敷陈事实,描写人物;而铁骑儿和朴刀杆棒的题材,却是主要以人物为中心来描写人物及由人物之间的冲突所造成的事件。即一以"事"为线索,一以"人"为线索。另外,铁骑儿和朴刀杆棒又有区别,铁骑儿写英雄人物在战争中的行为;朴刀杆棒则写英雄人物的个别武装行动。典型的讲史性题材是《三国》,典型的铁骑儿题材是《杨家将》,《水浒》则是铁骑儿、朴刀杆棒两者的融合,并以讲史的规模和形式出现。元代每一种平话中,往往同时含有以上三种成分,只是各有为主罢了。实际上,在元代的平话中,"讲史""铁骑儿"和"小说"的某些成分已有合流,"小说"的一部分已在向长篇发展了。

三是元末明初的长篇章回小说。这时期回目已开始形成,篇幅也大大加长,长篇小说正式诞生。由于艺术的长期积累,三国故事和水浒故事已创造得十分丰富。在民间群众创作的基础上出现了经过罗贯中创作的《三国演义》。水浒故事,大部分原是单行的宋元短篇"小说",经过前人的贯穿整理,特别是施耐庵的"集撰",把大量的水浒"小说"和绿林好汉的英雄故事相结合,作了极大的集中、概括、丰富、提高,形成了既保留"小说"特点又具讲史规模的长篇章回小说。这是"说话"艺术交流发展成为完美的历史小说的第一个成果,是"小说"、"铁骑儿"和"讲史"合流的第一个成果,奠定了后世长篇章回小说的基础,并为后世的长篇章回小说提供了历史"演义"和英雄"传奇"这样两种范例。

四是明代中叶的长篇章回小说。随着现实生活的日益复杂,艺术创作的日益繁多,这时期的长篇章回小说更趋多样化。我国历史上各种文学作品的不同因素、形式,都开始被长篇章回小说所吸取。因而在历史演义和英雄传奇等形式外,又有神怪小说、公案小说和世情小说。《金瓶梅》的出现,开创了基本上是文学创作的长篇章回小说的先河,长篇章回小说已基本上脱离讲唱伎艺而独立存在了。

五是清代的长篇章回小说。这时期的长篇章回小说,题材范围更加广泛。《儒林外史》和《红楼梦》的出现,标志着长篇章回小说已到完全独立的文学创作阶段。

在从宋代话本到章回小说的五个发展过程中,一直是内容和形式两个方面同时并进的。宋代是胚胎阶段,这不仅因为"讲史"的《三国志平话》《大宋宣和遗事》,"说经"的《大唐三藏取经诗话》向作为中国章回体长篇小说走向成熟标志的"四大奇书"中的三种《三国演义》《水浒传》《西游记》提供了最初的文学祖本,而且讲史话本的"说话"形式直接为后世提供了章回体的艺术形式,因为讲史不能在一两次内把一段有头有尾的历史故事讲完,必须连续分若干次才能讲毕。每讲一次,就等于后来的一回。在每次讲说以前,须用题目向听众揭示主要内容,这就是章回小说回目的起源。元代是萌芽阶段,"说话"艺术的各个门类、各种因素互相融合、互相吸取,分段与标题比较明确,为章回体长篇小说的诞生做好了充分的准备。元末明初是诞生阶段,出现了《三国演义》与《水浒传》,标志着章回体长篇小说的正式诞生,但二书皆在宋元话本的基础上,由文人加工而成,而非独立创作。明中叶是独立创作阶段。当时由文人承宋元话本而进行加工的也仍在继续,出现了神魔小说《西游记》,但更重要的是出现了由文人独立创作的世情小说《金瓶梅》,这是第一部由文人独立创作的章回体长篇小说,标明至此章回体长篇小说已彻底从话本渊源中独立了出来。清代是鼎盛时期,雄踞于峰巅之上的是《红楼梦》。

章回体长篇小说以其宏伟的结构、曲折的情节、生动的形象、精彩的语言,把中国小说推向一个新的历史阶段,成为中国古典小说的正宗与主流。

第二节　罗贯中《三国演义》

《三国演义》是我国章回小说的开山作,也是我国最有成就的长篇历史小说,是由元末明初的罗贯中据宋元话本《三国志平话》、陈寿《三国志》和裴松之注,以及元杂剧中大量的三国戏等精心编撰而成的。

一、罗贯中的生平与创作

罗贯中(约1330—约1400),据元末明初贾仲明《录鬼簿续编》载:"太原人,号湖海散人,与人寡合,乐府隐语,极为清新。与余为忘年交,遭时多故,天各一方,至正甲辰(1364)复会。别来又六十余年,竟不知其所终。"《录鬼簿续编》作于明永乐二十年(1422),贾仲明于至正甲辰与罗贯中会面时二十二岁,又说是忘年交,由此推测,罗贯中大约生活在公元1330—1400年。当时正是元末动乱易代之际,据说他一度参加了反元斗争,朱元璋统一全国建立明朝后,即专事创作。相传写过数十种小说、戏剧作品,留传至今的除《三国演义》外,尚有《隋唐志传》《残唐五代史演义传》《三遂平妖传》以及杂剧《宋太祖龙虎风云会》等。

现存《三国演义》的最早刊本是明嘉靖本,二十四卷,二百四十则,全名为《三国志通俗演义》,题"晋平阳侯陈寿史传,后学罗本贯中编次"。此本出版后,各种新的刊本纷纷出现。至清康熙年间,毛宗岗对嘉靖本《三国志通俗演义》作了修订加工,辨正史事,增删文字,更换论赞,改正回目,使之成为对偶,此后,这一修订本即成为最流行的本子。

《三国演义》所写起自黄巾起义,终于西晋统一,时间跨度约100余年,其中着重描写了约半个世纪的魏、蜀、吴三国的兴衰历程,以及各统治集团之间军事、政治、外交相交织的种种斗争。而在三国中,作者的倾向性又十分明显,即重在蜀,奉蜀为正统,这就是前人经常争论的"拥刘反曹"问题,也就是正伪之争的问题,作者把蜀汉当作全书矛盾的主导方面,把刘、关、张、诸葛亮等当作小说的正面形象中的核心人物,而把曹操作为"奸雄"的代表与之相对比。在一百二十回中,自桃园结义到诸葛亮死五丈原的五十一年即占了一百零四回,以后的四十六年仅以十六回的篇幅草草收场。在篇幅安排上倾向性至为明显。

二、《三国演义》的"正伪之争"

历史地看,《三国演义》的"正伪之争"这一问题曾几经反复,西晋人陈寿撰《三国志》,奉魏为正统,蜀吴皆为僭主,而且在篇幅上也很偏心,《魏书》竟为《蜀书》的三倍,

《武帝记》为《先帝传》的两倍,尊曹抑刘一目了然。但在具体的评论中,又称曹操以"明略"最优而刘备以"仁厚"见长,则陈寿前面的正伪的尊黜与此种德才的评价本身就是相矛盾的,从此埋下了后代反复论争的因子。到了东晋,史家习凿齿著《汉晋春秋》,一反《三国志》的尊魏传统而首倡尊蜀传统,并以魏吴为僭国。至南朝宋文帝刘裕命裴松之注陈寿《三国志》,又返回到陈寿的立场,尊魏为正统,但又于具体注中抑曹崇刘。这一立场后来被北宋司马光著《资治通鉴》时所继承,在正伪与德才之争中仍是矛盾的。再到南宋,朱熹作《通鉴纲目》又一反司马光的魏正统论,而仍尊蜀为正统,以魏吴为僭国,由此奠定了《三国演义》的思想倾向与评价标准。那么,这一问题的几经反复究竟说明了什么问题呢?清代史学家章学诚在《文史通义·文德》中这样解释道:"陈氏生于西晋,司马氏生于北宋,苟黜曹魏之禅让,将置君父于何地?而习与朱子,则固江东南渡之人也,惟恐中原之争正统也。诸贤易地而皆然。"这一说法有相当的道理。但同时,也应看到其他因素:一是尊魏派如陈寿、司马光本身存在着固有的矛盾,很难解决,而尊蜀派则没有这个矛盾。二是中国向来有重德轻才的文化传统,曹操的才与"奸"连在一起,刘备的德与"仁"连在一起,刘备易于被社会所认同。三是与此紧密相联,《三国演义》的故事长期在民间流传,要获得市民听众的认可,必须符合"大众口味"。苏轼《东坡志林》载孩童听说三国故事"闻刘玄德败,频蹙,有出涕者;闻曹操败,即喜唱快"即很能说明问题。四是蜀国人物故事较之魏吴有趣生动,具有趣味性、再生性,容易像滚雪球一样越滚越大。《三国演义》中三国故事比重倾斜得如此严重,并不仅是某种观念所致,而是长期累积的结果。

在"正伪之争"中尊蜀为正统的前提下,小说又以"仁""义""智""勇"四者为纲,雄辩地说明了拥有四者得天下,失去四者失天下的道理。这就是《三国演义》的中心主题。

一曰"仁"。小说特别突出刘备的"仁",将他作为"宽厚爱民"的"仁君"加以塑造,又在与曹操的"奸"的鲜明对比中进一步把刘备理想化。曹操说:"宁教我负天下人,休教天下人负我。"刘备则说:"吾宁死,不为不仁不义之事。"刘备本人也作过扼要的比较:"操以急,吾以宽;操以暴,吾以仁;操以谲,吾以忠。"这几句话是对刘曹"仁""奸"的最好概括。在具体的作品中,小说虽也充分显现了曹操的"雄才大略",然而目的是表现他的狡猾凶残。既写他"奸"的一面,又写他"雄"的一面,更显出他的老谋深算,精于权术。而写刘备则反复突出和美化他的"仁",努力把他塑造成为一个理想化的"圣君"和施行"王道""仁政"的代表,充分体现了作者渴望实现儒家仁政理想的主观意图。写得最为动人的当推他的"三顾茅庐",刘备终以仁义之德打动了不肯出山的诸葛亮。当然,任何事情都是过犹不及,作品的过分渲染,反而使刘备的形象给人以"伪"的印象,不如曹操的形象真实、丰满、生动。

二曰"义"。小说一开头就是刘、关、张三个异姓兄弟的桃园三结义,他们发誓:同心协力,救困扶危,上报国家,下安黎庶,不求同年同月同日生,但愿同年同月同日死,背义忘恩，天人共戮。这种"义"是作者所极力弘扬的，而且一直贯穿到整部小说之中。由此，我们才可以理解，当刘备得知关羽等被害后，他不听诸葛亮等劝阻，尽起蜀兵征吴报仇，结果病死白帝城，从理性和现实的角度来看，刘备的行为是不可取的，甚至是不可理解的，但从"义"，从当年桃园三结义时的誓言来看，是完全情有可原的。再如小说中的关羽更是被作者当作"义"的化身的英雄人物来写的，比如华容道上释曹操，如果不从"义"的角度理解，那么关羽就是以敌为友，是内奸，是叛徒，但从"义"的角度来看，他的做法又是非常正常的。可以说成之在"义"，败之亦在"义"。

三曰"智"。《三国演义》中所有的政治、外交、军事斗争都离不开智，这个"智"的化身就是诸葛亮。他身上集中着惊人的智慧、绝世的才能，是一个政治、军事、外交无所不能、无所不精的神奇人物。他的各种大小战役的指挥，各种国策的制定，无不都是"智"的体现，他的三气周瑜，以至周瑜发出"既生瑜，何生亮"的怨叹，也是"智"的体现，是奇"智"与上"智"的较量；诸葛亮对司马懿唱"空城计"，同样是"智"的体现，也是奇"智"与上"智"的较量。而诸葛亮赤壁大战之于曹操的胜利，当然更是"智"的体现，而且是正"智"之于邪"智"（奸）的胜利。

四曰"勇"。《三国演义》在仁、义、智、勇中，最后落脚点便是"勇"，因为三国之争最重要、最能解决问题的是军事战争，战争构成了《三国演义》的中心内容，书中对于各次大小战争的特定环境、具体条件、战略部署、战术运用、力量对比、矛盾转化、人心向背，都有极为生动精彩的描写。与战争紧密连在一起的是对英雄的描写与对"勇"的歌颂。其中的赤壁之战是《三国演义》战争描写杰出成就的代表。这既是"智"的较量，又是"勇"的体现，关羽、张飞、吕布、赵云的形象，从某种意义上说就是"勇"的形象，就是"勇"的化身。

总之，在正伪之争尊蜀为正统的前提下，仁、义、智、勇即构成了《三国演义》思想内容的总纲，小说作者极力同时提倡这四者，并将其贯穿和渗透到整部作品之中。同时也以此告诉人们：唯有将此四者合一，才能兴邦立国，才能无敌于天下。刘备之仁，刘关张之义，诸葛之智，诸将之勇合于一体，所以蜀汉兴，后刘备、诸葛卒，诸勇将死，则蜀汉亡。这就是《三国演义》的中心主题。

三、《三国演义》的艺术成就

《三国演义》的艺术成就是多方面的。

首先，是气势恢宏的诗史风格。《三国演义》是"依史演义"，取材于历史，有一定的历史依据但又超越了历史，章学诚说"七分事实，三分虚构"（《丙辰札记》），实际上还不止。因为从历史到《三国志》再到《三国志平话》，加上元杂剧中的"三国"戏，再加上曾在元末"有志图王"的罗贯中的艺术加工、虚构，幻想成分越来越多，离史实愈来愈远。但又没有衍为超现实的神怪小说，所谓"演义"，本指阐发经义，后引申为敷陈义理，罗贯中首先借以构成一种介于史实与虚构之间的文学样式,的确是他的新创造。他以通观历史、俯仰天下、驰骋想象、激扬理性的独特视角、才华、笔法,在历史与文学之间找到了最佳切合点,并以此"昭往昔之盛衰,鉴君臣之善恶,载政事之得失,观人才之吉凶,知邦家之休戚,以至寒暑灾祥,褒贬予夺,无一而不笔之者,有义存焉"(《三国志通俗演义序》)。所以,在《三国演义》中,既有史实依据,又有激扬的诗情;既有理性的剖析,又有理想化的描绘;既合现实生活的逻辑,又充满传奇色彩,这就是一种亦实亦虚、亦理亦情、亦史亦诗的诗史品性、诗史风格。至于这种诗史风格在作品中的具体体现,可以说是比比皆是,而最典型的就是导致三国鼎立、全书以将近十分之一篇幅描写的"赤壁之战"。亦实亦虚、亦理亦情、亦史亦诗,得到了最宏伟、最形象、最传神的表现。这在其他历史小说中是少有的。

其次,是浑然一体的网状结构。全书时间上下一百余年,重要人物有数十个,事件复杂,头绪纷繁,勉强驾驭已属不易,而要将其构成一个浑然一体的艺术整体更加困难。可是作者却能高屋建瓴,统率全局,举其纲以张其目,以蜀汉为中心,抓住三国政治、外交、军事斗争的主线,井然有序、有条不紊地展开故事情节,既曲折变化,又前后连贯,宾主照应,脉络分明,结构严谨,浑然一体,这在其他小说中也是不多见的。即以描写战争为例,每次战争都有不同的特点,而又能彼此呼应,主次有序,前后连贯,配合协调。官渡之战,曹操统一华北称雄一方;赤壁之战,决定三分天下,三国鼎立;彝陵之战,鼎足三国由分开始向统一转化。而在描写这些重点战役过程中,又能与政治、外交斗争密切融为一体,一因多果,一果多因,多因多果,神奇变幻,令人叹为观止。有人将这一网状结构概括为:其一,小说形象体系的内部构成,是以忠奸对立为其基本模式。其二,以桓灵二帝失败为总起,以晋统天下为总结,其间以魏、蜀、吴三国兴灭史为经,以其他各路诸侯的盛衰史为纬,交织而成。其三,小说展现了一个世纪的政治风云,它所以能做到似散实整,重要原因即在于它有一个中心,两个大战区。一个中心是诸葛亮其人及其所代表的东和孙吴、北伐曹魏的战略路线。两大战区,一是魏、蜀、吴争夺荆州;二是孔明六出祁山和姜维九伐中原。其四,小说所以能将一个世纪的政治风云组织成一个有机的整体并使之呈现为一种和谐美,还在于作者成功地运用了多种艺术方法。(张锦池《中国四大古典小说论稿》所说比较中肯。)

再次,是略貌取神的形象描写。《三国演义》特别善于在错综复杂的军事、政治、外交斗争中展现人物性格特征,以高妙的笔法塑造一系列神态各异、个性鲜明的人物群像,构成一幅绚丽多姿的图卷,丰富了我国小说艺术的宝库。其中最突出的特点是"略貌取神",不单纯追求细节的逼真,而是往往借人物自身的言语行动以及通过对比、夸张,烘托表现人物的鲜明个性。赤壁之战中,诸葛亮的料事如神、指挥若定,周瑜的从容对敌、风流倜傥,曹操的刚愎自用、坐失良机,都是通过略貌取神的勾勒,人物自身的行动、语言,环境气氛的烘托,对比、夸张手法的运用取得传神效果的,从而使人物神态活现,栩栩如生。再如从关羽的"刮骨疗毒"中见其勇的情节,也没有精雕细琢,而是通过以下情节描写:(一)关羽拒绝在动手术时把手臂套在环里、以被蒙头。(二)华佗刮骨时悉悉有声,周围见了无不掩面失色。(三)关羽与马良饮酒下棋,谈笑自若,手术毕后,大笑而起。(四)华佗惊叹:"某为臣一生,未尝见此。"人物自身的神奇举动、言语,加之夸张、烘托、对比等艺术手法的配合,关羽奇勇无比的英雄形象跃然纸上。

最后,是雅俗交融的语言艺术。《三国演义》源于民间"说话"艺术,基本上保留了世俗化、白话化的特点,但经罗贯中的加工润色之后,从古代史传语言中充分吸取了艺术养料,形成了一种雅俗交融、简洁明快而又生动传神的"演义"体风格。它不以细腻描绘见长,而是以粗笔勾勒传神写照为工。场面描写形象逼真,绘声绘色;人物对话各具个性,活灵活现。比如张飞的快人快语,一针见血;关羽的心高气傲,目中无人;孔明的从容不迫,应对自如;曹操的豪爽机诈,变化莫测,以语言见个性,都是很成功的。

《三国演义》在艺术上的缺点是人物性格有类型化、定型化倾向,比如诸葛亮之智、曹操之奸,似乎先天生就,缺少发展,也有一些夸张失实之处,正如鲁迅所说:"欲显刘备之长厚而似伪,状诸葛之多智而近妖。"(《中国小说史略》)《三国演义》在后代影响很大,其中所写的结义方式、军事战略一直在明清社会广为传播,甚至被模仿,近来日本还从中总结现代管理思想和经验。在文学方面,则开创了历史演义小说一体的形式,从《开辟演义》到《清宫演义》,盛极一时,其题材与艺术也被戏剧等其他艺术形式所借鉴和吸取。

第三节　施耐庵《水浒传》

《水浒传》与《三国演义》一样,也源自宋元讲史话本,而且也同样产生于元末明初,是由施耐庵以《大宋宣和遗事》为祖本,并广泛吸取宋元以来的民间故事以及元杂剧中的"水浒戏",然后改编而成的。《三国演义》与《水浒传》双璧同现于元末明初,的确是中国文学史上的一个奇迹。

一、施耐庵的生平与创作

施耐庵,史书有关他的生平记载很少,元末明初人,略与罗贯中同时或稍早。淮安(今江苏淮安)人,做过知县。《兴化县续志》引王道生《施耐庵墓志》载他"以不合当道权贵,弃官归里","郁郁不得志,赍恨以终"。也有说他与元末农民起义有过接触,但还没有得到充分的证实。

《水浒传》,原名《忠义水浒传》,一百卷,明人高儒《百川书志》著录,题"施耐庵的本,罗贯中编次",可能罗贯中也参与了创作。一般认为这是《水浒传》的祖本,大约原有征辽故事。明嘉靖年间刊行时仍为一百回本,但在艺术上作了较多的加工。至万历年间余象斗增至一百二十回本,增加了"征田虎""征王庆"的故事。再到天启、崇祯年间,又出现了杨定见的一百二十回本,除增饰了余本中"征田虎""征王庆"的故事外,其余部分则多据嘉靖一百回本。之后,明末清初的金人瑞(圣叹)腰斩《水浒》,改成七十回本,并在情节、文字上作了修改。因其保存了《水浒》最精彩的部分,后来就成为最流行的本子。今天人民文学出版社出版的《水浒全传》比较通行,在版本校勘上也比较完整。

二、《水浒传》的"忠义之争"

《水浒传》到底是怎样一部书?其主题思想是什么?这些方面的争论要比《三国演义》大得多,就描写题材来看,《水浒传》显然是写宋江等绿林好汉被逼聚义梁山"替天行道"的故事,同时以此揭示了官逼民反、"乱自上作"而导致英雄举事的根本原因,因此肯定了英雄反抗的正义性。然而其主题究竟应如何归纳,却容易引发不同观点的论争,而这些论争又是与"主帅"宋江这一人物的定性密切相关的。因为宋江作为《水浒传》的第一主人公,在梁山英雄中居于众星拱月般的地位,是作者倾尽心血着意塑造的核心人物,寄托着作者的悲愤、遗恨与理想,因而对宋江形象的认识与评价,实质上也就是对《水浒传》主题思想的认识与评价。其中存在着截然对立的两种观点:一种观点认为宋江是忠义的化身,因此《水浒传》是歌颂梁山英雄的一曲"忠义"的悲歌;一种观点认为宋江是地地道道的投降派,因而《水浒传》是一部宣扬投降主义的作品。其实,两者都有片面性,主要问题在于都没有看到小说中宋江的聚义梁山泊既有一般英雄传奇的普遍性,又有其特殊性:

第一,宋江一开始就以既是朝廷忠臣又是江湖"义士"的形象出现,他因为"义"结交了不少天下江湖好汉,成为为江湖好汉所崇拜的人物,同时也正出于"义",他放走了打劫生辰纲的晁盖等人,由此引发了性命危险。然后因晁盖等人的酬谢救命之恩,被阎婆惜得知来历。杀阎既出于对阎婆惜"外遇"的"忿气",也出于杀人灭口以自保的需要。然后又题了一首反诗,被前来捕拿的官军所迫,躲入屋后九天玄女庙,意外地获天书一卷,卷末有字一行:"天书付天罡院三十六员猛将,使'呼保义'宋江为帅,广行忠义,殄灭奸邪。"这里从几个方面点明了宋江"落草为寇"的独特性:一是为环境所迫,除了上梁山"落草为寇",别无选择;二是天意体现,以他为首领;三是上梁山聚义是为了"广行忠义,殄灭奸邪",这与一般绿林好汉造反的源起、动机、宗旨并不完全相同。有的学者指出,施耐庵之所以这样写,是想收到一叩三响的效果:一是在形象上,要把宋江刻画成忠君孝亲重义的仁义英雄,借以抒发"无道之时多有盗,英雄进退两俱难"的"孤愤"。二是在艺术结构上,要以宋江作为线索,让南北两路英雄豪杰云集梁山,汇成一股"忠义"的洪流。三是在环境描写上,要通过宋江螺旋式的上山过程,写出贪官污吏比比皆是,致使英雄们有国难报,不得不屯聚梁山的现实。因此,《水浒传》的主题也就是乱世"忠义"的悲歌(张锦池《中国四大古典小说论稿》)。这对理解宋江起义的缘由、性质以及作者的创作动机、主题思想都不无启发意义。

第二，一般的绿林好汉都将矛头指向当朝皇帝，把改朝换代、取而代之作为自己揭竿而起的宗旨，但宋江则从一开始到最后被招安，都未曾反对过"君"，始终没有改朝换代、取而代之的思想。相反地，小说总是一而再、再而三地突出他的"忠"，他总是口口声声说："今皇上至圣至明，只被奸臣闭塞，暂时昏昧。"他们最后接受招安是他"忠"的集中体现与必然结果。早在元人的"水浒戏"里，即已把梁山的"聚义厅"改为"忠义堂"，并将"替天行道"的"杏黄旗"插上梁山，施耐庵几乎全盘接受了这一情节，这就决定了宋江思想性格的基调：由义而忠，忠义两全，同时也决定了梁山英雄故事普遍性中的独特性。

第三，高举"替天行道"的旗帜，深刻揭露自上而下贪官污吏的"不忠不义"。天者，天子也；行道，意为行忠义之道。替天行道，就是为君主行忠义之道，以此为宗旨，梁山英雄把主要矛头对准不忠（奸臣）不义（贪官）者，所追求的似乎是一种新的理想的道德世界，而非改朝换代建立新的社会制度和秩序的现实世界。

以上三个方面，归结起来就是"忠"和"义"的问题，这是小说作者所极力宣扬并贯穿于全书之中的。我们分析《水浒传》的主题切不能离开这点，因为题材是客观的，而主题则是主观的，是作者通过作品所发表、传达的一种主张、观点、思想或者意识。《水浒传》最初名为《忠义水浒传》，已很能说明问题，是作者对全书的一种高度概括和提示。本来，"忠"和"义"既有联系，又有区别，忠是臣子对君而言的忠贞行为，而义则是人与人之间所应有的一种公正、合理的行为和情感，在作品中主要是指江湖义气。忠的对立面是奸，义的对立面是邪。九天玄女所授天书所言"广行忠义，殄灭奸邪"概括得非常准确、明晰。这是宋江等绿林英雄的最高宗旨和行为准则：对上忠君，铲灭奸臣；对下行义，消灭邪恶。忠是纵向关系，义是横向关系，所以忠可以统率义，义可以服从于忠，彼此的矛盾可以转化、消解。宋江的起义是出于"义"，似与"忠"相矛盾，但它起义的目标则在于"殄灭奸邪""替天行道"，是消灭奸臣、保护皇帝的"清君侧"，是建立一种新的道德秩序，实则是最大、最本质的"忠"。这样，作者就比较妥然地调和了宋江身上固有的"忠"与"义"的矛盾，即所谓"忠为君王恨贼臣，义连兄弟且藏身。不因忠义心如一，安得团圆百八人"。那么，对此"忠义"思想应如何评价呢？"忠"君思想是中国传统伦理道德的基石，为社会各个阶层所广泛接受，水浒故事在长期流传于民间的过程中，也接受了这一思想是不奇怪的。而在社会上层，忠君除奸，不就是历代文人士子孜孜追求的目标？对此切不可全盘否定，其中也有可取之处。此外，对于不满于异族统治的作者来说，实际上也是一种寄托，李贽已看到了这一点，他在《忠义水浒传叙》中说："施罗二公身在元，心在宋，虽生元日，实愤宋事。"所谓"愤宋事"就是愤恨宋代统治者不肯联合两河义军抗击侵略，导致亡国的惨祸。对此，也同样不能一概否定。至于"义"在《水浒传》中主要是指江湖义气，但也包括被压迫者之间的互相帮助、互相救济，同时也包括了一种追求公正、合理并为之不息奋斗的道德理想和道德情感，本身具有反抗性、正义性、合理性，应予以适当的肯定。

总而言之,从宋江形象及其所体现的作者主观创作意图来看,小说的主旨是以"忠义"统率全书,因为乱世奸臣当道,宋江的"忠"无法实现,而以"义"——聚义梁山泊的独特方法实现他的"忠",以完成"广行忠义,殄灭奸邪"的神圣使命,所以他在梁山泊公然打出了"替天行道"的旗帜。被招安之后,初步实现了由"义"向"忠"的转换。很有意味的是,宋江等帮助剿灭方腊之后,朝廷依然是昏君不明,奸臣当道,最后,宋江却惨死在由皇帝所赐、奸臣投药的御酒中,"忠"也不成,"义"也不得,世界似乎只转了一个圆圈又回归于始点,令人扼腕的是,宋江等梁山泊英雄只为"忠义"二字,白白付出了惨重的生命代价,从而谱写了一曲乱世"忠义"的悲歌。而在这"忠"和"义"两者之间,又是以"忠"为核心的,"义"是依附于"忠"的,因奸臣当道,宋江"忠"君不成,而被迫聚义梁山,以"义"为"忠","招安"即是以"义"为"忠"的实现。但因仍由奸臣当道,最后不仅"忠"君不成,反而身受其害。从这个意义上说,《水浒传》也可以概括为"忠"的悲剧,小说的主题就是忠奸之争。

三、《水浒传》的艺术成就

在艺术上《水浒传》与《三国演义》有同有异,各具风采。

首先,在本源上,与《三国演义》一样,也是"据史以演义",但前者的蓝本《三国志平话》纯为"讲史"话本,而后者的蓝本《大宋宣和遗事》中的徽宗荒淫误国故事主要属于"讲史"话本,而宋江聚义故事则主要属于"小说"话本,因而虚构成分更多。前人谓《三国》"七分事实,三分虚构",说明总的还是以史实为依,故称为历史小说,但《水浒传》则可能要倒过来。尽管有宋元讲史话本《大宋宣和遗事》作为蓝本,尽管北宋的宋江及其起义确有其人其事,但实际上只不过是以此为因由,是由历代"说话"艺人的增衍、附会、虚饰而成的,因而严格地说,《水浒传》并不能称为"历史小说",而更具"英雄传奇"的性质。据学者考证,历史上的宋江起义规模甚小,骁勇善战;纵横数省,流动作战;亦盗亦侠,无意称王;降而复叛,叛而被擒,与今小说大相异处。至于三十六将,乃至一百零八将大都与史实不符,一是绝对没有这么多人,二是人各其地,没有共业,三是甚至处于不同时代,比如刘唐、张顺,一下距宋江起义六十多年,一上距宋江起义一百五十多年,竟都被拉到小说的同一时间中来。因此,比之《三国演义》,《水浒传》的史实因素更少,虚构成分更多,理想化色彩更浓。

其次,在结构上,《三国演义》是浑然一体的网状结构,而《水浒传》则是先单线发展,由分而合,有如百川入海,汇成整体,可以勉强称之为"聚焦式结构"。作品把高俅安排在全书开端,旨在突出渲染奸臣当道的乱世背景与"官逼民反"的意义。再由王进出走这条线索,联系到史进,再引出一个一个或一批一批的起义英雄。在"排座次"之前,是由若干单个英雄人物的传记故事一环扣一环地先后衔接,鲁智深、杨志、武松等人物的传记故事都相当完整,自成段落,明显地保留着宋元"说话"的痕迹。就这些单篇故事来看,虽是单线发展,缺乏立体感,但却能做到情节曲折,场面精彩,结构完整,波澜起伏,摇曳多姿。然后经"排座次",由分到合,逐步形成农民起义的高潮,如此布局,极具匠心,但没有《三国演义》那样气势磅礴,网状交错,井然有序,浑然一体。

再次,在人物形象塑造上,与《三国演义》有很多相通之处,比如置身于激烈矛盾斗争之中以人物言语、行动以及运用对比、夸张、烘托的手法突出人物性格,比如李逵、鲁智深都勇而有细,但李逵之细是天真,鲁智深之细是狡黠。鲁智深与武松,一倒拔杨柳一打虎,都以夸张的手法显示他们的神力无比,但个性上,一直爽粗犷,一机警泼辣,也是同中有异。但《水浒传》更注重在特定的条件下,紧扣人物身份、经历和遭遇去刻画他们的不同个性。林冲、鲁智深、杨志虽同是武艺高强的军官,但因处境各异,因而走上梁山的动因与过程也不大一样,鲁智深性格豪放,又无牵无挂,所以能主动地走上反抗道路,而林冲、杨志则都是被迫"落草"。杨志原来功名心很强,却因"生辰纲"被劫,不仅断送了功名前途,而且有落入牢狱的危险,才被迫上了梁山。林冲更为曲折,他已拥有高位、美妻等优厚生活条件,所以安于现实,怯于反抗,对奸臣一忍再忍,直到忍无可忍,才上山聚义,对于书中各人都写得非常真切、细致、深入,显示了人物性格的动态发展。

最后,在语言艺术上,也与《三国演义》有许多相通之处,但比《三国演义》精练优美。因《水浒传》同样是从话本演化而来,作品明显地保留了话本那种口语化的特点,又经过作品的润色,使之成为卓有成就的优秀文学语言。一是色彩浓烈,造型性强,无论叙事、写人、绘景,往往寥寥几笔,就神情毕肖,景阳冈上的落日、破庙、乱林,风神庙的严冬风雪等都是精彩之笔,为《三国演义》所少有。二是个性化非常突出,因为《水浒传》中的人物出身、教养比之《三国演义》更为复杂,因而各人所使用的个性语言也就更为鲜明。比如初见宋江,贵族出身的柴进说:"大慰平生之念,多幸,多幸!"文绉绉得很。鲁智深却说:"多闻阿哥大名。"表现出这粗犷豪爽的英雄对宋江的亲切和仰慕。而李逵则说:"我那爷,你何不早说这些个,也教铁牛欢喜!"真是如闻其声,如见其人,彼此绝对不会混淆。

《水浒传》在艺术上有一个很大的不足是前后不平衡,上山精彩,下山呆板,给人"虎头蛇尾"之感。《水浒传》对后代文学的影响大致与《三国演义》相同,一是社会影响,广泛被绿林英雄所吸取。二是文学影响,不仅为明清戏剧中的"水浒戏"提供了大量素材,而且催化了《说唐》《杨家将》《说岳》以及《三侠五义》《七侠五义》等小说的诞生。至清初,还出现了陈忱的《水浒后传》四十回,写三十二位梁山未死英雄重举义旗,并英勇抗击海外侵略者,最后到海外创立基业的故事。再到道光六年,俞万春反《水浒传》之意而作的《荡寇志》,企图抑制《水浒传》的影响,思想与艺术上都不可取。

第四节　吴承恩《西游记》

至明代嘉靖年间,继《三国演义》《水浒传》广行于世后,又出现了中国小说史上的一部杰作——《西游记》。《西游记》是由吴承恩综合宋元说经话本《大唐三藏取经诗话》《大唐三藏西游记》与金元及明前期杂剧等改编而成的。

一、吴承恩的生平与创作

吴承恩(1510？—1582？),字汝忠,号射阳山人,淮安山阳(今江苏淮安)人,出身在一个由下级官员沦为小商人的家庭,早有文名,享誉一时,但在科举仕途上却很不得志,直到嘉靖二十三年(1544)四十来岁时,才补得一个岁贡生。曾到北京等候分配官职,但未被选上,于是对黑暗官场深感失望。后因母老家贫,不得已出仕长兴县丞,不及二年即因"耻折腰,遂拂袖而归"。晚年家居,又无子女,过着卖文自给的清苦生活。他在文章中说自己"迂疏漫浪,不比数于时人","泥涂困穷,笑骂沓至",《西游记》为其晚年所作。

《西游记》虽承宋元话本而来,但作者的加工比《三国演义》《水浒传》更多。与原先的故事母题相比,吴承恩的再创造的功绩主要表现在以下四个方面:一是在思想内容上,淡化了取经故事固有的浓厚的宗教色彩,大大丰富了作品的世俗内容和情趣。二是在人物处理上,原来作为佛教精神代表的圣僧玄奘退居次要地位,充满着反抗精神的孙悟空却成为全书最突出的中心人物。三是在结构上将孙悟空"大闹天宫"的故事提到卷首,又把人们所熟悉的道教、佛教以及民间故事有机地融入取经故事之中,赋予它们以新的意义和新的生命,更为丰富多彩。四是以讽刺、幽默的笔调,渲染有关取经故事的神话传说,赋予作品以独特的艺术风格。从广义上说,《西游记》可以被称为神话小说,鲁迅以"神魔小说"名之,较为妥切。

《西游记》共一百回,全书以孙悟空形象为中心,以去西天取经故事为主干,由三个大段落所组成,第一部分是从第一回到第七回,写孙悟空的来历。孙悟空原系破石而生的美猴王,无父无母,在花果山水帘洞中领着群猴过着无拘无束、绝对自由的生活。他只身泛海,访师学道,学得七十二变化,一个跟斗十万八千里,然后向龙宫强行索得金箍棒,去冥府硬是勾掉生死簿上的名字,成为超越生死的神猴。接着龙王、阎王上告天庭,玉帝"遣将擒拿"不成,又以"降旨招安"欺骗,孙悟空事后觉醒,于是大闹天宫。最后由如来佛的掌心把他镇于五行山底下,大闹天宫以失败告终,同时也为其以后皈依佛教、保护唐僧至西天取经做好了铺垫。第二部分是从第八回到第十二回,交代去西天取经的缘起。第八回写如来佛命观音菩萨去东土寻人来西天取经,第九回写唐僧的出身,作为取经的准备。从第十回到第十二回写魏征梦斩泾河龙和唐太宗入冥的故事,交代取经的直接缘由。这是衔接第一、第三两部分的过渡。第三部分是从第十三回到第一百回结束为止，写孙悟空皈依佛教，在八戒、沙僧的协助下，保护唐僧到西天取经，一路斩妖除怪，终成"正果"。其中经历了八十一难的严峻考验，表现了孙悟空扫荡妖魔的神奇斗争，这是全书的主体。

二、《西游记》的"神魔之争"

孙悟空从大闹天宫，打破一切秩序，追求绝对自由到皈依佛教，套上一个紧箍咒，保护唐僧到西天取经，最后终成正果，前后似乎是矛盾的，那么对孙悟空的形象意义应如何把握？对与悟空形象意义密切相关的《西游记》主题又应如何看待呢？

过去，人们较多地侧重于现实意义去理解这部神魔小说的内涵。有人认为孙悟空的反抗反映了封建社会广大人民群众对阶级压迫的强烈抗争，有人甚至认为简直就是农民战争的缩影。也有人认为体现了个性解放精神——孙悟空那种对绝对自由的向往与追求，在一定程度上曲折地概括了新兴市民阶层渴望突破封建势力束缚，探索新的天地，获得自由发展的进步要求。然而，超现实的神魔小说本源自远古神话，虽然也同样蕴含着现实内容，但却是通过超现实的神奇幻想与神魔形象系列加以展现的，具有独特的神话思维与结构模式，具有超越于现实世界之上的多重象征意义。在《西游记》中，以孙悟空为代表的"神"的形象，是小说的正角，而在孙悟空赴西天取经途中的群魔几乎都是反角，小说就是以孙悟空为核心，以它的人生历程的三部曲为线索，展开故事情节，展现神魔斗争的。因而，概而言之，《三国演义》《水浒传》的基本主题是有关现实世界的正伪、忠奸之争，而《西游记》则是超现实世界的神魔之争，其中具有基于现实而又超越现实的双重特点。首先，神的世界是世俗世界的映象，不管是孙悟空第一人生阶段中的大闹天宫，还是第三阶段的扫荡妖魔，都是人间反抗和斗争精神的折光，玉皇大帝昏庸无能何尝不是人间帝王的写照？其次，神魔之争被赋予人伦道德意义，神的群像象征着善，魔的群像象征恶，神魔之争也就隐含着善恶之争的意义。再次，从神魔世界延伸到世俗世界。唐僧去西天取经是从世俗世界向神的世界的皈依，而如来佛、观音派遣孙悟空等护送唐僧去西天取经则是神对世俗世界的济世行为。直到到达西天取得真经，修成正果，这一双向行为才终于完成，而孙悟空的人生三部曲也圆满地画上了句号。

孙悟空的人生历程三部曲，既有联系又有区别，具有内在的逻辑关系。第一人生阶段大闹天宫是交代缘起，相当于序曲；第二人生阶段被如来压在五行山下五百年，连接前后两部曲的转折，是过渡；第三人生阶段奉如来、观音之命护送唐僧去西天取经则是主干。彼此的区别在于：一是在第一人生阶段中，孙悟空旨在反抗与叛逆，追求绝对自由。中经压在五行山下五百年的磨炼，如来、观音的教诲，到第三人生阶段便由原先的反抗者、叛逆者一变为保护神的角色，肩负起了护送唐僧去西天取经的神圣使命。二是在第一人生阶段，孙悟空的反抗和叛逆是在神界展开的，是对神界权威和秩序的反抗和叛逆,而不是对神的对立面——魔鬼的斗争,属于"内部矛盾"。而在第三人生阶段,则是随唐僧去西天取经,在群神的帮助下,在如来、观音的指点下,"一致对外",一路扫荡妖魔,取得了一个又一个的胜利,前后斗争的性质并不相同。三是孙悟空在第一人生阶段属于尚未成年的孩童,具有童性思维的明显特征,而第三人生阶段则已经过五行山下五百年的磨炼而走向成熟,开始承担起社会责任、义务与使命。就此而论,孙悟空人生历程三部曲又可视为人类以及每一个生命个体人生历程的缩影与寓言。

　　从作品的具体描写来看,孙悟空原住在花果山水帘洞中,有一大群猴子相伴称他为王,过着相当自由的生活,但他还是感到遗憾,因为"暗中有阎王老子管着",心想只有练好本领,才能摆脱阎王老子的束缚,于是翻山过海去寻师访道。当他先从东海龙王那里强要得金箍棒后,便大闹地府,用笔抹掉了生死簿上所有属猴的姓名,而且大叫:"了账!了账!今番不伏你管了!"后来当玉皇大帝听了龙王、阎王的告状,遣将擒拿他时,他就犯上作乱,大闹天宫……孙悟空企图打破一切权威和秩序,追求绝对自由,而且具有强烈的破坏欲,实际上正体现了童性思维特征,比方说非常类似于童性思维中普遍存在的恶作剧。但是,这种打破一切权威和秩序、追求绝对自由的欲望虽然无论在现实世界还是虚幻世界中都是永远无法真正实现的,但在神界的最高统治者看来,这种欲望若任其发展下去必将充满危险,会把整个神界毁灭殆尽,于是便由神的意志的最高代表如来出来把孙悟空收伏,由如来将其压在五行山下达五百年之久。如来的行为,既是对充满反抗叛逆精神无法无天的孙悟空貌视神界权威和秩序的惩罚,同时也是对孙悟空叛逆性格的"点化",然后在具体"点化"的过程中,将孙悟空的反抗和叛逆精神做了潜在的转移,即将孙悟空原先对神界内部的反抗和叛逆转移到后来在护送唐僧取经的途中对妖魔的搏斗和征服。如来的这一手法的确是非常高妙的,它一方面维护了神界权威和秩序,另一方面使唐僧去西天取经、最终皈依神界有了安全保障,此外还对孙悟空的反抗和叛逆很巧妙地作了"疏导",使之从对内、对神转向对外、对魔,由原来的叛神反抗演变为降魔斗争。而对于孙悟空来说,被压在五行山下,的确也是他从孩童时代进入成年时代,从孩童感性思维走向成年理性思维,从反抗叛逆神界权威和秩序走向济世抗魔为人间解除苦难的一个转折点,是他修炼自身、转换角色、调整思维、肩负起重大社会责任、义务和使命的一个转折点。被压在五行山下长达五百年,正象征着他的人生磨炼之久;被套上紧箍咒,正象征着他开始担负起社会责任、义务与使命,然后,根据体现为神界意志的道义原则,按照一定的秩序和规范行动,尽管这种道义原则秩序与规范有时是正确的,有时是错误的;有时是积极的,有时是消极的。从文化心理的深层意义上看,孙悟空第一人生阶段的"大闹天宫"是对人类尤其是孩童先天存在着反抗性、叛逆性、破坏性以及恶作剧的变相宣泄,所以深受人们尤其是孩童的欢迎。而孙悟空第三人生阶段的智战妖魔,终于到达西天,修成正果,更是有多方面的象征意义。对于孩童来说,孙悟空一以贯之的勇敢、机智、乐观、幽默,同样会激发他们的强烈共鸣和浓厚兴趣;而对于成年人来说，其中还可以唤醒和激发读者心灵深处追寻和实现终极目标的内在冲动。历尽千辛万苦，一路斩妖除魔，去西天取经，表面上是一个宗教母题，但实际上业已衍变为一个内涵丰富的原型象征，可以象征对诸如人生理想、人生价值、终极追求、终极目标等的追寻与实现；小说中在向西天取经的路上以妖魔鬼怪所设置的八十一难，也正象征着实现这一终极追求的种种障碍、斗争与磨难；最后历尽千辛万苦，终于到达"天堂"，修成"正果"，也同样超越了宗教母题，而具有理想、价值、目标、追求得以最终实现的多重引发性意义。由此可见，孙悟空的三个人生阶段又是彼此紧密衔接，由浅入深，由轻而重，依次提升的，具有内在的相通性和连贯性。所以，在去西天的取经路上，经历了五行山下五百年磨练的孙悟空虽由原来的叛神"野孩"一变为抗魔英雄，却依然保持着他前一人生阶段的乐观、勇敢、机智、幽默的品性，依然发挥着他在大闹天宫时的那种战斗精神，只是变得更加成熟、更加顽强罢了。他既疾恶如仇，见妖就杀，具有锄强扶弱、打抱不平的勇气和义气，又善于识破妖魔的阴谋诡计，讲究战略战术，终于取得了一个又一个的胜利。

通过以上简要分析，我们不仅找到了孙悟空人生历程三部曲依次演进的内在逻辑依据，同时对《西游记》的丰富内涵也有了更为全面、深刻的认识。最主要的是，从社会学的角度来看，《西游记》的确是人类现实社会的一个缩影，孙悟空追求自由、正义、理想也显然具有当时个性解放思想的烙印；但从神话学的角度来看，则又具有更为隐秘的多重象征意义，两者并没有根本性的矛盾冲突，是可以互相依存、互相包容的。

三、《西游记》的艺术成就

在艺术上，《西游记》迥然不同于《三国演义》和《水浒传》，具有自己独特的成就和鲜明的个性，主要表现在：

一是超现实的浪漫主义精神。《西游记》向人们所展现的是一个超现实的神魔世界，它有一定的社会基础，但更主要的是源于神话的奇妙幻想。花果山水帘洞，天上玉宫瑶池，地下龙宫阎殿，还有九个人间国度，可谓上天入地，无奇不有，七十二变，八十一难，一个跟斗十万八千里，这些非凡神通也都充满神奇的幻想色彩，甚至连他们所使用的武器法宝也具有超自然的惊人威力：孙悟空的金箍棒一万三千五百斤重，但缩小了能够放在耳朵内；"芭蕉扇"能灭火焰山的火，能一下子将人扇出八万四千里，但缩小了能够嘬在嘴里，可谓极尽幻想夸张之能事，具有强烈的浪漫主义色彩。

二是充满神奇幻想和童趣的故事情节。神话是人类童年时代的产物，充满了童趣，有一种超现实的游戏美。《西游记》中的许多故事在民间广为流传，而尤为孩童所喜闻乐见，原因也正在这里。比如孙悟空大闹天宫、偷吃人参果、车迟国斗法、葫芦装天、大战红孩儿、三调芭蕉扇等等，都写得离奇、紧张、变幻莫测，引人入胜。加之作品常常运用幽默、诙谐的笔调，更是别有一番风味。

三是时空交融、环环相扣的艺术结构。《西游记》的情节结构主线,是孙悟空人生历程的三部曲,这人生历程的三部曲首先是按时间流程展开的,即第一人生阶段是从石猴诞生开始,历时非常久长,其中又经历了两个阶段:一是由一个无知无识的石猴,变为得道成仙的"孙大圣",由下界进入上界。二是由于大闹天宫、犯上作乱而被压在五行山下,由上界贬为下界。然后是第二人生阶段,被压在五行山下长达五百年。接下去是第三阶段,去西天取经。以上三个阶段都是按时间流程展开的,只是三个人生阶段的重要性与时间长短正好成反比。然后在最重要的第三人生阶段时,时间线索逐步淡化,由时间流程逐步让位于空间移位,即以去西天取经途中的空间移位为主线,在空间的移位过程中同时展现时间流程。如果说前面是以时间为主线,带动空间,后来则改为以空间为主线,带动时间,很类似游记之作,所以小说之名为《西游记》。在作为小说主体的西天取经过程中,随着空间的不断移位,不断衍生出一个个神奇精彩的斗魔故事。这些故事既相对独立,又在"西游"的空间场景和在"取经"的目标追求的配合中构成一个环环相扣、统一有序的艺术整体,这是一种典型的"链型"结构。

四是融神、人、动物于一体的神魔群像。《西游记》中的神魔群像往往既有人的社会性,也有超自然的神性,又进而被赋予某种动物性,是三者的合一。比如孙悟空与猪八戒,猴子的动物性是活泼、急躁、敏捷,刚好与孙悟空的乐观、勇敢、机智的人性以及变幻莫测的神性完全吻合。但他也有本性高傲,喜欢自我炫耀和别人奉承,看重名气、怕失身份等缺点。在全书中写得最好,个性最为鲜明。其次就是猪八戒。他原是天蓬元帅,因酒醉而调戏仙女获谴,错投猪胎。这就决定了他后来的两大性格特征:一是因有前世因缘而"好色"不改;二是具有贪吃好睡、行动蠢笨的猪的动物性。也有人认为在孙悟空身上有一些文人士大夫的气质,而猪八戒则是按照农民形象与心理来塑造的,他有许多优点,能吃苦耐劳,一人把行李挑到底,打头披荆斩棘,有时甚至用嘴从烂泥中开出一条道路,而且知错即改,不计前仇,本质单纯,生性憨厚,所以能坚持到最后。但他的缺点也很突出,偷懒,好色,贪吃,爱说谎,搬弄是非,贪小便宜,搞小动作,但很不高明,结果总是弄巧成拙,自讨苦吃,形成一种喜剧性格。其他如老鼠精、牛魔王、大鹏怪、九头虫等神魔形象也大都是神、人、动物的"三结合",或者三者彼此相等,或者突出神性,或者突出人性。至于唐僧则以人性最为突出,在他身上佛教的虔诚与文人的迂腐有机地融合为一体。他不为困难所阻,不为美色所动,历经千辛万苦,终于到达西天,修成"正果",这体现了他的虔诚;但他不问真伪,不辨神妖,不论贤奸,一见庙就参拜,一见神就下跪,一碰上妖魔,就吓得滚下马鞍,涕泪交流,一离开徒弟,连一餐素饭也吃不到,是一个最没有用的"脓包"。然而他却手中掌握着置孙悟空于死地的"紧箍咒",而且往往害苦了悟空,帮助了妖魔,惹出杀身之祸。在唐僧这个形象身上,也有让人觉余味无穷的多重意义。

五是亦韵亦散、亦文亦白、诙谐风趣的语言风格。小说吸取民间说唱和方言口语的精华,既有散语,又有韵语,在敌我双方激烈战斗中,经常用韵语各自表白身份。结束后,再以韵语渲染气氛的炽烈和紧张。在人物对话中,间以官话,简约明确,使用淮安方言,生动活泼,两者互相交融,具有浓厚的生活气息和乡土气息,尤其是人物对话,诙谐幽默,不仅有力地突出了人物个性,而且形成了一种亦庄亦谐、幽默风趣的语言风格,显示了作者驾驭语言的高妙能力。

《西游记》问世之后,流传很广,影响很大,朱鼎臣删节成《唐三藏西游释厄传》、杨致和仿作《西游记传》。还有各种续书,如《后西游记》《续西游记》《西游补》等也纷纷出现,互竞文采。此外,《西游记》还引起了人们对神怪小说的广泛兴趣,于是借历史事件写神魔战斗的神魔小说在明中叶风靡一时,比较著名的是许仲琳的《封神演义》与罗懋登的《三宝太监下西洋》。《三宝太监下西洋》写郑和七下南洋的传奇历程,从中可以看到一些外国的风土人情,但描写神魔故事非常荒诞,文字也较杂乱。《封神演义》共一百回,作者以宋元讲史话本《武王伐纣平话》为基础,广采民间传说,并加上自己的虚构,演绎出这部长篇神魔小说。作者假借历史,托古讽今,曲折地反映了明中叶的社会现实,同时也通过神魔斗法,宣扬了宿命论与"三教合一"的思想。书中的一些人物形象写得比较生动,如哪吒的纯朴和反抗,杨戬的勇敢与机智,妲己的狡猾和残忍等等,都给人留下了深刻印象。

第五节　兰陵笑笑生《金瓶梅》

《三国演义》《水浒传》《西游记》三部长篇小说都是在宋元话本的基础上改编而成的,而且所写内容也是历史和神怪故事,"四大奇书"中唯有《金瓶梅》是首次由文人独立创作的,而且首次以家庭日常生活为题材,可见它在中国小说以及整个文学发展史上的重要地位。

一、兰陵笑笑生其人与创作

《金瓶梅》共一百回,题材由《水浒传》中"武松杀嫂"一节演化过来,通过描写西门庆从发迹、纵欲到暴亡的过程,展现了明中叶后封建社会的黑暗和腐败。书成于明万历年间,作者署名"兰陵笑笑生"。小说在问世后的流传过程中,形成了两个版本系统:一是万历四十五年(1617)间"东吴弄珠客"序的《金瓶梅词话》系统;一是明天启年间(1621—1627)《原本金瓶梅》的系统。两个系统的主要不同点在于:《金瓶梅词话》始于景阳冈武松打虎,全书回目字数参差不齐,并运用了大量山东口语;《原本金瓶梅》以西门庆热结十兄弟开篇,全书回目对仗工整,还删除了不少山东方言以及一些情节。

由于《金瓶梅》作者没有署上真实姓名,而无法了解其创作背景与动机,又由于小说中过多的性描写,以及作者对此的矛盾心态,加之明清以来直至今天一直被列为淫书和禁书,因而给这部小说蒙上了一层神秘的色彩,各种争论纷纷而起。其中最为突出的是三个问题:(一)作者是谁?(二)主题是什么?(三)对性描写应如何评价?

《金瓶梅》署名"兰陵笑笑生",真实姓名已不可考。迄今为止,围绕《金瓶梅》作者展开争论也集中在三个问题上:(一)《金瓶梅》是个人创作还是集体创作?(二)《金瓶梅》作者究竟是南方人还是北方人?(三)《金瓶梅》作者究竟是大名士还是下层文人?在《金瓶梅》问世后不久,意见还是较为一致的,《金瓶梅》是由某一文人独立创作的,沈德符《野获编》谓"闻此为嘉靖间大名士手笔",后人据此断为王世贞所作,但苦于没有内证,因而难以达成公认的定论。近年来,有的学者提出了是由同一时期或不同时期的许多艺人集体创作的,最后才经文人的润色加工,其中有许多"说书"的痕迹。对此持不同意见的则认为这是文人模仿话本所为,若真是由文人据当时的"说书"艺人的创作而改编,那么为何在当时没有任何有关"说书"的记载?对此持集体创作论者的确难以作出圆满的解释。关于《金瓶梅》作者是南方人还是北方人的问题,明清两代,一般都认为是文人独立创作,至于为哪个文人,则南北都有。20世纪二三十年代,鲁迅在《中国小说史略》及日译序中说道:"《金瓶梅》对话却用山东方言所写,确切地证明了这决非江苏人王世贞所写。"郑振铎更明确地说:"那么多的山东土白,决不是江南人所能措手其间的。"今一般据书下署名"兰陵笑笑生"认为兰陵即山东峄县,证以书中大量山东方言,作者应是山东人。第三个问题是作者是大名士还是下层文人,有人认为作者是一个上能通天下能入地的人物,既与上层社会有所接触,见过大世面,又在下层社会混迹,而有下层社会的生活经验。也有人认为《金瓶梅》语言粗俗,恐怕是一般士大夫所不为,当是下层文人或艺人所作。围绕以上三个争论的核心问题,人们还先后提出了各种各样的不同说法,其中影响最大的有五种:一是王世贞说;二是贾三近说;三是李开先说;四是屠龙说;五是王稚登说。五说都有一定的依据和道理,但都存在着最致命的弱点:缺乏内证。

二、《金瓶梅》的"理欲之争"

《金瓶梅》小说的主角是西门庆,小说的中心线索是他与众多妻妾的纵欲生活,直至暴亡而死。西门庆原是清和县一个破落户财主,后来发迹有钱,成为一个富商。他善于投机钻营,"专在县里管些公事做",又是一个官僚。他结纳党羽,巧取豪夺,为害一方,"满县人都怕他",还是一个恶霸。他原有二妻二妾,又先后谋取孟玉楼、潘金莲、李瓶儿为妾,并和婢女庞春梅发生淫乱关系。后来,因以大量钱财贿结宰相蔡京,拜为义父,在官场中如鱼得水,然后借此机缘发了几场横财,更加肆无忌惮,谋财害命,霸占良家妇女,最后纵欲暴亡。在他身上,集富商、官僚、恶霸于一身,从财、色两个方面大肆搜刮,为所欲为,过着极端荒淫无耻的生活,集中反映了明中叶商品经济冲击下传统道德价值观念的彻底崩溃,病态、畸形的纵欲主义的泛滥,朝廷权贵、地方官吏与富商豪绅恶霸互相勾结,狼狈为奸,无恶不作的黑暗现实和丑恶灵魂。由于作者主观态度的阴晦,虽如实地展现了西门庆等人的罪恶活动，但没有明确的憎恨和批判，既描写了他们纵欲生活的肮脏腐朽，又从浓墨重彩的恣意渲染中表现出欣赏、玩味的态度，因而人们对于这部小说主题思想的认识也就会产生各种不同的看法。过去较为流行的有"讽劝说""暴露说""苦孝说""复仇说"，以及"政治寓意说"。但从小说本身来看，其着意表现的中心主题是"理"与"欲"的矛盾冲突，或者说理与欲的悖论，简言之就是理欲之争。从小说的情节结构来看，是以佛的因果报应的宿命论为故事框架的，西门庆的由淫而亡，以及他身亡后，众多妻妾或削发为尼，或成为刀下之鬼，或沦落风尘，或受尽饥寒，故事结构线几乎等同于因果报应线。从作者的主观意向看，在这纵欲得到报应的故事结构线中，本身就是矛盾的，纵欲行为的描写，是赤裸裸的性描写，而因果报应的结局，又是讽劝纵欲的，是借宗教神力对人世欲望的劝诫与警告。前者是"欲"，后者是"理"，这二者的矛盾，在作者的显意向上是"理"占上风，而在作者的潜意向上则又往往让位于"欲"，或者说在理智上认识到纵欲的危险与罪恶，但在情感上又对这种纵欲行为表示一定的欣赏。从时代精神来看，小说诞生于明中叶，中国封建社会步入后期，商品经济发展，市民阶层进一步发展壮大，旧有的传统价值观受到严峻挑战与冲击，而新的道德规范又没有及时建立起来，整个社会进入了一个充满对金钱、权势、情欲渴望的时代。因为商品经济意识本身就有二重性：一是对传统压制人性的禁欲主义产生冲击而带来的个性解放；二是因对传统道德价值观念产生冲击和扫荡而导致世风与人性的堕落。处于这样转型期而又走在时代前列的文人，往往会出现一种矛盾心态，既接受市民意识对禁欲主义的挑战和冲击，又对原有文化观念失范后整个世风与人性的堕落感到普遍的困惑、茫然和不满。但又实在找不到一种崭新的价值体系加以调适、平衡，于是便别无选择地回归于儒家以外的非正统的亚文化中，或者佛教，或者道家。《金瓶梅》作者的"理"与"欲"的矛盾冲突以及回归于佛教的因果报应说，也是时代使然。

作为我国第一部文人独创的小说，又是第一部以家庭生活为题材的小说，《金瓶梅》的地位是很高的，毫无疑问，它在中国文学史上的意义在《三国演义》《水浒传》《西游记》之上，但是，《金瓶梅》中大量的性描写，使得人们对它的价值评价变得复杂起来。五十年前，郑振铎曾评价道："如果除净了一切秽亵的章节，它仍不失为一部第一流的小说，其伟大似更过于《水浒》，《西游》《三国》更不足和它相提并论。"这里的"秽亵的章节"就是指性描写，但随之而来的问题是，《金瓶梅》是无法彻底删除性描写的，西门庆从纵欲至暴亡，都离不开性描写。若离开性描写，他们的种种荒淫无耻如何反映？而明中叶以后的黑暗丑恶现实又如何暴露？除此之外，在艺术方面，性描写不仅是小说透视人世人生的特定视角，推动小说情节发展的重要动力，而且还是突现人物性格的重头场景。比如第七十八回，西门庆与如意儿通奸的那段描写：

西门庆便叫道："章四儿淫妇，你是谁的老婆？"妇人道："我是爹的老婆。"
西门庆教与她："你说是熊旺的老婆，今日属了我的亲达达了。"那妇人回应道：

"淫妇原是熊旺的老婆,今日属了我的亲达达了。"

就把西门庆如占有商品一样占有女性的性占有欲暴露无遗,揭示了这个流氓以占有他人老婆为乐事的商人本质,这种人物、这种个性在注重女性贞操的传统文学史上是相当少见的。当然,《金瓶梅》中的性描写在很多情况下是粗俗不堪的,与故事、人物并无多大关系,而且作者似乎一意展览,甚至情不自禁地流露出称羡的沉迷和神往,则是应予以彻底批判和摈弃的。

三、《金瓶梅》的艺术成就

在艺术上,《金瓶梅》是第一部注重家庭日常生活描写的长篇小说,作者根据佛教因果报应说,以"欲""理"冲突为构架,把庞杂的故事情节组织得井井有条。人物形象的塑造,以西门庆与潘金莲最为成功,前者"害死人还要看出殡"的狠毒性格与后者的淫荡泼辣相映成趣,给人留下了非常难忘的印象。小说语言大量运用口语与方言,酣畅明快,富有生活气息和地方色彩。

《金瓶梅》问世后,广为流传,直接促进了明清艳情小说的兴盛。属于续书的有《玉娇李》《续金瓶梅》《隔帘花影》《金星屋》等。属于仿作的有《平山冷燕》《好逑传》《长生乐》《十美图》《铁花仙史》《醒世姻缘传》等。其中以《醒世姻缘传》成就最大,此书为乾隆间鲍延博所作,全书一百回,近百万字,主要是描写一个冤仇相报的两世姻缘故事,是继《金瓶梅》之后的又一部以家庭为描写中心的长篇白话小说。它一方面描写了封建社会的黑暗尤其是一夫多妻制这一婚姻制度的罪恶,另一方面也反映了封建社会人伦道德观念的走向解体和堕落。同时,也同样归结于佛教因果轮回的宿命论。全书以两世婚姻为主线,反映的社会生活面相当广泛,结构严谨,布局有序,照应周到,在人物形象塑造上,老少村俏,各具体态。小说也以山东方言写成,具有浓厚的地方色彩,语言流转酣畅,人物口吻毕肖,诙谐幽默,生动有趣,为仿作《金瓶梅》的佼佼者。

第六节 蒲松龄《聊斋志异》

明代有"四大奇书",足以代表明代小说的最高成就,清代以《红楼梦》登上古典小说的顶峰,此外的白话章回小说当以吴敬梓《儒林外史》成就为最高。另外,时代早于吴敬梓的蒲松龄则继承六朝志怪、唐代传奇的文言短篇小说传统,以唐人传奇法作志怪,创作了文言短篇小说集《聊斋志异》,把我国文言小说创作推到了更高的阶段,使之突放异彩。

一、蒲松龄的生平与创作

蒲松龄(1640—1715),字留仙,别号柳泉。山东淄川(今淄博)人。出身于商业兼小地主家庭,从小热衷科名,十九岁时连考县、府、道第一,名震一时,但此后都屡试不第。三十一岁时,迫于家贫,赴江苏宝应、高邮为知县孙蕙幕宾,因感大违素志即于次年辞幕回乡。此后主要在本县缙绅家教蒙馆,至七十一岁,才补为岁贡生,四年后去世。蒲松龄具有多方面的艺术才华,一生著作丰富,除了《聊斋志异》外,还有诗、文、词、赋、戏曲、俚曲及一些杂著,有《蒲松龄集》传世。

《聊斋志异》为蒲松龄的代表作,大约于康熙九年(1670)即作者三十岁左右开始写作,四十岁左右已基本完成,此后不断修改、增补,到七十岁时,共写成四百九十一篇,是作者一生心血的结晶。作品故事来源有四个方面:一是作者的亲身见闻,如《地震》《跳神》《偷桃》《上仙》等。二是亲友的经历,如《狐梦》《念秧》等。三是本省或邻省的故事,如《林四娘》《马介甫》。四是前代小说戏曲故事,如《胭脂》《考城隍》《续黄粱》等。邹弢《三借庐笔谈》载,作者作此书时,常设茶烟于道旁,"见行者过,必强与语,搜奇说异,随人所知","偶闻一事,归而粉饰之"。作者在书中也自谓"才非干宝,雅爱搜神;情类黄州,喜人谈鬼。闻则命笔,遂以成编。久之,四方同人又以邮筒相寄,因而物以好聚,所积益伙",可见几乎到了如痴如狂的地步。其实作者并非真的喜好搜奇谈鬼,而是为了托愤。作者自己在书中说得很明白:"集腋成裘,妄续幽冥之录;浮白载笔,仅成孤愤之书。寄托如此,亦足悲矣!"

二、《聊斋志异》的托愤之旨

从作品来看,作者托愤最主要表现在以下几个方面:

第一是揭露封建社会的黑暗。《促织》《席方平》是代表作。前者先写皇帝爱斗蟋蟀,地方官媚上邀宠,胥吏借端勒索,遂至"每责一头,辄倾数家之产",这是小说主人公成名悲剧发生的社会背景。然而成名是一个老实而又贫穷的读书人,买不起应征的蟋蟀,只好听妻的话,早出晚归,费尽心机去捉蟋蟀。结果还是不能如愿,便受到官府的杖责,奄奄待毙。后来历尽千辛万苦,终于捕得一头,却又不幸不小心被儿子弄死,结果引出了更大的悲剧:

> 儿惧,啼告母。母闻之,面色灰死,大骂曰:"业根! 死至矣! 翁归,自与汝复算耳!"未几成入,闻妻言,如被冰雪。怒索儿,儿已投入井中。因而化怒为悲,抢呼欲绝。夫妻向隅,茅舍无烟,相对默然,不复聊赖。

天子偶发雅兴,却造成了百姓如此的悲剧! 后来成名儿子复活,魂灵化为一只轻捷善斗的蟋蟀,才挽救了一家悲惨的命运。后来这只蟋蟀入宫后,得到皇帝欢心,抚臣受名马衣缎之赐,县宰也以"卓异"上闻,多年读书当不上秀才的成名竟成为大富翁。这些似是喜剧的结局,更具讽刺意义。另外,《席方平》通过阴间诉讼,抨击封建官府的暗无天日,人民含冤莫伸,也是相当深刻的。

第二是抨击科举制度的腐败。作者少年成名,却在试场中屡战屡败,屡败屡战,因而对科举制度的腐败具有深切的感受。在《聊斋志异》中，这类作品数量不少，大致有三类：一是直接揭露科举制度的腐败。《素秋》《神女》《阿宝》暴露科举考试的贿赂公行，《司文郎》《于去恶》则抨击考官的有眼无珠。二是应考士子的变态心理。如《王子安》《苗生》等。《王子安》以虚幻的笔法写两只狐狸冒充报子，连续向醉后入梦的王子安报告中举和中进士的喜讯，又冒充长班拜于府下。结果王子安信以为真，怪长班伺候不周，大发官老爷的脾气，长班忍受不住，与之对骂。王子安从床上跳起来，打落了长班的帽子。酒醒之后，真的搜寻到门后，果然发现一顶缨帽，如酒杯那么大小，家里人也都觉得奇怪，王子安方才明白原来受了狐狸的戏弄。作品描写应考士子发榜前近于疯狂的精神状态，以及落榜后受尽奚落的悲惨境遇，既令人发笑，又令人可叹，这归根到底还是腐败的科举制度造成的。三是对科举的绝望与决裂。《贾奉雉》中的贾奉雉虽才名冠一时，但老是不中，后来恶作剧地从落榜的试卷中选出烦冗泛滥不可告人之句，连缀成文，却"竟中经魁"，可是当他回头一看这些文章时，却"一读一汗"，自觉无颜见人，终于"遁迹丘山"而去。《罗刹海市》则更对科举作了彻底的否定。

第三是批判封建礼教，向往爱情自由。这类作品在全书中数量最多，艺术成就也很高。《婴宁》《莲香》《香玉》写人鬼之恋，大胆地冲破礼教束缚，追求爱情幸福。《婴宁》中的婴宁的笑给人留下了非常深刻的印象，她走到哪里，就笑到哪里，无论在生人面前还是在长辈面前，她都无拘无束，自由自在地笑，或嗤嗤地笑个不停，或浪声大笑，甚至爬到树上摘花也"狂笑欲堕"。行婚礼时，竟因为"笑极不能俯仰，遂罢"。真是未见其人，先闻其声，充分展示了她的天真烂漫的少女性格，与传统的封建礼教相违背的个性。她对爱情幸福热烈的追求，终于获得了美满的结局。此外，如《鸦头》《细侯》《连城》等都是写主人公为爱情幸福不息抗争，最后如愿以偿，都相当生动感人。

三、《聊斋志异》的艺术成就

《聊斋志异》的故事来源广泛，内容丰富。以上是最为集中、突出的三大内容。《聊斋志异》的艺术成就向来受到高度评价。鲁迅在《中国小说史略》中说："描写委曲，叙次井然，用传奇法，而以志怪，变幻之状，如在目前；又或易调改弦，别叙畸人异行，出于幻域，顿入人间；偶述琐闻，亦多简洁，故读者耳目，为之一新。"诚为中肯，最突出的有以下几点：

第一，充满了奇异的幻想。作者以大胆的想象、虚幻的笔法赋予非人类的神仙鬼怪花妖狐魅以人的生命、情感和灵性，打破了现实与理想、生命与死亡、人类与异类的界限，将一个神仙鬼怪花妖狐魅与人类同台演出的神异世界活生生地展现在读者面前。为了充分表现对于自由恋爱和婚姻自主的肯定，作者可以让青年人化为一只鹦鹉飞到情人身边，为了突出对豪绅恶霸的仇视，作者又可以让受害者化为猛虎将豪绅恶霸吞掉，如此等等，不一而足。在此，作者一方面是通过这种神仙鬼怪花妖狐魅所构成的超现实与人类的现实世界相混相杂，深刻反映社会现实矛盾，揭露人类现实世界的黑暗和腐败，另一方面又充分利用这些神仙鬼怪花妖狐魅的超现实力量，并与道德评判相结合，突出地表现作者强烈的爱憎感情以及在现实世界中无法实现的美好理想，从而构成了作品想象丰富奇特、故事变幻莫测、境界神异迷人的独特风格和魅力。

第二，情节曲折离奇，引人入胜。《聊斋志异》是广泛借鉴和吸取了《史记》等优秀史传作品以及唐代传奇而作的志怪小说，亦真亦幻，亦理亦情，亦事亦论，别具风味。具体表现在：一是以一个人物或一件事物层层展开，主次分明，叙次周详，脉络贯通，结构严谨。例如《念秧》，受骗者有王生主仆，骗子则有张、许、金、佟四人。先是张、许、金三人单独各骗一次，都未能得手，然后由张、许、金、佟四人合谋行骗才获得成功。作品故事人物众多，情节曲折复杂，但由于以王生主仆为中心加以贯穿，所以多而不乱，井然有序。围绕一件事物为中心展开，则以《促织》最为典型。全篇只有一千四五百字，但因故事的发展始终以蟋蟀的得失为中心，一步步展现成名一家从悲到喜、喜极生悲、悲极复喜、悲喜交集、祸福环生的神奇经历，形成波澜起伏、高潮迭起之格局，读者的心弦也随着蟋蟀的得失而忽弛忽张。还有如《席方平》写主人公先后打了四场官司，备受酷刑，几经曲折，最后才得以昭雪，都可以说是极尽情节曲折、布局奇妙之能事。二是在故事末多加上"异史氏曰"的议论，这是直接学司马迁"太史公曰"而来的。《聊斋志异》现有作品近五百篇，有"异史氏曰"的有一百九十余篇，多列于篇末，也有少数如《念秧》置于篇首。"异史氏曰"为作者的议论之语，大都言简意赅，短小精悍，长者数百字，最短的才十来字。内容或阐明立篇之旨，或对作品中的人物或事件进行评价，或补充见闻，以见故事的真实可信，基本上都是依据故事而生发的，真实与幻想、议论与叙事、理性与形象相互配合，相得益彰，是史传与传奇两相结合在小说中的成功尝试，但也有部分显得太露太直。三是大量超现实的神仙鬼怪花妖狐魅广泛参与到现实生活中来，或者如《促织》从现实的描写突然跳入超现实的鬼魂世界，使得故事情节更加超于常理之外，更具倏忽变化、曲折离奇的特点。

第三，花妖狐魅，多通人情，各具个性。《聊斋志异》的形象塑造是非常成功的。正如鲁迅所说："使花妖狐魅，多具人情，和易可亲，忘为异类，而又偶见鹘突，知复非人。"（《中国小说史略》）最关键的首先在于作者能十分巧妙地把异类非人的特征与一定的人物性格有机地结合为一体，亦鬼亦人，令人难忘。其次，形神刻画注意高度的个性化。《绿衣女》中的绿衣女是"绿衣长裙"，"腰细殆不盈掬"，其声"娇细"，便活画出一个绿蜂幻化的少女形象。再如《婴宁》中婴宁的"笑"最能显示婴宁这位狐女天真烂漫的性格。作者还特别注意于相同类型中见不同个性。比如同是天真烂漫的狐狸幻化的少女，婴宁的爽声朗笑又不同于小翠的戏谑为笑。同是渴望自由幸福的妓女，鸦头桀骜不驯，瑞云则蕴藉斯文，都达到高度的个性化。还有，作者善于通过对比、对话、细节描写等手法突出人物个性，如《席方平》中席方平和同篇人物，《成仙》中的成生与周生，《莲香》中的莲香与李女,都是在对比中更加显示人物的不同个性,给读者留下更为深刻的印象。

第四,语言典雅工丽又生动活泼。《聊斋志异》是用文言文写的,作者从史传、魏晋《搜神记》等志怪小说、《世说新语》等志人小说以及唐传奇、唐宋散文中充分吸取了艺术养料,语言精练、优美、隽永。加之作品多写狐鬼恋情,作者着意托愤寄情,更有一种清艳凄迷的美感。与此同时,作者又适当吸收和提炼当代口语方言,与文言语言浑然交融于一体,做到典雅工丽而又生动活泼,极富于形象性和表现力。

《聊斋志异》是中国文言短篇小说最高成就的代表。作品问世后,曾风行一时,各种仿作纷纷出现,乾隆年间即有沈起凤《谐铎》、和邦额《夜谭随录》和浩歌子《萤窗异草》及袁枚《子不语》、纪昀《阅微草堂笔记》等问世,但都未能继承《聊斋志异》的托愤精神,成就无法与《聊斋志异》相比。《子不语》内容及文字功夫稍佳。影响较大的是《阅微草堂笔记》,鲁迅评之曰:"隽思妙语,时足解颐;间杂考辨,亦有灼见。"(《中国小说史略》)在嘉庆年间相当流行。在嘉庆到清末间问世的文言笔记小说还有:管世灏《影谈》、许元仲《三异笔谈》、俞鸿渐《印雪轩随笔》、王韬《淞隐漫录》、宣鼎《夜雨秋灯录》、俞樾《右台仙馆笔记》等等,大都模仿《聊斋志异》或《阅微草堂笔记》,并无多大可取,文言小说遂渐趋于没落。

第七节　吴敬梓《儒林外史》

《儒林外史》的中心内容是揭露腐朽没落的封建科举制度。在中国小说史上否定、抨击科举制度的作品自宋元明以来,代有出现,《三言》《二拍》更是以此为重要内容,但作为一书的中心内容并以长篇小说的形式表现之,《儒林外史》则是第一部。作者以讽刺的笔调,惟妙惟肖地勾勒出了各种类型的文士的可恶可笑的形象,把对封建科举制度的批判提高到一个新的水平。

一、吴敬梓的生平与创作

吴敬梓(1701—1754),字敏轩,一字文木,安徽全椒县人,出身于大官僚地主家庭,在明清之际有过五十年左右的"家门鼎盛"时期,曾祖吴国对是顺治年间的探花,"一时名公巨卿多出其门"。至父辈开始衰落。生父为吴霖延,因其堂兄吴霖起无子,就将吴敬梓过继给吴霖起为子。吴霖起为康熙年间拔贡,做过江苏赣榆县教谕,为人方正恬淡,不慕名利,对吴敬梓的思想有一定影响。二十三岁时,吴敬梓考取秀才,同年,养父去世。因不善治生,又慷慨好施,挥霍无度,几年之间就把财产变卖殆尽,被本族富户视为败家子。三十三岁迁居南京,家境已很贫寒,但仍爱好交游宾客,"四方文酒之士,推为盟主"。曾联合同道修葺雨花台的先贤祠,费用不足,便卖掉了全椒的老屋。晚年更为贫困,以卖文为生,或靠友人接济,甚至以书易米。冬夜无火御寒,常常相邀好友绕城数十里而归，歌吟啸呼，相与应和，谓之"暖足"。五十四岁在扬州去世，著有《文木山房集》，今存四卷。

吴敬梓家族的盛衰之变，早年宦游南北的经历，父亲方正恬淡、不慕名利的影响，慷慨挥霍、喜好结交文酒之士的个性，尤其是早年热衷科举，考取秀才后屡次不中，以及晚景凄凉的独特经历，使他对于人间的世态炎凉、科举制度的腐朽没落、官僚士绅的龌龊卑鄙、现实政治的黑暗污浊有比较清醒的认识。三十六岁时，安徽巡抚赵国麟举荐他应博学宏词科，他以病辞，从此不再应科举考试。五十一岁时，乾隆皇帝南巡，别人夹道拜迎，而他却"企脚高卧向栩床"，表现了他的狂傲个性。他的这些经历与性格都对《儒林外史》的创作产生了深刻的影响。

《儒林外史》共五十五回，大约在吴敬梓四十岁前开始创作，四十九岁已脱稿。现存最早的是卧草闲堂刻本，为五十六回，末回为后人伪作，光绪年间刻本增至六十回。

二、《儒林外史》的讽世之旨

《儒林外史》在展开对封建科举制度全面批判的过程中，采用先正后反方法。第一回"说楔子敷陈大义，借名流隐括全文"，首先推出了元末蔑视权贵、以卖画为生的平民诗人王冕，以他的言行"敷陈大义""隐括全文"，并作为作者理想的楷模和臧否人物的标准。特别是通过王冕的口，直接抨击了科举制度："这个法却定的不好，将来读书人既有此一条荣身之路，把那文行出处都看轻了。"这是统率全书的总纲，然后从第二回"王孝廉村学识同科，周蒙师暮年登上第"起，即转入对科举制度的正面讽刺和批判。在第二回、第三回写了周进、范进两个腐儒的典型以及他们中举前后的悲喜剧。周进在科场上屡战屡败，直到六十多岁都未中举，受尽了年轻秀才和得势举人的白眼和欺凌。后来连塾师也做不成了，只好给商人记账。但他科举之心不死，要求去参观贡院。当他一见贡院号板，禁不住万感俱发，一头撞去，不省人事，醒来后满地打滚，号啕大哭，直哭得口里吐出鲜血来。而当商人答应替他捐个监生时，他竟爬到地上磕头："若得如此，便是重生父母，我周进变驴变马，也要报效！"后来，当他真的考取后，马上平步登天，奉迎拍马者不计其数。范进也是个连考二十余次都不中的老童生，在参加乡试前向丈人胡屠户借路费，结果被屠户骂了个狗血喷头。等到乡试回来，家里已饿了两三天，只好抱上一只正在下蛋的母鸡到集上去卖。不料这次竟然中了，起初不敢相信，既而"拍手大笑道：'噫！好！我中了！'"兴奋过度到发疯，直到丈人胡屠户狠狠地打了一巴掌才清醒过来。从此以后也是升官发财，平步青云。作品通过描写周进、范进中举前后的悲喜剧，形象地揭示了科举制度腐蚀士子灵魂的罪恶以及他们热衷科举的原因。

科举制度的重要组成部分是八股文，是以八股文的"优劣"来作取舍的，所以作者在批判科举制度的同时必然要把矛头指向八股文。为了中举，士子把一辈子的精力都耗费在毫无用处的八股文上，结果越读越无知，越读越麻木，越读越愚蠢，而在道德上也越来越堕落,印证了第一回王冕的话:"把那文行出处都看轻了。"第十一回写鲁编修盲目崇拜八股文,把八股文外的都视为"野狐禅,邪魔外道"。在他的影响下,他的女儿鲁小姐也在晓妆台畔、刺绣床前,摆满一部部八股文,甚至因丈夫八股"不甚在行"而愁眉泪眼,怨他误了自己的终身。可见八股文的毒害不仅侵袭到士子,而且侵袭到女性身上。第二十五回的马二先生也把举业看成人生唯一的荣身之路,不仅自己孜孜不倦地钻研八股文,还热心地做义务宣传。他见出身贫困的匡超人流落在杭州靠测字为生,空闲时阅读八股文选本,大受感动,不仅予其十两银子,而且以所谓"书中自有黄金屋,书中自有千钟粟,书中自有颜如玉"的古训劝勉一番,后来这位匡超人即逐渐热衷举业。为了府考,他竟丢下重病的父亲,考取秀才后又与那些半方名士胡混,还假刻图章,短截公文,设计代考,后来又到京城攀结权贵,抛弃原妻,竟恬不知耻地说:"戏文上说的蔡状元招赘牛相府,传为佳话,这又何妨?"将其受科举八股毒害的无赖嘴脸暴露无遗。

正是在科举制度、八股文的毒害下,一批又一批士子不仅枉耗青春生命,而且在灵魂上纷纷走向堕落。科举的结果无非是两种:进则为官僚、豪绅,退则为"名士""山人"。小说通过这两类人的同时堕落,进一步证明了科举制度的极大的虚伪性和危害性,先看考中者,出仕便是贪官污吏,居乡则为土豪劣绅。第八回中的王惠当了南昌太守,念念不忘的是"三年清知府,十万雪花银",第五回高要县汤知县为了表示"清廉",博得好名声,竟把向他行贿五十斤牛肉的回教老师活活枷死,激起回民鸣锣罢市。中了举即使不做官的,也往往凭借贡生、举人的特权,勾结官府,横行乡里,鱼肉百姓。第四回高要县的严贡生即是如此,他强夺穷人王大的猪,又打断了王大的腿,还讹诈船家,霸占二房产业,虽满口仁义道德,实际上是一个典型的劣绅。这些士子一朝科举得意,升官发财,则鱼肉百姓,贪婪、蛮横、残酷成了他们的共同本性,传统的儒家信仰和道德丧失殆尽,在他们身上,集中体现了科举制度的腐败,同时也表现了当时政治的黑暗。另外,那些在科场上败下阵来的士子做官无望,却又装出一副清高的样子,趋炎附势,招摇撞骗,附庸风雅,丑态百出。这又从另一侧面揭露了科举制度毒害士林的严重性,以及当时整个士风、世风的堕落。

作者因痛感科举制度的极端腐朽及其对士子的严重毒害,因而对这一制度的各个方面包括对富贵功名的追求都作了激烈的批判与彻底的否定。与此相反,作者对那些拒绝科举、超尘脱俗、离经叛道的士子则予以热烈的歌颂。第一回的王冕就是理想的楷模,与此相呼应,从第三十一回起,小说陆续描写了一些作者有所寄托的理想人物。闲斋老人的《儒林外史序》说:"其书以功名富贵为一篇之骨;有心艳功名富贵,而媚人下人者;有倚仗功名富贵,而骄人傲人者;有假托无意功名富贵,自以为高,被人看破耻笑者。终乃以辞却功名富贵,品地最上一层为中流砥柱。"前三类人都是作者所否定、所鄙弃的,后一类人则是作者所肯定、所歌颂的。其中有慷慨好施、逍遥自由、鄙视功名利禄的杜少卿,以教读为生、幻想以古代礼乐教化社会的迟衡山,有闭户著书、不交一人的庄绍光,有襟怀冲淡、待人厚道的虞育德,等等。这些人的共同特点是不热衷科举,是作者用以立品矫俗的理想楷模,是作者心目中的所谓"真儒"形象,两者无论在形象刻画还是作者的价值评判上都形成了鲜明的对比。

《儒林外史》是我国文学史上第一部对科举制度及其身为文化的创造者与传递者的儒林的毒害进行全面批判的长篇小说,也是作者所进行和代表的中国文人的一次自我批判,因而从一个重要方面反映了明末清初以来思想启蒙、个性解放的时代精神。从作者对小说的取名来看,所谓《儒林外史》是要写出文人群体的各种形象。而在作者看来,文人群体的存在及其堕落则是科举制度一手造成的,所以作者就把批判矛头集中对准科举制度,同时又以参不参加科举作为区别儒林士子人品、才学高下的标准。这样,作品也就由此将文人群体一分为二:一是参加科举腐败堕落的"假儒",一是拒绝科举逍遥自由的"真儒"。第一回作者所着重推许的平民诗人画家王冕是"真儒"形象的典型代表,而杜少卿等人则是"当今"不染科举之罪恶的"真儒"形象。由此可见,《儒林外史》的基本主题可以概括为"真儒"与"假儒"之争,简言之即真假之争。

然而,进一步仔细阅读作品,读者又可发现在作者的心理中还存在着明显的矛盾意向,作者彻底否定了科举制度下的"假儒",而寄希望于那些反对科举制度逍遥自由的"真儒",并且企图通过祭先贤泰伯祠的迂阔行动来挽救世风的堕落、道德的沦丧,实际上也只是一种出于怀古心理的幻想而已,连作者本人也深感怀疑,所以在小说的结尾,出现了这样独具一格、出人意料的结局:儒林寂寞而市井中却奇人迭出。季遐年虽然贫穷,却写得一手好字,不贪钱,不慕势;王太以卖火纸筒为生,以下棋为快事;盖宽开一家茶馆,无事便在柜台里看书、画画;荆元是一个裁缝,却敢于把自己的"贱业"提到与读书、识字平起平坐的地位……这既在结构上与第一回的王冕呼应,同时又在思想上更前进了一步。当作者对儒林的堕落绝望之后,即把目光转向下层,对他们自食其力、不图富贵、逍遥自由的人生道路流露出了无限倾慕之情。在此,作者在这样的对比结局中所体现的价值取向与思想意识,的确是相当先进的,但是我们对此又不可估计太高,因为其中同样包含着道家那种返璞归真的回归意识,与《红楼梦》中的贾府败落,由一老寡妇刘姥姥拯救贾府的心理意向有相通之处,实际上是一种绝望于正统主流文化而又无可奈何的回归。

三、《儒林外史》的艺术成就

艺术上,《儒林外史》不同于以上五书的最突出的是讽刺艺术的成功运用。讽刺艺术在中国文学史上源远流长,但以此作为全书的基本笔法,则《儒林外史》是第一部。所以鲁迅称它"于是说部中乃始有足称讽刺之书"(《中国小说史略》)。其中又有三种不同手法:一是把一个人物前后截然相反的言行相对照,使其自我讽刺。如第三回以范进中举前后岳父胡屠户迥然不同的言行活画出这一市侩小人的嘴脸。再如第四回严贡生对张静斋和范进吹嘘自己如何正派,正说着,一个小厮来向他禀报:"早上关的那口猪,那人来讨了,在家里吵哩。"严贡生道:"他要猪,拿钱来!"这几乎等同于自捆自己的巴掌。二是运用夸张手法突出讽刺效果。上文已提到的周进一见贡院号板,一头撞去,哭得死去活来。范进中举,开始竟不敢相信,然后喜极发疯。范母日夜盼子成龙,梦想发财,一旦儿子高中,房屋、田产、衣服天外飞来,竟喜极生悲,一命呜呼。还有严监生临死之前因点了两根灯草而迟迟不肯断气……都是运用夸张手法,在讽刺中显示批判力量。三是根据讽刺对象表现不同的讽刺意向。有对不同的人予以不同的讽刺,如对王惠、汤知县、严氏兄弟这样的贪官劣绅,在讽刺中无情地揭露和鞭挞;而对如马二先生庸俗、迂腐的行为,则讽刺中有同情。有对于同一个人的前后变化进行不同程度的讽刺。比如范进中举前,境遇可怜,作者于讽刺中有同情。中举后,日见恶劣,作者便改为辛辣的嘲讽。此外,还有注意人物性格的多重性而进行不同程度的讽刺。如王玉辉中了封建礼教的毒,竟然为了青史留名而鼓励女儿殉节。女儿死后,竟还仰天大笑:"死得好!死得好!"但到了大家送他女儿入烈女祠公祭时,却"转觉心伤,辞了不肯来"。后来在苏州见到船上一个穿白少年的妇人,又情不自禁地想起了自己的女儿,"心里哽咽,那热泪直滚下来。"这些讽刺都很精彩,也很深刻。这与《聊斋志异》重在通过篇末的"异史氏曰"直接议论表明作者态度迥然有异。

《儒林外史》的结构,鲁迅有一个比较中肯的评价:"惟全书无主干,仅驱使各种人物,行列而来,事与其来俱起,亦与其去俱讫,虽云长篇,颇同短制;但如集诸碎锦,合为帖子,虽非巨幅,而时见珍异,因亦娱心,使人刮目矣。"(《中国小说史略》)由于《儒林外史》虽为章回体小说,但全书没有贯穿始终的人物和故事情节,而是由许多相对独立的故事段落组合而成,所以说是"虽云长篇,颇同短制",这是与《三国演义》《西游记》《金瓶梅》很不相同的,介于《水浒》与《聊斋》之间,结构相当独特。其缺点是比较松散,不能集中力量刻画主要人物,也不能使全书成为一个艺术整体,优点是运用起来比较灵活,可以通过各个角落、各个侧面、各类人物,表现广阔的社会内容。这实际上是中国古代史传体在小说艺术中的直接移用。就全书来看,三十七回后无法与前面相比。在人物形象塑造上,作者着意塑造"假儒"与"真儒"的不同形象,并通过彼此鲜明的对比表达作者的爱憎与理想。但"假儒"的形象远比"真儒"形象塑造得成功。此外,在语言方面,比较雅洁、准确、洗练而富于形象性,往往三言两语,使人物穷形尽相。书中运用方言口语,对话中时而插入谚语、歇后语,也都相当成功。

《儒林外史》在文学史上的地位是奠定了我国古典讽刺小说的基础,为以后讽刺小说的发展开辟了广阔的道路。它的讽刺艺术与"虽云长篇,颇同短制"的松散的章回体结构,同时对《官场现形记》等晚清谴责小说产生了深远的影响。

明清时代,是我国章回体长篇小说兴起、成熟进而走向鼎盛的时代,先有明代的"四大奇书"奠定了章回体长篇小说这一体裁在我国小说史上的正宗地位,继之则由清代的

《红楼梦》将我国古典小说推向顶峰。从"四大奇书"首先问世的《三国演义》到集中国文学之大成的《红楼梦》，一方面在内容上逐步由历史演义、英雄传奇、神怪传说走向活生生的社会现实，另一方面则在艺术上，由承传民间俗文学——话本，到文人独立创作，再向文人雅文化回归。如果说从唐传奇到宋代话本是我国古典小说全面走向世俗的转折点，那么，从宋代话本到明清章回体长篇小说则又显示了由俗返雅，与雅文化交融合流的雅化趋向。雄踞中国古典小说之巅的《红楼梦》就是这种雅化趋向的典型反映，它与明代"四大奇书"一起，成为中国古典小说最高成就的经典代表。

第十八章 雄踞古典小说之巅的《红楼梦》

《红楼梦》在清中叶的问世,是中国文学史上的一大奇迹,然而,历史地看,除开作者的旷世才华不论,《红楼梦》实际上也可以说是中国文学的集大成者,撇下神话、史传、诗、词、曲、赋等各类艺术有机地融合于小说之中不说,仅就明代以来章回体长篇小说的优秀之作比较之,则《三国演义》的诗史品格与兴亡之感,《水浒传》的英雄传奇特色与先分后合的结构,《西游记》的超现实的神话幻想,《金瓶梅》的注重日常生活的写实笔法与色空观念,《儒林外史》对传统儒生人生理想与入世思想的彻底否定,还有短篇小说集《聊斋志异》的狐仙形象、清艳风格与托愤精神等等,都明显地为《红楼梦》所借鉴、所吸取。没有群山的铺垫,也就没有高峰的挺立。然而,一旦高峰从群山中挺立而出后,又总是为一代又一代的攀登者所仰观、所向往,成为取之不尽、用之不竭的神奇宝库,《红楼梦》在中国文学上的非凡地位与影响就说明了这一点。

第一节 《红楼梦》的成书过程

《红楼梦》的一百二十回本,一般题曹雪芹、高鹗著,即前八十回为曹雪芹著,后四十回为高鹗补。在作者的问题上,至今仍存在着相当大的分歧与争论。

曹雪芹(1715?—1764?),名霑,字芹圃,号梦阮,又号雪芹、芹溪。先世本汉人,原籍襄平(今辽宁辽阳),在明代后期被后金军队所俘虏,编入满洲正白旗籍,身份是"包衣",即满洲贵族的家奴。到清代康熙朝,已是煊赫一时的贵族世家。从康熙二年(1663)到雍正五年(1727),曹家自曹雪芹的曾祖父曹玺、祖父曹寅到他的伯父曹颙、父亲曹頫,世袭江宁织造之职达六十年之久,有时还兼任两淮盐政。江宁织造之职的主要任务是为皇帝采办宫廷的衣服装饰及日常用品,是一个肥缺,一般都要委任亲信担任这一职务,因而也是皇帝的近侍,兼有充任皇帝耳目的任务。康熙皇帝六次南巡,就有五次以江宁织造署为行宫,其中有四次在曹寅任内。康熙五十一年(1712),曹寅卒后由儿子曹颙承袭江宁织造,三年后即1715年,曹颙卒,康熙皇帝又让曹寅之妻过继了一个儿子曹頫,继任江宁织造。至雍正五年(1727)曹頫因自江宁解送采办货和进京时骚扰驿站、苛索银两,被人参奏,再加上亏空帑项、暗中转移家产等罪,雍正帝降旨免职,并查封家产,从此家道衰落。曹寅也是当时名士,与陈其年、朱彝尊、尤侗、姜宸英等交往密切,能写诗、词、曲,又是著名的藏书家,曾主持刻印著名的《全唐诗》。曹雪芹一生恰好经历了曹家盛极而衰的过程。十三岁前曾在南京过了一段"锦衣纨裤""饫甘餍肥"的豪奢生活,正如敦敏《赠芹圃》诗中所说的"秦淮风月忆繁华"。十三岁后迁居北京,后来可能在"宗学"即皇族学校担任过职务,晚年移居北京西郊,"蓬牖茅椽,绳床瓦灶","举家食粥",生活极为困顿,后又因独子夭亡,感伤成疾,于乾隆二十八年(1763)除夕(即 1764年 2 月 1 日)逝世。曹雪芹出身于这样一个贵族世家,具有良好的家学渊源,但却不幸经历了盛极而衰,直至困顿不堪的巨变,自然对封建上层社会的各种罪恶、黑暗和家道没落的世态炎凉,具有极为深广的感受,同时也极易产生无可奈何的宿命思想,而爱子的早夭则进一步深化了他的生命与死亡意识,这对他的小说创作来说,也同样具有不可忽视的重要作用。

《红楼梦》写于曹雪芹凄凉困顿的晚年。此书留传至今的有五个名字:《红楼梦》《风月宝鉴》《情僧录》《石头记》《金陵十二钗》。小说第一回说"曹雪芹于悼红轩中,披阅十载,增删五次",增删五次刚好与五个题名相合,有人认为可能每次修改毕后改换一个书名。又据乾隆甲戌本《脂砚斋重评石头记》第一回评语:"雪芹旧有《风月宝鉴》之书。"正文中说《红楼梦》曾取名《风月宝鉴》,以及小说中爱情故事集中在前三十六回等情况来看,《风月宝鉴》应是最初的名字,曹雪芹"披阅十载,增删五次"的最后定名是《金陵十二钗》,《红楼梦》则是通行的名字。

曹雪芹因幼儿夭折,感伤成疾,还不到五十岁,就在贫病交加中与世长辞了。死后,几个好友草草地殡埋了这位伟大的作家,而《红楼梦》这部伟大的杰作却只留下了一个未完稿。大概经他删定的只有八十回,八十回后的一些稿子不及整理便已"迷失"。这八十回,开始在少数朋友间传阅,然后以手抄本的形式流传到社会,也被一些藏家抄录传阅,其间达三十年之久。这些抄本一般都附有脂砚斋的评语,称为脂评本,现已发现的脂评本达十二种以上。再到乾隆五十六年(1791),程伟元、高鹗续完《红楼梦》后四十回,又整理了前八十回,首次出版一百二十回活字印本,书名题为《红楼梦》,即程甲本。程伟元在程甲本序言中说:"原目一百廿卷,今所传只八十卷,殊非全本……爰以是书既有百廿卷之目,岂无全璧? 爰为竭力搜罗,自藏书家甚至故纸堆中,无不留心。数年以来,仅积有廿余卷。一日,偶于鼓担上得十余卷,遂重价购之。欣然翻阅,见其前后起伏,尚属接笋,然漶漫不可收拾。乃同友人细加厘剔,截长补短,钞成全部。复为镌板,以公同好。"一般认为,这是出于书商程伟元的"狡黠",不可信。其中的"友人"是指高鹗。次年,高鹗又对程甲本作了不少改动,重新出版活字印本,仍为一百二十回,这就是程乙本。高鹗,字兰墅,别号"红楼外史",乾隆时进士及第,官至内阁侍读、刑科给事中等。由于材料的缺乏,后四十回至今仍是一个解不开的谜,但一般认为是高鹗续作。高鹗根据前八十回的线索,把宝黛爱情写成悲剧结局,终于使小说从一部残稿成为结构完整、故事首尾齐全的文学巨著,从此广行于世,产生了巨大的社会影响。其中许多情节也写得比较精彩,但与前八十回相比,文字功夫大为逊色,情节与思想也有相违之处,因而高鹗可以说是有功亦有过。不过,总的来说,是功大于过。

基于以上原因,《红楼梦》即有两个版本系统:一是八十回抄本系统,题名为《石头记》,大都附有脂砚斋评语;另一种是一百二十回本系统,最早有程甲、程乙本两种。

第二节 《红楼梦》的多重主题

对《红楼梦》思想内容的认识,向来是仁者见仁,智者见智。从小说本身来看,它是以四大家族尤其是贾府由盛而衰的兴亡历史为框架,以宝黛爱情悲剧为主线,前者是"外线",后者是"内线"。由重在前者以归纳主题,比较流行的说法就是四大家族衰亡史。认为小说是通过四大家族的衰亡,揭露了封建社会后期的种种罪恶,以及不可克服的固有矛盾,预示了封建社会必将走向灭亡的命运。由重在后者以归纳主题,比较流行的是爱情说,认为小说着重描写了宝黛爱情悲剧,是通过描写爱情悲剧显示社会批判意义和时代启蒙意义。也有人力图将以上二者调和起来,认为"在我国文学史上,还没有一部作品能把爱情的悲剧写得像《红楼梦》那样具有激动人心的力量;也没有一部作品能像它那样把爱情悲剧的社会根源揭示得如此全面、深刻,从而对封建社会作了最深刻有力的批判。"(游国恩等主编:《中国文学史》,人民文学出版社2002年版,第278页)

一、《红楼梦》的主题思想新探

分析《红楼梦》的主题思想,首先离不开小说主人公贾宝玉这一形象。根据小说本身所展现的贾宝玉的人生历程,可以分为以下几个大段落:

一是从第一回到第五回,为大序曲。从第一回开始,由女娲补天创造石头生命,继之石头与绛珠仙草结成"木石前盟"的神界姻缘,然后由一僧一道奉警幻仙姑之命,将他俩一同携入红尘,为贾宝玉、林黛玉的爱情悲剧做好了铺垫。第二回交代贾宝玉所降生的贾府的历史。第三回神界"木"的凡间化身林黛玉进贾府与神界"石"的凡间化身贾宝玉会合。第四回与"木石前盟"的神界姻缘相反相成的俗界姻缘——"金玉良缘"之"金"——薛宝钗也进入贾府,宝、黛、钗三者已一同汇合于贾府,爱情纠葛由此开始。第五回,贾宝玉一游太虚幻境,预知金陵十二钗的不幸命运,大序曲到此结束。

二是从第六回到第六十三回,宝、黛、钗的爱情纠葛逐步展开。第十七八回少女乐园大观园的建立,使女儿国得以成立。而后,有如《水浒传》英雄纷纷汇聚于梁山泊一样,诸位青春少女也纷纷汇聚至大观园。大观园中贾宝玉所居怡红院处于门口,成为"诸艳之冠",里面几乎都是清一色的未婚女性(唯有李纨是守寡),排斥任何男性,具有明显的象征意义,而贾宝玉对女性的痴情也就非"爱情"二字可以概括。另外,由大观园内的理想世界与大观园外的现实世界的对比,显示后者的黑暗、污浊与腐败。两者相反相成,构成了整体意义上的红尘世界。因而同样也有明显的象征意义,而不是仅仅限于四大家族的兴衰。

三是从第六十三回到第九十八回,宝、黛、钗一步步走向爱情悲剧。第七十三回绣春囊的出现,第七十四回的抄检大观园,都是一些象征性的信号,暗示着大观园最终必将走向堕落与毁灭。直至第九十八回黛玉死、宝钗成婚,爱情悲剧达于顶点。

四是从第九十八回至最后第一百二十回,贾宝玉感受了种种红尘劫难、人生悲剧之后,回归于神界。其中第一一六回的二游太虚幻境直接得一僧一道点化,是关键性的转折。其后虽有兰桂齐芳的复盛,但贾宝玉已看破红尘,决意离世出家,离"金"而归"木"。至此,贾宝玉已在红尘度过了十九个春秋。最后仍由甄士隐与贾雨村归结《红楼梦》,以与开头相呼应。

贾宝玉在其十九个春秋的人生道路上,是始终处于思想矛盾之中的,他渴望补天而不得,因而自怨自叹,与儒家入世思想有相通之处。但在入世之后,又彻底否定了科举功名等为传统儒生所孜孜追求的人生理想,时时感到人生的虚无与空幻,以致离弃红尘,具有相当浓厚的出世思想。与此同时,他又对以十二金钗为代表的女性青春、生命之美充满着挚爱,对她们的最终毁灭表现了无限的怀恋与哀挽,这又与道家生命意识息息相通。鲁迅说贾宝玉对女性"昵而敬之,恐拂其意,爱博而心劳,而忧患亦日甚矣"。究其原因在于"颓运方至,变故渐多;宝玉在繁华丰厚中,且亦屡与'无常'觌面……悲凉之雾,遍被华林,然呼吸而领会之者,独宝玉而已"(《中国小说史略》)。所以,贾宝玉似入世,又似出世;似出世,又似恋世。就时代意义而论,贾宝玉这一形象的出现,无疑体现着晚明以来个性解放启蒙思想的光彩,具有强烈的反封建意义。但贾宝玉对社会、人生、青春、生命的感悟又具有从文学提升到哲学高度的理性内涵,具有超越特定时代意义之上的多重象征意义。

二、《红楼梦》的三重复合主题

基于对贾宝玉形象多重意义的新的认识,在理解《红楼梦》主题时,就很有必要抛弃过去的单向思维,而走向多元思考,努力从作品本身寻找出客观存在的多重主题以及彼此之间的内在联系。实际上,早在1922年出版的《红楼梦辨》一书中,俞平伯已从探索作者主观态度的角度,从书中找到许多内证,说明了《红楼梦》主题思想的多重性。他指出了作者具有以下三种主观态度或主观命意:(一)《红楼梦》是感慨身世的,石头自怨一段,把曹雪芹怀才不遇的悲愤完全写出。(二)《红楼梦》是讲情场忏悔,认为曹雪芹原意是要叫贾宝玉出家的,不过总在穷途潦倒之后,与高鹗续作稍有不同。(三)《红楼梦》是为十二金钗作本传的。书中主要人物就是十二钗,作者的意思是想把他念念不忘的十二钗在书中充分表现出来。《红楼梦》引子上说:"悲金悼玉的《红楼梦》",此曲既为十二金钗而作,则金是钗,玉是黛,书中钗黛每每并提,若两峰对峙,双水分流,各极其妙莫能上下。在此基础上梅新林在《红楼梦哲学精神》一书中进一步提出了三重主题说:

一是贵族家庭的挽歌。作者一方面毫不留情地揭示了以贾府为代表的贵族家庭一步步走向败落的必然命运，另一方面又无限深情地为这一正在一步步走向败落的贾府献上一曲无尽的挽歌。追本溯源，作者首先创造性地继承了中国史家"不虚美，不隐恶"的"实录"精神，以冷峻的眼光审视着以贾府为代表的贵族家庭一步步走向毁灭的必然命运，并将其纳入过去、现在、未来的历史之流加以立体、全面地展现，因而具有强烈的历史沧桑感。所以，前人往往称之为"史笔"。与此同时，作者又创造性地继承了中国史家的另一传统——"穷愁著书"的"托愤"精神，因而又使得小说在激烈的社会批判之际，融进了忧患意识与挽歌情调，因而具有更为深刻的悲剧意蕴，更为感人的美感力量。其中原因在于，对于中国人的个体生命来说，"家"具有束缚与归属的双重属性。"家"的种种规范、秩序、伦理既会束缚一个个体生命的自由发展，甚至会毁灭个体生命的存在，由此产生的种种弊端、污浊、罪恶，都会使"家"与个体生命一同毁灭，然而"家"又可以给个体生命提供经济、政治、心理的依托，在"家"以及由"家"延伸的"族""国"中找到、巩固和发展自己的力量。对于贾宝玉来说，贾府也何尝不是这二重性的相交相融呢？因此，无论对于小说主角还是背后的小说作者，在心理上也是冷峻的批判与沉痛的哀挽交织于一体的。

二是尘世人生的挽歌。作者一方面毫不留情地揭示了由贾府引申开来的整个尘世人生一步步走向幻灭的必然命运，另一方面又无限深情地为这一正在一步步走向毁灭的尘世人生献上一曲无尽的挽歌。贾宝玉的前身——石头在大荒山青埂峰下要求一僧一道带他到红尘世界去"受享几年"。然后一僧一道告诉他"那红尘中却有些乐事，但不能永远依恃；况又有'美中不足，好事多磨'八个字紧相连属，倒不如不去的好"。又说"待劫终之日，复还本质，以了此案"。这实际上就是后来石头幻形入世降生于贾府，然后又从贾府出家回归为石头的一个预言，因而贾府实际上也就成了红尘人生的一个缩影。类似这样的模式在中国文学史上也是源远流长的，唐代的《枕中记》即是早期的代表作，写的是一世俗男子出于红尘欲念，在方外高道的指点下，进入一枕头，不仅娶上美如神仙的妻子，而且还做了大官，功名、美妻两者并得，然后乐极悲来，被人进谗而遭受各种迫害，最后一朝醒来，原是黄粱一梦。《红楼梦》明显地继承了这一模式，所谓红楼一梦，实质上即"黄粱一梦"。这种模式在哲理上源自佛道二教的出世思想，所以贾宝玉的最后出路也只能出家，别无他途可供选择。但另一方面，无论是贾宝玉还是作者，仍对红尘人生充满着留恋之情，有人将《红楼梦》比之于"白发宫人涕泣而谈天宝，不知者徒艳其纷华靡丽，有心人视之缕缕血痕也"。的确是一个十分精彩的比喻。试想白发宫人闲说天宝，往事不堪回首，是何等冷峻；而不堪回首又忍不住时时回首，又是何等的热切，确是字字皆泪，句句皆血！还有人论宝黛的最后结局，一个是"抱情而夭"，一个是"抱情而遁"，并不完全是出世，而是出世中犹有恋世，冷峻中犹有热烈，残酷中犹有痴情。所以，我们可以在《红楼梦》中看到对尘世人生的幻灭、了悟与解脱，但同时也可以看到哭,看到悲,看到忧愤,看到执着,看到痴情。可见仅仅将《红楼梦》归结于色空观念、出世思想是以偏概全的。

三是生命之美的挽歌。作者一方面毫不留情地揭示了以十二金钗为代表的生命之美一步步走向毁灭的必然命运,另一方面又无限深情地为这一正在一步步走向毁灭的生命之美献上一曲无尽的挽歌。在贾宝玉看来,这个末世里,一切都是如此污浊、黑暗,唯有在女儿——未结婚的女孩身上仍保存着一种原初的人性之美、青春之美、生命之美。他的著名格言是:"女儿是水作的骨肉,男人是泥作的骨肉。我见了女儿,便觉清爽;见了男子,便觉浊臭逼人。"所以,他只有在大观园的女儿群中,才感到自由自在,无拘无束,才感到生命的意义,才感到自我的真实存在。大观园,是从贾府的恶浊中分离出来的一片绿洲,也是贾宝玉自由逍遥的精神家园,同时也是荟萃宇宙人类生命之美的神圣乐园。其中大观园中生命之美的集中代表是林黛玉,宝钗有其丰不能得其娇,探春有其秀而不能得其清,湘云有其俊而不能得其韵,凤姐有其丽而不能得其雅,宝琴有其美而不能得其幽,可卿有其媚而不能得其秀,香菱有其逸而不能得其文。因此,宝黛的结合,便是最高的审美境界的体现。然而大观园原来就是一个不存在于现实之中只存于幻想之中的"海市蜃楼",它最终是要在恶浊、黑暗的现实世界的侵袭与污染下走向彻底毁灭的,大观园中代表生命之美的女儿最终也都不可避免地要走向死亡或变相死亡——出嫁、出家以及沦落风尘。对此,作者也是冷峻审视与深情的哀挽两种情感互相交织在一起。这样,在小说平静冷峻地展示女儿不可避免地走向毁灭的同时,总是涌动着一股不可抑止的悲恸之情。原为"千红一窟""万艳同杯"的香茗醇酒即由此一变为"千红一哭""万艳同悲"的滴滴血泪,原在《好了歌》及注中的对人生与生命追求的彻底否定,即由此一变为《红楼梦》十二支曲中对于生命之美的执着追求与哀挽。

以上三重主题在《红楼梦》中同时存在着,互相交织着,其中的内在关系是:贵族家庭的挽歌是正;尘世人生的挽歌是对第一主题的升华与超越,是反;生命之美的挽歌又是对第二主题的升华与超越,是合。这是一个从浅到深、从小到大,从狭到广、从现实到超现实的逐步升华与超越的过程。

第三节 《红楼梦》的艺术成就

《红楼梦》之所以被称为"第一奇书",并被一代又一代的作家所借鉴,是与它所达到的杰出的艺术成就分不开的。《红楼梦》的艺术成就主要表现如下。

一、博取众长、兼融众体的大家风范

《红楼梦》可以说是集中国古代文学大成的经典之作。作为最杰出的章回体长篇小说,它从明代以来的同类作品中广泛吸取了艺术养料。仅就情节结构而言,《三国演义》

的三国鼎立而以蜀为主与《红楼梦》以贾府为主描写四大家族的兴亡,《水浒传》中开头"误走妖魔"下世然后一个个英雄从四面八方汇向梁山与《红楼梦》石头下凡至红尘历劫以及第二回、第三回黛钗汇聚贾府和后来众"女儿"纷纷来到大观园,彼此的继承关系至为明显。还有《西游记》中孙悟空的反抗叛逆道路与精神、《金瓶梅》以家族日常生活为主体的情节结构,也有明显的相通之处。此外,《红楼梦》虽为小说,但又最大限度地融会了其他各类文体,比如文、诗、词、曲、赋,以至谜语、酒令、笑话等等,构成一个完整的艺术整体。本来,在小说中穿插其他文体,在《红楼梦》之前早已出现,但没有任何一部小说像《红楼梦》那样与人物形象、情节结构如此有机地融为一体,也没有任何一部小说达到如此高的艺术成就。比如黛玉的《葬花词》以及咏菊诗等,出色地表现了她的孤芳自赏的独特品性,以此预示了她必将走向毁灭的悲剧命运。宝钗的《柳絮词》却表现了她的温柔敦厚,工于心计,这正是她淑女形象的心理写照。宝玉的《芙蓉女儿诔》更突出了他的叛逆精神以及晴雯的鲜明个性。还有红楼梦十二支曲、十二金钗判词、《好了歌》及注的重要作用更不待言,实际上是整部《红楼梦》的主题歌。假如离开了这些诗赋,那就不成其为《红楼梦》。

二、"实录""托愤"两相交融的诗史风格

《三国演义》写了一百来年的三国兴衰历史,人物众多,情节曲折,结构严谨,场面壮阔,而且寄托了作者的历史沧桑之感,具有一种气势磅礴、规模宏伟的史诗风格。所不同者,《红楼梦》是"实录"与"托愤"两相交织于一体的,在"实录"方面,它比《三国演义》更注重如实描写。《三国演义》实际上是一部英雄传奇,为了突出人物的英雄品格,往往略貌取神,尤其着意于渲染和夸张,但《红楼梦》则更注重如实描写,毫无讳饰。作者在开头就特别申明:"至若离合悲欢,兴衰际遇,则又追踪蹑迹,不敢稍加穿凿,徒为供人之目而更失其真传者。"这就是前人所说的"史笔",今人所说的高度的现实主义。尤为突出的是《红楼梦》特别注重于日常生活的精细描写,诸如穿衣吃饭、送往迎来、赏月观花、作诗猜谜、戏谑谈笑、争气斗口以及婚丧嫁娶、过年过节等等,表面看来平淡无奇,实际上都已经过作者的精雕细琢,借此推动情节,发展故事,渲染氛围,突出个性,而且多有一定的象征意义,仅就其中的各次大小宴会来看,也都是各具风采,并无任何类同之感,于平淡中见神奇,同时还往往寓有"天下没有不散的筵席"的深刻含义。通篇注重日常生活的描写,《金瓶梅》首开先例,《红楼梦》起而承之,但写得更加绘声绘色、细致入微而又含义深刻。另外,与《三国演义》一样,《红楼梦》也表现了明显而强烈的历史兴亡之感,但《红楼梦》又从一般的历史兴亡之感上升到"托愤""哀挽",并将此始终贯穿于整部书中。而且《红楼梦》的托愤具有浓厚的主观色彩,抒情性特别强,其中众多优秀诗歌之作的插入,也起到了很重要的作用,读者有时会感到,《红楼梦》虽是一部小说,实际上是一首长诗、大诗、奇诗。这是与《三国演义》不同的。

三、首尾呼应、纵横交错的圆形结构

《红楼梦》既吸取了《三国演义》的网状结构,也吸取了《水浒传》的先分后合结构。而更重要的是《红楼梦》借鉴《枕中记》《南柯太守传》等唐传奇小说,发展为一种首尾呼应、纵横交错的圆型结构,即以石头从神界大荒山青埂峰出发,下凡到贾府,经历了十九个春秋的红尘历劫,最后又回归于神界大荒山青埂峰。这种结构模式首次运用于长篇小说《水浒传》中,但使人感到有些牵强,因而不太成功。而《红楼梦》则精心构作,融会贯通,使人感到天衣无缝。由于小说还特别通过一僧一道的从神界走向俗界,再由俗间的甄士隐、贾雨村接线,最后又经一僧一道的牵引,使由石头演变而来的贾宝玉重新回归于神界的石头,并仍由一甄一贾归结《红楼梦》,不仅使结构显得一脉相贯,更为严谨,而且甄贾之间,一看破红尘,一热衷功名,互相配合,不仅具有暗示全书主题的作用,而且还进一步引发了后来贾宝玉自身以及与父辈的双重人生道路、人格理想的种种矛盾斗争,这双重人生道路、人格理想矛盾斗争结束,便是贾宝玉完成红尘历劫回归于神界的终点,也是《红楼梦》圆形结构完成的终点。小说以此为轴心,同时向外、向内引出了两条线索,一是以贾府为代表的四大家族的兴亡线,一是贾宝玉与诸多女儿感情纠葛最终走向一同毁灭的悲剧线。这内外两条线即是通过"石头—贾宝玉—石头"的圆形结构得以内外贯通的,通过它将小说中四百多位人物、大大小小的纷繁事件精密地组织在一起,纵横交错,波澜壮阔,而又一脉相贯,首尾呼应,主次分明,有条不紊,充分地体现了作者杰出的艺术才华。

四、呼之欲出、个性鲜明的不朽群像

《红楼梦》中所写人物形象四百多个,其中最为成功的成为不朽典型的也有数十人之多,不仅极大地丰富了中国古典文学的人物形象画廊,而且为后代各种艺术积累了丰富的经验。其中最突出的表现在:一是对比与映衬。四春之间虽为姊妹但个性各异;二玉——黛玉与妙玉都为孤高,但一自然,一做作;凤姐与探春都为泼辣,但一在泼辣中暗藏着狡诈,一在泼辣中体现着严正;平儿与袭人都有温顺的品性,但一在温顺中透露出善良,一在温顺中表现出世故,还有尤二姐的软弱与尤三姐的刚烈,贾瑞的为淫而死亡,柳湘莲的为情而出家,等等,都是对比映衬手法的出色运用,突出了人物形象的不同个性。二是淡笔与重笔。对于书中主要人物一般都用重笔来写,次要人物则多用淡笔来写,但还有先淡后重,或先重后淡,或时淡时重,或重中有重的不同情况。比如对王熙凤始终是用重笔来写的,但她的泼辣性格与治家之才在第十三回"协理宁国府"中得到了最集中、最突出的表现,是重笔之中的重笔。探春也是至大观园改革、抄检大观园重上加重。再如刘姥姥,第六回一进贾府时战战兢兢,很不起眼,是淡,但到第三十九回二进贾府则转为重笔刻画,以至"刘姥姥进大观园"成为一句广为流行的俗语。三是正写与

反写,也可称之为直笔与曲笔,例如贾宝玉的反抗叛逆性格以及他对林黛玉的挚爱,都是用正笔来写,但第三回说他"天下无能第一,古今不肖无双",则是反写,是曲笔,似反若正。再如林黛玉对爱情的追求,大都正写,但写她过于心细,惹出一身病,则更显示她对爱情的执着、痴情,也是似反若正。还有如第十三回,写秦可卿死,贾珍哭得如泪人一般,则是以正显示反意,似正若反。四是景语与情语。《红楼梦》特别善于把人物放在特定的艺术氛围中,来烘托人物的内心情绪,给读者以强烈的感受,这是继承和发展了我国古典诗词、戏曲中的情景交融的手法,小说故事情节的进展、人物情绪的起伏都与外部环境氛围相交融,宝黛的爱情发生于春天,而爱情悲剧则终结于秋天,萧瑟、悲凉的天气对爱情悲剧起到了出色的烘托、渲染作用,具有一种诗情画意的感人效果。

五、摇曳多姿、炉火纯青的语言艺术

在所有古典小说中,《红楼梦》的语言艺术是最成熟、最优美的,其特点是雅而美,美而奇,达到了雅、美、奇的完美统一。作品中写景状物、叙事抒情多能达到绘声绘色,生动传神,充满着诗情画意,使读者仿佛身临其境。宝钗扑蝶、黛玉葬花、晴雯补裘、湘云醉卧芍药裀、宝玉祭悼晴雯,都是画家诗人着意渲染的艺术题材。首先都是雅文,其次都是美文,再次也都是奇文。黛玉葬花一节的描写以及《葬花词》,可谓千古奇文,读之令人声泪俱下。再如写宝玉祭悼晴雯,黛玉从芙蓉花丛中走出被误为晴雯之鬼,宝玉改诔为"茜纱窗下,我本无缘;黄土垄中,卿何薄命",黛玉听了,忡然变色,更是意出言表,具有一种摄人心魂的美感力量。

《红楼梦》的语言艺术之所以能摇曳多姿、炉火纯青,是与作者特别善于运用跨文体语言密不可分的,其中最为突出的是小说与诗歌文体的内在交融,而且能在不同的叙事场景中凸显不同的功能。比如第一回的一僧一道唱的《好了歌》以及甄士隐听后所作的《好了歌》,同时兼具劝诫与预示的作用;第五回贾宝玉梦游太虚幻境时看到的金陵十二钗判词、听到的《红楼梦》十二支曲,则在兼具劝诫与预示作用的基础上又强化了抒情功能;第二十七回林黛玉吟唱的《葬花吟》则进而以抒情为主体而兼具预示功能……现不妨以其中的黛玉吟唱《葬花吟》为例略作分析。先是小说写宝玉再次来到黛玉的葬花之地:"将已到了花冢,犹未转过山坡,只听山坡那边有呜咽之声,一行数落着,哭的好不伤感。"当黛玉最后唱到"侬今葬花人笑痴,他年葬侬知是谁?试看春残花渐落,便是红颜老死时。一朝春尽红颜老,花落人亡两不知时",宝玉的反应是:

> 不觉恸倒山坡之上,怀里兜的落花撒了一地。试想林黛玉的花颜月貌,将来亦到无可寻觅之时,宁不心碎肠断!既黛玉终归无可寻觅之时,推之于他人,如宝钗、香菱、袭人等,亦可到无可寻觅之时矣。宝钗等终归无可寻觅之时,则自己又安在哉?且自身尚不知何在何往,则斯处、斯园、斯花、斯柳,又不知当属谁姓矣!——因此一而二,二而三,反复推求了去,真不知此时此际欲

为何等蠢物,杳无所知,逃大造,出尘网,使可解释这段悲伤。

《葬花吟》本身是诗,是以抒情为主体,但《葬花吟》蕴含黛玉以及十二金钗的命运,又具有明显的预示功能,诚如脂批所言:"埋香冢乃诸艳归源,《葬花吟》又系诸艳一偈也。"然而宝玉从《葬花吟》进而走向对于生命存在的思考和推问,则又具有深刻的形而上的哲理意味:生命的必然毁灭以及必然毁灭的无归宿感!但以上所有这些功能的融合与展开,都没有游离于小说叙事之外,而是通过彼此的内在交融而熔铸为小说叙事中不可分割的核心情节,这是《红楼梦》跨文体交融真正臻于摇曳多姿、炉火纯青的语言艺术境界的奥秘所在。诗、词、曲、赋之外,包括诔、联额、偈语、书启、灯谜、酒令等其他众多文体,也都在不同程度上展示了这方面的特点与成就。

六、本体象征、历久弥新的重释功能

《红楼梦》虽是小说,但又与一般的小说不同,在它的文本表象世界之外还有一层潜在的象征意义,而且这一象征意义又会因时代的变迁、各位读者不同的人生经验而生成新的意义,因而具有历久弥新、生生不息的重释功能,也就是说具有由读者进行不断再创造的内在潜力与魅力。其中最根本的原因在于《红楼梦》本身就是一个呈开放性的本体象征系统。一般而论,象征主义与现实主义、浪漫主义的区别在于:"如果以反映客观世界为主,侧重于客观事物的真实写照,而往往把自己的思想倾向、爱憎感情蕴藏在逼真的生活图景中,那就是现实主义;如果以反映主观世界为主,侧重于主观情志的充分抒发,而对所选择的题材往往加以超乎常规的夸饰、改造,那就是浪漫主义;如果对本来要反映的主观世界与客观世界都重在间接表现,而另外创造一个能从差异中见同一的双关性形象,去暗示所要着重表现的事物、情态,那就是象征主义。"但象征又有作为一般的、局部的表现手法与作为本体的、整体的文本结构之别,后者即是本体象征。在《红楼梦》中,既有现实主义,也有浪漫主义,但最重要的是象征主义,而且不是一般的、局部的表现手法,而是本体的、整体的文本结构。一位西方学者说过:一个真正的象征永远具有无限赋形与启示。它就好像蛋白石,其光能在慢慢转动的不同角度下放射不同的光彩。《红楼梦》之所以具有生生不息的重释功能与历久弥新的永恒魅力,主要得益于此。

第四节 《红楼梦》的深远影响

《红楼梦》问世后,即以它深刻的思想内涵和巨大的艺术魅力迅速吸引了广大读者。在最初的三十年,以手抄本的形式广为流传,被人们视为珍品。程伟元《红楼梦序》称:"当时好事者每传抄一部,置庙市中,昂其价,得金数十,可谓不胫而走者矣!"一百二十

回本印刷出版后,翻印本越来越多,传播的面越来越广,而且成为当时人们谈论的热点话题,以至社会上有"开谈不说《红楼梦》,纵读诗书也枉然"的说法。有时因双方争执不下,"遂相龃龉,几挥老拳"。民间戏曲、弹词将《红楼梦》搬上舞台演出时,观众都为之"感叹欷歔,声泪俱下"。甚至有人读了《红楼梦》,由于酷爱书中的人物而发狂,所有这些都说明了《红楼梦》这部天才杰作的巨大成就与非凡魅力。

《红楼梦》对后代巨大而深远的影响主要表现在以下两个方面:一是学术研究,二是文艺创作。自曹雪芹同时代人脂砚斋评点《红楼梦》,至今已有二百余年,对《红楼梦》的研究一直没有间断过,形成一种专门的显学——红学,以二十世纪二十年代为界,红学分为"旧红学"与"新红学"两个阶段,"旧红学"的代表是索隐派。"索隐"意为索求隐义,即寻找隐藏在小说背后的"本事"或"微言大义"。根据这一方法,有人推测小说是写清世祖与董鄂妃的故事;有人推测是写康熙朝宰相明珠家的事,贾宝玉就是纳兰性德;有人推测是写乾隆年间宰相和珅家事;有人推测是写康熙末年诸王子争夺皇位的斗争;也有人推测作者抱民族之痛,"吊明之亡,揭清之失";等等。代表作有王梦阮、沈瓶庵的《红楼梦索隐》,蔡元培的《石头记索隐》,等等,大都把《红楼梦》混同于历史,加以牵强附会的"索隐"。但索隐派的影响相当大,直到今天仍然没消失。

二十世纪二十年代以来,胡适、俞平伯、顾颉刚等人吸取西方文学理论,对《红楼梦》作出了新的阐释,被称为"新红学",其奠基作是胡适于1921年发表的《红楼梦考证》,书中批判了索隐派,以考证代替"索隐",初步考定了曹家的历史与曹雪芹的生平,取得了突破性的进展。但作者又进而以此认定《红楼梦》就是写曹雪芹自己的家庭历史,就是曹雪芹的自传,在方法论上实际上仍重犯了索隐派的以小说混同于历史的错误,也是历史学的而非文学本身的研究方法,但在总体成就上则远远超过了以"索隐派"为代表的"旧红学"。目前,《红楼梦》已被译成数十种语言在世界广为传播,红学也已从国内走向世界,成为与"甲骨学""敦煌学"鼎足而立的世界汉学三大显学之一。

在文艺创作上,《红楼梦》的影响也是很大的,一是仿作。从《红楼梦》开始流传至今,即有大量续书问世,诸如《后红楼梦》《红楼补》《红楼复梦》《红楼圆梦》等等,但大都是才子佳人大团圆故事的翻版,没有多大可取之处。二是改编。早期有戏曲、弹词,20世纪后又多次被搬上银幕,凭借影视传媒的特长,传播更广。三是借鉴。嘉庆间李汝珍的《镜花缘》通过大胆想象,创造了一个神奇的海外女儿国,在那里"男人反穿衣裙作为妇人以治内事,女子反穿靴帽作为男人以治外事"。男女的分工、地位正好与现实作了颠倒,明显受到《红楼梦》的影响。此后的男女爱情小说、戏剧,乃至如《品花宝鉴》《花月痕》《海上花列传》《青楼梦》《儿女英雄传》等狭邪、侠义小说也多少有《红楼梦》的影子。至于现当代文学中的优秀小说受惠于《红楼梦》的更是多不胜举。这说明《红楼梦》不仅成为中国古典小说最高成就的代表,而且成为后代文学取之不尽、用之不竭的文学宝库。

　　从《三国演义》到《红楼梦》，章回体长篇小说一步步地从历史、传说走向现实生活，从民间集体创作走向文人独立创作，从俗文学走向雅文学，然后终于登上了它的顶峰。到《红楼梦》，原属于俗文学的小说业已与属于雅文学的诗文合流，通过广泛吸取后者的养料充实自身，从而极大地提高了小说的艺术品位和审美境界。

第十九章　新旧蜕变中的近代启蒙小说

到了近代,中国封建社会即将走完它漫长的历程而近尾声,新世界的曙光正在冉冉升起。在文学界,反封建的启蒙思潮日益高涨,许多作家都自觉或不自觉地肩负起了思想启蒙的重任,并由此推动源远流长的中国文学从古典形态向现代形态转变。小说创作也不例外,由于古典小说的衰落,外国小说的输入,小说界的新旧之争日趋激烈,而资产阶级改良派、革命派倡导"小说界革命",普遍重视小说的政治功能,并直接以小说为启蒙工具积极投入改良主义和反清革命运动之中,先是出现以李宝嘉《官场现形记》为代表的四大谴责小说,继而兴起以陈天华《狮子吼》等为代表的反清小说,两者虽然立场、性质不同,但都属于晚清文学启蒙思潮的产物,都可以归结为启蒙小说。

第一节　古典小说的衰落与转型

继《红楼梦》的高峰出现之后,中国古典小说即已无可挽回地开始走下坡路。到了鸦片战争前后,明显地出现了衰落状态。当时小说界最为兴盛的是两类作品:一为侠义公案小说,一为狭邪小说。前者代表作有无名氏《施公案》、文康《儿女英雄传》、俞万春《荡寇志》、无名氏《三侠五义》。后者的代表则有陈森《品花宝鉴》、魏秀仁《花月痕》、俞达《青楼梦》、韩邦庆《海上花列传》等。

这两大类型作品,无论在内容还是艺术上,都已表明中国古典小说与其赖以生长的社会本身一样,已走到了末路,必须有赖于社会革命和文学革命使其起死复生,走向现代。正在这样的转折关头,中国社会先后出现了资产阶级改良维新运动与民主主义革命运动,资产阶级改良派与革命派都不约而同地将小说作为思想启蒙的有力武器,甚至出现了"小说救国"论,片面扩大小说的政治功能,以致把小说的社会地位抬到高得不能再高的地位。梁启超的《论小说与群治之关系》一文很有代表性:"欲新一国之民,不可不先新一国之小说。故欲新道德,必新小说;欲新宗教,必新小说;欲新政治,必新小说;欲新风俗,必新小说;欲新学艺,必新小说;乃至欲新人心,欲新人格,必新小说。"王无生在《论小说与改良社会之关系》中说得更为直截了当:"吾以为吾侪今日,不欲救国也则已;今日诚欲救国,不可不自小说始,不可不自改良小说始。"尽管在今天看来,这种说法是相当片面的,而且在艺术上也带有许多消极影响,但对提高小说的社会地位,推动小说界革命,促进古典小说向现代小说的转型,都起到了巨大的作用。最直接最明显的成果就是雨后春笋般地出现了一大批宣扬改良主义思想的小说杂志,其中最著名的是《新小说》(1902 年创刊)、《绣像小说》(1903 年创刊)、《月月小说》(1906 年创刊)、《小说林》(1907 年创刊),号称晚清四大小说杂志。伴随小说杂志雨后春笋般问世的是小说作品,不仅数量多,反映生活面广,而且都与当时时事、政治紧密地结合在一起。比如佚名《苦社会》反映反华工禁约运动,姬文《市声》反映工商界反对买办阶级的斗争,梁启超《新中国未来记》反映立宪运动,静观自得斋主人《中国之女铜像》反映妇女解放运动,张春帆《宦海》反映官僚生活的黑暗与腐败,佚名《莺粟花》反映鸦片战争,《辽天鹤唳记》反映日俄战争,忧患余生《邻女语》反映庚子事变,等等。而成就最高、影响最大则当推李宝嘉《官场现形记》等四大谴责小说。与以往小说相比,改良主义小说具有自己的鲜明特点:一是以暴露和批判封建官僚制度和黑暗现实、宣扬社会改良为主题。二是出于对晚清黑暗社会的失望,以及由于受到西学的影响,对西方文明普遍向往,甚至盲目崇拜。三是以立意取胜,艺术上往往比较粗糙。不过,由于各人的经历、个性、立场以及创作时间先后的不同,在资产阶级改良小说中即如四大谴责小说中仍存在着相当大的差异,或激进或保守,或一贯,或多变,或倒退至洋务派观点,或趋向于革命派立场,不一而足,但总体上还是比较一致的。

到了晚清后期,资产阶级革命派继改良派登上政治历史舞台,他们更是把改良派的"小说政治功用论"与"小说救国"论发展到了极致,直接通过小说发出革命的吼声,因而在思想上更为激进,但在艺术上却比之谴责小说有更多的不足。总之,经过改良派、革命派先后不懈的努力,至五四前夕,我国小说无论在思想还是艺术上都为之一变,从而为五四新小说的正式诞生奠定了基础。

第二节　改良派的谴责小说

李宝嘉的《官场现形记》、吴趼人的《二十年目睹之怪现状》、刘鹗的《老残游记》、曾朴的《孽海花》代表了近代资产阶级改良主义谴责小说的最高成就,号称"晚清四大谴责小说"。

一、李宝嘉《官场现形记》

李宝嘉(1867—1906),又名宝凯,字伯元,别号南亭亭长,笔名游戏主人、讴歌变俗人,江苏武进(今常州)人。光绪二十二年(1896)到上海,先后编辑和创办《指南报》《游戏报》《世界繁华报》《绣像小说》。于光绪二十七年(1901)至三十二年(1906),先后著成《官场现形记》《文明小史》《活地狱》《中国现在记》等长篇小说和不少弹词。

《官场现形记》六十回,为李宝嘉的代表作。约作于光绪二十九年至三十一年(1903—1905)之间,最初连载于《世界繁华报》,光绪三十二年(1906)出版完整的六十回本。小说由许多相对独立的短篇串联而成,作者从改良主义立场出发,形象地展现了封建社会末期封建官僚贪污腐化和媚外卖国的丑态,以及残酷迫害人民的罪恶。在中国小说史上,揭露封建官僚制度的腐败代代不断,以此作为长篇小说的核心主题,则以此书为第一部,与专门揭露科举制度的《儒林外史》先后相映,两书的结构也十分相近,似长篇而实为短篇。作品出色地描写了形形色色的官僚形象,批判内容主要集中在三个方面:一是贪污腐化。从中央到地方,从文官到武将,从最高统治集团到低级衙门的人员,尽管地位、权势、手段有别,但无不见钱眼开,爱钱如命,无不都是最无耻、最龌龊的吸血鬼。由于统治阶级的大力提倡,晚清卖官鬻爵空前盛行,风靡全国。官场成了市场,做官成了一门新生意。对此,小说作了全面、深刻的揭露。第四回至第五回所写的江西何藩台,绰号荷包,他的弟弟叫三荷包,这些荷包装钱是无底的。何藩台趁着暂时代理布政使的机会,加紧卖缺,派人四处兜揽生意,至少一千两银子,好缺则一万两银子。第二十五回,贾大少爷托黄胖姑买缺时,黄胖姑说:"一分钱一分货,你拼得出大价钱,就有大官做。"第三十一回中,田小辫子说:"任他缺分如何坏,做官的利息总比做生意的好。"真是点睛之笔。所以,为了往上爬,官僚们逢迎、拍马、蒙混、倾轧甚至献妻卖女,无所不至。第三十一回冒得官为了保住冒骗来的官职,竟然把亲生女儿送给好色的顶头上司羊统领去糟蹋,而在得到好差使时,还赶去谢恩,真是厚颜无耻至极!

二是媚外卖国。第五十三回描写江南文制台一向脾气很坏,一次吃饭的时候,巡捕报告有客拜见,他立刻打了巡捕一记耳光,说吃饭时无论什么客人来都不许回,然后再踢上一脚。但当巡捕说是洋人来了。文制台不知为何,顿时气焰矮了大半截,怔在那里半天,然后又打了巡捕一记耳光,接着骂道:"混账王八蛋!我当是谁!原来是洋人!洋人来,为什么不早回?叫他在外头等了这半天?"第五十五回参将萧长贵被派去见外国兵舰上的洋人,坚持要行下属的礼节,跪在海滩上,双手高捧履历,口拉长腔报告自己的官衔名字……都将这些洋奴的卑躬屈节之丑态写得活灵活现。

三是残害人民。第三十四回写山西太原发生旱灾,"赤地千里,寸谷不收,草根树皮都没得吃,饿得吃人肉",而奉旨急赈山西的钦差大臣却不仅一路让地方官张灯结彩,大摆宴席,而且趁此大量搜刮民财,中饱私囊。第十四回写胡统领到本没有"匪情"的严州剿匪,一路上焚烧民舍,抢夺民财,奸淫妇女,杀良冒功,人民无处申冤。

以上三个方面构成了《官场现形记》作为谴责小说的三大"谴责"内涵,揭露是相当尖锐、深刻的,从中可以看到晚清王朝已腐烂发臭,不可救药。这是改良派"谴责小说"的社会意义之所在。作者将许多互不连贯的事实通过章回体的形式连缀起来,并运用夸张的手法将官僚种种贪婪、愚昧、残酷、卑鄙形象地描绘为一幅百丑图,然后作者以"冷眼旁观"的态度,让事实本身显示讽刺意义,但也因此留有许多不足,正如鲁迅所说:"头绪既繁,脚色复伙,其记事遂率与一人俱起,亦即与其人俱讫,若断若续,与《儒林外史》略同。然臆说颇多,难云实录,无自序所谓'含蓄蕴酿'之实,殊不足望文木老人后

尘。况所搜罗,又仅'话柄',联缀此等,以成类书;官场伎俩,本小异大同,汇为长编,即千篇一律。"(《中国小说史略》)

二、吴趼人《二十年目睹之怪现状》

吴沃尧(1866—1910),字小允,又字茧人,后来改为趼人,广东南海(今佛山)人。因住在佛山镇,所以别号"我佛山人"。出身于中落的官僚家庭,二十多岁就到上海谋生,曾佣书于江南制造军械局。后客居山东,远游日本。戊戌政变后,梁启超在日本横滨创办《新小说》,他应约开始创作长篇小说。光绪三十二年(1906)与周桂笙等创办《月月小说》,自任主笔。一共创作小说三十多种,现存二十余种,较著名者有《二十年目睹之怪现状》《九命奇冤》《痛史》等,其中《二十年目睹之怪现状》是其代表作。

《二十年目睹之怪现状》,一百零八回,又名《最近社会龌龊史》,光绪三十三年(1907)发表于《时务报》。与《官场现形记》一样,也从改良主义的立场出发,重在揭露社会的丑态和怪状。但比之后者一是笔锋更为尖锐,更加愤世嫉俗。小说第二回,作者借九死一生之口说:"我出来应世的二十年中,回头想来,所遇见的只是三种东西:第一种是蛇虫鼠蚁;第二种是豺狼虎豹;第三种是魑魅魍魉。"这是作者对当时社会尤其是官场的概括。二是反映现实更广阔,虽仍以官场黑暗为中心线索,但又从官场延伸至商场,旁及医卜星相、三教九流。其中暴露官场的丑态怪状与《官场现形记》大致相仿,作者笔下的大大小小文武官僚,也都是肮脏龌龊、贪财无耻的家伙,上自"老佛爷"(慈禧太后)、王爷、中堂、尚书、侍郎、总督、巡抚,下至未入流的佐杂小官,全部都撕下了假面具,赤裸裸地当起强盗、骗子、小偷、乌龟和娈童,只求有财可贪,或者有官可做。官场即是商场,官僚即是市侩甚至强盗、小偷,其中就有作贼的知县,盗银的臬台,还有命妻子为制台"按摩"的侯补道,下跪求儿媳妇做制台姨太太的苟观察……第九十九回卜士仁告诉他侄孙的一番话可谓"一针见血":

> 第一的秘诀是要巴结,只要人家巴结不到的,你巴结得到,人家做不出的,你做得出……你不要说做这些事难为情,你须知他也有上司,他巴结起上司来,也是和你巴结他一般的,没甚难为情……你千万记着"不怕难为情"五个字的秘诀,做官是一定得法的。如果心中存了"难为情"三个字,那是非但不能做官,连官场的气味也闻不得一闻的了。

这就是官场上鬼蜮伎俩的"金玉良言",道德堕落到了何等程度!

与此同时,他们在洋人面前却是贪生怕死,卖国求荣,丑态百出。第十四回写中法战争时,中国兵轮仅仅看到海上有一缕烟,就疑为法舰,放水沉船,事后又谎报仓促遇敌,致被击沉。在与洋人交涉上,总理衙门的一位大臣竟致信江西巡抚说:"台湾一省,朝廷尚且送给日本,何况区区一座牯岭,值得什么?将就送了它吧,况且拿回来,又不是你的产业,何苦呢?"结果把一座庐山白白送给了洋人。

官场如此,商场洋场也不例外。第七十五回写北京钱铺掌柜恽洞仙,给周中堂当差,官员的任免升降,只要由他经手都能办到。第九十二回写北京兴隆金子店掌柜徐二滑子,甚至代人经手银钱走朝廷的门路,可见官商一体,腐败相类。至于十里洋场中的各色人物也都尽在作者谴责讽刺之中。洋场才子胸无点墨,硬把少陵、杜甫说成是父子二人,把李商隐的"玉溪生"送给杜牧,又把杜牧的别号"樊川"加在杜甫身上。开了缺的知县、以狂士自居的李玉轩买书不给钱,被人捉住后又露出一副流氓嘴脸,高叫:"我怕你了,我是王八蛋,我是王八蛋!"其他诸如买办、讼师、赌棍、道士、江湖庸医、人口贩子,也都是各具丑态怪状,为作者所不耻。

因作者通过具有作者影子的"九死一生"的视角,将他二十年间耳闻目见的种种怪现状贯穿起来,为我们描绘了一幅行将崩溃的晚清帝国的社会画卷,比起《官场现形记》的松散结构要相对集中些。但《官场现形记》中的主要缺点也同样存在着,如对庞杂的题材缺少剪裁,旨在暴露而夸张失实,大量运用讽刺却给人浮光掠影之感。鲁迅以为其不足是"惜描写失之张皇,时或伤于溢恶,言违真实,则感人之力顿微,终不过连篇'话柄',仅足供闲散者谈笑之资而已"(《中国小说史略》)。虽责之以严,但大体符合实情,不过改良派之谴责小说几乎都有类似的通病。

三、刘鹗《老残游记》

刘鹗(1857—1909),字铁云,别署洪都百炼生,江苏丹徒(今镇江)人,曾研究过数学、医学、水利等,先后在河南巡抚吴大澂、山东巡抚张曜处做过幕宾,因治理黄河有功,官至知府,后来当了买办。光绪三十四年(1908)曾从俄军处贱价购买太仓粮转卖给居民,被劾私售仓粟而谪徙新疆,次年病逝于新疆。

《老残游记》于光绪二十九年(1903)开始发表于《绣像小说》半月刊,连载到第十三回因故中断。后又重新发表于天津《日日新闻》,光绪三十二年(1906)刊行初编二十四单行本,署名洪都百炼生作。作品以一个摇串铃的江湖医生老残在游途中的所见、所闻、所为,反映了晚清社会的黑暗。第一回的比喻很能表现作者的政治见解和政治态度。他把国家比作在惊涛骇浪中颠簸前进的伤痕累累的一只大船,船上有四种人:第一种是掌舵、管帆的,这是暗指清廷的统治集团,老残认为他们"并未曾错",所缺的只是一个方针,因此只要送他们一个罗盘就行了。第二种人是管理的水手,暗指中下层官吏,他们正在掠夺乘客的干粮,剥取乘客的衣服,是一帮贪官污吏,是作者所谴责的。第三种人是会演说的"英雄",暗指孙中山领导下的革命党。他们依靠高谈阔论敛钱,自己找一块安全的地方,却鼓动别人去流血。老残鼓励人们把他们抛下海去。第四种人是乘客,也就是老百姓。在老残看来,他们中赞成革命的人是不懂事,被人"利用"。好心的"老残"把一只罗盘送到船上,可是水手和演说的英雄称他为"洋鬼子差来的汉奸",把他赶走了。这个比喻充分说明了刘鹗是仇视革命,站在改良派甚至倒退到洋务派的立场来审视晚清社会、确立作品思想基调的。

与前面三部小说相比,《老残游记》的独到之处亦是深刻之处是揭露"清官"的罪恶。历代文学作品揭露社会尤其是官场罪恶,无不把矛头对准赃官,而《老残游记》则转而对准"清官",而且认为"清官"比赃官更可恶,他说:

> 赃官可恨,人人知之,清官尤可恨,人多不知。盖赃官自知有病,不敢公然为非;清官则自以为不要钱,何所不可?刚愎自用,小则杀人,大则误国,吾人亲目所见,不知凡几矣。

立论独到深刻。作者即以此为宗旨,着意塑造了玉贤、刚弼这两个清廉而又残酷的酷吏形象。他们虽然清廉自守,但刚愎自用,蛮横武断,对人民残酷地施行暴政,到了令人发指的地步。曹州知府玉贤"路不拾遗"的政声就是建立在对无辜人民的残酷屠杀之上的,他上任不满一年,就用站笼站死两千多人,站不死的还用板子活活打死。作者以一首诗对他作了愤怒的控诉:"得失沦肌髓,因之急事功。冤埋城阙暗,血染顶珠红。处处鸺鹠雨,山山虎豹风。杀民如杀贼,太守是元戎!"谐音"刚愎"的刚弼也是暴酷成性,滥用严刑,屈杀好人,只求自己邀功,不顾百姓死活。可见这些酷吏表面上清廉正直、执法严明,实际是杀人不眨眼的魔王。对于作者对此的揭露以及对人民的同情应予以充分的肯定。

《老残游记》在艺术上也有独特之处,从书名以及书中叙述方式来看,作者充分吸取了我国古代游记文学描景写物的艺术经验,第二回写家家泉水、户户垂杨的济南城,第三回写济南四大名泉,第十回写黄河打冰,都能绘声绘色,细腻真切,从而构成了一幅幅优美的风景和风俗画。以老残游历为线索,也在一定程度上增加了结构的严谨性和整体感。塑造两个清廉而暴酷的"清官"形象比较成功。大段的心理描写有助于深化人物形象塑造。语言清新流利,文笔生动,也是其优点。但总的来说情节与人物结合不够紧密,情节结构比较松散。

四、曾朴《孽海花》

曾朴(1872—1935),字孟朴,又字小木、籀斋,号铭珊,笔名东亚病夫,江苏常熟人,出身于官僚家庭,光绪十七年(1891)中举,次年入同文馆学习法文,受西方新学影响,开始翻译雨果等人的作品。曾参加过康、梁的维新活动。光绪三十年(1904)与徐念慈等创立"小说林书社",三年后创办《小说林》杂志。同年,革命家秋瑾被杀害,曾参加过联名抗议。宣统元年(1909)在两江总督端方幕中任职,辛亥革命后曾任江苏省临时议会议员、官产处处长。北洋军阀时期曾任江苏省财政厅厅长、政务厅长。1927年在上海创办《真善美》杂志,1931年回家乡隐居。

《孽海花》初印本原署"爱自由者发起,东亚病夫编述"。"爱自由者"是曾朴好友金天翮。因为小说先由金开始写前六回,才由曾朴接过来一面修改一面续写,故有这样的署名。按曾朴原计划写六十回,没有完成。到1928年出版了十五卷三十回修改本。

《孽海花》以金雯青与傅彩云的故事为线索,描写了清末同治初年到甲午战争三十年间中国上层社会生活,揭露了统治阶级的腐朽、上层社会的堕落和帝国主义的侵略野心。小说第一回就直接指斥了清代帝王们:"暴也暴到吕政、奥古斯都、成吉思汗、路易十四的地位,昏也昏到隋炀帝、李后主、查理士、路易十六的地位。"并刻意勾画了慈禧太后的阴险专横、凶顽贪暴的嘴脸,揭露了她公然受贿,荒淫享乐,以至用"一国命脉所系"的海军经费修了颐和园。帝王以下,各位高官显宦也都是一个个卖官鬻爵,贪婪腐化,争权夺利,是一批肮脏透顶的蛀虫。再是一班官僚名士们,虽然表面上看去"高雅斯文",但灵魂同样卑劣,生活同样腐烂。他们身居高位,在内忧外患、国难当头之际,却不问国事,醉心于考据版本,赏鉴古玩,饮酒狎妓。男主角金雯青即是其中的代表,他高中状元一举成名,官场上又处处得意,却成天饮酒吟诗,狎妓作乐,甚至在母亲的热丧中纳妾。出使外国时,在轮船上调戏俄国虚无党员夏雅丽,结果在对方的严词谴责与手枪威逼之下惊恐万状,一副狼狈相。在驻俄使馆里,正事不干,只成天研究元史,为了贪得整理国界的功劳,用巨款从外国骗子手里购进伪造的"中俄交界图"刻印出来,结果却被外人诓去了八百里土地。这样的状元郎、外交官,可谓糊涂之甚!卑劣之甚!腐朽之甚!怪不得傅彩云嘲讽道:"我看人家把你抬了去,你还摸不着头脑哩!"此外,作品还揭露了帝国主义列强对中国的侵略野心,在第一回就急切地呼请:"东三省快要不保了","岂但东三省呀!十八省早已都不保了!"以让全国同胞尽早觉醒过来,也体现了作者对国家命运的关怀。

《孽海花》也是把许多故事连缀成长篇,但因以女主角傅彩云为"中心",相对比较完整。作者讲自己的与《儒林外史》等不同的章法是:"譬如穿珠,《儒林外史》等是直穿的,拿着一根线,穿一颗算一颗,一直穿到底,是一根珠链;我是蟠曲回旋着穿的,时收时放,东交西错,不离中心,是一朵珠花。"这珠花即妓女赛金花、小说女主角傅彩云。归结起来,《儒林外史》等为链式结构,而《孽海花》则是网式结构。但总体上看情节结构还显得比较草率与粗略。作者尤长于描摹名士的神态、对话,语言华美,笔调诙谐,但也有不少陈词滥调。

第三节　革命派的反清小说

与改良派的谴责小说不同,革命派所创作的小说的中心主题是:反清排满。它是随着资产阶级革命运动的兴起而兴起的。其中成就较高、影响较大的有陈天华的《狮子吼》、黄小配的《洪秀全演义》。

陈天华(1875—1905),字星台,一字思黄,号过庭子,湖南新化人。光绪二十九年(1903)赴日本留学,曾参加拒俄义勇军和军国民教育会,先后创办和编辑过《游学译编》

《新湖南》《二十世纪之支那》《民报》等革命报刊,次年与黄兴等人组织"华兴会"。第三年即1905年11月,在反对日本颁布清国留学生入学规则斗争中,为了唤醒中国人的觉醒,写成告同胞书后投海自杀,年仅三十岁。

《狮子吼》共八回,未完成作者就投海自杀了,光绪二十九年(1903)在《民报》上开始发表。小说开头以"混沌国"影射中国,以"蚕食国""鲸吞国""狐媚国"等影射帝国主义列强,然后写一头大狮子睡醒后,大吼一声,"追风逐电般地追那些虎狼去了"。所以"狮子吼"也就是民主革命的吼声。作者以极其沉痛、愤怒的心情历数帝国主义压迫和奴役中国人民的种种罪行,呼请中国人民认清亡国亡种的危急现状,又历数清政府昏庸腐败、卖国求荣的种种罪行,向全国人民大声疾呼,只有起来推翻这个"洋人的朝廷",才能驱逐帝国主义,挽救民族的危难。小说还充分表现了作者的革命理想,所以他自称为"新理想小说"。他的理想社会具体体现在第三回中,设想在舟山群岛外的"民权村"里,有一个"世外的桃源,文明的雏本",那里有民三千多户,从未被清兵占领过,村里有议事厅、医院、警察局、邮政局、公园、图书馆、体育会、蒙养学堂、中学堂、女学堂、工艺学堂等,总之,是资产阶级政治加上近代物质文明,也是作者理想中的资产阶级民主共和国的缩影。小说充满着赤诚、激情、幻想,但艺术上并不成熟。

黄小配(1873?—1912),又名世仲,笔名禹山世次郎、黄帝苗裔,广东番禺人。青年时代到南洋谋生,主编过《少年报》等多种报纸,为早期同盟会会员,1911年亲身参加了著名的黄花岗武装起义,次年被军阀陈炯明杀害。著有《洪秀全演义》、《大马扁》、《宦海升沉录》(一名《袁世凯》)、《廿载繁华梦》、《宦海潮》、《黄粱梦》等及反映黄花岗起义的报告文学《五日风声》。其中《洪秀全演义》为其代表作。

这部小说最先刊载于《有所谓报》,续载于《少年报》,1914年出版单行本,共五十四回,是一部未完成的章回体长篇小说。作品根据有关太平天国的历史记载以及笔记传说,描写了太平天国从金田起义逐步发展壮大的过程,热情讴歌了天国首领"勠力同心,共挽山河,救民水火"的英雄品质。但作者虽然写的是历史小说,目的却不在叙述历史,而是以此寄托自己的思想,鼓吹资产阶级革命。因而他眼中的太平天国也不再是农民起义,而是资产阶级革命。他的序言中这样写道:"当其定鼎金陵,宣布新国,惟得文明风气之先,君臣则以兄弟平等,男女则以官位平权。凡举国政戎机,去专制独权,必集君臣会议。复除锢闭陋习,首与欧美大国遣使通商,文明灿物,规模大备,视泰西文明政体,又宁多让乎!"这与真实的太平天国相去何其远也!但在当时来说,却具有宣传鼓动革命的重要意义。《洪秀全演义》在结构布局、情节安排上明显模拟《三国演义》与《水浒传》。全书充满着爱国主义激情与悲壮气氛,但艺术上也不够成熟。

近代社会新旧剧变,风云际会,因为社会变革的需要,因为维新派与革命派的鼓吹,小说地位急遽上升,成为宣传社会思想的载体乃至工具,因而出现了一派兴旺景象,但同时也带来了小说文体的变革和转型。无论是改良派的谴责小说还是革命派的反清小说,都已与传统的古典小说判然有别,已具有现代小说的某些新要素,但由于理论导向的偏颇,对小说艺术本身的忽视,以及时间的短促等因素,谴责小说与反清小说仅仅显示了新旧蜕变之迹,而没有完成从古典形态向现代形态转变的任务,而且在艺术上也存在着许多致命的弊病,直到五四新文化运动兴起之后,中国小说才真正翻开了新的一页。

第四编　戏　剧

第二十章　古代戏剧的起源与形成

在中国古代文学各种体裁中,古代戏剧作品是最晚出现的,但它的孕育期却非常漫长。古代戏剧究竟形成于何时?学术界有各种不同的说法。本书采取《中国戏曲通史》(张庚、郭汉城主编)和《中国文学史》(游国恩等主编)的观点,将其界定为宋金时期,并以宋杂剧、金院本作为其形成的标志。本章将对宋杂剧、金院本的体制特征作扼要的介绍,并对中国古代戏剧从起源到形成的历史以及影响其形成的各种因素作简要的梳理。

第一节　原始歌舞和古俳优

中国戏剧历史悠久,源远流长。但它究竟起源于何时,又正式形成于何时,古今学者众说纷纭。如明代文学史家胡应麟认为,中国戏剧起源于春秋时的俳优(宫廷艺人)。他在《庄岳委谈》中说,《史记·滑稽列传》中记载的楚国优孟扮成已故的孙叔敖与楚庄王交谈一事,就是戏剧的滥觞。清代诗人纳兰性德主张戏剧发端于南朝带叙事性的宫廷乐舞:"梁时大云之乐,作一老翁演述西域神仙变化之事。优伶实始于此。"(《渌水亭杂识》)近代著名学者王国维则认为古代的巫觋(巫师、女巫)在祭祀神鬼的仪式上扮成神鬼的模样歌舞,就是中国戏剧的萌芽。此外,还有中国戏剧起源于说唱艺术,起源于傀儡戏,起源于印度梵剧的说法,不一而足。为什么分歧如此之大?这主要是中国戏剧特殊的审美形式造成的。中国戏剧是一种高度综合性的艺术。首先,它是戏剧,是由演员装扮人物,在一定场合当众作故事表演的一种艺术形式。同时,它又是具有独特民族风格的戏剧。王国维在《戏曲考原》中说:"戏曲者,谓以歌舞演故事也。"这里的"演",应是代言体的扮演,即演员模仿剧中人物的口吻、身份、心理的表演。"歌舞"是表演时常常又唱又舞,后面还应加上"科白",即经艺术加工过的对话、独白、动作。以歌舞科白作代言体的故事扮演,这才是中国戏剧。所以它又称为"戏曲",在中国文学史中,古代戏剧和戏曲是可以通用的名词。中国戏剧至少应该包括歌舞、科白、代言体故事扮演等几个要素。而在歌舞科白中又包含着文学、音乐、舞蹈、杂技、曲艺、美术等因素。因此,在中国戏剧的形成过程中,上述艺术都对它产生过影响,偏执一端,都难免以偏概全。故而现代学者都认为,应该从构成中国戏剧的几个要素入手,对中国戏剧的起源和形成作多方面的探索和界定。

歌舞是中国戏剧的重要因素。我国的歌舞艺术,早在原始社会即已产生,先秦时期已高度繁荣,它为戏曲艺术的形成打下了坚实的基础。可以说,先秦时期那些带有扮演人物表演故事因素的歌舞艺术,是中国戏剧的萌芽。这些具有戏剧因素的歌舞是古代先民举行祭祀活动时演出的,主要是巫舞和傩(nuó)舞。巫舞,是一种祭神歌舞,同时也用来娱人。先秦时期流行于各国,尤以楚国为甚。《九歌》就是诗人屈原根据楚国民间的巫舞加工写成的。它共计十一章,除最末一章《礼魂》外,其余十章均各祭一神。从《九歌》的歌词中,我们可以知道,巫舞的场面热闹,乐队丰富,有群舞、独舞,有齐唱、对唱、独唱。表演者除表示对神的礼赞外,还有模拟神的表演,特别是《湘君》和《湘夫人》。表演者以第一人称模拟二神,抒发他们相互追求而不遇的复杂感情,已具有情节性,是一种代言体的表演。所以王国维在《宋元戏曲考》中评述《九歌》时说,这里已包含着后代戏剧的萌芽。

傩舞,是一种驱鬼的歌舞,周代已很盛行。全国上下一起举行的叫大傩,一般在除夕举行。舞蹈者都戴着面具。领舞者扮成能驱疫避邪的神像,称"方相"。他率领扮演成十二兽的大队人马载歌载舞,跳跃呼号,去各处驱灾逐鬼。这种舞蹈对后来农村歌舞、戏曲的影响非常深远。

在先秦时期,还有一样东西与戏剧的产生很有关系,那就是优俳的出现。优俳,又称为"优"或"倡优",是由贵族豢养、专供他们娱乐的职业艺人,一般都由男子充任。关于优俳的记载,最初见于《国语·郑语》,以后不少典籍均有记叙。司马迁的《史记·滑稽列传》就描述了一个"优孟衣冠"的故事。大意是说,楚相孙叔敖死后其家属很贫困,一个叫孟的优俳对他们很同情,便穿着孙叔敖的衣服来见楚庄王。优孟的扮相酷似孙叔敖,庄王见了大惊,几乎以为孙叔敖复生了。于是想请他做宰相,优孟说要回去和妻子商量。三天后优孟对庄王说:"妻子说决不要做楚国的宰相。孙叔敖那么忠心、廉洁,功劳那么大,现在死了,儿子穷得要靠打柴为生。要像孙叔敖那样,还不如自杀。"庄王听了这番话有所感悟,把孙叔敖的儿子召来,封赠了田地奴隶。

从《国语》《史记》等典籍的有关记载中,我们可以知道优俳有这样几个特点:一是他们既能歌又能舞,还能模仿别人的言行,表演故事。二是他们的表演以"滑稽调笑"为主,并且常以这戏谑的形式讽谏规劝统治者,表达老百姓的愿望。三是优俳的艺术是一种娱人的表演艺术。表演者的身份是奴隶,是专业的。因此,古优俳的表演带有很浓厚的戏剧因素,它和后代戏剧演员扮演角色、表演故事已经相当接近。优俳可以说是中国最早的职业演员。"优孟衣冠"也成为后世戏剧扮演的同义语。

影响中国戏剧产生的因素还很多,但最主要的是古代歌舞和古优俳,它(他)们被公认为中国戏剧的源头。正是他们,揭开了中国古代戏剧史的序幕。

第二节　角抵戏和参军戏

到了汉代,歌舞艺术更加繁荣。由于国家统一,长治久安,汉代的生产力发展很快。

汉武帝时,开辟了丝绸之路,促进了中外贸易和文化交流。汉代的经济空前繁荣,文化艺术也呈现蓬勃兴旺的景象,歌舞表演极为流行。除此之外,汉代还盛行诸如爬竿、走索、吞刀、吐火、角力、扑跌等各种杂技、竞技以及魔术表演。这些技艺,连同歌舞,当时统称为百戏。他们经常在一起演出,场面蔚为壮观。汉代文学家张衡在《西京赋》中曾经描述过大型歌舞《总会仙倡》的演出情景:"华岳峨峨,冈峦参差;神木灵草,朱实离离。总会仙倡,戏豹舞罴;白虎鼓瑟,苍龙吹篪。女娥坐而长歌,声清畅而蜲蛇;洪崖立而指挥,被毛羽之纤丽。度曲未终,云起雪飞;初若飘飘,后遂霏霏。"

这段话的大意是:在仙山琼阁之上,神木灵草之中,扮演各路神仙和奇怪异兽的演员济济一堂。演苍龙、白虎的演员在吹打奏乐。仙女娥皇、女英坐着歌唱,歌声清脆而婉转。洪崖立着指挥,披着美丽的衣服。乐曲快完之时,云霞涌起,雪花纷飞。这场演出,有唱有舞,有指挥与伴奏,还有布景和舞台效果,演员众多,气势恢宏,可见汉代的百戏已具有相当高的艺术水平。尽管百戏中同台演出的各种技艺还未融为一体,还缺乏完整的故事情节,不能算是戏剧,但它的多种艺术(歌唱、舞蹈、杂技、武术)开始合流的趋势却对中国戏曲很有影响。它形成了中国戏曲特有的集"唱、做(舞蹈、身段、动作)、念(说白)、打(武功)"于一体的综合表现手法。因此,有人把汉代百戏称为中国戏剧的摇篮,它孕育了中国戏剧。这是很有道理的。

在汉代的百戏中,有一种技艺对中国戏剧的形成起了特别大的作用,那就是角抵戏。角抵戏是一种带有武术竞技性质的娱乐表演,起源于民间,后来进入宫廷,开始和优俳表演结合。到汉代,这种角抵戏进一步戏剧化了。葛洪的《西京杂记》曾有这样一段记载:

> 余所知有鞠道龙,善为幻术,向余说古时事:有东海人黄公,少时为术能制蛇御虎,佩赤金刀,以绛缯束发,立兴云雾,坐成山河。及衰老,气力羸惫,饮酒过度,不能复行其术。秦末有白虎见于东海,黄公乃以赤刀往厌之。术既不行,遂为虎所杀。三辅人俗用以戏。汉帝亦取以为角抵之戏。

大意是说,东海人黄公,年轻时能制蛇伏虎,施行种种神奇的法术。老年后,身体衰弱,又喝酒过度,就再没这种功夫了。秦末时东海出现了一只白色的虎,黄公去降服它,但法术不灵,反被虎所害。汉代长安周围地区的老百姓都以这个故事为题材进行技艺演出,皇帝也让角抵戏来表演这个故事。

这个《东海黄公》的角抵戏,主要的部分是人与虎的搏斗,不出角抵的竞技范围,但它已经有了比较完整的故事。其中两个演员分别扮演黄公和白虎,有特定的服装和化装。戏中的竞技也不是凭双方的实力分胜负,而是按故事的预定,最后黄公被白虎杀死。这种由演员扮演人物,按规定情景表演故事的演出,与戏剧表演已相当接近。因此《东海黄公》称得上是戏剧的一个雏形,它是中国戏剧史上最早的剧目。

这种具有故事性的角抵戏后来有了很大的发展。在五胡十六国时代(304—439),

战争的频繁造成中国各族人民一次大规模的迁徙和融合。北方的各少数民族和汉族逐渐同化,到唐代,几乎融合成为一个民族。民族的融合也带来文化的融合。就戏剧而言,主要是北方各少数民族的歌舞和汉民族歌舞、角抵戏结合,并且顺着《东海黄公》这种以角抵演故事的路子,发展出《踏摇娘》《兰陵王》《拨头》等有故事的歌舞来。它们被称为"歌舞戏",其中最有代表性的是《踏摇娘》。它又名《踏谣娘》《谈容娘》,约出现于南北朝时期,不少古籍对此都有记载。唐代崔令钦的《教坊记》说:

> 《踏谣娘》:北齐有人姓苏,龅鼻,实不仕,而自号为郎中。嗜饮酗酒,每醉辄殴其妻。妻衔悲,诉于邻里。时人弄之。丈夫着妇人衣,徐行入场。行歌,每一叠,傍人齐声和之云:"踏谣,和来,踏谣娘苦,和来!"以其且步且歌,故谓之"踏谣";以其称冤,故言苦。及其夫至,则作殴斗之状,以为笑乐。今则妇人为之,遂不呼郎中。但云"阿叔子"。调弄又加典库,全失旧旨。或呼为"谈容娘",又非。

《乐府杂录》载,苏中郎:后周士人苏葩,嗜酒落魄,自号"郎中",每有歌场,辄入独舞。今为戏者,着绯,戴帽;面正赤,盖状其醉也。即有《踏摇娘》。

从上述记载可以看出,《踏谣娘》已是一出有一定艺术完整性的民间小型戏剧。三名演员分别扮演丈夫、妻子、典库,丈夫和典库的表演带有调笑的性质,近于丑角。表演手段也相当丰富多样。有"行歌""且步且歌"的歌唱,有"傍人齐声和之"的帮腔;有"摇顿其身""翻身舞锦筵"的舞蹈和"且步且歌"的载歌载舞;有"自号郎中""云'阿叔子'"的念白;有"作殴斗之状"的动作;唱念作舞可说全部具有。在扮相上也有性格化的造型:丈夫"龅鼻""貌恶""着绯""戴帽""面正赤",已带有艺术的夸张。

当时比较著名的歌舞戏还有《兰陵王》和《拨头》等,也都有人物和故事的扮演,有化妆,有道具。《兰陵王》演出时,演员还戴着面具,从而开启了中国戏曲脸谱艺术的先声。《踏摇娘》《兰陵王》《拨头》等歌舞戏具有一个共同的特征:它们综合了音乐、舞蹈、角抵、武术、美术、滑稽表演等不同技艺,并以一个故事贯穿起来。虽然仍是以表演歌舞、角抵为主,但不同技艺的融合已越来越明显,从而朝综合发展成戏曲艺术迈出了决定性的一步。

先秦以来,优俳表演也在继续发展。到南北朝时,产生了"参军戏"。在公元335年,即后赵石勒时,有这样一条记载:

> 石勒参军周延,为馆陶令,断官绢数百匹下狱,以八议宥之。后每大会,使俳优着介帻,黄绢单衣。优问:"汝为何官,在我辈中?"曰:"我本为馆陶令。"斗数单衣曰:"政坐取是,故入汝辈中。"以为笑。(《太平御览》卷五六九,引《赵书》)

意思是说,后赵石勒有个叫周延的参军(幕僚)贪污了几百匹黄绢。石勒为了惩戒众人,叫俳优在宴会上扮演周延,别的优伶问他:"你做什么官,为什么跑到我们中间来?"扮演周延的演员说:"我原是馆陶县令。"他抖抖身上那件象征贪污的黄绢单衣说:"正因为拿了这东西,才跑到你们中间来了。"于是引起大家一阵哄笑。

可见参军戏来自三国以来用优人嘲弄犯官的传统,是先秦优伶们滑稽戏谑表演的继续。正因为周延原来的官衔是参军,以后在戏中扮演被戏弄者的角色就叫作参军,优戏也就获得了参军戏这个名称。

参军戏表演的特点有点像现在的相声。它有两个主要的演员,一个叫参军,性格比较痴愚;一个叫苍鹘,性格比较机灵,两人配合默契,就像相声中一个逗哏,一个捧哏,一逗一捧妙趣横生。参军戏的产生,标志着中国戏剧脚色行当开始出现。"参军"一角演化为后来戏曲的净角,苍鹘一角演化为丑角。这两种角色是中国戏剧角色行当中很重要的角色。戏曲中有许多以净、丑插科打诨为主的剧目,从中可见参军戏对戏曲形成的影响。

参军戏最初是没有歌舞表演的,但到唐代已与歌舞戏合流,并且有弦管鼓乐伴奏,出现了许多著名的演员,深受人民的喜爱。

歌舞戏和参军戏,是中国戏剧形成时期最具戏剧性的两种技艺样式。歌舞戏是以歌舞表演故事,参军戏主要是以动作和说白来表演故事,它们在隋唐时期的融合,标志着中国戏剧已快呱呱坠地了。

第三节 戏剧形成的标志——宋杂剧

戏曲艺术的形成,不仅取决于它自身的发展,适宜的社会环境和艺术环境,也是促使它形成的外部条件。其中尤为重要的是发达的都市商品经济促使戏曲艺术逐渐职业化,这一重要条件只有宋代社会才真正具备。

北宋从太祖赵匡胤继位到高宗赵构南渡之前(960—1126)的一百六十多年间,社会基本安定。农业、手工业、交通运输业比起唐代都有很大发展,商业也极其发达。随着经济的发达,城市也日益繁荣。北宋首都汴京(今河南开封)居民多达二十余万户,商店林立,贸易通宵达旦。宋代孟元老的《东京梦华录》谈到当时大商行汇集的街道"界身巷"时说,巷内都是卖金银丝绸的商行,一笔交易,动辄千万,骇人听闻。成都、广州、杭州、明州(今浙江宁波)、扬州、泉州等城市也非常繁华。南宋初期虽然经历了战争动乱,但宋金对峙、局势相对稳定之后,商品经济的发达程度更是超过了北宋。城市的繁荣造就了庞大的市民阶层,而市民对娱乐的大量需求,则促进各种表演艺术的繁盛,并加速其职业化。

大约在北宋崇宁、大观(1102)以前,汴京出现了一种叫"瓦舍"的娱乐场所。这是一个集合多种伎艺在一块、让市民观艺的地方,其情况有些像以前北京的天桥。每一座瓦舍里面又有几十处"勾栏棚",同时表演小说、讲史、小唱、诸宫调、合生、武艺、杂技、傀儡戏、影戏、说笑话、猜谜语、舞蹈、滑稽表演等技艺。它们深受市民的欢迎。《东京梦华录》说汴京的瓦舍很多,但不管风雨寒暑,勾栏里的看客天天都很拥挤。其中戏剧表演尤其受到观众青睐。《东京梦华录》说:"构肆乐人,自过七夕,便搬《目莲救母》杂剧,直到十五日止,观者倍增。"一部杂剧演出八天,中间观者倍增,可见它受欢迎的程度。

瓦舍、勾栏的出现,使技艺表演加速了职业化。艺人到勾栏来是为了卖艺赚钱,观众到这里来是出钱买娱乐。勾栏里各种技艺相互竞争。为了招徕观众,艺人们千方百计地提高演出质量,以符合市民的趣味。例如当时出现了我国最早的戏剧专业作家——"书会才人",出现了由职业演员组成的比较固定的戏班子——"甲"。正是在这种都市商品经济的土壤中,"宋杂剧"诞生了,它标志着中国戏剧的正式形成。

尽管目前还没有发现宋杂剧的剧本,但据许多古籍的记载,可以知道它有如下的特征:

首先,它是继承了唐代参军戏的传统,又广泛吸收了许多表演、歌唱的技艺,并把它们进一步综合起来而形成的。特别是它继承了古俳优和参军戏针砭现实、表达人民愿望的传统,很有现实性和战斗性。宋代岳珂的《桯史》记载了这么一件感人的事情:

> 秦桧以绍兴十五年四月丙子朔,赐第望仙桥。丁丑,赐银绢万匹两,钱千万,彩千缣。有诏就第赐燕,假以教坊优伶。宰执咸与。中席,优长诵致语退。有参军者前,褒桧功德,一伶以荷叶交椅从之,诙语杂至。宾欢既洽,参军方拱揖谢,将就椅,忽坠其幞头。乃总发为髻,如行伍之巾,后有大巾环为双叠胜。伶指而问曰:"此何环?"曰:"二圣环。"遽以扑击其首曰:"尔但坐太师交椅,请取银绢例物,此环掉脑后可也?"一坐失色。桧怒。明日下伶于狱,有死者。

大意是说,南宋绍兴年间,卖国贼秦桧有一天大宴宾客。席间,伶人来演杂剧。伶人甲(参军)上场大赞秦桧的功德。伶人乙(即苍鹘)以荷叶交椅赐给甲。甲拱手称谢,准备坐下时,所戴的幞头忽然掉地。乙指着甲头上露出的两大巾环问道:"这是什么环?"甲答道:"二圣环。"乙用棍子敲打这两巾环对甲说:"你只知道坐太师交椅,享受钱帛的赏赐,却把二圣环置之脑后,可以吗?"二圣环在这里影射被金人俘虏的徽、钦二帝。优伶以此讽刺秦桧将国家社稷置之脑后的卖国行径,结果遭到秦桧的残酷迫害。可见当时的杂剧艺人为了表示对统治阶级卖国投降路线的不满和抗议,不惜牺牲自己的生命。

唐代的参军戏是以滑稽表演为主的,宋杂剧则普遍地用曲子来演唱故事。现存的宋杂剧剧目中,用"大曲""法曲""诸宫调""词调"等曲子来演唱的超过半数。这些曲子都较长。特别是诸宫调,用不同宫调的不同曲子来叙述一个故事,更能发挥曲情表达故事情节的长处,它给后来的戏曲音乐开创了道路。大曲又往往与舞蹈结合在一起。所以,宋杂剧的唱、做、念、打已结合得较好。

其次是宋杂剧的艺术形式已比较固定。角色、演出程序、内容都有严格的定制。宋代耐得翁的《都城记胜·瓦舍众伎》中说："杂剧中,末泥为长,每四人或五人为一场,先做寻常熟事一段,名曰艳段;次做正杂剧,通名为两段。末泥色主张,引戏色分副,副净色发乔,副末色打浑,又或添一人装孤。其吹曲破断送者,谓之把色。大抵全以故事世务为滑稽,本是鉴戒,或隐为谏诤也,故从便跣露,谓之无过虫。"说明宋杂剧的演员分成五种角色:末泥、引戏、副净、副末、装孤,其中末泥是导演兼主演,引戏是旦角,副净专演滑稽可笑者,副末专门逗哏取笑,装孤是扮演官员的角色。前四种即后代戏曲的生、旦、净、丑四大行当。所以,宋杂剧创造了我国戏曲脚色行当表演这个最富民族特色的部分,这是宋杂剧的杰出贡献。

宋杂剧的演出程序通常分为艳段、正杂剧、杂扮三段。艳段,是正杂剧之前的一个序幕插曲。杂扮,是正杂剧之后的滑稽戏和笑话之类。至于演出内容,"大抵全以故事世务为滑稽",也就是反映市井生活和世态人情的闹剧,故事性较强,一般是代言体的扮演。有的还有很强的社会意义,如上述《桯史》中所记载的。总之,无论从艺术形式或表演内容看,宋杂剧都可称得上是一种戏剧样式了。

第四节　诸宫调和金院本

宋代周密的《武林旧事》卷十记录了宋杂剧现存的剧目《官本杂剧段数》,这中间有以"诸宫调"为名的,如《诸宫调霸王》,就是以诸宫调来演唱霸王故事。以诸宫调来演唱故事,是中国戏剧发展史上的一件大事。

诸宫调原是流行于宋金元时代的一种有说有唱、以唱为主的讲唱文学。所谓"宫调",即是我国古代音乐调名的总称,类似现代乐曲的 A 小调、D 大调之说。"诸宫调"伎艺是把同一宫调中的许多曲子连成一套,再把不同宫调的若干套曲子连在一起来演唱、叙述一个故事,因此音乐上富于变化,能充分利用音乐的魅力将故事演唱得委婉动听。

宋金元时期的诸宫调作品流传下来的极少,全本留存的只有金代董解元的《西厢记诸宫调》。这部作品有极高的思想艺术价值,是脍炙人口的元杂剧《西厢记》的基础。

用诸宫调来演唱故事,极大地提高了杂剧的艺术价值。以不同宫调的不同曲子来叙述,显然更能发挥曲情表达故事情节的长处,并给后世的戏曲音乐开辟了道路。唱腔是中国戏曲的主体部分,它对抒发剧中人物的思想感情、塑造人物形象起着关键作用。古代戏剧中的元杂剧和明清传奇都是按照诸宫调的结构特点来编排设置音乐唱腔的。因此,诸宫调伎艺在中国戏剧的形成中起了很重要的作用。人们公认它是中国戏剧的成熟样式——元杂剧产生的基础之一。

北宋末年,女真民族入侵中原,宋皇室南迁,北宋教坊中的演员很多随同南下到了临安,但也有一部分演员留在北方。当金在燕山(今北京)建都的时候,他们就聚集在那里,逐渐形成北方派的杂剧——金院本。由于没有发现金院本的剧本,对院本的结构体

制还不清楚,但通过对大量古籍记载和戏剧文物的分析,可以知道它有如下的特征:

金院本与宋杂剧有继承的关系。元代陶宗仪《南村辍耕录》中所载的《院本名目》是金院本的现存唯一目录。拿它和宋杂剧的目录《官本杂剧段数》相比,两者有不少剧目是相同的。另外,金院本有副净、副末、引戏、末泥、孤装五个角色,与宋杂剧基本相同。演员的装扮也大同小异。但金院本在宋杂剧的基础上又有很大的发展。

一是院本中以大曲、法曲、词调演唱的节目大大减少了。学者们认为,这是因为金院本中有些剧目是用当时流行于燕京和冀州一带的曲调来唱,这就开启了后来元杂剧用北曲演唱杂剧的传统。二是金院本的序曲"艳段"的形式丰富了,出现了"冲撞引首""拴搐艳段""打略拴搐"等形式。宋杂剧的艳段和正杂剧往往没有联系,而在金院本中,两者已渐渐融为一体。例如在"打略拴搐"中,有剧中人的"自报家门",以戏剧动作介绍正杂剧中的各种人物和某些剧情,这种形式一直遗留到现在的戏曲演出。三是从院本名目来看,金院本的故事性更强。如《赤壁鏖兵》《张生煮海》《蝴蝶梦》《蔡伯喈》等,显然剧情是比较复杂的。

院本的种类很多,其中有种叫"院么"的院本,故事性比较丰富,剧情比较复杂,将代言体的歌唱和滑稽表演结合得比较完美。它成为金院本和元杂剧的过渡形式,在艺人和剧作家不断的努力下,发展成为元杂剧。

中国戏曲的起源很早,但发育成长的过程却很长,从先秦经过汉唐直到宋代才正式形成,到十二世纪的末期才完全成熟。其中的原因是复杂的。中国戏剧是一种各种艺术高度综合的戏剧样式,它需要有一个缓慢融合的过程。同时,戏曲的发展需要艺人的职业化,需要都市的出现、商品经济的发达、市民阶层的大量存在和艺术经验的充分积累,这些条件直到北宋年间才完全具备。另外,戏曲的产生还需要有一个矛盾十分尖锐的社会现实和人们把这一现实表现出来的强烈欲望。十二世纪中叶这个时期(约1120—1164),即方腊起义到宋金第二次和议达成,是中国历史上极其动荡的时期。正是在这个时候,在戏剧的内部发展和外部环境的共同驱使下,中国戏曲突飞猛进,进入了它的第一个黄金时期,即元杂剧和南戏相互辉映的时代。

第二十一章　交相辉映的元代杂剧与南戏

　　元杂剧是在金院本的基础上逐渐形成的，早在金代就已开始其演变、形成的过程，到元代初年，成为一种独立、完整的戏曲样式。因为它产生于我国的北方地区，又用北方的曲调演唱，所以也称为北杂剧。它是高度成熟、有极高审美价值的戏剧样式，产生了许多优秀作家，留存有大量经典作品。几乎与此同时，在我国南方地区出现了一种渊源和审美特征与元杂剧有很大不同的剧种——南戏。它的成就虽不及元杂剧，却是明清时期主要戏剧样式"传奇"的前身。元杂剧和南戏共同铸造了中国古代戏剧史的第一个黄金时代。

第一节　"大器晚成"的元杂剧

　　中国戏剧"大器晚成"，元杂剧的兴起和成熟，终于迎来了中国戏剧创作的黄金时代。

　　元杂剧的繁荣兴旺和元代社会特殊的政治、经济形态有密切的关系。元蒙统治阶级推行民族歧视政策，吏治黑暗，阶级矛盾和民族矛盾都十分尖锐。反暴政、反民族压迫成为元代人民的迫切愿望，也为新兴的杂剧提供了丰富的创作源泉。同时，知识分子在元代社会的地位十分低下。蒙古贵族不但把各民族依贵贱分为四等，而且还依据身份职业，把人分为十级。当时有"七匠、八娼、九儒、十丐"之说，文人已被贬到比乞丐稍强一点的地步。史书记载，元代曾经废除科举考试长达七十七年，封建社会知识分子唯一的进身之阶被堵绝。在这种情况下，一部分文人投身于杂剧创作。由于他们接近下层人民，了解人民的思想感情，又有很高的艺术修养，通晓舞台实践，所以能写出优秀的杂剧剧本。他们和众多的杂剧演员一起，对元杂剧艺术的提高和发展，作出了巨大的贡献。另外，元朝对中国领土的大统一，农业、手工业生产的逐渐恢复，欧亚交通的敞开，海运和漕运的沟通，使得元代的城市经济比起唐宋时期更为繁荣。蒙古统治阶级对歌曲、杂剧十分爱好，元代社会鄙视戏曲小说等通俗文艺的儒家思想，对文化的控制比较松弛，这些因素也被认为是元杂剧兴盛的原因。

　　元杂剧将歌曲、宾白、舞蹈动作熔于一炉，有一套完整、严谨的体制和独特的审美风格。现以元杂剧《窦娥冤》的第一折为例加以说明：

第一折

(净扮赛卢医上,诗云)行医有斟酌,下药依《本草》;死的医不活,活的医死了。自家姓卢,人道我一手好医,都叫做赛卢医。在这山阳县南门开着生药局。在城有个蔡婆婆,我问他借了十两银子,本利该还他二十两,数次来讨这银子,我又无的还他。他若不来便罢,若来呵,我自有个主意。我且在这药铺中坐下,看有甚么人来。(卜儿上,云)老身蔡婆婆。我一向搬在山阳县居住,尽也静办。自十三年前窦天章秀才留下端云孩儿与我做儿媳妇,改了他小名,唤做窦娥。自成亲之后,不上二年,不想我这孩儿害弱症死了。媳妇儿守寡,又早三个年头,服孝将除了也。我和媳妇儿说知,我往城外赛卢医家索钱去也。(做行科,云)蓦过隅头,转过屋角,早来到他家门首。赛卢医在家么?(卢医云)婆婆,家里来。(卜儿云)我这两个银子长远了,你还了我罢。(卢医云)婆婆,我家里无银子,你跟我庄上去取银子还你。(卜儿云)我跟你去。(做行科)(卢医云)来到此处,东也无人,西也无人,这里不下手等甚?我随身带的有绳子。兀那婆婆,谁唤你哩?(卜儿云)在那里?(做勒卜儿科,孛老同副净张驴儿冲上,赛卢医慌走下,孛老救卜儿科)(张驴儿云)爹,是个婆婆,争些勒杀了。(孛老云)兀那婆婆,你是那里人氏?姓甚名谁?因甚着这个人将你勒死?(卜儿云)老身姓蔡,在城人氏,止有个寡媳妇儿,相守过日。因为赛卢医少我二十两银子,今日与他取讨。谁想他赚我到无人去处,要勒死我,赖这银子。若不是遇着老的和哥哥呵,那得老身性命来。(张驴儿云)爹,你听的他说么?他家还有个媳妇哩。救了他性命,他少不得要谢我;不若你要这婆子,我要他媳妇儿,何等两便?你和他说去。(孛老云)兀那婆婆,你无丈夫,我无浑家,你肯与我做个老婆,意下如何?(卜云)是何言语!待我回家,多备些钱钞相谢。(张驴儿云)你敢是不肯,故意将钱钞哄我?赛卢医的绳子还在,我仍旧勒死了你罢。(做拿绳科)(卜儿云)哥哥,待我慢慢地寻思咱。(张驴儿云)你寻思些甚?你随我老子,我便要你媳妇儿。(卜儿背云)我不依他,他又勒杀我。罢罢罢,你爷儿两个随我到家中去来。(同下)(正旦上,云)妾身姓窦,小字端云,祖居楚州人氏。我三岁上亡了母亲,七岁上离了父亲。俺父亲将我嫁与蔡婆婆为儿媳妇,改名窦娥。至十七岁与夫成亲,不幸丈夫亡化,可早三年光景,我今二十岁也。这南门外有个赛卢医,他少俺婆婆银子,本利该二十两,数次索取不还,今日俺婆婆亲自索取去也。窦娥也,你这命好苦也呵!(唱)

[仙吕点绛唇]满腹闲愁,数年禁受,天知否?天若是知我情由,怕不待和天瘦。

[混江龙]则问那黄昏白昼,两般儿忘餐废寝几时休?大都来昨宵梦里,和着这今日心头。催人泪的是锦烂漫花枝横绣闼,断人肠的是剔团圞月色挂妆

楼。长则是急煎煎按不住意中焦,闷沉沉展不彻眉尖皱,越觉的情怀冗冗,心绪悠悠。

(云)似这等忧愁,不知几时是了也呵。(唱)

[油葫芦]莫不是八字儿该载着一世忧,谁似我无尽头! 须知道人心不似水长流。我从三岁母亲身亡后,到七岁与父分离久,嫁的个同住人,他可又拔着短筹。撇的俺婆妇们都把空房守,端的个有谁问,有谁瞅。

[天下乐]莫不是前世里烧香不到头,今也波生召祸尤? 劝今人早将来世修。我将这婆侍养,我将这孝服守,我言词须应口。

(云)婆婆索钱去了,怎生这早晚不见回来?(卜儿同孛老、张驴儿上)(卜儿云)你爷儿两个且在门首等,我先进去。

(张驴儿云)奶奶,你先进去,就说女婿在门首哩。(卜儿见正旦科)(正旦云)奶奶回来了,你吃饭么?(卜儿做哭科,云)孩儿也,你教我怎生说波!(正旦唱)

[一半儿]为甚么泪漫漫不住点儿流? 莫不是为索债与人家惹争斗? 我这里连忙迎接慌问候,他那里要说缘由。(卜儿云)羞人答答的,教我怎生说波!(正旦唱)则见他一半儿徘徊一半儿丑。(下略)

可见元杂剧剧本由曲词、宾白和"科泛"三部分组成。曲词是剧本的主体,按一定的宫调和曲牌演唱,优美动听,富于抒情性。《窦娥冤》第一折的曲词就是按属于"正宫"的"点绛唇""混江龙""油葫芦"等曲牌演唱的。曲词一般由一个担任主角的演员(男称"正末",女称"正旦",《窦娥冤》由正旦演唱)从头演唱到底,通过它展示主人公内心复杂的情绪变化,表现主人公的性格特征,描绘环境,渲染气氛。宾白,包括人物的对白、独白、旁白等,一般由元代通俗的口语写成,生动活泼,富有幽默趣味。剧本通过它交代故事的时空背景,表现戏剧冲突,介绍次要人物的面目。"科泛"简称"科",是对演员表情动作的提示或表示舞台效果。如"做行科""做哭科"都是提示演员在这里要做出表示走路、哭泣的表演动作。

元杂剧一般分四折演完一个完整的故事,个别剧本超出四折(如《赵氏孤儿》)或多本连演(如《西厢记》)。一折,就是与一套曲子相适应的一个较大的剧情段落。一个剧本运用不同宫调的四套曲词和穿插其间的科白,构成戏剧情节发展的开端、进展、高潮、结尾。有时候还加上一个类似序幕和过场戏的"楔子"。剧末有二句、四句或八句韵文概括剧情,称为"题目正名"。

随着戏曲的充实和发展,杂剧角色的分工更趋细密,借以表现各种不同类型的人物。由于杂剧以主要力量描写正面人物,正末、正旦就分别成了末本或旦本的主角。此外,视剧情的需要,还有副末、贴旦、搽旦、净、孤、卜儿、孛老、倈儿等配角。

元杂剧的结构严谨、完整、紧凑,将音乐结构与戏剧结构较好地结合起来。为戏曲开展戏剧冲突,塑造人物形象,特别是为展示主要人物丰富复杂的内心世界开辟了广阔的道路。但元杂剧一人主唱的特点有时候也限制了冲突的充分展开和次要人物的形象塑造。

元杂剧有很高的思想价值和认识价值。首先是它真实而深刻地反映了元代的社会面貌和时代精神。从题材上看,元杂剧所反映的生活显然要比以前的文学作品来得广泛而深入。上自皇帝,下至普通老百姓,他们的形象、日常生活和思想感情,广泛地出现在元杂剧作家的笔下。尤其突出的是,下层人民的生活成为作家描写的重点。庄稼汉、渔翁、樵夫、流浪汉、小商人、手艺人、绿林英雄好汉、穷困潦倒的书生、悲惨的妓女在杂剧中普遍地成为正面人物,从而极大地拓展了中国古代文学描写的领域。元杂剧作家不仅反映了一般的社会生活现象,还把笔触指向封建社会的本质。元杂剧作品中有一类以前文学中少见的艺术形象——各式各样的"权豪势要"和"衙内"恶少。他们鱼肉人民,杀人奸淫无恶不作。这正是元代社会吏治黑暗、阶级压迫和民族压迫深重的典型写照。

其次是元杂剧真实地反映了元代人民的愿望、意志和社会理想。元杂剧不仅仅表现人民的苦难,它也描写了广大人民对统治阶级暴政的反抗。名剧《窦娥冤》的女主人公窦娥被屈斩于刑场之前,呵天骂地,斥责不合理的封建政治和被认为是主宰的皇天后土,表现出强烈的反抗精神和复仇意志。元杂剧中用水浒故事作题材的作品多达三十几种。它们描写了李逵、燕青、宋江等绿林好汉替天行道劫富济贫的英雄事迹,歌颂人民的力量和智慧,反映了元代广大人民渴望推翻暴政、追求平等互爱生活的政治理想,这些水浒故事为以后农民革命史诗《水浒传》的诞生打下了基础。

再次是元杂剧在很多方面都摆脱了封建礼教的束缚,表现出一种可贵的叛逆精神。特别是在描写男女恋情和闺怨上,无论是歌颂青年男女对爱情的热烈追求,还是抨击封建伦理道德,其大胆的程度都超过了以前的同类作品。不少元杂剧取材于前代的文学作品,但赋予它们前所未有的反封建色彩。如《西厢记》《倩女离魂》等。它们对明清时代《牡丹亭》《红楼梦》等优秀作品产生过巨大的影响。

当然,元杂剧中也有封建糟粕。有些作品为了取悦市民观众,有庸俗的青楼调笑作风,甚至有色情的成分;有些作品进行封建说教,宣扬宿命论和因果报应思想。但这些瑕疵并不能掩盖元杂剧夺目的光辉。

元代是我国戏剧史的黄金时代,人才辈出,名作如林。当时有姓名可考的杂剧作家有八十余人,见于书面记载的作品约有五百余种。现存的数量也很可观,臧晋叔《元曲选》和隋树森《元曲选外编》就收有元杂剧剧本一百六十二种,包括了许多主要作家的大部分代表作。文学史一般将元杂剧的创作活动分为前后两期。前期从金末(1200)前后至元成宗元贞、大德(1300)前后。后期从元贞、大德以后到元亡(1368)前后。

前期是元杂剧的鼎盛时期。作家们以首都大都(今北京)一带为活动中心,作品内容主要反映了元灭金至全国统一前后我国北方的社会现实。钟嗣成《录鬼簿》等书记载，前期重要的作家达十余人。他们是：

关汉卿，号已斋，大都人。是写作最多、成就最高的元杂剧作家，编写的剧本达六十余种，现存十八种。其中最著名的有《感天动地窦娥冤》《赵盼儿风月救风尘》《望江亭中秋切脍旦》《关大王单刀会》等。

王实甫，名德信，大都人，著名剧作家。作品存目十四种，现存剧本三种：《崔莺莺待月西厢记》《四丞相歌舞丽春堂》《吕蒙正风雪破窑记》，其中《西厢记》是我国戏曲文学中的巨著。

杨显之，大都人。擅长情节结构，人称"杨补丁"。现存杂剧两种：《临江驿潇湘夜雨》《郑孔目风雪酷寒亭》。

马致远，号东篱，大都人，当过江浙行省务官。他也是元代著名的抒情诗人。著有杂剧十三种，现存七种：《破幽梦孤雁汉宫秋》《江州司马青衫泪》《吕洞宾三醉岳阳楼》《西华山陈抟高卧》《半夜雷轰荐福碑》《马丹阳三度任风子》《开坛阐教黄粱梦》（与李时中、花李郎、红字李二合作）。其中《汉宫秋》是我国古代戏曲名著。

白朴，字仁甫，一字太素，号兰谷，隩州（今山西河曲）人，也是元代著名的散曲作家。著有杂剧十六种，现存《唐明皇秋夜梧桐雨》《裴少俊墙头马上》《董秀英花月东墙记》三种。《墙头马上》和《梧桐雨》都是价值颇高的名剧。

高文秀，人称"小汉卿"，东平人。以写"水浒戏"著名。作剧存目三十四种，今存《黑旋风双献功》《须贾啐范雎》《好酒赵元遇上皇》《刘玄德独赴襄阳会》《保成公径赴渑池会》五种。

石君宝，平阳人。作剧十种，现存《鲁大夫秋胡戏妻》《李亚仙花酒曲江池》《诸宫调风月紫云亭》三种。

纪君祥，一作纪天祥，大都人。作剧六种，现仅存《赵氏孤儿大报仇》一种，这是一部影响很大的历史剧。

郑廷玉，彰德人。作剧二十三种，现存《楚昭公疏者下船》《包待制智勘后庭花》《布袋和尚忍字记》《宋上皇御断金凤钗》《看钱奴买冤家债主》《崔府君断冤家债主》六种。

武汉臣，济南人。作剧存目十二种，现存《散家财天赐老生儿》《李素兰风月玉壶春》《包待制智赚生金阁》三种。《老生儿》的宾白很出色，在元杂剧中是有代表性的。

尚仲贤，真定人，曾任江浙行省务官，擅长描写古代英雄。著有杂剧十一种，现存《汉高皇濯足气英布》《尉迟恭三夺槊》《尉迟恭单鞭夺槊》《洞庭湖柳毅传书》四种。《柳毅传书》是元杂剧中一部优秀的神话戏。

李好古，保定人。作剧三种，仅存的《沙门岛张生煮海》是著名的爱情神话剧目。

李直夫，女真族人，曾官湖南肃政廉访使。作剧十二种。今存的《便宜行事虎头牌》一剧，描写女真族的故事，很有特色。

此外，前期元杂剧作品中，具代表性的还有康进之《梁山泊李逵负荆》、李行道《包待制智勘灰阑记》、孟汉卿《张鼎智勘魔合罗》等等。

元代前期的杂剧作家接近人民群众，熟悉他们的生活，了解他们的思想、愿望。因此作品大都具有深刻的思想内容和强烈的生活气息，能真实地反映当时的社会现实、人民的痛苦遭遇和反抗精神。在艺术方法上，现实主义成为主流，一些优秀作品更是将现实主义和浪漫主义结合在一起，表达出人民的美好愿望。语言也很出色，以北方民间口语为基础，吸取诗词艺术和民间文艺的营养，保持了元曲质朴自然、生动泼辣的本色。

元杂剧的后期，随着南北的统一，创作中心已转向南方富庶繁荣的杭州。这个时期的作家和作品，成就远不如前期，但也有较出色的，如：

郑光祖，字德辉，平阳（今山西临汾附近）人。曾在杭州当过低级官吏，著名元杂剧作家。后人将他与关汉卿、白朴、马致远并称为元曲四大家。作有杂剧十八种。现存《迷青琐倩女离魂》《醉思乡王粲登楼》《㑇梅香翰林风月》《辅成王周公摄政》《虎牢关三战吕布》《钟离春智勇定齐》《立成汤伊尹耕莘》《程咬金斧劈老君堂》八种。《倩女离魂》是爱情名著，《王粲登楼》更是得到后代文人的高度评价。

乔吉，一作乔吉甫，字梦符，太原人，居住在杭州。他也是著名的散曲作家。作剧存目十一种。现存《杜牧之诗酒扬州梦》《玉箫女两世姻缘》《李太白匹配金钱记》三种，都是"才子佳人"戏。

宫天挺，字大用，大名人，曾为钓台书院山长。著有杂剧六种，今存《死生交范张鸡黍》《严子陵垂钓七里滩》两种。

杨梓，海盐人，官至嘉议大夫，杭州路总管，是元杂剧作家中少见的显宦。现存有《霍光鬼谏》《豫让吞炭》《敬德不伏老》三种杂剧，封建意识较浓。

秦简夫，大都人。现存有杂剧《东堂老劝破家子弟》《孝义士赵礼让肥》《晋陶母剪发待宾》三种，都是宣扬封建伦理道德的戏。

后期有代表性的杂剧还有金仁杰《萧何月下追韩信》、朱凯《昊天塔孟良盗骨》、萧德祥《杨氏女杀狗劝夫》、曾瑞《王月英月夜留鞋记》等。

元杂剧中还有许多无名氏的作品，也有很高的成就，如《包待制陈州粜米》《诸葛亮博望烧屯》《庞涓夜走马陵道》《冻苏秦衣锦还乡》《金水桥陈琳抱妆盒》《王鼎臣风雪渔樵记》《风月象生货郎担》《叮叮珰珰盆儿鬼》《朱砂担滴水浮沤记》《玉清庵错送鸳鸯被》等。

后期的元杂剧创作，多数作品脱离现实，进行封建说教，在艺术上追求情节的曲折离奇、曲辞的典雅工巧，戏剧性也逐渐减弱，不少作品成为只供文人书面欣赏的"案头剧"，从而走进了死胡同。加上杂剧本身体制束缚过严等一些原因，在元末明初逐渐被当时崛起的南戏所取代。杂剧在明清两代虽还存在，并有不少作家在写作，但已经经历了南北合套和南曲化，即已经成为用南方曲调演唱的杂剧，杂剧的传统体制已经解体。

第二节　元杂剧的奠基者关汉卿

在众多的元杂剧名家中，创作最早、成就也最高的当数关汉卿。由于对元杂剧的开拓性贡献，他被誉为元杂剧的奠基人。

在漫长的封建社会中，戏曲、小说等通俗文艺一向为统治阶级所鄙视，典籍对之记载甚少。因此这位伟大戏剧家的生平，我们只能从现存的一些片断材料中知道一个轮廓。他大约生于金宣宗贞祐、元光之间（1213—1222），卒于元成宗大德年间（约 1300）。《录鬼簿》说他曾当过"太医院尹"，大概只是一个普通医生，或是属于太医院的一个医户。他不满元蒙统治阶级的政策，"不屑仕进，乃嘲风弄月、留连光景"（朱经《青楼集·序》）。宁愿在瓦肆勾栏中靠写作为生，也不愿当元朝的官吏。他一生到过许多地方，见多识广，有文学天才，是著名的散曲作家，又多才多艺，会围棋、蹴鞠、打围、插科、歌舞、吹弹、吟诗、双陆（见其有自叙性质的散曲［南吕·一枝花］《不伏老》），对民间艺术和民间语言都非常熟悉。特别是对从民间艺术发展到高级形式的杂剧艺术，他既掌握了它的文学形式，又有着"躬践排场、面敷粉墨"（《元曲选·序》），即经常参加杂剧演出的实践经验。《录鬼簿》《南村辍耕录》还记载了他和元杂剧前期作家杨显之、纪君祥、康进之、王和卿等人的友谊和交往。他和珠帘秀等当时著名的戏曲演员也联系密切，写过散曲《赠珠帘秀》。他写出那么多高水平的杂剧作品，绝非偶然。

关汉卿一生写了六十多种杂剧。现在保存下来的有十八种：《感天动地窦娥冤》《关大刀单刀会》《关张双赴西蜀梦》《闺怨佳人拜月亭》《诈妮子调风月》《杜蕊娘智赏金线池》《望江亭中秋切鲙旦》《赵盼儿风月救风尘》《王闰香夜月四春园》《钱大尹智宠谢天香》《包待制三勘蝴蝶梦》《包待制智斩鲁斋郎》《状元堂陈母教子》《刘夫人庆赏五侯宴》《邓夫人苦痛哭存孝》《山神庙裴度还带》《温太真玉镜台》《尉迟恭单鞭夺槊》。其中《包待制智斩鲁斋郎》《刘夫人庆赏五侯宴》《尉迟恭单鞭夺槊》《山神庙裴度还带》《王闰香夜月四春园》五剧是否为关汉卿所作，学术界有不同看法。著名的《西厢记》第五本是否为关汉卿所写，历来也有争论。此外，关汉卿所写的《唐明皇哭香囊》《风流孔目春衫记》《孟良盗骨》三剧，有残文传于世。其余《黄解元醉走柳丝亭》《丙吉教子立宣帝》《薄太后走马救周勃》《太常公主认先皇》等四十四种，全部失传。

关汉卿的杂剧不论是取材于现实生活或是历史故事，都深刻揭露了封建社会的黑暗和腐败，热情歌颂了被压迫人民的反抗斗争。关氏在剧作中表现出的崇高的思想价值和战斗精神，使他成为我国戏剧史上的伟大作家。

关汉卿现存的杂剧，从思想内容看，大致可分为三类。第一类是直接揭露统治阶级暴政，反映人民不屈不挠的斗争精神的作品，如《窦娥冤》《蝴蝶梦》《鲁斋郎》等。其中《窦娥冤》最具代表性。王国维在《宋元戏曲考》中曾称赞这部作品"即列之于世界大悲剧中,亦无愧色也"。《窦娥冤》取材于汉代东海孝妇的故事。关汉卿依据这一民间传说,针对元代的社会现实,写出了一部震撼人心的悲剧。它的剧情大意是这样的:窦娥三岁丧母,和父亲窦天章相依为命。她七岁那年,窦天章因无法偿还欠高利贷主蔡婆婆的二十两银子,无奈之下,只得将窦娥送给蔡婆婆当童养媳,自己随即赴京应试,从此杳无音讯。窦娥操持家务,伺候婆婆,至十七岁与夫成亲,但不到两年,丈夫就因病去世。她和婆婆搬到山阳县相守度日。窦娥虽然痛感命运的不幸,但仍认为这是命中注定,她决心终身守寡,侍养婆婆到老。这时,蔡婆婆因讨债差点被欠债人赛卢医勒死,被张驴儿所救。不料张驴儿是个穷凶极恶的泼皮无赖,他乘人之危,威逼蔡婆婆招张驴儿及其父亲为上门女婿,软弱的蔡婆婆只得将他们领回家中。贞洁而刚烈的窦娥十分不满婆婆的怯懦行为,和企图霸占她的张驴儿展开了殊死斗争。张驴儿心生一计,想毒死蔡婆婆,以此来逼窦娥就范,不料阴差阳错地毒死了自己父亲。张诬陷窦娥投毒,要挟窦娥以顺从作为"私休"的条件,被窦娥严词拒绝。但年轻的窦娥不知道衙门的暗无天日,和张驴儿对簿公堂,结果遭到被张驴儿买通的贪官桃杌太守的严刑拷打。窦娥坚强不屈,据理力争,最后为了年迈的婆婆免遭酷刑,才不得不屈招。窦娥被判死刑,这时她彻底认清了衙门的黑暗和官吏们的贪赃枉法,对被认为主持正义的天地也产生了怀疑,她要反抗、复仇。在临刑之前,她罚下三桩誓愿:要丈二白练挂在旗枪上,刀过头落,一腔热血全飞在白练上;大暑天降三尺瑞雪;让山阳县大旱三年。窦娥死后,她的誓愿果然一一应验。后来,她的父亲窦天章以提刑肃政廉访使的身份巡视山阳县,窦娥的鬼魂向他诉冤。最后,张驴儿、桃杌太守等罪犯受到严惩,窦娥的清白也被昭雪。关汉卿在这个剧本里塑造了一个光辉夺目的典型形象窦娥,在她身上几乎集中了元代人民特别是妇女所遭受的苦难。她三岁丧母,七岁离父,因家境贫困被卖抵债;含辛茹苦,年纪轻轻就守寡;横遭流氓泼皮欺负却无处申诉,最后遭坏人诬陷,官府酷刑折磨,含冤而死。作家通过她和其他剧中人物的矛盾纠葛,为我们展示了元代社会的种种黑暗和罪恶:人民生活极度贫困,知识分子也饱受高利贷的荼毒,要靠卖儿卖女度日,社会秩序混乱,歹徒大白天行凶杀人,流氓泼皮横行霸道,淫人妻女,无人敢管;衙门暗无天日,官吏贪赃枉法,昏聩凶残,对无辜的百姓动辄严刑拷打,血腥杀戮,造成数不清的冤狱错案。这是对封建社会本质的无情揭露和批判。可贵的是,关汉卿并不仅仅满足于暴露社会的黑暗,表现人民的苦难,他把重点(高潮戏)放在对窦娥反抗性格和复仇意志的刻画和歌颂上,从而使这个形象乃至剧本的主题都得到了升华。在走向刑场的路上,窦娥唱道:

> [正官端正好]没来由犯王法,不提防遭刑宪,叫声屈动地惊天。顷刻间游
> 魂先赴森罗殿,怎不将天地也生埋怨。
>
> [滚绣球]有日月朝暮悬,有鬼神掌着生死权。天地也,只合把清浊分辨,
> 可怎生糊突了盗跖颜渊。为善的受贫穷更命短,造恶的享富贵又寿延。天地
> 也,做得个怕硬欺软,却原来也这般顺水推船。地也,你不分好歹何为地?天

也,你错勘贤愚枉做天!哎,只落得两泪涟涟。

毒刑使窦娥认清了衙门是"覆盆不照太阳晖",漆黑一团,她再也不相信官府。这里对天地的责骂,实际上就是对元代最高统治者和整个封建统治秩序的怀疑与否定。窦娥满腔的复仇怒火在燃烧。临刑前,她罚下三桩誓愿:

> (正旦云)要一领净席,等我窦娥站立;又要丈二白练,挂在旗枪上,若是我窦娥委实冤枉,刀过处头落,一腔热血休半点儿洒在地上,都飞在白练上者。(监斩官云)这个就依你,打甚么不紧。(刽子做取席站科,又取白练挂旗上科)(正旦唱)

> [耍孩儿]不是我窦娥罚下这等无头愿,委实的冤情不浅;若没些儿灵圣与世人传,也不见得湛湛清天。我不要半星热血红尘洒,都只在八尺旗枪素练悬。等他四下里皆瞧见,这就是咱苌弘化碧,望帝啼鹃。

> (刽子云)你还有甚的说话,此时不对监斩大人说,几时说那?(正旦再跪科,云)大人,如今是三伏天道,若窦娥委实冤枉,身死之后,天降三尺瑞雪,遮掩了窦娥尸首。(监斩官云)这等三伏天道,你便有冲天的怨气,也召不得一片雪来,可不胡说!(正旦唱)

> [二煞]你道是暑气暄,不是那下雪天;岂不闻飞雪六月因邹衍?若果有一腔怨气喷如火,定要感的六出冰花滚似绵,免着我尸骸现。要什么素车白马,断送出古陌荒阡!

> (正旦再跪科,云)大人,我窦娥死的委实冤枉,从今以后,着这楚州亢旱三年。(监斩官云)打嘴!那有这等说话!

> (正旦唱)

> [一煞]你道是天公不可期,人心不可怜,不知皇天也肯从人愿。做甚么三年不见甘霖降,也只为东海曾经孝妇冤!如今轮到你山阳县。这都是官吏每无心正法,使百姓有口难言。

> (刽子做磨旗科,云),怎么这一会儿天色阴了也?(内做风科,刽子云)好冷风也!(正旦唱)

> [煞尾]浮云为我阴,悲风为我旋,三桩儿誓愿明题遍。(做哭科,云)婆婆也,直等待雪飞六月,亢旱三年呵,(唱)那其间才把你个屈死的冤魂这窦娥显。

这几段唱词联翩而下,气贯长虹。窦娥立誓,并非仅为昭雪自己的冤屈,更为了惩罚贪官污吏,改变"官吏们无心正法,使百姓有口难言"的现实。剧末在冤狱昭雪、恢复名誉以后,她的鬼魂叮嘱父亲:"从今后把金牌势剑从头摆,把滥官污吏都杀坏!"她的誓愿,也是元代人民的内心愿望。在我国古代戏曲作品中,还很少有像《窦娥冤》那样将人民的反抗精神和正义要求表达得如此感人肺腑的。

关汉卿的第二类作品主要是描写下层妇女的生活和斗争。对妇女的社会地位和命运的同情、关怀,是关汉卿剧作的显著特色。这些作品中以《救风尘》最具代表性,此外尚有《诈妮子》《谢天香》《金线池》《望江亭》等。《救风尘》中的宋引章是个妓女,她急于摆脱非人地位,结果被花花公子周舍所欺骗。她不听结拜姊妹赵盼儿的再三忠告,嫁给周舍,一进门便吃了五十杀威棒,身落陷阱生命垂危,只得写信向赵盼儿求救。赵盼儿虽然埋怨宋引章不听劝告,但她想起姊妹们的长期患难关系,毅然挺身而出。周舍是个狠毒、狡猾的流氓,但赵盼儿抓住他酷好女色、喜新厌旧的特点,设下计谋,引诱周舍上钩,最后骗得他写下休书,放了宋引章。这个剧本反映了元代妓女的痛苦生活,诚如刘大杰在《中国文学发展史》中所说,"这剧表面虽是个喜剧,而潜存着严肃苦痛的社会内容","蕴藏着妓女们精神上深沉的悲苦和被人践踏的哀情"。而赵盼儿这个勇敢、机智而富有正义感的妇女形象,则标志着妓女们对自己不幸命运的抗争。关汉卿还以热情的笔触描写了《望江亭》的主人公寡妇谭记儿主动追求并捍卫爱情的过程。当得知恶霸杨衙内为了占有她,拿了皇帝的势剑金牌要来杀害她的爱人时,她毫无惧色,主动出击。在中秋之夜,她扮成渔妇,以切鲙献新为名,在望江亭上尽情捉弄了杨衙内,骗得他的势剑金牌,粉碎了他的阴谋诡计。

和别的戏曲作家不同,关汉卿对处于社会底层的妇女,不仅同情她们的悲惨遭遇,更讴歌她们灵魂中美好而积极向上的一面,塑造了一大批为追求幸福生活而不屈不挠地斗争的妇女形象,这使得他的作品闪烁着民主主义的光辉。

关汉卿的第三类作品是歌颂历史英雄人物的杂剧,如《单刀会》《西蜀梦》《哭存孝》等。这些历史剧表现的是历史生活,但也同样跳动着时代的脉搏。《单刀会》是元代有名的三国戏。写的是赤壁鏖兵之后,孙权将荆州借给刘备,欲共拒曹操。刘备以荆州为基地,并汉中,取西川,天下成鼎足之势。孙权部将鲁肃欲索还荆州,但畏惧守将关羽的"韬略过人",不敢直取,于是排宴设乐,埋下伏兵。邀请关羽渡江赴会,想在宴会上先礼后兵,逼关羽归还荆州。关羽明知鲁肃居心叵测,却慨然单刀赴会。在宴会上,关羽大义凛然,以剑击案,揭穿了鲁肃的阴谋,胜利而归。这个杂剧采用渲染、烘托和对比的手法表现关羽的英雄气概和民族气节,突出他为了维护汉室统一而置个人安危于不顾的崇高品质。第四折是全剧的高潮,关羽单刀赴会,而对滚滚大江,抒发了他豪迈的胸怀:

> 大江东去浪千叠,引着这数十人,驾着这小舟一叶,又不比九重龙凤阙,可正是千丈虎狼穴。大丈夫心别,我觑这单刀会似赛村社。
> ——第四折[双调·新水令]

> 水涌山叠,年少周郎何处也?不觉的灰飞烟灭,可怜黄盖转伤嗟。破曹的樯橹一时绝,鏖兵的江水由然热,好教我情惨切!(云)这也不是江水。(唱)二十年流不尽的英雄血!
> ——第四折[驻马听]

单刀会上,关羽以正义和威武慑服了鲁肃,保卫了蜀汉的利益。元蒙贵族统一中国后,称原在金人统治下的北方中国人民为汉儿人。关汉卿通过对历史英雄关羽捍卫汉家事业的歌颂,抒发了自己的民族感情,表达了对阶级压迫和民族压迫的不满,也鼓舞了人民与压迫者作斗争的勇气。

关汉卿作品的艺术成就在元杂剧中也是无与伦比的。这主要表现在出色的人物形象塑造、精湛的戏剧情节结构和本色、当行的语言造诣上。突出人物的主导地位,围绕主人公形象的塑造设置戏剧冲突,通过她(他)寄寓作家的审美理想,是关汉卿的创作指导思想。他根据杂剧一人主唱的体制特点,将占篇幅最多的主唱人作为戏剧主人公,为他组织动作体系。像《窦娥冤》《救风尘》《望江亭》等剧中的主唱者窦娥、赵盼儿、谭记儿、王瑞兰等人物都是关汉卿精心塑造的主人公,寄托着作家的人生理想。她们是戏剧冲突的积极参与者、推进者,整个冲突过程完全是通过她们的动作在舞台上表现出来的。每折戏都可见她们和对立面人物激烈的抗争,尽管后者都很有能量,但主人公们以坚强意志进行不屈不挠的斗争直至胜利。这是一组在元杂剧乃至整个古典戏曲中都十分引人注目的光辉形象,关剧巨大的审美价值是通过她们得到形象的体现的。

在戏剧情节的安排上,关汉卿也是匠心独运。他的代表作一般都有两条乃至三四条戏剧冲突线。其中以主唱人(主人公)和对立面人物的冲突为主线。主线贯穿全剧首尾,集中表现主人公命运与性格的发展,揭示剧本主题。主唱人和次要人物、对立面人物和次要人物的冲突构成副线,主要用来介绍主线冲突的时空、事件背景和人物关系,也对主线起对比、映衬作用。全剧又分为若干重场戏和若干过场戏。激烈的冲突场面、主人公内心世界的剖示在重场戏中进行,而过场戏则以最简短的篇幅交代事件的时空环境和因果联系。《窦娥冤》反映了窦娥一生的悲惨遭遇和死后鬼魂复仇昭雪的经过,矛盾错综复杂,时空跨度很大。然而作者从反压迫、反暴政的主题着眼,紧扣窦娥与泼皮张驴儿、酷吏桃杌太守的冲突这条主线,以双方的动作和反动作为主要内容来安排关目,写得主次分明、详略得当。作为重场戏处理的反凌辱(第一折);张驴儿毒死亲父要挟窦娥,两人对簿公堂,桃杌太守严刑逼供(第二折);窦娥赴刑场,临死立誓(第三折);死后鬼魂复仇(第四折)等处,都是冲突激烈,最能抒发主人公情感、刻画主人公性格的戏剧场面。至于一些非重点但对形成戏剧情境又属必要的故事内容,如窦娥离父和守寡的情况,张驴儿如何闯入蔡家,他如何取来毒药,窦父是如何当上廉访使从而终于能为窦娥昭雪的等等,则在楔子和过场戏中通过冲突副线作最简洁的交代。这种主副线交织映衬、重场过场戏合理搭配的戏剧结构,是关汉卿的天才创造。它使作家在杂剧四折加一楔子的有限篇幅中,得以集中笔墨有条不紊地表现主线冲突的开端、进展、高潮、结局,从而深入开掘主人公的精神世界,写出人物性格成长的历史,辐射广阔的社会生活。

关汉卿的杂剧语言本色、当行。所谓本色,就是说关剧的语言充分显示了元曲自然、质朴、生动、泼辣的特色。他的语言主要源自生活,从人民的口语中获得无限生命力。比如《金线池》第一折的［混江龙］：“无钱的可要亲近,则除是驴生戟角瓮生根。佛留下四百八门衣饭,俺占着七十二位凶神。才定脚谢馆接迎新子弟,转回头霸陵谁识旧将军。投奔我的都是那矜爷害娘、冻妻饿子、折屋卖田、提瓦罐爻槌运。那些个慈悲为本,多则是板障为门。”这一支曲词以元代人民口语为主,融汇其他方面的语言,可谓生动、泼辣之至。关剧的语言,又非自然形态的生活语言,而是经过锤炼的文学语言,《窦娥冤》刑场立誓的大段唱词,就是典范。

所谓语言的当行,就是关汉卿善于用语言来刻画人物。他笔下的人物,总是随性格、身份的不同,语言也往往具有不同的色彩,极为性格化。《拜月亭》中的王瑞兰是一个千金小姐,她的唱词就很清丽、妩媚。如第一折写王瑞兰“走雨”的［油葫芦］：“分明是风雨催人辞故国,行一步一叹息。两行愁泪脸边垂,一点雨间一行凄惶泪,一阵风对一声长吁气。(做滑拽科)呕,百忙里一步一撒;嗨,索与他一步一提。这一对绣鞋儿分不得帮和底,稠紧紧粘糯糯带着淤泥。”这是历代批评家都称颂的佳曲。《单刀会》抒发盖世英雄关羽的襟怀,语言风格就与此不同,如前面引述的第四折［新水令］［驻马听］两曲,极为豪迈、壮阔。

关汉卿的作品,是后来杂剧作家的楷模,高文秀和后期南方杂剧家沈和甫,因风格上学习关汉卿,被人称为“小汉卿”和“蛮子汉卿”。他对明清两代戏曲家的影响也很大。《窦娥冤》《拜月亭》《单刀会》等剧作,不断地被改编成传奇和地方戏,一直流传到今天,深受人民的喜爱。

第三节　《西厢记》的杰出成就与影响

在元杂剧中还有一部不朽的巨著,那就是被誉为“天下夺魁”的《西厢记》。这部戏共有五本二十一折,是一般杂剧的五倍。它的作者,一般认为是元代剧作家王实甫,也有人认为,第五本为关汉卿所续。

《西厢记》描写张君瑞与崔莺莺的爱情故事。这一故事最早见于唐代诗人元稹的传奇小说《莺莺传》(又名《会真记》),它叙述了唐代贞元年间(800年左右),张生游于蒲州,寄居在普救寺,与崔莺莺相恋,但他最后为了自己的前程抛弃了崔。这篇小说宣扬男尊女卑和妇女是祸水的封建思想。张生是个玩弄女性的负心汉,崔莺莺也缺少反抗性,最后又另嫁了别人。但小说对莺莺的描绘,颇有哀婉动人之处,得到读者的同情。因此这一故事后来在士大夫阶层和人民群众中流传,并被改编成各种文艺作品。北宋文人秦观、毛滂都曾用“调笑转踏”写过莺莺的故事。赵令畤用民间鼓子词的形式写过［商调·蝶恋花］《会真记》。另外还有宋杂剧《莺莺传》、金院本《红娘子》、南戏《张珙西厢记》、金代董解元《西厢记诸宫调》等。其中《西厢记诸宫调》对张、崔爱情故事作了根本性的改造,把张生对崔莺莺始乱终弃的薄幸行为改写成两人为了追求婚姻自由离家出走,投奔杜确太守,最终得到爱情幸福的大团圆结局。张生成了笃于爱情的忠厚书生,崔莺莺也敢于挣脱封建礼教的枷锁。董解元《西厢记》还增添了见义勇为、热心助人的红娘和法聪的形象。这些改造赋予作品以积极的反封建主题。

王实甫的《西厢记》在前人作品的基础上,对人物形象和戏剧冲突作了高度的典型化。首先是重新塑造了崔莺莺母亲老夫人的形象,在董解元《西厢记》中,老夫人还比较通情达理。贼兵围攻普救寺,张珙献策时,老夫人只是说解围之后认张为继子,谈不上后来的赖婚。宴会上是张生主动提出去长安应试,老夫人并未逼试。王实甫《西厢记》将老夫人写成一个顽固的封建家长、封建礼教的卫道者,突出她对崔莺莺的“拘系”和千方百计要拆散情侣的“赖婚”“逼试”等内容。这样就大大激化了青年男女和封建卫道者之间的矛盾冲突。王实甫还强化了对正面人物形象的塑造,对崔莺莺,突出了她为婚姻而敢于突破“礼教大防”的过程以及对功名利禄的淡漠,使她成为一个以“情”反“礼”的叛逆少女的典型。对张珙,则删去董解元《西厢记》中他轻佻、糊涂、不近人情的部分,突出他的诚挚、痴情,以及见义勇为的正义感。红娘成为作品的主要人物之一,形象更加光彩夺目。这样,崔、张与老夫人的冲突就成为冲破封建樊篱的叛逆力量和维护封建礼教的腐朽力量之间的尖锐斗争,从而使作品的反封建主题大大加强,达到了这一传统题材的最高思想水平。这是王实甫《西厢记》对张、崔爱情故事的历史性超越。

《西厢记》的成就,还表现在崔莺莺、张珙、红娘等一系列典型形象的塑造上。崔莺莺是我国古代戏剧文学中最早出现的追求婚姻自由、反抗封建礼教的贵族少女的典型。她出身名门,聪慧美丽,性格深沉、温柔,针黹女工、诗词书算无所不能,但却被母亲禁锢在闺中,并由“父母之命、媒妁之言”许配给了“花花公子”郑恒。她备感青春的寂寞,因此在普救寺遇到张珙,就一见钟情。她和张生隔墙和诗,互通情愫,感情越来越深,也愈益不满老夫人对她的管束。后来孙飞虎兵围普救寺,要抢莺莺为妻,满寺僧众命处垂危,张珙献退兵之策,老夫人答应将莺莺嫁给他。兵退之后,莺莺满心欢喜,以为幸福在望,不料老夫人赖婚,激起了莺莺极大的反感:

> 俺娘呵,将颤巍巍双头花蕊搓,香馥馥同心缕带割,长搀搀连理琼枝挫。白头娘不负荷,青春女成担搁,将俺那锦片也似前程蹬脱。俺娘把甜句儿落空了他,虚名儿误赚了我。
> ——第二本第三折[离亭宴带歇指煞]

她开始反抗,追求婚姻自由。但她毕竟是个相国小姐,一方面怕老夫人的威严,怀疑红娘的可靠性,另一方面还要与封建礼教在自己身上的影响作斗争。作品细腻地描绘了她的这种心理矛盾。她要红娘代她探望患病的张生,但当看到张生写来的情书时,又突然向红娘大发脾气。她要红娘带信,叫张生“下次休是这般”,但实际上这信却是约张生月夜幽会的诗简。当张生兴冲冲应约而来,她又翻脸不认账,还把张生教训一顿。经过几次波折之后,在红娘的帮助下,她终于克服外部和内心的种种障碍,与张生私下成亲,经过张生被迫赴京应试、夫妻分离的痛苦与考验之后,她和张生终于幸福结合。王实甫对崔莺莺性格和内心世界的深层剖析,赋予她以前的文学形象很少具有的思想意义。在她身上集中体现了封建礼教对古代妇女身心的摧残,也反映了宋元以后妇女们为追求爱情自由而奋起反抗的艰难动人的历史进程。

剧中的男主人公书生张珙,也有着极为鲜明的个性。他诚挚、热情,对爱情非常执着和专一。他一见崔莺莺便深深爱上了她,并通过联吟、请兵、琴挑等多种方式的真诚努力,赢得了莺莺的爱情。他为了莺莺而宁愿抛弃功名,废寝忘餐,甚至身患重病,而对莺莺的感情始终没有改变。但他又带有知识分子的书生气和软弱性。老夫人赖婚以后,他竟要"解下腰间之带,寻个自尽"。莺莺赖简之后,他又说:"此一念小生再不敢举……眼见休也。"这和热情、诚实的性格结合在一起,形成了一个痴情而略带迂腐的书生形象,令人可信可亲。

和崔莺莺不同,张生这个形象的可贵之处不仅表现在他反抗封建礼教,大胆追求爱情,更在于他能为爱情置功名利禄于不顾以及对爱情极其忠贞专一。中国封建社会是男尊女卑的寡情社会,读书人为功名牺牲爱情、中举之后抛弃结发之妻另攀高枝的现象比比皆是。因此这个形象具有很大的时代进步性。

红娘是《西厢记》的又一杰出创造。她是崔家的婢女,性格爽朗、乐观、机敏、老练。最初,她对崔莺莺和张生的事并不关心,但在看到崔、张之间的真挚爱情和老夫人的背信弃义之后,出于正义感和热心为人的个性,她同情崔、张的遭遇并积极帮助他们,为他们出谋划策、传递书信,并率直而善意地批评他们的弱点,促成他们的结合。在老夫人发觉崔、张的私情,要采取措施的时候,莺莺和张生惊慌不安,又是红娘挺身而出。在著名的"拷红"一折中,她勇敢地指责老夫人:

> 信者人之根本……当日军围普救,夫人所许退军者,以女妻之。张生非慕小姐颜色,岂肯区区建退军之策?兵退身安,夫人悔却前言,岂得不为失信乎?……目下老夫人若不息其事,一来辱没相国家谱,……使至官司,夫人亦得治家不严之罪。官司若推其详,亦知老夫人背义而忘恩,岂得为贤哉?……
> ——第四本第二折

她机智地用"以子之矛,攻子之盾"的方法逼老夫人让步。首先,她以信、义等封建伦理道德,指责老夫人言而无信的"赖婚"行为。继而又针对老夫人怕"家丑"外扬、辱没"相国"家族名声的心病,说此事若不平息,闹到官府,家族名誉扫地,老夫人得"治家不严"之罪,"背义而忘恩"的赖婚行径也将被人知晓。一席话说得老夫人无言以对,不得不应允了崔张的婚事。所以红娘是帮助崔张与老夫人展开斗争并取得胜利的关键人物,是作品里对封建礼教最具冲击力量的光辉形象。王实甫将一个出身卑微的下层妇女作为全剧的主人公之一,并赋予她如此高贵的品质,以至于这个形象后来成为见义勇为、热心助人等美德的代名词,显示了作品的民主主义精神。

《西厢记》的艺术成就也是极高的。首先它的人物形象塑造和戏剧冲突结合得非常完美。在《西厢记》中,有两条线索、两种冲突在互相交错、互相影响。一条是崔莺莺、张生和老夫人这条矛盾主线,一条是崔、张、红之间的这条矛盾副线,后者是三人不同性格引起的冲突。主线揭示了崔、张的主要性格和剧本的反封建主题。副线则使得崔、张、红三人的性格更为丰满生动。例如剧本第三本主要是写副线冲突的。"赖简"这一情节就刻画出崔莺莺性格的深沉多疑,张生的软弱、书生气以及红娘的直率、泼辣。主线和副线的交织也使得《西厢记》的情节发展曲折跌宕、波澜起伏。普救寺贼兵退走之后,老夫人请张生赴宴,似乎婚事在即,却发生了老夫人的赖婚;莺莺约张生幽会,两人似乎就要结合,却又发生了赖简;老夫人在红娘规劝之后被迫允婚,又逼迫张生去长安应试。像《西厢记》那样把一个爱情故事写得如此曲折起伏、扣人心弦,在我国的戏剧文学中是不多见的。

其次,《西厢记》写得很美,充满诗情画意,被称为我国古代"诗剧"的范本。作者很善于描摹景物,酝酿气氛,形成情景交融的动人意境,烘托剧中人的内心活动。例如第一本第三折描写张生邂逅崔莺莺的场面:

> 我忽听,一声,猛惊。元来是扑刺刺宿鸟飞腾,颤巍巍花梢弄影,乱纷纷落
> 红满径。
>
> ——[幺篇]

> 对着盏碧荧荧短檠灯,倚着扇冷清清旧帏屏。灯儿又不明,梦儿又不成;
> 窗儿外浙零零的风儿透疏棂,忒楞楞的纸条儿鸣;枕头儿上孤另,被窝儿里寂
> 静。你便是铁石人,铁石人也动情。
>
> ——[拙鲁速]

这些曲词写景如画,凄清孤寂的夜景又烘托出张珙如梦似痴、怅然若失的心情。《西厢记》里类似的描写很多,它们酝酿爱情剧的气氛,增强了作品的感染力。

最后,《西厢记》的语言造诣极高。作者选择、融化古代诗词里优美的词句和提炼民间生动的口语,熔铸成自然而华美的曲词。脍炙人口的《长亭送别》一折里崔莺莺的唱词是这方面的典范:

> 碧云天,黄花地,西风紧,北雁南飞。晓来谁染霜林醉?总是离人泪。
>
> ——[正宫·将正好]

> 恨相见的迟,怨归去的疾。柳丝长玉骢难系,恨不倩疏林挂住斜晖。马儿
> 迍迍的行,车儿快快的随,却告了相思回避,破题儿又早别离。听得一声去也
> 松了金钏,遥望着十里长亭减了玉肌,此恨谁知?
>
> ——[滚绣球]

> 见安排着车儿、马儿,不由人熬熬煎煎的气;有甚么心情花儿、靥儿,打扮

得娇娇滴滴的媚;准备着被儿、枕儿,只索昏昏沉沉的睡;从今后衫儿、袖儿,都
揾做重重叠叠的泪。兀的不闷杀人也么哥?兀的不闷杀人也么哥?久已后书
儿、信儿,索与我凄凄惶惶的寄。

——[叨叨令]

[端正好]一曲化用北宋范仲淹《苏幕遮》词中"碧云天,黄叶地,秋色连波,波上寒烟
翠"数句的诗意,构成富有诗情画意的情境,渲染离人伤感的情绪,其影响反而比范词更
大。[滚绣球][叨叨令]又呈现出另一种风貌,它们用朴素自然、具有浓厚生活气息的宋
元口语写成,但一经排比、重叠,又显得流转如珠,异常真切地倾诉莺莺与张生分别时郁
闷的心情,类似的例子不胜枚举。王实甫还是一位语言修辞大师。举凡明比、暗喻、借
代、反衬、双关、拟人、婉曲、设问、镶嵌、复叠、对偶、排比、层递、顶真等各种修辞手法,都
能从《西厢记》曲词中找到成功运用的范例。

《西厢记》的思想、艺术成就得到历代作家和评论家的高度赞赏。明代王世贞的《曲
藻》甚至说:"北曲故当以《西厢记》压卷。"把它誉为元杂剧中最杰出的作品。它也受到
人民群众的喜爱,自明代到现在,编演这个剧目的戏剧层出不穷,并被介绍到国外,受到
异国观众的欢迎。甚至在说唱、剪纸、泥塑、年画等艺术形式中,《西厢记》题材也被广泛
采用。它的"愿普天下有情的都成了眷属"的主题思想和崔莺莺、张生等艺术形象成了
鼓舞封建社会青年男女反抗礼教、追求爱情幸福的精神力量。清代大作家曹雪芹在《红
楼梦》中专门写了"《西厢记》妙词通戏语,《牡丹亭》艳曲警芳心"一回,描写这部戏对贾
宝玉、林黛玉这两个封建叛逆者思想性格形成上的影响。这一事例,生动反映出《西厢
记》在封建时代产生的巨大社会反响。

第四节 《汉宫秋》和其他元杂剧作品

马致远的《汉宫秋》,是元杂剧的代表作品。它取材于汉代著名的"昭君和番"的史
事。故事情节是这样的:汉代中大夫毛延寿奉命选美。宫女王昭君因为没贿赂他,遂被
他在画像上丑化,结果发落冷宫。后来通过偶然的机会,王昭君得到汉元帝宠幸,封为
明妃。毛延寿阴谋败露,畏罪潜逃到匈奴,并把昭君的真像献与单于。单于惊叹昭君的
美貌,派兵索取。满朝文武无能,昭君只好主动请行,至边境投江自尽。全剧以汉元帝
在宫中思念昭君为雁叫声惊觉作结。

王昭君是我国历史上一位充满传奇色彩的妇女,她的遭遇引起后人的深刻同情。
历代以王昭君为题材的戏曲很多,其中马致远的《汉宫秋》是写得最好、影响最大的。首
先,这个剧本倾注了作家的爱国主义感情。《汉宫秋》中的毛延寿是个被皇帝宠信的近
臣,但是他贪污舞弊,献图叛国。这个形象实际上是南宋王朝无耻叛臣的写照。马致远

对这些卖国贼表现了极大的义愤,在戏剧中不仅指斥毛延寿为"奸邪逆贼",而且还让他受到斩首祭献明妃的惩罚。马致远还借汉元帝之口,斥骂了以尚书令五鹿充宗为首的文武大臣:"恁也丹墀里头,枉被金章紫绶;恁也朱门里头,都宠着歌衫舞袖。恐怕边关透漏,央及家人奔骤,似箭穿着雁口,没个人敢咳嗽……休休,少不的满朝中都做了毛延寿。"指责他们平时养尊处优,花天酒地,一旦边关有事,都吓得像缩头乌龟一样,和叛徒毛延寿也差不了多少。像这样的曲词,在《汉宫秋》的第二折、第三折中共有九处之多,这是对苟且偷安、葬送大好河山的南宋投降派官僚的严厉抨击。

在《汉宫秋》中,马致远十分同情汉元帝的遭遇,把他写成一个多情、善良的皇帝,在描写汉元帝对王昭君的思念时,更是流露出浓厚的感伤情调,这些都表现出作家的思想局限。但马致远是把这位汉家皇帝作为国家社稷的代表来写的,在对汉元帝的满腔同情中,饱含着作家的故国之思。另外,昭君被迫远嫁、投水自尽的遭遇,也曲折表达了作者对宋元战争中被掳北行的南宋官员和妇女的同情。凡此种种,都是马致远爱国主义思想和民族感情的曲折流露。因此,《汉宫秋》在元代初年演出时,引起了在异族统治下的广大人民的强烈共鸣。

马致远的杂剧,在艺术上有自己的独特风格。他是一位抒情诗人,剧作也富于抒情性,特别是擅长悲剧性的抒情。《汉宫秋》最能代表这种艺术风格。如第四折描写汉元帝闻雁的几支曲子:

(雁叫科)(唱)

[白鹤子]多管是春秋高,筋力短;莫不是食水少,骨毛轻。待去后,愁江南网罗宽;待向前,怕塞北雕弓硬。

[么篇]伤感似替昭君思汉主,哀怨似作薤露哭田横,凄怆似和半夜楚歌声,悲切似唱阳关三叠令。

(雁叫科)(云)则被那泼毛团叫的凄楚人也。(唱)

[上小楼]早是我神思不宁,又添个冤家缠定。它叫得慢一会儿,紧一声儿,和尽寒更。不争你打盘旋,这搭里同声相应,可不差讹了四时节令。

[么篇]你却待寻子卿,觅李陵;对着银台,叫醒咱家,对影生情;则俺那远乡的汉明妃,虽然得命,不见你个泼毛团,也耳根清净。

作家借雁的叫声,尽情抒发了汉元帝的孤独心境和离愁别绪。雁声人情融成一片,十分凄楚动人,为这一爱情悲剧,酿造了浓郁的情感氛围。

马致远的语言风格也很独特。既不同于关汉卿的泼辣尖新,也不同于王实甫的绮丽纤秾。而是典雅、清新、醇厚,自成一家。如上述的几支曲子,不事藻绘,纯用白描,但却准确而深刻地传达出人物的思想感情。

元杂剧中还有个非常优秀的历史剧,那就是纪君祥的《赵氏孤儿》。它演春秋晋灵公时赵盾与屠岸贾两个家族斗争的故事。晋国忠臣赵盾三百余口被屠岸贾所害,只有赵盾儿子赵朔与公主所生之子即赵氏孤儿幸存。赵朔门客草泽医生程婴冒着生命危险把孤儿装在药箱中离开宫禁,引起了守门将军韩厥的怀疑。韩厥也不满屠岸贾的残暴,不仅放走程婴,还以自杀来取信程婴。孤儿逃走后,屠岸贾为斩草除根,下令杀尽晋国的所有婴儿。为了挽救赵氏孤儿和众多无辜者,程婴与老朋友中大夫公孙杵臼商议,用程的儿子冒充赵氏孤儿,藏在公孙家。再由程婴向屠岸贾告密,牺牲公孙杵臼与程子以保全遗孤。屠岸贾中计,为了嘉奖程婴,将程子(实际上是赵氏孤儿)认为义子。二十年后,孤儿明白事情真相,手刃屠贼报仇雪恨。

这个剧本通过激烈、曲折的戏剧冲突塑造了程婴、公孙杵臼等义士的感人形象。在戏剧高潮中,程婴面临非常严峻的考验。屠岸贾知道程婴与公孙杵臼是朋友,怀疑程婴的出首有诈,命令程婴鞭打公孙杵臼。后来,屠岸贾在公孙杵臼家搜出"赵氏孤儿"(其实是程子),当着程婴的面用剑刺死。程婴都强忍悲痛,挺了过去。他的崇高气节和自我牺牲精神给人留下很深刻的印象。公孙杵臼的形象也非常感人。原来程婴准备牺牲自己和孩子,要公孙去告密。但公孙说自己七十岁了,难以抚育孤儿长大成人,毅然决定用自己的性命拯救遗孤和其他无辜的孩子。他后来被屠贼严刑拷打,体无完肤,但一点秘密都不泄露。公孙杵臼最后撞阶自杀,临死前还大骂屠贼。

程婴、公孙杵臼与屠岸贾之间的矛盾冲突,体现了正义与邪恶的斗争。作家通过这场斗争,谴责了统治阶级的凶残与暴虐,热情讴歌了古代人民为了伸张正义勇于牺牲自我的崇高精神。《赵氏孤儿》在明、清时期被改编成传奇、京戏和各种地方戏,盛演不衰,而且很早就被介绍到欧洲,在十八、十九世纪已有英文、法文等多种译本。法国著名思想家伏尔泰对它十分欣赏,仿写过一个剧本。可见它已成为受世界人民喜爱的艺术瑰宝。

元杂剧中有许多写清官包拯办案的剧目,人称"包公戏",如关汉卿的《包待制智斩鲁斋郎》《包待制三勘蝴蝶梦》,郑廷玉的《包待制智勘后庭花》,李行道的《包待制智勘灰阑记》,武汉臣的《包待制智勘生金阁》,无名氏的《包待制陈州粜米》《包待制智勘合同文字》《神奴儿大闹开封府》《叮叮珰珰盆儿鬼》《王月英月夜留鞋记》等。在这些包公戏中,《陈州粜米》是最杰出的。

包拯,字希仁,在宋仁宗时做过龙图阁待制的官,所以杂剧中称他为包待制或包龙图。包拯虽然是宋朝人,但剧本却完全是元代社会生活的写照。故事情节为陈州地方"亢旱三年,六料不收",朝廷派刘得中、杨金吾前去开仓粜米,赈济灾民。刘、杨二人到陈州后却大发难民财。他们抬高米价,将一石米五两银子改为十两,米里掺进泥土、糠秕,又用大秤称银、小秤称米来坑害百姓。百姓张撇古对这种恶劣手段顶撞了几句,就被他们用皇帝敕赐的紫金锤活活打死。张撇古的儿子小撇古悲愤难平,到开封府尹包拯处告状。包拯微服私访陈州,查清刘、杨二人的罪行,将他们处死。

《陈州粜米》将包拯形象写得非常出色。他铁面无私、执法如山,在人民和贪官的斗争中,坚定地站在人民一边,惩办贪官污吏。他为了查清刘得中、杨金吾的罪恶,深入虎穴掌握第一手材料,结果被坏人吊起来毒打。他为官清廉、生活俭朴,以致他的随从张三发牢骚,说自己跟着包拯每天只能喝三顿"解落粥"。难能可贵的是,《陈州粜米》的包公不像其他剧本那样把他神化,而是写出他在奸邪当道时的内心苦闷。在黑暗的封建社会,当清官极不容易,包拯内心有许多矛盾,在剧中他唱道:"我是个漏网鱼,怎敢再吞钩?不如及早归山去,我只怕为官不到头!"尽管如此,他还是秉公断案,为民除害。这样,剧本就从行为、性格、内心活动上,多侧面地塑造了一个血肉饱满、真实感人的清官形象。

元杂剧中的包公戏,优秀的不少。如李行道的《灰阑记》写包拯以灰阑断案的故事,蜚声中外。有两个妇女争认一儿童为其子,包拯就用石灰在地上画了一个圈,命儿童站在圈中,让两个妇女各执儿童一手,声明谁能将儿童拉出圈外即为儿童的亲娘。于是两妇女使尽力气欲将儿童拉出,但最后孩子的亲娘因怕将孩子拉坏,不得不忍痛让对方拉去。包拯正是通过这个简单巧妙的方法,从两个心理感情不同的妇女中正确地选出孩子的亲娘。当然,也有的包公戏,像《后庭花》《盆儿鬼》等杂剧,借包公办案,或进行封建说教,或宣传封建迷信,这些糟粕是需要批判的。

包公戏开后代清官戏的先河,它是元代吏治黑暗的反映,表现人民希望有清官出来主持公道的善良愿望。但元代更能反映人民的正义呼声和反抗精神的杂剧却是另一类以水浒故事为题材的"水浒戏"。现在有存目的水浒戏有二十多种,有剧本流传的有六种,即康进之的《梁山泊李逵负荆》、高文秀的《黑旋风双献功》、李文蔚的《同乐院燕青博鱼》、马致远的《都孔目风雨还牢末》、无名氏的《争报恩三虎下山》和《鲁智深喜赏黄花峪》。这六部中,以《李逵负荆》和《双献功》最为出色。《李逵负荆》的故事情节与《水浒传》第七十三回的后半回大致相同,写李逵在清明节休假下山喝酒,听到酒店主人王林哭诉梁山泊首领宋江与鲁智深抢去了他的女儿满堂娇。李逵愤而回山,大闹聚义堂,并且强迫宋江、鲁智深下山对质。经王林辨认,才知道是坏人冒充宋江、鲁智深抢走了满堂娇。李逵惭愧不已,回山负荆请罪。这时,王林上山报告抢他女儿的坏人又来了。李逵奉命下山,捉住歹徒宋刚、鲁智恩,使王林父女团圆。

《李逵负荆》是一部喜剧,它通过李逵和宋江之间一场误会性的戏剧冲突,赞扬了水浒英雄李逵急公好义,疾恶如仇,舍身忘我,而又知错辄改的崇高品质,表彰了起义领袖宋江的恢宏大度和执法如山,歌颂了梁山英雄与人民的血肉联系以及为人民利益敢于赴汤蹈火的牺牲精神。

《李逵负荆》在艺术上也很有成就。它是一部有深刻社会内容的抒情喜剧,它的喜剧色彩不是外加的,而是从性格本身出发,符合人物的思想、行为逻辑的。例如李逵对宋江、鲁智深的怀疑非常主观、武断,从而导致了一系列十分可笑的言行,但这些言行,又处处表现出李逵憨直、天真、鲁莽的个性。

喜剧在我国戏曲中可谓源远流长。参军戏、宋杂剧、金院本中都有一批世态喜剧。但因为形式的限制,那些小喜剧还不可能把人物塑造得很完整,主题挖掘得很深刻。《李逵负荆》中李逵这一个性格真实、丰满的喜剧人物形象的出现,标志着我国的喜剧形式已发展到一个新的高度。

高文秀的《双献功》也是一部优秀的水浒戏。它写李逵为了营救关在死囚牢里的朋友孙华,扮作一个"庄稼呆后生"前去探监。狱卒以为他真的是呆子,处处拿他取笑开心。李逵却将计就计,让狱卒吃下放了蒙汗药的羊肉泡饭失去知觉,最后救出朋友。这部戏着重表现了李逵为朋友两肋插刀、不避艰难险阻的高贵品质。

元代水浒戏是明代伟大的小说《水浒传》的蓝本之一。它在元代的风行,说明了元代老百姓对劫富济贫、替天行道的水浒英雄的崇敬和向往。在政治黑暗及阶级压迫、民族压迫严重的元代社会,人民渴望有人像李逵等水浒英雄那样领导他们推翻暴政,过上美好平等的生活。

水浒戏在后代层出不穷,但明清两代的水浒戏封建思想意识浓厚,成就不及元代。

第五节　浙江古代的戏剧奇葩——南戏

南戏,是"南曲戏文"的简称。顾名思义,它是用南方曲调演唱的戏曲。它兴起于北宋末叶的浙江温州永嘉一带,故又称"温州杂剧""永嘉杂剧",但它的形成与北杂剧完全不同。它是在南方民间歌舞小戏的基础上,不断吸收宋杂剧和其他民间伎艺的成分,才逐步走向成熟的。明代戏剧家徐渭的《南词叙录》说:"永嘉杂剧兴,则又即村坊小曲而为之,本无宫调,亦罕节奏,徒取其畸农士女,顺口可歌而已。"可见它最初是民间的地方小戏,采用的是农村中流行的一些曲调。从今存的一本早期南戏《张协状元》中,我们还可看出,南戏在戏剧结构和表现手法上,吸收了民间歌舞、诸宫调、宋杂剧、宋话本以至傀儡戏的许多经验,但这些因素的结合还显得比较生硬。直到十三世纪后期元朝灭宋,南北统一,北杂剧流传到南方后,南戏从中汲取了丰富的营养,又有一批优秀作家投身南戏创作,它才发展成为成熟的大型戏剧。

南戏和杂剧一样,也是综合运用歌唱、念白与科介等表现手段来塑造人物,但两者在体制、结构上的差别还是相当大的。最明显的是南戏的各行角色都可以唱,因此演唱比北杂剧灵活自如。杂剧是"四折一楔子",而南戏则分出,可长可短,全剧可短至几出,也可长至几十出。在场次的安排上,南戏剧本开头照例有一段介绍作者创作意图和剧情梗概的开场戏,叫作"副末开场"或"家门大意"。从第二出开始,进入正戏。前几出戏,男女主角和主要配角总要尽早上场和观众见面。故事情节展开之后,便要照顾脚色行当的劳逸、大小场子的安排和冷热场子的调剂。每出之中,重要人物上场时先唱引子,接着是一段自我介绍的长白,叫定场白,下场时有下场诗。曲词的组织,一般有引子、过曲和尾声。南戏的这种结构方式也成为明清传奇的基本结构。

在思想内容上，早期南戏继承了宋杂剧面向现实，敢于抨击弊政的传统。南宋末年周密的《癸辛杂识》曾记载一件当时轰动一时的事件，说温州地区有个叫祖杰的恶霸和尚，杀人越货，奸淫妇女，手段极其残忍，引发极大民愤，但官府受赂，极力庇护他。这时，老百姓怕他逃脱法网，就将他的罪行编成南戏，到处上演。结果群情激愤，在社会舆论的压力下，官府不得不把他"毙之于狱"。另外像早期南戏剧目《赵贞女》(已佚)、《王魁》(尚有残文)也都对当时中举进士抛弃结发妻子的丑行进行抨击，表现了强烈的批判精神。在题材上，南戏偏重于爱情故事与家庭纠纷，剧情一般较杂剧更丰富、曲折，但情节不如杂剧集中。

宋元南戏主要是民间的创作，刊刻付印的不多，再加上封建统治者的禁毁和战乱造成的损失，遗留下来的剧本极少。目前全本流传的仅有《永乐大典》中所收的《张协状元》《小孙屠》《宦门子弟错立身》三种，是现在所见的最早的南戏剧本。《琵琶记》《荆钗记》《白兔记》《拜月亭》《杀狗记》等十余种南戏剧本，已或多或少经过明代人的加工、改动，不过仍基本保持了南戏的面貌。《王祥卧冰》《陈巡检梅岭失妻》等一百三十余种南戏则仅有残文剩曲流传。总之，传世的南戏还不到已知南戏剧目总数的十分之一。不过这些存有残曲或仅存名目的南戏，大部分还能从其他古籍的有关记载中考查出它们的故事情节。

南戏早期代表作《张协状元》，是我国现存最古老的戏曲剧本，约创作于南宋末年或元初。它的故事梗概是这样的：书生张协赴京赶考，在五鸡山遭抢劫并被打伤，被一贫女相救，遂与贫女结婚。张协中状元后忘恩负义，不认贫女，并在赴任途中将巧遇的贫女砍伤。贫女后被宰相王德用收为义女，在王的撮合下，与张协重圆。剧本的结尾已带有阶级调和的色彩，因此能被收进明代官方编纂的《永乐大典》，但它针对封建社会普遍的"婚变"现象，鞭挞那些发迹以后就抛弃原妻、恩将仇报的负心汉们，还是有现实意义的。它反映了南戏贴近生活、直面人生的可贵思想倾向。《张协状元》全本都用南方流行的词调和民间小曲演唱，开场时由说唱诸宫调引入，语气和当时的讲史话本接近，以后是主角到了哪里，戏也写到哪里，剧中有许多与剧情不相干的插科打诨闹剧，这些都表现了初期南戏的特征。因此，它是研究我国戏剧早期形态的活标本。

到了元末，南戏出现了《荆钗记》《刘知远白兔记》《拜月亭》《杀狗记》四部大戏，简称"荆、刘、拜、杀"。它们是南戏趋向成熟、兴旺的标志。《荆钗记》写王十朋以荆钗为聘物，娶钱玉莲为妻。王十朋中状元后，忠于妻子，拒绝万俟宰相的逼婚，被贬官潮阳。钱玉莲不愿改嫁给富商孙汝权，为继母所逼，投江自尽，被人救起，后与十朋夫妻团圆。《白兔记》写五代刘知远家贫，外出投军，入赘岳帅府。其妻李三娘在娘家受尽折磨，生下儿子托人送交刘知远处抚养。十余年后，其子射猎，追踪白兔而得见母，一家团圆。《杀狗记》写孙华、孙荣兄弟因胡子传、柳龙卿的挑拨离间而失和，孙华之妻杨月真设计杀狗,假作人尸,胡、柳二人便至官府控告孙华,只有孙荣庇护哥哥,真相大白以后,孙华改变了对弟弟的态度,一家人和好如初。《拜月亭》系南戏作家施惠改编关汉卿的杂剧《闺怨佳人拜月亭》而成,写尚书王镇一家在战乱中失散,女儿王瑞兰与穷书生蒋世隆结为夫妻,而蒋世隆之妹瑞莲却被王镇收为义女。王镇因门第差别,拆散了瑞兰与世隆的婚姻,后蒋中状元,夫妻兄妹终于团圆。《拜月亭》表现了封建社会被压迫妇女的苦闷和反抗精神,揭露了门第观念的腐朽,戏剧性强,语言本色生动,是四部剧本中成就最高的,得到后代作家文人的高度评价。

"荆、刘、拜、杀"的出现是南戏发展中的一件大事,它们基本确立了南戏以及后来明清传奇的体制形式。能否上演这几个戏,甚至成为明清时代戏班演出水平高低的一个标志。它们中的一些片断,如《荆钗记》的"投江""祭江""荐亡",《白兔记》的"磨房产子""磨房相会",《拜月亭》的"招商谐偶""皇华悲遇""幽闺拜月"等成为很著名的折子戏,至今仍演出于各地的舞台上。

南戏中成就最高、影响最大的作品当数高则诚的《琵琶记》,这也是一部最有争议的剧作。高则诚,名明,号菜根道人,温州瑞安人,约生于1305年,卒于元代覆亡前夕的1359年。他早年在乡间读书,至正五年(1345)中进士后,在浙江处州、杭州等地做过录事等几任小官。元末方国珍在浙东起义时,他被任命为"平乱"统帅府都事,因与统帅不合,不久即"秩满告归",此后主要过着隐居著书的生活。所作戏曲除《琵琶记》外,尚有《闵子骞单衣记》,已亡佚。

《琵琶记》是高明在元末避乱隐居于宁波栎社时根据早期南戏《赵贞女》的内容改编的。它写蔡伯喈被父亲强逼赴京应试,留下妻子赵五娘在家侍奉翁姑;蔡伯喈考中状元后,牛宰相招他为婿,他辞婚,牛宰相不答应;他辞官,朝廷又不答应,结果被迫入赘牛府。蔡入京之后,家乡陈留遭到严重灾荒,赵五娘虽苦苦支撑,公公、婆婆仍先后饿死。五娘卖发埋葬公婆后,求乞进京寻夫,最后得到牛宰相女儿的帮助,与蔡伯喈团聚。

蔡伯喈和赵五娘的故事在民间长期流传,在早期南戏《赵贞女》和民间说唱故事中,蔡伯喈是个负心汉的形象。他发迹以后不认糟糠之妻,还要以马踩赵五娘,结果被雷轰死。高则诚为了宣扬封建道德,对原来的故事作了很大的改动,特别是在对男女主人公形象的塑造上。作家花了很多的笔墨写蔡伯喈的"三不从":他本来不想去应考,要在家侍奉父母,他父亲蔡公不从;他考中状元后,牛府招他入赘,他不忘赵五娘,要辞婚,牛宰相不从;他要辞官回乡赡养双亲,朝廷不从。并处处渲染他对双亲的怀念和对功名利禄的淡漠。就这样,作品把他写成一个"全忠全孝"的正面人物,完全卸下了他对父母妻子悲惨命运应负的责任。女主人公赵五娘也被涂上了封建色彩。蔡伯喈走后,她含辛茹苦,为的是维护丈夫"孝子"的好名声。后来在她乞讨寻夫的时候,还声明自己是"只怕公婆绝后",不是"寻夫远游"。这个在民间传说故事中具有反抗性的女性,在《琵琶记》中变成了一个温柔敦厚的贤妇。高则诚这样做,用意是很明确的,他通过蔡、赵等艺形象教育人们,在面对战乱、灾荒等天灾人祸时,应恪守封建伦理道德,逆来顺受,尽管要忍受种种苦难,但最终一定会有美好的结局。这也是《琵琶记》的主题思想,它带有浓厚的封建说教的色彩。

然而《琵琶记》的思想内容是比较复杂的,它还有不少现实主义的描写,主要表现在:一、高则诚生当元末乱世,他对元代社会的黑暗腐朽是不满的。因此作品在表现蔡家悲剧的前因后果中,比较真实地反映了错综复杂的社会矛盾并有尖锐的批判。"三不从"是酿成悲剧的关键性情节。皇帝强迫蔡伯喈卖身于朝廷,牛宰相自私专横,为了招一乘龙快婿,不顾蔡伯喈父母的死活,这样写,尽管开脱了蔡伯喈的罪责,但对皇帝、宰相是有所批判的。作品也正确揭示了"人祸",即吏治的黑暗。上自朝廷,下至社长、里正的腐败、贪婪是造成蔡家家破人亡的主要原因。特别是伯喈入赘相府之后,剧本真实反映了蔡家的不幸和陈留郡百姓的苦难:官吏们暗偷明抢,为非作歹,将本该赈济灾民的谷仓抢劫一空。赵五娘吃糠充饥,公婆相继饿死。剧本把农村饥馑中的惨状、下层官员鱼肉乡里的情景与牛府骄奢淫逸的豪华生活对照来写,有力地突出了社会矛盾。这样的情节安排,深刻反映了广阔的社会生活,拓展了剧本的思想内涵,也表现了作者对暴政的不满和对人民的同情。二、赵五娘是个杰出的艺术形象。这个人物尽管有着屈从于封建道德、缺乏反抗精神的致命弱点,但她的性格还是比较丰满的。她的刚强坚韧的品质,对老人的体贴关怀,勇于牺牲自己、承担苦难的精神,都颇为感人。赵五娘的品质和行为,已经突破了"孝"这个封建概念,反映出中华民族的某些传统美德和古代妇女的可贵品德。因此这个形象千百年来一直活跃于舞台上,也得到人民群众的喜爱。

《琵琶记》的思想内容复杂,良莠错综,因此自明代中叶以后就争议不断。新中国成立以后更是举行了数次大规模的讨论,毁誉不一,争论相当激烈。但对《琵琶记》的艺术成就及其在戏曲发展史上的地位,却几乎是众口一词地予以肯定的。一是《琵琶记》通过人物的言行,将其性格特征和心理活动表现得丝丝入扣。如"糟糠自厌"一出里的赵五娘的唱词:

[孝顺歌]呕得我肝肠痛,珠泪垂,喉咙尚兀自牢嗄住。糠那,你遭砻被舂杵,筛你簸扬你,吃尽控持。好似奴家身狼狈,千辛万苦皆经历。苦人吃着苦味,两苦相逢,可知道欲吞不去。(吃吐介)

(唱)[前腔]糠和米,本是两倚依,谁人簸扬你作两处飞?一贱与一贵,好似奴家共夫婿,终无见期。(白)丈夫,你便是米么,(唱)米在他方没寻处。(白)奴便是糠么,(唱)怎的把糠救得人饥馁?好似儿夫出去,怎的教奴,供膳得公婆甘旨?(不吃放碗介)

赵五娘从糠的难咽,想到了自己和糠一样受尽颠簸的命运,吐露了内心深处剧烈的痛苦和无比的哀怨。而糠的比喻,又很符合一个农村妇女的见识和心理,非常真实、形象。这种性格化的深层描写,被后代评论家誉为"神来之笔"。明人吕天成在《曲品》中赞扬它是"志在笔先,片言宛然代舌;情从境转,一段直堪断肠"。二是《琵琶记》的戏剧结构严谨而精湛。两条情节线索交错发展,自蔡伯喈赴京应试后,剧情就分成两条冲突线展开:一在京都,集中塑造伯喈;一在陈留郡,围绕赵五娘组织戏剧冲突。两条情节线之间又有强烈的对比、映衬作用,从而有力地塑造了人物形象,表现了主题。《琵琶记》的布局和结构,达到了以前南戏创作从未有过的高水平,把南戏常见的双线结构发展到完善的地步,因此被明清的传奇作者奉为经典。三是《琵琶记》的语言也很有特色,朴素无华,自然澄澈。作家从人民口语和民间创作中汲取营养,又加以艺术的锤炼,本色质朴之中不乏丰妍之处。

《琵琶记》振兴了古老的南戏,使它可与北杂剧一争高低,并为其以后发展成蔚为大观的明传奇打下了坚实的基础。徐渭在《南词叙录》中说:"(高则诚)用清丽之词,一洗作者之陋,于是村坊小伎,进与古法部相参,卓乎不可及已。"意思是说,高则诚用杰出的艺术实践,改变了南戏简陋的面貌。从此,南戏从一种民间乡村小戏,进化为可以与历史上任何戏剧媲美的剧种,成就高不可攀。话虽说得有些夸张,却基本公正地评价了《琵琶记》在南戏发展中的历史作用。《琵琶记》对后代戏曲尤其是南戏诸腔的影响极为深远。许多剧作家把它当作学习戏剧创作的范本,因此明代昆曲艺术家魏良辅将它誉为"曲祖"。

第二十二章　典雅华茂的明代杂剧与传奇

在明代,我国的戏剧艺术又经历了一个新的繁荣时期。但它的发展极不平衡,前期由于封建统治者推行的文化专制主义,剧坛死气沉沉充斥着进行封建说教的作品。中后期随着商品经济的活跃,资本主义经济的萌芽和民主思潮的兴起,戏剧创作趋向繁荣。题材扩大,内容丰富,流派纷呈,风格各异。明代戏剧的主要样式"传奇"名家辈出,佳作如林,杂剧虽然衰落,但经过艺术家的改革,也产生了不少有成就的作家和作品。到隆庆、万历年间,明代戏剧创作出现高潮,迎来了中国古代戏剧的第二次辉煌。

第一节　杂剧与传奇的演变轨迹

明代戏剧在近三百年的发展过程中,大体可分为两个阶段:第一阶段自明初至明中叶,即十四世纪中期至十六世纪前期。在这一阶段,元代曾风靡一时的北杂剧开始衰落。北杂剧由于自身结构体制的缺陷,官僚文人用它进行枯燥乏味的封建说教以及传奇的竞争等,逐渐失去人民群众。明初杂剧剧坛沉寂,作家寥寥无几。朱有燉、王子一、贾仲名等较为著名,写的也无非是些粉饰太平、逃避现实的东西,价值都不高。至明中叶才出现康海、王九思等较有成就的杂剧作家。康海的《中山狼》和王九思的《杜甫游春》是戏剧史上著名的杂剧。在北杂剧日益衰落的同时,南戏却得到了迅速的发展,流传到全国各地,形成了弋阳、余姚、海盐、昆山四大声腔。并产生了一些继承前代戏曲优秀传统的作品,如经过明人改编的《南西厢》《幽闺记》,描写历史英雄故事的《古城记》《草庐记》《金貂记》等。但由于明初统治阶级推行文化专制主义,大力提倡宣传封建伦理道德的文艺作品,剧坛泛滥的是诸如丘浚《五伦全备记》、邵灿《五伦香囊记》之类的点缀升平和进行封建说教的作品,好的传奇作品并不多。

第二阶段是明中后期由嘉靖年间至明末,即十六世纪前期至十七世纪中期。在这一百余年的时期里,戏剧又进入一个新的繁荣局面。在各种声腔发展的基础上,弋阳腔发展演变成为一个弋阳腔系统。昆山腔经过艺术家的改革也焕然一新。弋阳、昆山诸腔终于取代北曲杂剧在戏曲演出舞台上的地位。戏曲创作也突破了长期沉寂的局面,产生了许多影响深远的作家和作品,如梁辰鱼的《浣纱记》、无名氏的《鸣凤记》、周朝俊的《红梅记》、汤显祖的《牡丹亭》等。这时期有名的戏曲家达百人以上,作品近千种。明代戏曲史上的重要作家,差不多都集中在这个时期。

明中后叶的戏剧创作题材丰富多样,有反映当代重大问题的"现代剧"《鸣凤记》。徐渭的《歌代啸》和王衡的《郁轮袍》针砭现实的倾向也非常明显。另外,浪漫主义的作品也为数不少,如《牡丹亭》《红梅记》等。以历史事件和民间传说为题材的剧目,仍占很大的比重,剧坛上呈现百花齐放的局面。

在这个时期还出现了不同的风格流派。汤显祖开创的重视意境文采的临川派和沈璟开创的重视音律的吴江派,是我国戏曲史上著名的流派。两派之间就戏剧性、戏剧语言、戏剧改编、音律等问题展开的激烈争论,对晚明戏曲有极大影响。

明中后期的戏剧理论批评也很发达。徐渭的《南词叙录》,是戏曲史上第一部研究南戏的著作;魏良辅的《曲律》是关于昆曲音律的著名论著;王骥德的《曲律》、何元朗的《曲论》、臧晋叔的《元曲选序》、吕天成的《曲品》、祁彪佳的《远山堂曲品》《远山堂剧品》等,也都是有独到见解,对戏剧创作产生过影响的论著。

杂剧在经历了南北合套和南曲化的变革之后,创作上也取得了新的成就,其中徐渭的《四声猿》尤为卓著。

上述几方面,都是明代中后期戏剧繁荣兴旺的标志。这种状况一直持续到清代前期,形成中国戏剧史上的第二个黄金时代。

第二节 《四声猿》等杂剧代表作

早在元代后期,由于科举制度恢复,知识分子的处境有所改善,因此许多文人又纷纷钻研举业,创作杂剧的人数大为减少。即使创作杂剧,也往往是用它来宣扬风化或消遣性情,脱离现实的倾向日益滋长。到了明代,民族矛盾缓和,又实行了以八股文取士的制度,知识分子的地位与思想起了更大的变化,歌功颂德、宣扬封建礼教的风气更为严重。同时,明代统治者也加强了对杂剧的控制。明代的法律《大明律》规定:"凡乐人搬作杂剧戏文,不许装扮历代帝王后妃、忠君节烈、先圣先贤像,违者杖一百。官民之家容扮者与同罪。其神仙道化及义夫节妇、孝子贤孙、劝人为善者不在禁限。"统治阶级为了巩固其封建统治,禁止有损于帝王圣贤的杂剧,大力提倡宣传忠孝节义的作品,这就进一步造成明杂剧思想上的萎缩。因此,明杂剧特别是明初杂剧,已经失去了元杂剧抨击社会黑暗、反映人民呼声的战斗精神,出现了封建化加神道化的思想倾向。不少作品宣扬封建礼教,歌颂义夫节妇,污蔑人民的反抗斗争,表现出浓厚的封建思想。明杂剧中的神仙道化剧也比元代多,不但写度脱入道,而且写神仙庆寿、歌舞升平,以博得统治者的欢心。在艺术风格上,明杂剧趋向典雅化,只注重文采而忽略戏剧性,不少作品成为只能供书面欣赏而不能在舞台上演出的"案头剧"。在演出上,明杂剧也出现了贵族化的倾向。北曲盛行于贵族官僚之家,而且不少是纯音乐的清唱。明杂剧在思想上、艺术上和演出上的脱离现实、脱离群众,是造成北杂剧衰落的主要原因。当然,这是就总体而言。明杂剧也有一些较优秀的作家和作品,如康海、王九思、徐渭、叶宪祖、沈自征、孟称舜等人的抒情剧、讽刺剧、爱情剧,思想和艺术上都有可取之处。明初杂剧的代表作家是朱有燉。他是明太祖朱元璋第五子周定王朱橚的长子,袭封周王,死后谥为宪王,故又称周宪王。他擅长戏曲,精通音律,著有杂剧三十一种,总名《诚斋乐府》,是元明杂剧作家中现存作品最多的一个。他的作品不外乎宣传封建礼教和神仙道化两大内容,如《清河县继母大贤》《赵贞姬身后团圆梦》《小天香半夜朝元》等,并无多大思想意义。他的两个水浒戏《豹子和尚自还俗》和《黑旋风仗义疏财》更是把水浒英雄鲁智深、李逵歪曲成一心盼望招安的可怜虫,表现了作者忠于封建伦理、反对农民起义的立场。但是朱有燉在杂剧艺术上较有造诣,其杂剧作品语言本色流畅,符合音律,适于演出。有少数作品突破杂剧原有体制,不再拘于一人主唱,且能兼用南北曲,从而促进了杂剧自身的艺术更新。因此,其作品在当时影响很大。

明代前期杂剧中成就较高的还数王九思和康海。王九思(1468—1551),字敬夫,号渼陂,鄠县(今陕西鄠邑区)人。弘治九年(1496)进士,曾官翰林院检讨、吏部郎中、寿州同知等职。他也擅长诗文,是"前七子"之一。所作杂剧有《杜子美沽酒游春》和《中山狼》(一折)二种,均存。《沽酒游春》写唐代大诗人杜甫感伤时事,郁郁不得志,在春游曲江时,痛骂奸相李林甫的专权无道。它不是一部历史剧,不过是借杜甫的口,表达对明中叶政治的不满。剧中杜甫对李林甫的斥骂十分愤慨激昂,尖锐地揭露了明代社会的黑暗和统治阶级的各种恶德败行。但剧本戏剧性较差,缺乏贯穿的戏剧冲突,只能伏案阅读而很难演出于舞台,它反映了明杂剧案头化的倾向。

康海(1475—1541),字德涵,号对山,陕西武功人,与王九思齐名,为明代"前七子"之一。弘治十五年(1502)状元,任翰林院编修。武宗时宦官刘瑾被杀后,他名列瑾党而免官。作有杂剧《中山狼》、散曲集《沜东乐府》、诗文集《对山集》等。《中山狼》根据明代马中锡的散文《中山狼传》改编,写迂腐的东郭先生不辨是非,救狼而险些被狼吞噬的故事。这是一个寓言剧,主题富有深刻的哲理性。它高度概括了社会上像狼一样的恶人忘恩负义的本性,告诫人们绝不能怜惜这样的坏人,而要除恶务尽,现实性很强,至今仍有深刻的教育意义。《中山狼》的艺术成就也很高,剧本结构严整,脉络清晰,语言爽朗古朴而富有意境。它是明前期杂剧中少见的佳作。

明代后期的杂剧,成就比前期高。出现了像徐渭、孟称舜等著名作家。冯惟敏、徐复祚、王衡、许潮、汪道昆、陈与郊的一些作品也较著名。其中,徐渭的《四声猿》可谓明杂剧的一朵奇葩。

徐渭(1521—1593),字文长,号天池山人,青藤道士,或署田水月,浙江山阴(今浙江绍兴)人。他是诸生,八次应乡试不第,曾为浙闽总督胡宗宪幕客,参与抗倭的军事策划,晚年穷困潦倒,以卖字画为生。他多才多艺,也是著名的诗人、画家、书法家、文艺理论家。所作杂剧除《四声猿》,相传还有《歌代啸》。他的《南词叙录》是我国第一部专门研究南戏和传奇的戏曲论著,极有学术价值。此外尚有诗文集《徐文长三集》《徐文长逸稿》《徐文长佚草》等。《四声猿》包括四个各自独立的短剧:《狂鼓史渔阳三弄》(一折)、《玉禅师翠乡一梦》(二出)、《雌木兰替父从军》(二出)、《女状元辞凰得凤》(五出)。《狂鼓史》写三国时祢衡骂曹的故事,通过祢衡在阎罗殿上对着曹操的鬼魂再次击鼓痛骂的情节,揭露了封建权臣虚伪狠毒、阴险狡诈、借刀杀人、花天酒地的罪行。名为骂曹,实际上是把矛头直指当时的奸相严嵩。《玉禅师》取材于《西湖游览志》,写临安府尹柳宣教因为玉通和尚不来参拜,怀恨在心,便派官妓红莲勾引他破了色戒。玉通为报复,坐化后转生为柳宣教之女柳翠,亦沦为妓女,后被月明和尚引度成佛。剧本反映了当时官府与僧侣之间的矛盾,也揭露了佛教禁欲主义的虚伪性。《雌木兰》取材于乐府诗《木兰辞》,演木兰代父从军,为国立功。《女状元》写五代黄春桃女扮男装考中状元,并在审理案件时表现出惊人的才能。这两个剧本都颂扬了女性的聪明才智,"世间好事属何人,不在男儿在女子"。这是对封建社会男尊女卑世俗观念的有力批判。《四声猿》虽由四个各自独立的短剧构成,但在思想意蕴和艺术表现手法上却是一个有机整体。全剧充满着反封建的民主思想和狂放不羁、愤世嫉俗的叛逆精神。作品又善于运用浪漫主义的艺术手法,想象丰富,情节离奇,语言俊爽泼辣,构成了独特的艺术风格,大力冲击了当时戏曲创作中陈陈相因的风气,因此得到后来剧作家和评论家的推崇。明代戏剧家王骥德在《曲律》(卷四)中说:"至吾师徐天池先生所为《四声猿》,而高华爽俊,秾丽奇伟,无所不有,称词人极则,追蹑元人。"把它誉为剧作家的楷模,认为其可与优秀的元杂剧媲美,"故是天地间一种奇绝文字"。

明代后期杂剧的代表作除《四声猿》,尚有冯惟敏的《僧尼共犯》、徐复祚的《一文钱》、王衡的《郁轮袍》、孟称舜的《人面桃花》、陈与郊的《昭君出塞》等,它们或歌颂青年男女对爱情的追求,或批判当时的社会弊病,都较有现实意义。同时在形式上,明杂剧也发生了变化。它打破了元杂剧四折一楔子的体制,多可以至八九折,如叶宪祖的《四艳记》有三本八折,一本七折。少者可只有一折。演唱也不再限于一人,旦末皆唱。曲调可用北曲,也可南北合套,甚至纯用南曲。这样就冲破了北杂剧束缚过严的局限,增强了艺术表现力。至清代,尚有不少作家在创作杂剧,但成就已不如明代,更无法与元杂剧相比了。

第三节　传奇的创作分期及其代表作

明传奇是明代用南曲各种声腔演出的戏剧的总称。也可说,南戏一入明代便被称为传奇。它由宋元南戏发展而来,故剧本结构与演唱体制,均与南戏一脉相承。它是明代戏剧的主要形式。傅惜华《明代传奇全目》记载,明传奇存目达九百五十种,现存的尚有二百余种。明传奇都是规模宏大的长篇巨制,一部戏一般有四五十出,有的多至百余出,因此能够塑造众多的人物形象,反映广阔的社会生活,表达深刻的思想内容。明传奇在长期的发展过程中,继承了南戏的精华,又汲取了北杂剧宝贵的艺术经验和其他艺术的营养,终于在明末清初形成了中国戏曲较为完整的演剧体系。在戏剧文学创作上,也是群星璀璨,佳作如林。

一、明代传奇的创作分期

明传奇的发展和明杂剧一样也可分为前、后两期。明前期(洪武初年至正德末年)是明传奇繁荣的准备期。元末明初,南戏流传至全国各地,与各地的语言和民间曲调相结合,形成了各种不同的地方声腔,即带有地方特色的南戏剧种。其中主要是海盐腔、余姚腔、弋阳腔和昆山腔四大声腔。海盐腔源于浙江海盐,流行于浙江的嘉兴、湖州、温州、台州地区;余姚腔产生于浙江余姚,流行于江苏、安徽的一些地区;弋阳腔起源于江西弋阳,遍及全国南北,甚至流传到云、贵等边远地区;昆山腔产生于江苏昆山,明初只在吴中地区流行,它后来发展成为艺术价值极高并流传至今的昆曲。四大声腔之间相互竞争,供各自声腔剧种演唱的新编传奇也不断出现,使明代传奇的舞台演出展现出丰富多彩的面貌。但总的来说,明代前期传奇的成就是不高的。由于统治阶级对戏剧创作的严格控制,提倡理学,鼓励宣传义夫节妇、孝子贤孙,传奇作品多带有宣扬封建礼教的色彩。丘濬的《五伦全备记》专写伍典礼一家如何按照"仁、义、礼、智、信"的伦理道德立身行事,是这方面的典型之作。另外,此时的南戏主要盛行于民间,作者多为伶工布衣,艺术上还保持着一种拙素的风格。如描写吕蒙正和刘小姐爱情的弋阳腔剧本《破窑记》;描写三国故事的《草庐记》《古城记》;描写薛仁贵、尉迟恭故事的《金貂记》;描写高文举、王金真婚姻故事的《珍珠记》等作品,都具有民间创作的特色。它们的思想内容能反映人民的思想情感,但在艺术表现上是粗糙的。但前期传奇中,也有一些较优秀的作品。它们是李日华的《南西厢记》、王济的以三国时吕布与貂蝉故事为题材的《连环记》、沈采写韩信故事的《千金记》、苏复之写苏秦发奋苦读终于六国封相的《金印记》、姚茂良的《张巡许远双忠记》、陆采的写王仙客与刘无双爱情故事的《明珠记》、李开先的《宝剑记》。这些作品在传奇发展史上有较大的影响。

明后期(嘉靖至明末)是明传奇的繁荣期。在这时期,弋阳腔和昆山腔从四大声腔中脱颖而出,形成两者相互争胜的局面。弋阳腔发展演变成一个弋阳腔系统,并且形成自己鲜明的风格、特色。它继承宋元南戏的艺术传统,演唱自由灵活,曲词不受宫调、曲牌顺序的限制,可长可短,可以自由地吸收各地的民歌小调和方言土语,因此通俗易懂。它还具有干唱、帮腔与加滚的演唱形式。其中帮腔,即一人唱众人和的歌唱形式,为弋阳腔所特有。它有利于渲染情绪,揭示人物心理,增强戏剧效果。这种手法,现在为很多地方戏曲所继承。弋阳腔由金鼓伴奏,场面热闹,曲调高亢喧闹,风格粗犷、明快。它还拥有一大批适合下层人民欣赏趣味的剧目,因此它是南戏各声腔中最有群众基础的剧种,盛行于全国各地,到了嘉靖、隆庆、万历年间,又演变出乐平、徽州、青阳、义乌、四平、京腔等新的地方剧种。对我国近代、现代的地方戏曲产生了巨大的影响。

昆山腔在明代前期不及其他三腔流传广泛,主要以清唱驰名。到嘉靖、隆庆年间,魏良辅等艺术家和演员对昆山腔进行了革新。改革后的昆山腔(昆曲),不但大大发展了南曲的演唱艺术,而且在曲调运用上,吸收了北曲结构严谨的长处,对宫调板眼、平仄都加以考究,改正了南戏演唱随便的缺点,显得清俊温润,闲雅悠丽,悦耳动听,当时称为"水磨调"。魏良辅等人又将弦索、箫管、鼓板三类乐器合在一起,建立了完整的乐队伴奏,为昆山腔驰骋舞台打下了坚实的基础。与此同时,作家梁辰鱼把新的昆山腔应用于传奇创作,写出《浣纱记》,名闻天下。从此用昆山腔写作的名家辈出,遂使昆山腔的演出及流传达到鼎盛。明万历至清中叶是昆山腔的黄金时代,现存的明清著名传奇作品多数是用昆山腔写作和演唱的。

昆山腔的革新,最终确立了明传奇的体制结构和审美特征。明传奇的体制结构和宋元南戏有一脉相承之处,但也有不少发展。首先是明传奇的结构更加复杂、严谨。它大多是长篇巨著,长达四五十出。一本传奇往往分为上下两卷,上卷结束一出叫"小收煞",下卷结束叫"大收煞"。第一出一般是"副末开场"(家门大意),由副末用一两首词概述全剧大意和作者的创作意图。第二出由男主角"生"出场,第三出由女主角"旦"出场,介绍主要人物,然后展开情节。明传奇结构复杂,大多数作品呈双线或多线结构,一条是生线,一条是旦线。此外,在以生旦排场为主的作品中,还常常加上边患、叛乱等战争描写和壮阔场面,以热闹气氛,增强戏剧效果。其次是戏剧情节更加曲折离奇。清代戏剧理论家李笠翁在《闲情偶寄·脱窠臼》中说:"古人呼剧本为传奇者,因其事甚奇特,未见人见而传之,是以得名。可见非奇不传。""非奇不传"是明传奇的创作原则。作家选取题材、结构故事时,总要追求悲欢离合、曲折复杂,以便在这个引人入胜的故事载体里,从容细腻地组织戏剧冲突,刻画不同的艺术形象,穿插文武冷热等不同场面,使唱、念、做、舞各种舞台艺术都能有所发挥,成为有头有尾、载歌载舞的一本戏。当然,上述两个特点也容易造成创作上的公式化倾向。因此,优秀的传奇作家对此总是有所突破的。第三是戏曲音乐更加丰富、成熟。昆山腔的戏曲音乐,集南北曲之大成,最终完善了曲牌联套体的戏曲音乐体制。明传奇的曲调旋律富于变化,悦耳动听,音乐的戏剧性和塑造人物形象的能力也大大增强。第四是角色行当的分工更为细致、合理,专业化程度更高,形成了各行角色不同的表演程式。至明末清初,昆山腔的角色已发展到十多个,有生、小生、外、末、旦、小旦、老旦、贴旦、净(大面)、副净(二面)、丑(三面)等。由于分工更细,演员也可以专攻一行,从而促使各行当的表演技术更加丰富、娴熟。同时,唱、念、做、打等各种表演手段得到了更为平衡的发展,结合更加紧密,并形成了"载歌载舞"这样一种以戏剧性歌舞抒情为主的表演形式,为戏剧增添了诗意美。这种表演手段至今仍为京剧和其他剧种所借鉴。

明代后期,传奇的剧本创作犹如雨后春笋,繁盛一时,名家名作层出不穷。其中主要有:

梁辰鱼,字伯龙,江苏昆山人,除了名著《浣纱记》外,尚作有杂剧《红线女》《红绡妓》和许多散曲。

张凤翼(1527—1613),字伯起,号灵墟,江苏长洲人。也是一位戏曲音乐大师,在昆山腔革新中起过重要作用,著有《阳春六集》,包括《红拂记》《祝发记》《窃符记》《灌园记》《虎符记》。

王世贞(1526—1590),字元美,江苏太仓人。明代"后七子"之一,据传是《鸣凤记》的作者。他的理论著作《曲藻》,是我国戏曲典籍中一部有重要价值的作品。

屠隆(1542—1605),字长卿,浙江鄞县(今浙江宁波鄞州区)人,著有《昙花记》《修文记》《彩毫记》。

汤显祖(1550—1616),字义仍,江西临川人,明代伟大的戏剧家,著有"临川四梦"(《牡丹亭》《紫钗记》《南柯记》《邯郸记》),《牡丹亭》是明清传奇中划时代的巨著。

沈璟(1553—1610),字伯英,江苏吴江人,著有《属玉堂传奇》十七种。

顾大典,字道行,江苏吴江人,曾任福建提学副使,著有《清音阁传奇》四种,今尚存《青衫泪》一种。

卜世臣,字大臣,浙江秀水(今浙江嘉兴)人,著有《冬青记》,写元初西域恶僧杨琏真伽盗掘南宋诸陵,义士唐钰等收取骨殖重新安葬的故事,当年在苏州上演时,轰动一时。

吕天成,字勤之,浙江余姚人,作有《神女记》等九种传奇。他还著有《曲品》一书,品评元末至万历时期的传奇作家和作品,是研究明代传奇的一部重要参考书。

王骥德(? —1623),字伯良,浙江会稽(今浙江绍兴)人,著有传奇《题红记》、杂剧《男王后》等七种。他也是著名的曲律学家,著有《曲律》四卷,是论述昆山腔传奇创作的重要著作。

汪廷讷,字昌期,安徽休宁人,官至盐运使。著有《环翠堂乐府》十三种。今有传本的六种:《狮吼记》《投桃记》《三祝记》《种玉记》《彩舟记》《义烈记》。

史槃(约1525—1623),字叔考,浙江绍兴人。作有传奇《樱桃记》《梦磊记》《鹣钗记》等十余种,今仅存《樱桃记》一种。

梅鼎祚(1548—1615),字禹金,安徽宣城人,作有传奇《玉合记》《长命缕》两种。

周朝俊,字夷玉,浙江鄞县(今浙宽宁波鄞州区)人。所作《红梅记》,是明传奇的代表作品,历年来盛演不衰。

徐复祚(1560—1630),字阳初,江苏常熟人,作有《红梨记》,写北宋末年靖康之际书生赵汝舟和妓女谢素秋悲欢离合的故事,是昆曲中经常上演的一个剧目。

孙钟龄,字仁孺,里居生平不详。作有《东郭记》《醉乡记》。《东郭记》取材于《孟子》中齐人有一妻一妾的故事,是传奇中别具一格的讽刺喜剧。

陈与郊,字广野,浙江海宁人,万历间官至太常寺少卿,作有传奇《鹦鹉洲》《樱桃梦》《灵宝刀》等。

叶宪祖(1566—1641),字美度,浙江余姚人,曾任南京刑部主事等职。作有传奇《玉麟记》《双修记》等。

冯梦龙(1574—1646),字犹龙,江苏吴县人,曾官寿宁知县,在抗清中殉节。所作传奇有《双雄记》《万事足》两种,另外改订他人的传奇作品多种。

吴炳(?—1646),字石渠,江苏宜兴人,南明永明王即位时曾任兵部右侍郎、户部尚书等职,后在抗清中兵败被俘,不屈而死。著有《璨花别墅》五种:《绿牡丹》《画中人》《疗妒羹》《西园记》《情邮记》。《疗妒羹》写薄命女郎乔小清不容于大妇抑郁而死的故事,是众多以此为题材的作品中最出色的。《西园记》在新中国成立后由南昆改编演出,获得好评。

孟称舜,字子若,浙江绍兴人。作有传奇《娇红记》《贞文记》。他还编刊有《古今名剧合选》,收录了多种元杂剧。《娇红记》也是明传奇中的名著。

袁于令,字令昭,作有传奇《西楼记》《金锁记》。作品音调工整。《西楼记·错梦》一出,是昆曲中的名剧。

阮大铖(?—1645),字集之,号圆海,安徽怀宁人。天启时因投靠魏忠贤阉党,为知识分子所不齿,后投降清兵,在随清兵过仙霞岭时卒于道中。所作传奇有《燕子笺》《春灯谜》《双金榜》《牟尼合》四种。思想意义不大,但因戏剧性较强在旧时舞台上相当流行。

沈自晋,字长康,江苏吴江人。作有传奇《翠屏山》《望湖亭》《耆英会》三种。《翠屏山》写水浒英雄石秀杀嫂的故事,是昆曲的一个保留剧目。

此外,薛近兖的《绣襦记》,王玉峰的《焚香记》,许自昌的《橘浦记》《水浒记》也是明后期传奇的代表作。

二、"三大传奇"及《红梅记》

明传奇中第一部有较大影响的作品应数《宝剑记》,明代有"三大传奇"之说,指的就是《宝剑记》《浣纱记》《鸣凤记》。它的作者李开先(1502—1568),字伯华,号中麓,山东章丘人。嘉靖八年进士,任过户部主事、吏部考功主事、郎中、太常寺少卿等官职,后因不满朝政,自请罢官。他十分爱好词曲,收藏极富,有"词山曲海"之称。现存的戏剧著作除《宝剑记》外,尚有传奇《断发记》,杂剧《园林午梦》《打哑禅》两种。

《宝剑记》写林冲被逼上梁山的故事,情节与《水浒传》中的不太相同:林冲原任征西统制,因弹劾奸臣专权被贬官。后来被张叔夜提拔,才当了禁军教头。但林冲为人耿直,见高俅祸国殃民,再度上本。高俅怀恨在心,以看宝剑为名,把林冲骗入白虎堂,问罪发配,并令解差在途中谋害,幸而为鲁智深所救。此时,林冲的妻子张真娘到东岳庙烧香,高衙内一见起了歹心,命令陆谦、傅安到沧州杀害林冲。林冲被迫手刃陆、傅,投奔梁山。高衙内强逼张真娘成亲,侍女锦儿代嫁,于洞房自尽,真娘逃到白云庵出家。最后梁山义军接受招安,处死高俅父子,林冲也与妻子团聚。

《宝剑记》出色塑造了林冲这个忧时念国、疾恶如仇的忠义之士形象。他虽因正直而被贬,但为国除奸的壮志不改,见高俅祸国殃民,又冒死上疏:"时衰绝,满朝谁是英杰?敢在君旁剪妖孽,忠心真个切。愿溅一腔腥血,疏献九重宫阙。"作品突出林冲的正直、忠义、忧国忧民,比起《水浒传》写林冲因家庭幸福被高衙内破坏,最后被逼上梁山,应该说是个进步。作品尽管也写林冲盼望招安,但毕竟突出的是他对黑暗政治的不满和他与朝廷奸佞的坚决斗争。同时,作品围绕林冲与高俅等人的冲突揭露了统治阶级的荒淫无道,描写了朝政腐败给国家、人民带来的深重灾难:"天下荒荒,人民逃散,生不能安,死不能葬。"这正是明代社会的真实写照,其中寄托着作者对现实的感慨。因此,这个剧本给明前期充斥宣扬礼教、粉饰太平的作品的剧坛带来了新鲜空气,也开拓了传奇的创作领域。

《宝剑记》的曲词写得清丽、流畅,不像当时有些文人剧那样雕琢堆砌。有些曲子形象生动,情景交融。如《夜奔》一出:

> 按龙泉血泪洒征袍,恨天涯一身流落。专心投水浒,回首望天朝,急走忙逃,顾不的忠和孝。
>
> ——[双调·新水令]
>
> 良夜迢迢,投宿休将门户敲。遥瞻残月,暗度重关,急步荒郊。身轻不惮路迢遥,心忙只恐人惊觉。魄散魂消,魄散魂消,叹红尘误了五陵年少。
>
> ——[驻马听]

两支曲子真切抒写了一个在统治集团里饱受打击的逃亡者悲痛、惊慌的心情。

《宝剑记》对后来的昆山腔创作有积极的影响。《夜奔》一出是昆曲的保留剧目,是昆剧艺术载歌载舞表演形式的代表作。《宝剑记》还被改编为其他昆山腔作品。

在戏剧史上比《宝剑记》影响还大,思想和艺术上成就更高的是梁辰鱼的《浣纱记》。《浣纱记》描写春秋时越国大臣范蠡和西施的爱情故事。剧情梗概是:范蠡和贫家女西施在苎萝村湖边一见钟情,并以浣纱为表记结下海誓山盟。不久,吴国军队入侵越国,越王勾践夫妇和范蠡都做了俘虏。为了瓦解吴王斗志,挽救祖国,范蠡牺牲自己的爱情,定下美人计,而西施也毅然前往吴国,当了吴王夫差的妃子。西施身在吴宫,强颜欢笑,因思念范蠡得了心痛病。越王勾践回国后,卧薪尝胆,奋发图强,终于使越国日益强大,最后打败了吴国。功成之日,范蠡深知勾践为人"可与共患难,不可与共欢乐",辞去官职,与西施归隐太湖。

《浣纱记》在我国戏曲发展史上影响很大,这主要表现在下面三个方面:(1)它是第一个以昆山腔形式写成的传奇剧本,在当时轰动一时,对传播昆山腔起了很大的作用。

（2）《浣纱记》思想内容深刻，格调很高。特别是在对爱情的描写上，极有新意。范蠡和西施把国家的兴亡放在儿女私情之上，当越国有难时，范蠡首先想到的是如何拯救祖国："为天下者不顾家，况一未娶之女。"后来范蠡要西施进吴宫，西施难舍深情，犹豫不决时，范蠡说："若能飘然一往，则国既可存，我身亦可保，后会有期，未可知也。若执而不行，则国将遂灭，我身亦旋亡；那时节虽结姻亲，小娘子，我和你必同作沟渠之鬼，又何暇求百年之欢乎？"而西施也深明大义，为了祖国的利益舍弃爱情毅然入宫。男女主人公这种崇高的思想境界在明传奇中是不多见的。《浣纱记》对爱情的描写还抛弃了世俗的贞节观念。范蠡并没有因为西施当了吴王的妃子而抛弃她，而是两人共泛江湖，白首偕老，这在程朱理学泛滥的明代是很可贵的。剧作对范蠡、西施爱情结局的处理也别开生面。与许多把荣登榜首、夫荣妻贵作为男女爱情归宿的明传奇不同，《浣纱记》写范蠡最后功成身退，飘然而去，始终对封建统治者保持比较清醒的头脑，这也在一定程度上摆脱了功名富贵的庸俗观念。《浣纱记》深刻的思想内容、清新的格调对明后期的传奇创作有相当的影响。（3）《浣纱记》成功运用了"以离合之情写兴亡之感"的创作手法。就是通过范蠡与西施悲欢离合的爱情遭遇，反映出春秋吴、越两国相争的过程和历史教训。男女悲欢离合的爱情，是南戏及后来的传奇的传统题材，梁辰鱼以人民群众喜闻乐见的爱情故事，反映历史社会的重大问题和广阔的生活内容，总结历史经验和教训，表现作家的审美评价，使传奇作品的审美价值和认识价值、思想价值得到了比较完美的统一。这一创作手法为明清两代传奇作家普遍继承，并对《牡丹亭》《桃花扇》《长生殿》等优秀作品产生了积极影响。

明代三大传奇的另一部作品《鸣凤记》在戏曲史上也很有影响。它大约作于隆庆年间，作者不详，相传为文学家王世贞或其门人。剧本写嘉靖时奸臣严嵩父子贪赃枉法，重用亲信，排斥异己，杀害了力主收复河套失地的夏言、曾锐等忠臣。兵部主事杨继盛上书皇帝，痛陈严嵩五奸十大罪，亦惨遭杀戮。后又有四位大臣连续弹劾严嵩，均遭毒手。最后，邹应龙等人经过种种曲折斗争，终于扳倒了严嵩。剧本塑造了杨继盛等一批忠臣的形象，歌颂他们为国除奸、不屈不挠、前仆后继的斗争精神，揭露了明嘉靖年间朝政的腐败和黑暗，具有很强的现实意义。在情节安排上。剧本以八位谏官的斗争为主线，突破了传奇以生旦悲欢离合为主的格局。《鸣凤记》对明代传奇创作最有影响的地方是，它是一部"现代剧"，即是表现当时重大政治斗争的现实题材的戏。严嵩父子在嘉靖四十二年被处死，隆庆年间《鸣凤记》就已问世，可说是迅速反映现实的作品。它开明代时事戏的先河，对《清忠谱》《桃花扇》等明清优秀传奇作品产生了重大的影响。

明代后期还有一部重要的传奇作品，即周朝俊的《红梅记》，在当时就饮誉剧坛，戏曲大师汤显祖亲自评点，其他剧作家也改编过这部作品。《红梅记》取材于明代小说家瞿佑《剪灯新话》中的《绿衣人传》，写书生裴禹游西湖，权相贾似道侍妾李慧娘看见后赞叹说："美哉一少年也！"结果李慧娘被贾似道杀死。卢总兵的女儿卢昭容折梅吟诗，恰遇裴禹在墙外折梅,就以红梅相赠。后来贾似道要强娶昭容为妾,裴禹权充昭容之夫以拒婚,被贾似道禁闭在贾府。贾欲杀害裴禹,为李慧娘鬼魂所救。卢昭容母女为避祸逃往扬州。贾似道后来因襄阳兵败被贬,途中被杀。裴禹得中探花,与卢昭容完婚。作品中裴禹和卢昭容、李慧娘的爱情是与同贾似道的斗争交织在一起的。裴禹是个多情而富有正义感的才子,他深爱卢昭容。当听说贾似道要强娶卢昭容为妾时,他挺身而出,愿当卢家女婿以拒绝贾的逼婚。他虽遭禁闭,坚强不屈,最后终于与卢昭容结为夫妻。卢昭容誓死不肯嫁贾似道,对书生裴禹忠贞不渝,也表现出反权奸的精神。李慧娘的形象则更加光辉动人,她大胆追求爱情,被冤杀后化为厉鬼和贾似道展开了英勇的斗争,最后救了裴生,掩护了众姐妹,使贾的诡计落空。剧本通过这场斗争,深刻揭露了贾似道荒淫凶残的本性和他纵情声色、专权误国的罪行。这样,《红梅记》就把爱情故事和反权奸斗争紧密结合起来,深化了其思想意义,使传统的爱情剧得到了进一步的发展。该剧也有很高的艺术造诣,结构巧妙,情节跌宕起伏,心理描写细腻,语言俊美,自明末起,就受到人们的重视。直至新中国成立后,还有许多剧种改编上演这个剧目,如京剧《红梅阁》、川剧《红梅记》、秦腔《游西湖》等等。

《红梅记》还是一本著名的"鬼戏"。1961 年,孟超根据它创作了《李慧娘》,不久就受到批判。其实,文学艺术中的鬼神现象,是一种常见的艺术表现手段,本身并无善恶,《窦娥冤》《牡丹亭》《红梅记》中的鬼魂形象,表现了人民反封建压迫的情绪,应该加以肯定。只有那些一味宣扬封建迷信,渲染阴森恐怖气氛的鬼戏,才是无益有害的。

第四节　浪漫主义大师汤显祖

戏剧史上有个很引人注目的现象:东方的爱情名著《牡丹亭》和西方的爱情名著《罗密欧与朱丽叶》差不多是同时诞生的。前者完成于 1598 年,后者完成于 1595 年。两者的主题也有惊人的相似之处,它们都激情地讴歌了青年男女反抗封建禁锢、追求爱情自由的斗争,呼唤精神自由、个性解放的新时代的到来。《牡丹亭》作者汤显祖在中国戏剧发展中的地位也和莎翁相仿佛,因此他被誉为"东方的莎士比亚"。汤显祖(1550—1616),字义仍,号若士,出身于江西临川一个"书香"人家。早年即有文名,因不肯阿附权贵,直到三十四岁才中进士,任太常博士。他为人正直,因不满朝政的腐败,于万历十九年上疏抨击执政大臣,结果被贬为广东徐闻县典史,后调任浙江遂昌知县,为老百姓做过许多好事,但却遭到地方封建势力和上级官吏的反对和阻挠。万历二十六年(1598)他辞官归隐临川,在家乡埋头创作,陆续写出《牡丹亭》《南柯记》《邯郸记》,连同他根据自己早期剧作《紫箫记》改编的《紫钗记》,合称"玉茗堂四梦",又称"临川四梦"。1616 年 7 月 29 日逝世。他也是明代著名的诗人,留存有诗两千多首,文章六百余篇,后人将其辑成《玉茗堂集》。

汤显祖生活的晚明社会,阶级矛盾和统治阶级内部的矛盾尖锐,东南沿海一带出现资本主义萌芽,市民斗争风起云涌。他在青少年时代就深受反对程朱理学、追求思想解放的左派王学的影响,后来又和著名的叛逆思想家李贽等人有密切交往。因此,汤显祖的政治思想和文学思想都是很进步的。他反对封建礼教,主张个性解放。他的文学思想的核心是"主情说",主张生欲、情欲等感情都是很珍贵的,是文学的反映对象,无情则无生命,也无文学。他认为明代是个黑暗冷酷的社会,与他的"有情之天下"的理想格格不入,他只有以戏剧为武器来对现实进行批判,在虚构的艺术世界里实现自己的理想。汤显祖的戏剧思想体现了明末进步的作家对政治压迫和礼教禁锢的强烈不满与反抗以及对美好未来的憧憬与追求。这是对我国古典戏剧理想主义、浪漫主义的发展。汤显祖的政治思想和戏剧思想鲜明地体现在"玉茗堂四梦"特别是《牡丹亭》的创作上。

《牡丹亭》是汤显祖的代表作。它又名《还魂记》,取材于明代话本小说《杜丽娘慕色还魂》。剧情大意是,南安太守杜宝的女儿丽娘,因不满封建礼教的束缚,私出游园,由大好春光而萌动爱情,遂在梦中与秀才柳梦梅幽会。事后,竟一病不起,终以思恋过甚而亡。杜宝升官离任,在杜丽娘墓地建起一座梅花观。后来,柳梦梅进京应试,卧病梅花观中,拾得杜丽娘自画像,并与丽娘幽灵欢会。在杜丽娘幽灵指点之下,柳梦梅启墓开棺,杜丽娘遂起死回生,两人结为夫妇,居于临安。柳梦梅在临安应试,因战争骤起而未能及时放榜。他受杜丽娘之托,去淮扬探望岳丈,却被诬为劫坟贼,备受侮辱拷打。敌兵退后,柳梦梅得中状元,由皇帝传旨,杜宝才认可柳梦梅与女儿的婚事,合家终得团圆。

《牡丹亭》最出色的成就,是塑造了女主人公杜丽娘这个杰出的艺术典型。她是宦族名门的千金小姐,自小就受着封建家长的严格管教,性格温顺、娇弱。但她厌恶封建礼教,内心饱含着追求爱情幸福、人生自由的强烈欲望。一旦接触到《诗经》里的古代情歌,她的感情就如寒冬过后的春草萌生。外面大自然的烂漫春光更使这个长期被禁锢在闺房里的女孩感慨万千:"原来姹紫嫣红开遍,似这般都付与断井颓垣。良辰美景奈何天,赏心乐事谁家院!(白)恁般景致,我老爷和奶奶再不提起。(合)朝飞暮卷,云霞翠轩;雨丝风片,烟波画船。锦屏人忒看的这韶光贱。"她痛切地感到,自己的青春如"断井颓垣"里的花朵一样,被葬送在这个封建家庭里,而造成这个悲剧的原因,是父母为了家族的利益硬把她许配给名门大族。她奋起抗争,开始了对爱情热烈和执着的追求,直至最后殉情而死。到了地狱里她仍然为爱情而奋斗,找到梦中的书生,主动向他表白爱情,还魂结为夫妻。杜丽娘是个封建礼教叛逆者的典型,有着鲜明的时代色彩:(1)她追求爱情自由的强烈、持久,百折不挠,超过了《西厢记》里崔莺莺等女性形象,颇有现代的色彩。(2)她不仅追求爱情,也热爱自然,热爱生命和美的事物,要求按照自己的本意生活。在第十二出"寻梦"中,她唱道:"这般花花草草由人恋,生生死死随人愿,便酸酸楚楚无人怨。"意思是如果要爱就爱,要生就生,要死就死,那人生还有什么可怨尤的呢?

这种新的人生观，又带有晚明社会要求个性解放的时代特征。杜丽娘的斗争是非常艰苦的。她的父母杜宝夫妇和老师陈最良都是封建卫道者，她所受到的禁锢比《西厢记》里的崔莺莺厉害。她也没有红娘这样的助手。在这场力量对比悬殊的较量中，她完全是凭着百折不挠的精神，出生入死，最后才取得胜利。因此，《牡丹亭》揭露了明代社会的黑暗专制，封建礼教、程朱理学对青年一代的扼杀远比前代为甚。另外也反映出青年男女对爱情幸福的渴望和追求是任何力量都无法阻挡的。在杜丽娘身上还寄寓了明末进步知识分子对新生活的憧憬，折射出当时整个社会都在要求变革的时代心声。因此这个取材于古代传说的爱情剧有着十分深刻的社会意义和战斗品性。

《牡丹亭》在艺术上最大的特点是浪漫主义的表现手法。作家通过"梦而死""死而生"等奇异的幻想情节表现了理想与现实的矛盾。杜丽娘的追求在明代的社会环境里是无法实现的。可是在梦想、魂游等浪漫主义色彩浓厚的情节里，她摆脱了礼教的束缚，展示了自己刚强、坚韧的性格特征，并最终实现了人生理想。《牡丹亭》的另一个特点是强烈的抒情特征。在《惊梦》《寻梦》《闹殇》《冥誓》等出中，作家用写抒情诗的手法，倾泻人物内心的感情，并在情景交融的意境中，展示主人公美好的灵魂。如第十二出《寻梦》中的几首唱词：

最撩人春色是今年，少甚么低就高来粉画垣，元来春心无处不飞悬。（绊介）哎，睡茶蘼抓住裙衩线，恰便是花似人心好处牵。这一湾流水呵！

——[懒画眉]

为甚么呵，玉真重溯武陵源？也则为水点花飞在眼前。是天公不费买花钱，则咱人心上有啼红怨。咳，辜负了春三二月天。

——[前腔]

诗一般的语言，抒发了杜丽娘对爱情幸福的憧憬向往以及内心深处的孤独惆怅。用写诗的手法写戏本是我国许多戏曲作家的共同特征，汤显祖在这方面表现得更突出。另外，《牡丹亭》的曲词也写得很生动，兼用北曲泼辣生动及南曲婉转清丽的长处。当然，有些曲词写得过于像诗而不够本色，有些次要人物的曲词及宾白写得有些庸俗，这是剧本的缺点。

汤显祖的其他三个剧本，《紫钗记》取材于唐代蒋防的小说《霍小玉传》，写妓女霍小玉与书生李益相爱，卢太尉因拟招李益为婿而离间其夫妻感情。后得一黄衫豪客的帮助，夫妻和好如初。剧中霍小玉至死不渝的痴情，已有杜丽娘的影子，但她还缺乏杜的顽强不屈的抗争精神。《邯郸记》的故事源于唐人小说《枕中记》，写卢生在邯郸道一间小饭店中用道士吕洞宾给他的瓷枕头睡觉，做了一梦。梦中他赴试行贿，做了高官，享尽荣华富贵，但因官场倾轧而遭贬，后又复官。梦醒后店中的黄粱饭还未煮熟。这个剧本生动描写了封建官僚在政治上的相互倾轧，生活上的荒淫腐化，揭示了这些人丑恶的内心世界，是明代社会现实的曲折反映。《南柯记》也取材于唐人的小说《南柯太守传》。

写淳于棼梦见自己当了槐安国驸马,作南柯太守二十年。后回朝拜相,骄纵弄权,与妻姊淫乱,终被遣回。梦醒后发现槐安国原来是庭前槐树下的蚁穴。淳于棼终于醒悟而坐化成佛。《南柯记》表现了作者对晚明专制社会的尖锐批判,这个社会腐败堕落,已无可救药。但它和《邯郸记》一样,也反映作家已有人生如梦、命运无常的消极出世思想。这三个剧本虽然从各个方面批判了晚明社会,艺术上也相当成熟,但成就都不如《牡丹亭》。

汤显祖是现实主义巨匠,也是浪漫主义大师。他的"四梦"特别是《牡丹亭》,是现实主义与浪漫主义相结合的辉煌巨著。现实与理想的交融,才能充分展示杜丽娘内心火一般的激情和梦想,才能表现明代社会不可能具有的美好的理想生活,也把明代社会不合理的现象更集中、更夸张、更深刻地揭示出来。汤显祖的现实主义与浪漫主义相结合的手法把明中叶兴起的戏曲创作的浪漫主义倾向推向了高潮。汤显祖的戏剧语言也独具特色。它将元杂剧语言的本色、自然与古代诗词的绚丽精工熔于一炉,真切、含蓄而富有诗意,很适合作家怀着奔放的热情,去描绘人物细腻复杂的感情。前面引述的"良辰美景奈何天,赏心乐事谁家院"一曲是古今评论家公认的名句。

但汤显祖有少数曲词刻意求新,显得过于雕琢、深奥或不谐音律,难以演唱,这是个缺点。

汤显祖在戏曲文学上所取得的成就,对后代的戏曲创作起过很大的影响,明末有一批戏剧家,如吴炳、孟称舜、阮大铖等,专门向汤显祖学习,形成一个声势浩大的玉茗堂派(临川派)。清代不少剧作家也从汤显祖的作品中汲取营养。李玉的《清忠谱》、洪昇的《长生殿》、孔尚任的《桃花扇》,都是汤显祖艺术成就的继承与发展。他的代表作《牡丹亭》一问世便引起轰动,"家传户诵,几令《西厢》减色。"(明代沈德符《顾曲杂言》)几乎压倒了久负盛名的《西厢记》。它更是激起封建社会青年男女的强烈共鸣,当时流传过好几位青年女性因看了《牡丹亭》而伤心死去的动人故事。数百年来,《牡丹亭》被改编成各种剧目,久演不衰。直到今天,它的一些片断,如"闺塾""惊梦"等,还作为折子戏活跃在舞台上,得到人民的喜爱。

第五节　沈璟及吴江派作家

在明代末期,戏剧界发生了一件大事,临川派剧作家和吴江派剧作家围绕着《牡丹亭》的改编,发生了一场大争论。这实际是明末剧坛不同艺术流派之间对艺术主张和风格问题的一次争鸣。吴江派的领袖人物沈璟,也是一位对戏曲创作起过重大影响的明后期戏曲代表作家。

沈璟(1553—1610),字伯英,号宁庵,江苏吴江人。历任吏部员外郎、光禄寺丞等官职。罢官后家居三十年,致力于戏曲声律的研究,并编写传奇剧本。传奇剧本有《义侠记》《博笑记》《埋剑记》等十七种,合称"属玉堂传奇"。今存《义侠记》等七种,《分钱记》等八种仅存残曲。他的戏曲论著多已失传,仅存《南九宫十三调》曲谱等。

沈璟的作品以《红蕖记》最为著名。它取材于唐人小说《郑德璘传》,写书生郑德璘、崔希周和盐商的女儿韦楚云、曾丽玉在洞庭湖边停舟相遇,以红蕖、红绡、红笺等互相题赠,辗转各成夫妇。另一部作品《义侠记》根据《水浒传》中的武松故事改编。从武松景阳冈打虎,杀潘金莲,十字坡认义到打蒋门神,杀张都监,最后上梁山,并接受招安。但作家又增添了武松早聘贾氏,后贾氏母女寻觅武松,暂住清真观,招安之后夫妻团聚等情节。这部作品通过武松的经历和遭遇,批判了奸邪横行的社会现实。西门庆奸淫杀人,蒋门神仗势霸产,张都监陷害无辜。武松一身正气、仗义行侠,却四处飘零,沦为囚徒,差点遭杀害。英雄豪杰走投无路,被逼上梁山。第二十一出中武松感慨地唱道:"一班儿英雄豪杰,总多磨难。心懒,算古往今来,直道谁非行路难。堪叹处,似秋夜漫漫,甚时方旦?"可见,作品对梁山好汉反黑暗、反奸邪的斗争还是给予同情和肯定的。沈璟的《博笑记》也写得较有新意。这是一本短剧集锦,包括十个小喜剧,大部分具有比较强烈的现实意义。如其中的《巫举人痴心得亲》,写举人巫春元春天游玩时在坟地邂逅一个新寡的美妇人,妇人准备嫁给巫,但要巫出一百五十两银子。新婚之夜,妇人被巫春元的真诚所感,说出真相。原来她并非寡妇,上坟是她和原夫设下的骗局,后半夜她的原丈夫就会带人来打劫,于是巫和妇人双双逃去。《恶少年误鸳妻室》写兄弟二人,趁大哥外出经商,密谋将大嫂卖给船商。因分赃不均,三弟向大嫂出首。大嫂将计就计,让二嫂戴上白头髻。娶亲的人不明就里,按照预定的计划将戴白的抢走。此时大哥回来,夫妻团聚,二哥因老婆被抢走,羞愧外逃。《博笑记》对明代隆庆、万历年间社会黑暗及道德败坏的揭露还是比较有力的。

但总的来说,沈璟是个恪守封建伦理道德的作家,创作思想比较保守,作品中宣扬封建道德、因果报应和宿命论的地方很多。在艺术表现上,平铺直叙,缺乏剪裁。语言虽然通俗,但不够生动。因此,沈璟的创作成就是不高的。

沈璟对明代戏剧发展作出的最大贡献,是他对南曲音律的全面系统的研究。他增订了蒋孝的《南九宫十三调谱》,辑录了《南词韵选》,写过《唱曲当知》《论词六则》《正吴编》等音律书。其中《南九宫十三调谱》(二十三卷)厘定南曲全谱,对南曲声律有很大影响,并具有较高的学术价值,为后来昆山腔传奇创作中必须遵守的格律范本。另外,他的"专尚本色"的主张,对当时传奇创作典雅、骈俪的倾向也有纠正的作用。

沈璟在明代剧坛有一定的地位。万历以来,他与汤显祖并立词坛,是明后期传奇创作的两大代表作家。他的学生,如顾道行、叶宪祖、卜世臣、王骥德、吕天成、冯梦龙、范文若、袁于令、沈自晋,都是明末有名的剧作家或理论批评家。这些人形成了一个庞大的艺术流派吴江派。因此,沈璟对明传奇的发展是起了一定作用的。

第二十三章 由盛而衰的清代传奇

明末清初的巨大战乱并没有阻碍戏剧的发展,反而给它增添了新的表现内容。清代前期传奇创作仍保持着高度的繁荣。它和明后期的戏剧创作,共同构成了我国戏剧史的第二个黄金时代。清代传奇的发展大致可分为前期和中叶两个时期。清前期成就很高,主要表现在:一、以李玉为首的苏州地区作家的社会剧,代表作是《清忠谱》;二、文士们的历史剧,代表作是洪昇的《长生殿》和孔尚任的《桃花扇》。此外,李渔的戏剧理论也很有建树。清中叶,昆山腔转入衰落时期,文人创作也趋向低潮,只有蒋士铨的《冬青树》《临川梦》等寥寥可数的几个剧本尚算是好作品。在昆剧衰落之时,清代地方戏兴起。因此清代中后期的著名戏曲作品大多属于后者,我们拟在下一章论述。

第一节 李玉和苏州平民作家群

苏州是我国最早出现资本主义萌芽的地区,明末,市民反对封建掠夺的斗争非常激烈,清兵入关,这里多次掀起反清斗争。苏州又是昆山腔的发源地,明中叶以来戏曲演出非常繁盛。苏州平民作家群正是在这块戏曲的沃土上诞生的。这一作家群的领袖人物李玉(1591?—1671?),字玄玉,别号苏门啸侣,江苏吴县(今江苏吴中区)人,崇祯末年中乡试副榜,明亡后专事戏剧创作。所作传奇达四十余种,今存《一捧雪》《人兽关》《永团圆》《占花魁》《清忠谱》《麒麟阁》等十余种。另外还编订了《北词广正谱》,是研究北曲曲律的重要著作。属于这一群体的其他作家有:朱素臣,字正庵,江苏吴县(今江苏吴中区)人,著有传奇十九种,较好的有《翡翠园》和《双熊梦》(又名《十五贯》);朱良卿,名佐朝,著有传奇三十三种,内以《渔家乐》较为著名;叶雉斐,名时章,江苏吴县(今江苏吴中区)人,作传奇八种,今存《英雄概》《琥珀匙》两种,《琥珀匙》很有现实意义;毕万后,名魏,江苏吴县(今江苏吴中区)人,作有《三报恩》等六种传奇;张星期,名大复,号寒山子,苏州人,作《如是观》等二十三种传奇;丘园,字屺雪,常熟人,寄居在苏州,写过《虎囊弹》等九种传奇。他们都是失意文人,社会地位与下层人民相近,又志同道合,常一起创作,所以被称为"平民作家群"。他们接近人民,熟悉生活,有舞台实践经验。因而其作品反映社会,富有生活气息,戏剧性较强,受到当时人民群众的欢迎,可说是元代关汉卿之后我国戏剧史上又一批本色当行的重要代表。但他们的作品中有时掺杂着封建说教和因果报应的描写,情节上也沾染了明末传奇家过于追求巧合的风气。苏州作家群的领袖人物李玉是明末清初剧坛承前启后、影响很大的一位作家。他的代表作有《清忠谱》《千钟禄》《一捧雪》《人兽关》《永团圆》《占花魁》等。《千钟禄》又名《千忠戮》,写明燕王朱棣争夺帝位,兵陷南京,建文帝朱允炆扮作和尚逃亡,忠臣们为掩护他而纷纷献身的故事。《一捧雪》写明嘉靖年间奸臣严世蕃为夺取一只叫"一捧雪"的古玉杯对莫怀古进行陷害,莫的仆、妾舍身相救的故事。《人兽关》写桂薪的忘恩负义。《永团圆》写汪纳嫌长婿蔡文英家贫,逼其退婚,长女闻讯投江,知府要汪的次女配蔡,后长女遇救,也与蔡团圆。《占花魁》根据明代拟话本小说《卖油郎独占花魁》改编,写妓女王美娘为卖油郎秦钟的真诚所感动,自行赎身,嫁给了秦钟。后四部剧本合称"一人永占",是戏曲史上很有名的剧目。但李玉成就最高、影响最大的作品是《清忠谱》,由他和朱素臣、毕万后、叶雉斐共同创作。这是一部"时事戏",描写明代天启年间苏州人民和东林党人反抗阉党魏忠贤黑暗统治的真实历史。剧情大意是:明末东林党人吏部员外郎周顺昌在苏州虽削职为民,仍然坚持反对魏忠贤的斗争,遭到逮捕。在狱中受尽酷刑,坚强不屈。苏州市民敬仰周顺昌,颜佩韦等五人率众前往察院,要求释放周顺昌。他们冲进府衙,与前来镇压的封建官吏爪牙展开英勇的搏斗。后来周仍被押往北京,死于狱中。而颜佩韦等五人为了苏州人民免遭魏党的屠杀,挺身而出,慷慨就义。魏忠贤垮台后,苏州市民捣毁魏的生祠,隆重安葬了颜佩韦等五人的遗体。

《清忠谱》除刻画了东林党人周顺昌耿介正直、疾恶如仇的优秀品质外,还成功地塑造了城市人民群众的形象。特别是工匠颜佩韦,他豪爽、重义气、有胆识、富于组织才能,具有毫不妥协、视死如归的战斗精神,已经具有某些工人阶级的优秀品质。这是一个在以前的戏曲舞台上尚未出现的新人形象。作品通过这些人物,歌颂了东林党人的正义斗争,成功地刻画了市民群众支持正义、反抗暴政的优秀品质,也揭露了明末魏忠贤反动统治集团祸国殃民的罪行,具有鲜明的政治倾向和时代特征。作品把市民的大规模政治斗争搬上舞台也是过去戏曲史上未曾有过的,这是《清忠谱》最具民主性精华之所在,也标志着清初戏剧现实主义潮流的发展。

《清忠谱》在艺术表现上成就斐然。首先是它真实而生动地表现了一场轰轰烈烈、声势浩大的群众斗争,并在斗争中显示出社会各阶层人物不同的精神面貌。中国戏曲是一种写意的戏剧,一般都以虚拟的或侧面表现的手段描写大规模的冲突,而《清忠谱》则是前所未有地将它正面表现于舞台。在剧本中,苏州的城市贫民、手工业者、商贩、秀才、和尚等,"似行兵摆阵,好似天将天神,下临苏郡",连郊区农民也"揣着锄头家伙"来了,"呼群鼓噪","倒地翻天无那"。在斗争中,被打死的宦官缇骑被"抛在城脚下喂狗",侥幸逃生的夹着尾巴逃窜,"空察院止堪养马"。在《义愤》《闹诏》《毁祠》等出中,多次出现这种轰轰烈烈的场面,作者都写得饶有生气、井井有条。其次是戏剧结构线索分明,主题突出。明代传奇,特别是反映重大历史事件的戏,往往头绪复杂,人物繁多,或夹杂爱情描写,冲淡了作品的严肃主题。而《清忠谱》全剧二十五出都按照周顺昌及苏州市民的反魏斗争进行,没有多余的人物和情节。最后,《清忠谱》写的是苏州的实事,不仅重要事件有历史依据,就是一些细节,如周顺昌写"小云栖"匾额,周茂兰刺血上疏等也都有事实根据。它是戏曲史上第一部"事俱按实"(吴伟业《清忠谱序》)的戏剧,在清代舞台上有着重要的地位。这种现实主义的创作手法,对后来的《桃花扇》等历史剧有深刻的影响。

从《清忠谱》及其他剧作中可以看出,李玉确是一位承前启后的杰出戏剧家。他对清代戏曲创作的影响主要在:(1)他继承了明代《鸣凤记》等时事戏的传统而予以发扬光大。他的剧作多取材于时事或近代的史事,突破了明末剧作家多描写才子佳人悲欢离合的题材范围。同时,他的剧作在内容上表现了新人物、新主题,更贴近生活,更有时代气息,这是戏剧现实主义的深化。清初戏剧创作的主流从明末的浪漫主义转向现实主义,李玉是起了关键作用的。(2)在传奇的形式结构和表现手法上,李玉也有许多新的创造和尝试。他的剧作结构紧凑,每本大约在三十出,较少其他昆曲剧本冗长散漫的毛病,适于舞台演出。他有许多剧本不写生、旦的悲欢离合,因此能摆脱传奇常见的"生为一家,旦为一家,生之父母随生而出,旦之父母随旦而出"(李渔《闲情偶寄》)以及开端不是庆寿就是赏花的俗套。李玉熟悉舞台艺术和观众的欣赏口味,因此在剧本中,常为演员写出人物的戏剧动作,安排适当的上下场和调度。《清忠谱》中的《义愤》《闹诏》《毁祠》等许多大场面的描写,都是通过吵吵嚷嚷的各色人物的上下场,几次穿插,造成了群众场面的巨大声势,这在戏曲舞台上是很少见的。李玉还和一般文人作家不同,他非常重视念白,如《一捧雪》等剧中的许多场好戏,主要倚仗说白来表现,戏剧性很强。因此在使昆山腔跟上时代发展的步伐,增强戏剧效果,符合人民的审美情趣上,李玉也作出了巨大的贡献。他的剧作不仅在当时深受观众的欢迎,后来也有不少成为舞台的保留剧目。如《清忠谱》中的《义愤》《闹诏》,《千钟禄》中的《惨睹》《搜山》,《占花魁》中的《再顾》《种缘》,《麒麟阁》中的《三挡》《倒旗》等折,一直盛演于昆曲舞台,至于移植到京剧和其他地方剧种的,更是多不胜数。

苏州平民作家群中朱素臣的传奇《双熊梦》,也是值得一提的好作品。《双熊梦》又名《十五贯》。它的主要情节参考了明代拟话本小说《十五贯戏言成巧祸》,写书生熊友蕙为灭鼠,将毒药放入面饼中,不料被鼠衔至隔壁冯家,冯玉吾之子误食而死。老鼠又把冯家的十五贯钱和儿媳妇的指环衔来熊家,于是冯玉吾告熊友蕙通奸杀人。县令过于执严刑逼供,并限令友蕙交出十五贯钱。友蕙兄友兰借来十五贯钱救弟,路遇从家中逃出的女子苏戌娟。苏的继父游葫芦为开肉店借了十五贯,戏言将苏卖了十五贯钱,故苏离家外逃。此时,小偷娄阿鼠杀死游并盗走这十五贯钱。公差捉住友兰和苏戌娟,过于执又逼供成招。经复审上报,由苏州太守况钟负责监斩熊家兄弟、苏、侯四人。他夜梦二熊喊冤,次日又见四人叫屈,遂决定停刑。经微服私访,终于使案情大白,四人得到平反,并结为夫妻。《双熊梦》最大的成就,是刻画了过于执、周忱、况钟三个不同性格的官吏。过于执是个主观武断、草菅人命的糊涂官,却被擢升为常州理刑,这是对封建司法制度的莫大讽刺。周忱则是个麻木不仁、不管百姓死活的官僚的典型。况钟这一清官形象塑造得极为出色。他体恤民情,为民请命。发觉案情可能有冤时,连夜到都堂辕门向应天巡抚周忱请求重新审理此案。当遭到周忱拒绝时,他说:"还记得孟夫子有云:'民为贵,社稷次之,君为轻。'民间苟有冤抑,便当大力昭雪。"况钟还纳官印为质,说:"姑限半月,亲往淮、常二府察明回报,若有不决,老大人竟将卑职题参,一应罪名,卑职独自承认便了。"表现出很高的精神境界。剧作还花很多的笔墨,写他化装成算命先生,微服私访,终于查出娄阿鼠这个漏网的凶手,突出他认真勘察案件、注重真凭实据的科学精神,写出了新意。作品对这三个各具特征的封建官吏刻画细致,褒贬分明,很有教育意义,所以后来盛演不衰。1956年浙江昆剧团在北京演出《十五贯》时,首都出现了"满城争看《十五贯》"的盛况。它还被译成六国文字,到国外演出,受到世界人民的喜爱。

第二节　杰出的戏剧理论家李渔

中国戏剧自宋代形成以来,到清初已近五百年,其间至少经历了两个黄金时代,一个是以关汉卿、王实甫、马致远、白仁甫为代表的元杂剧的繁荣时代,再一个是以《宝剑记》《鸣凤记》《浣纱记》开其端,以"临川四梦"为高峰,并由苏州作家群的《清忠谱》《千钟禄》《十五贯》等一大批作品壮其声势的明清传奇的繁荣时代。这两个时代,名家辈出,杰作如林,在作品反映生活的广度和深度上,在舞台艺术的创作和唱做念打等表现手段的综合运用上,在风格、流派、形式的多样化上,都积累了丰富的经验。系统总结这些经验,推动戏曲向更高水平发展,已成为时代的迫切要求。同时,把经验上升为理论的工作早在宋元时期就已开始。元代钟嗣成的《录鬼簿》、夏庭芝的《青楼集》、芝庵的《唱论》,明初朱权的《太和正音谱》,就是对北杂剧各方面成就的理论探讨。明代中叶以后,我国的戏剧理论批评进入了一个划时代的新时期,徐渭、魏良辅、李卓吾、王骥德、臧晋叔、吕天成、祁彪佳等批评家以丰富的著作和锐利的评点,影响着剧坛的创作思潮。因此,戏剧发展到清初,无论从创作演出,或是从理论批评方面看,系统总结我国戏曲艺术实践经验的条件已经成熟。集前人之大成的李渔戏剧理论就应运而生了。

李渔(1611—1679?),字笠翁,原籍浙江兰溪,生于江苏如皋。自少遍游四方,晚年自南京移家杭州西湖,自号湖上笠翁。他自蓄家妓,携至各处献艺,积累了丰富的戏曲演出经验。他的戏曲理论,集中见于《闲情偶寄》中的《词曲部》和《演习部》。《词曲部》从结构、词采、音律、宾白、科诨、格局六方面论戏曲文学,《演习部》从选剧、变调、授曲、教白、脱套五方面论戏曲表演。后人把《词曲部》《演习部》独立刊行,取名为《李笠翁曲话》或《笠翁剧论》。

李渔的戏剧理论系统而全面,其要点如下。

高度重视戏剧的整体结构。和一些专从一个曲牌、一些字句来评价戏曲的评论家不同,他提出戏剧创作首先要"立主脑",即把握主题。他说:"古人作文一篇,定有一篇之主脑。主脑非他,即作者立言之本意也。"从而主张一本戏要有一主脑人物、一主脑事件作为中心线索去组织戏剧矛盾。针对当时一般传奇散漫、繁芜的通病,他又提出"减头绪""密针线"的主张,使作品脉络清楚、结构严谨以突出主题。在情节安排上,他提倡"脱窠臼",主张选材要"奇",但又"不当索诸闻见之外",而是要求作家从熟悉的"家常日用之事"中去发掘题材。在艺术虚构上,他提出要"审虚实",说"传奇无本,大半寓言",然而"姓名事实,必须有本"。也就是说,戏曲创作必须建筑在生活真实的基础上,但又允许作家虚构,从而创造出一种更集中、更典型的艺术真实来。

要求戏剧语言本色、浅显。戏剧语言是明代评论家着重论述的一个话题。李渔继往开来,着重解决了语言的本色,即性格化问题。他说,"欲代此一人立言,先代此一人立心","务使心曲隐微,随口唾出,说一人肖一人,勿使雷同,弗使浮泛,若《水浒传》之叙事,吴道子之写生。斯称此道中之绝技"。要求戏剧语言符合剧中人的身份、性格、心理,吐露内心的隐秘,比较前人,这些论述显得更透彻、中肯。李渔还根据戏曲是大众艺术、观众主体是平民百姓的特点,要求戏曲语言浅显易懂,但又要有文学性。他号召剧作家向元杂剧学习,以提炼人民群众的生活语言为主,博采"经、传、子、史,以及诗、赋、古文",融会贯通,写出既通俗易懂又富有诗意的戏曲语言来。他还提出戏剧语言要"重机趣""戒浮泛""忌填塞",科诨动作方面要"贵自然""忌俗恶""戒淫亵"等。这些都是很有真知灼见的看法。

摆正"词采"与"音律"的辩证关系。明末临川派和吴江派曾经围绕这一问题展开过激烈的争论。李渔支持汤显祖的观点,首先将"词采"(即戏剧曲词的思想、艺术内涵)置于音律(即曲词是否符合音韵格律,能在舞台演唱)之上。认为这样才体现了二者的才、技之分:"文词稍胜者,即号'才人',音律极精者,终为'艺士'。"但是,李渔又非常重视戏曲文学创作不同于其他文学创作的特点,指出"填词之设,专为登场",认为好的曲词,应该符合音律,适于舞台演出。他还谈了自己作为编剧的切身体会:"笠翁手则握笔,口却登场。全以身代梨园,复以神魂四绕,考其关目,试其声音,好则直写,舌则搁笔,此其所以观、听咸宜也。"说他在写戏时,身却仿佛演员在舞台上演出,时时想到写的东西观众是否能听懂,是否欢迎。他一再强调写戏要考虑舞台与演出,要考虑到观众,这个意见,发前人所未发,是十分值得珍惜的。

可见,李渔继承明人的成就,并结合舞台实践,系统而全面地总结了戏曲创作和演出两方面的理论,对清代的传奇创作产生了很大的影响。他的理论,达到了我国古代戏曲理论的最高水平。当时,在世界上也是领先的,即使在今天,也仍有借鉴的意义。

李渔还是个多产的剧作家。他写过十种传奇,即《怜香伴》《风筝误》《意中缘》《蜃中楼》《玉搔头》《比目鱼》《奈何天》《凰求凤》《慎鸾交》《巧团圆》，合称《笠翁十种曲》。其中《风筝误》《比目鱼》《奈何天》比较著名。《风筝误》写韩、戚二书生与爱娟、淑娟两姐妹的爱情奇遇。戚生请韩生画风筝，韩画后在风筝上写了首律诗。戚生放风筝时线断，风筝为貌美而多才的淑娟拾得，淑娟于是和诗于上。韩生见而欣喜，谁知与之约会时，见到的却是貌丑的爱娟，韩生狼狈逃走。后韩生中状元，与淑娟结为夫妇，爱娟则嫁与丑陋的戚生。《比目鱼》写书生谭楚玉看中玉笋班女旦刘藐姑，为接近她而加入戏班演戏，两人感情日笃。但刘藐姑之母刘绛仙贪财，把藐姑许给大财主钱万贯作妾。藐姑与谭楚玉遂借演《荆钗记·投江》一出，双双跳水殉情。两人化为比目鱼，为神明所救。后谭应试中举做官，庆功时请戏班演戏，藐姑遂与其母团圆。

应该说，李渔的有些剧本，如《比目鱼》等，是实践了他的部分理论主张的。如关目（情节）处理得较好，宾白生动有趣，剧本适合舞台演出，舞台提示细致等，这使得他在当时的剧坛名噪一时。他的剧本还被翻译成外文，介绍到欧洲、日本等地。但总的说来，李渔的创作是无法与他的理论成就相比的，他称得上是戏曲理论的"巨人"，却是剧本创作的"矮子"。造成这种反差的根本原因首先在于李渔是个世界观落后保守的作家，他要用作品宣扬封建伦理道德，以致本来有些民主精神的故事，也被他抹上了浓厚的封建色彩。如《比目鱼》中刘藐姑与谭楚玉的爱情，忠贞、壮烈，本来是很感人的，但作家在高潮戏《借亡》一场，把他们的殉情比作贞妇、义夫的死节，用来宣扬"维风化，救纲常"，这就歪曲了人物形象，降低了剧作的思想意义。其次，李渔是个帮闲文人。他写戏、演戏的目的是带着戏班拜见各地的名门望族，结交达官贵人，为他们演戏献艺，以博得丰富的馈赠，因此，人品情趣比较低下。他的作品大多缺乏积极的思想意义，专在情节的巧合、新奇上下功夫，有时还有恶俗淫亵的内容，与他的理论主张直接矛盾。但是，李渔思想、人格的缺陷和作品的苍白无力并不能掩盖他戏剧理论的价值。

第三节　清代传奇"双璧"之一:《长生殿》

清康熙二十七年(1688)，北京剧坛出现了一部在文辞、结构和音律方面都堪称完美之作的名剧《长生殿》。它的作者洪昇，字昉思，号稗畦，浙江钱塘(今杭州)人。生于清顺治二年(1645)，卒于康熙四十三年(1704)。他少年聪慧，富有文学才能。青年时代到北京求取功名，入国子监。不久发生家庭变故，他流寓北京，生活艰难，十几年未得一官半职。他经历十余载，三易其稿，于1688年写成《长生殿》传奇。第二年八月，因于佟皇后丧期内在家中演唱该剧，被革去国子监籍，此事还牵连了他的一些朋友。康熙三十年，他携家回到杭州。康熙四十三年，与友人到松江、南京等地游览时，在吴兴寻溪不幸酒醉落水而死。

洪昇生活的清代初期，始终充满着尖锐复杂的民族矛盾和阶级斗争。晚明追求个性自由、精神解放的进步思潮对他有深刻的影响。他所从学、交游的老师和挚友,不少是心怀明室入清不仕的遗民。他们的民族气节和爱国情怀对他有着深刻的教育和熏陶。再加上洪昇本人遭遇坎坷多难,所以形成了他白眼权贵、不满现实的处世态度和强烈的民主思想、民族意识。这些思想意识对《长生殿》的创作影响甚巨。洪昇的剧作有名可考者达十二种,现存的仅《长生殿》和《四婵娟》(杂剧)两种。后者是以古代才女和闺中韵事为题材撰写的四折短剧。他也是位有才华的诗人,诗集有《稗畦集》《稗畦续集》《啸月楼集》等。

《长生殿》描写唐玄宗李隆基和贵妃杨玉环的爱情故事。情节和白居易诗《长恨歌》大体相近,写唐明皇宠幸杨贵妃,政事日益荒怠,蕃将安禄山乘机反叛,率部直逼首都。唐明皇仓皇奔蜀,将士们愤恨丞相杨国忠等人给国家人民造成的危难,在马嵬坡兵变,逼迫唐明皇下令杀死杨国忠,并赐杨贵妃自尽。唐朝军队在郭子仪等人率领下,终于平定了叛乱。唐明皇回到京都,仍思念贵妃不已,并对以前的作为深感痛悔。他的至诚感动苍天,唐明皇和杨贵妃得以在天上重新团圆。

李隆基和杨贵妃的爱情遭遇,是中国文学史上一个源远流长的故事。以它为题材的文学作品极多,如唐代白居易的《长恨歌》、唐代陈鸿的传奇小说《长恨歌传》、宋代乐史的笔记小说《杨太真外传》、南宋戏文《马践杨妃》、元代王伯成的诸宫调说唱《天宝遗事》、元代白朴的杂剧《梧桐雨》、明代吴世美的传奇《惊鸿记》、明代屠隆的传奇《彩毫记》等。《长生殿》在广泛吸取前人艺术成就的基础上,进行了成功的艺术创造,从而取得了这个故事系列的戏曲创作的最高成就。这主要表现在两个方面:

一、洪昇以非常严肃的态度,删除了这个相传已久的故事系列中的色情、艳趣成分和有损于爱情的细节,突出李、杨爱情的忠贞不渝。这使得这个故事超出它的生活原型,表达了一种崇高的爱情理想、人生理想和民主意识,从而实现了审美意识的超越。《长生殿》非常细致地描写了李、杨爱情的发展。在前半部中,他们的爱情是有缺陷的。最初,李隆基不过是爱杨玉环的美色,而杨玉环则是为了能得宠于君主,一门荣耀。唐明皇对爱情不专一,暗中与虢国夫人、梅妃偷情,造成了李、杨爱情的波折,更重要的是,他们身为帝妃,迷恋爱情,给国家和人民带来了深重的灾难。唐明皇"愿此生终老温柔",以致"占了情场","弛了朝纲"。他为了让杨贵妃吃上新鲜荔枝,不惜让贡使千里奔驰,踏坏禾苗,踩死百姓。唐明皇纵情声色,重用杨国忠、安禄山等坏人,朝政日非,终于造成了安禄山的叛乱。尽管在上半部中,李、杨爱情也在逐步发展中趋向专一,但它的利己和祸国的致命缺陷并未根本克服,在关键时刻,唐明皇也只保自己,赐死了杨妃,作家批判了这种帝王后妃爱情的缺陷,指出正是这种缺陷,造成爱情的悲剧和国家、人民的苦难。在后半部中,李、杨的爱情得到净化,进入理想化的境界。作品极力描写他失去杨妃后的痛苦和刻骨思念,强调唐明皇对感情的专一:"纵别有佳人,一般姿态,怎似伊情投意解,恰可人怀?""惟只愿速离尘埃,早赴泉台,和伊地中将连理栽。"杨玉环也坚守前盟："倘得情缘再续,情愿谪下仙班。"同时,帝妃爱情的根本缺陷也得到克服,唐明皇让出帝位,并且认识到自己的罪恶,自责"此乃朕之不明,以致于此"。杨玉环也一再忏悔"弟兄姐妹、挟势弄权"所造成的恶果。正因为如此,李、杨爱情得到了升华,成了一种非帝妃的普通人的真挚爱情,并且两人得以进入天国,获得永生。

很明显,《长生殿》的爱情描写带有象征的色彩。作者在开宗明义的第一出《传概》中明确指出:"借太真外传谱新词,情而已。"他借李、杨故事这个外壳,宣扬的是一种"万里何愁南共北,两心那论生和死""但果有精诚不散,终成连理"的理想爱情。而且作品所歌颂的不仅仅是男女之情,而是"感金石,回天地,昭日月,垂青史。看臣忠子孝,总由情至"的人世间的一切真情。从这里可看出洪昇的美学思想与明代大作家汤显祖"主情说"的一脉相承之处。所以有人说:"《长生殿》是一部闹热《牡丹亭》。"洪昇高扬晚明进步思潮推崇的"情"来批判清初统治者大力推行的程朱理学,在当时是有巨大的进步意义的。

二、继承《长恨歌》《梧桐雨》的精华,在完成爱情主题的同时,通过他们的宫廷生活写出一代兴亡的历史教训。《长生殿》充分发挥大型戏曲的特长,比前代作品更广阔、更深刻地表现了安史之乱的过程,反映了封建社会错综复杂的矛盾斗争,抒发了作者的民族意识和爱国思想。作者有意识地将李、杨关系的始末与唐代安史之乱的发生、发展纠结起来,使其互为因果,互相推进。通过一系列舞台形象说明,正是"当日天子宠爱了贵妃,朝欢暮乐","弛了朝纲","误任边将,委政权奸","致使渔阳兵起","庙谟颠倒,四海动摇"(《弹词》)。对安史之乱及唐帝国由盛转衰的历史过程作了精辟的分析。

同时,剧本描写了在安史之乱过程中各种人物的不同表现,无情地抨击了叛徒、卖国贼。作品中的安禄山是个十分阴险、贪婪、凶残、狡猾的家伙。作者还借雷海青之口把那些卖国求荣的大臣们骂得体无完肤:"平日价张着口把忠孝谈,到临危翻着脸把富贵贪。早一齐儿摇尾受新衔,把一个君亲仇敌当作恩人感。咱只问你蒙面可羞惭?"(《骂贼》)作品成功地刻画了一系列的爱国者形象。如郭子仪,一出场,就忧国忧民。在《疑谶》中,他看见杨家的穷奢极侈,感慨道:"可知他朱甍碧瓦,总是血膏涂!"他立志要重整乾坤,"肩担日月,手把大唐扶"。安史乱起,他积极担负起拯救国家的重任,终于收复京师,迎回二帝,"再造唐家社稷,重睹汉官威仪"。《骂贼》一出,塑造了慷慨不屈、气节凛然的英雄——普通乐工雷海青。他大声斥骂安禄山的罪恶,最后将琵琶掷向安禄山,从容赴义,和贪生怕死的众伪官形成鲜明的对比。作者对安史之乱后流离失所的人民表示了深切的同情,同时通过郭从谨献饭、李龟年弹词,表现了自己的兴亡之感。《弹词》中[转调货郎儿]一曲正是作者的自白:"唱不尽兴亡变幻,弹不尽悲伤感叹,大古里凄凉满眼对江山。我只待拨繁弦传幽怨,翻别调写愁烦,慢慢的把天宝当年遗事弹。"《长生殿》作品中深沉的爱国思想、民族感情,是它的思想成就之一。

《长生殿》的艺术成就更得到批评家们的激赏。尤其是在结构、语言和音律上,《长生殿》结构之精美,历来为人称道。全剧贯穿的两条线索,即李、杨关系和安史之乱,安排得条理分明,不枝不蔓。两条线索的发展,始终围绕着全剧的主题,保持内在的统一和有机联系。不仅在演出上照顾到了场次的冷热相济,演员的劳逸相均,在效果上也达到强烈对比、互相烘托的作用。如在描写帝妃迷恋之情的《定情》《春睡》两出之间安排奸相专权的《贿权》,在铺叙宫廷奢华的《偷曲》《舞盘》之间插入血泪交迸的《进果》等,都是极具匠心的结构。因此全剧情节跌宕有致,引人入胜而又结构严谨,层次清楚,确实是长篇传奇中的精品。有人称之为"自来传奇排场之胜,无过于此"(王季烈《螾庐曲谈》),说它的结构是明清传奇之冠,有一定的道理。

《长生殿》的语言很性格化,又有浓厚的抒情色彩。如《闻铃》中[武陵花]一曲:

> 淅淅零零,一片凄然心暗惊。遥听隔山隔树,战合风雨,高响低鸣。一点一滴又一声,一点一滴又一声,和愁人血泪交相迸。对这伤情处,转自忆荒茔。白杨萧瑟雨纵横,此际孤魂凄冷,鬼火光寒,草间湿乱萤。只悔仓皇负了卿,负了卿!我独在人间,委实的不愿生。语娉婷,相将早晚伴幽冥。一恸空山寂,铃声相应,阁道峻嶒,似我回肠恨怎平。

抒写唐明皇对杨贵妃刻骨铭心的思念,达到情景交融的地步。

《长生殿》在宫调运用和曲词的审音协律方面十分考究。洪昇本人精通音律,又得到名家的订正,遣词用韵,无不合律。前一折和后一折的宫调,决不重复。运用北曲、南曲的各种曲调,都有细致的安排。全剧有很强的音乐感染力,因此当时南北上演,盛极一时。

当然,《长生殿》也有缺点,有一些无聊的插科打诨,对市民的描写有丑化之处,即便在结构上,为了求得上下两部的对称,下卷有拖沓之处。

《长生殿》在思想和艺术上均堪称清代传奇的典范之作。问世后,一直受到人民的珍爱。新中国成立后,它还被改编演出,其中《定情》《惊变》《疑谶》《偷曲》《絮阁》《闻铃》《哭像》《弹词》等折,至今还是南北昆曲剧团的保留剧目。

第四节　清代传奇"双璧"之二:《桃花扇》

清前期的戏曲界,流行着"南洪北孔"的说法。南洪是指《长生殿》的作者洪昇,北孔是指《桃花扇》的作者孔尚任。《长生殿》和《桃花扇》是清代传奇的"双璧"。

孔尚任(1648—1718),字聘之,又字季重,号东塘,别号岸堂,自称云亭山人,山东曲阜人。他是孔子的六十四代孙,早年受封建家族的传统教育,并曾应科举试。他爱好诗文,精通音律。康熙二十四年(1685),康熙皇帝南巡北归时到曲阜祭孔。孔尚任因在皇帝面前讲解《论语》受到褒奖,被任命为国子监博士。一年后,他出差淮阳,参加疏浚黄河海口工程,接触到黑暗的社会现实,认识到吏治的腐败。在这期间他还寻访了南京、扬州一带南明王朝的遗迹和明末遗老,搜罗了很多南明轶闻野史,为写作《桃花扇》作了充分的准备。回京后,他继任国子监博士等官,开始创作《桃花扇》,经过十年的惨淡经营,三易其稿,才在康熙三十八年成书,次年即因文字之祸罢官。两年后回到故乡,晚年景况颇为萧条。孔尚任的戏剧作品除《桃花扇》外,还有与顾采合撰的《小忽雷》传奇,写善弹乐器小忽雷的唐朝宫女郑中丞因忤旨"赐"死,为宰相权德舆的旧吏梁厚本所救并结为夫妇的故事,成就不及《桃花扇》。孔尚任的诗文留存有《湖海集》《岸堂稿》《长留集》等,是我们今天了解他生平思想的重要资料。

《桃花扇》是一部写南明王朝兴亡的历史剧:明末复社文人侯方域在南京与秦淮名妓李香君相恋。阉党余孽阮大铖为摆脱孤立处境,欲拉拢侯,出巨资通过杨龙友为侯、李操办婚事,遭李拒绝。这时武昌总兵左良玉因军粮缺乏,欲移师南京索饷。南京官员们束手无策,因侯方域父亲曾是左的上司,便求侯代父亲写信劝阻。阮大铖乘机诬陷侯方域私通左良玉,侯方域只得投奔在扬州督师的史可法。李自成攻陷北京,崇祯帝自缢的消息传来后,凤阳督抚马士英伙同阮大铖在南京迎立福王朱由崧为帝,改元弘光。君臣纵情声色,置国家存亡于不顾。李香君因当面痛骂马士英、阮大铖,而被送入内廷。在前线防御清兵南下的四镇总兵彼此争权夺权,不服史可法的指挥。高杰在内讧中失利,移师开封,洛阳一线防河,侯方域为其监军。不料,睢州总兵许定国赚杀高杰降清。侯逃回南京,被阮大铖逮捕入狱。左良玉起兵清君侧,马士英调集军队阻击。清兵乘虚南下,扬州失守,史可法投江殉国。弘光帝弃城潜逃,被叛将捉住献给清兵。南京沦陷后,侯方域与李香君在栖霞山不期而遇,经道士指点,毅然抛开儿女之情,双双入道。

《桃花扇》最大的成就是以侯方域、李香君的爱情故事为线索,集中地反映了明末腐朽动荡的社会现实及统治阶级内部的矛盾斗争,深刻揭示了南明王朝覆亡的原因。即作者所说的"借离合之情,写兴亡之感"。《桃花扇》与《长生殿》不同,《长生殿》写一代兴亡是为了突出理想爱情的价值,它始终是一部爱情剧,而《桃花扇》是一部历史剧,写爱情是为了更形象地描写历史进程,总结历史教训,"知三百年之基业,隳于何人? 败于何事? 消于何年? 歇于何地?"(孔尚任《桃花扇·小引》)

侯、李最初的结合就是富有政治色彩的。李香君不是一般的妓女,她同情、尊重复社党人,卑视阉党奸臣。他们相互倾慕的不仅是郎才女貌,还有共同的政治理想。而阮大铖则是企图以李香君拉拢侯方域。他们的结合深刻反映了明末爱国文人和阉党余孽的激烈斗争,为以后马、阮残杀复社党人,自毁国家墙基埋下了伏线。侯、李被拆散之后,侯方域随史可法出镇扬州。作品通过他的活动,写出江北四镇总兵飞扬跋扈、内斗不已的场面。他们是"国仇犹可恕,私恨最难消",将私人恩怨置于国家命运之上。李香君留在南京,横遭马士英、阮大铖等人的凌辱。通过她的活动,又反映出南明小朝廷君臣们的苟且偷安,腐化堕落。前线、后方,文臣、武将,全都腐烂透顶,只有史可法等少数几人忠心耿耿,但独木难支将倾的大厦,南明焉得不亡?传奇《媚座》出总批说:"上半之末,皆写草创争斗之状,下半之首,皆写偷安宴乐之情。争斗则朝宗分其忧,宴游则香君罹其苦。一生一旦,为全本纲领,而南朝之治乱系焉。"清楚地说明了作者的这一艺术构思。《桃花扇》通过一个爱情故事,全景式地描绘了一个异常动荡的历史进程,揭示内在原因,给后人以丰富的启示,这在古代戏曲中是罕见的。同时,侯、李的活动又是他们为自身的爱情幸福而作的斗争。方域的四处漂泊,香君苦守妆楼,骂筵的反抗行为都是为了能破镜重圆,没有游离爱情悲欢离合这根线索。作者更没有让他们离开自己的性格,去作政治斗争的传声筒。这样写才能合理合情,有血有肉,感动观众,引起思索。所以,《桃花扇》"借离合之情,写兴亡之感",两者结合之有机完美,也是史无前例的。

《桃花扇》的另一重要成就,是作品历史真实与艺术真实的高度统一。孔尚任以非常严肃认真的创作态度,进行了大量的调查研究工作,以使作品忠实于历史。他在《桃花扇·凡例》里说:"朝廷得失,文人聚散,皆确考时地,全无假借。至于儿女钟情,宾客解嘲,虽稍有点染,亦非乌有子虚之比。"在剧本前附录的《桃花扇考据》中他开列了十三种书九十条材料,作为历史的依据。这种忠于客观史实的精神,在明清传奇中除《清忠谱》外,是没有其他作品可以和它比拟的。但作者在尊重历史事实的基础上并不排斥艺术的虚构,而是力求艺术形象比它的生活原型更集中、更典型。《桃花扇》中光彩照人的女主人公李香君,历史上确有其人,侯方域写的《李姬传》等材料,记载了她的生平事迹。但两者有很大的不同。比如李香君和侯方域相识的时间,在剧中被有意地推迟了四年,改在南明覆亡前夕的癸未年。在这样的背景下写侯、李爱情,就带有不平常的意义。关于阮大铖意图通过结交侯朝宗以取悦复社的事,《李姬传》中也有记载,《桃花扇》根据它写成了《却奁》一出。但杨龙友带着阮大铖的金钱正巧出现在侯生要与香君结婚,而又苦于"客囊羞涩"的关头,这一情节是虚构的(事实上据清代汪有典《吴副榜传》的记载,侯方域当时是"雄才灏气,挟万金结客",非常富有),这样冲突就更加尖锐。在冲突中表现出来的李香君的性格也更加丰满:

> [生](侯方域)(白)原来如此。俺看圆海情辞迫切,不觉可怜。就使真是魏党,悔过来归,亦不可绝之太甚,况罪有可原乎。定生、次尾皆我至交,明日相见,即为分解。
>
> [末](杨龙友)(白)果然如此,吾党之幸也。
>
> [旦](李香君)(怒介,白)官人是何说话!阮大铖趋附权奸,廉耻丧尽;妇人女子,无不唾骂。他人攻之,官人救之,官人自处于何等也?(唱)
>
> [川拨棹]不思想,把话儿轻易讲,要与他消释灾映,也堤防旁人短长。(白)官人之意,不过因他助俺妆奁,便要徇私废公;哪知道这几件钗钏衣裙,原放不到我香君眼里。(拔簪脱衣介,唱)脱裙衫,穷不妨,布荆人,名自香。

富贵不能淫的高贵品质,显得光芒四射。又如《骂筵》一出,写李香君的刚烈之气,咄咄逼人,是全剧的重要场面,也出于艺术虚构。《桃花扇》在塑造其他人物形象时,同样比较注意历史的真实,但又不完全拘泥于历史,而是进行必要的艺术加工。这样就增强了戏剧性,丰富了人物形象,深化了主题意蕴。

《桃花扇》的语言也有独到之处,雅洁而富有诗意。《余韵》中〔哀江南〕套曲更是传颂一时的名篇:

> 俺曾见金陵玉殿莺啼晓,秦淮水榭花开早,谁知道容易冰消。眼看他起朱楼,眼看他宴宾客,眼看他楼塌了。这青苔碧瓦堆,俺曾睡风流觉,将五十年兴亡看饱。那乌衣巷不姓王,莫愁湖鬼夜哭,凤凰台栖枭鸟。残山梦最真,旧境难丢掉,不信这舆图换稿。诌一套"哀江南",放悲声唱到老。

不过,有时也有典雅有余、当行不足的缺点。

《桃花扇》在中国戏曲发展史上有很高的地位:从明代嘉靖年间到清代康熙年间,我国古代戏剧的现实主义精神有了很大的发展,这主要表现在把个人命运与国家重大政治事件结合起来的历史题材剧目上。从《浣纱记》到《长生殿》是一个方面,通过悲欢离合,串演朝代的兴亡,然而它们有很多是故事传说,与历史不合。从《鸣凤记》到《清忠谱》,是它发展的另一方面。它们对历史的表述比较忠实,但艺术的集中、提炼显得不够。孔尚任对这些戏扬长避短,将历史真实与艺术真实,严肃的政治内容与优美的艺术形式完美地统一起来,从而把我国戏曲的现实主义传统推向了高潮。《桃花扇》为近三百年的明清传奇繁荣期画上了庄严的句号。

昆曲到清代中叶便转入衰落时期。它经常在封建贵族及宫廷中演出,日益脱离现实,脱离群众。它的曲词过于典雅,老百姓难以理解,节奏过于缓慢,行腔过于细密,老百姓不能欣赏。随着昆曲的衰落,文人的创作也趋向低潮。清中叶的传奇绝大多数是宣扬封建伦理道德的作品,或是用以娱宾遣兴的风情喜剧,语言典雅、结构冗长,专讲格律、填词,而无视戏曲的舞台艺术特点。只有蒋士铨、唐英的少数剧作尚有可取之处。蒋士铨的《冬青树》叙述了南宋灭亡的历史故事,歌颂了文天祥忠贞不屈的民族气节,痛斥了卖国求荣的奸臣留梦炎之流,有一定的现实意义。《临川梦》则将伟大剧作家汤显祖的生平事迹和光辉业绩搬上了舞台。唐英的《古柏堂曲》里有些剧作如《十字坡》《面缸笑》保留了民间戏曲的优点。

在昆曲衰落的同时,被称为"花部"的清代地方戏却正如春天大地的鲜花,万紫千红,争奇斗艳。

第二十四章　争奇斗艳的清代地方戏

"清代地方戏"在戏剧史上是用来指康熙中叶至道光末叶,即十七世纪六十年代至十九世纪四十年代的清代戏曲。在这一时期,我国戏曲艺术的发展又出现了一个新的面貌,那就是民间地方戏的兴起和盛行。民间地方戏,被学者们称为"花部"或"乱弹"诸腔。它们继承了弋阳诸腔在民间流传、演变的传统,吸收了昆山腔的艺术成就,在新的历史条件下,对原有的戏曲形式进行了革新、创造。它们突破了联曲体的传奇形式,创造了以板式变化为主的"乱弹"形式,使我国戏曲艺术经历了一次重要的变革。从此,我国戏曲跨入了一个新的历史阶段,即"乱弹"时期。其主要标志,就是梆子、皮黄两大声腔剧种在戏曲舞台上取代了昆山腔所占据的主导地位,从而使戏曲艺术更加群众化,更加丰富多彩。清代地方戏直接导致了京剧等大批近、现代戏曲的诞生。

第一节　花部的勃兴与花雅之争

清代地方戏的发展状况大体上可以分为两个阶段。

第一阶段,从康熙末叶至乾隆中叶(1700 左右至 1774)。在这个时期,全国各地新兴的地方戏如雨后春笋,纷纷出现。这是清代"花部"诸腔蓬勃兴起的时期。

清代地方戏,主要有梆子腔、皮黄腔、高腔、弦索腔四大声腔系统。梆子腔系统中形成较早的是山陕梆子,它起源于山西、陕西地区的民歌和说唱技艺(该地区的民间艺术传统非常深厚,是宋金时期诸宫调的发源地和北杂剧的重要流行地区。明代弋阳腔的支派青阳腔也在此地流行过)。先演变为民间小戏,后吸收其他剧种的艺术成就,逐步发展为大型戏曲。北方诸省的各路梆子戏、秦腔、豫剧都属于这一系统。它以硬木梆子作打击乐器以按节拍,不受传奇形式和曲牌长短句的拘束,创造出以板式变化为主的戏曲音乐和唱时不舞、舞时不歌,唱念做打得到更充分发挥的新表演手段。风格激越悲壮。皮黄腔,是由西皮和二黄两种腔调合流以后出现的一个声腔系统。二黄腔是弋阳腔同安徽的某种曲调结合起来的四平调,又和湖北黄州一带民歌结合的产物。西皮腔则起源于湖北,是脱胎于西北梆子腔的新调,经过湖北、安徽两省艺人的长期努力,终于在清代乾隆年间形成了皮黄腔。皮黄腔和梆子腔音乐一样,都是典型的以板式变化为主的板腔体结构。它们的唱腔曲调不像杂剧和传奇那样,由属于同一宫调的十几支、数十支曲子组成,其基本曲调仅只有一对上下乐句,然后通过多种板式(也就是节拍形式,如原板、慢板、快三眼、散板等)的变化来表现不同的情感。唱词格式为七字句和十字句,基本分成二、二、三和三、三、四几个乐节。板腔体音乐的出现,不仅突破了以往戏曲音乐唯有一种曲牌联套体的单一局面,而且比联曲体音乐更优越。一是它简易单纯,基本曲调只有一对上下乐句,艺人易唱,观众易懂;二是自由灵活,唱腔视内容而定,可长可短,不像传奇那样,非要把一套曲子唱完,使戏曲的音乐结构与戏剧结构的配合更加和谐。三是通过节奏变化增强了音乐的戏剧性和抒情性。板腔体音乐结构还引起戏剧结构体制的改革,如改出为场,对重点场次和过场戏分得更加清楚,使戏剧更加紧凑、集中,更有利于人物形象的塑造等等。因此,它对清代后期和近、现代戏曲的影响非常深远。皮黄腔是影响极大的声腔系统,流传全国各地,派生出许多新的皮黄剧种,如汉剧、徽剧、赣剧、湘剧、粤剧等。它也是我国目前影响最大的剧种京剧的前身。高腔系统是明代弋阳腔在清代的继续发展,它依然保留了人声帮腔的传统形式。清代高腔系统有京腔,江西、四川、湖南、福建、浙江等省的高腔戏。高腔虽然保留了传奇联曲体的音乐结构,但唱词已演变为无韵散文体曲文,长短自由,更通俗也更便于抒情。弦索腔兴起于河南、山东地区,是在民间小戏的基础上发展起来的,在清初、清中叶曾盛极一时,后因各种原因而衰落。

第二阶段,从乾隆末叶至道光末叶(1775—1850)。这一时期出现了花部“乱弹”诸腔与雅部昆曲激烈的竞争局面。在“乱弹”诸腔取得绝对优势的情况下,形成了各大声腔系统和各种大型地方戏。这期间,可说是清代地方戏的繁盛时期。

土生土长的清代地方戏,无论从内容、文辞、腔调各方面来说,都受到广大劳动群众的欢迎。清代戏曲理论家焦循在《花部农谭》中说:“花部原本于元剧,其事多忠、孝、节、义,足以动人;其词直质,虽妇孺亦能解;其音慷慨,血气为之动荡。”花部“乱弹”诸腔继承元杂剧的传统,反映老百姓喜闻乐见的内容,语言质朴通俗,音调激昂动人,符合人民的审美情趣,所以“农叟、渔父聚以为欢,由来久矣”。尽管地方戏的剧目也免不了含有封建思想,以及迷信、色情的成分,但其主流是健康、具有民主精神的。地方戏的蓬勃发展,危及被视为“正音”的昆曲的生存,因而遭到封建士大夫们的反对。清朝政府出于推行封建文化专制主义、巩固其统治的需要,在对待声腔剧种上也采取崇雅抑花的措施,打击禁止花部“乱弹”的诸腔。因此,“雅部”昆曲与花部“乱弹”诸腔的竞争非常激烈,在北京地区表现得尤为明显。

北京剧坛的花雅之争,经历了三个回合,先是乾隆年间高腔与昆曲,然后是秦腔与昆曲,最后是嘉庆年间徽调与昆曲的争胜。尽管有官僚文人的反对、清政府的禁令,花部还是压倒了昆曲,在北京地区广为流行。北京“乱弹”诸腔的称胜,反映了全国戏曲艺术发展的总趋势。到乾嘉之际,即 1786—1820 年,梆子腔和高腔已经形成了自己的体系,连昆曲也开始地方化,向花部靠近。到嘉庆道光年间,即十九世纪前叶,皮黄腔也形成了自己的系统,其中徽调与汉调在北京的结合,为道光末叶形成京剧打下了坚实的基础。这时候,梆子腔、皮黄腔、高腔、地方化了的昆曲、弦索腔等五大声腔已流布全国,形成百花争艳的繁盛局面。其中,尤以梆子、皮黄两种声腔最为发达,它们代表着新兴花部"乱弹"诸腔在全国戏曲舞台上呈现出取代雅部昆曲的优势。

在这一时期,各兄弟民族的戏曲也有突出的发展。不仅白戏(吹吹腔)、傣戏、侗戏、僮戏等纷纷兴起,就是早在明中叶开始形成的藏戏,也在这时有了蓬勃的发展。它们在与汉民族戏曲的交流中,既保持了本民族的风格,又具有我国戏曲所共有的民族特色。同时,花鼓戏、秧歌戏、花灯戏、采茶戏、黄梅戏等民间地方小戏也在全国各地的农村滋生、成长。地方戏、少数民族戏曲、民间小戏如同百川汇海,大大丰富了我国戏曲艺术的宝库,把悠久的戏曲艺术推进到一个新的、更高的水平。

第二节　清代地方戏的代表作家与作品

清代地方戏作品是非常丰富的,据新中国成立后挖掘出来的传统戏曲剧目的统计,至少达上万种,超过以往任何一个历史时期。可惜它们大多出自艺人和下层文人之手,很少有刊印行世的。清代出版的地方戏剧本集今仅见乾隆年间的《缀白裘》第六、第十一两集和《楚曲十种》中的五种。流传至今的除了一些梨园抄本外,更多的是靠历代艺人的口传心授。但从这些仅存的硕果中仍可看出清代地方戏的杰出成就。下面择其要者予以介绍。

一、方成培的《雷峰塔》传奇

这是一部有深刻现实内容的浪漫主义爱情剧。剧本写蛇仙白娘子和青蛇思凡下山,在杭州西湖遇见青年商人许宣。白娘子爱许宣的诚实勤劳,和他结为夫妻。后因法海和尚的阻挠,他们的爱情遭到种种挫折。白娘子为挽救许宣,争取自己爱情的幸福,和法海和尚展开一连串的斗争,但最终失败。白娘子被法海镇在雷峰塔下,许宣也悟道出家。十六年后,白娘子之子许士麟中了状元,前来湖边祭塔,母子相会。

白娘子和许宣的爱情故事,源远流长,在宋代已经流行,在明清两代,被多次改编成小说、戏曲。明末出现了《警世通言》中的小说《白娘子永镇雷峰塔》,情节已相当完整。白娘子已是一个大胆追求爱情幸福的蛇仙,但妖气很浓。许宣则是一个庸俗、怯懦的小市民,他对爱情的不忠,造成白娘子被镇压的悲剧。法海的地位并不重要,更不是镇压的主凶。现存第一部写这一故事的戏曲,是清初黄图珌的《雷峰塔》传奇。但其在思想和艺术上并不成功,虽然剧本写白、许婚姻的诸多波折,令人同情,但作者站在封建卫道者的立场,坚持认为白娘子是个妖精,应该受到惩罚。因此,剧本在演出过程中,引起观众和艺人们的不满,纷纷加以改编,把白娘子写成一个追求爱情幸福的女性并赋予她"生子中举"的结局。乾隆三十三年(1768),方成培根据许多梨园抄本改编的《雷峰塔传奇》问世,使这一故事的面貌焕然一新。方本突出了白娘子的多情、温柔、善良。它新增了《断桥》《端阳》《求草》三出。《断桥》写白娘子和许宣的一见钟情。《端阳》写许宣在端午向白娘子劝雄黄酒。白娘子明知饮酒的后果,但她沉醉在爱情的喜悦中无法抗拒许宣的情意,终于饮多了,现出原形将许宣吓死。《求草》写白娘子不辞辛苦上山,力战众仙,盗取还魂仙草将许宣救活。在《水斗》一出中,更是用了两千多字的篇幅,淋漓尽致地表现了白娘子水漫金山欲索回丈夫的战斗精神。因此方本的白娘子已经成为一个寄寓人民理想、愿望的可亲可爱的女性形象。《祭塔》一出,母子相会,除了共同控诉法海的罪行外,白娘子还叮嘱儿子:"日后夫妻和好,千万不要学你父薄幸!"这完全是现实中不幸妇女的哀怨的控诉,深刻揭示了男尊女卑的封建宗法社会对妇女的压迫。当然方本也有封建糟粕,但它是现在各地方戏曲《白蛇传》的真正母本。《白蛇传》及《游湖借伞》《盗仙草》《水漫金山》《断桥》等折子戏至今在舞台上演出,白娘子(白素贞)已成为我国戏曲中最动人的女性形象之一。

二、高腔戏《黄金印》

这是清代各地高腔剧种中具有代表作的剧目之一。它取材于战国"纵横家"苏秦的故事,写苏秦游说秦国,不得志而归,遭到家人的耻笑、苛待。后来投魏,腰悬六国相印荣耀归来,父母、家人立即转变为对他低三下四地趋奉。苏秦的故事很早就搬上了戏曲舞台,金院本、元杂剧、宋元南戏、明传奇都有搬演此事的剧本。高腔戏《黄金印》继承了前代剧本揭露世态炎凉的思想,侧重从家庭生活的描绘,展开家人们之间的多种矛盾,暴露封建社会的冷酷无情。剧中通过许多生动的情节,表现苏秦家人对未发迹之前的苏秦的冷遇和苛刻。如苏秦为了筹措路费,不得不将妻子的金钗当给了嫂子王氏,多了三钱银子。王氏说:"二爷有官回来,以作贺礼。倘若无官,加利奉还。"后来苏秦果然不第,王氏竟勾结婆婆,讹诈了苏妻一匹价值一两多银子的布作抵偿。苏秦的父母在苏秦上路时略微送了点钱,却要了苏秦的"头毡"和"包头帕子"。苏秦落第归来,父亲竟把他仅剩的一把雨伞也扣下"扳个小本",母亲则为失去的几钱银子流下了眼泪。最后苏秦怀悬相印、衣锦荣归,全家人跪拜趋奉,丑态百出。至亲骨肉的前倨后恭,不禁使苏秦感慨万分:"想当初风尘落落谁怜悯,到今日衣冠楚楚争亲近。畅道威震诸侯,腰悬六印,也索把世俗炎凉心中暗忖。假如一朝马死黄金尽,可不的依旧苏秦,做陌路看承被人哂。"(〔鸳鸯煞〕)

《黄金印》出现的时代,正是中国封建社会全面崩溃之日,封建伦理道德也正在急剧瓦解,失去了虚伪的神圣光辉。《黄金印》正是以现实主义的态度,反映了封建制度解体过程的真实状况。《黄金印》是一部讽刺喜剧,讽刺手法辛辣深刻而又合情合理。生动活泼、意趣隽永的民间口语也大大增强了它的喜剧效果。

三、楚曲《祭风台》

楚曲又名楚调或楚腔,是属于皮黄声腔系统的一种地方戏曲,是汉调(汉剧)的前身,对京剧的形成有直接的影响。《祭风台》演三国时赤壁之战的故事,从鲁肃邀请诸葛亮共襄防务起,到诸葛亮智取南郡、荆州、襄阳止。主要情节有鲁肃过江、诸葛亮舌战群儒、群英宴、对火字、草船借箭、黄盖诈降、庞统献连环计、观风得病、祭东风、火烧战船、华容挡曹等,包括《三国演义》第四十二回至五十二回的主要内容。《祭风台》的主要成就是塑造了三国群雄的出色形象。诸葛亮的雄才大略、远见卓识、沉着镇定、顾全大局;周瑜的英姿勃发、聪明智慧,却又恃才傲物、嫉贤妒能;曹操的老奸臣滑、狡诈伪善实则又极愚蠢;鲁肃的忠诚憨厚,近于天真,都给人以深刻的印象。即使对于是次要人物,如蒋干的愚蠢逞能、阚泽的勇敢机变、黄盖的忠心耿耿、张昭的傲慢肤浅、关羽的勇武尚义,也都写得栩栩如生,从而构成了一幅古代风云人物际会的画卷。

《祭风台》是当时地方戏曲中表现古代政治和军事斗争的一个代表作,在广阔的画面中,剧作者有条不紊地叙述了一场大战从酝酿到结束的全过程,规模宏伟、刻画入微、布局完整、穿插得当,显示了驾驭复杂题材的高超才能。作者描写战争,并不局限于刀来枪往的格斗,而是着力表现战争各方人物智斗的性格冲突。这些长处,对后来《群英会》等京剧名剧有深刻的影响。

四、《缀白裘》中的讽刺短剧

《缀白裘》是由清代玩花主人编辑,钱德苍增辑的戏曲集,共十二集四十八卷,刊行于清代乾隆中期(1770 年前后),收入了许多当时剧坛上流行的昆曲折子戏和花部短剧。它和明代臧晋叔的《元曲选》、毛晋的《六十种曲》等同为戏曲史上著名的戏曲剧本集。

《缀白裘》用十分之二的篇幅收集了梆子腔、弋阳腔等花部的许多短剧,如《借靴》《打面缸》《张古董借妻》《买胭脂》《雪拥》《花鼓》《思凡》《看灯》《淤泥河》《别妻》等,是我们研究早期花部剧目的重要材料。这些花部短剧的主人公都是三教九流的市井人物,反映的大多是下层人民的生活,生活气息浓厚,表现手法灵活自由,清新可喜。其中特别值得称道的是那些对社会弊病、陋习进行尖锐批判的讽刺短剧。如《打面缸》,写妓女周腊梅要从良,县太爷把她配给差役张才,可是却派张才到山东出差。当天晚上,衙门王书吏、四老爷、县太爷三人相继上周腊梅家调笑取乐,不料张才突然回来,县太爷等三人躲进面缸和床底下。张才进门后剥去县太爷的衣冠纱帽并把他们赶了出去。这个戏剥去封建社会官吏们冠冕堂皇的外衣,对他们丑恶的灵魂进行了辛辣的讽刺和鞭挞。《借靴》写无赖张担去吃喜酒到吝啬鬼刘二那里借靴,刘二以种种借口加以拒绝。他说自己的靴是"请了天下两京十二省的皮匠"做成的,要借靴,先要用"乌猪一口,白羊一腔,鹅一只,鸡一只,酒一坛,金钱纸马,团花香烛,鼓手四个"来祭靴。后来张担再三纠缠,刘二只得答应借靴,但却订了一条"靴律":"穿了靴,假如掉了头,绽了帮,断了线,磨了底",就要问罪,"轻者流徙绞斩","重者万剐凌迟"。等张担终于拿到靴子上路,早已是席散人空。他又饿又恼又困,就拿靴子当枕头在街上睡了起来。刘二借出靴子后,心痛万分,提着灯笼来找张担,正撞上睡着的张担,知道靴子根本没被穿过,不禁高兴异常。这场小闹剧令人捧腹,绝妙的讽刺把吝啬鬼的本性剖析无遗。

第三节 雅化趋向:京剧的诞生与发展

京剧形成于清代道光年间后期,距今一百七八十年。它虽然年轻,却已形成一个博大精深的艺术体系,成为我国古典戏剧的代表,也是我国目前最大的戏曲剧种。它的成就和清代地方戏的繁盛密不可分,是靠了众多剧种的营养,才得以诞生和茁壮成长的。

清代中叶,京剧诞生地北京,作为政治、经济、文化的中心,已是戏班荟萃,乱弹勃兴。乾隆五十五年(1790),为庆祝清高宗弘历八十寿辰,四大徽班(三庆、四喜、春台、和春)奉诏进京唱戏贺寿,之后又到戏院演出。徽班唱的徽调属皮黄腔,曲调高亢爽朗,唱词通俗易懂,深受北京观众的欢迎。它在长期的演出过程中,和汉剧、昆曲、梆子腔、吹腔、罗罗腔等许多剧种进行了频繁的交流,广泛吸收了它们的长处,逐渐形成了京剧。全国很少有其他的戏曲剧种能像京剧一样,出生在一个百戏杂陈、花雅争胜的环境中,能直接从各种"母体"艺术中吸取养分而形成自己的血肉。这是它具有很高的审美价值并风行全国的主要原因。

京剧在道光后期形成之后,经过咸丰、同治两朝的发展,到光绪年间进入兴盛阶段。同、光年间,出现了程长庚、杨月楼、谭鑫培等大批表演艺术家,产生了《打渔杀家》《四进士》《李陵碑》等大批戏曲名作。其中,《打渔杀家》尤为出色。它又名《庆顶珠》,系从秦腔移植过来。故事取材于清代陈忱的小说《水浒后传》,主人公萧恩曾是一个梁山泊英雄好汉,起义失败后,带着女儿萧桂英以打鱼为生。恶霸丁自燮强征渔税,多次派人催讨,他都忍怒退让。后来丁府又派教师爷强索,萧恩忍无可忍,只得起而自卫,教训了教师爷一顿。这时他还想妥协,因而到官府去"抢个原告",不料贪官吕子秋早已与丁府勾结,萧恩反被痛打四十大板,逐出衙门,并被责令向丁自燮赔礼道歉。残酷的现实,使他认识了统治者的面目,燃起了心中的复仇怒火。他铤而走险,以献庆顶珠为名上丁府杀了丁自燮及其家人。剧作通过对萧恩这一形象的出色刻画,艺术地阐明了面对统治阶级的残酷压迫,不能苟且偷生,奋起反抗才是唯一出路这一真理。这是一个充满反抗意识的剧目,有巨大的教育意义。《打渔杀家》在艺术表现上也达到很高的水平。全剧戏剧冲突尖锐,人物形象鲜明,结构严密紧凑,语言洗练生动。特别是在人物形象塑造上,老英雄萧恩先是息事宁人,继而强按怒火,最终是坚决斗争。他的性格发展过程被展示得层次分明、有血有肉。

全剧也颇有新颖之处,如戏一开始,主要人物出场没有"自报家门"式的引子或定场诗,而是通过另外两个人物混江龙李俊和卷毛虎倪荣走访老友,点出了萧恩的名字,接着又通过萧、倪见面时行礼较力,交代了萧恩功力过人,在衰迈中还保留了当年的英气。这是在故事的进展中交代戏剧情境。又如萧恩去官府告状这场戏,写桂英坐在家中,因担心父亲的命运而心神不宁。她每唱一句,后台响一声锣,加上打板子声和吆喝声,表示萧恩已被责打四十大板。这是把不同空间发生的事件放在一起表现,类似电影艺术"叠印"镜头的手法,它打破了舞台的时空束缚,收到了很好的艺术效果。这些都是对传统戏曲表现手段的发展。到光绪年间,京剧博大精湛的艺术表演体系已经形成。它的脚色行当,比以前的戏曲更全更细。京剧分生、旦、净、丑四大行当,每一行当里又可有多种脚色。如"生"分老生、小生、武生、红生四种,老生又有文老生和武老生之分,文老生分唱工和做派两类,武老生分长靠和短打两类。这样,演员的表演更加精湛、细腻,运用唱念做打的技巧更为纯熟,艺术效果也随之增强。同时,京剧也把程式化表演发挥到极致。程式,是来源于生活,又经过艺术提炼、加工、规范化的舞蹈动作。中国戏曲许多内容并不能如真表现,如骑马,不可能让演员骑在真马上在舞台上驰骋,演员们就创造了拿马鞭表示骑马的一系列程式,如上下马和策马的舞蹈动作等。程式化表演是我国传统戏曲艺术最大的特点之一,体现了中国戏曲写意、虚拟、抒情的审美特征。程式化表演形成于何时,已很难考究,但京剧无疑是它最典型的体现。京剧演员们的举手投足都有程式,而且都很优美,这从梅兰芳、周信芳、盖叫天等京剧艺术大师留下的表演资料中可明显看出。另外,京剧的音乐、服装、道具也都有推陈出新之处。所以,从某种程度来说,京剧是我国传统戏曲艺术的光辉总结,它将中国戏曲唱念做打结合,熔诗歌、音乐、舞蹈表演于一炉的民族风格和写意、虚拟、抒情的审美特征表现得淋漓尽致。京剧,为长达千余年的中国古代戏剧发展史闭上了大幕,留给人们的是无穷的回味。

图书在版编目（CIP）数据

中国古代文学／陈兰村，梅新林主编. —杭州：
浙江大学出版社，2020.12
ISBN 978-7-308-20473-6

Ⅰ．①中…　Ⅱ．①陈…　②梅…　Ⅲ．①中国文学－古
代文学史－教材　Ⅳ．①I209.2

中国版本图书馆 CIP 数据核字（2020）第 149225 号

中国古代文学

陈兰村　梅新林　主编

责任编辑	李海燕	
责任校对	张培洁	
封面设计	雷建军	
出版发行	浙江大学出版社	
	（杭州市天目山路 148 号　邮政编码 310007）	
	（网址：http://www.zjupress.com）	
排　　版	杭州好友排版工作室	
印　　刷	浙江省邮电印刷股份有限公司	
开　　本	787mm×1092mm　1/16	
印　　张	26	
字　　数	648 千	
版 印 次	2020 年 12 月第 1 版　2020 年 12 月第 1 次印刷	
书　　号	ISBN 978-7-308-20473-6	
定　　价	68.00 元	

内容提要

　　中国古代文学源远流长，名家辈出，凝聚着传统文化之精华，亦为世界文学之瑰宝。本书主要根据中国古代文学的特点以及广大文学爱好者的需要进行编写，力图从以下三个方面凸显自己的特色优势：一是变革体例，分体编写。本书以文体分立诗歌编、散文编、小说编和戏剧编，有利于学习者从四大文体上对古代文学加以整体把握。二是提纲挈领，重点突出。本书以文体发展史为经，以作家作品的介绍、分析为纬，突出重点作家与作品，有利于学习者对各种文体的发展历程以及经典名家名篇有一个比较清晰的了解。三是深入浅出，简明实用。本书力求眉目清晰，观点鲜明，行文通俗易懂，有利于不同基础的学习者快速入门，尽快提高水平。